Thomas Hardy

더버빌 가의 테스

"순결한 여인"

Thomas Hardy
더버빌 가의 테스

지은이 토머스 하디 옮긴이 유영 그린이 최영란
펴낸이 박은서 펴낸곳 도서출판 주변인의길
편집 송이령, 김선숙, 석호주, 송훈의
마케팅 최근봉, 추미경
관리 박상기, 박종금, 조향미
주소 (412-820) 경기도 고양시 덕양구 토당동 836-8 칠성빌딩 301호
전화 (031) 978-8767~8 팩스 (031) 978-8769

■ http://www.jubyunin.co.kr ■ myjubyunin@bcline.com

초판 1쇄 인쇄일 2007년 10월 10일 | 초판 1쇄 발행일 2007년 10월 20일

ISBN 978-89-91605-72-5(03840)

* 책값은 뒤표지에 있습니다. 잘못된 책은 바꾸어 드립니다.

Thomas Hardy

더버빌 가의 테스

"순결한 여인"

토머스 하디 지음

유영 옮김 | 최영란 그림

주·변인의길

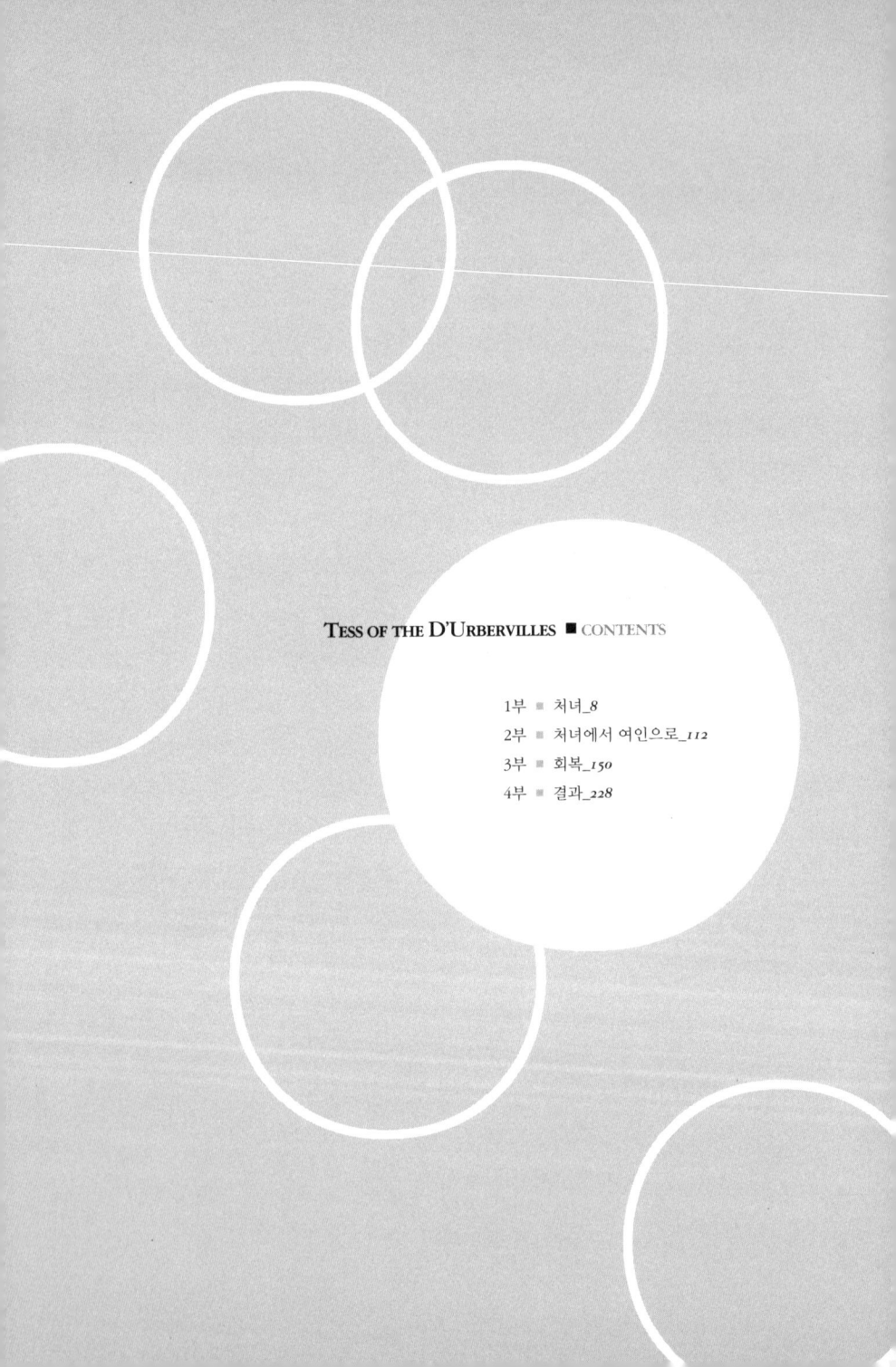

TESS OF THE D'URBERVILLES ■ CONTENTS

TESS OF THE D'URBERVILLES ■ CONTENTS

TESS OF THE D'URBERVILLES ■ CONTENTS

Thomas Hardy

사실, 이 행렬의 대다수는 젊은 처녀들이었다. 화려하게 장식한 이들의 머리는 햇빛을 받아 황금색, 검정색 혹은 갈색으로 번쩍거렸다. 어떤 처녀는 아름다운 눈을, 어떤 처녀는 아름다운 코를, 또 어떤 처녀는 아름다운 입과 몸매를 뽐내고 있었다.

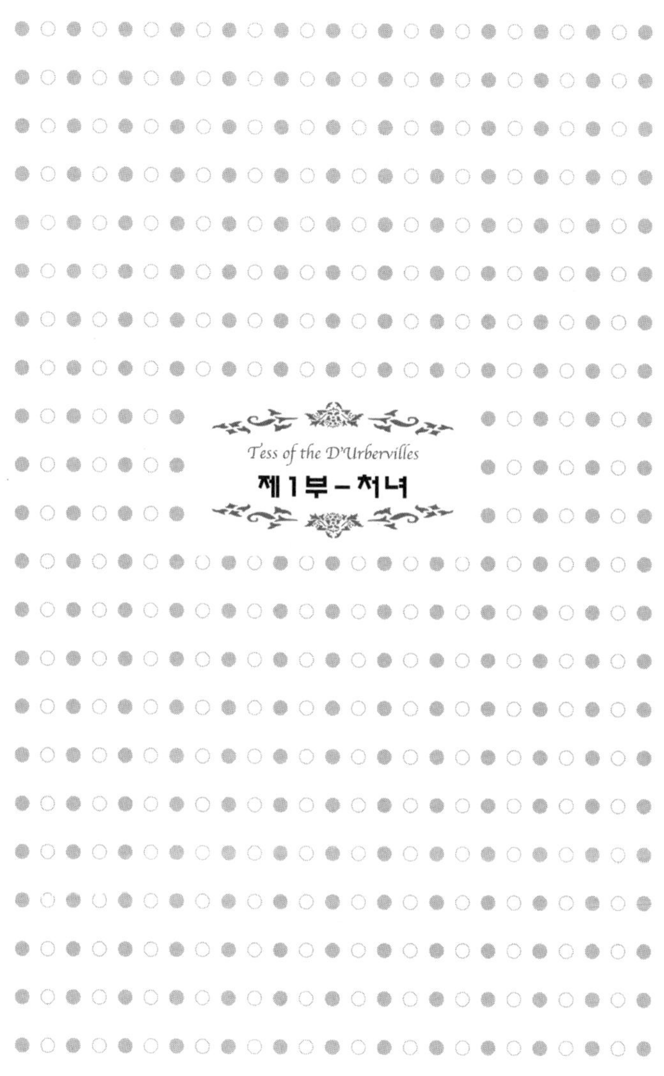

제1부 – 처녀

1

5월 하순 어느 날 저녁, 한 중년 남자가 쉐스톤에서부터 블레이크모어 혹은 블랙무어 계곡 근처의 말로트 마을에 있는 집을 향해 가고 있었다. 그를 지탱하고 있는 두 다리는 비틀거렸고, 걸음걸이는 자꾸만 왼쪽으로 기울어졌다. 특별히 뭔가를 생각하는 건 아니었지만, 어떤 견해를 확인하는 듯 이따금 힘차게 고개를 주억거렸다. 그가 팔에 든 계란 바구니는 텅 비어 있었고, 쓰고 있는 모자는 벗을 때마다 엄지손가락 닿는 곳이 닳아 보풀이 어지럽게 너덜거렸다. 잠시 후 그는 회색 암말에 걸터앉은 나이 든 신부와 마주쳤다. 신부는 말을 탄 채 종잡을 수 없는 가락을 흥얼거리고 있었다.

"안녕하세요?"

바구니를 든 남자가 말했다.

"안녕하시오, 존 경."

신부의 대답에 남자는 한두 걸음 더 나아가다 멈춰 서더니 돌아섰다.

"신부님, 그러고 보니 지난 장날 요맘때도 이 길에서 뵌 적이 있군요. 그때도 신부님은 제가 '안녕하세요'라고 하자 지금처럼 '안녕하시오, 존 경'이라고 대답하셨지요."

"그랬죠."

"또 그 전에도 그러셨고요. 한 달 전쯤에요."

"아마 그랬을 거요."

"평범한 행상인에 불과한 이 잭Jack, John의 별칭 더비필드를 몇 번씩이나 '존 경'이라고 부르셨는데, 무슨 뜻이 있으신가요?"

신부가 한두 걸음 더 가까이 다가왔다.

"그냥 내키는 대로 불러본 거요."

그리곤 잠시 망설인 후 다시 말했다.

"실은 내가 얼마 전 새 교구의 역사를 알아보려고 족보들을 뒤지다 발견한 것 때문에 그랬소. 난 스태그풋 레인의 고서연구가인 트링엄 신부요. 더비필드, 당신은 자신이 유서 깊은 기사騎士 가문인 더버빌 가家의 직계 후손이라는 걸 정말 모르오? 이 가문은 배틀 수도원 명부배틀 수도원은 정복왕 윌리엄이 영국에 처음 상륙한 걸 기념해 헤이스팅스 부근에 지은 베네딕드파 수도원이며, 이곳에 보관된 명부에 윌리엄의 군대에 참여했던 기사들과 부하들의 이름이 기록되어 있다고 한다에도 나와 있듯, 정복왕 윌리엄과 함께 노르망디에서 건너온 그 유명한 기사, 페이건 더버빌 경의 후손이란 말이오."

"금시초문인걸요."

"하지만 모두 사실이오. 얼굴 윤곽을 잘 볼 수 있게 턱을 좀 들어보시오. 맞아, 약간 품위가 떨어지긴 해도 바로 더버빌 가문의 코와 턱이로군. 당신의 조상은 노르망디의 에스트레마빌라 경이 글래모건셔를 정복할 때 그를 도왔던 열두 기사들 중 한 명이었소. 당신 가문의 일가들은 이 지방 전체에 걸쳐 영지를 소유하고 있었는데, 이들의 이름은 스티븐 왕 시절의 국고연감에도 나와 있소. 존 왕 통치 시절에 이들 중 한 명은 병원기사단제1차 십자군 시대, 십자군에 참여했던 부상자 및 성지 참배자를 구호할 목적으로 설립된 기사단에 영지 하나를 내줄 만큼 부자였고, 또 에드워드 이세 시절엔 당신의 조상 브라이언이 왕정청 회의에 참석하려고 웨스트민스터로 호출되어 가기도 했었소. 물론 올리버 크롬웰 시절에 와선 약간 기울긴 했어도 그리 심각할 정도는 아니었소. 그리고 찰스 이세 때는 그 충성심을 인정받아 '왕실 오크 기사단'으로 봉해졌소. 그 후손들이 대대로 내려온 것이 바로 당신 가문이오. 그러니까 만약 기사가 준남작처럼 세습된다면, 당신은 지금 존 경이 되는 거요. 옛날엔 실제로 기사도 아버지에서 아들로 세습되곤 했었소."

"무슨 당치 않은 말씀을!"

더비필드가 중얼거렸다.

"결국, 내 말은 영국에서 이만한 가문은 없다는 거요."

신부가 채찍으로 자신의 다리를 단호히 내리치며 결론지었다.

"저로선 눈이 핑핑 돌 지경인데, 그게 정말인가요?"

더비필드가 말했다.

"전 이 교구에서 가장 비천한 사람처럼 해마다 정처 없이 떠도는 행상일 뿐인데……. 그런데 트링엄 신부님, 대체 언제부터 이 사실을 알고 계셨죠?"

신부는 자신이 아는 한, 이것은 이미 오래전에 잊힌 일이라 지금은 아는 사람이 거의 없을 거라고 했다. 그 자신도 지난봄 어느 날부터 조사를 시작했는데, 더버빌 가문의 변천사를 추적하던 중 그의 마차에서 더비필드라는 이름을 보게 되었고, 거기서부터 의문을 품고 조사를 해오다 마침내 모든 걸 확실히 알게 되었다는 거였다.

"처음엔 이런 쓸데없는 사실 따위로 당신 생각을 어지럽히지 않으려고 했소. 하지만 사람이란 가끔 충동이 너무 강해 이성적인 판단을 못 할 때가 있는 법이오. 난 당신이 이에 관해 조금은 알고 있을 거라 생각했는데."

"사실, 한두 번 듣긴 했었죠. 우리 집안이 블랙무어로 오기 전엔 지금보다 형편이 더 나았다고 하더군요. 하지만 별로 마음에 두지 않았어요. 그거야 옛날엔 말이 두 마리였는데 지금은 한 마리밖에 없다는 식의 얘기나 마찬가지니까요. 저희 집에도 오래된 은수저와 조각된 옛 문장紋章이 있긴 해요. 하지만 신부님, 저와 이 고귀한 더버빌 가문이 줄곧 한 핏줄이었다고 해본들 무슨 소용이겠어요? 우리 증조부께선 비밀이 많은 분이셨는데, 자신의 출신을 밝히는 걸 꺼리

셨다고 하더군요……. 신부님, 표현이 거슬린다면 용서하십시오. 지금 우리 더버빌 가문은 어디서 연기를 피우고 있는 거죠? 그러니까 지금 어디에 살고 있느냐고요?"

"당신 가문은 아무 데도 살고 있지 않소. 지방 명문으로선 대가 끊기고 말았거든."

"거참, 유감이군요."

"그렇소. 엉터리 족보들에선 이런 걸 보고 남자의 대가 끊겼다고들 하더군. 말하자면 몰락한 집안이라는 건데, 한마디로 망했다는 얘기요."

"그럼 우리 조상들은 어디에 묻혀 있죠?"

"킹즈비어-서브-그린힐에 있소. 퍼백도셋 지방의 퍼백이라는 섬에서 채석된 질 좋은 석회암 대리석으로 덮인 가족묘지에 초상들과 함께 줄줄이 묻혀 있다오."

"그럼 저택이나 영지는요?"

"전혀 없소."

"예? 땅덩어리가 하나도 없다고요?"

"그렇소. 좀 전에 말했듯, 한때는 많은 땅을 소유했었지만 그렇게 됐소. 자손이 번창해 일가도 아주 많았는데. 이 지방엔 당신네 가문의 영지가 여러 군데 있었소. 킹즈비어 이외에도 셔튼, 밀폰드, 웰브리지에도 있었다오."

"그럼 우리 땅을 다시 돌려받을 수 있나요?"

"아, 그건 모르겠소!"

"신부님, 이제 전 어떻게 하는 게 좋겠습니까?"

잠시 생각한 뒤 더비필드가 물었다.

"아, 아무것도, 아무것도 할 게 없소. '오호라, 용사가 엎드러졌도다'사무엘하 1장 19절에서 본딴 표현라고 생각하며 마음을 달래는 수밖에 없을 거요. 이건 몇몇 향토사학자나 족보학자들에게나 약간의 흥밋거리가 될 뿐, 그 이상은 아니오. 이 지방 농부들 중엔 당신네 가문 못지않은 명문가들이 여럿 있다오. 그럼 잘 가시오."

"트링엄 신부님, 이것도 인연인데 되돌아가서 저와 맥주나 한잔하시겠어요? 퓨어 드롭에 가면 확실히 롤리버네보다야 못하지만, 꽤 괜찮은 술이 있거든요."

"고맙지만 사양하겠소. 오늘 저녁엔 안 되오, 더비필드. 보아하니 벌써 많이 마신 것 같군."

이렇게 말한 뒤, 신부는 이런 호기심 어린 이야기를 전한 게 정말 잘한 일인지 의심스러워하며 길을 떠났다.

신부가 떠나고 나자 더비필드는 깊은 공상에 빠져들었고, 아예 바구니를 앞에 내려놓고는 길가 풀밭에 주저앉아 버렸다. 잠시 후, 저 멀리 더비필드가 왔던 방향에서 한 청년이 걸어오는 게 보였다. 더비필드가 손을 들어 보이자, 청년은 걸음을 재촉해 가까이 다가왔다.

"이봐, 이 바구니를 들게! 내 심부름을 좀 해줘야겠네."

외가지처럼 비쩍 마른 청년이 눈살을 찌푸렸다.

"존 더비필드, 대체 당신이 뭔데 날 '이봐'라고 부르고 심부름까지 시키는 거죠? 내가 당신 이름을 알듯 당신도 내 이름을 알고 있잖아요!"

"그래? 정말 날 안다고? 그건 비밀인데, 그럼, 비밀이고 말고! 자, 어서 내 말대로 하게. 전갈을 줄 테니 잘 전하도록 하고……. 한데 프레드, 자네한테는 말해주지. 실은 그 비밀이란 게 말이야, 내가 귀족의 후손이라는 걸세. 나도 오늘 오후에야 알았지 뭔가."

이렇게 말한 뒤, 더비필드는 앉은 자세에서 기우뚱하더니 데이지 꽃들이 피어 있는 둑에 여봐란듯 벌렁 드러누웠다.

청년은 더비필드 앞에 선 채, 그를 머리에서부터 발끝까지 물끄러미 내려다보았다.

"존 더버빌 경, 그게 바로 날세. 사실, 기사란 준남작이나 마찬가지거든. 나에 관한 모든 것이 역사에 기록되어 있다네. 이보게, 자넨 킹즈비어-서브-그린힐이라는 곳을 아는가?"

"네. 그린힐 장날 그곳에 다녀온 적이 있어요."

"그렇군. 그 도시 교회묘지 아래에 말이지……."

"거긴 도시가 아니에요, 그냥 마을일 뿐이죠. 적어도 제가 거기 갔을 땐 그랬어요. 그냥 작고 초라한 마을이던걸요."

"도시건 마을이건 그런 건 상관없어. 지금 우리의 화제는 그게 아닐세. 이 교구 교회묘지 아래 우리 조상들이 누워 있는데, 그중 수백 명이 쇠사슬과 보석으로 장식된 외투를 입고 몇 톤씩이나 되는 납관에 누워 있단 말일세. 그러니까 남부 웨섹스에서 나보다 더 위대하고 고귀한 조상을 가진 사람은 없다는 거지."

"예?"

"자, 이제 이 바구니를 들게. 그리고 말로트로 곧장 가서 퓨어 드롭 여관에 도착하거든 내가 집으로 돌아갈 수 있도록 즉시 말과 마차를 보내라고 전하게. 그리고 마차 바닥에다 작은 럼주 한 병을 실어놓고, 내 장부에 외상으로 달아놓으라고 하게. 이 일이 끝나면 바구니를 들고 우리 집으로 가서 우리 집사람한테 전하게. 이젠 빨래 따윈 안 해도 되니까 세탁물들 당장 치우고, 전할 소식이 있으니 내가 들어갈 때까지 기다리라고 말이야."

청년이 미심쩍은 듯 우두커니 서 있자, 더비필드는 주머니에 손을 넣어 1실링짜리 동전을 꺼냈다. 거의 빈털터리나 다름없는 그로선 꽤 큰돈이었다.

"이건 자네 심부름 값일세."

그러자 청년의 태도가 확 달라졌다.

"알겠습니다, 존 경. 감사합니다. 그 밖에 다른 일은 없습니까, 존 경?"

"집에 가서 내가 저녁을 먹고 싶다고 하게. 구할 수 있다면 양고기 튀김을 준비해놓으라고 말이야. 그게 안 되면 순대도 괜찮고, 그것도 안 된다면 글쎄……

내장도 좋겠지."

"알겠습니다, 존 경."

청년이 바구니를 집어 들고 떠나려는 순간, 마을 쪽에서 악대의 연주 소리가 들려왔다.

"저건 뭐지?"

더비필드가 말했다.

"나 때문은 아니겠지?"

"부녀회 들놀이성령강림절 동안, 교구 부녀회원들이나 친목단체 회원들은 자기 회원들을 위한 기부금을 모으려고 줄을 지어 마을 주위를 걷곤 했다가 시작된 모양인데요, 존 경. 참, 따님도 거기 끼어 있던걸요."

"맞아, 그럴 거야. 더 중대한 일을 생각하느라 까맣게 잊고 있었군! 자, 어서 말로트로 가서 마차를 보내라고 하게. 그걸 타고 들놀이하는 거나 살펴봐야겠군."

청년은 떠났다. 더비필드는 저녁 햇살을 받으며 데이지 풀밭에 누워 마차를 기다렸다. 오랫동안 단 한 사람도 지나가지 않았다. 푸른 언덕 언저리에서 들을 수 있는 인간의 소리는 오직 희미한 악대 소리뿐이었다.

2

말로트 마을은 앞서 말한 아름다운 블레이크모어 혹은 블랙무어 계곡의 북동쪽 봉우리들 사이에 있었다. 산으로 둘러싸여 다소 격리된 이곳은 런던에서 네 시간이면 도착할 수 있는 거리였지만, 관광객이나 풍경화가들의 발걸음이 닿은 적은 거의 없었다.

계곡을 둘러싸고 있는 이곳 봉우리 꼭대기에 올라보면, 여름 가뭄 때를 제외하곤 전체를 한눈에 내려다볼 수 있었다. 날씨가 나쁠 때 안내인도 없이 꼬부랑 산길을 따라 깊이 들어갔다가는 필경 좁고 구불구불한 진창길을 만나 곤란을 겪기 십상이었다.

이곳의 들판은 다갈색으로 변할 새가 없었으며, 샘들은 결코 마르지 않았다. 이처럼 비옥하고 외진 이곳은 남쪽으로 우뚝 솟은 백악질 능선이 경계를 이루고 있었는데, 여기에는 햄블던 힐, 벌배로우, 네틀컴 타우트, 독베리, 하이 스토이, 법 다운의 봉우리들이 포함되어 있었다. 해안 쪽에서 온 여행자라면, 북쪽으로 30여 킬로미터가량 석회질 구릉과 옥수수 밭을 터벅터벅 걸은 후 갑자기 솟아오른 이 절벽들 가장자리에 도달하게 되는데 바로 앞에 지도처럼 쫙 펼쳐진, 지금껏 지나온 것과는 완전히 다른 시골 풍경을 바라보자면 놀라움과 기쁨을 감추지 못할 것이다. 뒤로는 구릉들이 훤히 펼쳐져 있고, 빛나는 태양은 전혀 막힌 데 없이 드넓은 들판 위를 뜨겁게 내리쬐었다. 하얀 길들을 따라 가지들이 얼기설기 얽혀 있는 낮은 울타리들이 보였고, 공기는 티 없이 맑았다. 이곳 계곡 안에는 세상이 보다 작고 섬세한 규모로 지어져 있는 것처럼 보였다. 들판은 울타리 친 작은 목초지들로 이루어져 있었는데, 높은 데서 내려다보면 크기가 줄어들어, 울타리의 관목들이 마치 연한 풀밭 위에 펼쳐놓은 짙은 초록색 그물처럼 보였다. 저 아래 대기는 나른하고 하늘빛에 완전히 물들어 화가들이 중경中景이라 부르는 색조와도 같았지만, 그 너머 지평선은 짙은 바다색을 띠고 있었다. 경작할 수 있는 땅들은 거의 없다시피 제한적이었고, 극히 적은 부분을 제외하면 이곳의 풍경은 큰 산과 골짜기들이 작은 것들을 감싸 안은, 많은 풀밭과 무성한 숲으로 이루어져 있었다. 이것이 바로 블랙무어 계곡이었다.

이 지역은 지형적 흥미 못지않게 역사적으로도 유명한 곳이다. 이 계곡은 예전에 '흰 수사슴의 숲'으로 알려져 있었다. 헨리 3세 때의 신기한 전설에 따르면, 왕이 몰다가 살려준 아름다운 수사슴을 토머스 드 라 린드라는 사람이 죽이는 바람에, 무거운 벌금을 물리게 되었다는 것이다. 그 당시는 물론이고 상당히 최근까지지도 이 지역은 수목이 짙게 우거져 있었다. 지금도 오래된 참나무 숲과 비탈에 여전히 남아 있는 듬성듬성한 삼림지대, 수많은 목초지에 그늘을 드리우고 있는 속 빈 나무들을 통해 이전에 무성했던 숲의 흔적들을 찾아볼 수 있다.

이제 숲은 사라지고 없지만, 이 그늘 아래서 행해졌던 오랜 관습은 여전히 남아 있었다. 그러나 많은 것들이 변형되거나 숨겨진 형태로 겨우 맥을 잇고 있을 뿐이었다. 예를 들어 '오월제'는 앞서 예고한 것처럼 오후에 벌이는 부녀회원들의 잔치로 변형되었으며 이곳에선 '부녀회 들놀이'라는 이름으로 불렸다.

참석자들이 이 행사의 진정한 의미를 아는 것 같진 않았지만, 어쨌든 말로트 젊은이들에게 이는 흥미로운 축제의 한마당이었다. 이 축제의 독특함은 기념일마다 행렬을 이루어 걷거나 춤추는 관습을 유지한다는 점보다는 구성원들이 모두 여자로만 되어 있다는 점에 있었다. 남자들의 모임에선 이런 행사들이 사라져가고 있었지만, 그래도 아주 드물진 않았다. 그러나 여자들의 타고난 수줍음 때문인지, 아니면 남자들의 냉소적 태도 때문인지는 몰라도 이렇게 남아 있는 여성들의 모임에서 이들 특유의 화려함과 절정의 기쁨을 찾아보긴 어려웠다. 이 지방에서는 말로트의 부녀회 모임만이 지금까지 이 풍년제농업의 여신 케레스를 기념하는 축제를 지켜오고 있었다. 이들은 수백 년 동안 변함없이 걸어왔고, 지금도 여전히 걷고 있었다.

행렬을 이룬 여성들은 모두 흰 겉옷을 입고 있었다. 이것은 5월과 '즐거움'이 동의어로 쓰이던 구력舊曆을 사용하던 시절, 즉 먼 앞날을 생각하느라 사람들의 감정이 메말라 단조로워지기 이전 시절부터 내려온 유쾌한 풍습이었다. 이 행사의 시작은 둘씩 짝을 지어 교구 주위를 행진하는 것이었다. 태양이 초록 울타리와 담쟁이로 뒤덮인 집 앞을 지나는 이들의 모습을 환히 비추면 이상과 현실은 다소 충돌을 빚었다. 무리 전체가 흰옷을 입고 있긴 했지만, 이들 가운데 보이는 두 부류의 흰색이 완전히 똑같지는 않았던 것이다. 일부는 마치 표백한 듯 순백에 가까웠고, 또 일부는 푸른빛이 감도는 흰색이었다. 나이 든 사람들 중 몇몇이 입은 옷 중에는 아마도 몇 년 동안 고이 접어두었던 탓인지 창백한 빛을 띤 조지 왕조풍조지 왕조(1세~4세)의 통치 기간 중 이 소설의 배경인 1880년대 바로 전 세대의 유행을 가리킴의 옷도 눈에 띄었다.

흰옷을 입는다는 점 이외에도 부인들과 처녀들은 모두 오른손엔 껍질 벗긴 버드나무 가지를, 왼손엔 흰 꽃다발을 들고 있었다. 버드나무의 껍질을 벗기고 꽃다발을 고르는 일에는 각자의 정성이 담겨 있었다.

이 행렬에는 몇몇 중년 부인과 훨씬 더 나이 든 이들도 끼어 있었는데, 세월의 풍파에 시달린 이들의 희끗희끗한 머리와 주름투성이 얼굴은 이처럼 밝고 쾌활한 자리에선 거의 우스꽝스러워 보였고, 확실히 처량해 보이기까지 했다. 좀더 자세히 들여다보면, 젊은 처녀들보다는 "난 아무 낙이 없다"전도서 12장 1절라고 말해야 할 때를 향해 가고 있는, 이 근심 많고 경험 있는 아낙들로부터 듣고 얻을 수 있는 것들이 더 많을 터이다. 그러나 여기선 꽉 끼는 겉옷 속에 빠르고 뜨거운 생명력이 고동치고 있는 처녀들의 이야기를 위해 나이 든 아낙들은 그냥 지나치기로 하자.

사실, 이 행렬의 대다수는 젊은 처녀들이었다. 화려하게 장식한 이들의 머리는 햇빛을 받아 황금색, 검정색 혹은 갈색으로 반짝거렸다. 어떤 처녀는 아름다운 눈을, 어떤 처녀는 아름다운 코를, 또 어떤 처녀는 아름다운 입과 몸매를 뽐내고 있었다. 하지만 이 모두를 다 갖춘 처녀가 설령 있다 해도 찾아보기 힘들

었다. 이처럼 많은 사람들이 보는 앞에서 입술을 움직이기도 어렵고, 고개를 쳐들 수도 없고, 또 자신의 외모에 초연할 수도 없어 난감해하는 모습이 역력했다. 이것은 바로 이들이 많은 눈길에 익숙하지 않은 순진한 시골 처녀들이라는 증거이기도 했다.

이들은 자신의 영혼에 흠뻑 내리쬐는 각자의 태양을 가슴에 품고 있어서, 햇빛 없이도 충분히 달아올라 있었다. 다들 꿈이나 애정 혹은 취미에 의지해 살았고, 그게 아니면 최소한 멀고 희미한 희망이라도 붙들고 있었다. 희망이라는 것이 으레 그렇듯 점점 줄어들어 사라져버릴지라도 말이다. 그래서 이 처녀들은 모두 쾌활했고, 대부분 축제 기분에 젖어 들떠 있었다.

이들은 퓨어 드롭 여관 주위를 돌아서 쪽문을 지나 풀밭으로 들어가려고 큰길을 벗어나고 있었다. 이때 한 여자가 말했다.

"아니! 테스 더비필드, 혹시 저기 마차 타고 가는 사람이 너희 아버지 아냐?"

무리 중 한 젊은 처녀가 깜짝 놀라 고개를 돌렸다. 예쁘장하고 기품 있는 이 처녀는 다른 이들보다 더 예쁘다고 할 순 없었지만, 풍부한 감정이 담긴 적갈색 입술과 순진하고 커다란 두 눈은 얼굴빛과 몸매를 한층 돋보이게 했다. 그녀는 머리에 빨간 리본을 달고 있었고, 흰옷 입은 무리 중에 이처럼 눈에 띄는 장식을 자랑할 수 있는 유일한 사람이기도 했다. 고개를 돌려 더비필드 주위를 살펴보니, 그는 퓨어 드롭 여관의 마차를 타고 있었다. 마부는 곱슬머리에 긴 소매를 팔뚝까지 걷어 올린 강단진 체격의 처녀였다. 이 처녀는 이 여관에서 일하는 힘 좋은 하녀로, 주로 허드렛일을 담당했지만 때때로 말을 돌보거나 몰기도 했다. 더비필드는 좌석에 등을 기대고 거만하게 눈을 감은 채, 손을 머리 위로 흔들며 느린 곡조를 흥얼거리고 있었다.

"나는—킹즈비어에—아주—훌륭한—가족묘지가—있다네…… 또—거기—납관들—속에는—기사로—봉해진—선조들이—누워 있다네!"

일행은, 테스라는 소녀만 제외하고 모두들 킥킥거리며 웃어댔다. 테스는 자기 아버지가 이들 앞에서 망신을 당하고 있다는 생각에 화가 치밀었다.

"지금 피곤하셔서 그런 것뿐이야."

그녀가 급히 말했다.

"마차를 탄 건 오늘 우리 집 말이 쉬어야 하기 때문이고."

"이렇게 순진하긴!"

그녀의 친구들이 말했다.

"너희 아버진 지금 장술시장에서 먹는 술을 마시고 취한 거야. 하하!"

"다들 잘 들어. 만약 또다시 우리 아버지를 놀리면 더이상 너희들과 걷지 않을 거야!"

테스가 소리쳤다. 뺨에 퍼진 홍조가 이제 얼굴 전체와 목까지 번져갔다. 그녀는 글썽이는 눈으로 땅바닥을 응시했다. 그녀가 정말로 괴로워하는 걸 알아차린 동료들은 입을 다물고 말았다. 그러자 행렬에 다시 질서가 돌아왔다. 테스는 고개를 들고 아버지가 왜 그랬는지 알아보고 싶었지만, 자존심 때문에 차마 그럴 수 없었다. 그래서 풀밭 위에 전체가 모여 한바탕 춤판을 벌이게 되어 있는 울타리까지 계속 나아갔다. 무리가 목적지에 도착했을 즈음, 그녀는 다시 평정을 되찾았고 손에 쥔 가지를 탁탁 두드리며 평소처럼 재잘거렸다.

테스 더비필드의 인생에서, 이 시기는 세파에 물들지 않은 순수한 감정들로만 가득 차 있던 그런 때였다. 마을 학교를 다녔음에도 불구하고 그녀의 말에는 사투리가 어느 정도 남아 있었다. 이 사투리의 특징은 발성을 UR 음절에 가깝게 내는 것이었는데, 아마도 이는 인간 언어에서 찾아볼 수 있는 가장 낭랑한 발성일 것이다. 이 음절을 발음할 때 만들어지는, 심하게 삐죽이는 입은 아직 명확한 형태를 이루지 못했고, 말을 하고 난 뒤 두 입술이 닫힐 때마다 아랫입술이 윗입술 가운데를 밀어 올리곤 했다.

테스의 얼굴엔 어린 시절 모습이 여전히 남아 있었다. 오늘 행렬을 따라 걷고 있는 그녀를 보면 활기차고 아리따운 여자다움에도 불구하고 때때로 뺨에선 열두 살 때 모습이, 반짝이는 눈빛에선 아홉 살 때 모습이, 이따금 쫑긋거리며 재잘거리는 입에선 다섯 살 때 모습이 엿보이기도 했다.

그러나 이걸 아는 사람은 거의 없었고, 눈여겨보는 사람은 더더욱 없었다. 소수의 사람들—주로 낯선 이들—만이 지나가다 오랫동안 그녀를 쳐다보았고, 잠시 그 참신함에 이끌려 또다시 볼 수 있지 않을까 생각하곤 했다. 하지만 거의 대부분 사람들에게 그녀는 그저 예쁘고 아리따운 시골 처녀일 뿐 그 이상은 아니었다.

여관 하녀가 모는 마차에 의기양양하게 타고 있던 더비필드의 모습은 더이상 보이지 않았고, 그에 관해 수군거리는 소리도 들리지 않았다. 무리는 다시 정해진 장소로 들어가 춤을 추기 시작했다. 여기에 남자는 없었기 때문에 처음엔 처녀들끼리 짝을 이뤄 춤을 추었다. 하지만 하루 일이 끝날 시간이 다가오자 마을 남자들과 게으름뱅이들, 지나가는 행인들이 주위로 모여들면서 각자 짝을 찾고 싶어 했다.

이 구경꾼들 중에는 상류층 출신의 세 젊은이가 있었다. 어깨에 작은 배낭을 멘 이들은 단단한 지팡이를 손에 들고 있었다. 서로 비슷한 얼굴 생김새와 연년터울의 나이대로 보아 분명 형제들인 것 같았다. 가장 나이가 위인 청년은 보좌신부의 정장 차림—흰 넥타이와 목까지 올라오는 조끼에다 챙이 좁은 중절모를 쓰고 있었다—이었고, 둘째는 보통 대학생 차림이었다. 하지만 가장 어린 셋째의 모습은 별다른 특징이 없었고, 그의 눈빛과 차림에선 지금껏 어떤 직업에도 입문한 적이 없음을 암시하는, 자유롭고 속박되지 않은 기색이 엿보였다. 그에 관해 단정할 수 있는 것이라고는, 이것저것 산만하게 시험적으로 배우고 있는 학생이라는 사실뿐이었다.

이들 세 형제는 우연히 알게 된 어떤 사람에게, 자신들은 지금 성령강림절 휴가를 이용해 블랙무어를 통과하는 도보여행을 하고 있으며, 북동쪽 쉐스톤에서부터 남서쪽으로 향하고 있다고 말했다.

이들은 큰길가에 난 출입문에 기댄 채 흰옷 입은 여인들과 이들이 추는 춤의 의미가 무엇인지를 물었다. 두 형들은 더이상 머물고 싶지 않은 표정이 역력했지만, 막내는 남자 파트너도 없이 춤추고 있는 처녀들을 구경하는 게 무척 흥미로운지 걸음을 재촉하지 않고 천천히 움직였다.

그는 어깨에 멘 배낭끈을 풀어 지팡이와 함께 울타리 가장자리에 내려놓았다. 그러고는 출입문을 열었다.

"에인절, 대체 뭘 하려는 거야?"

맏형이 물었다.

"가서 저 아가씨들과 춤을 추고 싶어요. 우리 같이 들어가는 건 어때요? 아주 잠깐만요. 오래 걸리지도 않을 텐데요, 뭐."

"아니, 안 돼! 말도 안 되는 소리!"

첫째가 말했다.

"사람들이 보는 앞에서 시골 말괄량이들과 춤을 추다니! 누가 보기라도 하면 우릴 어떻게 생각하겠어? 어서 따라와, 안 그러면 스타워캐슬에 닿기도 전에 어두워지고 말 거야. 그 근방엔 거기 말고 잘 만한 데도 없어. 게다가 우린 잠자리에 들기 전에 「불가지론不可知論에 대한 반박」을 한 장 더 읽어야 해. 일부러 힘들게 가져왔단 말이야."

"좋아요. 그럼 오 분 내에 형들을 따라잡겠어요. 멈추지 말고 계속 가요. 펠릭스 형, 약속할게요."

막내가 나중에 따라오기 수월하도록 그의 배낭을 받아 든 두 형은 마지못해 그를 남겨두고 길을 떠났다. 그러자 막내는 춤판으로 들어갔다.

"정말 유감스런 일이군요."

춤이 멈춰지자마자, 그가 옆에 있는 두세 명의 소녀들에게 정중히 말을 걸었다.

"그런데 아가씨들 짝은 어디 있죠?"

"아직 일이 끝나지 않았어요."

아주 대담한 한 처녀가 대답했다.

"조금 있으면 곧 여기로 올 거예요. 그때까지 짝이 되어주실래요?"

"물론이죠. 이렇게 많은 여인들 가운데 청일점이라니!"

"전혀 없는 것보단 낫죠. 붙잡거나 껴안는 일도 없이 여자들끼리 서로 얼굴을 맞대고 춤을 추는 건 안타까운 일이죠. 자, 골라보세요."

"쉿, 제발 주제넘게 나서지 좀 마!"

좀더 수줍음 많은 한 처녀가 말했다.

이렇게 해서 춤판에 초대된 청년은 처녀들을 죽 훑어보며 선택을 시도했다. 하지만 다들 너무 낯설어 누가 나은지 제대로 분간할 수가 없었다. 그래서 가장 먼저 눈에 띈 처녀를 지목했다. 선택된 사람은 조금 전 내심 기대를 걸고 나섰던 처녀도 아니고, 테스 더비필드도 아니었다. 족보나 조상들의 유골, 기념비적 기록, 더버빌 가의 용모 등은 아직 테스의 인생에 어떤 영향도 미치지 않았다. 심지어 볼품없는 시골 처녀들을 제치고 춤 상대로 선택받는 데도 도움이 되지 못했으니 말이다. 유감스럽게도 빅토리아 시대의 부富로부터 혜택받지 못한 노르만의 혈통이란 고작 이 정도에 불과했다.

그게 누구였든 간에 다른 이들을 제치고 선택받은 이 처녀의 이름은 전해지지 않았다. 하지만 이날 저녁만은 남자 파트너를 가장 먼저 차지하는 영광을 누림으로써 모든 이들의 부러움을 샀다. 그러나 시범의 힘이란 실로 대단해서 누가 막지 않는데도 선뜻 출입문 안으로 들어가지 못했던 마을 청년들이 이제 속속 안으로 들어왔다. 곧이어 청년들과 짝을 이룬 쌍들이 눈에 띄게 늘어났고, 마침내 모임에서 가장 못생긴 여자라도 남자 역할로 춤을 출 필요가 없게 되었다.

교회 종이 울렸다. 그러자 갑자기 그 청년이 가야겠다고 말했다. 춤에 빠져 있느라 형들과 합류해야 한다는 걸 깜빡 잊고 있었던 것이다. 춤추는 무리에서 빠져나오던 그의 시선이 우연히 테스 더비필드에게 가 멈췄다. 솔직히, 그녀의 커다란 두 눈엔 그가 자신을 선택하지 않았던 것에 대한 약간의 원망이 서려 있었다. 그 역시 뒤늦은 등장으로 그녀를 알아보지 못했던 걸 유감스러워했다. 그러나 아쉬움을 안고 그는 이 풀밭을 떠나갔다.

너무 오래 지체한 까닭에, 그는 거의 날다시피 서쪽을 향해 달려 곧바로 골짜기를 지났고 다음 언덕길을 올랐다. 아직 형들을 따라잡진 못했지만, 그는 잠시 멈춰 숨을 돌리며 뒤를 돌아보았다. 그와 함께 있을 때처럼, 초록 울타리 안에서 주위를 빙글빙글 돌고 있는 흰 옷을 입은 처녀들의 모습이 보였다. 다들 벌써 그를 까맣게 잊어버린 듯했다.

아마 한 사람만 빼고 모두 그랬을 것이다. 무리에서 떨어져 울타리 옆에 혼자 서 있는 그녀의 흰 형체가 보였다. 서 있는 위치로 보아, 자신이 함께 춤을 추지 않았던 그 아름다운 처녀가 분명했다. 어찌 보면 아주 사소한 일이었지만, 그는 본능적으로 자신이 못 보고 지나침으로 인해 그녀가 상처를 받았다는 걸 느꼈다. 그래서 그녀한테 춤을 청하지 않았던 것과 또 그녀의 이름을 물어보지 않았던 게 후회스러웠다. 수수하면서도 인상적이고 얇은 흰옷을 입은 지극히 차분해 보이는 이런 처녀를 몰라보다니, 그는 자신의 행동이 어리석었다고 느꼈다.

하지만 이젠 어쩔 수 없었다. 다시 돌아서 빠르게 걷는 데만 몰두하며 그는 머릿속에서 이 일을 깨끗이 지워버렸다.

3

그러나 테스 더비필드의 머릿속에선 이 사건이 그리 쉽게 지워지지 않았다. 짝이 되고 싶어 하는 남자들은 많았지만, 한참 동안 다시 춤출 생각조차 나질 않았다. 아! 안타깝게도 이들은 좀 전의 낯선 청년처럼 그렇게 멋진 말을 하지 못했던 것이다. 햇살이 젊은 이방인의 사라지는 모습을 삼켜버린 후에야, 비로소 그녀는 잠깐 동안의 슬픔을 털어버리고 춤 상대가 되길 바라는 남자의 청을 받아들였다.

그녀는 어두워질 때까지 동료들과 함께 남아 상당히 열정적으로 춤을 추었다. 아직까진 사랑을 모르는 지라, 그녀는 순전히 춤 그 자체를 즐겼다. 구애를 받거나 결혼 상대가 정해진 처녀들의 감미로운 아픔, 쓰라린 달콤함, 유쾌한 수고, 즐거운 고민 같은 걸 볼 때마다 그녀는 자기라면 이런 경우에 어떻게 했을지 도저히 감을 잡을 수 없었다. 지그경쾌하고 매우 빠른 동작의 춤곡를 출 때, 남자들이 서로 자신의 손을 잡으려고 몸싸움을 벌이며 언쟁하는 것도 그녀에겐 단지 흥미로운 구경거리일 뿐 그 이상은 아니었다. 그래서 다툼이 격렬해지면 이들을 나무라곤 했다.

테스는 한참 더 머물 수도 있었지만, 괴상한 모습으로 나타나 사람을 놀라게 했던 아버지의 일이 계속 마음에 걸렸다. 그 뒤로 아버지가 어떻게 되셨는지 궁금한 나머지 그녀는 춤꾼들로부터 빠져나와 부모님의 오두막이 있는 마을 끝으로 발길을 돌렸다.

집까지는 아직 수십 미터가 남아 있었지만, 테스의 귀에 떠날 때와는 또 다른 박자에 맞춘 소리가 들려왔다. 그녀도 익히 알고 있는, 아주 잘 아는 소리였다. 집 안에서 나오는 규칙적으로 쿵쿵거리는 이 소리는 요람이 돌바닥에 세게 부딪히는 소리로, 이에 맞춰 한 여자의 목소리가 빠른 춤곡 풍으로 애창곡인 '얼룩소'를 불렀다.

저기 파란 숲에 누워 있는 암소를 보았네
사랑이여, 오라! 그곳이 어디인지 말해주리라!

요람 흔들기와 노래가 동시에 잠시 멈추면, 날카로운 탄성이 노랫가락을 대신하곤 했다.

"우리 아기의 보석 같은 두 눈에 하나님의 축복을! 매끈한 두 뺨에도! 앵두 같은 입술에도! 큐빗사랑의 신 큐피드를 잘못 발음한 것 같은 다리에도! 그리고 축복받은 온몸 구석구석에도!"

이 기원이 끝나자 요람 흔들기와 노래가 다시 시작되었고 '얼룩소'는 전처럼 계속 이어졌다.

테스가 문을 열고 현관에 서서 집 안을 살피고 있을 때의 상황은 이러했다. 바깥의 음악 소리에도 불구하고 집 안을 들여다본 테스는 말할 수 없이 우울해졌다. 휴일의 유쾌한 분위기—흰옷, 꽃다발, 버드나무 가지, 초원을 빙빙 돌던 춤, 낯선 청년에게 순간적으로 끌렸던 미묘한 감정에 이르기까지—에서 촛불 하나로 어둠을 밝히고 있는 이 칙칙하고 우울한 풍경으로의 변화라니, 이 얼마나 딴판인가! 이 같은 대조에서 오는 우울함 이외에도, 밖에서 혼자 정신없이 노는 대신 더 일찍 돌아와 집안일에 매어 있는 어머니를 도왔어야 한다는 자책감이 그녀를 사로잡았다.

어머니는 그녀가 집을 떠날 때와 마찬가지로, 아이들에 둘러싸인 채 빨래통에 매달려 있었다. 월요일마다 시작하는 이 일은 늘 그렇듯 주말까지 밀려 이어지곤 했다. 조심성 없이 축축한 풀밭을 돌아다니느라 치맛자락에 풀물이 들어버린 그녀의 흰옷도 바로 전날 이 빨래통에서 나온 것—테스는 혹독한 양심의 가책을 느끼지 않을 수 없었다—으로 어머니가 손수 빨아 다려준 옷이었다.

평소처럼 더비필드 부인은 한 발은 욕조 옆에 두어 균형을 잡고, 다른 한 발로는 막내의 요람을 흔들어주었다. 요람 받침대는 오랜 세월 동안 돌바닥 위에서 그 많은 아이들의 무게를 견뎌내며 열심히 의무를 다한 탓에 닳을 대로 닳아 거의 납작해져 있었다. 그래서 더비필드 부인이 자신의 노래에 취해 하루 종일 통 속에 잠겨 일하다 남은 힘으로 요람을 밟을 때면, 마치 베틀의 북이 급격히 왕복하는 것처럼 아이는 이쪽저쪽으로 내동댕이쳐지곤 했다.

삐거덕삐거덕 요람이 흔들거리자, 촛불은 위로 길게 솟구쳤다 아래위로 너울거렸다. 어머니의 팔에선 물이 뚝뚝 떨어졌다. 더비필드 부인은 딸의 얼굴을 쳐다보며 끝나가던 노래를 서둘러 마쳤다. 많은 아이들을 챙기느라 고단한 삶이 지속되는 지금도 조안 더비필드는 변함없이 노래를 무척 좋아했다. 외부에서 블랙무어 계곡으로 흘러 들어오는 어떤 노래라도 테스의 어머니는 일주일 만에 완전히 간파해버리곤 했다.

이 여인의 얼굴엔 여전히 젊은 시절의 참신함과 심지어 미모까지도 어렴풋이 남아 있었다. 따라서 테스가 자부심을 가질 법한 개인적인 매력은 대체로 어머니한테서 물려받은 게 분명했고 기사 가문이나 역사적인 것과는 아무 상관이 없는 것 같았다.

"어머니, 요람은 제가 흔들게요. 아니면, 이 옷 벗고 와서 빨래 짜는 걸 거들까요? 전 벌써 빨래가 끝났을 줄 알았어요."

딸이 다정하게 말했다.

어머니는 테스가 그렇게 오랫동안 자신 혼자 집안일을 하도록 내버려 둔 것에 대해 원망하지 않았다. 사실, 테스의 도움이 다소 아쉽긴 했지만 어머니는 평소에도 이런 일로 테스를 질책하거나 하진 않았다. 왜냐하면 그녀가 일상의 노동으로부터 벗어나고 싶을 때 주로 쓰는 방법은 뒤로 미루는 것이었기 때문이다. 그러나 오늘 밤엔 평소보다 기분이 더 좋아 보였다. 어머니의 표정에는 딸로서 이해할 수 없는 공상과 몰두와 의기양양한 뭔가가 서려 있었다.

"어쨌든 네가 와서 다행이다."

마지막 가락을 끝맺으며 어머니가 말했다.

"난 가서 네 아버지를 데려와야겠구나. 아니, 그보다 더 중요한 게 있지. 그새 무슨 일이 있었는지 너한테 말해줘야겠다. 얘야, 그걸 알고 나면 너도 무척 우쭐해할 거다!" (더비필드 부인은 습관적으로 사투리를 쓰고 있었다. 하지만 런던에서 수학한 여교사로부터 초등과정 6년을 마친 딸은 극단적인 감정을 표출할 때, 즉 기쁘거나 놀랍거나 슬플 때만 사투리가 튀어나오곤 했다.)

"제가 없는 동안에요?"

테스가 물었다.

"그래!"

"혹시 오늘 오후 아버지가 마차를 타고 가면서 보여준 이상한 행동과 관계된 거예요? 대체 왜 그러셨죠? 정말, 너무 창피해서 쥐구멍에라도 들어가고 싶었다고요!"

"그게 다 이유가 있어서 그런 거야! 우리가 이 지방을 통틀어 가장 훌륭한 명문가로 밝혀졌다는구나. 그 뿌리가 올리버 그럼블올리버 크롬웰을 잘못 발음한 것 시절보다 더 옛날, 그러니까 이교도들이 판치던 아득한 옛날까지 거슬러 올라가는데 비석, 가족묘지, 문장, 방패 이외에도 많은 것들이 있나보더라. 찰스 왕 시절엔 왕실의 오크 기사로 봉해졌는데, 글쎄, 우리 집안의 진짜 성이 더버빌이라지 뭐냐! …… 가슴이 마구 부풀어 오르는 것 같지 않니? 네 아버지가 오늘 마차를 타고 집으로 온 건 바로 이 때문이었어. 사람들 생각처럼 술에 취해 그런 게 아니란 말이다."

"정말 기쁜 소식이네요. 그런데 어머니, 그게 우리한테 무슨 도움이 될까요?"

"아, 되고말고! 모르긴 해도 대단한 일이 벌어질 게다. 이 사실이 알려지면 곧 많은 친척들이 마차를 타고 여기로 찾아올걸. 네 아버지가 스타워캐슬에서 돌아오는 길에 이걸 알게 되었다면서 나한테 가문의 족보를 말해주었단다."

"아버진 지금 어디 계세요?"

테스가 불쑥 물었다. 어머니는 대답 대신 엉뚱한 얘기를 늘어놓았다.

"아버진 오늘 스타워캐슬에 진찰을 받으러 가셨어. 다행히 폐병은 전혀 아닌 것 같다. 의사 말로는 심장 주위에 지방이 끼었다고 했다던데, 이렇게 말야."

조안 더비필드는 물에 불은 엄지와 검지 손가락을 C자 모양으로 구부린 다음, 다른 쪽 집게손가락으로 그걸 가리켰다.

"의사가 네 아버지한테 이렇게 말했다는구나. '현재 상태로 보아, 당신 심장은 이 주위가 완전히 닫혀 있소. 아직 이 부분은 열려 있는데, 이것마저 이렇게 붙어버리면, (더비필드 부인은 두 손가락을 붙여 원을 만들어 보였다) 당신은 바로 유령처럼 사라지게 되는 거요. 그래도 앞으로 십 년은 더 살 수 있을 거요. 하지만 열 달 후, 아니 열흘 후에 가게 될지도 모르오.'"

테스는 깜짝 놀라는 눈치였다. 이런 경사스런 일까지 생긴 마당에, 아버지가 그렇게 빨리 구름 뒤로 영원히 사라질지도 모른다니!

"대체 아버진 지금 어디 계시냐고요?"

그녀가 다시 물었다. 어머니는 질책의 눈초리로 딸을 쳐다보았다.

"그렇게 화낼 것 없다! 그 불쌍한 양반이 글쎄, 신부님한테 그 소식을 듣고는 의기양양해지더니 갑자기 축 처져서 반 시간 전에 롤리버네로 갔지 뭐냐. 가문이야 어떻든 간에 내일 벌통들은 배달해야 하니까, 그 많은 걸 지고 가자면 기운을 내야 한다면서 말이다. 거리가 너무 멀어 오늘 밤 자정이 지나자마자 곧 출발해야 할 텐데."

"기운을 내다뇨!"

테스가 눈물을 글썽이며 격하게 말했다.

"아, 세상에! 기운을 내러 술집으로 가다니! 그런데도 어머닌 말리지 않고 그냥 내버려 두신 거예요?"

테스의 비난과 분노가 온 방을 가득 채우는 것 같았고 가구와 촛불과 근처에서 놀고 있는 아이들, 그리고 어머니까지도 기가 죽은 기색이었다.

"그게 아냐."

어머니가 거칠게 반박했다.

"내가 가시라고 한 게 아니란 말이다. 난 지금껏 네가 돌아오기만 기다리고 있었어. 그래야 집을 맡기고 네 아버지를 데리러 갈 테니까."

"제가 갈게요."

"아, 아냐, 테스. 너도 알다시피 그래봐야 소용없어."

테스는 더이상 고집 부리지 않았다. 어머니가 왜 직접 가려는지 잘 알고 있었기 때문이다. 더비필드 부인은 예견된 이 마중을 위해 이미 저고리와 모자를 옆에 있는 의자에 은밀히 걸어놓고 있었다. 그러면서도 마중까지 나가야 한다며 필요 이상으로 투덜거렸다.

"참, 저기 『운세대감』은 바깥채에 잘 치워두렴."

재빨리 손을 닦고 옷을 걸치며 그녀가 말했다.

낡고 두툼한 『운세대감』은 어머니 옆의 탁자에 놓여 있었는데, 얼마나 주머니에 넣고 다녔는지, 가장자리가 너무 닳아 활자 있는 데까지 해어져 있었다. 테스는 이 책을 집어 들었고 어머니는 집을 나섰다.

변변치 못한 남편을 찾으러 여관으로 가는 이 시간이 더비필드 부인으로선 아이들과 부대껴야 하는 성가신 일상에서 벗어나 즐거움을 맛볼 수 있는 유일한 시간이었다. 롤리버네에서 남편을 찾은 다음, 그 옆에 앉아 한두 시간쯤 아이들에 대한 걱정을 잊고 있으면 그녀는 행복해졌다. 그럴 때면 그녀의 삶에도 석양빛 같은 일종의 후광이 갑자기 찾아들었다. 골칫거리들과 현실적인 문제들은 모두 형이상학적인 것으로 변해 자신과는 먼 일처럼 느껴졌고, 조용한 명상을 위한 사색거리로 가라앉아 더이상 몸과 마음을 괴롭히는 절박한 현실이 되지 못했다. 또 당장 눈앞에 보이지 않는 어린애들은 오히려 눈앞에 보일 때보다 더 총명하고 소중한 재산처럼 여겨졌다. 이곳에 있으면 평범한 일상사에서도 나름대로 약간의 멋과 즐거움을 찾을 수 있었다. 연애할 때와 같은 자리에, 이젠 결혼한 남편 옆에 앉아 있노라면, 그녀는 그의 결점은 눈에 들어오지 않았고 이상적인 겉모습만 보이던 그때의 기분이 조금은 느껴지곤 했다.

어린 동생들과 함께 남겨진 테스는 우선 『운세대감』을 가지고 바깥채로 나가 짚단 속에 집어넣었다. 어머니는 꼬질꼬질 때 묻은 이 책이 주는 이상한 물신숭배적 공포감 때문에 이것을 밤새 집 안에 두지 못하게 했고, 책을 본 다음엔 꼭 이곳으로 가져다놓게 했다. 미신과 민속, 사투리, 그리고 구전민요 등 빠르게 사라져가는 잡동사니들을 가진 어머니와 끊임없이 개정된 법령 아래서 의무교육을 받고 초등학교 지식을 갖춘 딸 사이엔 어림잡아 약 200년의 간격이 있었다. 이들이 함께 있으면 마치 제임스 1세 시대1603-1625와 빅토리아 시대1807-1901가 나란히 공존하는 것 같았다.

뜰의 좁은 길을 따라 돌아오며 테스는 어머니가 오늘처럼 특별한 날 이 책에서 뭘 확인하고 싶었는지를 생각해보았다. 그녀는 이것이 새로 밝혀진 가문과 관련되어 있을 거라는 짐작은 했지만, 전적으로 자기 자신과 관련된 것이라곤 생각지 못했다. 하지만 이런 생각을 떨쳐버리고 낮 동안 마른 옷가지에 물을 뿌리느라 분주히 움직였다. 아홉 살짜리 남동생 에이브러햄과 '리자-루'라고 불리는 열두 살짜리 여동생 엘리자-루이자가 옆에서 도와주었고 더 어린 동생들은 잠들어 있었다. 테스와 바로 밑의 동생은 네 살 터울이었다. 실은 그 사이에 둘이 더 있었는데 어릴 적에 죽고 말았다. 이런 까닭에 어린 동생들과 함께 있으면 테스가 어머니 노릇을 대신해야 했다. 에이브러햄 밑으로 호프와 모데스

티라는 여동생이 둘 더 있었고, 그 다음엔 세 살짜리 남동생과 돌이 갓 지난 막내가 있었다.

이 모든 어린 영혼들은 더비필드호에 탑승한 승객들로서 자신들의 기쁨과 필수품과 건강은 물론이요, 생존마저도 더비필드라는 이름을 가진 두 어른의 판단에 완전히 의존하고 있었다. 만약 더비필드호의 수장들이 고난과 재앙, 굶주림, 질병, 타락, 죽음을 향해 나아가기로 작정한다면, 갑판 아래 갇혀 있는 여섯 명의 어린 포로들은 꼼짝없이 이들과 함께할 수밖에 없었다. 무기력한 여섯 피조물들, 이들은 자신들이 어떤 조건에서 살고 싶은지 질문을 받아본 적이 없었고, 무능하고 가난한 더비필드 가정의 일원이 되겠느냐는 질문은 더더욱 받아보지 못했다. 어떤 이들은 요즘 맑고 기운찬 시 못지않게 철학도 심오하고 믿을 만한 것으로 인정받고 있는 그 시인이 왜 '자연의 거룩한 계획'영국의 낭만주의 시인 워즈워스의 시에서 인용한 구절을 들먹였는지 알고 싶을 것이다.

시간은 점점 늦어지고 있는데 아버지도 어머니도 돌아오지 않았다. 테스는 문밖을 내다보며 머릿속으로 말로트 일대를 쭉 그려보았다. 마을은 서서히 잠에 빠져들고 있었다. 사방에서 촛불과 등불이 꺼지고 있었던 것이다. 테스는 마음속으로 소등기와 쭉 뻗은 손을 볼 수 있었다.

어머니의 외출은 데려와야 할 사람이 한 사람 더 늘었다는 걸 의미했다. 테스는 몸도 성치 않은 아버지가 새벽 한 시도 되기 전에 먼 길을 떠나기로 되어 있다면, 이렇게 늦은 시간까지 자신의 옛 혈통이나 자랑하며 여관에 있어선 안 된다는 생각이 들기 시작했다.

"에이브러햄."

그녀가 남동생에게 말했다.

"어서 모자를 써. 무섭지 않지? 지금 곧 롤리버네로 가서 아버지, 어머니가 어떻게 되셨는지 좀 알아보고 와."

소년은 잽싸게 자리에서 뛰어내렸고, 문을 열고 나가자 어둠이 그를 삼켜버렸다. 다시 반 시간이 지났건만 부모님은 고사하고 동생마저 돌아오지 않았다. 에이브러햄 역시 그의 부모처럼 사람을 홀리는 여관에 붙잡혀 있는 것 같았다.

"내가 직접 가봐야겠어."

잠시 후 리자-루가 잠자리에 들자 테스는 방문을 잠근 뒤, 성급한 걸음으로는 걷기 힘든 어둡고 꾸불꾸불한 오솔길을 오르기 시작했다. 이 길은 땅덩이들이 어떤 가치를 지니기 이전, 시곗바늘 하나로도 하루를 충분히 나타낼 수 있었던 옛날에 닦인 길이었다.

4

롤리버 여관은 드문드문 집들이 길게 이어진 이 마을의 끝에 위치한 유일한 술집으로, 주류 판매만 허가받은 곳이었다. 그래서 법적으로는 누구도 점포 안에서 술을 마실 수 없었기 때문에, 고객들을 위한 공개적인 시설이라고 해봐야 선반으로 쓰려고 마당 울타리에 철사로 고정시켜둔 너비 15센티미터, 길이 2미터의 작은 판자가 고작이었다. 목마른 나그네들은 길가에 선 채 이 판자 위에 컵을 내려놓고 마셨다. 그리고 마치 폴리네시아 지도를 그리듯 남은 찌꺼기를 지저분한 땅바닥에 뿌리며 가게 안의 편한 자리에서 좀 쉬었으면 하고 바랐다.

나그네들의 이런 심정은 당연한 것이었다. 하지만 마을의 단골들도 이와 똑같은 바람을 갖고 있었으니 뜻이 있는 곳엔 길이 있는 법이다.

이날 저녁, 위층 커다란 침실엔 열두어 명의 손님들이 술에 취하고 행복을 만끽하고 싶어 모여 있었다. 이 방의 창문은 가게 안주인 롤리버 여사가 최근에 버린 멋진 양모 숄로 두껍게 커튼이 쳐져 있었다. 이들은 모두 말로트 이쪽 끝에서 오랫동안 살아온 사람들로 이 외진 은신처의 단골들이었다. 인가가 드문드문 위치한 마을 저쪽 끝에는 음식업 면허를 포함해 완벽한 술집 면허를 갖춘 퓨어 드롭이 있었다. 하지만 거리가 너무 멀어 마을 이쪽에 사는 사람들에겐 별 소용이 없었다. 게다가 더 중요한 이유는 바로 술맛이었다. 퓨어 드롭의 술맛은 넓은 데서 그 집 주인과 함께 마시기보다는 다락방 구석에서 롤리버와 함께 마시는 게 낫다는 지배적인 여론을 통해서도 확인되었다.

이 방에 놓여 있는 다리가 넷 달린 을씨년스런 침대가 주위로 모여든 몇몇 사람들에게 앉을 자리를 제공했다. 여기에 두 남자가 서랍장 위에 걸터앉아 있었고, 한 명은 조각된 참나무 궤짝에 앉아 쉬고 있었다. 또 세면대 위에도 둘이 있었고, 등받이 없는 의자에도 한 명이 있었다. 어쨌든 이렇게 모두가 편하고 자유롭게 앉아 있었다. 이때쯤 술이 거나하게 취한 이들은 정신이 육체 너머로 확장되어, 방 전체에 자신들의 개성을 온화하게 퍼뜨리고 있었다. 이 과정에서 이 방과 가구들은 점점 더 품위 있고 사치스럽게 보였다. 창에 걸려 있는 숄은 마치 호화로운 벽걸이용 융단처럼 보였고, 서랍장의 놋쇠 손잡이들은 황금 손잡이로, 또 조각된 침대 다리는 솔로몬이 지은 성전聖殿의 장엄한 기둥들을 닮은 것 같았다.

더비필드 여사는 테스를 두고 집을 나선 뒤, 빠른 걸음으로 이곳에 도착해서 가게 문을 열었다. 그리고 깊은 어둠에 잠겨 있는 아래층 방을 가로질러 마치 그녀의 손가락이 빗장의 비밀을 잘 알고 있는 듯 자연스레 계단 문의 빗장을 풀었다. 그러고는 곡선 계단을 천천히 올라갔다. 마지막 계단을 지나 그녀의 얼굴이 환한 빛 속에 드러나자, 방에 모여 있던 모든 이들의 시선이 그녀에게로 쏠렸다.

"…… 내 돈으로 부녀회 들놀이 축제를 계속 즐기려고 친한 친구 몇 명을 불렀어요."

안주인이 발소리를 듣고는 계단 위를 빤히 쳐다보며 교리문답을 외는 어린애처럼 유창하게 소리쳤다.

"아, 이런! 더비필드 부인이었군. 세상에, 얼마나 놀랐는지 몰라요! 그것도 모르고 난 관청에서 감독관이 나온 줄 알았잖아요."

비밀집회라도 여는 듯, 모여 있는 이들이 흘깃흘깃 고갯짓으로 하는 인사를 받으며 그녀는 곧바로 남편이 앉은 자리로 다가갔다. 그는 무슨 생각을 하는지 멍하게 앉아 콧노래를 낮게 흥얼거리고 있었다.

"난 어느 누구 못지않게 훌륭한 신분이라네! 킹즈비어-서브-그린힐에는 우리 집안 가족묘지가 있다네. 우린 웨섹스 지방에서 가장 뼈대 있는 가문이라네!"

"당신한테 말할 게 있어요. 방금 머릿속에 떠오른 건데, 아주 굉장한 계획이라니까요!"

쾌활한 그의 아내가 속삭였다.

"여보! 나 좀 봐요, 안 보여요?"

그녀가 팔꿈치로 그를 슬쩍 찔렀다. 그러자 그는 유리창 너머로 바라보듯 그녀를 쳐다보더니 계속 콧노래를 흥얼거렸다.

"쉿! 노랫소리가 너무 커요."

안주인이 말했다.

"혹시 관청에서 나온 사람이라도 지나가는 날엔 당장 면허를 빼앗기게 된다고요."

"이 양반이 우리 집에 무슨 일이 생겼는지 말하지 않던가요?"

더비필드 부인이 물었다.

"뭐, 약간 듣긴 했어요. 그래서 돈이 좀 생길 것 같아요?"

"아, 그건 비밀이에요."

조안 더비필드가 빼기듯 대답했다.

"하지만 마차를 타지는 못할지라도 가까이 가보는 건 좋다는 말이 있잖아요."

그녀는 모두가 들으라는 듯 목소리를 내리깔며 남편에게 말했다.

"당신한테 그 이야기를 들은 뒤로 줄곧 생각해봤는데, 체이스 숲 변두리의 트랜트리지에 더버빌이라는 이름의 대단한 부잣집 마님이 살고 있어요."

"허, 뭐라고?"

존 경이 물었다.

그녀는 다시 이야기를 반복했다.

"그 마님은 우리 친척이 틀림없어요. 그래서 말인데요, 테스를 거기로 보내 우리가 친척이라는 걸 알리는 게 좋을 것 같아요."

"맞아, 당신 말처럼 그런 이름을 가진 귀부인이 있긴 하지."

더비필드가 말했다.

"트링엄 신부님도 그건 미처 생각지 못한 모양이로군. 하지만 틀림없이 노르만 왕조 이후 우리 가문에서 갈라져 나간 집안일 거요."

이 문제를 논의하는 동안, 부부 중 누구도 이 방에 슬그머니 들어와 있던 어린 아들의 존재를 알아채지 못했다. 에이브러햄은 이들에게 집으로 돌아가자고 말할 기회만 엿보고 있었다.

"그 마님은 부자니까 틀림없이 테스한테 잘해줄 거예요."

더비필드 부인이 계속했다.

"그렇게 되면 정말 좋을 거예요. 따지고 보면 한집안인데, 서로 왕래하지 못할 이유가 어디 있어요?"

"맞아요. 우리가 친척이라고 말해요!"

에이브러햄이 침대 밑에서 나와 기운차게 말했다.

"테스 누나가 거기 살러 가면, 우린 누나를 보러 갈 수 있을 거예요. 검은 예복을 차려입고 부인의 마차를 타고 말이에요!"

"에이브러햄, 어떻게 여길 왔지? 그건 또 무슨 뚱딴지같은 소리야! 저리 가 있어. 엄마 아빠가 준비될 때까지 계단에 가서 놀도록 해! …… 자, 그러니까 내 말은 테스를 우리 일가인 그 마님한테 보내자는 거예요. 분명 마님은 그 앨 좋아할 거예요, 정말이에요. 그럼 멋진 신사와 결혼할 수도 있잖아요. 아니, 난 그걸 확신해요."

"어떻게?"

"『운세대감』에서 그 애 운명을 점쳐봤거든요. 점괘가 그렇게 나왔어요……. 오늘 그 애가 얼마나 예뻐 보였는지 당신이 봤어야 하는 건데. 어찌나 고운지 피부가 꼭 공작부인처럼 매끈하더라니까요."

"테스는 뭐라고 합디까?"

"아직 안 물어봤어요. 그 앤 그런 친척이 있다는 것도 몰라요. 하지만 이건 분명 대단한 사람과 결혼할 수 있는 길이에요. 그 애도 마다하진 않을 거예요."

"테스는 성미가 별난 아이요."

"하지만 속마음은 착해요. 그 문제는 저한테 맡기세요."

비록 이 대화가 사적인 것이긴 했지만 그 중요성은 주변 사람들도 충분히 인식할 정도여서, 다들 더비필드 부부가 지금 다른 사람들보다 훨씬 중요한 이야기를 나누고 있으며 이들의 예쁜 장녀 테스에게 멋진 미래가 예비되어 있다는 것은 짐작할 수 있었다.

"오늘 테스가 다른 사람들과 함께 교구를 도는 걸 보니, 참 예쁘고 재미있는 아이로구나 하는 생각이 들더군요."

나이 든 술꾼 하나가 낮은 목소리로 말했다.

"하지만 더비필드 부인은 '마룻바닥에서 엿기름을 얻지 않도록' '마룻바닥의 엿기름'이란 결혼도 하기 전에 딸을 낳는다는 뜻 조심해야 할 거요."

이것은 특별한 뜻을 지닌 이 지방 속담이었다. 하지만 이 말에 아무도 대꾸하지 않았다.

대화는 점차 다양한 주제들로 흘러갔고, 잠시 후 아래층 방을 가로지르는 또 다른 발소리가 들렸다.

"…… 내 돈으로 부녀회 들놀이 축제를 계속 즐기려고 친한 친구 몇 명을 불렀어요."

안주인이 불쑥 들어오는 불청객에 대비해 준비해둔 공식 같은 문구를 재빨리 되풀이했지만, 이내 새로 온 주인공은 테스임이 밝혀졌다.

주름진 중년들을 맺어주는 술기운이 맴도는 술집 한가운데 서 있는 어린 딸의 모습은 어머니가 보기에도 낯설고 어색해 보였다. 테스의 까만 눈이 비난의 빛을 띠자, 부부는 곧바로 자리를 털고 일어나 급히 맥주잔을 비웠다. 그러고는 딸의 뒤를 따라 층계를 내려갔고, 롤리버 부인의 경고가 이들의 발소리를 뒤따라왔다.

"이봐요! 그렇게 훌륭하신 분들이라면, 제발 소리 좀 내지 말아요. 안 그러면 우린 면허도 잃고 호출을 당할 거라고요. 또 그보다 더한 일이 있을지도 모르고! 잘 가요!"

테스가 아버지의 한 팔을 잡고 더비필드 부인이 나머지 팔을 잡은 채, 이들은 함께 집으로 향했다. 사실, 그는 술을 거의 마시지 않은 거나 다름없었다. 늘 술을 마시던 술꾼이 일요일 아침 교회에서 동쪽으로 제단을 향해 앉거나 무릎을 꿇었다 일어설 때 실수하지 않을 정도의 1/4도 마시지 않았던 것이다. 하지만 존 경은 체질적으로 허약한 탓에 이렇게 조금만 마셔도 엄청나게 취하곤 했다.

차가운 공기를 마시자 그가 심하게 비틀거렸고 그 바람에 일렬로 늘어선 세 사람은 동시에 한 번은 런던 쪽으로, 한 번은 바스런던과는 반대 방향에 위치한 도시 쪽으로 기울어지곤 했다. 이 광경은 야밤에 집으로 돌아가는 가족들에게서 흔히 볼 수 있는 우스꽝스런 광경이었지만, 대체로 희극적 효과라는 게 그렇듯 그리 우스운 것만은 아니었다. 두 여자는 이처럼 전진과 후퇴를 거듭하며 어쩔 수 없이 갈팡질팡해야 하는 모습을 그 원인 제공자인 더비필드에게, 또 에이브러햄에게 내보이지 않으려고 안간힘을 써가며 씩씩하게 버텼다. 이렇게 해서 이들은 점차 집에 가까워졌고, 거의 다 왔을 때쯤 이 집의 가장은 자신의 작고 초라한 집을 보더니 갑자기 기운을 내려는 듯 앞서 불렀던 노래를 다시 흥얼거렸다.

"킹즈비어엔 우리 집안 가족묘지가 있다네!"

"쉿! 여보, 주책 좀 부리지 말아요! 이 넓은 세상에 명문가가 당신네만 있는 건 아니잖아요. 안크텔, 홀시, 트링엄 집안을 좀 보세요. 다들 당신네 가문처럼 망했다고요. 물론 당신네 가문이 이들 가문보다 더 번창했던 건 사실이지만, 결과는 마찬가지잖아요. 고맙게도 난 명문가 자손이 아니라 그 점에선 전혀 부끄러워할 게 없군요!"

"그렇게 단정 지어 말하지 말아요. 당신 성품으로 보건대 우리 중 누구보다 더 명문가였을지도 모르고, 또 한때는 왕가였을지도 모르니까."

테스는 이 순간 조상에 대한 얘기보다 훨씬 더 중요하다고 생각되는 얘기를 꺼내 화제를 돌렸다.

"제가 보기엔 내일 그렇게 일찍 벌통을 지고 먼 길을 떠날 수 없을 것 같아요."

"나 말이냐? 걱정 마라, 한두 시간만 지나면 말짱해질 거다."

더비필드가 말했다.

열한 시가 지나서야 온 가족이 잠자리에 들었다. 도로 사정이 좋지 않은 데다 거리도 40, 50킬로미터가 넘어서 짐마차가 아주 느리다는 걸 감안할 때, 토요일 장이 서기 전에 벌통들을 캐스터브리지의 소매상들한테 전달하려면 최소한 다음 날 새벽 두 시에는 출발해야 했다. 한 시 반경 더비필드 부인이 테스와 어린 동생들이 모두 잠들어 있는 큰 방으로 들어왔다.

"아무래도 딱한 네 아버지는 못 갈 것 같다."

더비필드 부인이 장녀인 테스에게 말했다. 테스는 어머니의 손이 문에 닿는 순간 이미 눈을 떴다.

테스는 이 말이 꿈인지 생시인지 어리둥절해하며 자리에서 일어나 앉았다.

"하지만 누군가는 가야 해요."

그녀가 대답했다.

"벌통을 가져가기에도 이미 때가 늦었어요. 올해 분봉도 곧 끝날 테니까요. 만약 다음 주 장날까지 미뤄뒀다간 주문이 끊겨버려, 결국 이 벌통들은 모두 우리 손으로 버리게 될 거라고요."

더비필드 부인은 이 긴급 사태에 대처할 능력이 없어 보였다.

"그렇다면 젊은 사람이 가야 할 텐데, 혹시 누가 없을까? 어제 너와 춤추고 싶어 안달하던 청년들은 어떠냐?"

"아, 아뇨! 그건 절대 안 돼요!"

테스가 당당하게 선언했다.

"그렇게 되면 다들 우리 사정을 알게 될 텐데, 그건 너무 창피한 일이잖아요! 에이브러햄이 같이 갈 수 있다면 제가 직접 가겠어요."

어머니도 결국 이 제안을 받아들였다. 방 한쪽 구석에서 깊은 잠에 빠져 있던 어린 에이브러햄은 어머니가 난데없이 깨워 옷을 입히는 동안에도 여전히 꿈나라에 있었다. 그사이 테스는 서둘러 옷을 챙겨 입었다. 그리고 두 사람은 초롱

불을 켜고 마구간으로 갔다. 곧 무너질 것처럼 흔들거리는 작은 마차엔 이미 짐이 실려 있었다. 테스는 말 프린스를 끌어냈지만, 말의 상태는 마차보다 조금 나을 뿐이었다.

이 불쌍한 짐승은 모든 생물들이 숙소로 들어가 휴식을 취하고 있을 이 시간에 난데없이 일하러 불려 나왔다는 사실이 믿기지 않는 듯, 걱정스런 눈빛으로 주위의 어둠과 초롱불 그리고 두 사람을 의아스럽게 쳐다보았다. 이들은 초 동강 몇 개를 초롱 안에 넣은 다음, 초롱불을 마차 오른쪽에 걸고는 말을 앞으로 몰았다. 처음엔 기운도 없는 짐승에게 무거운 짐을 지우지 않으려고 말과 어깨를 나란히 하며 언덕길을 걸어 올라갔다. 가능한 한 기운을 내고자, 이들은 초롱불로 아침이 된 듯한 분위기를 만들며 약간의 빵과 버터로 요기를 한 뒤, 서로 이야기를 주고받았지만 진짜 아침은 여전히 멀기만 했다. 에이브러햄은 이제 좀 정신을 차렸는지—지금까지 그는 거의 비몽사몽간에 걸음을 떼놓았었다— 하늘을 배경으로 여러 가지 검은 물체들이 만들어놓은 이상한 모양에 관해 조잘거리기 시작했다. 이 나무는 마치 굴에서 막 튀어나온 성난 호랑이처럼 보이고, 저 나무는 거인의 머리처럼 보인다는 식의 얘기였다.

짙은 갈색 짚단 아래서 쏟아지는 졸음을 참으며 스타워캐슬이라는 작은 도시를 지나자 높은 언덕길이 나왔다. 좀더 올라가자 왼쪽으로 벌배로우 혹은 빌배로우라고 불리는 고지대가 나왔다. 남부 웨섹스에서 거의 가장 높은 이 지대는 깊은 흙 도랑으로 둘러싸인 채 하늘 높이 솟아 있었다. 이 부근에서부터는 상당히 멀리까지 평탄한 길이 이어졌다. 이들은 마차 앞쪽에 올라탔고, 에이브러햄은 깊은 생각에 빠져들었다.

"테스 누나!"

침묵을 지키던 그가 무슨 말을 하려는 듯 입을 뗐다.

"말해봐, 에이브러햄."

"우리가 명문가가 되었다는 게 누난 좋지 않아?"

"특별히 좋을 건 없어."

"그래도 멋진 신사와 결혼하는 건 좋을 것 아냐?"

"뭐라고?"

테스가 고개를 번쩍 들며 말했다.

"대단한 친척이 누나가 신사와 결혼하는 일을 도와줄 거라고 하던걸."

"내가? 대단한 친척? 우린 그런 친척이 없어. 대체 누가 그런 말을 하던?"

"롤리버네로 아버지를 찾으러 갔을 때, 거기서 부모님이 하는 소릴 들었어. 트랜트리지에 아주 부자 마님이 있는데 우리 친척이래. 어머니 말로는 누나가 가서 친척이라고 하면, 그분이 신사와 결혼하도록 도와줄 거라고 했어."

테스는 갑자기 입을 다물고 깊은 생각에 빠져들었다. 에이브러햄은 계속 종알거렸다. 테스의 반응에는 별 관심이 없는 걸 보니, 누나가 들어주길 원한다기보다 말하는 것 자체를 즐기는 것 같았다. 그는 벌통에 등을 기대고 위를 쳐다보며 별들에 관한 이야기를 했다. 별들은 도깨비불 같은 이 두 생명체와는 멀리 떨어진 채, 저 위 검은 하늘에서 맥박이 뛰듯 차갑게 반짝이고 있었다. 에이브러햄은 반짝이는 저 별들이 얼마나 멀리 떨어져 있는지, 또 이들 너머엔 하나님이 계시는지를 물었다. 그러나 그의 유치하고 실없는 말들은 이따금 창조의 경이로움보다 한층 더 그의 상상력을 자극하는 질문으로 되돌아가곤 했다. 만약 테스가 멋진 신사와 결혼해 부자가 된다면, 저 별들을 네틀컴 타우트만큼 가까이 끌어당겨 볼 수 있는 큰 망원경을 살 만한 돈을 얻게 될까?

온 가족이 빠져 있는 것 같은 이 문제가 다시 등장하자, 테스는 짜증이 났다.

"이젠 그 문제에 신경 쓰지 마!"

그녀가 선언했다.

"누나, 별들도 세상을 갖고 있다고 했지?"

"그래."

"우리가 사는 세상이랑 똑같아?"

"잘은 모르겠지만 아마 그럴 거야. 가끔은 우리 집 사과나무에 달린 사과처럼 보이는 것 같아. 대부분은 반짝반짝 빛이 나고 상하지 않았지만, 한두 개는 썩어버린 것도 있거든."

"그럼, 우린 어느 쪽에 살아? 빛이 나는 쪽이야, 썩어버린 쪽이야?"

"썩어버린 쪽이지."

"빛나는 별들이 이렇게 많은데, 그중 하나도 안 걸리다니, 재수가 없는 거네!"

"맞아."

"누나, 이건 어떨까?"

에이브러햄은 이 생소한 이야기가 무척 인상적인 듯 곰곰 생각하더니, 테스 쪽을 돌아보며 말했다.

"만약 우리가 상하지 않은 별을 골랐다면 어땠을까?"

"글쎄, 아버지는 기침을 안 하실 테고 잘 걷지도 못하시진 않겠지. 또 너무 취해 이번 배달을 못 하게 되지도 않았을 테고. 어머니는 끝도 없는 빨래를 늘 끼고 살지 않아도 됐을 거야."

"또 누나도 신사와 결혼해서 부자가 되는 게 아니라 처음부터 귀부인이었을 거야."

"아! 애비에이브러햄의 애칭, 그 얘긴 더이상 꺼내지 말라니까!"

홀로 생각에 잠기자 에이브러햄은 곧 꾸벅꾸벅 졸았다. 테스는 말을 다루는 솜씨가 별로 좋진 않았지만 당분간은 자신이 말을 몰 수 있을 테니 에이브러햄을 그냥 자게 내버려 둬도 될 거라 생각했다. 그녀는 동생을 위해 벌통 앞에 잠자리를 만들어 떨어지지 않도록 한 다음, 전처럼 말고삐를 손에 쥐고 천천히 말을 몰았다.

프린스는 걷는 것 이외에 다른 어떤 움직임도 보일 만한 힘이 없었기 때문에 거의 신경 쓸 필요가 없었다. 성가신 동행마저 없어지고 나자, 테스는 벌통에 등을 기댄 채 전보다 더 깊은 공상에 빠져들었다. 이 침묵의 행진은 나무들과 울타리를 지나 그를 현실을 벗어나 환상의 세계로 이끌었다. 간간이 부는 바람은 공간적으로는 우주에 닿아 있고 시간적으로는 역사와 닿아 있는, 어떤 거대하고 슬픈 영혼의 탄식 소리 같았다.

그녀는 자기 인생에 얽힌 사건들을 곰곰이 생각해보았다. 그러자 아버지의 자부심에는 허영이 들어 있는 것 같았다. 또한 어머니가 자신의 배필로 꿈꾸고 있는 지체 높은 신사가 얼굴을 찡그린 채 자신의 가난과 수의를 입은 기사였던 조상들을 비웃는 것 같았다. 그녀의 상상은 점점 더 터무니없는 쪽으로 이어졌고, 이제 시간이 얼마나 흘렀는지도 가늠할 수 없었다. 이때 갑작스런 충격이 그녀가 앉은 자리에 전해졌고, 동생과 마찬가지로 졸고 있던 그녀는 깜짝 놀라 정신을 차렸다.

이들은 그녀가 잠이 들었던 지점에서 멀리 와 있었고, 마차는 멈춰 있었다. 앞쪽에서 생전 처음 들어보는 것 같은 힘없는 신음 소리가 났고, 이어서 "아니, 이봐요!" 하는 외침이 뒤따랐다.

마차에 달려 있던 초롱은 간데없이 사라졌고, 이전 것보다 훨씬 더 밝은 또 다른 초롱이 그녀의 얼굴을 비추고 있었다. 끔찍한 무슨 일이 벌어진 게 분명했다. 마구馬具는 길을 가로막고 있는 물체와 뒤엉켜 있었다.

깜짝 놀란 테스는 아래로 뛰어내렸고, 처참한 광경을 목격했다. 힘없는 신음 소리는 아버지의 불쌍한 말 프린스에게서 나는 소리였다. 여느 때처럼 이 오솔길을 바퀴 소리도 없이 화살처럼 달려가던 아침 우편마차가 불빛도 없는 그녀의 느린 짐마차를 들이받은 것이었다. 우편마차의 뾰족한 자루가 불행한 프린스의 가슴에 검처럼 박혀 있었고 상처에서 뜨거운 피가 샘처럼 뿜어져 나와, 소리를 내며 땅바닥으로 흘러내리고 있었다.

절망스런 심정으로 테스는 앞으로 뛰어나가 손으로 피가 솟구치는 구멍을 막아보았다. 하지만 얼굴에서부터 치마까지 진홍빛 핏방울로 뒤범벅이 되었을 뿐 아무 소용이 없었다. 그녀는 무기력하게 이 광경을 지켜보며 서 있었다. 프린스 또한 꼼짝하지 않고 버티고 서 있더니, 갑자기 산더미가 무너지듯 푹 꼬꾸라지고 말았다.

그러자 우편마차를 끌던 마부가 다가와 프린스의 더운 몸을 질질 끌어내 마구를 벗기기 시작했다. 하지만 말은 이미 죽어 있었고, 당장은 아무것도 할 수 없다는 판단이 서자 마부는 자신의 말에게로 돌아갔다. 그의 말은 다친 데 없이 말짱했다.

"아가씨가 방향을 잘못 잡은 거요. 난 지금 이 우편물들을 가지고 떠나야 하니까, 아가씨가 지금 할 수 있는 최선은 여기서 이 짐과 함께 기다리는 거요. 가능한 한 빨리 도와줄 사람을 보내주겠소. 곧 날이 밝을 테니 겁내지 말고 기다리도록 해요."

그는 마차에 오르더니 곧 속도를 내어 달렸고, 테스는 멍하니 선 채 기다렸다. 희끄무레하게 날이 밝아오자 울타리에서 새들이 깨어나 재잘거리기 시작했다. 길 위의 모든 형체들이 하얗게 보였지만, 테스의 모습은 더욱 창백해 보였다. 그녀 앞에 놓여 있는 거대한 피 웅덩이는 응고되어 무지갯빛을 띠었고, 해가 떠오르자 무수히 다채로운 색조의 빛들이 여기서 반사되었다. 프린스는 빳빳하게 굳어 꼼짝하지 않고 길가에 누워 있었다. 눈은 반쯤 열려 있었지만 가슴에 난 구멍은 지금껏 그에게 생기를 불어넣었던 모든 것이 빠져나올 만큼 커 보이진 않았다.

"이게 모두 내 탓이야, 모두 내 탓이라고!"

이 광경을 뚫어지게 쳐다보며 테스는 미친 듯 울부짖었다.

"변명의 여지가 없어! 절대로! 이제 아버지와 어머니는 뭘 먹고 살지? 애비, 애비!"

그녀는 동생을 흔들어 깨웠다. 그는 이 끔찍한 와중에도 깊은 잠에 빠져 있었다.

"우린 이제 더이상 갈 수가 없어. 프린스가 죽었단 말이야!"

모든 사태를 알아차린 그 순간, 어린 소년의 얼굴에 마치 쉰 살 먹은 사람 같은 주름이 만들어졌다.

"아, 어제만 해도 춤을 추며 웃고 다녔는데!"

그녀는 계속해서 중얼거렸다.

"정말이지, 난 너무 바보였어!"

"누나, 이건 우리가 건강한 별이 아닌 썩어버린 별에 있기 때문이야. 안 그래?"

에이브러햄이 눈물을 글썽이며 중얼거렸다.

침묵 속에서 이들은 내내 기다렸고, 기다림은 도무지 끝이 없어 보였다. 마침내 어떤 물체가 소리를 내며 다가왔고 우편마차를 끌던 마부가 약속을 지켰음이 입증되었다. 스타워캐슬 근처의 한 농부가 튼튼한 말을 끌고 도착했던 것이다. 이 말은 프린스를 대신해 벌통이 실린 수레를 메고 캐스터브리지를 향해 출발했다.

그날 저녁 그 마차가 빈 채로 다시 사고 지점에 나타났다. 프린스는 아침부터 죽 그곳 도랑에 누워 있었다. 피 웅덩이 자리는 지나가는 마차 바퀴에 밟히고 긁혀 뭉개지긴 했지만, 여전히 도로 한가운데 선명히 남아 있었다. 프린스의 남은 몸뚱이는 이제 앞서 자신이 끌었던 수레에 실렸다. 프린스는 발굽을 허공에 둔 채, 석양빛에 편자를 반짝이며 말로트까지 10여 킬로미터를 되돌아갔다.

테스는 이미 돌아와 있었다. 대체 이 소식을 어떻게 알려야 할지 그녀는 난감하기 짝이 없었다. 하지만 부모님의 얼굴에서 두 분이 이미 사고에 관해 알고 있다는 걸 알았을 때, 자기 입으로 말하지 않아도 된다는 사실에 다소 안도가 되었다. 그렇다고 잠에 빠졌던 자신의 부주의에 대해 커져가는 자책감이 줄어들진 않았다.

그러나 살 만한 집에선 그냥 불편한 정도였을 이 불행이 이 집에선 파산을 의미했다. 그럼에도 불구하고 워낙 가난한 살림이다보니 넉넉한 집에서보다 오히려 덜 끔찍하게 받아들여졌다. 딸의 행복에 대해 많은 야심을 갖고 있는 부모라면 당연히 딸을 태워버릴 듯이 불같은 진노를 터뜨렸을 법하건만, 더비필드 부부의 얼굴에선 그런 모습을 전혀 찾아볼 수 없었다. 테스가 스스로 자책하는 것만큼 그녀를 비난하는 사람은 아무도 없었다.

프린스가 노쇠했다는 이유로, 폐마廢馬 도살업자 겸 무두장이가 그 사체 값으로 단지 몇 실링만 주었다는 걸 알고 나자 더비필드는 이에 대처하려고 나섰다.

"안 돼."

그가 단호하게 말했다.

"난 그 늙은 몸을 팔지 않겠어. 우리 더버빌 집안이 이 땅에서 기사였을 땐, 군마軍馬를 기껏 고양이 먹이로 파는 짓 따윈 하지 않았어. 그 돈은 다시 돌려주도록 해! 프린스는 평생 동안 날 받들었어. 그런데 이제 와서 그를 팔아먹을 순 없지."

그는 다음 날 마당에다 프린스의 무덤을 팠다. 자기 식구들을 위해 몇 달 동안 곡식을 가꿀 때보다 더 열심이었다. 구덩이를 다 파자, 더비필드와 그의 아내는 줄로 말을 동여맨 다음 구덩이 쪽으로 끌고 왔다. 아이들이 그 뒤를 따랐다. 에이브러햄과 리자-루는 흐느꼈고, 호프와 모데스티는 담이 울릴 정도로 큰 소리로 울부짖었다. 마침내 프린스가 구덩이 속으로 굴러 떨어지자, 모두들 무덤 주위로 모여들었다. 이렇게 해서 가족의 생계 수단이었던 프린스는 영영 떠나버린 것이었다. 이제 어떻게 해서 먹고산단 말인가?

"천국으로 갔겠죠?"

흐느끼는 가운데 에이브러햄이 물었다.

잠시 후 더비필드는 삽으로 흙을 퍼 넣기 시작했다. 아이들은 다시 울음을 터뜨렸다. 테스를 제외한 모두가 울었다. 자신이 말을 죽인 장본인이라고 생각하는 듯, 그녀의 얼굴은 몹시 까칠하고 창백해 보였다.

5

대부분 이 말에 의존해왔던 행상 일은 곧 어려움을 겪게 되었다. 극도의 궁핍은 아니더라도 멀리서 다가오는 고생문이 어렴풋이 엿보였다. 더비필드는 이 근방에서 게으름뱅이로 정평이 나 있었다. 가끔 일할 힘이 날 때도 있었지만, 이렇게 힘이 날 때가 정작 일이 필요한 때와 전혀 맞아떨어지질 않았다. 또 설령 이 둘이 맞아 떨어진다 해도, 날품팔이 일꾼들의 규칙적인 노동에 익숙하지 않은 그로선 힘든 노동을 견뎌내질 못했다.

한편, 테스는 가족을 이 같은 곤경에 빠뜨린 장본인으로서, 어떻게 하면 이들을 여기에서 끌어낼 수 있을지 조용히 궁리하고 있었다. 그러던 중 어머니가 자신의 계획을 털어놓았다.

"테스, 우린 좋은 일뿐 아니라 궂은 일도 각오를 해야 해. 이제 네 고결한 핏줄을 써먹을 때가 온 것 같구나. 네가 나서서 친척들을 좀 찾아봐야겠다. 체이스 숲 변두리에 더버빌 부인이라는 부잣집 마님이 살고 있는데, 그분이 우리 친척이라는 건 알고 있니? 거기 가서 친척이라고 말하고, 우리 사정을 이야기하면서 도움을 청하도록 해보려무나."

"전 그러고 싶지 않아요. 그런 귀부인이 있다면 그냥 우호적인 걸로 충분해요. 도와줄 거라는 기대는 하지 말고요."

"얘야, 그분이 널 보면 뭐라도 해주고 싶을 거다. 게다가 네가 아는 것 이상의 어떤 것이 있을지도 몰라. 나도 다 들은 바가 있거든."

테스는 자신이 가족에게 입힌 손해에 대한 죄책감으로 다른 때보다 어머니의 소망을 더 존중해주었다. 하지만 왜 이익을 확신할 수 없는 일을 계획하고 그렇게 만족스러워하는지 이해할 수 없었다. 어머니는 나름대로 수소문을 했고, 그 결과 더버빌 부인이 탁월한 덕과 자비심을 갖춘 귀부인이라는 걸 알아냈을지도 몰랐다. 하지만 테스는 자존심 때문에, 자기처럼 가난한 친척이 찾아오는 걸 부인이 싫어할 거라고 단정했다.

"차라리 일자리를 알아보겠어요."

그녀가 낮은 소리로 말했다.

"여보, 이 문제는 당신이 해결하세요."

어머니가 뒤쪽에 앉아 있는 남편을 향해 말했다.

"당신이 가야 한다고 하면, 얘도 갈 거예요."

"난 우리 애들이 낯선 친척집에 가서 폐 끼치는 걸 원치 않아."

그가 중얼거렸다.

"난 우리 가문에서 가장 지체 높은 집안의 가장이야. 그러니 거기에 부끄럽지 않게 처신해야 해."

테스는 가지 말라고 하는 아버지의 이유가 자신이 가기 싫어하는 이유보다 더 싫었다.

"좋아요, 어머니. 제가 말을 죽였잖아요."

테스가 슬프게 말했다.

"그러니 저도 가족을 위해 뭔가 해야 한다고 생각해요. 가서 부인을 만나는 건 상관없어요. 하지만 도움을 청하는 건 제게 맡겨주세요. 그리고 그분이 나한테 좋은 상대를 찾아줄 거라는 생각 같은 건 아예 하지도 마세요. 그건 너무 터무니없는 일이니까요."

"그럼, 그래야지!"

그녀의 아버지가 점잔 빼듯 말했다.

"내가 그런 생각을 한다고 누가 그러던?"

조안이 물었다.

"어머니가 그런 생각을 하신다는 걸 알고 있어요. 어쨌든 가겠어요."

다음 날 일찍 테스는 쉐스톤이라 불리는 언덕 위 마을을 향해 걸어갔다. 그리고 여기서 일주일에 두 번 동쪽으로 체이스버러까지 가는 마차를 탔다. 이 마차는 도중에 그 베일에 싸인 신비로운 더버빌 부인의 저택이 있다는 트랜트리지 교구 근처를 지나게 되어 있었다. 잊지 못할 이 날 아침, 테스 더비필드의 여정은 그녀가 태어나 자랐던 계곡의 북동쪽 언덕들 가운데 펼쳐져 있었다. 이 블랙무어 계곡은 그녀에게 세상 전부였고, 따라서 이곳 주민들은 세상의 모든 민족들이었다. 한창 호기심 많던 어린 시절, 그녀는 말로트의 초원 출입문들과 넘나드는 계단에서 계곡 아래를 굽어보곤 했었는데, 그녀에겐 예나 지금이나 신비롭긴 마찬가지였다. 그녀는 날마다 자기 방 창문 밖으로 탑과 마을과 어렴풋이 보이는 흰 저택들을 바라보곤 했었는데, 무엇보다 높은 지대에 장엄하게 솟아 있는 쉐스톤과 석양빛을 받아 등불처럼 반짝이는 창문들이 인상적이었다. 테스는 이곳에 가본 일이 전혀 없었다. 그녀가 자주 다녀서 알고 있는 데라곤 이 계곡과 그 주변에서도 일부분에 불과했고, 이 계곡을 멀리 벗어난 적은 더더욱 없었다. 주위 언덕들의 모든 윤곽은 그녀에겐 마치 친척들의 얼굴만큼이나 친근

했지만, 그 너머 있는 것에 대한 판단은 마을 학교에서 배운 것에 의존할 수밖에 없었다. 지금으로부터 한두 해 전 테스는 이 학교를 우등으로 졸업했었다.

그 당시 테스는 또래 여자아이들로부터 무척 인기가 많았다. 그래서 마을 근처에서는 늘 세 여자아이—모두들 거의 동갑이었다—가 나란히 학교에서 집으로 돌아오는 모습을 볼 수 있었다. 테스는 가운데 있었는데, 가는 그물 무늬의 날염한 분홍색 앞치마에다 원래 색이 바래서 정체 모를 색깔이 되어버린 모직 드레스 차림으로 풀이나 신기한 돌멩이를 찾느라 길이나 둑에 무릎 꿇는 바람에 무릎에는 작은 사다리 모양의 구멍이 난 스타킹을 신은 채 가늘고 긴 다리로 걸어 나갔다. 그럴 때면 흙 색깔을 닮은 그녀의 머리칼이 고리 달린 막대기처럼 흔들거렸고, 양쪽에 있는 두 소녀가 팔로 테스의 허리를 감으면 그녀는

두 팔을 뻗어 친구들과 어깨동무를 하곤 했다.

점점 나이가 들고 집안 형편이 어떤지를 알게 되면서, 그녀는 동생들을 먹이고 돌보는 일이 이렇게 고달픈데도 아무 생각 없이 많은 자식들을 낳은 어머니에게 맬서스영국의 경제학자로 『인구론』에서 빈곤의 원인을 인구증가에 돌리며 인구 과잉의 해독을 주장주의자처럼 분노를 느끼곤 했다. 어머니의 지적 능력은 마냥 즐거운 철부지 어린애 수준이나 다름없었다. 말하자면 조안 더비필드는 아홉이나 되는 이 대식구에 아이가 하나 더해진 거나 마찬가지였고 그것도 맏이감은 아니었다.

그럼에도 불구하고 테스는 어린 동생들을 따뜻하고 다정하게 대했고, 학교를 졸업하자마자 최대한 이들을 돕기 위해 이웃 농장에서 건초를 만들거나 추수하는 일을 거들었다. 이보다는 젖을 짜거나 버터를 만드는 것을 즐겨 했는데, 이런 일은 아버지가 젖소를 기를 때 배워두었었고, 또 워낙 손재주가 있어서 남보다 더 잘했다.

날이 갈수록 그녀의 어린 어깨에 실린 가족이라는 짐은 점점 더 무거워지는 것 같았고, 더비필드 집안의 대표자로 더버빌 저택을 방문해야 하는 일도 당연한 것으로 받아들여졌다. 그렇게 되면 더비필드 집안은 자신들의 가장 아름다운 면만을 내보이게 되는 셈이었다.

테스는 트랜트리지 사거리에서 내린 다음, 체이스라고 불리는 숲 쪽으로 언덕을 걸어 올라갔다. 체이스 숲 가장자리에 더버빌 가의 저택인 슬로프가 있다는 걸 들어 알고 있었기 때문이다. 일반적으로 장원식 저택이란 농경지와 목장이 있고, 여기에 불평하는 농부—주인과 그의 가족에게 수단, 방법을 가리지 않고 착취당하는—가 있게 마련이었다. 그런데 이 집은 그렇지 않았다. 보통 장원과는 거리가 멀어도 한참 멀었다. 이 집은 주거를 위해 필요한 것 외에는 단 한 치의 군더더기 땅도 붙어 있지 않은, 그야말로 편안한 삶을 즐기기 위해 지어진 시골 저택이었다. 주인이 직접 가꾸는 작은 농장이 있었으나 이것도 관리인이 돌보고 있었다.

가장 먼저 처마 끝까지 울창한 상록수가 드리워진 붉은 벽돌집이 눈에 들어왔다. 테스는 이것이 그 저택 전체라고 생각했다. 그런데 약간 당황스런 마음으로 쪽문을 지나 진입로가 굽어지는 지점에 이르자, 진짜 본채가 완전한 모습을 드러냈다. 이것은 최근 건물로 사실상 거의 새것이나 다름없었고, 상록수와 선명한 대조를 이루던 바깥채처럼 짙은 붉은색으로 되어 있었다. 벽돌로 된 이 집 모퉁이 뒤로 저 멀리 체이스 숲의 부드러운 하늘빛 풍경이 펼쳐져 있었다. 이 숲은 사실 아주 오래된 삼림지대의 일부로, 몇 개 남아 있지 않은 영국의 원시림들 중 하나였다. 이곳의 떡갈나무에는 드루이드교에서 숭배하던 겨우살이가 아직 남아 있었고, 사람의 손으로 심지 않은 거대한 주목들이 가지를 잘라내 활을 만들던 당시 그 모습대로 자라고 있었다. 하지만 고색창연한 이 숲은 슬로프 저택에서 보이긴 했지만 영지의 경계 바로 밖에 있었다.

이 아담한 저택에 있는 모든 것들은 밝고 풍성했으며, 관리가 잘 되어 있었다. 몇 평방미터나 되는 온실이 경사지를 따라 저 아래 잡목 숲까지 뻗어 있었다. 모든 게 돈처럼 보였다. 마치 조폐국에서 막 찍어낸 동전처럼 반짝반짝 빛이 났다는 말이다. 마구간은 오스트리아 소나무와 상록 참나무로 일부가 가려져 있었는데, 온갖 최신 설비들이 갖춰져 있었고 분회당分會堂, 교구에서 멀리 떨어져 사는 사람들을 위한 예배당만큼이나 위엄 있어 보였다. 넓은 잔디밭에 장식 천막이 세워져 있었는데, 그 입구가 테스 쪽으로 향해 있었다.

순진한 테스 더비필드는 자갈 깔린 진입로 가에 반쯤 얼어붙은 채 서서 물끄러미 저택을 바라보고 있었다. 자신의 발에 이끌려 이 지점까지 온 뒤에야, 비로소 그녀는 자신이 어디 있는지를 분명히 깨달을 수 있었다. 이렇게 막상 마주하고 보니, 모든 게 그녀의 예상과는 정반대였다.

"우리 집안은 아주 오래된 줄 알았는데, 여긴 완전히 새집이네!"

순진한 소녀답게 그녀는 꾸밈없이 말했다. 그러자 친척이라고 말하고 도움을 청해보자고 했던 어머니의 계획을 그렇게 쉽게 받아들이지 말고, 차라리 집 근처에 사는 이웃들에게 도움을 청했으면 좋았을걸 하는 생각이 들었다.

이 모든 것을 소유한 더버빌 가—처음엔 자칭 스토크-더버빌이라고 했다—는 이렇게 고풍스런 지방에선 찾아보기 힘든 다소 유별난 집안이었다. 술에 취해 비틀거리던 존 더비필드에게, 그가 이 지방에 존재하는 더버빌 가의 진짜 유일한 직계 후손이거나 그에 가깝다고 했던 트링엄 신부의 말은 사실이었다. 그런데 신부는 자신이 잘 알고 있는 사실 하나를 덧붙이지 않았다. 그건 바로 자신이 더버빌 가문이 아니듯, 스토크-더버빌 가문도 진짜가 아니라는 점이었다. 하지만 딱할 정도로 쇄신이 필요했던 더버빌이라는 가문에 자신들의 이름을 접목시키긴 했지만, 이 집안의 원줄기가 아주 건실했다는 점은 인정해야 할 것이다.

최근에 작고한 사이먼 스토크 노인은 북부 지방에서 성실한 상인—어떤 이들에 따르면 고리대금업자였다고도 한다—으로 재산을 모으자, 자신의 상권에서 멀리 떨어진 잉글랜드 남부에 가서 지방 유지로 정착해야겠다고 마음먹었다. 이 일을 추진하던 중 그는 이곳 사람들이 잘 기억하지 못하는, 그러면서도 원래의 단조롭고 뻣뻣한 이름보다 덜 평범한 성姓으로 다시 시작해야 할 필요성을 느꼈다. 그래서 대영박물관에 가서 한 시간 동안 자신이 정착할 지방과 관련된 가문들 중 소멸되거나 절반쯤 소멸되어 잊힌, 몰락한 이름들을 찾다 '더버빌'을 발견했고, 이것이 보기도 좋고 부르기도 좋다고 생각했다. 그렇게 더버빌이라는 이름이 그와 그의 후손들에게 영원히 붙여진 것이었다. 하지만 그는 터무니없는 사람은 아니었던지라, 새로운 이름에 근거해 가문을 꾸리면서 집안 간의 결혼이나 귀족과의 연결고리를 적절한 수준에서 꿰어 맞췄을 뿐, 결코 얼토당

토않는 작위를 집어넣거나 하진 않았다.

테스와 그녀의 부모로선 당연히 이 같은 상상으로 빚어진 일들을 알 리가 없었기에, 결국 큰 낭패를 보게 된 거였다. 사실 이들에겐 이런 식으로 이름을 갖다 붙일 수 있다는 사실조차 금시초문이었다. 인물이 좋은 건 운에 달렸다 해도, 집안 이름이란 나면서부터 정해지는 거라고 생각해왔기 때문이다.

테스는 마치 수영하는 사람이 물 앞에서 뛰어들어야 할지 말아야 할지를 고민하는 것처럼 망설이고 있었다. 이때 천막의 어두운 삼각형 입구에서 한 사람이 불쑥 모습을 드러냈다. 키가 큰 청년으로 담배를 물고 있었다.

피부는 가무잡잡했고, 두툼한 입술은 붉고 부드러워 보이긴 했지만 못생긴 편이었으며, 그 위로 끝이 뾰족하게 말린 검은 콧수염을 잘 다듬어 기르고 있었다. 하지만 나이가 스물서넛 이상으로 보이진 않았다. 외모에서 풍기는 야만스러움에도 불구하고 이 신사의 얼굴과 두리번거리는 대담한 눈동자에선 독특한 힘이 느껴졌다.

"이봐, 예쁜 아가씨, 무슨 일로 왔죠?"

그가 앞으로 나서며 말했다. 하지만 그녀가 몹시 당황해하는 걸 보고는 이렇게 덧붙였다.

"겁내지 말아요. 난 더버빌이라고 하오. 그런데 날 만나러 온 거요, 아니면 우리 어머니를 만나러 온 거요?"

더버빌이라는 이름을 가진 실제 인물은 테스의 예상을 완전히 벗어나 있었다. 이 집과 땅들에 대해 그녀의 예상에서 벗어났던 것보나 너 크게 말이다. 그녀는 늙고 기품 있는 얼굴, 즉 수세기에 걸친 자기 가문과 영국 역사를 상형문자로 나타내듯 주름살이 깊게 패인 얼굴을 상상했던 것이다. 하지만 이젠 빠져나갈 수도 없는 처지라, 테스는 앞에 닥친 일을 똑바로 주시하려고 애쓰며 대답했다.

"어머니를 뵈러 왔어요."

"안됐지만 뵐 수 없을 것 같네요. 어머니께선 지금 편찮으시거든요."

가짜 가문의 현재 대표자가 말했다. 이 사람이 바로, 얼마 전 작고한 양반의 외아들인 알렉 씨였다.

"내가 대신 답해주면 안 되겠소? 무슨 일로 어머니를 보려는 거요?"

"무슨 일 때문이 아니라…… 저, 그게…… 뭐라 말해야 할지 모르겠어요!"

"그럼 놀러 왔소?"

"아, 아뇨. 그러니까, 말을 하자면 그게……."

그가 무섭기도 하고 이 자리에 있는 게 상당히 거북스러웠지만, 테스는 지금 생각하니 자신의 심부름이 너무 우스꽝스럽게 느껴져 장밋빛 입술로 살짝 미소를 지어 보였다. 이 모습이 가무잡잡한 알렉의 마음을 끌었다.

"말, 말도 안 되는 일 같아."

그녀가 말을 더듬었다.

"말을 꺼내기가 어려워요!"

"걱정 말아요. 난 그런 일을 좋아하니까. 제대로 말해봐요, 아가씨."

그가 다정하게 말했다.

"실은 어머니 심부름을 왔어요. 물론 저도 비슷한 생각을 하긴 했지만요. 그래도 일이 이렇게 진행될 줄은 몰랐어요. 전 우리가 이 댁하고 친척이라는 걸 말하려고 왔어요."

"아하! 가난한 친척?"

"네, 그래요."

"스토크 집안인가?"

"아뇨, 더버빌 집안이에요."

"아, 아, 나도 더버빌을 말하는 거였소."

"지금 우리 집안 이름은 더비필드로 바뀌어 있어요. 하지만 우리가 더버빌 가문이라는 몇 가지 증거가 있죠. 고서연구가들의 말도 있고, 또…… 또…… 집에 옛날 도장하고 오래된 은수저가 있어요. 이 수저는 국자처럼 바닥이 우묵하고, 손잡이에 뒷다리로 선 사자가 있고, 그 위엔 성城이 새겨져 있어요. 하지만 너무 닳아서 지금은 어머니가 완두 수프를 저을 때 사용하고 있죠."

"은빛 성이라면 우리 가문의 문장 꼭대기 장식이 확실하군."

그가 덤덤하게 말했다.

"그래서 어머니는 이 댁에 우리가 친척이라는 걸 알려야 한다고 하셨어요. 안 좋은 사고로 말을 잃어버렸다는 사정을 전하라고요. 또 우리 집이 일가 중 가장 오래된 집안이라는 말씀도 하셨어요."

"어머니가 정이 아주 많으신 분인가보군. 나로선 어머니의 처사가 나쁘게 보이진 않소."

이야기를 하며 알렉은 테스를 바라보았고, 테스는 수줍어 얼굴을 살짝 붉혔다.

"그러니까 예쁜 아가씨가 결국 친척집에 다니러 왔다는 건가?"

"그런 것 같네요."

거북스런 표정으로 저택을 바라보며 테스가 말을 얼버무렸다.

"사실…… 잘못된 거야 없지. 지금 사는 데가 어디요? 뭘 하며 지내고 있소?"

테스는 짧게 사정을 이야기했다. 그러고는 몇 가지를 더 물은 뒤, 여기 올 때 타고 왔던 마차를 타고 돌아갈 생각이라고 말했다.

"마차가 트랜트리지 사거리로 돌아오려면 한참 걸릴 거요. 예쁜 사촌 아가씨, 그동안 정원을 둘러보며 시간을 보내는 건 어떻소?"

테스는 가능하면 방문 시간을 줄이고 싶었지만, 청년의 간청에 못 이겨 따라가기로 했다. 그는 잔디밭, 화단, 화초용 온실에 이어 과수용 온실로 그녀를 안내했다. 그리고 거기서 딸기를 좋아하냐고 물었다.

"네, 딸기 철이 되면요."

"여긴 벌써 익었소."

더버빌은 여러 종류의 딸기를 따기 시작하더니, 허리를 숙인 채 그녀에게 딴 것들을 건넸다. 그러고는 '브리티쉬 퀸' 품종 중에서 특별히 좋은 것을 골라 일어서더니 딸기 꼭지를 잡고 그녀의 입에다 쑥 내밀었다.

"아니, 아니에요!"

테스가 다급히 손가락을 그의 손과 자기 입술 사이에 넣었다.

"제 손으로 먹을게요."

"그러지 말고 어서 먹어요!"

그가 고집을 부리자, 그녀는 다소 괴로운 표정으로 입을 벌려 그것을 받아먹었다.

이렇게 산만하게 이리저리 돌아다니며 얼마간 시간을 보내는 가운데, 테스는 반쯤 최면에 걸린 듯 멍한 표정으로 더버빌이 내미는 것이면 무엇이든 다 받아먹었다. 더이상 딸기를 먹을 수 없을 지경이 되자, 그는 그녀의 작은 바구니에 딸기를 가득 담았다. 그런 다음 두 사람은 장미 밭으로 건너갔고, 그는 장미꽃을 꺾어 그녀에게 주며 가슴에 꽂으라고 했다. 그녀는 마치 꿈을 꾸듯 지시에 따랐고, 더이상 꽂을 데가 없자 그는 그녀의 모자에다 한두 송이를 꽂아주었다. 그런 뒤에는 다른 꽃들을 꺾어 그녀의 바구니에다 넘칠 듯 풍성하게 담아주었다. 마침내 그가 시계를 보고는 말했다.

"자, 이제 요기를 좀 해야 할 것 같소. 식사를 하고 나면, 쉐스톤으로 가는 마차 시간에 맞춰 떠날 수 있을 거요. 이리 와요. 가서 먹을 걸 좀 가져올 테니까."

스토크-더버빌은 다시 그녀를 잔디밭의 천막으로 데려가더니, 천막 안에 그녀를 두고 나갔다. 그리고 곧 가벼운 점심 식사 바구니를 들고 나타나 그녀 앞에 내려놓았다. 이 즐거운 둘만의 자리를 하인들에게 방해받고 싶지 않다는 신사의 의지를 분명히 드러낸 셈이었다.

"담배 좀 피워도 되겠소?"

"아, 물론이죠."

천막 안을 채워가는 일렁이는 담배 연기 사이로, 그는 아무것도 모른 채 예쁜 모습으로 음식을 먹고 있는 그녀를 지켜보았다. 하지만 테스 더비필드는 순진하게 가슴에 꽂혀 있는 장미꽃을 내려다보며, 파란 마약 같은 이 연기 뒤에 자기 인생의 '비극적 재앙'이 도사리고 있다는 걸 예감하지 못했다. 즉, 이 남자가 바로 자기 청춘의 찬란한 빛들 가운데 핏빛을 장식할 그 남자라는 것을 말이다. 그녀는 지금, 결국 자신에게 불이익을 안겨줄 한 가지 속성을 갖고 있었고 바로 이것 때문에 알렉 더버빌의 눈길은 그녀에게서 떨어질 줄 몰랐다. 그건 바로, 실제보다 그녀를 여성으로서 더 성숙해 보이도록 하는 한껏 피어오른 화사한 용모였다. 그런데 이 같은 용모는 어머니로부터 물려받아 그런 것뿐, 생각은 용모만큼 어른스럽지 못하고 어렸다. 그 때문에 이따금 고민할 때면 친구들은, 그녀의 잘못이 아니며 시간이 흐르면 나아질 거라고들 했었다.

그녀는 곧 점심 식사를 마쳤다.

"이젠 집에 가봐야겠어요."

그녀가 일어서며 말했다.

"그런데 이름이 뭐요?"

저택이 보이지 않을 때까지 진입로를 따라 내려오던 그가 물었다.

"테스 더비필드라고 해요. 저 아래 말로트에선 이렇게 부르죠."

"말을 잃었다고 했소?"

"제가…… 말을 죽인 거예요!"

그녀는 눈물을 글썽이며 프린스의 죽음을 자세히 설명했다.

"그래서 아버지를 도와드리고 싶은데, 어떻게 해야 할지 모르겠어요!"

"내가 해줄 수 있는 게 없는지 한번 생각해보겠소. 틀림없이 어머니가 당신한테 일자리를 찾아줄 거요. 그러니까 테스, 더버빌 따윈 잊어버려요. 알다시피 더비필드는 더비필드일 뿐이오. 둘은 아주 다른 성이란 말이오."

"저도 더이상 바라지 않아요."

자존심을 내세우듯 그녀가 말했다.

잠시, 아주 잠시 동안 이들이 바깥채 건물이 보이기 전, 키 큰 철쭉과 침엽수들 사이의 진입로 모퉁이에 이르렀을 때, 그가 얼굴을 그녀 쪽으로 숙이고는 마치…… 하지만 아니었다! 그는 생각을 고쳐먹었고, 그녀를 가게 해주었다.

이렇게 일은 시작되었다. 이 만남의 의미를 진작 알았더라면, 테스는 왜 그날 자신이 다른 남자가 아닌 그 못된 남자의 눈에 띄어 탐욕의 대상이 될 수밖에 없었는지 물었을지도 모른다. 세상엔 어느 모로 보나 올바르고 진실된 남자도 많은데 왜 하필이면 그 남자였느냐고 말이다. 물론 올바르고 진실된 부류에 근접한 남자가 있긴 했었다. 하지만 그때, 테스는 단지 그에게 잠시 머무른 인상에 불과했고, 이미 반쯤은 잊혀 있었다.

잘 판단해서 계획한 일도 그릇된 판단 아래 행동에 옮겨지면 뜻한 결과를 얻기 어렵고, 사랑할 사람이 있어도 사랑할 수 있는 때와 일치하는 경우는 아주 드물다. 자연은 종종 자신의 불쌍한 피조물이 보기만 해도 행복해질 수 있는 그런 순간에 "보라!"고 말해주지 않는다. 또 숨바꼭질이 길어지다 못해 넌더리가 나고 식상해질 때까지 "어디예요?"라는 인간의 외침에 "여기!"라고 대답하지 않는다. 인류의 진보가 절정과 극치에 이르면 더욱 섬세한 직관을 통해, 즉 지금 우리를 흔들어대고 있는 것보다 더 정교한 사회기구의 상호작용을 통해, 과연 이 같은 시간의 어긋남이 바로잡아질 수 있을지는 알 수 없는 일이다. 하지만 분명한 사실, 이것의 완전한 일치란 기대할 수 없으며 심지어 가능한 것으로도 생각할 수 없다는 것이다. 이에 대해선 지금 이 경우—수많은 경우와 마찬가지로—를 살펴보는 것만으로도 충분할 것이다. 이 절호의 순간에 서로 마주친 것은 완벽한 전체를 이루고 있는 두 반쪽이 아니었다. 이 순간, 그중 한쪽은 참으로 어리석게도 무심히 지구를 떠돌고 있었고, 결국 마지막 순간에 가서야 만나게 되는 것이다. 이런 한심한 지체遲滯로부터 근심, 절망, 충격, 재앙 등 이른바 우리가 얄궂은 운명이라고 하는 모든 것들이 생겨난다.

더버빌은 천막으로 돌아온 뒤, 의자에 걸터앉아 무척 기분 좋은 표정으로 생각에 잠겼다. 그러더니 갑자기 호탕한 웃음을 터뜨렸다.

"그럼, 그래선 안 되지! 참 우스운 일이었어! 하하하! 그런데 참으로 매력적인 아가씨란 말이야!"

6

테스는 언덕을 내려가 트랜트리지 사거리까지 간 다음 체이스버러에서 쉐스톤으로 돌아가는 마차를 타려고 무작정 기다렸다. 그녀가 마차에 오르자 먼저 타고 있던 승객들이 말을 건넸다. 하지만 그녀는 그들이 무슨 말을 하는지도 모른 채 건성으로 대답했고, 마차가 다시 출발하자 바깥 풍경에는 관심도 없이 자기 생각에만 빠져들었다.

함께 탄 승객들 중 한 명이 앞서 말했던 이들보다 더욱 또렷이 말을 걸었다.

"야, 아가씨가 꼭 꽃다발 같군! 유월 초에 이런 장미가 있다니!"

그제야 그녀는 왜 이들이 자신을 놀란 눈으로 쳐다보는지를 알았다. 가슴에도 모자에도 장미가 꽂혀 있었고 바구니에도 장미와 딸기가 넘칠 듯 가득했던 것이다. 그녀는 얼굴을 붉히며 당황스런 표정으로 누가 준 거라고 말했다. 승객들이 보지 않는 틈을 이용해 그녀는 몰래 모자에 불쑥 튀어나와 있는 꽃들을 떼어내 바구니에 담고 손수건으로 바구니를 덮었다. 그리고 다시 생각에 빠져들어 고개를 아래로 숙이는 순간, 가슴에 붙어 있던 장미 가시가 우연히 턱을 찔렀다. 블랙무어 계곡의 다른 사람들과 마찬가지로, 테스는 근거 없는 환상이나 앞일을 점치는 미신을 굳게 믿고 있던 터라, 이것이 불길한 징조일 거라는 생각이 들었다. 그녀는 그날 처음으로 이런 느낌을 받았다.

마차는 쉐스톤까지밖에 가지 않았고, 언덕 위에 자리 잡은 이 도시에서부터 말로트로 이어지는 계곡까지는 몇 킬로미터를 걸어야 했다. 테스의 어머니는 만약 너무 피곤해서 돌아오지 못할 것 같으면 알고 지내는 이곳의 한 아낙 집에서 묵으라고 충고했었다. 그래서 이날 밤 테스는 여기서 묵고 다음 날 오후가 되어서야 집으로 돌아왔다.

집 안에 들어서는 순간, 그녀는 어머니의 의기양양한 태도를 통해 그사이 무슨 일이 벌어졌음을 단번에 알아차렸다.

"아, 왔구나. 다 들었단다! 내가 뭐라던? 잘될 거라고 했지? 거봐, 그대로 됐잖니!"

"제가 없는 사이에요? 무슨 일이죠?"

테스가 피곤한 표정으로 물었다. 그녀의 어머니는 짓궂은 눈빛으로 딸을 위아래로 훑어보더니 놀리듯 말했다.

"결국 네가 그 사람들 마음을 사로잡은 거야!"

"어머니가 그걸 어떻게 아세요?"

"편지를 받았거든."

그러자 테스는 그만한 시간이 충분히 있었을 거라는 생각이 들었다.

"편지에 따르면, 더버빌 부인은 자기가 취미로 운영하는 작은 양계장 관리를 너한테 맡기고 싶다는구나. 하지만 이건 교묘한 방법일 뿐이야. 쓸데없는 희망을 불어넣지 않고 널 데려가려는 속셈인 거지. 마님은 머지않아 널 친척으로 인정할 거야. 그런 뜻이 분명해!"

"하지만 전 그분을 보지도 못했는걸요."

"그래도 누군가는 보았겠지."

"그분 아들을 봤어요."

"그 사람이 널 친척으로 인정하던?"

"글쎄요, 절 사촌이라고 부르더군요."

"그것 봐라! 여보, 그 사람이 얘를 사촌이라고 불렀대요!"

조안이 남편을 향해 소리쳤다.

"결국, 그 청년이 자기 어머니한테 말을 한 거야. 그래서 부인이 널 거기로 오라고 한 거지."

"하지만 전 닭을 어떻게 돌보는지 몰라요."

테스가 자신 없는 말투로 대꾸했다.

"내가 보기에 너만큼 적합한 사람은 없어. 넌 그런 일을 하는 집에서 태어나 지금껏 쭉 그걸 보고 배우며 자라왔잖니. 그러니까 어떤 견습생들보다 더 잘해낼 거다. 게다가 너한테 그런 일을 맡기는 건 단지 핑계일 뿐이야. 네가 부담을 가질까봐 그러는 거란 말이다."

"그렇다고 꼭 가야 될 필요는 없잖아요."

테스가 생각에 잠긴 표정으로 말했다.

"그 편지는 누가 쓴 거죠? 좀 보여주세요."

"더버빌 부인이 쓴 거야. 여기 있다."

편지는 삼인칭으로 되어 있었으며, 수신인은 더비필드 부인이었다. 내용은 아주 간단했는데, 테스가 더버빌 부인의 양계장 관리를 맡아주었으면 좋겠다는 것과 만약 그녀가 온다면 좋은 방을 제공할 것이며, 지켜봐서 잘하면 급료도 후하게 쳐주겠다는 거였다.

"아니, 이게 다예요?"

"두 팔 벌려 널 환영하고, 즉시 달려와 껴안고 키스까지 해주길 기대할 순 없잖아."

테스는 창밖을 내다보았다.

"차라리 여기 부모님 곁에 있겠어요."

다소 짜증스런 표정으로 그녀의 어머니가 말했다.

"아니, 왜?"

"어머니, 그 이유는 말하고 싶지 않아요. 사실, 저도 왜 그런지 잘 모르겠거든요."

일주일 후, 그녀가 인근에 가벼운 일거리를 구하러 갔다가 허탕만 치고 돌아오던 날 저녁이었다. 그녀는 여름 동안 새 말을 구입할 돈을 마련할 생각이었다. 그녀가 문지방을 들어서자마자 동생들 중 한 명이 날아갈듯 달려와 말했다.

"그 신사가 여기 왔었어!"

그러자 그녀의 어머니가 기쁨을 감추지 못한 채 급히 설명했다. 더버빌 여사의 아들이 말을 타고 우연히 말로트 쪽으로 가다가 이 집에 들렀다는 거였다. 결국, 그는 테스가 정말 와서 양계장을 맡아줄 수 있는지 자기 어머니를 대신해 알고 싶었던 건데, 그건 지금까지 닭을 관리해온 젊은이가 믿음직스럽지 못하기 때문이라는 것이었다.

"더버빌 도련님이 그러더구나. 넌 분명 겉보기와 똑같이 좋은 아이일 거라고. 또 널 마치 황금이라도 되는 듯 귀하게 보고 있었어. 한마디로 너한테 관심이 아주 많다는 거지."

테스는 자신이 너무도 초라해 보이는 이런 상황에서, 낯선 사람으로부터 대단한 점수를 얻었다는 게 당장은 기쁜 듯 보였다.

"그렇게 보았다니 기분 좋네요."

그녀가 중얼거렸다.

"그래도 그곳 생활이 어떤지 확실히 알아본 뒤에 마음을 정하겠어요."

"그 사람 정말 잘생겼더구나!"

"전 별로던데요."

테스가 쌀쌀맞게 대답했다.

"어쨌든 이건 너한테 더없이 좋은 기회야. 게다가 그는 근사한 다이아몬드 반지를 끼고 있었어!"

"맞아요."

창가에 앉아 있던 동생 에이브러햄이 밝은 목소리로 말했다.

"저도 봤어요! 그가 수염을 만질 때마다 그 반지가 번쩍거렸거든요. 엄마, 왜 그 귀족 친척은 계속 수염을 만지작거렸을까요?"

"재 말하는 것 좀 봐!"

놀랍다는 듯 더비필드 부인이 소리쳤다.

"다이아몬드 반지를 과시하고 싶어 그랬겠지."

존 경이 의자에 앉아 잠꼬대를 하듯 중얼거렸다.

"다시 생각해볼게요."

테스가 방을 나서며 말했다.

"결국, 저 애가 우리 일가 청년의 마음을 완전히 사로잡은 거예요."

여주인이 남편을 향해 계속 말했다.

"이런 기회를 놓친다면 그야말로 바보죠."

"난 우리 아이들이 집을 떠나는 게 별로 내키지 않소. 그래도 우리가 종갓집인데, 다른 사람들이 우릴 찾아와야지."

더비필드가 말했다.

"그렇지만 여보, 테스를 가게 하세요."

한심하고 푼수 같은 아내가 그를 구슬렸다.

"그 청년은 지금 그 애한테 홀딱 반했다니까요. 당신도 보면 알 거예요. 그 애를 사촌이라고 불렀다잖아요! 십중팔구 테스와 결혼해서 그 앨 귀부인으로 만들어줄 거라고요. 그렇게 되면 그 앤 자기 조상들처럼 지체 높은 신분이 되는 거잖아요."

존 더비필드는 정력이나 건강보다는 자존심이 더 센 사람이었다. 그래서 이 제안이 썩 내키질 않았다.

"글쎄, 어쩌면 젊은 더버빌 군이 바로 그걸 원하는지도 모르겠군."

그가 인정했다.

"게다가 옛 종갓집과 연을 맺어 자신의 혈통을 더 강화시켜야겠다는 생각을 진지하게 했을지도 몰라. 테스는 정말 요물이라니까! 결국 그 집을 찾아가 이런 결과를 얻어냈단 말이지?"

한편 테스는 뜰로 나가 생각에 잠긴 채 구스베리 나무 사이를 지나 프린스의 무덤 위를 거닐었다. 그녀가 들어왔을 때 어머니는 계속해서 그녀를 설득했다.

"그래, 이제 어떻게 할 거니?"

"더버빌 부인을 만났어야 했어요."

"가는 걸로 마음을 굳히는 게 좋아. 그럼 곧 그분을 뵐 수도 있잖니."

그녀의 아버지가 의자에 앉아 기침을 했다.

"어떻게 해야 할지 잘 모르겠어요!"

테스가 불안하게 대답했다.

"두 분이 알아서 결정하세요. 전 늙은 말을 죽게 했어요. 그러니 새 말을 사려면 뭔가를 해야 한다고 생각해요. 하지만, 하지만 더버빌 씨는 정말 맘에 안 들어요!"

아이들은 프린스가 죽은 후, 테스가 부자 친척—이들은 그 집을 이렇게 생각했다—과 결혼한다는 걸 일종의 위안거리로 삼아왔었다. 그래서 테스가 선뜻 내키지 않는 듯 망설이자 칭얼거리기 시작했고 계속 졸라대며 불만을 터뜨렸다.

"누나가 가지 않겠대요—오—오. 귀부인도 되지 않는대요—오—오! 이것 봐요, 가지 않겠다잖아요—오—오!"

아이들은 한목소리로 울부짖었다.

"이제 우린 멋진 새 말을 살 수도 없고, 물건을 살 많은 돈도 생기지 않을 거예요! 게다가 누나도 예쁜 옷을 입지 못할 거란 말—이—에—요!"

어머니도 아이들과 같이 맞장구를 쳤다. 게다가 집안일을 한없이 미룸으로써 실제보다 더 일이 힘들어 보이게 하는 어머니의 방법 또한 테스의 결정에 큰 역할을 했다. 아버지만이 중립적인 태도를 유지했다.

"가겠어요."

마침내 테스가 말했다. 어머니는 이 동의로 인해 딸이 부잣집 아들과 결혼할 거라는 상상을 억누를 수 없었다.

"바로 그거야! 너처럼 예쁜 아가씨한테 이건 그야말로 좋은 기회야!"

테스는 시큰둥하게 웃어 보였다.

"난 이 기회를 이용해 돈을 벌고 싶을 뿐이에요. 딴생각은 전혀 없어요. 그러니 어머니도 괜히 이웃에 돌아다니며 엉뚱한 말일랑 하지 마세요."

더비필드 부인은 그러마고 약속하지 않았다. 집을 찾아왔던 청년의 말도 있고 해서 이 좋은 소식을 자랑하지 않겠다고 자신할 수 없었던 것이다.

이렇게 이 일은 마무리되었고, 소녀는 자신이 가도 좋은 날이면 언제든 떠날 준비가 되어 있다고 편지를 썼다. 그러자 즉시 답장이 날아왔다. 더버빌 부인은 그녀의 결심을 기뻐하고 있으며, 이틀 후 그녀와 그녀의 짐을 맞이하러 계곡 꼭대기로 짐마차를 보낼 테니 그때까지 출발 준비를 마치고 있으라는 내용이었다. 더버빌 부인의 편지는 필체가 다소 남성적으로 보였다.

"짐마차라고?"

조안 더비필드가 의심스럽다는 듯 중얼거렸다.

"자기 친척을 데려가는데 사륜마차쯤은 보내야지!"

갈 길이 정해지자, 테스는 오히려 불안이 덜했고 잡념도 줄어들었고, 또한 별로 힘들이지 않고 아버지에게 새 말을 사줄 수 있겠다는 생각에 자신감이 생겼다. 테스는 원래 학교 선생님이 되고 싶었다. 하지만 그녀의 운명은 다른 방향으로 결정되는 듯 보였다. 정신적으로는 어머니보다 더 성숙했기 때문에, 그녀는 더비필드 부인이 딸의 결혼에 대해 품고 있는 꿈을 그다지 심각하게 받아들이지 않았다. 그 경박스런 여인은 딸이 태어나던 때부터 줄곧 좋은 신랑감을 찾아왔던 것이다.

7

출발하기로 예정되어 있는 날 아침, 테스는 동이 트기 전 잠에서 깨어났다. 어둠의 막바지에서 숲은 여전히 고요에 싸여 있었다. 마치 예언자처럼 새 한 마리가 맑은 소리로 하루의 정확한 때를 알리고 있었고, 나머지 새들은 그 새가 틀렸다고 확신하는 듯 일제히 침묵으로 일관했다. 그녀는 위층에 남아 짐을 꾸린 다음, 아침 식사 시간이 되자 평상복 차림으로 내려왔다. 나들이옷은 상자 안에 조심스레 개켜 넣어두었다.

그녀를 보자 어머니가 나무랐다.

"그렇게 허름한 차림으로 지체 높은 양반들을 만나러 갈 생각이냐?"

"난 지금 일하러 가는 거예요!"

"그야 그렇지."

더비필드 부인이 작은 소리로 덧붙였다.

"처음엔 좀 없어 보이는 것도 괜찮겠지…… 하지만 내 생각엔 다른 사람들 앞에선 네가 예쁜 모습을 보이는 게 더 좋을 것 같구나."

"알겠어요. 어머니 말이 맞는 것 같네요."

포기한 듯 테스가 차분히 대답했다. 그러고는 어머니를 기쁘게 하려고, "어머니 좋을 대로 하세요"라고 말하며 모든 걸 조안의 손에 맡겨버렸다.

더비필드 부인은 이처럼 딸이 고분고분한 게 마냥 기쁠 따름이었다. 그녀는 우선 커다란 대야를 가져와 테스의 머리를 감겼는데, 어찌나 꼼꼼히 감겼는지 머리를 다 말리고 나자 머리숱이 평소보다 두 배는 많아 보였다. 그녀는 딸의 머리를 보통 때보다 더 넓은 분홍 리본으로 묶은 다음, 들놀이 때 입었던 흰 드레스를 입혔다. 부풀린 머리에다 가볍고 풍성한 드레스를 입은 탓에 한창 자라고 있는 테스의 몸매는 나이에 비해 성숙해 보였고, 이제 겨우 어린애 티를 벗었음에도 불구하고 다 자란 처녀로 생각될 정도였다.

"스타킹 뒤꿈치에 구멍이 났어요!"

"스타킹 구멍 따윈 신경 쓸 것 없어. 구멍은 말을 못 하니까! 내가 처녀 적엔 예쁜 모자만 쓰고 있으면 발뒤꿈치 따윌 쳐다보는 녀석은 없었거든."

딸의 근사한 모습을 보고 마음이 뿌듯해진 어머니는 마치 이젤 앞에 선 화가처럼 뒤로 물러나 자신의 작품을 전체적으로 살펴보았다.

"너도 네 모습을 봐야 해!"

그녀가 소리쳤다.

"며칠 전보다 훨씬 더 예쁘구나."

거울이 너무 작아 테스의 몸 전체를 한꺼번에 비출 수 없었기 때문에 더비필드 부인은 창문 밖에 검은 외투를 쳐 유리창을 큰 거울로 만들었다. 멋 내기 좋아하는 가난뱅이들이 주로 쓰는 방법이었다. 이렇게 한 다음 그녀는 아래층 방에 앉아 있는 남편에게 내려갔다.

"여보, 내 말 좀 들어봐요."

그녀가 몹시 흥분해서 말했다.

"그 청년이 테스를 보면 사랑하지 않고는 못 배길 거예요. 하지만 무슨 일이 있어도 테스한테는 그가 그 애를 맘에 두고 있다거나 행운을 잡은 거라는 얘기는 하지 마세요. 워낙 영악한 애라 오히려 그 청년을 싫어할지도 모르고, 또 지금이라도 안 가겠다고 나올 수 있으니까요. 만약 모든 일이 잘 풀리면 난 우리한테 그 사실을 알려준 스태그푸 레인의 신부님께 꼭 답례를 할 거예요! 정말 고마운 분이잖아요!"

하지만 딸의 출발 시간이 다가오자, 착복식의 첫 흥분이 점차 사라지고 조안 더비필드의 마음엔 다소 불안이 싹트기 시작했다. 그래서 딸에게 계곡에서 타지로 나가는 첫 번째 오르막길 입구까지 배웅해주겠다고 서둘러 말했다. 테스는 언덕 꼭대기에서 스토크-더버빌 가에서 보내온 짐마차와 만나기로 되어 있었다. 그녀의 짐을 신속하게 이동하기 위해 미리 한 청년이 손수레에 실어 꼭대기로 보내놓은 터였다.

어머니가 모자를 둘러쓰자 어린 동생들이 함께 따라가겠다며 아우성을 쳐댔다.

"언니를 조금만 바래다주고 올게. 이제 언니는 신사 사촌과 결혼할 테고 또 아주 멋진 옷을 입게 될 거야!"

"제발요!"

얼굴이 붉어진 테스가 홱 돌아서며 말했다.

"제발, 그런 소리 좀 그만하세요! 어머니, 어떻게 어린 동생들한테까지 그런 말을 하는 거예요?"

"얘들아, 언니는 지금 부자 친척집에 일하러 가는 거야. 가서 일을 도와주고 새 말을 살 돈을 벌어올 거란다."

더비필드 부인이 차분히 말했다.

"안녕히 계세요, 아버지."

테스가 목멘 소리로 말했다.

"그래, 잘 가거라."

존 경이 졸다가 깨어나 고개를 번쩍 들며 말했다. 그는 이 일을 축하한다며 이날 아침 다소 과음을 했던 것이다.

"어쨌든 그 젊은 친구가 우리 집안을 대표하는 미모의 아가씨를 좋아했으면 좋겠구나. 그리고 테스야, 가서 이 말을 전하거라. 과거에는 우리 집안이 대단했지만 지금은 너무 몰락했기 때문에 내가 그한테 작위를 팔 생각이 있다고 말이다. 그래, 팔아야지, 금액만 적당하다면."

"천 파운드 이하로는 안 돼요!"

더비필드 여사가 소리쳤다.

"내가 천 파운드를 받겠다고 했다고 하거라. 아니, 다시 생각해보니 그 이하로도 되겠구나. 나처럼 가난하고 보잘것없는 사람보다는 그가 훨씬 더 잘 간수할 테니까. 그럼, 백 파운드에 주겠다고 하거라. 하지만 그렇게 쩨쩨하게 굴 수야 없지. 오십 파운드에 주겠다고 해봐, 아니 이십 파운드! 그래 이십 파운드, 이게 최하 가격이야. 제기랄! 가문의 이름값이 있는데, 여기선 더이상 일 페니도 깎을 수 없어!"

테스의 눈엔 눈물이 가득했고, 목이 메어 북받치는 괴로운 심정을 표현할 길이 없었다. 그녀는 재빨리 돌아서 밖으로 나갔다.

이렇게 해서 여동생들과 어머니가 모두 함께 길을 나섰다. 테스의 양옆에서 손을 잡은 채 걷고 있는 두 동생은 무슨 큰일을 할 사람을 대하듯 이따금 테스를 쳐다보곤 했다. 바로 뒤에는 어머니가 막내와 함께 따라왔다. 이 광경은 마치 양옆에는 순결의 신이 동행하고 뒤에는 단순한 허영의 신을 거느린, 정직한 미의 여신상을 떠올리게 했다. 이들은 오르막이 시작되는 곳까지 따라왔다. 이 오르막 꼭대기에서 트

랜트리지에서 온 마차가 그녀를 맞기로 되어 있었는데, 약속 장소를 여기로 정한 건 말이 마지막 경사를 오르는 부담을 덜어주기 위해서였다. 앞에 보이는 언덕들 뒤로 멀리 쉐스톤의 집들이 능선 위로 우뚝 솟아 있었다. 오르막 가장자리를 따라 높이 나 있는 길에는 앞서 짐을 보냈던 청년 이외에 아무도 보이지 않았다. 청년은 테스의 전 재산이 실려 있는 손수레 손잡이에 걸터앉아 있었다.

"여기서 좀 기다리렴. 틀림없이 곧 짐마차가 올 거야."

더비필드 부인이 말했다.

"거봐, 저기 오잖아!"

짐마차가 도착했다. 마차는 가장 가까운 산등성이 앞쪽을 돌아 갑자기 불쑥 나타나더니 짐수레 곁에 있는 청년 옆에 와 멈췄다. 어머니와 동생들은 더이상 가지 않기로 했다. 테스는 서둘러 작별인사를 한 다음 언덕을 향해 발걸음을 옮겼다.

이들은 그녀의 흰 형체가 짐마차를 향해 가까이 다가가는 걸 보았다. 그녀의 짐은 이미 마차에 실려 있었다. 그러나 그녀가 마차에 닿기도 전, 또 다른 마차가 산등성이 수풀 뒤에서 불쑥 튀어나왔다. 그리고 길모퉁이를 돌아 짐마차를 지나쳐 테스 옆에 와 멈췄다. 테스는 깜짝 놀란 듯 돌아보았다.

어머니는 그제야 이 마차가 첫 번째 것처럼 허름한 게 아니라 멋지게 광을 내고 장식한 새 이륜마차라는 걸 알아차렸다. 마차의 운전수는 스물서넛쯤 되어 보이는 청년으로, 입에 시가를 문 채 멋쟁이 모자를 쓰고 있었다. 또한 갈색 저고리와 같은 색 승마바지, 빳빳하게 세운 깃에 흰 목도리를 걸치고 갈색 승마장갑을 끼고 있었다. 그러니까 그는 한두 주 전, 테스에 대한 답을 들으려고 조안을 찾아왔던, 승마를 좋아하는 그 멋쟁이 청년이었다.

더비필드 부인은 아이처럼 손뼉을 치더니, 고개를 숙였다 다시 쳐다보았다. 이게 무슨 뜻인지 그녀가 어떻게 모를 수 있겠는가!

"저 귀족 아저씨가 언니를 귀부인으로 만들어줄 사람이에요?"

막내가 물었다.

모슬린 옷을 입은 테스가 아무 결정을 못한 채 마차 옆에 서 있자, 마차 주인이 그녀에게 말을 건네고 있었다. 겉으로 보이는 그녀의 망설임은 불안감에 가까웠다. 그녀는 오히려 허름한 마차를 타고 싶었을 것이다. 그 청년이 뛰어내리더니 그녀에게 다가와 마차에 오르라고 재촉하는 듯 보였다. 그녀는 고개를 돌려 언덕 아래에 무리지어 있는 가족들을 쳐다보았다. 뭔가 그녀에게 최종 결정을 내리도록 한 듯 보였다. 아마도 그건 자신이 프린스를 죽였다는 생각이었을 것이다. 갑자기 그녀가 마차에 올랐다. 그러자 청년이 그녀 옆에 올라타 곧바로 채찍을 휘둘렀다. 이들은 순식간에 짐을 실은 느린 짐마차를 지나 산등성이 너머로 사라졌다.

테스가 시야에서 사라지고 마치 연극처럼 지켜보던 광경이 끝나자 어린 동생들은 눈물을 글썽거렸다. 막내가 말했다.

"난 불쌍한, 불쌍한 테스 언니가 귀부인이 안 되더라도 가지 않았으면 좋겠어!"

그러고는 입을 실룩거리며 울음을 터뜨렸다. 이 새로운 생각은 곧바로 전염되었다. 다음 아이가 따라 울더니 또 그 다음 아이까지, 결국 셋 모두 큰 소리로 울부짖었다.

집으로 향하는 조안 더비필드의 눈에도 눈물이 고였다. 하지만 마을로 돌아오자 그녀는 별 수 없이 모든 걸 운에 맡겨버렸다. 그런데도 그날 밤 잠자리에서 한숨을 내쉬었다. 그러자 남편이 무슨 일이냐고 물었다.

"글쎄, 나도 잘 모르겠어요. 그냥 테스가 가지 않는 편이 더 낫지 않았을까 하는 생각이 들어서요."

"그런 생각이라면 진작 했어야지!"

"어쨌든, 이건 테스한테 더없이 좋은 기회이긴 해요. 하지만 다시 이런 일이 생기면 그 청년이 정말 믿을 만한 사람인지, 그 애를 정말 친척으로 생각하는지 직접 확인해보기 전에는 절대 보내지 않을 거예요."

"그래, 진작 그랬어야 했어."

존 경이 코를 골았다.

조안 더비필드는 무슨 일이 생기면 항상 어딘가에서 위안거리를 찾아내곤 했다.

"아무튼 좋은 혈통을 타고 났으니, 테스는 가진 재능을 잘 살리기만 하면 잘 헤쳐나갈 거예요. 또 그 청년이 당장엔 그 애와 결혼하지 않아도 나중엔 결국 하게 될 거고요. 누가 봐도 그는 지금 테스한테 홀딱 반해 있으니까요."

"그 애의 비결이 뭐요? 더버빌 가문의 혈통이오?"

"한심한 양반 같으니! 아니에요. 그 애의 미모지 뭐겠어요, 옛날 나처럼."

8

테스 옆에 올라앉은 알렉 더버빌은 그녀에게 의례적인 인사말을 건네며 첫 번째 산마루를 따라 재빨리 마차를 몰았다. 그녀의 짐이 실린 마차는 멀리 뒤에 처져 있었다. 오르막길을 오르는 동안 사방으로 거대한 경관이 펼쳐졌다. 뒤로는 그녀가 태어난 푸른 계곡이 있었고, 앞으로는 트랜트리지를 처음 다녀왔을 때 빼고는 전혀 보지 못했던 우중충한 시골 풍경이 나타났다. 이들은 어느 비탈의 끄트머리에 이르렀는데, 여기서부터는 내리막길로 거의 1.5킬로미터가량 곧은 도로가 길게 이어져 있었다.

테스 더비필드는 원래 천성적으로 대담한 성격이었지만, 아버지의 말이 사고로 죽은 후로는 마차를 타면 몹시 겁이 나서 아주 작은 덜컹거림에도 깜짝깜짝 놀라곤 했다. 그녀는 청년의 거칠고 무모한 마차 몰이 때문에 불안해지기 시작했다.

"이제 좀 천천히 내려갈 거죠?"

그녀가 일부러 태연한 척하며 말했다. 더버빌은 그녀를 쳐다보고는 커다란 흰 앞니로 시가를 물더니 천천히 미소를 지어 보였다.

"아니, 테스."

한두 모금 시가를 빨아들인 뒤 그가 말했다.

"당신처럼 용감하고 대담한 아가씨가 그런 걸 묻다니! 글쎄, 난 내리막길에선 늘 전속력으로 달리곤 한다오. 기운을 돋우는 덴 그만 한 게 없거든."

"하지만 지금은 그럴 필요가 없잖아요."

"아!"

그가 머리를 저으며 말했다.

"이럴 땐 나만 생각할 게 아니라 둘을 생각해야 하오. 팁도 생각해야 한단 말이오. 게다가 녀석은 성격이 아주 유별나거든."

"지금 누굴 말하는 거죠?"

"여기, 내 암말 말이오. 좀 전에도 아주 험상궂은 표정으로 돌아보던데, 혹시 보지 못했소?"

"일부러 겁주지 말아요."

테스가 쌀쌀맞게 말했다.

"아, 알겠소. 이 세상에서 이 말을 다룰 수 있는 사람은 나밖에 없을 거요. 누구도 할 수 없다는 뜻이오. 만약 그럴 능력을 가진 사람이 있다면 그게 바로 나요."

"대체 왜 이런 말을 타는 거죠?"

"아, 당연히 궁금하겠지! 내가 보기에 이건 운명인 것 같소. 팁은 이미 한 사람을 죽인 상태였는데, 내가 사들인 직후에 나도 거의 죽을 뻔했소. 그래서 그때, 이건 거짓말이 아니오. 난 녀석을 하마터면 죽일 뻔했었지. 그런데 고약하고 난폭하긴 지금도 마찬가지요. 그래서 때때로 누군가 이 말을 타면 안전을 장담할 수가 없다오."

이들은 막 내리막길을 내려가기 시작했다. 게다가 이 말은 자신의 기질 탓이든 주인의 기질 탓이든 간에—후자일 가능성이 더 높아 보였지만—주인이 자신에게 무모한 질주를 기대하고 있다는 걸 너무 잘 알고 있어서 거의 어떤 암시도 줄 필요가 없었다.

아래로 아래로 마차는 가속이 붙어 계속 내달렸다. 바퀴들이 팽이처럼 윙윙거리고 동체가 좌우로 흔들리며 차축마저 진행 방향에서 약간 기울어졌다. 이들 앞에서 질주하는 말의 모습이 출렁이는 파도처럼 오르락내리락했다. 가끔 바퀴 하나가 지면에서 벗어난 채 몇 미터씩 질주하는 듯 보였고, 때로는 돌멩이가 울타리 너머로 튕겨 나가기도 했으며 말발굽에서 튀는 불꽃이 태양보다 더 강하게 번쩍이기도 했다. 곧게 뻗은 길은 앞으로 갈수록 넓어졌으며, 길 양쪽 둑이 마치 막대기가 쪼개지듯 갈라져 질주하는 이들의 어깨를 재빨리 스쳐 지나갔다.

바람이 흰 모슬린 천을 뚫고 들어와 테스의 살갗에 와 닿았고, 정성스레 감은 머리칼은 뒤로 세차게 휘날렸다. 그녀는 두려움을 내보이지 않으려 했지만 어쩔 수 없이 말고삐를 쥔 더버빌의 팔을 꽉 잡고 말았다.

"팔을 잡아선 안 돼요! 그럼 우린 둘 다 날아가 버릴 거요! 내 허리를 꽉 잡아요!"

테스는 그의 허리를 꽉 잡았고, 그렇게 비탈 아래까지 내려왔다.

"고맙게도 간신히 살았군요! 당신의 미친 짓에도 불구하고 말이에요!"

시뻘게진 얼굴로 그녀가 말했다.

"테스! 이제 보니, 성질이 대단하군!"

"잘 봤네요."

"그렇다고 위험에서 벗어나자마자 고맙다는 말도 없이 손을 뗄 필요는 없잖소."

사실 그녀는 자신이 뭘 하고 있는지 따져볼 겨를도 없이, 그가 남자건 여자건 막대기건 돌멩이건 간에 무의식적으로 붙들었던 것이다. 평정심을 되찾은 그녀는 아무 대답이 없었고, 이렇게 두 사람은 또 다른 내리막길 앞에 이르게 되었다.

"자, 다시 한 번 내려가 봅시다!"

"안 돼, 안 돼요! 제발 정신 좀 차리세요."

"어쨌거나 여긴 이 고장에서 제일 높은 곳이니 다시 내려가야 할 것 아니오."

그가 고삐를 늦추었다. 그러자 말은 또다시 질주하기 시작했다. 마차가 심하게 흔들리는 가운데 더버빌이 테스를 쳐다보더니 짓궂게 놀리듯 말했다.

"이봐요, 예쁜 아가씨, 좀 전처럼 다시 내 허리를 붙들어야지."

"싫어요!"

테스는 가능한 한 그의 몸에 손을 대지 않고 버티려 애를 썼다.

"테스, 호랑가시나무 열매 같은 그 입술에 살짝 키스 한 번만 하게 해줘요. 아니면 포근한 뺨에라도. 그러면 멈추겠소. 정말이라니까, 내 맹세하지!"

테스는 너무 놀라 더 뒤로 물러나 앉았다. 그러자 그는 말을 더욱 재촉했고 마차는 전보다 더 심하게 흔들렸다.

"그것 말고 다른 건 안 돼요?"

커다란 두 눈으로 마치 야수를 쳐다보듯 그를 노려보다 마침내 그녀가 절망스럽게 소리쳤다. 어머니가 그토록 정성스레 입혀준 옷은 결국 이렇게 후회스런 결과를 낳고 말았다.

"안 되오, 테스."

"아, 난 모르겠어요. 그럼, 맘대로 하세요!"

그녀는 애처롭게 숨을 몰아쉬었다.

그가 말고삐를 잡아당기자 말은 속도를 늦추었다. 그가 바라던 키스를 하려는 순간, 그녀는 마치 전에는 몰랐던 자신의 정숙함을 깨닫기라도 한 듯 몸을 옆으로 획 틀어버렸다. 그의 두 팔은 말고삐에 묶여 있었던 탓에 이 같은 그녀의 몸짓을 막을 힘이 없었다.

"제기랄, 둘 다 목이 부러질 뻔했잖아!"

흥분한 그녀의 동행이 욕설을 퍼부어댔다.

"정말 이 따위로 약속을 안 지킬 거야, 응?"

"좋아요."

기가 죽은 테스가 말했다.

"그렇게 소원이라면 움직이지 않을게요! 하지만 난 당신이 날 친척으로 친절히 대하고 보호해줄 거라 믿었다고요!"

"친척은 무슨 얼어 죽을! 어서!"

"하지만 아무나 내게 키스하는 건 싫단 말이에요!"

그녀가 애원했다. 굵은 눈물방울이 그녀의 얼굴을 타고 흘러내렸고, 울지 않으려고 애쓰자 입가에 경련이 일었다.

"이럴 줄 알았으면 오지 않는 건데!"

그는 무정하게 그녀의 애원을 잘라버렸다. 그녀는 가만히 앉아 있었고 더버빌은 정복자처럼 승리의 키스를 했다. 키스가 끝나자마자 그녀는 수치심으로 얼굴이 벌개졌고, 얼른 손수건을 꺼내 그의 입술이 닿았던 뺨을 닦았다. 그녀가 무의식적으로 하고 있는 이런 행동을 보자, 그의 열정은 더욱 타올랐다.

"촌뜨기 주제에 어지간히 까탈스럽게 구는군!"

테스는 이 말에 아무 대꾸도 하지 않았다. 그녀는 이 말이 무슨 뜻인지 잘 이해하지 못했다. 자신이 본능적으로 뺨을 닦아낸 행동이 결국 그에게 모욕을 안겨주었다는 걸 알아차리지 못했던 것이다. 사실, 물리적인 측면에서 보면 그녀는 그에게 받은 키스를 지워버린 거나 마찬가지였다. 그가 화가 났다는 걸 어렴풋이 감지한 채 그녀는 30여 분을 더 가는 동안 줄곧 앞만 쳐다보았다. 그런데 지나야 할 내리막이 또 있다는 걸 알았을 때 소스라치게 놀라고 말았다.

"당신이 그랬던 걸 후회하게 해주겠어!"

여전히 기분 상한 목소리로 그가 다시 채찍을 휘둘렀다.

"물론, 기꺼운 마음으로 키스를 허락하고 손수건으로 닦지도 않겠다면 또 모르지."

그녀는 한숨을 내쉬었다.

"좋아요! 아, 이런, 모자를 주워야겠어요!"

언덕에서 내려오는 속력이 결코 느리지 않았기 때문에, 말하는 순간 그녀의 모자가 바람에 날려 땅으로 떨어져버렸던 것이다. 더버빌은 마차를 세우고 자신이 그걸 주워오겠다고 말했다. 하지만 테스는 반대쪽으로 내렸다.

그녀는 뒤로 되돌아가 모자를 집어 들었다.

"모자를 벗으니까 더 예뻐 보이는군. 진심이오."

마차 뒤로 그녀를 넘겨다보며 그가 말했다.

"자, 이제 다시 올라타요! 무슨 일이오?"

모자를 다시 쓰고 끈을 묶었지만 테스는 앞으로 나오지 않았다.

"싫어요."

반항적인 말투로 붉은 잇몸과 하얀 이를 드러내며 그녀가 말했다.

"다시는 안 탈 거예요!"

"뭐? 지금 내 옆에 타지 않겠다는 거요?"

"그래요. 그냥 걸어갈 거예요."

"트랜트리지까지는 아직 십여 킬로나 남았소."

"수십 킬로라도 상관없어요. 게다가 좀 있으면 짐마차가 올 거잖아요."

"보통 영악한 게 아니군! 자, 말해봐. 아까 그 모자도 일부러 날려 보냈던 거지? 틀림없이 그랬을 거야!"

그녀가 침묵함으로써 그의 의심은 더욱 굳어졌다. 이내 더버빌은 그녀를 향해 저주와 욕설을 퍼부어댔고, 자신을 속인 것에 대해 분통을 터뜨렸다. 그가 갑자기 말머리를 돌리더니 그녀를 향해 질주했다. 그러고는 그녀를 마차와 울타리 사이로 몰아넣으려고 했다. 하지만 정말 그랬다간 그녀의 몸이 다칠 수도 있었다.

"그런 욕설을 퍼붓다니 부끄러운 줄 아세요!"

울타리 꼭대기로 기어 올라간 테스가 화가 나 소리쳤다.

"난 당신이 너무 싫어요! 혐오스럽고 꼴도 보기 싫다고요! 다시 집으로 돌아갈 거예요!"

이런 그녀의 모습을 보자 더버빌은 상한 기분이 다소 풀린 듯 크게 웃음을 터뜨렸다.

"이런, 난 당신이 더 좋아지는걸."

"자, 이제 그만하고 화해합시다. 다시는 당신이 싫어하는 짓은 하지 않겠소. 내 목숨을 걸고 맹세하지!"

하지만 테스는 다시 마차에 오를 수 없었다. 그래도 그가 마차를 몰고 그녀 옆을 따라가는 건 말리지 않았다. 이런 식으로, 아주 느리게 이들은 트랜트리지 마을을 향해 나아갔다. 이따금 더버빌은 자신의 실수로 인해 힘들게 터벅터벅 걸어가는 그녀의 모습을 보며 다소 괴로운 표정을 짓기도 했다. 사실 그녀는 이제 안심하고 그를 믿어도 될 만했다. 하지만 지금으로선 그에 대한 신뢰를 회복할 수 없었다. 그녀는 여기서 집으로 돌아가는 게 더 현명할지 어떨지를 궁리하는 듯 줄곧 생각에 잠긴 표정으로 걸어나갔다. 하지만 이미 결심을 굳힌 이상, 이제 와 아무런 이유 없이 포기한다면 철없는 어린애와 다를 게 전혀 없었다. 이런 사소한 감정상의 이유로 짐을 도로 갖고 돌아간다면 어떻게 부모님의 얼굴을 대면할 수 있겠는가? 또 집안을 다시 일으킬 모든 계획을 어떻게 뒤엎을 수 있겠는가?

잠시 후 슬로프 저택의 굴뚝이 눈에 들어왔고, 오른쪽으로 쑥 들어간 모퉁이에 테스의 목적지인 양계장과 작은 오두막이 나타났다.

9

테스는 양계장의 관리자 겸 식사당번, 간호사, 의사, 그리고 닭들의 친구로 임명되었다. 이 닭들은 한때 정원이었지만 지금은 짓밟혀 모래투성이가 되어버린 땅 위에 지어놓은 낡은 초가에 둥지를 틀고 있었다. 이 집은 온통 담쟁이덩굴로 뒤덮여 있었으며 굴뚝은 갖은 기생식물들로 부풀어 무너진 탑의 모습을 떠올리게 했다. 아래층 방들은 닭들에게 완전히 점령되어 있었다. 닭들은 이 집의 주인이 지금은 죽어 교회 동쪽과 서쪽에 잠들어 있는 몇몇 등기소유권자들이 아니라 마치 자신들인 양 의기양양하게 사방을 돌아다니며 주인 행세를 했다. 이 집을 소유했던 옛 주인들의 후손들은 이런 변화를 지켜보며 자기 가문에 대한 멸시를 느껴야 했다. 자신들이 그토록 많은 애착을 가졌고, 조상들이 그토록 많은 돈을 들였으며, 또한 더버빌 가문이 여기 들어와 새 집을 짓기 전까지 몇 세대에 걸쳐 자신들이 소유했던 이 집의 소유권이 법에 따라 스토크-더버빌 부인의 손으로 넘어가자마자 아무렇지도 않은 듯 단번에 양계장으로 변해버렸으니 말이다. 그들은 이렇게 말했다.

"할아버지 땐 여기서 사람들도 충분히 살 수 있었는데."

수십 명의 아이들이 울어대며 자랐던 방에는 이제 햇병아리들이 모이를 쪼는 소리로 가득했다. 전에 농부들의 고단한 몸을 지탱해주던 의자들이 놓여 있던 자리는 닭장 속에서 정신없이 퍼덕이는 암탉들의 차지가 되어버렸다. 벽난로와 한때 강하게 타올랐던 화로는 이제 엎어놓은 꿀통들로 가득 차 있었고, 여기에다 암탉들이 알을 낳곤 했다. 한편 문 밖에 있는, 바뀌는 주인들마다 정성스레 모양을 다듬어놓은 작은 밭은 수탉들이 마구 짓밟아 완전히 망가져 있었다.

이 초가가 서 있는 정원은 담으로 둘러쳐져 있었고, 문이 하나밖에 없어 그곳으로만 드나들 수 있었다.

다음 날 아침, 테스는 약 한 시간 동안 전문 양계업자의 딸로서 그간 보고 익힌 바에 따라 집안 시설들을 바꾸기도 하고 뜯어고치기도 했다. 이때, 담의 문이 열리더니 흰 모자에 앞치마를 두른 하녀가 들어왔다. 본채에서 온 사람이었다.

"더버빌 마님이 평소처럼 닭들을 가져오라고 하셨어요."

그녀가 말했다. 하지만 테스가 말뜻을 잘 알아듣지 못하자 다시 설명을 덧붙였다.

"마님은 나이가 많은 데다 앞을 보지 못하세요."

"앞을 못 보신다고요?"

새로 알게 된 이 사실로 인해 불안감이 구체적인 현실로 드러나기 전, 테스는 동료의 안내에 따라 함부르크종들 중 가장 좋아 보이는 닭 두 마리를 팔에 안고, 마찬가지로 두 마리를 안은 하녀를 따라 옆에 붙어 있는 본채로 향했다. 이 건물의 외관은 화려하고 위풍당당해 보였지만, 여기 사는 누군가가 말 못하는 짐승들에게 애정을 쏟고 있다는 흔적—현관 앞엔 깃털이 날아다니고 잔디 위엔 닭장들이 놓여 있었다—이 곳곳에서 눈에 띄었다.

1층 거실에서 빛을 등진 채 안락의자에 앉아 있는 사람이 바로 이 저택의 소유주이자 여주인이었다. 기껏해야 예순, 아니 그 아래로도 볼 수 있는 이 백발의 여인은 큰 모자를 쓰고 있었다. 그녀의 얼굴은 오래전 시력을 잃었거나 선천적으로 장님인 사람들이 보여주는 체념의 얼굴이라기보다는 점차 시력이 나빠져 이를 다시 되찾으려 애쓰다 마지못해 포기한 사람들이 보여주는 불안하고 변화무쌍한 표정이었다. 테스는 닭들을 한 팔에 한 마리씩 안고 부인에게로 다가갔다.

"아, 내 닭들을 돌봐주러 온 새로운 아가씨인가?"

낯선 발소리를 알아차린 더버빌 부인이 말했다.

"우리 닭들을 잘 돌봐주도록 해라. 우리 집 관리인 말로는 네가 아주 적임자라고 하더구나. 그래, 닭들은 가져왔니? 아, 이건 스트럿이로군! 그런데 오늘은 왜 이리 힘이 없지? 아마 낯선 사람이 와서 놀란 모양이로군. 이런, 페나도 그렇잖아. 맞아, 닭들도 조금은 놀랐을 거야, 그렇지? 하지만 곧 너와 친해질 거다."

노부인이 말을 하는 동안 테스와 하녀가 부인의 손짓에 따라 그녀의 무릎에 닭들을 한 마리씩 올려놓으면 그녀는 닭의 머리에서부터 꼬리까지 더듬어가며 부리, 볏, 머리털, 날개, 발톱까지 꼼꼼히 살폈다. 그녀는 촉감만으로 이것들을 단번에 알아차렸고, 깃털이 하나라도 부러졌는지 혹은 더러워졌는지까지 알아맞혔다. 또한 모이주머니를 만져 이들이 뭘 먹었는지, 너무 적게 혹은 너무 많이 먹었는지도 알아냈다. 그녀의 얼굴은 마음속에 어떤 평가가 스치고 있는지를 생생히 보여주는 무언극을 연출하고 있었다.

두 처녀가 가져온 닭들은 즉시 뜰로 되돌려 보내졌고, 절차는 모든 닭들—여기에는 함부르크, 반캄, 코친, 브라마, 도킹 이외에 당시 유행하던 다른 종들도 포함되어 있었다—이 노부인 앞에서 검사를 마칠 때까지 계속되었다. 매번 새 닭들이 부인의 무릎에 놓인 채 검사를 받았지만 실수는 거의 찾아볼 수 없었다.

이를 보며 테스는 견진성사堅振聖事를 떠올렸다. 말하자면 더버빌 부인은 주교이고, 닭들은 참석한 젊은이들이며 자신과 하녀는 이들을 데려온 본당신부와 보좌신부인 셈이었다영국 국교회(성공회)는 교회 의식이나 직제가 가톨릭과 거의 흡사하다. 의식이 모두 끝나자, 더버빌 부인이 인상을 찌푸리더니 얼굴을 심하게 씰룩거리며 불쑥 물었다.

"휘파람 불 줄 아느냐?"

"휘파람요?"

"그래, 휘파람으로 노래를 부를 줄 아느냔 말이다."

테스는 다른 시골 처녀들과 마찬가지로 휘파람을 불 줄 알았다. 하지만 이렇게 지체 높은 분 앞에서 자랑할 만한 정도는 아니었다. 그렇긴 해도 사실대로 불 줄 안다고 담담하게 대답했다.

"그럼 이제부터 그걸 매일 연습하거라. 휘파람을 아주 잘 불던 사내 녀석이 하나 있었는데 가버렸거든. 네가 내 피리새들한테 휘파람을 불어주었으면 좋겠구나. 난 새들을 볼 수 없기 때문에 소리 듣는 걸 좋아한단다. 그래서 새들한테 휘파람으로 노래를 가르치고 있지. 엘리자베스, 새장이 어디 있는지 알려주거라. 내일부터 당장 시작해야 할 거다. 아니면 예전 소리로 다시 돌아가고 말거든. 요 며칠 아무것도 가르치질 못했단다."

"마님, 오늘 아침 더버빌 도련님이 휘파람을 불어주었어요."

엘리자베스가 말했다.

"그 애가? 칫!"

노부인의 얼굴은 혐오감으로 흉하게 일그러졌고 더이상 아무 말도 하지 않았다.

이렇게 해서 테스가 상상하던 친척 부인과의 첫 대면은 끝이 났고, 닭들도 모두 제자리로 돌려보내졌다. 테스는 더버빌 부인의 태도에 별로 놀라지 않았다. 왜냐하면 집 규모를 보고 더이상은 기대하지 않았기 때문이다. 하지만 그녀는 이 노부인이 소위 친척이라는 말을 결코 들어본 적이 없다는 사실을 까맣게 모르고 있었다. 그녀는 이 눈먼 부인과 아들 사이가 그다지 원만치 않다는 걸 짐작할 수 있었다. 그러나 이 점에서도 그녀는 잘못 생각하고 있었다. 더버빌 부인은 자식을 미워하면서도 사랑하고, 원망하면서도 챙길 수밖에 없는 어머니들 중 한 명에 불과했으니 말이다.

전날의 유쾌하지 못한 출발에도 불구하고 테스는 일단 이곳에 정착하고 나자, 해가 뜨는 아침마다 새로운 일자리가 주는 자유로움과 신기함에 빠져들었다. 또한 노부인으로부터 받은 예상치 못한 부탁을 통해 자신의 능력을 시험해 보고 싶었다. 이것은 그녀가 이 자리를 계속 지킬 수 있을지를 가늠할 수 있는 방법이기도 했다. 그녀는 담이 쳐진 뜰에 혼자 남게 되자, 곧바로 닭장 위에 걸터앉아 입을 한껏 오므리며 오랫동안 불지 않았던 휘파람을 연습하기 시작했다. 하지만 예전 능력이 사라져 입술 사이에선 음산하고 거친 바람 소리만 날 뿐 맑은 소리가 전혀 나오지 않았다.

휘파람을 불고 또 불어봤지만 아무 소용이 없었다. 그녀는 저절로 터득했던 이 기술이 어떻게 이렇게 잊힐 수 있는지 의아해하며 앉아 있었다. 이때 초가는 물론이고 담장까지 온통 뒤덮고 있는 담쟁이덩굴 사이에서 뭔가 움직이는 게 보였다. 그걸 보고 있는데 어떤 형체 하나가 갓돌에서 뜰 바닥으로 뛰어내렸다. 다름 아닌 알렉 더버빌이었다. 그 전날 그녀가 묵었던 정원사의 집까지 안내된 이후, 그녀는 그를 전혀 보지 못한 상태였다.

"맹세하건대, 이 세상에서 테스 사촌—사촌이란 말에는 약간의 조롱이 섞여 있었다—, 당신만큼 아름다운 사람은 본 적이 없소. 지금껏 담 너머로 당신을 죽 지켜보고 있었지. 기념비 위에 앉아 있는 참을성 없는 조각처럼 그 예쁜 입을 내밀어 후, 후 하며 휘파람을 열심히 불어대다가 안 되니까 혼잣말로 욕을 하더군. 결국 노래다운 소리는 내지도 못하면서 말이야. 마음대로 안 돼서 어지간히 짜증이 났던 모양이지?"

"짜증이 났던 건 사실이지만 욕은 하지 않았어요."

"아! 당신이 왜 그걸 연습하는지 이제야 알겠어. 바로 그 새들 때문이로군! 어머니가 당신한테 그 녀석들 음악 교육을 맡긴 모양인데, 하여튼 어머닌 당신 입장만 생각한다니까! 처녀 아이가 여기서 이 말썽꾸러기 닭들과 씨름하는 것만으로는 일거리가 충분치 않다고 생각하는 거겠지. 나 같았으면 단번에 거절했을 거요."

"하지만 마님은 내게 특별히 이 일을 맡기셨어요. 그리고 내일 아침까지 연습해놓으라고 하셨죠."

"그래? 좋아, 그렇다면 내가 방법을 좀 일러주겠소."

"아, 아니에요, 그럴 필요 없어요!"

테스가 문 쪽으로 물러서며 말했다.

"겁내긴! 당신 몸에 손대지 않을 테니 걱정 말아요. 자, 난 이쪽 철망에 서 있을 테니 당신은 반대편에 서시오. 그럼 좀 안심이 될 거요. 이제, 여길 봐요. 당신은 지금 입술을 너무 오므리고 있소. 다시 해봐요, 이렇게."

그는 '가져가요, 오, 이 입술을 가져가요'라는 노래를 휘파람으로 부르며 가사에 맞춰 몸짓까지 해보였다. 하지만 테스는 이것이 암시하는 바를 전혀 눈치 채지 못했다.

"자, 이제 해봐요."

그녀는 일부러 태연한 표정을 지으려고 애썼고, 그 바람에 얼굴이 마치 조각처럼 딱딱하게 굳어졌다. 하지만 그는 끈질기게 따라할 것을 요구했다. 결국 그녀는 그를 떼어버릴 생각으로, 맑은 소리를 내려고 그의 지시대로 입술을 쑥 내밀고는 어색하게 웃었다. 그러고는 자신이 웃었다는 사실에 화가 나서 얼굴이 붉어졌다.

그가 그녀에게 용기를 북돋웠다.

"다시 한 번 해봐요."

테스도 이번엔 꽤 진지한 자세로 다시 시도해보았다. 그러자 뜻밖에도 진짜 그럴듯한 휘파람 소리가 나오는 게 아닌가! 순간적인 성공에 놀라 두 눈이 휘둥그레진 그녀는 자기도 모르게 그의 얼굴을 쳐다보며 미소를 지었다.

"바로 그거야! 이제 방법을 일러줬으니 계속 그대로 연습하면 좋은 소리가 날 거요. 난 아까 당신 가까이 가지 않겠다고 약속했소. 그러니 지금껏 누구도 겪어보지 못했을 강한 유혹에도 불구하고, 약속은 지키겠소……. 테스, 우리 어머니가 좀 괴상한 노인 같지 않소?"

"마님에 대해선 아직 잘 모르겠어요."

"아마 그런 생각이 들 거요. 새들한테 휘파람을 가르치라고 한 걸 보면 알 수 있잖소. 난 사실 어머니 눈 밖에 난 자식이오. 하지만 여기서 닭들만 잘 돌봐준다면 당신은 좋아하실 거요. 그럼 잘 있어요. 혹시 어려움이 있거나 도움이 필요하면 관리인에게 가지 말고 나한테 오도록 해요."

테스 더비필드가 맡은 일자리는 바로 이런 식으로 돌아가고 있었다. 그녀의 첫날 경험은 앞으로 일어날 일들을 표본으로 보여준 거나 마찬가지였다. 알렉 더버빌은 그녀와 장난스런 말을 주고받거나 단둘이 있을 땐 농담 삼아 그녀를 사촌이라 부름으로써 조심스레 친밀감을 형성해나갔고, 이것은 테스가 처음에 가졌던 거부감을 상당히 없애주었지만 더욱 애틋한 새로운 종류의 수줍음으로까지 발전되진 못했다. 하지만 테스는 그의 고용인으로서는 기대 이상으로 고분고분해졌다. 그 이유는 그녀가 노부인에게 기댈 수밖에 없는 처지인데, 노부인이 상대적으로 무력하다보니 자연스레 그에게 의존할 수밖에 없었기 때문이다.

휘파람을 다시 익히고 나자, 테스는 더버빌 부인의 방에서 새들에게 휘파람을 불어주는 게 그리 힘든 일이 아니라는 걸 곧 알아차렸다. 왜냐하면 노래에 일가견이 있는 어머니로부터 이 새들한테 딱 맞는 많은 곡들을 이미 배웠기 때문이다. 그래서 매일 아침 새장 옆에서 휘파람을 불어줄 때가 뜰에서 연습할 때보다 훨씬 더 즐겁고 만족스러웠다. 그 청년이 없었으므로 그녀는 입을 쑥 내밀고 입술을 새장 가까이 댄 다음, 경청하는 청중들을 향해 편안하고 우아하게 휘파람을 불어주곤 했다.

더버빌 부인은 두툼한 연분홍 커튼이 쳐진 네 발 달린 큰 침대에서 잠을 잤고 피리새들도 같은 방에 있었다. 녀석들은 때때로 자유롭게 날아다녔으며, 방 안 가구에는 작은 얼룩들이 묻어 있었다. 한번은 테스가 새장이 놓인 창가에서 평소처럼 휘파람을 불어주고 있는데 침대 뒤에서 뭔가 바스락거리는 소리가 들리는 듯했다. 분명 노부인은 방에 없었다. 그녀가 몸을 돌렸을 때, 커튼 자락 아래로 비죽이 삐져나온 구두가 보였다. 그로 인해 그녀의 휘파람 소리는 마구 떨리게 되었고, 혹시 누군가 들었다면—정말 사람이 있었다면—그는 틀림없이 그녀가 자신의 존재를 눈치 챘다는 걸 알았을 것이다. 그 후 그녀는 매일 아침 그 커튼을 뒤지곤 했다. 하지만 그 안에는 아무도 없었다. 알렉 더버빌은 이런 식의 잠복으로 그녀를 깜짝 놀라게 할 생각이었지만, 이 괴상한 장난을 그만두는 편이 낫다고 생각한 게 분명했다.

10

어느 마을이든 고유한 특징과 기질은 물론이고 나름대로 도덕에 대한 규범이 있게 마련이다. 트랜트리지 인근에 사는 몇몇 젊은 여인들은 경박한 것으로 정평이 나 있었다. 이것이 근처에 위치한 슬로프 저택에 드리워져 있는 특별한 기운에 대한 징후였는지도 모른다. 또한 이 마을에는 더 고질적인 악습이 하나 있었는데, 그건 바로 술을 너무 많이 마신다는 것이었다. 마을 주변의 농장에서 주로 오가는 대화 내용은 저축이 쓸모없다는 거였고, 작업복 차림의 농부들은 쟁기나 괭이에 기댄 채 자신들이 평생 번 돈을 저축한 것보다 교구의 구제금이 더 믿을 만한 노후대책이라는 걸 입증하기 위해 꼼꼼히 계산을 해보곤 했다.

이 철학자들의 주된 즐거움은 토요일 밤마다 작업이 끝나면 3, 4킬로미터씩 떨어진 퇴락한 장터 체이스버러에 갔다가 다음 날 새벽 돌아오는 것이었는데, 한때 독자적으로 장사하던 술집 주인들이 맥주라고 판 정체불명의 합성주를 마시고 나면 속이 좋지 않아 일요일 내내 잠을 자곤 했다.

테스는 주말마다 이어지는 이 순례에 오랫동안 끼어들지 않았다. 하지만 그녀보다 나이가 그리 많지 않은 아낙들—다른 곳에서처럼 여기서도 결혼을 일찍 하는 게 관례였기 때문에—의 성화에 못 이겨 결국 따라가기로 했다. 그녀의 첫 여행은 기대 이상으로 재미있었다. 일주일 내내 따분하게 양계장만 돌보다 보니 사람들이 모여 떠들썩하게 어울리는 분위기가 꽤 반가웠던 것이다. 그녀의 나들이는 계속되었다. 단정하고 얼굴도 예쁜 데다가 이제 성숙한 여인의 티가 나는 그녀의 모습은 체이스버러 거리를 배회하는 건달들의 음흉한 눈길을 끌기에 충분했다. 그래서 갈 때는 종종 혼자 가기도 했지만, 밤에 집으로 돌아올 때는 항상 일행을 찾아 이들의 보호를 받곤 했다.

이런 식으로 그녀의 여행은 한두 달 동안 지속되었다. 그러던 9월 초 어느 토요일, 축제와 장날이 겹치게 되었다. 트랜트리지의 순례자들은 이를 빌미로 술

집에서도 평소보다 곱절로 즐기려고 했다. 해는 이미 오래전에 져 있었고 테스는 동료들을 기다리다 못해 꽤 지쳐 있었다. 그녀는 일행과 함께 들어간 술집 구석에 서 있었다. 이때 어떤 발소리가 들려 주위를 돌아보니 시가 불빛이 보였다. 더버빌이 거기 서 있었던 것이다. 그가 그녀에게 손짓을 했다. 그녀는 마지못해 그에게로 갔다.

"아니, 예쁜 아가씨가 이 밤중에 여긴 어쩐 일이지?"

그녀는 하루 종일 일을 하고 또 먼 길을 걸어온 까닭에 너무 피곤했다. 그래서 난처한 사정을 그에게 털어놓았다.

"지금껏 동료들을 기다리고 있었어요. 밤길이 낯설어 혼자 돌아가기가 무서워서요. 하지만 이젠 정말 더 못 기다리겠어요."

"그렇겠군. 나도 오늘 여기에 승마용 말만 가져왔는데, 어쩌지? 그럼 '플라워-드-루스'로 와요. 경마차를 빌려 내가 집까지 데려다주겠소."

테스는 그에 대한 처음의 불신을 완전히 떨쳐버리지 못했기 때문에 좀 늦어도 동료들과 함께 걸어서 돌아가고 싶었다. 그래서 호의는 무척 고맙지만 다시 생각해보니 그에게 폐를 끼치지 않는 게 좋을 것 같다고 대답했다.

"제가 기다리겠다고 말했기 때문에 다들 그런 줄 알고 있을 거예요."

"좋아요, 바보 같긴! 마음대로 하시오……."

그가 다시 시가에 불을 붙이고 가버리자, 곧바로 주변의 트랜트리지 사람들은 시간이 너무 늦었음을 깨닫고 무리를 지어 떠날 채비를 했다. 짐 보따리와 바구니들을 다 모은 뒤, 30분 후 교회 종이 11시 15분을 알리자, 이들은 집을 향해 언덕을 오르는 길로 서둘러 떠났다.

이들은 바싹 마른 길을 따라 5킬로미터를 걸어야 했는데, 이날 밤은 달빛 때문에 길이 유난히 하얗게 보였다.

테스는 무리 속에 섞여 때로는 이 사람, 때로는 저 사람과 함께 걸었다. 차가운 밤공기 속에서 술에 취한 남자들이 갈지자걸음으로 비틀비틀 걷고 있는 게 보였다. 또 칠칠치 못한 몇몇 여자들도 걸음걸이가 흐트러지고 있었다. 그중엔 까무잡잡한 얼굴에 여장부로 소문난 카 다치라는 여자가 있었다. 그녀는 '스페이드의 여왕'이라는 별명으로 불렸으며, 최근까지도 더버빌의 애인이었다. 또 '다이아몬드의 여왕'으로 불리는 그녀의 동생 낸시와 이미 바닥에 한 차례 넘어졌던 젊은 새댁이 있었다. 이들에게서 별 매력을 못 느끼는 속물들의 눈엔 이 몰골이 그저 천박하고 형편없어 보일 테지만 이들 자신의 생각은 달랐다. 이들은 스스로 독창적이고 심오한 사상을 지녔다고 생각했고, 자신들과 주위 자연이 조화롭게 상호 침투하는 유기체를 이루어 뭔가의 도움을 받아 하늘을 날고 있다고 생각했다. 또한 자신들이 하늘의 별과 달처럼 고상하며, 별과 달도 자신들만큼 열정적이라고 생각했다.

그러나 테스는 전에 부모님 곁에서 이런 종류의 괴로운 경험이 많았던 터라, 망가진 이들의 모습을 보자 하얀 달빛 여행 속에서 맛보기 시작한 기쁨마저 싹 달아나버렸다. 하지만 그녀는 앞서 말한 이유 때문에 이 무리를 떠나지 못했다.

이들은 지금까진 널찍한 대로에 무질서하게 흩어져 걸었지만, 이제부터는 출입문을 지나 풀밭으로 들어가야 했다. 선두에 선 이가 문을 여는 데 어려움을 겪자, 다들 그쪽으로 모여들었다.

선두에서 무리를 이끄는 사람은 바로 스페이드의 여왕 카였는데, 그녀의 바구니엔 어머니의 식료품, 자신의 옷가지, 그리고 일주일 동안 쓸 다른 물건들이 들어 있었다. 바구니가 상당히 크고 무거웠기 때문에 카는 나르기 쉽게 바구니를 머리에 이고 두 팔을 허리에 대고 걸었다. 그래서 걸음을 뗄 때마다 바구니가 위태롭게 흔들거리곤 했다.

"이봐, 카 다치! 당신 등에 뭐가 흘러내리고 있는데?"

무리 중 한 명이 갑자기 말했다.

모두 카 다치를 쳐다보았다. 그녀의 옷은 얇은 면이었는데 머리 뒤에서부터 허리 아래까지 마치 중국인의 변발처럼 무슨 줄 같은 게 매달려 있는 게 보였다.

"머리가 흘러내린 거잖아."

다른 이가 말했다.

사실 그건 머리가 아니었다. 바구니에서 흘러내린 어떤 검은 물질로 차갑고 고요한 달빛 아래서 보니 꼭 미끈거리는 뱀처럼 반짝거렸다.

"당밀이로군."

어떤 부인이 살펴보더니 말했다.

정말 당밀이었다. 카의 불쌍한 할머니는 단 것을 너무 좋아했다. 꿀이라면 그녀의 집에도 벌통 가득 들어 있었지만, 할머니가 원하는 건 바로 당밀이었다. 그래서 카는 이걸 깜짝 선물로 드릴 참이었던 것이다. 까무잡잡한 그녀가 급히 머리에서 바구니를 내리자 당밀을 담은 용기가 깨져 있는 게 보였다.

이때 카의 등에 난 별난 얼룩을 보고 한바탕 폭소가 터졌다. 이 때문에 화가 난 검은 여왕은 누구의 도움도 없이 혼자 임기응변으로 그 얼룩을 없애려고 했다. 그녀는 씩씩거리며 이들이 막 가로지르려던 풀밭으로 달려가더니 등을 대고 털썩 누워버렸다. 그러더니 풀밭 위에서 몸을 이리저리 흔들고 두 팔꿈치로 질질 끌면서 얼룩을 지우기 시작했다. 웃음소리가 더 크게 터져 나왔다. 카의 이런 광경을 보고 얼마나 웃어댔던지, 기운이 쏙 빠져서 다들 문과 말뚝에 기대거나 막대기를 잡고 버텨야 할 지경이었다. 우리의 여주인공은 지금껏 가만히 있었지만, 이같이 소란스런 순간에는 따라 웃지 않을 수가 없었다.

그건 여러모로 보아 불행이었다. 검은 여왕은 다른 일꾼들 가운데 술에 취하지 않은 테스의 낭랑한 목소리가 들리자, 곧바로 오랫동안 쌓아온 질투심이 미친 듯 타올랐다. 그래서 벌떡 일어나 질투의 대상을 향해 가까이 다가갔다.

"이것이 감히 날 보고 비웃다니!"

그녀가 소리쳤다.

"다른 사람들이 너무 웃어서 어쩔 수가 없었어."

여전히 킥킥거리며 테스가 사과했다.

"그래, 넌 지금 네가 세상에서 최고인 줄 알지? 그 사람이 널 제일 예뻐하니까! 하지만 조금만 기다려. 이봐요, 마님. 두고 보라고! 너 같은 건 둘이 덤벼도 끄떡없으니까! 여기서 한번 해볼 테야?"

검은 여왕이 옷을 벗어젖히기 시작하자, 테스는 갑자기 두려워졌다. 하지만 검은 여왕은 이 옷 때문에 웃음거리가 된 터라, 오히려 홀가분한 마음으로 옷을 벗어버렸다. 이윽고 달빛 아래 그녀의 살찐 목과 어깨와 팔이 드러났다. 흠잡을 데 없이 풍만하고 생기 넘치는 시골 처녀의 몸은 프락시텔레스기원전 4세기경의 그리스 조각가의 조각처럼 빛나고 아름다웠다. 그녀는 두 주먹을 불끈 쥔 전투태세로 테스한테 달려들었다.

"난 정말 싸우고 싶지 않아!"

테스가 위엄 있게 말했다.

"네가 이런 사람인 줄 진작 알았다면 이렇게 천박한 사람들과 함께 가지도 않았을 거야!"

모두를 싸잡아 지칭한 이 말 때문에 불운한 테스의 머리 위로 다른 이들의 욕설이 마구 쏟아졌다. 특히 다이아몬드 여왕의 목소리가 두드러졌다. 그녀 역시 더버빌과의 관계 때문에 카의 의심을 받고 있었지만, 이번엔 둘이 합세해 공동의 적을 향해 비난을 퍼부어댔다. 몇몇 다른 아낙들—이날 저녁 흥청망청 놀지만 않았다면 이들 중 누구도 그런 추태를 보이지 않았을 것이다—도 증오에 찬 목소리로 거들고 나섰다. 이때, 테스가 부당하게 당하는 걸 본 이들의 남편과 애인들이 테스의 편을 들며 화해시키려고 했지만, 이 시도는 오히려 싸움을 더 크게 만들고 말았다.

테스는 너무 분하고 창피스러웠다. 이제는 길을 혼자 가야 한다거나 시간이 늦었다는 건 별 문제로 보이지도 않았고, 어떻게든 이 무리를 벗어나야겠다는 생각밖에 없었다. 물론 이들 중에 다음 날이면 분별없이 날뛰었던 걸 후회할 선량한 사람들이 있다는 것을 그녀는 잘 알고 있었다. 이제 일행은 모두 풀밭 안에 있었고, 그녀는 살짝 무리를 빠져나가려 하고 있었다. 이때 길가에 쳐진 울타리 뒤에서 거의 기척도 없이 말을 탄 남자가 나타나더니 이들을 지켜보았다. 바로 알렉 더버빌이었다.

"이보게들, 대체 뭣 때문에 이렇게 소란스러운 거야?"

누구도 선뜻 나서 대답하지 않았다. 사실 그도 꼭 무슨 답을 바란 건 아니었다. 조금 전 슬그머니 이쪽으로 다가오면서 이들이 하는 소리를 다 들었던 터라 사정은 이미 충분히 알고 있었던 것이다.

테스는 무리에서 떨어져 나와 출입문 옆에 서 있었다. 그가 그녀 쪽으로 몸을 숙이더니 속삭이듯 말했다.

"어서 내 뒤에 올라타요. 순식간에 저 시끄러운 고양이 떼한테서 벗어나게 해 줄 테니까!"

사실, 그녀는 너무도 절박한 위기감을 느낀 나머지 거의 기절할 지경에 처해 있었다. 다른 때 같았으면 분명 도와주겠다거나 동행하겠다는 이런 제안을 단번에 거절했을 것이다. 이미 몇 차례 그랬듯 말이다. 또 이런 상황이 아니라면 더이상 혼자 가는 것도 문제되지 않았을 것이다. 그러나 이 제안은 단지 훌쩍 뛰어오르기만 하면 적들에 대한 공포와 분노를 단번에 승리로 바꿀 수 있는 절묘한 순간에 나온 것이라 도저히 거부할 수가 없었다. 그녀는 충동에 몸을 맡긴 채 발끝으로 그의 발등을 딛고 선 다음 그의 뒤로 올라앉았다. 옥신각신하던 술꾼들이 무슨 일이 일어난 건지 알아차렸을 때, 이들은 이미 멀리 희끄무레한 어둠 속으로 사라지고 있었다.

스페이드의 여왕은 옷에 묻었던 얼룩도 잊은 채 다이아몬드의 여왕과 갓 결혼한 비틀거리는 새댁 옆으로 와 섰다. 다들 멍한 눈빛으로 말발굽 소리가 희미해져가는 길 쪽을 쳐다보고 있었다.

"대체 뭘 보고 있는 거요?"

그 광경을 보지 못한 어떤 남자가 물었다.

"호호호!"

까무잡잡한 얼굴의 카가 웃었다.

"히히히!"

비틀거리는 새댁이 따라 웃더니, 사랑하는 남편의 팔에 몸을 기댔다.

"헤헤헤!"

카의 어머니도 웃었다. 그리고 콧수염을 쓰다듬는 시늉을 하며 짤막하게 덧붙였다.

"프라이팬에서 나와 불 속으로 뛰어드는 꼴이군!"

그러고 나서 이 대기의 자식들—아무리 많은 술도 이들을 영원히 취하게 할 수는 없었다—은 다시 풀밭에 난 길로 걸음을 옮기기 시작했다. 앞으로 나아가는 동안, 이들의 머리 그림자 주위에는 달빛이 이슬에 비쳐 생긴 유백색 영광의 원이 계속해서 따라왔다. 보행자들은 각자 자신의 후광밖에 볼 수 없었다. 하지만 이 후광은 아무리 천박하게 비틀거리는 머리라 할지라도 결코 떠나지 않고 꼭 붙어 다니며 끝까지 아름답게 비추었다. 따라서 변덕스런 움직임은 원래부터 이 후광에 속한 일부처럼 보였고, 이들이 내뿜는 입김은 밤안개처럼 보일 정도였다. 이렇게 해서 이 광경을 연출하고 있는 달빛과 자연과 술의 정령은 자연스레 하나가 된 것 같았다.

11

말을 탄 두 사람은 한동안 아무 말 없이 천천히 나아갔다. 테스는 짜릿한 승리감에 취해 여전히 두근거리는 가슴으로 그를 꼭 붙들고 있었다. 하지만 한편으로 불안하기도 했다. 그녀는 앉은 자리가 상당히 위태로웠지만, 그래도 이 말이 그가 즐겨 타는 고약한 말이 아니라는 걸 알고는 다소 마음이 놓였다. 그녀는 알렉에게 말을 천천히 달리라고 부탁했고, 이번엔 그도 순순히 따라주었다.

"깨끗이 해치웠군, 안 그래, 테스?"

"그래요! 모두 당신 덕분이에요. 정말 고마워요."

"진심으로 하는 말이오?"

그녀는 대답하지 않았다.

"테스, 당신은 왜 내가 키스하는 걸 그렇게 싫어하지?"

"글쎄요, 당신을 사랑하지 않기 때문이겠죠."

"정말 그렇소?"

"난 종종 당신을 보면 화가 나요!"

"아, 그럴 거라 대충 짐작은 했었지."

알렉은 이 같은 고백을 듣고도 따지지 않았다. 그래도 냉담한 것보다야 이게 더 낫다고 생각했던 것이다.

"나한테 화가 났으면 얘길 했어야지, 왜 안 했소?"

"이유는 당신이 더 잘 알잖아요. 내가 어쩔 수 없는 처지라는 걸."

"내가 자꾸 치근거려 화가 났던 거요?"

"그래요."

"몇 번이나?"

"다 알면서 묻긴, 셀 수도 없어요."

"그때마다 매번 화가 났단 말이오?"

그녀는 침묵을 지켰고, 말은 상당히 오랫동안 천천히 걸었다. 마침내 저녁 내내 골짜기에 걸려 있던 희끄무레한 안개가 사방으로 퍼져 이들을 감싸주었다. 이 안개는 맑은 날보다 더 널리 퍼지면서 마치 달빛을 공중에 붙잡아 두는 것 같았다. 이것 때문이든, 멍하니 넋을 놓고 있었기 때문이든, 아니면 졸음 때문이든, 어쨌든 대로에서 갈라져 트랜트리지로 가는 길을 오래전에 지나쳤다는 것과 자신의 안내자가 트랜트리지로 가는 길을 택하지 않았다는 것을 테스는 알아차리지 못했다.

그녀는 말할 수 없이 피곤했다. 일주일 내내 아침 다섯 시에 일어나 온종일 서 있었으며, 게다가 오늘 저녁엔 5킬로미터를 걸어 체이스버러까지 갔고, 어서 돌아갔으면 하는 초조함 때문에 먹지도 마시지도 못한 채 세 시간 동안 일행을 기다려야 했다. 그리고 집으로 돌아가기 위해 1.5킬로미터를 걸어왔고, 급기야 도중에 싸움판에까지 휩쓸리게 되었던 것이다. 그러다보니 어느덧 거의 새벽 한 시가 되어 있었다. 그런데도 그녀가 진짜 졸았던 적은 딱 한 번뿐이었다. 바로 그 망각의 순간, 그녀의 몸이 살며시 그에게로 기울었다. 더버빌은 등자에서 발을 뺀 다음, 안장 위에서 옆으로 몸을 돌려 한 팔로 그녀의 허리를 안아 부축하려고 했다. 그러자 그녀는 곧바로 방어 자세를 취했고, 갑자기 앙갚음을 하려는 마음에 그를 살짝 밀었다. 불안정한 자세로 앉아 있던 그는 거의 균형을 잃었지만, 다행히 길바닥으로 떨어지진 않았다. 이 말이 힘은 세면서도 그가 탄 말들 중 가장 순한 녀석이었기 때문이다.

"이거 너무하잖아! 다른 뜻이 있었던 게 아냐. 그냥 떨어질까봐 잡은 거라고."

그녀는 미심쩍었지만 잘 생각해보니 어쩌면 그의 말이 진심일지도 모른다는 생각이 들었다. 그래서 마음을 누그러뜨리고 몹시 미안한 듯 말했다.

"정말 죄송해요."

"빌어먹을, 정말 사과하는 건지 증거를 보여주기 전엔 용서할 수 없어!"

그가 벌컥 소리를 질렀다.

"너같이 건방진 계집애한테 퇴짜를 맞다니, 내 꼴이 이게 뭐야? 거의 석 달 동안 넌 내 감정을 갖고 놀았어. 날 피하고 무시하면서 말이지. 이젠 도저히 못 참아!"

"그럼, 내일 떠나겠어요."

"안 돼, 넌 날 떠나지 못해! 다시 한 번 부탁하지. 날 믿는다는 표시로 내 품에 안길 수 없겠어? 이봐, 지금 여기엔 우리 둘뿐이야, 아무도 없다니까. 우린 서로를 잘 알고 있어. 너도 알고 있잖아, 내가 널 사랑하고 있고 또 이 세상에서 제일 예쁜 여자로 생각하고 있다는 걸 말이야. 물론 실제로도 제일 예쁘지. 테스, 널 내 애인으로 생각하면 안 될까?"

그녀는 토라진 표정으로 숨을 짧게 내쉬었다. 그러고는 앉은 채 불안하게 몸을 비틀더니 멀리 앞쪽을 바라보며 중얼거렸다.

"잘 모르겠어요. 이 상황에서 내가 어떻게 좋다 싫다 말할 수 있겠어요……."

그는 소원대로 그녀를 팔로 꼭 끌어안아 이 문제를 마무리 지었고, 테스도 더 이상 싫은 내색을 하지 않았다. 이렇게 해서 천천히 앞으로 나아가고 있을 때, 테스는 문득 의식하지 못한 사이에 시간이 너무 많이 흘러버렸음을 깨달았다. 체이스버러에서 여기까지 오는 데 말의 느린 속도를 감안하더라도 평소보다 훨씬 많은 시간이 걸렸고, 지금 이 길도 닦여진 큰 도로가 아닌 작은 오솔길이었던 것이다.

"아니, 여기가 어디죠?"

그녀가 소리쳤다.

"숲을 지나는 중이야."

"숲이라니, 무슨 숲이요? 큰길에서 많이 벗어나 있는 게 분명해요, 그렇죠?"

"체이스 숲 근처야. 영국에서 가장 오래된 숲이지. 정말 아름다운 밤이로군.

이런 데서 좀더 말을 타는 것도 나쁘진 않잖아?"

"어쩜, 이렇게 감쪽같이 날 속이다니!"

장난스러움과 진짜 당황스러움이 교차하는 표정으로 테스가 말했다. 그러고는 말에서 굴러 떨어질 것을 감수하고 그의 손가락을 하나씩 펼쳐 허리에 감긴 그의 팔을 떼어냈다.

"조금 전에 밀쳤던 게 미안해서 당신을 믿고 그냥 하는 대로 내버려 두었더니, 이럴 수가! 당장 내려주세요. 집까지 걸어가겠어요."

"설사 맑은 날이라 해도 여기서 집까지 걸어가는 건 불가능해. 솔직히 말해, 여긴 트랜트리지에서 수 킬로미터나 떨어져 있어. 게다가 안개가 점점 짙어지고 있기 때문에 잘못하다간 이 숲 속에서 몇 시간을 헤맬지도 모른단 말이야."

"그런 걱정은 하지 말아요."

그녀가 구슬리듯 말했다.

"제발 날 여기 내려줘요. 여기가 어디든 상관없어요. 그냥 내려주기만 해요, 제발요!"

"좋아, 정 그렇다면 내려주지. 단, 한 가지 조건이 있어. 넌 어떻게 생각할지 몰라도 이렇게 외진 곳까지 데려왔기 때문에 난 널 안전하게 집으로 데려다줄 책임을 느끼고 있어. 지금 와서 아무 도움 없이 트랜트리지까지 간다는 건 불가능해. 솔직히 말해서 이 안개 때문에 아무것도 분간할 수가 없고, 사실 나도 여기가 어딘지 잘 몰라. 자, 내가 숲을 뚫고 나가 길이나 집을 찾아서 이곳의 위치를 정확히 확인할 때까지 이 말 옆에서 얌전히 기다린다고 약속해. 그럼 기꺼이 내려줄게. 돌아와서 방향을 확실히 일러주도록 하지. 그때 가서도 계속 걸어가고 싶다면 그렇게 해. 아니면 말을 타고 가도 되고. 좋을 대로 하면 되잖아."

그녀는 이 제안을 받아들여 말에 올라탔던 쪽으로 다시 내려왔다. 결국 그는 진짜 키스를 해보지 못한 채 반대쪽으로 뛰어내렸다.

"말은 붙잡고 있어야 되겠죠?"

"아, 아냐. 그럴 필요 없어."

알렉이 헐떡거리는 짐승을 쓰다듬으며 대답했다.

"오늘 밤엔 이걸로 충분해. 너무 붙잡아 두었거든."

그는 말머리를 덤불 쪽으로 향하도록 한 다음 큰 가지에 잡아맸다. 그리고 자신이 입고 있던 얇은 먼지막이 코트를 벗어 낙엽이 두껍게 쌓인 곳에 깔았다.

"자, 여기 앉아. 외투를 깔았으니 축축하진 않을 거야. 말은 이따금씩 살펴보기만 하고. 그걸로 충분할 거야."

그가 몇 걸음을 떼다 말고 다시 돌아서며 말했다.

"그런데 말이지, 오늘 당신 아버지한테 새 말이 생겼어. 누군가 그걸 선물했거든."

"누가요? 당신이군요!"

더버빌이 고개를 끄덕였다.

"이런, 정말 고맙네요!"

하필 이럴 때 그에게 고마움을 표해야 하는지, 난감한 심정으로 그녀가 감탄을 표했다.

"그리고 동생들에겐 장난감을 좀 안겨주었지."

"난 정말 몰랐어요. 그 애들한테까지 뭔가를 보낼 줄은!"

몹시 감격한 듯 그녀가 중얼거렸다.

"보내지 말지 그랬어요. 차라리 안 보냈으면 좋았을 텐데!"

"아니, 왜?"

"너무 부담스러워서요."

"테스, 지금도 날 별로 좋아하지 않는 거야?"

"고마워하고 있어요."

그녀가 마지못해 수긍했다.

"하지만 좋아한다고 하기는 좀……."

순간 테스는 자신을 향한 그의 열정이 이런 결과를 초래했다는 생각이 퍼뜩 들었다. 그러자 눈물이 한두 방울 천천히 떨어지기 시작했고, 결국 울음을 터뜨리고 말았다.

"울지 마, 테스! 자, 여기 앉아서 내가 올 때까지 기다리고 있어."

시키는 대로 그가 깔아놓은 외투에 앉은 그녀는 살짝 몸을 떨었다.

"추워?"

"아니, 그냥 조금요."

그가 손가락으로 그녀의 몸을 만졌다. 마치 솜털을 건드리듯 아주 조심스러웠다.

"이런, 바람이 숭숭 드는 모슬린 옷만 입었군. 왜 이렇게 입은 거야?"

"이건 내 여름옷 중 가장 좋은 거예요. 처음 집을 나설 때는 따뜻했어요. 말을 타게 될 줄도 몰랐고요. 그것도 이런 밤중에."

"구월엔 밤공기가 아주 찬데, 어디 보자."

그가 말에게 가더니 안장에 묶여 있는 꾸러미에서 약병 하나를 꺼내왔다. 그러고는 약간 힘들여 뚜껑을 열더니 그녀의 입에다 불쑥 내밀었다. 테스는 너무 놀라 기침을 하며 "예쁜 옷에 다 묻겠어요!"라고 다급히 말했고, 그가 약을 따르자 혹시라도 옷에 묻을까봐 겁이 나 얼른 삼켜버렸다.

"됐어, 바로 그거야! 이제 좀 훈훈해질 거야."

더버빌은 병을 다시 제자리에 가져다놓았다.

"다들 알고 있는 코디얼주증류주에 향료를 가미한 술로 주로 식후에 마신다였을 뿐이야. 어머니가 집에서 쓰려고 사 오라고 한 건데, 내가 치료를 위해 약간 썼다고 하면 나무라진 않으실 거야. 자, 이제 여기서 쉬고 있어. 곧 돌아올 테니까."

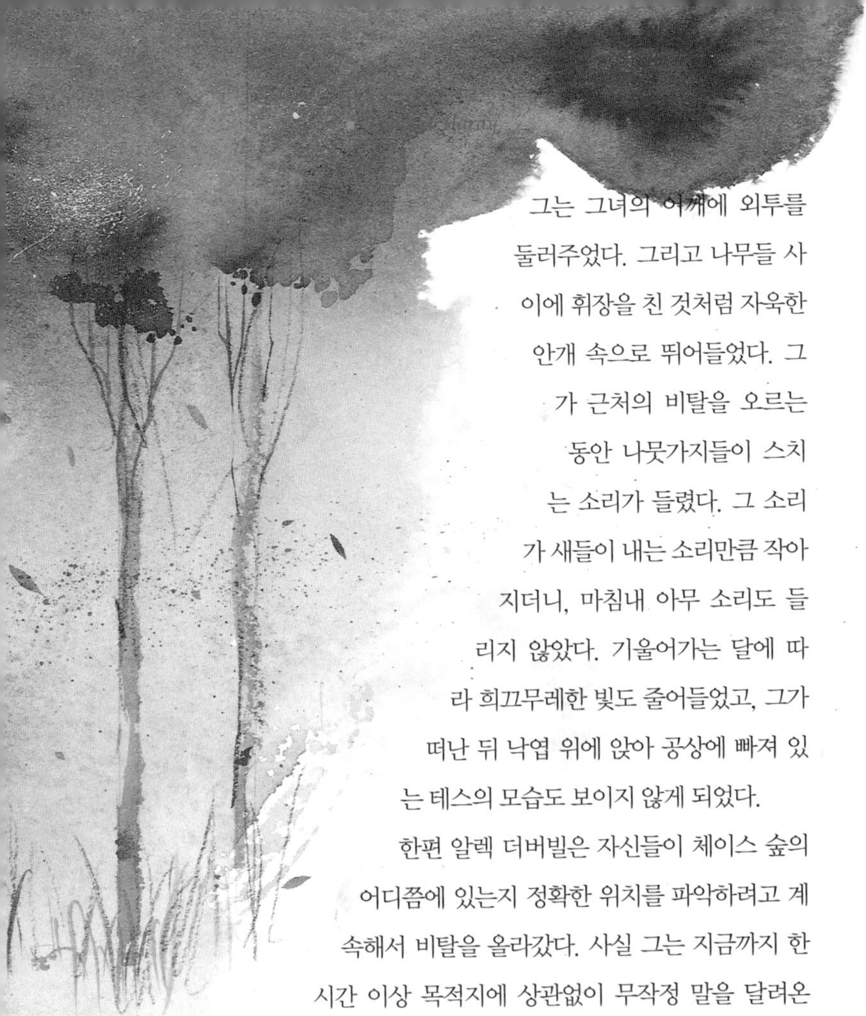

그는 그녀의 어깨에 외투를 둘러주었다. 그리고 나무들 사이에 휘장을 친 것처럼 자욱한 안개 속으로 뛰어들었다. 그가 근처의 비탈을 오르는 동안 나뭇가지들이 스치는 소리가 들렸다. 그 소리가 새들이 내는 소리만큼 작아지더니, 마침내 아무 소리도 들리지 않았다. 기울어가는 달에 따라 희끄무레한 빛도 줄어들었고, 그가 떠난 뒤 낙엽 위에 앉아 공상에 빠져 있는 테스의 모습도 보이지 않게 되었다.

한편 알렉 더버빌은 자신들이 체이스 숲의 어디쯤에 있는지 정확한 위치를 파악하려고 계속해서 비탈을 올라갔다. 사실 그는 지금까지 한 시간 이상 목적지에 상관없이 무작정 말을 달려온 것이나 마찬가지였다. 게다가 어떻게든 테스와 오래 있으려고 아무 데서나 방향을 틀었고, 주위의 사물이나 경관에 눈길을 주기보다 달빛에 비친 그녀의 모습에 더 신경을 썼던 것이다. 지친 농물에게도 약간의 휴식은 필요했으므로 그는 경계표를 찾겠다고 서두르진 않았다. 비탈을 넘어 근처 골짜기로 접어들자 그가 알고 있는 대로의 울타리가 나왔다. 이로써 위치를 확인하는 문제는 해결된 셈이었다. 더버빌은 거기서 되돌아섰다. 하지만 달은 이미 져버린 상태였고, 아침이 그리 멀지는 않았지만 안개 때문에 체이스 숲은 짙은 어둠에 싸여 있었다. 그는 나뭇가지에 부딪히는 걸 피하기 위해 두 손을 쭉 뻗은 채 나아가야만 했고, 처음엔 정확한 출발 지점을 찾는 건 완전히 불가능한 일처럼 보였다. 오르막과 내리막을 헤매고 주위를 돌고 돌다보니, 마침내 가까이에서 말이 가볍게 움직이는 소리가 들렸다. 게다가 뜻밖에도 그의 외투 소매가 발에 걸려 있는 게 아닌가.

"테스."

더버빌이 이름을 불렀다. 아무 대답이 없었다. 너무 캄캄해서 그는 발부리에 있는 희미한 형체 말고는 아무것도 볼 수 없었다. 그 형체는 바로 조금 전 그가 낙엽 위에 남겨두고 떠났던 흰 모슬린 옷을 입은 사람이었다. 그 이외의 모든 것이 어둠 그 자체였다. 더버빌은 몸을 숙여 부드럽고 고른 숨소리를 들었다. 그녀는 깊이 잠들어 있었다.

주위는 온통 어둠과 정적에 휩싸여 있었다. 이들 위로는 체이스 숲의 아주 오래된 주목과 참나무들이 솟아 있었고, 여기에 보금자리를 튼 새들은 마지막 단잠에 빠져 있었으며, 그 주변을 여러 종류의 토끼들이 뛰어다니고 있었다. 그렇다면 테스의 수호천사는 어디 있었는가? 하나님은 대체 어디 있었는가? 빈정대기 좋아하는 티스베 사람이 조롱했던 다른 신열왕기상 18장에 나오는 내용, 티스베 사람은 바알 신을 조롱했던 예언자 엘리야를 가리킨다처럼 아마도 그분은 이야기를 하고 있거나 다른 일에 매달려 있거나 여행 중이었거나 혹은 잠이 들어 깨어나지 않고 있었을 것이다.

왜 이 아름다운 여인의 몸에, 비단처럼 부드럽고 실제로 눈처럼 흰 이 몸에, 마치 운명인 듯 그토록 추잡한 무늬가 새겨져야 한단 말인가! 이렇듯 추잡한 자가 아름다운 여자를 제 것으로 만드는데, 어째서 수천 년의 전통을 자랑하는 우리의 철학은 이 질서 감각을 바로잡지 못한단 말인가! 혹 이 재앙 속에 숨어 있는 인과응보의 가능성을 말하는 이가 있을지도 모르겠다. 분명 테스 더버빌의 조상인 기사들 중엔 흥에 겨워 전투에서 귀향하던 중, 당시의 시골 처녀들을 상대로 훨씬 더 무자비하게 이 같은 짓을 저지른 사람들이 있었을 거라고 말이다. 그러나 아비의 죄를 자식에게 묻는다는 것은 신들에겐 매우 훌륭한 도덕률이 될지 몰라도 보통 사람들에겐 비웃음을 살 뿐이다. 결국 이것으로는 이 문제를 해결할 수 없기 때문이다.

저 아래 외딴 곳에 살고 있는 테스의 이웃들이 늘 숙명론적으로 "그건 원래 그렇게 될 운명이었다"라고 말하곤 하듯 이 사건은 정말 애석한 일이었다. 그 이후, 우리 주인공의 인생에는 엄청나게 큰 간극이 생겼는데, 트랜트리지 양계장에서 자신의 운명을 개척해보려고 고향집 문을 나서던 이전과는 완전히 달라져버렸으니 말이다.

Thomas Hardy

천성적으로 마음이 넓고 직설적인 성격이라 어지간해선 비웃는 일이 없는 그녀였지만, 이번엔 입술을 약간 비쭉거렸다.

"이미 말했지만 당신한테는 이제 아무것도 받지 않을 거예요. 그럴 생각도 없고, 그럴 수도 없어요! 계속 그런다면 난 당신의 노리갯감이 되고 말 테니까요. 절대 그럴 수 없어요!"

Tess of the D'Urbervilles

제 2 부 – 처녀에서 여인으로

12

바구니는 무겁고 보따리는 컸다. 하지만 그녀는 이런 짐 따위엔 별로 신경 쓰지 않는 듯 계속해서 걸었다. 이따금 걸음을 멈추고 기계적으로 문이나 기둥 옆에서 휴식을 취한 다음, 또다시 통통한 팔로 짐을 들고 변함없이 앞으로 나아가곤 했다.

테스 더비필드가 트랜트리지에 도착한 이후, 약 넉 달이 지난 10월 하순 어느 일요일 아침이었다. 날이 샌 지 얼마 되지 않은 때라, 그녀의 등 뒤로 펼쳐진 지평선 위의 금빛 햇살이 그녀가 마주보고 있는 산등성이를 밝게 비추고 있었다. 이 산등성이는 그녀가 최근까지 이방인으로 지냈던 골짜기의 관문이었고, 고향으로 돌아가려면 여기를 넘어야 했다. 산등성이 이쪽은 경사가 완만했지만 토양이나 풍경은 블랙무어 골짜기에서 보던 것과 상당히 달랐다. 게다가 외곽으로 지역 전체를 아우르는 철도의 통합 효과에도 불구하고, 산등성이를 중심으로 한 양쪽 주민들의 성격과 억양은 약간의 차이가 있었다. 이런 까닭에 그녀의 고향 마을은 트랜트리지의 그녀가 머물고 있던 곳과는 채 30킬로미터도 떨어져 있지 않았지만, 아주 먼 곳처럼 느껴졌다. 고향 사람들은 거기에 갇힌 채 북쪽과 서쪽으로만 왕래했으며 여행도, 거래도, 연애도, 결혼도, 심지어 생각까지도 북쪽과 서쪽으로만 했다. 하지만 이곳 사람들은 자신들의 정력과 관심을 주로 동쪽과 남쪽으로 기울였다.

이 내리막길은 지난 6월 그날, 더버빌이 그녀를 마차에 태우고 미친 듯 거칠게 내달렸던 바로 그곳이었다. 테스는 남은 오르막을 쉬지 않고 올라 마침내 산마루에 이르렀다. 그러자 저 너머로 안개에 싸여 반쯤 가려진 정든 고향땅이 보였다. 이곳은 언제 봐도 아름다웠지만, 오늘 테스의 눈에는 유난히 더 아름답게 보였다. 왜냐하면 그녀가 이곳을 마지막으로 본 이후, 예쁜 새들이 노래하는 곳엔 뱀이 혀를 날름거린다는 사실을 배웠고, 이와 더불어 그녀의 인생도 완전히 바뀌어버렸기 때문이다. 그녀는 이제 고향에 있을 때와는 완전히 다른 사람이 되어 있었다. 조용히 서서 고개를 숙인 채 생각에 잠겨 있던 그녀가 고개를 들고 뒤를 돌아보았다. 차마 이 계곡을 똑바로 쳐다볼 수 없었던 것이다.

조금 전 테스가 힘겹게 올라왔던 길고 하얀 길을 따라 이륜마차 한 대가 올라오는 게 보였다. 마차 옆에서 걷고 있는 한 남자가 그녀의 주의를 끌려고 손을 들어 올렸다. 그녀는 신호에 따라 아무 생각 없이 차분히 그를 기다렸고, 곧 남자와 말이 그녀 옆에 와서 멈췄다.

"왜 이렇게 슬쩍 달아난 거지?"

가쁜 숨을 몰아쉬며 더버빌이 야단치듯 말했다.

"그것도 사람들이 다 잠들어 있는 일요일 아침에! 당신이 떠난 걸 우연히 알고는 따라잡으려고 정신없이 달려왔잖아. 저 말 좀 봐. 대체 왜 이런 식으로 떠나려는 거지? 당신도 잘 알잖아. 고향으로 가겠다고 하면 아무도 막지 않을 거라는 걸. 대체 힘들여 걸을 필요가 뭐 있어? 게다가 이 무거운 짐까지 들고! 정 돌아가지 않겠다면 남은 길이라도 태워주려고 미친 듯 달려온 거야."

"돌아가지 않겠어요."

"그럴 줄 알았어. 내 말대로군! 좋아, 그렇다면 바구니를 위에 올려. 내가 도와줄게."

그녀는 마지못해 바구니와 보따리를 올린 다음 마차에 올라탔다. 두 사람은 나란히 앉았다. 그녀는 이제 그가 두렵지 않았다. 하지만 그녀가 이런 믿음을 갖게 된 데는 슬픔이 깔려 있었다.

더버빌은 기계적으로 시가에 불을 붙였다. 그리고 가끔 길가에 보이는 것들에 관해 무미건조한 대화를 나누며 여행은 계속되었다. 그는 지난 초여름 그녀를 태우고 같은 길을 반대쪽으로 달리면서 그녀에게 키스하려고 덤볐던 일을 까맣게 잊고 있었다. 그녀는 이제 그의 말에 단음절로 짧게 대답하며 마치 꼭두각시처럼 앉아 있었다. 한참을 달린 후, 이들은 낯익은 숲이 보이는 곳에 도착했다. 바로 이 숲 너머에 말로트 마을이 있었다. 그제야 그녀의 굳은 표정에 희미한 감정이 일었고, 눈물이 한두 방울 떨어지기 시작했다.

"왜 우는 거지?"

그가 차갑게 말했다.

"그냥 저기가 내가 태어난 곳이구나 하는 생각이 들어서요."

그녀가 중얼거렸다.

"그래? 다들 어딘가 태어난 곳은 있게 마련이야."

"난 차라리 태어나지 말았어야 했는데. 저기든 어디든 간에!"

"첫! 그건 그렇고, 트랜트리지에 오는 게 싫었던 모양인데, 그럼 왜 온 거지?"

그녀는 대답하지 않았다.

"물론 내가 좋아서 온 건 아니겠지. 그건 분명해."

"맞아요. 당신이 좋아서 갔다거나 당신을 정말로 사랑했다거나 또 지금도 사랑하고 있다면, 지금처럼 약한 나 자신이 싫거나 밉진 않았겠죠!"

그가 어깨를 으쓱해 보였다. 그녀가 다시 말을 이었다.

"당신의 속셈을 알았을 땐, 이미 너무 늦었던 거예요."

"여자들이 늘 하는 말이로군."

"어떻게 그런 말을 할 수 있죠?"

그를 향해 획 돌아보며 그녀가 소리쳤다. 잠재되어 있던 성질—훗날 그는 이것을 더 뚜렷이 보게 될 것이다—이 다시 되살아난 듯 그녀의 눈빛이 이글거렸다.

"세상에! 마음 같아선 당장 당신을 마차에서 밀어버리고 싶어요! 모든 여자들이 쉽게 하는 말이 어떤 여자한테는 절절한 심정일 수 있다는 걸 생각해본 적도 없죠?"

"좋아, 알았어."

그가 웃으며 말했다.

"기분 상했다면 사과할게. 미안해, 내가 잘못했어."

다소 씁쓸한 표정을 지으며 그가 말을 이었다.

"그렇다고 영원히 날 그렇게 쏘아볼 거야? 그럴 필요까진 없잖아. 난 끝까지 보상해줄 준비가 되어 있어. 당신도 알다시피, 다시는 밭이나 목장에 나가지 않아도 되고, 또 옷도 지금껏 입던 허름한 것들이 아니라 최고급으로 차려입을 수 있어. 이젠 리본 하나도 살 수 없는 사람처럼 입지 않아도 된단 말이야."

천성적으로 마음이 넓고 직설적인 성격이라 어지간해선 비웃는 일이 없는 그녀였지만, 이번엔 입술을 약간 비죽거렸다.

"이미 말했지만 당신한테는 이제 아무것도 받지 않을 거예요. 그럴 생각도 없고, 그럴 수도 없어요! 계속 그런다면 난 당신의 노리갯감이 되고 말 테니까요. 절대 그럴 수 없어요!"

"누군가 당신 태도를 보면 진짜 더버빌 핏줄은 고사하고, 어쩌면 공주마마인 줄 알겠군. 하하하! 알았어, 테스, 그 얘긴 더이상 하지 않을게. 내가 생각해도 난 나쁜 놈이야. 정말 나쁜 놈이지. 나쁘게 태어나 나쁘게 살아왔고, 아마 죽을 때까지도 그럴 거야. 하지만 테스, 맹세컨대 당신한테는 두 번 다시 나쁜 짓을 하지 않을 거야. 그러니까 혹시 힘든 상황에 처하거나 도움이 필요하면 곧바로 나한테 연락해줘. 당신이 원하는 건 뭐든 보내줄게. 난 아마 트랜트리지에 없을 거야. 당분간 런던에 가 있으려고 해. 어머니하곤 도저히 같이 살 수가 없어. 그래도 편지는 다 전달될 거야."

그녀는 더이상 마차를 태워주지 않아도 된다고 말했고, 이들은 숲 바로 밑에서 멈췄다. 더버빌은 마차에서 내려 그녀를 안아 내려준 다음, 그녀의 짐을 바닥에 내려놓았다. 그녀는 잠시 그를 쳐다보며 가볍게 목례를 했다. 그런 뒤 떠나려고 돌아서서 짐을 집어 들었다. 알렉 더버빌은 시가를 입에서 뗀 다음, 그녀 쪽으로 몸을 숙이며 말했다.

"테스, 정말 이렇게 가버리는 건 아니겠지? 이봐!"

"원한다면 정말 날 정복했는지 확인해보시죠!"

그녀가 무심히 대답했다. 그러고는 돌아서 그를 향해 고개를 쳐들었다. 그가 뺨에 키스를 하는 동안 그녀는 대리석처럼 꼿꼿이 서 있었다. 반은 형식적으로, 반은 아직 애정이 완전히 가시지 않은 듯한 태도였다. 그의 키스를 받는 동안, 그녀는 그가 뭘 하고 있는지도 거의 의식하지 못하는 듯 저 멀리 길가의 나무들만 멍하니 바라보고 있었다.

"이번엔 저쪽 뺨이야."

초상화가나 미용사의 주문에 따르듯 그녀가 시키는 대로 고개를 돌리자, 그가 다른 쪽 뺨에 키스를 했다. 그의 입술이 주위에 보이는 버섯처럼 촉촉하고 부드러우면서도 차가운 그녀의 뺨에 닿았다.

"당신 입술로는 절대 키스를 해주지 않는군. 한 번도 자진해서 키스한 적이 없잖아. 결코 날 사랑하지 않을 것처럼 말이야."

"가끔은 그렇게 말한 적이 있었죠. 그건 사실이에요. 난 당신을 진심으로 사랑한 적이 없어요. 앞으로도 그럴 수 없을 것 같고요."

그녀가 슬프게 덧붙였다.

"아마, 지금 거짓말을 하면 당장은 좋을지도 모르죠. 하지만 보잘것없을지라도 내겐 아직 자존심이 남아 있어요. 그러니 그런 거짓말은 하지 않겠어요. 만약 내가 당신을 정말 사랑한다면, 당연히 당신한테 그걸 알도록 해주어야겠죠. 하지만 난 당신을 사랑하지 않아요."

그가 괴로운 듯 한숨을 내쉬었다. 그녀의 말이 그의 마음이나 양심에, 혹은 그의 체면에 상당한 압박감을 준 것 같았다.

"그런데 테스, 표정이 왜 그래? 이제 당신한테 잘 보일 필요도 없으니 솔직히 말하는데, 그렇게 슬퍼할 필요는 없잖아. 당신은 얼굴이 예쁘니까 지체가 높든 낮든 간에 이 근방 어떤 여자와 비교해도 빠지지 않아. 이런 말을 해주는 건 내가 세상물정을 좀 아는 데다 당신이 행복하길 바라기 때문이야. 당신이 정말 똑똑한 여자라면 시들기 전에 빨리 그 아름다움을 세상에 내보이는 게 좋을 텐데……. 그렇지만 테스, 내게 돌아오지 않겠어? 정말 이런 식으로 당신을 보내고 싶진 않아!"

"절대, 절대로 안 갈 거예요! 모든 걸 깨닫는 순간 마음을 굳혔어요. 사실 좀 더 일찍 깨달았어야 했지만요. 어쨌든 돌아가지 않을 거예요."

"그렇담 할 수 없지, 넉 달 동안의 사촌동생, 잘 가!"

그는 가볍게 말에 올라 고삐를 추스르더니 빨간 열매들이 달린 높은 울타리 사이로 사라져버렸다.

테스는 그의 모습을 보지 않고 구불구불한 오솔길을 따라 천천히 나아갔다. 아직 이른 시간이었고, 햇빛은 언덕에 고루 퍼져 있었지만 아직 감촉으로 느껴지기보다는 눈으로만 확인될 뿐이었다. 주변엔 사람이라곤 하나도 보이지 않았다. 슬픈 10월과 이보다 더 슬픈 그녀만이 이 길을 거닐고 있는 유일한 존재였다.

그녀가 걸어가고 있는데, 뒤에서 어떤 발소리가 들렸다. 남자 발소리였다. 아주 빠른 걸음으로 그는 곧 그녀의 발뒤꿈치에 와 있었고, 그녀가 그 존재를 알아보기도 전에 벌써 "안녕하시오"라고 말을 건넸다. 그는 무슨 직공처럼 보였는데, 손에 빨간 페인트가 든 양철통을 들고 있었다. 그는 형식적인 인사말로 바구니를 들어주겠다고 했다. 그녀는 그렇게 하라고 한 뒤, 그와 나란히 걸었다.

"안식일 아침인데 일찍 일어나셨네요."

그가 쾌활하게 말했다.

"네."

테스가 대답했다.

"대부분의 사람들이 한 주 내내 일한 뒤 쉬고 있을 시간이죠."

그녀는 이 말에도 동의를 표해주었다.

"하지만 전 다른 날보다 오늘 훨씬 더 많은 일을 하죠."

"그래요?"

"평일에는 인간의 영광을 위해 일하고, 주일엔 하나님의 영광을 위해 일하거든요. 이게 다른 것보다 더 일다운 일이죠, 안 그래요? 난 여기 이 계단에서 잠시 할 게 있어요."

그는 말을 하며 목초지로 들어가는 입구 쪽으로 향했다.

"여기서 잠시 기다려주시오. 오래 걸리진 않을 거요."

그가 덧붙여 말했다.

그가 바구니를 갖고 있었기 때문에 테스는 달리 어찌할 방법이 없어서 그를 지켜보며 기다렸다. 그는 그녀의 바구니와 자신의 양철통을 내려놓았다. 그리고 통 안에 있던 붓으로 페인트를 휘저은 다음 3층으로 된 계단의 중간 판자에다 네모난 글자를 커다랗게 쓰기 시작했다. 그는 이 단어의 뜻이 읽는 이의 가슴에 깊은 감동을 줄 만한 시간을 주려는 듯 각 단어 사이에 쉼표를 찍었다.

저희, 멸망은, 자지, 아니하느니라.

— 베드로후서, 2장 3절

잡목 숲의 희끄무레한 색조와 지평선의 푸른 대기와 이끼 낀 계단 널빤지까지, 이 평화로운 광경을 배경으로 현란한 주홍색 글자들이 선명하게 드러났다. 마치 이 글자들이 고함을 내질러 대기를 쩌렁쩌렁 울리게 하는 것만 같았다. 어떤 이들은 한때 인류에게 가장 잘 봉사했던 계명이 최후의 우스꽝스런 단계에 이르러 흉측하게 훼손되는 걸 보고 "아, 처량한 신학이여!"라고 소리쳤을지도 모른다. 하지만 이 단어들은 테스의 가슴에 끔찍한 죄책감을 안겨주었다. 이 남자는 마치 그녀의 최근 행적을 훤히 꿰고 있는 듯했지만, 실은 전혀 모르는 사람이었다.

일을 끝마치자 그는 그녀의 바구니를 집어 들었고, 그녀는 기계적으로 그 옆에서 다시 걷기 시작했다.

"당신은 자신이 쓴 걸 믿으세요?"

그녀가 낮은 목소리로 물었다.

"저 글을 믿느냐고요? 그건 나 자신의 존재를 믿느냐고 묻는 거나 마찬가지요!"

"하지만……."

그녀가 떨리는 목소리로 말했다.

"그 죄가 자기 잘못 때문이 아니라면요?"

그가 고개를 가로저었다.

"난 그렇게 까다로운 문제를 따질 능력은 없어요. 지난 여름, 수백 킬로미터를 걸으며 난 이 지방의 담장과 문과 계단마다 이 구절들을 써놓았어요. 이걸 어떻게 받아들이느냐는 읽는 사람들의 마음에 달린 거죠."

"내용이 너무 끔찍해요. 사람을 짓밟는 거잖아요! 죽이는 거라고요!"

"원래 그런 뜻이오!"

그가 직업적인 목소리로 대답했다.

"정말 끔찍한 걸 보지 못한 모양이군. 내가 빈민굴이나 항구에다 쓰려고 남겨둔 게 있는데, 아마 그걸 보면 몸서리가 쳐질 거요! 그렇다고 이런 시골에 맞지 않는 건 아니지만…… 아, 저기 쓰러져가는 헛간 옆에 쓸 만한 벽이 있군요. 저기에다 한 구절 써야겠어요. 기다려주겠소, 아가씨?"

"아뇨."

그녀가 말했다. 그리고 바구니를 들고 앞으로 터벅터벅 걸어갔다. 잠시 후 그녀는 뒤를 돌아보았다. 그 오래된 회색 담장엔 앞선 것처럼 강렬한 글자들이 씌어지기 시작했다. 이 담장은 전에는 결코 요구되지 않았던 의무들 때문에 고통스러운 듯 이상하고 낯설어 보였다. 이제 반쯤 써 내려간 담장의 글을 보고 그 뜻을 깨닫는 순간, 테스는 얼굴이 벌겋게 달아올랐다.

너희는, 간음하지, 말라……

테스의 쾌활한 동행은 그녀가 돌아보는 걸 보고는 쓰던 붓을 멈추고 소리쳤다.

"혹시 당신도 이런 문제에 관심이 있소? 오늘 말이오, 지금 당신이 가고 있는 마을에 아주 대단한 분이 설교하러 가실 거요. 애민스터 클레어라는 분이오. 난 현재 그분 교파는 아니지만 어쨌든 아주 좋은 분이라오. 내가 아는 어떤 신부보다 설교를 잘하시지. 사실 이 일을 시작하게 된 것도 바로 그분의 영향 때문이라오."

테스는 아무런 대꾸도 하지 않았고, 심란한 마음으로 땅바닥만 내려다보며 다시 걷기 시작했다.

"칫, 하나님이 저런 말을 했을 리 없어!"

화끈 달아올랐던 기운이 사라지자, 그녀가 무시하듯 말했다.

부모님이 사시는 집 굴뚝에서 갑자기 한 줄기 연기가 피어올랐고, 이걸 본 테스는 마음이 착잡했다. 그런데 집에 도착해 집 안을 들여다보자, 그녀의 가슴은 더 미어졌다. 방금 위층에서 내려와 난롯가에 있던 어머니가 인기척에 뒤돌아 테스를 보았다. 어머니는 아침 식사를 준비하려고 껍질 벗긴 참나무 가지로 불을 지피는 중이었다. 어린 동생들은 여전히 위층에 있었고 아버지 역시 그랬다. 그는 일요일 아침엔 반 시간 정도 더 자는 게 당연하다고 생각하는 사람이었다.

"아니, 이게 누구야! 테스로구나!"

깜짝 놀란 어머니가 소리치며 달려와 키스를 했다.

"어떻게 된 거야? 네가 코앞에 올 때까지도 못 봤구나! 그래, 결혼하려고 온 거니?"

"아뇨, 그것 때문에 온 게 아니에요."

"그럼, 휴가를 받았어?"

"네, 맞아요. 휴가를 받았어요. 그것도 아주 긴 휴가를요."

"그런데 네 사촌이 아무 말도 하지 않던?"

"그는 사촌이 아니에요. 또 나와 결혼하지도 않을 거고요."

어머니의 눈이 그녀를 자세히 살폈다.

"얘야, 그러지 말고 사정을 자세히 얘기해보려무나."

테스는 결국 모든 걸 사실대로 이야기했다.

"아니, 그런데도 그 사람과 결혼을 못 했다니!"

어머니가 다시 되풀이했다.

"일이 그쯤 됐다면 어떤 여자라도 결혼을 했을 거다! 너만 빼고 말이야!"

"그래요, 저만 빼고 누구라도 그랬을 거예요."

"네가 결혼을 하고 돌아왔으면 대단한 얘깃거리가 됐을 텐데!"

더비필드 부인은 너무 분해 곧 울음이라도 터뜨릴 것 같은 표정이었다.

"너와 그 사람에 대한 소문은 여기까지 다 퍼져서 모두들 알고 있는데, 일이 이렇게 끝날 줄 누가 알았겠어? 네 생각만 하지 말고 가족들을 위해 좋은 일 한다는 생각은 왜 못 하는 거냐? 이 어미가 얼마나 뼈 빠지게 고생하는지 좀 보려무나. 게다가 약해빠진 네 아버지는 심장에 기름이 들러붙어 막혀 있다지 뭐냐. 이번엔 분명 무슨 좋은 일이 생길 거라 그렇게 기대했건만! 넉 달 전에 네가 그 사람과 함께 말을 타고 떠나던 날, 얼마나 아름다운 한 쌍의 모습이었는지 아니? 그는 우리에게 많은 걸 주었고, 우린 그냥 친척이라서 그러는 줄 알았지. 하지만 그게 아니었다면 틀림없이 널 사랑하기 때문이었을 거야. 그런데도 그 사람을 붙잡지 못했다니!"

알렉 더버빌을 결혼하도록 붙잡아야 했다고? 그가 테스와 결혼을 한다고? 사실 그는 결혼에 대해선 한 마디도 꺼낸 적이 없었다. 만약 그 말을 꺼냈더라면 어떻게 됐을까? 혹시 세상의 이목이 두려워 그녀가 즉흥적으로 뭐라 대답했을지, 그건 알 수 없었다. 하지만 어리석고 불쌍한 어머니는 지금 이 남자에 대한 딸의 심정이 어떤지 전혀 눈치 채질 못하고 있었다. 이 상황에서 그녀의 심정은 정상이 아닌, 운이 나쁜, 아니 뭐라 설명할 수 없는 상태였을 것이다. 하지만 이건 분명 사실이었고, 스스로도 말했듯 이 때문에 그녀는 자신이 너무 싫었다. 그녀는 결코 그를 좋아한 적이 없었으며, 지금도 전혀 좋아할 수가 없었다. 오히려 그를 두려워했고, 그 앞에 서면 위축되었으며, 그에게 정복당하고 말았다. 이게 전부였다. 사실 그를 전적으로 증오한다고 말할 순 없었지만, 그녀에게 그는 먼지만도 못한 존재였고, 따라서 자신의 이름을 건다 해도 그와 결혼하고 싶지는 않았다.

"그 사람을 붙잡아 결혼할 생각이 아니었으면 좀더 조심했어야지!"

"아, 어머니, 어머니!"

테스가 괴로워 소리치며 어머니를 향해 거칠게 몸을 돌렸다. 가슴이 터질 것만 같았던 것이다.

"내가 어떻게 그걸 예상할 수 있었겠어요? 넉 달 전 집을 떠날 때 난 어린애였어요. 왜 나한테 그곳이 위험하다는 걸 말해주지 않았어요? 왜 미리 경고해주지 않았냐고요? 양갓집 딸들은 이런 속임수를 말해주는 소설을 읽으니까, 뭘 경계해야 하는지 잘 알고 있겠지만 난 이런 걸 배울 기회가 전혀 없었다고요. 어머니도 도와주지 않았고요!"

어머니는 기가 한풀 꺾인 듯 보였다.

"난 말이다, 그 사람이 널 좋아하고 있어서 앞으로 어떻게 될 거라는 걸 미리 말하면 혹시라도 네가 건방지게 굴다가 좋은 기회를 놓칠까봐 그랬던 거야."

어머니가 앞치마로 눈물을 훔치며 중얼거렸다.

"할 수 없지, 일이 이렇게 된 걸 어쩌겠니. 결국 이게 우리의 운명이고 하나님의 뜻인 모양이다."

13

테스 더비필드가 부자 친척의 집에서 돌아온 사건은 주위에 소문이 되어 퍼져나갔다. 300만 평방미터도 채 안 되는 지역에 떠도는 말을 소문이라고 할 수 있다면 말이다. 그날 오후, 테스가 학교에 다닐 때 알고 지내던 몇몇 여자 친구들이 찾아왔다. 이들은 마치 엄청난 성공—이들은 그렇게 생각했다—을 거둔 사람을 방문할 때처럼, 풀 먹여 다림질한 가장 좋은 옷을 차려입고 와서는 잔뜩 호기심 어린 눈으로 테스를 바라보며 방에 빙 둘러앉았다. 그 이유는 그녀를 좋아한다는 먼 친척뻘되는 더버빌이라는 사촌이 단지 지방의 유지 정도가 아니라, 무모한 한량에다 바람둥이라는 평판이 자자했기 때문이다. 이 소문은 트랜트리지를 넘어 다른 지역까지 퍼지지 시작했으며, 테스의 위치가 확고부동하다기보다는 불안했기 때문에 더욱 관심을 끌었다.

이들의 관심은 아주 대단해서 그녀가 돌아서 등을 보이면 어린 처녀들은 이렇게 소곤거렸다.

"정말 예쁘네. 옷이 날개라는 말이 맞나봐! 아마 엄청나게 비싼 옷일 거야. 그 사람이 선물해준 게 분명해."

테스는 구석 찬장에 찻잔을 가지러 가느라 이 소리를 듣지 못했다. 만약 들었다면 즉시 잘못 알고 있다고 고쳐주었을 것이다. 하지만 그녀의 어머니 조안은 이 소리를 듣고, 비록 결혼의 꿈은 깨졌을지언정 한차례 떠들썩한 입방아만으로도 어리석은 허영심이 충족되는 것 같았다. 이 제한적이고 일시적인 성공이 딸의 평판에 영향을 미칠 게 분명한데도 그녀는 마냥 흡족해했다. 게다가 결국 결혼하게 될지도 모른다는 생각에, 그리고 손님들의 찬사에 기분이 좋아져 차나 마시고 가라며 인심을 썼다.

이들의 수다와 웃음소리, 선의의 농담, 그리고 무엇보다 자신을 부러워하는 기색과 눈치에 테스의 기분도 덩달아 되살아났다. 저녁이 되자 그녀는 왁자지껄한 분위기에 전염되어 거의 쾌활함을 되찾게 되었다. 대리석처럼 굳어 있던 표정은 어느새 사라져버렸고, 예전의 경쾌한 걸음걸이로 돌아다니며 싱싱한 아름다움을 한껏 발산했던 것이다.

이따금 딴생각에 잠기기도 했지만, 그녀는 남자로부터 구애를 받았다는 것이 실은 좀 자랑스러운 듯 우쭐한 태도로 친구들의 질문에 대답하곤 했다. 하지만 로버트 사우스영국의 설교자(1634–1716)로, 그의 『설교집』은 하디 시절에도 많이 읽혔다의 말처럼 '자신의 파멸을 사랑하는' 건 결코 아니었기 때문에, 이 환상은 곧 번개처럼 사라졌고 냉정한 이성이 돌아오자 순간적으로 약해졌던 자신이 너무나 경멸스러웠다. 그녀는 잠시나마 우쭐했던 자신이 끔찍하고 혐오스러워 죄책감을 느꼈고, 또다시 침울해져 입을 다물고 말았다.

다음 날, 일요일이 지나고 월요일 새벽에 깨어났을 때, 그 실망과 허탈감은 이루 말할 수 없었다. 멋진 옷도 없었고 친구들의 웃음소리도 사라지고 없었다. 그녀 혼자 낡은 옛 침대에서 깨어났던 것이다. 주위엔 철없는 어린 동생들이 고른 숨소리를 내며 잠들어 있었다. 귀향의 흥분과 이것이 불러일으킨 지대한 관심 대신, 그녀는 아무런 도움도 동정도 받지 못한 채 자신이 앞으로 걸어가야 할 멀고도 험한 길을 보았다. 너무 참담하고 절망스러워 할 수만 있다면 무덤 속에라도 들어가 숨고 싶은 심정이었다.

2, 3주가 지나자 테스는 사람들 앞에 나설 정도로 회복되었고, 어느 일요일 아침엔 교회에도 나갈 수 있게 되었다. 그녀는 찬송가—대단한 건 아니었지만—와 옛 시편을 듣거나 아침 찬양에 참여하는 걸 좋아했다. 노래를 좋아하는 건 어머니로부터 물려받은 것으로, 때때로 아주 단순한 가락에도 깊은 감동을 받곤 했다.

그녀는 자신의 처지 때문에 될 수 있는 대로 사람들의 이목을 피하고 청년들의 치근덕거림을 막기 위해, 교회 종소리가 울리기 전에 집을 나서 2층 회랑 밑 뒷좌석에 자리를 잡았다. 이곳은 창고 근처로 늙은 남자들과 여자들만 오는 장소였고, 교회묘지에서 쓰는 각종 연장들 사이로 관을 세워두는 받침대가 놓여 있었다.

교구민들이 삼삼오오 들어와 그녀 앞쪽에 자리를 잡았다. 이들은 기도도 하지 않으면서 기도하는 척 3, 4초 동안 고개를 숙인 다음 자리에 앉아 주위를 둘러보곤 했다. 이윽고 찬송가가 울려 퍼졌는데, 우연히 그녀가 가장 좋아하는 곡 중 하나가 흘러나왔다. '랭든'이라는 이중창곡으로, 그녀가 전부터 무척 알고 싶었지만 곡명을 알지 못했던 노래였다. 그녀는 자신의 생각을 정확히 표현할 수는 없지만, 한 작곡자의 힘이 얼마나 신비롭고 성스러운가를 생각했다. 이 작곡자는 자신이 처음에 혼자 느꼈던 감동들을 통해, 그의 이름을 들어본 적도 없고 그의 성품을 알지도 못하는 자신과 같은 처녀를 죽음에서 끌어낼 수 있다고 생각했던 것이다.

조금 전 주위를 둘러보던 사람들이 예배가 진행되자 또다시 뒤를 돌아보더니, 마침내 그녀를 발견하고는 서로 숙덕거리기 시작했다. 테스는 이들이 뭘 가지고 숙덕거리는지 알고 있었기에 기분이 너무 상해 다시는 교회에 올 수 없을 것만 같았다.

그녀는 몇몇 동생들과 함께 쓰고 있는 방에 전보다 더 오랫동안 틀어박혀 있곤 했다. 여기, 몇 평방미터도 안 되는 지붕 아래서 그녀는 바람과 눈과 비와 멋진 일몰, 그리고 이어서 떠오르는 보름달을 응시하곤 했다. 얼마나 그렇게 지냈던지 나중엔 모두들 그녀가 집에 없는 것으로 여길 정도였다.

이즈음 그녀는 운동이라도 할라치면 해가 진 뒤에나 나서곤 했다. 그나마 이렇게 숲에 나와 있으면 외로움이 한결 덜했다. 그녀는 빛과 어둠이 고르게 균형을 이뤄, 낮의 긴장과 밤의 휴식이 중화되는 이 순간을 정확히 찾아낼 줄 알았다. 바로 이때 온전한 정신적 자유를 만끽할 수 있었고, 살아 있다는 것에 대한 괴로움도 최소한으로 줄어들곤 했다. 그녀는 어둠이 두렵지 않았고, 오로지 사람을 피할 궁리만 하는 것 같았다. 아니, 무리 지어 있으면 그렇게 공포감을 주면서도 각각 떨어져 있으면 너무도 형편없고 심지어 가련하기조차 한, 세상이라는 이름의 냉담한 집합체가 두려웠던 것이다.

이 쓸쓸한 언덕과 골짜기를 조용히 거닐며 그녀는 주위의 자연과 일체가 되었다. 이제 그녀의 유연하고 은밀한 모습은 이 풍경에 없어서는 안 될 한 부분이 되었다. 이따금 그녀의 부질없는 상상은 주위에서 일어나는 자연적인 변화를 마치 그녀 자신의 이야기인 양 확대시키기도 했다. 아니, 이 변화들이 이 이야기의 일부가 되었다고 하는 게 낫겠다. 왜냐하면 세상이란 단지 심리적 현상에 불과한 것으로, 어떻게 보느냐에 따라 실상이 달라지기 때문이다. 겨울 나뭇가지에 꼭꼭 싸여 있는 새싹들과 나무껍질 사이로 윙윙거리며 스치는 한밤의 거센 바람 소리가 테스에겐 가혹한 질책으로 들렸다. 또 비 오는 날이면, 어떤 막연한 윤리적 존재—어린 시절 그녀가 믿던 하나님인지 아니면 또 다른 무엇인지 정확히 분간할 수 없는—가 자신의 연약함을 보고 한없이 슬퍼하는 것 같기도 했다.

하지만 테스의 이런 심경은 인습에 근거한 것으로써 온통 그녀에게 반감을 가진 유령들과 목소리들로 가득 차 있었다. 사실, 그녀의 상상이 잘못 만들어낸 이 피조물은 그녀가 근거 없이 두려워한 도덕적 허깨비들일 뿐이었다. 현실 세계와 조화를 이루지 못한 것은 바로 그들이었지 그녀가 아니었다. 울타리 안에 잠들어 있는 새들 사이를 거닐거나, 달빛이 비치는 사육장에서 뛰어다니는 토끼들을 바라보거나, 꿩들이 앉아 있는 나뭇가지 아래 설 때마다 테스는 꼭 자신이 '순수한 무리' 속에 불쑥 끼어든 '죄 많은 사람'처럼 느껴지곤 했다. 하지만 그녀는 그새 아무런 차이도 없는 곳에서 차이를 만들어내고 있었다. 자신은 세상과 대립된다고 느끼고 있었지만 실은 굉장한 조화를 이루고 있었던 것이다. 그녀는 사회규범을 깨뜨릴 수밖에 없었지만, 스스로 어울리지 않는다고 느끼는 이 자연에는 어떤 법도 존재하지 않았다.

14

8월의 어느 날, 안개가 자욱한 새벽이었다. 밤새 더욱 짙어진 안개는 햇살이 닿자 움츠러들더니 양털 조각처럼 흩어져 골짜기와 으슥한 숲으로 스며들었고, 완전히 말라 없어질 때까지 한동안 거기 머물러 있었다.

안개 때문에 태양은 신비한 느낌을 지닌 어떤 사람의 모습 같았고, 여기엔 남성대명사가 어울릴 것 같았다. 이 순간 '그'의 모습은 여기에 인간이라는 존재가 없다는 사실과 그 옛날의 태양숭배에 관한 것을 단번에 설명해주었다. 하늘 아래 이보다 더 건전한 종교는 없었으리라는 느낌이 들 정도였다. 이 태양은 금발머리에다 온화한 눈매와 환한 얼굴을 한, 신과 같은 존재로 자신에게 지대한 관심을 보이고 있는 대지를 청년의 활기와 집중력으로 내려다보고 있었다.

'그'의 빛은 잠시 후 오두막집 겉창의 틈새로 새어 들어, 그 안에 있는 찬장과 서랍장과 다른 가구들 위에 새빨갛게 달궈진 부젓가락 같은 빛줄기를 던졌고, 아직 일어나지 않은 수확할 일꾼들의 잠을 깨웠다.

그러나 이날 아침 불그스레한 모든 것들 중 가장 밝게 빛나는 것은 페인트가 칠해진 두 개의 널찍한 나무판이었는데, 이것은 말로트 마을 근처의 누런 밀밭가에 세워져 있었다. 이 두 개의 판은 밑에 있는 다른 두 개의 판과 함께 몰타식 십자가 모양을 한 수확기收穫機의 회전판으로, 이날 수확을 위해 그 전날 저녁에 들판으로 가져다놓은 것이었다. 나무판에 바른 페인트는 햇빛을 받아 더욱 강렬한 빛을 발하며 마치 불덩어리 속에 집어넣은 것처럼 보였다.

들판은 이미 '열려' 있었다. 즉, 말과 기계가 처음 들어갈 길을 내기 위해 밭 주변의 밀을 손으로 베어 1미터 폭의 좁은 길을 내놓았던 것이다.

동쪽 울타리 꼭대기의 그림자가 서쪽 울타리 중간쯤에 걸릴 무렵, 두 무리의 일꾼들—남자와 청년들로 구성된 무리와 여자들로만 구성된 무리—이 막 이 길을 따라 내려왔다. 그래서 이들의 머리는 햇빛을 즐기고 있었지만, 발은 여전히 새벽을 걷고 있었다. 이들은 밭으로 들어가는 가장 가까운 출입문의 두 돌기둥 사이로 사라졌다.

곧이어 밭에서 베짱이의 구애 소리 같은 작은 소리가 들렸다. 기계가 작동하기 시작했던 것이다. 출입문 너머로 움직이는 연결쇠가 보였다. 앞서 기계를 끄는 말들 중 한 마리에는 마부가, 기계 위의 좌석에는 조수가 앉아 있었다. 회전판의 날개들이 천천히 돌면서 기계는 밀밭 한쪽을 따라 지나갔고, 마침내 언덕 너머로 사라졌다. 그러고는 곧바로 반대편에서 나타나 조금 전과 똑같은 속도로 올라왔다. 먼저, 그루터기 위로 선두에 선 말의 이마에 달린 놋쇠 장식이 번쩍거리는 게 보였고, 이어서 빛나는 날개와 기계 전체가 나타났다.

밀밭 주위의 좁은 그루터기 길은 기계가 왕복할 때마다 점점 더 넓어졌고, 한나절이 지나자 서 있는 밀은 훨씬 줄어들어 있었다. 집토끼, 산토끼, 뱀, 들쥐, 생쥐 들은 안쪽의 요새로 후퇴했지만, 이 피신이 얼마나 부질없는 짓인지 또한 나중에 어떤 운명이 자신들을 기다리고 있는지 알지 못했다. 이들의 은신처가 점점 더 줄어들어 아군이건 적군이건 가릴 것 없이 공포 속에 뒤엉켜 있다가 마침내 마지막으로 남은 밀들이 어김없이 수확기의 이빨에 쓰러지고 나면 이들 모두는 일꾼들의 몽둥이나 돌에 맞아 죽게 될 터였다.

수확기는 한 단씩 묶을 수 있도록 적은 양의 밀을 뒤에 떨어뜨렸고, 부지런히 뒤따라오는 일꾼들이 이걸 주워 묶곤 했다. 이 일은 주로 여자들이 맡았지만 몇몇 남자들도 섞여 있었다. 이 남자들은 날염된 셔츠에다 바지허리를 가죽끈으로 매고 있었다. 그래서 쓸모없게 되어버린, 바지 뒤에 날린 두 단추는 이들이 움직일 때마다 꼭 등에 달린 두 눈동자처럼 곤두서서 번쩍거렸다.

하지만 밀단을 묶는 이들 중 가장 볼만한 건 여자들이었다. 그 이유는 이들이 보통 때처럼 자연 속에 놓인 하나의 대상이 아니라, 이 자연의 중요한 일부가 됨으로써 얻어지는 매력 때문이었다. 남자 일꾼은 밭에서 일을 하는 사람이지만, 여자 일꾼은 밭의 일부나 마찬가지였다. 즉, 여자로서의 경계를 버리고 어떻게든 주위 환경의 본질을 흡수해 거기에 동화되어버리는 것이었다.

여자들—아니, 주로 젊었으므로 처녀들이라고 하는 편이 낫겠다—은 햇빛을 가리기 위해 펄럭이는 커다란 차양이 달린 면 모자를 쓰고 있었고, 그루터기에 다치지 않도록 손에 장갑을 끼고 있었다. 어떤 이는 연분홍 저고리를, 어떤 이는 소매통이 좁은 크림색 긴 옷을, 또 어떤 이는 수확기의 날개처럼 붉은 페티코트를 입고 있었다. 그리고 나이 든 이들은 올이 굵은 갈색 작업복 치마를 입고 있었다. 이 옷은 구식으로, 들일을 할 때 입기에는 가장 적합했지만 젊은 여자들은 몹시 싫어했다. 이날 아침, 일꾼들의 눈길은 자연스레 분홍색 면 저고리를 입은 처녀에게 쏠렸다. 그중 가장 늘씬하고 미모도 빼어났기 때문이다. 하지만 모자를 이마까지 내려 쓴 탓에 밀단을 묶는 동안 그녀의 얼굴은 전혀 드러나지 않았다. 단지 차양 밑으로 한두 가닥 삐져나온 짙은 갈색 머리카락을 통해 그녀의 안색을 짐작할 뿐이었다. 그녀가 이렇게 남다른 주목을 받는 까닭은 종종 주위를 둘러보는 다른 여자들에 비해 그녀는 전혀 관심을 끌려고 애쓰지 않았기 때문일 것이다.

그녀의 밀단 묶는 일은 시계처럼 정확하게 계속되었다. 그녀는 기계에서 막 떨어진 단으로부터 이삭을 한 줌 빼내 왼손으로 툭툭 쳐서 가지런히 했다. 그런 다음 몸을 숙여 전진하면서 양손으로 무릎 위에 밀을 모은 다음 장갑 낀 왼손을 밀단 밑으로 넣고 반대쪽에서 오른손과 만나, 마치 연인들이 포옹하듯 밀단을 끌어안았다. 그러고는 무릎으로 단을 누른 채 양쪽 끝을 묶었고, 이따금 바람에 날리는 치맛자락을 여미곤 했다. 황갈색 가죽 장갑과 소매 사이로 맨살이 살짝 보였고 시간이 지나면서 그녀의 고운 살은 그루터기에 찔려 피가 났다.

그녀는 이따금 일어나 허리를 펴고 휴식을 취했고, 바람에 흐트러진 앞치마를 다시 여미거나 삐뚤어진 모자를 똑바로 당기기도 했다. 그럴 때면 새까만 눈동자와 길게 땋아 늘인 머리채—이 머리채는 늘어져 닿는 곳이면 어디에든 애원하듯 매달리는 것 같았다—를 가진 아리따운 젊은 여자의 계란형 얼굴을 볼 수 있었다. 그녀의 뺨은 보통 시골 처녀들보다 더 창백했고 이는 더 가지런했으며 입술은 더 얇았다.

이 처녀가 바로 테스 더비필드, 달리 말하면 더버빌이었다. 그녀는 어딘가 변한 듯하면서도 여전히 똑같은 모습이었다. 하지만 분명 예전 같지는 않았다. 지금 그녀는 여기가 낯선 타향이 아닌데도 마치 이방인처럼, 타향 사람처럼 살고 있었다. 오랜 은둔 끝에 그녀는 고향 마을에서 들일을 하기로 막 결심한 터였다. 한창 바쁜 농번기가 시작되었고, 현재로선 그녀가 집 안에서 하는 어떤 일도 밭에 나가 수확을 돕는 일만큼 수입이 좋지 못했기 때문이다.

다른 여자들의 몸놀림도 테스의 동작과 거의 비슷했다. 각자의 단이 완성되면 카드리유네 사람이 한 조를 이뤄 추는 프랑스 춤를 추는 사람들처럼 모두 모여 자신의 단을 다른 사람의 단과 함께 세우곤 했다. 이렇게 해서 열두어 단으로 된 낟가리가 만들어졌고, 이것은 이 지방 말로 '스티치'라고 불렸다.

일꾼들은 아침을 먹고 돌아온 뒤, 또다시 하던 일을 계속했다. 열한 시가 가까워질 무렵, 누군가 테스를 지켜보고 있었다면, 그녀가 일손을 멈추지 않으면서도 이따금 생각에 잠긴 듯 언덕마루 쪽으로 눈길을 돌리는 걸 보았을 것이다. 열한 시가 되자, 여섯 살에서 열네 살까지로 보이는 한 무리의 아이들이 불룩한 그루터기 언덕 위로 모습을 드러냈다. 테스의 얼굴이 살짝 붉어졌다. 하지만 여전히 일손을 놓지는 않았다.

무리 중 가장 큰 아이는 끝이 그루터기에 질질 끌리는 삼각 숄을 걸친 여자아이였다. 이 소녀는 언뜻 보아 인형처럼 보이는 걸 팔에 안고 있었는데, 실은 큰 옷을 입힌 갓난애였다. 또 다른 아이는 점심이 든 그릇을 갖고 있었다. 일꾼들은 일손을 멈춘 뒤 각자 식사를 받아 들고 낟가리에 등을 기대고 앉았다. 이들

은 여기서 식사를 시작했고 남자들은 석재 용기에 든 술을 맘껏 들이켜며 술잔을 돌렸다.

테스 더비필드는 작업을 가장 늦게 마친 사람 중 하나였다. 그녀는 낟가리 끝에, 동료들에게 얼굴이 보이지 않도록 고개를 돌리고 앉았다. 그녀가 자리를 잡자 토끼가죽 모자를 쓰고 빨간 손수건을 찬 한 남자가 낟가리 너머로 그녀에게 맥주잔을 내밀었다. 하지만 그녀는 잔을 받지 않았다. 점심을 펴자마자 그녀는 가장 큰 여동생을 불러 갓난애를 받아 들었다. 짐을 벗어버려 홀가분해진 소녀는 옆에 있는 낟가리로 가서 다른 아이들과 함께 어울렸다. 테스는 은밀하고도 대담한 자세로, 하지만 얼굴을 살짝 붉히며 작업복을 풀고 아이에게 젖을 먹이기 시작했다.

바로 옆에 앉아 있던 남자들은 사려 깊게 들판 저쪽으로 고개를 돌렸고, 몇몇은 담배를 피우기 시작했다. 술에 거나하게 취한 한 남자가 몹시 아쉬운 듯, 더 이상 나오지 않는 술병을 두들겨댔다. 테스를 제외한 다른 여자들은 헝클어진 머리를 매만지며 수다를 떠느라 한창이었다.

아이가 주린 배를 다 채우자, 젊은 어머니는 아이를 무릎에 똑바로 앉혔다. 그러고는 마치 싫은 상대를 대하듯 어둡고 무심한 표정으로 아이를 달래며 먼 곳을 쳐다보았다. 그러더니 별안간 결코 그만둘 수 없다는 듯 아이에게 수십 번이나 키스를 해댔다. 그러자 애정과 미움이 묘하게 뒤섞인 변덕스런 행동에 아이가 울음을 터뜨렸다.

"애가 달갑지 않으면서도 예쁘긴 한 모양이지? 애하고 같이 죽어버렸으면 좋겠다고 하더니만."

이를 지켜보던 빨간 속치마를 입은 여자가 말했다.

"얼마 안 가 그런 말도 하지 않을걸."

누런 장갑을 낀 여자가 대꾸했다.

"하긴, 세월이 가면 뭐든 금방 익숙해지는 게 우리네 인생이니까!"

"하고 많은 여자들 중에 하필 테스한테 저런 일이 일어났는지, 정말 안됐어! 하긴, 언제나 예쁜 애들이 당하는 법이지! 못생긴 애들은 교회만큼이나 안전하다니까. 안 그래, 제니?"

이 말을 한 여자가 무리 중 누가 봐도 못생겼다고 인정할 만한 한 여자를 돌아보았다.

그건 정말 안타까운 일이었다. 꽃 같은 입과 사랑스런 커다란 눈을 지닌 테스가 거기 그렇게 앉아 있는 걸 보았다면, 그녀와 원수진 사람이라도 이처럼 생각지 않을 수 없었을 것이다. 그녀의 눈빛은 검지도 푸르지도 않고 잿빛도 보랏빛도 아니었으며, 차라리 이 모든 색과 또 다른 무수한 색이 섞여 있다고 보는 게 나았다. 이것은 한없이 깊은 눈동자 둘레의 홍채—그늘 뒤에 또 그늘이 있고, 빛깔 너머에 또 다른 빛깔이 있는—를 보면 알 수 있었다. 한마디로 그녀는 조상으로부터 물려받은 다소 부주의한 성격만 빼면 거의 완벽한 여자였다.

테스는 자신도 놀랄 만큼 대단한 결심을 하고 몇 달 만에 처음으로 이번 주에 밭일을 하러 나왔다. 외롭고 경험 없는 어린 가슴에 떠올랐던 숱한 후회로 자신을 괴롭히고 자책한 후 비로소 그녀는 상식에 눈을 뜨게 되었던 것이다. 그녀는 다시 쓸모 있는 사람이 되려면 뭔가를 해야겠다고, 어떤 일이 있어도 독립적으로 꿋꿋이 살아야겠다고 생각했다. 과거는 과거일 뿐이었다. 그것이 어떠했든 이미 지난 일인 것이다. 결과가 어찌됐건 시간이 지나면 모두 잊힐 것이고 몇 년 후엔 그런 일이 있었는지조차 모르게 될 것이다. 또 그녀 자신도 무덤 속에 묻혀 잊힐 것이다. 그러는 사이에도 나무들은 예전과 똑같이 푸르고 새들은 노래하고 태양은 여전히 밝게 빛나고 있었다. 익숙한 주위 환경은 그녀의 슬픔 때문에 어두워지지도 않았고 그녀의 고통 때문에 시들지도 않았다.

그녀는 세상 사람들이 자신의 처지를 어떻게 볼 것인지 염려하며, 그토록 깊이 고개를 숙였던 게 잘못된 것이었음을 알았을지도 모른다. 그녀는 어느 누구도 아닌 자기 자신만의 존재요, 경험이요, 정열이며 감각의 구성물이었다. 세상 모든 이들에게 그녀는 단지 잠깐씩 생각나는 존재일 뿐이었고, 심지어 친구들에게조차 좀더 자주 생각나는 존재에 불과했다. 설령 그녀가 하루 종일 자신의 처지를 비관한다 해도 이들은 단지 '이런, 쓸데없이 괴로워하는군' 하고 생각할 뿐이었다. 혹 그녀가 모든 근심을 털어버리고 쾌활해지려 하고, 햇빛과 꽃과 아이를 보며 즐거움을 찾으려 한다면, '아, 잘 버티고 있군'이라는 생각을 하게 될 뿐이었다. 그녀가 무인도에 혼자 있었다면 자신에게 닥친 일 때문에 이토록 비참했을까? 그리 심하진 않았을 것이다. 만약 그녀가 막 태어나 자신이 미혼모이며 이름 없는 아이의 엄마라는 사실 이외에 아무것도 모른다면, 과연 이것이 그녀를 절망케 했을까? 아니다, 그녀는 이를 차분히 받아들이고 여기서 즐거움을 찾았을 것이다. 대부분의 불행은 그녀의 관습적 생각에 의해 만들어진 것이지 그녀의 본질적인 감각에 의한 게 아니었다.

테스의 생각이 무엇이었든, 그녀는 다시 전처럼 옷을 말쑥하게 차려입고 들로 나올 용기를 되찾게 되었고, 마침 수확할 일손이 무척 필요한 때였다. 그래서 그녀는 떳떳이 나섰으며 이따금 아이를 안고 있을 때도 사람들을 정면으로 바라보곤 했다.

일꾼들이 낟가리에서 일어나 기지개를 켜고는 담뱃불을 붙였다. 마구를 풀고 풀을 뜯던 말들이 다시 새빨간 기계에 매어졌다. 테스는 서둘러 식사를 끝낸 다음 손짓으로 큰 동생을 불러 아이를 맡겼다. 그리고 옷매무새를 가다듬고 장갑을 낀 다음 다시 몸을 숙여 마지막으로 마무리한 단에서 다음 묶을 밀짚을 한 줌 뽑아냈다.

오후와 저녁에도 아침에 하던 작업이 계속해서 이어졌고, 테스는 다른 일꾼들과 함께 어두워질 때까지 남아 있었다. 어둠이 내린 뒤, 이들은 동쪽 지평선 위로 솟아오른 커다란 달과 함께 큰 짐마차를 타고 모두 집으로 향했다. 달의 얼굴은 마치 벌레 먹은 토스카나 성자상의 빛바랜 금박 후광 같았다. 테스의 동료들은 몹시 동정 어린 표정으로, 그녀가 다시 바깥출입을 하게 된 것을 반겼다. 그러면서도 기쁜 얼굴로 푸른 숲에 들어갔다 딴사람이 되어 돌아온 처녀에 대한 노랫가락을 심술궂게 흥얼거리곤 했다. 인생에는 균형을 맞춰주는 평형추와 보상이 있는 법이다. 이 사건은 테스를 경계해야 할 사회적 교훈으로 만들었지만, 동시에 한때나마 이 마을에서 가장 흥미 있는 인물로 만들기도 했다. 사람들의 다정함 덕분에 그녀는 점차 자신의 처지를 잊게 되었고, 활달한 분위기에 휩쓸려 명랑함을 되찾게 되었다.

하지만 도덕적 슬픔이 사라지고 나자, 이제 그녀의 마음속엔 사회적 규범과는 상관없는 본능적인 측면의 새로운 슬픔이 다시 생겨났다. 집에 도착한 그녀는 아이가 오후부터 계속 아팠다는 가슴 아픈 소식을 접하게 되었다. 그렇게 어린 아기가 아프다는 건 충분히 있을 수 있는 일이었지만 그녀에겐 상당한 충격으로 다가왔다.

어린 엄마는 이 아이가 세상에 태어났다는 것 자체가 사회에 대한 죄라는 걸 까맣게 잊고 있었다. 그녀의 유일한 소망은 어떻게든 아이의 생명을 연장시켜 이 죄를 지속시키는 것이었다. 하지만 그녀가 예상했던 것보다 더 일찍, 육체 속에 갇힌 어린 죄수가 해방될 시간이 다가오고 있음이 명백해졌다. 이 사실을 깨닫는 순간, 그녀는 단순히 아이를 잃는다는 것 이상의 비참함에 빠져들었다. 그녀의 아이는 아직 세례도 받지 못했던 것이다.

테스는 만약 자신이 저지른 일로 인해 화형을 당해야 한다면 마땅히 그럴 것이며, 이로써 삶을 마감하겠노라 마음을 다잡고 있었다. 마을의 다른 처녀들처럼 그녀 역시 성경에 대한 지식이 탄탄했고, 오홀라와 오홀리바에스겔 23장에 나오는 두 자매로, 음란하고 방탕한 생활로 하나님의 분노를 사서 혹독한 벌을 받았다의 이야기를 충실히 배운 터라 그 결말에 대해서도 잘 알고 있었다. 하지만 똑같은 질문을 아이에게 했을 때 문제는 완전히 달라졌다. 사랑하는 아이는 죽어가는데 도무지 그 영혼을 구제할 방법이 없었다.

거의 잠자리에 들 시간이었다. 하지만 그녀는 아래층으로 내려가 신부님을 모셔 와야 할 것 같다고 말했다. 마침, 그녀의 아버지는 롤리버네에서 폭음을 하고 막 돌아왔던 터라 옛 가문의 명예에 대한 집착이 최고조에 달해 있었고, 테스가 가문의 명예를 더럽힌 것에 대해서도 신경이 몹시 날카로워져 있었다. 그는 어떤 신부도 집안에 들여서는 안 된다고 딱 잘라 말했다. 그녀의 수치스런 실수 때문에 어느 때보다 집안의 일을 숨겨야 할 판에 드러내놓고 알리는 일은 도저히 용납할 수 없다는 것이었다. 그는 문을 잠그고 열쇠를 자기 주머니에 넣어버렸다.

식구들은 모두 잠자리에 들었고, 테스는 말할 수 없이 참담한 심경으로 자기 방으로 돌아갔다. 그녀는 누워 있었지만 계속 깨어 있었고, 한밤중에 아이의 상태가 더 나빠진 걸 알았다. 아이는 분명 죽어가고 있었다. 조용히, 고통 없이, 하지만 확실히 죽어가고 있었다.

미칠 듯 괴로워 그녀는 침대 위를 뒹굴었다. 시계가 엄숙하게 한 시를 알렸다. 공상이 이성을 넘어 활개를 치고 불길한 가능성들이 사실로 확고히 자리를 잡는 그런 시간이었다. 그녀는 아이가 사생아에다 세례도 받지 못했다는 이중의 운명 때문에, 지옥 맨 밑바닥 구석에 갇혀 있는 상상을 했다. 사탄이 빵 굽는 날 화덕에 불을 지필 때나 쓸 것 같은 삼지창으로 아이를 집어던지는 광경이 보였고, 여기에다 기독교 국가에서 아이들에게 가르치는 온갖 괴상망측한 고문 형태들이 더해졌다. 온 집안이 고요히 잠든 가운데, 이처럼 섬뜩한 광경이 그녀의 상상력을 너무 자극한 나머지 잠옷은 온통 땀에 절었고, 그녀의 심장이 고동칠 때마다 침대가 흔들거릴 지경이었다.

아이의 호흡이 점점 더 거칠어지자 어미의 가슴도 한층 더 졸아들었다. 어린 것을 안고 키스를 수백 번 했지만 소용이 없었다. 그녀는 도저히 침대에 있을 수가 없어 미친 듯 방 주위를 돌아다녔다.

"오! 자비로우신 하나님, 불쌍히 여기소서. 이 가엾은 아이에게 자비를 베푸소서!"

그녀는 울부짖었다.

"당신의 노여움이 산더미 같다 해도 제가 모두 받겠나이다. 기꺼이 받겠나이다. 하지만 이 아이만은 불쌍히 여겨주소서!"

그녀는 서랍장에 기대 한참 동안 횡설수설 기도를 하더니 갑자기 벌떡 일어섰다.

"그래! 어쩌면 아이를 구할 수 있을지도 몰라! 이러나저러나 어차피 마찬가지인데, 뭐!"

어찌나 밝고 기운차게 말을 하는지 그녀의 얼굴빛이 주위의 어둠을 환히 밝히는 것 같았다.

그녀는 촛불을 켜고 벽 아래에 놓여 있는 둘째, 셋째 침대로 가서 한방에 자고 있던 동생들을 모두 깨웠다. 그녀는 세면대를 앞으로 끌어낸 다음 그 뒤로 들어갔다. 그리고 주전자에 약간의 물을 따른 다음, 아이들에게 두 손을 모아 곧게 세우고 그 주위에 무릎을 꿇게 했다. 잠에서 덜 깬 아이들은 그녀의 태도에 겁을 먹은 듯 놀라 휘둥그레진 눈으로 시키는 대로 했다. 그러자 그녀는 침대에서 아이를 들어 안았다. 아이는 너무 작아서 그를 낳은 이에게 어머니라는 칭호를 붙여주기조차 민망할 지경이었다. 말하자면 아이가 아이를 낳은 격이었다. 그런 다음 테스는 아이를 안고 세면대 옆에 똑바로 섰고, 바로 밑의 여동생은 마치 교회에서 서기가 신부 앞에서 하듯, 그녀 앞에 기도서를 내밀었다. 이렇게 해서 마음 여린 처녀는 자신의 아이에게 세례를 주기 시작했다.

길고 흰 잠옷을 입고, 검은 머리를 땋아 허리까지 곧게 내리고 있으니, 그녀의 모습은 이상하게 크고 위압적으로 보였다. 가물거리는 희미한 촛불은 다행히 햇빛 아래였다면 환히 드러났을 작은 흠집들—손목의 긁힌 상처들과 피로에 지친 눈의 모습—을 감춰주었다. 이 대단한 열정은 그녀를 이처럼 궁지로 몰아넣은 원인이었던 얼굴을 변화시켜 거의 제왕처럼 위엄 있어 보이게 했다. 주위에서 무릎을 꿇고 있는 어린 동생들은 졸린 눈을 끔뻑거리며 놀라움을 잠시 멈추고—너무 늦은 시간이라 둔감해진 이들의 신체는 놀라움을 지속시키지 못했다—그녀의 준비가 끝나길 기다렸다.

제일 큰 동생이 물었다.

"언니, 정말 아기한테 세례를 줄 거야?"

미혼의 어머니는 엄숙한 표정으로 그렇다고 대답했다.

"이름은 뭐라고 지을 거야?"

그녀는 미처 이를 생각하지 못했었다. 하지만 세례를 주는 동안, 한 이름이 떠올라 그 이름을 불렀다.

"소로우sorrow, 슬픔이라는 뜻, 성부와 성자와 성령의 이름으로 세례를 주노라."

그녀는 물을 뿌렸고 주위엔 침묵이 흘렀다.

"다들 '아멘'하거라."

작은 목소리들이 고분고분 "아멘!"이라고 말했다. 테스가 계속했다.

"우리는 이 아이를 받아…… 그에게 십자가의 표지를 그리노라."

여기서 그녀는 세면대에 손을 적신 다음, 집게손가락으로 아이 위에 커다란 십자가를 힘차게 그렸다. 계속해서 아이가 죄악과 세상과 악마에 맞서 용감히 싸우도록, 그래서 삶의 마지막 순간까지 하나님의 충실한 병사와 종이 되도록 관례적인 기도를 드렸다. 이어서 주기도문을 외웠고, 동생들도 모기처럼 작은 소리로 울먹이며 그녀를 따라했다. 마지막엔 다들 교회 서기만큼 목소리를 높여 또다시 "아멘!"을 외침으로써 정적을 깨뜨렸다.

이로써 테스는 이 세례식의 효력에 대해 한층 자신감을 가졌고, 가슴속 깊이 우러나오는 감사의 기도를 드렸다. 그녀의 기도 소리는 당당하고 씩씩했으며, 목소리도 진심이 담겨 있을 때 나오는 엄숙한 어조를 띠고 있었는데, 그녀를 아는 사람이라면 결코 잊을 수 없는 인상적인 음성이었다. 신앙의 황홀경은 그녀를 거의 신격화시켰다. 그녀의 얼굴은 환히 빛났고 두 뺨은 불그스레 홍조를 띠었다. 한편, 그녀의 눈동자에 비친 희미한 촛불은 다이아몬드처럼 빛났다. 아이들은 점점 더 외경스런 눈길로 그녀를 쳐다보았고, 더이상 물어볼 엄두도 내지 못했다. 이제 이들의 눈에는 그녀가 언니가 아닌, 우뚝 솟아 있는 크고 두려운 존재, 자신들과 전혀 닮지 않은 신성한 어떤 인물로 보였다.

죄악과 세상과 악마에 맞서는 가엾은 소로우의 싸움은 이미 끝이 정해져 있었다. 그의 출생을 감안한다면, 어쩌면 이게 다행이었는지도 모른다. 동이 틀 무렵, 이 연약한 병사이자 종은 마지막 숨을 거두었다. 잠에서 깨어난 아이들은 슬피 울부짖으며, 테스한테 또 다른 예쁜 아기를 낳아달라고 졸라댔다.

세례를 주면서부터 테스는 줄곧 마음이 평온했고, 이 마음은 아이가 죽고 나서도 그대로 유지되었다. 대낮이 되자, 아이의 영혼에 대한 자신의 염려가 다소 과장된 게 아니었을까 하는 생각마저 들 정도였다. 세례가 잘 되었든 아니든 간에 그녀는 이제 전혀 불안하지 않았다. 만약 하나님이 이 같은 유사행위를 인정하지 않는다면, 그녀 자신을 위해서나 아이를 위해서나 이 불법행위로 인해 가지 못할 그런 천국에 전혀 미련을 두고 싶지 않았기 때문이다.

이렇게 '원치 않았던 아이, 소로우'는, 사회규범을 무시하고 불청객처럼 끼어든 그 파렴치한 '자연'이 선물한 사생아는 인간 세상을 하직하고 말았다. 불과 며칠간이 영원한 '시간'이었고, 몇 년, 몇 세기 같은 건 알지도 못했던 아이, 그에겐 오두막집 안이 우주였고, 이 주간의 날씨가 기후인 셈이었다. 또한 갓난아이 시절이 그의 인생이었으며, 본능적으로 젖을 빠는 게 그가 가진 지식의 전부였다.

테스는 세례에 관해 깊은 생각에 잠겨 있다가 문득 아이의 장례를 기독교식으로 하는 게 교리에 맞는 건지 알고 싶어졌다. 이건 교구의 신부 외에는 아무도 알 수 없었다. 하지만 이번 신부는 새로 부임한 데다가 몹시 내성적인 사람이었다. 어둠이 내린 후 그녀는 그의 집으로 달려가 문 앞에 서기까지 했지만 도저히 들어갈 용기가 나지 않았다. 그녀가 돌아서는 순간, 집으로 오고 있는 그를 우연히 마주치지 않았다면 아마 이 일은 없었던 셈 치고 말았을 것이다. 어둠 속에서 그녀는 솔직하게 이야기를 꺼냈다.

"신부님, 한 가지 여쭤볼 게 있어요."

그는 기꺼이 들어주겠다는 표시를 했다. 그녀는 아이의 병과 임시변통으로 세례를 주었다는 이야기를 했다.

"그래서 말인데요."

그녀가 진지하게 덧붙였다.

"제가 아이한테 준 세례가 신부님이 준 것과 똑같다고 할 수 있나요?"

만약 어떤 상인이 자신을 불러 처리했어야 할 일을 고객들끼리 서투르게 해치운 걸 알았다면, 당연히 불쾌하게 여겼을 것이다. 이와 마찬가지로, 그도 안 된다고 말하고 싶었다. 하지만 이 처녀의 위엄 있는 태도와 목소리에 담긴 묘한 부드러움이 합쳐져 그의 내부에 있는 더욱 고결한 감정을 자극했다. 말하자면 이 감정은 실제로는 의심하면서도 직업상 믿음을 가지려고 애썼던 10년의 세월 동안 굳어져 그 안에 남아 있는 것이었다. 인간적인 감정과 신부로서의 의식이 그의 마음속에서 갈등을 빚었지만, 결국 승리는 인간의 감정 쪽으로 기울고 말았다.

"아가씨, 그건 마찬가지일 겁니다."

"그럼 그 아이에게 기독교식 장례를 치러주시겠어요?"

그녀가 재빨리 물었다.

신부는 궁지에 몰린 기분이었다.

사실 그는 아이가 아프다는 소리를 듣고, 일부러 세례를 베풀기 위해 어두워진 뒤 그 집을 찾아갔었다. 하지만 그를 받아들이지 않은 게 테스가 아닌 그녀의 아버지였다는 걸 몰랐기 때문에 그녀의 간절한 요청을 들어줄 수가 없었다.

"아, 그건 또 다른 문제예요."

"또 다른 문제라뇨? 왜죠?"

테스가 다소 흥분해서 물었다.

"글쎄요, 만약 우리 두 사람만 관계된 거라면 기꺼이 그렇게 해줄 수도 있겠지만, 그럴 수가 없어요. 의식상 문제가 있거든요."

"신부님, 이번만요!"

"정말 안 되는 일이에요."

"오, 신부님, 제발요!"

그녀가 그의 손을 붙잡으며 말했다. 그가 고개를 저으며 손을 뺐다.

"그렇다면 전 신부님을 싫어할 거예요!"

그녀가 울부짖으며 말했다.

"더이상 신부님 교회에 나가지도 않을 거라고요!"

"테스, 그렇게 경솔하게 말하는 게 아니에요!"

"신부님이 하지 않겠다면 어차피 마찬가지 아닌가요? …… 그렇잖아요? 제발 성자가 죄인에게 말하듯 하지 말고, 한 인간으로서 말씀해주세요. 불쌍한 저한테 말이에요!"

이 문제에 관해 자신이 견지하고 있는 엄격한 관념과 대답 사이에서 신부가 어떻게 타협했는지, 그건 보통 사람의 능력 밖의 일이지만, 전혀 이해할 수 없는 건 아니었다. 어쨌든 마음이 움직여진 그가 대답했다.

"마찬가지일 겁니다."

이렇게 해서 그 아이는 낡은 부인용 숄에 싸여 작은 전나무 상자에 담긴 채, 이날 밤 교회묘지로 옮겨졌다. 그리고 묘지기에게 1실링과 맥주 1파인트를 주고 등불을 밝힌 가운데 하나님이 정해준 초라한 모퉁이에 묻혔다. 이곳은 쐐기풀이 자라고 있었으며, 모든 세례받지 못한 아이들이나 악명 높은 주정꾼들, 자살한 사람들, 혹은 다른 이유로 저주받았을 것으로 생각되는 사람들이 묻혀 있었다. 하지만 탐탁지 않은 주위 환경에도 불구하고 테스는 용기를 내어 두 개의 나뭇가지와 끈으로 작은 십자가를 만들어 꽃을 단 다음, 어느 날 저녁 아무도 모르게 묘지 안으로 들어가 무덤 머리맡에 이걸 꽂았다. 또 같은 꽃을 시들지 않게 작은 병에 담아 무덤 발치에 놓았다. 지나가는 사람의 눈에 꽃병 표면에 쓰인 '킬웰의 마멀레이드'라는 글자가 보인다 한들 그게 무슨 대수이겠는가! 모정母情의 눈엔 보다 더 높은 것들을 보느라 이런 것 따윈 보이지도 않았다.

15

"경험을 통해, 우리는 오랜 방황 끝에 지름길을 발견하게 된다"라고 로저 애스컴영국의 고전학자로 엘리자베스 1세의 스승은 말했다. 하지만 오랜 방황은 종종 우리가 더 먼 길을 여행하는 데 적합하지 않을 때가 있다. 그렇다면 우리의 경험이 무슨 소용이란 말인가? 테스 더비필드의 경험도 이처럼 부적합한 부류에 속했다. 마침내 그녀는 자신이 무엇을 해야 할지 깨닫게 되었다. 하지만 이제 누가 그녀의 행동을 인정해주겠는가?

만약 그녀가 더버빌 가에 가기 전에 널리 알려진 온갖 격언과 경구의 가르침에 따라 조신하게 처신했더라면, 결코 이용당하는 일 따위는 없었을 것이다. 하지만 이 황금 같은 교훈으로부터 보호받을 수 있는 동안 그 진리를 온전히 깨닫는다는 건 테스의 능력 밖이었다. 뿐만 아니라 어느 누구에게도 불가능한 일이었다. 그녀—또한 더 많은 사람들도—는 아우구스티누스초기 서방교회의 지도자이자 교부철학의 대가이며 저서 『참회록』으로 유명하다를 따라, 하나님께 빈정거리듯 이런 기도를 했을지도 모른다.

"당신은 우리에게 허락하신 길보다 더 좋은 길을 일러주셨습니다."

그녀는 겨울 동안 닭털을 뽑거나 칠면조나 거위에게 먹이를 주며, 혹은 더버빌한테서 받았지만 무시한 채 처박아두었던 고급 의상으로 동생들의 옷을 지어주며 아버지 집에 머물러 있었다. 더버빌에게 기댈 생각은 추호도 없었지만, 열심히 일해야 할 때인데도 종종 두 손을 머리 뒤로 깍지 낀 채 깊은 생각에 잠기곤 했다.

그녀는 해가 바뀌면서 지나간 날짜들을 머릿속으로 따져보았다. 체이스 숲의 어둠과 함께 트랜트리지에서 그 끔찍한 일을 당했던 날, 아이가 태어나고 죽던 날, 자신의 생일, 그리고 자신과 관련된 사건 때문에 뚜렷이 기억되는 모든 날들을 말이다. 어느 날 오후, 그녀는 거울에 비친 자신의 아름다운 모습을 보다가 갑자기 지나간 날들보다 훨씬 더 중요한 또 다른 날들이 아직 남아 있음을 깨달았다. 이 날들 중에는 그녀의 모든 아름다움이 사라지고 죽음을 맞는 날도 포함되어 있으리라. 이날은 해마다 지나가면서도 신호도 없고 소리도 없으며, 숱한 나날들 속에 숨어 보이진 않지만 틀림없이 존재하고 있으리라. 과연 이날이 언제일까? 매년 이 차가운 벗과 마주치면서도 왜 그 냉기를 느끼지 못했을까? 그녀는 생각했다. 제레미 테일러17세기 영국의 성직자 겸 저술가의 말처럼, 먼 훗날 언젠가 자신을 알고 있는 사람들은 "오늘이 바로 그 불쌍한 테스 더비필드가 죽은 날이로군"이라고 말할 것이며, 또 이 말을 하는 이들의 마음속엔 어떤 특별한 감정도 없을 거라고 말이다. 그날, 그녀가 인생을 마감하게 될 그날이 어느 달, 어느 주, 어느 계절, 어느 해가 될지는 그녀도 알 수 없었다.

이렇게 해서 테스는 거의 단번에 순진한 처녀에서 복잡한 여인으로 변해버렸다. 그녀의 얼굴엔 깊은 고뇌의 흔적들이 서려 있었고, 이따금 목소리에선 비극의 음조가 새어 나왔다. 그녀의 눈은 더 커지고 풍부한 표정을 담아냈으며, 누가 봐도 미인이라 불릴 만했다. 그녀의 아름다운 외모는 사람들의 이목을 끌었고, 그녀의 영혼은 지난 한두 해 동안 몹시 힘겨운 일들을 겪었음에도 불구하고 조금도 기가 꺾일 줄 몰랐다. 세상의 이목만 아니었다면, 이런 경험은 단지 교양 교육을 받은 것쯤으로 치부하고 말았을 것이다.

최근 얼마간 사람들과 떨어져 지냈던 탓에 그녀의 소문은 더이상 널리 퍼지지 않았고, 말로트 사람들도 이를 거의 잊어가고 있었다. 하지만 부유한 더버빌가와 '친척임을 주장하려던', 실은 그녀를 통해 어떻게든 연을 맺어보려던 부모님의 시도가 실패로 돌아갔음을 다 알고 있는 이곳에서는 결코 편하게 살 수 없을 거라는 생각이 들었다. 적어도 오랜 세월이 지나, 이에 대한 자신의 민감한 의식이 모두 사라진 후에야 비로소 편히 지낼 수 있을 것 같았다. 하지만 이 순간에도 그녀는 가슴에 희망찬 생명이 뜨겁게 고동치는 걸 느꼈고, 아무런 기억이 없는 어느 외딴 곳에서라면 행복할 수 있을 것 같았다. 과거와 과거에 딸린 모든 것들을 지워버리고 행복해지자면 이곳을 떠나는 수밖에 없었다.

한 번 잃으면 영원히 잃는다는 말은 순결에도 적용될 수 있을까? 그녀는 스스로에게 질문을 던져보았다. 지난 일들을 모두 덮을 수만 있다면, 이 말이 틀렸다는 걸 입증할 수 있을 것이다. 모든 유기적 생명체에 부여된 재생력이 단지 처녀성에만 허용되지 않았을 리는 없기 때문이다.

테스는 새로운 출발을 위한 기회를 찾지 못한 채 오랜 시간을 기다렸다. 유난히 아름다운 봄이 돌아오고, 새싹이 움트는 소리가 귓가에 들리는 듯했다. 이것이 마치 들짐승들을 들쑤셔놓듯 그녀의 마음을 흔들어 어디론가 떠나고 싶게 만들었다. 마침내 5월 초 어느 날, 어머니의 옛 친구로부터 그녀 앞으로 편지 한 통이 도착했다. 그는 목장을 운영하는 사람이었다. 테스는 그를 한 번도 본 적이 없었지만, 오래전 일자리를 부탁한 적이 있었다. 편지의 내용은 그의 목장에 숙련된 젖 짜는 일꾼이 필요한데, 여름 동안 딱히 할 일이 없다면 그녀를 고용했으면 좋겠다는 것이었다.

이 목장은 그녀의 소망처럼 그리 멀리 떨어져 있진 않았지만, 그녀의 행동과 평판이 미치는 범위는 아주 작았기 때문에 충분히 멀다고 볼 수도 있었다. 좁은 지역에 사는 사람들한테는 몇 킬로미터가 지구상의 위도나 경도가 되고, 교구는 주가 되고, 또 주는 지방이나 국가가 될 수도 있으니 말이다.

새로운 생활을 시작하면서 그녀는 한 가지 굳은 결심을 했다. 꿈을 갖거나 처신을 할 때, 더버빌 같은 공중누각은 절대로 믿지 않겠다는 것이었다. 그녀는 젖 짜는 여자 테스일 뿐, 그 이상은 기대하지 않을 작정이었다. 어머니는 이 문제에 관해 딸과 어떤 말도 주고받지 않았지만, 테스의 심정을 너무나 잘 알고 있었기 때문에 기사였던 조상 이야기 따윈 더이상 꺼내지도 않았다.

하지만 인간이란 원래 모순 덩어리인 까닭에, 새로 가는 곳이 선조들의 고향 근처에 있다는 우연한 사실이 그녀의 관심을 끌었다. (어머니는 블랙무어 토박이였지만, 선조들은 블랙무어 사람이 아니었다.) 그녀가 가기로 되어 있는 탈보테이즈라는 목장은 더버빌 가문의 옛 영지에서 멀지 않은 곳에 있었다. 또 근처에는 그녀의 증조모들과 이들의 떵떵거리던 남편들이 묻혀 있는 큰 가족묘지도 있었다. 그녀는 이것들을 바라보며 더버빌 가문이 바빌론처럼 몰락했다는 사실뿐 아니라, 보잘것없는 후예의 순결함도 조용히 사라져갈 것임을 생각할 수 있을 것이다. 출발을 기다리는 동안, 그녀는 줄곧 조상들의 땅에 가면 어떤 좋은 일이 생기지나 않을까 하는 기대를 품었다. 그러자 마치 나뭇가지의 수액처럼 가슴속에서 용기가 솟구쳤다. 이것은 잠시 고여 있다 다시 솟구치는, 희망을 가져오는 영원한 젊음이었고, 자신의 기쁨을 찾으려는 거역할 수 없는 본능이었다.

Tess of the D'Urbervilles

제3부 – 회복

16

테스가 트랜트리지에서 돌아온 지 2년이 지나 3년째로 접어들고 있었다. 그 사이 그녀의 몸과 마음은 많이 회복되어 있었다. 백리향 냄새가 은은하고 새들이 노래하는 5월의 어느 날 아침, 그녀는 두 번째로 집을 떠났다.

짐을 모두 꾸려 나중에 자신에게 부칠 수 있도록 해놓은 다음, 그녀는 전세마차를 타고 스타워캐슬이라는 작은 마을을 향해 출발했다. 이번 여행은 첫 번째와는 거의 반대 방향이어서 이 마을을 거치도록 되어 있었다. 그렇게 떠나고 싶어 했건만, 막상 가장 가까운 언덕 모퉁이에 이르자, 그녀는 아쉬운 듯 뒤돌아서 말로트와 고향집을 바라보았다.

저기 살고 있는 가족들은 비록 자신이 멀리 떠나 그 미소를 보지 못한다 해도 이들의 기쁨은 크게 줄지 않을 것이며, 전처럼 일상의 삶을 계속해나갈 것이다. 또한 2, 3일만 지나면 아이들은 자신의 빈자리를 의식하지도 못한 채, 예전처럼 즐겁게 놀이에 열중할 것이다. 그녀는 이렇게 집을 떠나는 게 어린 동생들을 위해서도 최선의 방법이라고 생각했다. 자신이 남아 있으면, 좋은 교훈이 되기보다 오히려 해로운 본이 될 것 같았기 때문이다.

테스는 멈추지 않고 스타워캐슬을 지나 대로와 연결되는 지점까지 계속 나아갔다. 그리고 여기서 서남쪽으로 가는 역마차를 기다렸다. 왜냐하면 철도가 이 지역 외곽으로만 운행할 뿐, 아직 내륙 오지로는 들어오지 않았기 때문이다. 그런데 기다리는 사이에 우연히 그녀가 가려는 방향과 거의 비슷한 쪽으로 짐마차를 몰고 가는 한 농부가 나타났다. 전혀 모르는 사람이었지만 그녀는 옆 자리에 앉으라는 그의 권유를 받아들였다. 그가 이처럼 호의를 베푸는 것은 단지 자신의 용모 때문이라는 사실을 무시한 채 말이다. 그는 웨더베리로 가는 중이었고, 거기까지 그와 동행하면 캐스터브리지를 경유하는 역마차를 타지 않아도 남은 거리는 걸어갈 수가 있었다.

먼 길을 달려왔지만 테스는 웨더베리에서 서지 않았다. 좀더 나아간 후 점심 때가 되자 농부가 권한 농가에서 간단하게 요기를 했다. 거기서부터 손에 바구니를 들고 걷기 시작해서 마침내 히스가 무성한 넓은 언덕에 도달할 수 있었다. 언덕 아래 골짜기에는 초원이 펼쳐져 있었는데, 바로 여기에 오늘 여행의 최종 목적지인 목장이 자리 잡고 있었다.

테스는 전에 한 번도 이 지역을 다녀간 적이 없었지만 풍경이 아예 낯설진 않았다. 왼쪽으로 그리 멀지 않은 곳에 검은 부분이 눈에 띄었다. 알고 보니 이것은 짐작대로 킹즈비어의 영지를 표시하는 숲이었고, 이 교구의 교회 안에 그녀의 조상들, 곧 쓸모없는 조상들의 뼈가 묻혀 있었다.

그녀는 이제 이들을 조금도 존경하지 않았다. 오히려 이들이 가져온 불행 때문에 미움만이 남아 있을 뿐이었다. 이들이 물려준 것들 중에 그녀가 간직하고 있는 건 단지 옛 인장과 숟가락뿐이었다.

"쳇! 내 안에는 아버지의 피뿐 아니라 어머니의 피도 흐르고 있어. 내 미모는 어머니한테서 온 거지만, 어머니는 젖 짜는 일꾼이었을 뿐이야."

그녀는 중얼거렸다.

엑든의 언덕과 저지대를 가로지르는 길은 실제로 불과 몇 킬로미터밖에 되지 않았지만, 막상 도착해보니 예상했던 것보다 훨씬 걷기가 힘들었다. 두 시간 동안 사방을 헤매고 다닌 끝에 비로소 그녀는 오랫동안 찾아 헤매던 '대목장' 계곡이 내려다보이는 꼭대기에 닿을 수 있었다. 이 계곡에선 우유와 버터가 넘칠 만큼 많이 생산되었지만, 맛은 그녀의 고향에서보다 못했다. 이곳의 푸른 초원은 바 혹은 프룸이라 불리는 강을 통해 충분한 물을 공급받고 있었다.

그녀는 지금껏 고통스런 기억을 안겨준 트랜트리지를 제외하고, '소牛 목장' 계곡인 블랙무어 계곡밖에 모르고 있었다. 그런데 이곳은 블랙무어 계곡과는 본질적으로 달랐다. 여기선 세상이 더 큼직한 단위로 이루어져 있었다. 목장 면적은 4만 평방미터가 아닌 20만 평방미터나 되었고, 건물도 더 컸으며, 소 떼도 거기선 단지 가족 정도였지만, 여기선 거의 부족이라 해도 과언이 아니었다. 동쪽 끝에서 서쪽 끝까지 그녀의 눈앞에 펼쳐진 무수한 소 떼는 지금껏 한눈에 보았던 그 어떤 것보다도 수가 많았다. 반 알스루트나 실라에르트둘 다 17세기 플랑드르파 화가의 그림에 나오는 사람들처럼 소들은 푸른 풀밭 위를 점점이 수놓고 있었다. 성숙한 암소들의 적갈색 빛은 저녁 햇살을 빨아들였고, 흰 젖소들은 햇빛을 반사시켜 그녀가 서 있는 먼 언덕에서도 눈이 부실 지경이었다.

그녀 앞에 펼쳐진 풍경은 사실 그녀가 잘 알고 있는 고향의 풍경보다 더 화려하게 아름답지는 않았지만 한층 더 그녀를 반기는 것 같았다. 이곳에는 고향에서처럼 짙푸른 공기와 끈끈한 흙과 향기는 없었지만 공기는 아주 맑고 상쾌하고 가벼웠다. 이 유명한 목장의 초원과 소들에게 물을 대고 있는 강 자체도 블랙무어의 개울들과는 달랐다. 고향의 개울들은 소리 없이 천천히 흐르다 종종 흙탕물이 되곤 했으며, 진흙 바닥 위로 넘쳐흐를 때 부주의하게 걷다간 물에 빠져 휩쓸려갈 수도 있었다. 바Var 강의 물은 요한계시록에서 요한이 본 순수한 '생명의 강'처럼 맑고 깨끗했으며, 구름의 그림자만큼이나 빠르게 흘렀고, 조약돌이 깔린 여울은 하루 종일 하늘을 향해 조잘거렸다. 고향 물가에는 나리가 자라고 있었지만 이곳에는 미나리아재비가 무성했다.

공기가 무거운 데서 가벼운 데로 바뀌었기 때문인지, 아니면 아무도 불쾌한 눈초리로 자신을 쳐다보지 않는 새로운 곳에 와 있다는 느낌 때문인지는 몰라

도, 그녀는 기분이 날아갈 것만 같았다. 부드러운 남풍을 맞으며 주위를 뛰어다니다 보면, 그녀의 희망은 이상적인 빛으로 주위를 감싸고 있는 태양과 뒤섞이곤 했다. 산들바람이 불 때마다 유쾌한 음성이 들렸고, 새들의 노랫소리 하나하나에도 기쁨이 숨어 있는 것 같았다.

최근 들어 그녀는 마음 상태가 변하면서 표정까지 달라져 있었다. 즐거운 생각이냐 우울한 생각이냐에 따라 그녀의 얼굴은 아름답게 보이기도 하고 평범해 보이기도 했으며 계속 바뀌었다. 어떤 날은 발그스름하고 맑아 보였고, 또 어떤 날은 창백하고 슬퍼 보였다. 얼굴이 발그스름할 때는 창백할 때보다 기분이 더 좋지 않은 날이었다. 그녀의 얼굴이 한층 완벽하게 아름다울 땐 기분이 별로 좋지 않은 때였고, 기분이 최고일 땐 오히려 덜 아름다웠다. 남풍을 맞고 있는 이 순간, 그녀의 표정은 더 없이 좋아 보였다.

어디선가 기쁨을 찾고자 하는 것은 저항할 수 없는 보편적이고 자연스런 성향이다. 가장 보잘것없는 것에서부터 가장 고귀한 것에 이르기까지 모든 생명체에 해당되는 이것은 마침내 테스의 마음을 사로잡고 말았다. 이제 갓 스물이 되었고, 정신적으로나 감정적으로나 아직 성장이 끝나지 않은 어린 여인에게 어떤 사건이 오랫동안 변치 않는 인상을 남긴다는 건 불가능한 일이었다.

이처럼 테스의 기분은 점점 고조되었고, 감사의 마음과 희망도 더불어 높이 솟아올랐다. 그녀는 민요 몇 곡을 불러보았지만 어쩐지 어울리지 않는 것 같았다. 그래서 자신이 그 '선악과 열매'를 따먹기 전까지 일요일 아침마다 그토록 자주 읽었던 시편을 떠올리며 노래를 불렀다.

"오, 너희 해와 달이여…… 오, 너희 별들이여…… 너희 대지 위의 초목들이여…… 너희 공중의 새들이여…… 짐승들과 가축들이여…… 인간의 자식들이여…… 너희 하나님을 축복하라, 그를 높이고 영원히 찬양할지어다!"

그러더니 갑자기 노래를 멈추고 중얼거렸다.

"하지만 어쩌면 난 아직 하나님을 잘 모르는지도 몰라."

그녀의 입에서 반쯤 무의식적으로 흘러나온 이 곡은 일신교에 바탕을 두긴 했으나 아마도 주물숭배를 표현한 것 같았다. 여자들은 주로 자연의 형상이나 외적인 힘에 의존하는 터라, 이들의 영혼 속에는 자기 종족이 가르친 제도화된 종교보다 먼 조상들의 이교적 환상이 더 많이 간직되어 있는 법이다. 하지만 테스는 자신의 감정에 가장 근접한 표현을 어린 시절부터 익혀온 옛 '찬송가'에서 찾았고 이것으로 충분했다. 이처럼 독립적인 생활을 찾아 떠나는 사소한 첫 시도만으로도 몹시 만족스러워하는 것이 더비필드 집안의 기질 중 하나였다. 테스는 정말 똑바로 걷고 싶었지만, 그녀의 아버지는 전혀 이런 부류가 아니었다. 그렇지만 눈에 보이는 작은 성과에 만족해하고, 한때는 떵떵거렸지만 지금은 형편없이 몰락한 집안이 혼자 힘으로도 이뤄낼 수 있는 하찮은 사회적 성공을 위해서라면 애써 힘들게 고생할 필요가 없다고 생각하는 점은 아버지를 닮았다.

물론 테스의 나이에서 오는 자연스런 활기 이외에, 어머니로부터 물려받은 지칠 줄 모르는 활기도 있었다. 이 활기는 한동안 그녀를 그토록 좌절시켰던 그 일을 겪은 후 다시 되살아난 터였다. 솔직히 말해, 여자들은 대체로 그 같은 치욕을 겪은 뒤에도 기운을 되찾고 나면 다시 흥미로운 눈길로 주위를 돌아보곤 한다. 생명이 있는 한 희망이 있다는 신념은 이론가들이 말할 땐 별로 믿어지지 않지만, '배반을 당해본' 사람은 이를 실감하게 되는 법이다.

이처럼 테스 더비필드는 들뜬 마음으로, 삶에 대한 가득 찬 의욕으로 여행의 목적지인 목장을 향해 엑든의 비탈길을 따라 내려왔다.

경쟁적인 두 계곡 사이의 눈에 띄는 차이는 마지막에 이르자 분명히 드러났다. 블랙무어의 비밀은 주위의 높은 숲에서 바라볼 때 가장 잘 보였지만, 그녀 앞에 펼쳐진 이 계곡을 제대로 알려면 한가운데로 내려가야만 했다. 그곳에 들어섰을 때, 테스는 동쪽과 서쪽으로 끝없이 펼쳐진, 융단을 깔아놓은 듯한 들판 위에 서 있는 자신을 발견했다.

강은 더 높은 지대에서 작은 알갱이들을 훔쳐다 이 계곡으로 가져와 지평선 같은 대지를 만들어놓았고, 이제는 지치고 기력이 쇠하여 예전에 훔쳐온 흙들 한가운데 구불구불한 곡선을 그리며 누워 있었다.

테스는 어디로 가야 할지 방향 감각을 상실한 채, 마치 한없이 긴 당구대 위에 앉은 한 마리 파리처럼 주위를 둘러싼 광활한 초원 위에 조용히 서 있었다. 이 자연 속에서는 그 파리보다 더 나을 게 없었다. 그녀의 존재가 고요한 이 계곡에 끼친 유일한 영향이라면 외로운 한 마리의 왜가리 마음을 뒤흔들어 놓았다는 것뿐이었다. 왜가리는 그녀가 있는 길에서 멀지 않은 땅으로 내려오더니 목을 꼿꼿이 세우고 서서 그녀를 쳐다보았다.

갑자기 목장 곳곳에서 목소리를 길게 늘여 반복적으로 부르는 소리가 들려왔다.

"워어이! 워어이! 워어이!"

동쪽 끝에서부터 서쪽 끝까지 외침 소리가 옮아가듯 퍼져나갔고, 이따금 개 짖는 소리도 들리곤 했다. 이것은 아름다운 테스가 도착했음을 알았다는 골짜기의 표현이 아니라, 젖 짜는 시간을 알리는 일상적인 신호였다. 바로 네 시 반으로, 남자 일꾼들이 소들을 우리에 몰아넣기 시작했던 것이다.

무심히 이 소리를 기다리고 있던 근처의 붉은 소와 흰 소 떼가 이제 목장 뒤뜰의 부속건물 쪽으로 무리 지어 이동했고, 소들이 걸을 때마다 커다란 젖이 덜렁거렸다. 테스는 맨 뒤에서 천천히 소들을 따라가다 이들이 앞서 들어간 열린 문을 지나 마당으로 들어섰다. 마당엔 지붕을 덮은 외양간들이 길게 이어져 있었고, 경사진 지붕에는 선명한 초록 이끼들이 끼어 있었다. 지붕의 처마는 나무 기둥들이 떠받치고 있었는데, 그동안 소와 송아지들이 끊임없이 그 옆구리를 문질러댄 까닭에 반들반들 윤이 나고 매끄러웠지만, 지금은 그 깊은 사연을 거의 알지 못한 채 잊혀져 있었다. 두 기둥 사이로 젖 짜는 소들이 늘어서 있었는데, 각각의 모습을 뒤에서 보면 마치 두 기둥 위에 둥그런 원이 놓여 있고, 이 원의 중심 아래에 나뭇가지 하나가 진자처럼 흔들리고 있는 것 같았다. 한편 태양은 이 참을성 많은 소들 뒤로 몸을 낮추어 정확히 벽 안쪽에다 이들의 그림자를 그려놓았다. 이처럼 태양은 저녁마다 마치 궁궐 담에다 아름다운 궁녀의 모습을 그리듯, 이 평범하고 보잘것없는 짐승들의 그림자를 하나하나 심혈을 기울여 그리곤 했다. 오래전, 대리석으로 된 건물 정면에다 올림포스의 신들이나 알렉산더 대왕, 시저, 파라오들의 형상을 그렸던 것처럼 말이다.

외양간에 넣어진 암소들은 성질이 순한 편이 아니었다. 풀어놓아도 얌전히 서 있는 소들은 마당 한가운데서 젖을 짰는데, 마당엔 이처럼 많은 온순한 소들이 차례를 기다리며 서 있었다. 이들은 모두 최고의 젖소들로, 이 계곡 밖에선 거의 찾아볼 수 없었지만 여기서도 항상 그런 건 아니었다. 1년 중 지금 같은 철에 한창 물오른 풀로 영양분을 충분히 비축해놓아야만 했다. 이들 중 흰 점이 박힌 소들은 태양빛을 받아 눈부시게 빛났고, 이들의 뿔에 달린 놋쇠 장식은 군대가 사열할 때처럼 번쩍거렸다. 커다란 핏줄이 드러난 이들의 젖통은 모래주머니처럼 묵직하게 쳐져 있었고, 젖꼭지는 집시들의 오지항아리 다리처럼 뾰족 솟아 있었다. 그리고 이들이 줄지어 차례를 기다리는 동안에도 우유가 새어 나와 방울방울 땅바닥에 떨어졌다.

17

소들이 초원에서 도착할 때가 되면 젖 짜는 여자들과 남자들은 자신들의 집이나 목장 건물에서 무리 지어 나왔다. 여자들은 나막신을 신고 있었는데, 이는 날씨 때문이 아니라 마당에 깔아놓은 질척거리는 밀짚에 빠지지 않기 위해서였다. 이들은 모두 자신의 세 발 의자에 앉아 얼굴을 옆으로 돌린 채 오른쪽 뺨을 소에게 붙이고 있었고, 테스가 다가오자 소의 옆구리 사이로 그녀를 유심히 쳐다보았다. 하지만 남자들은 챙 모자를 푹 눌러쓰고 고개를 숙인 채 땅바닥만 바라보고 있어서 그녀가 오는 걸 보지 못했다.

이들 중 눈에 띄게 건장한 체격의 한 중년 남자가 있었다. 그의 길고 흰 '앞받이'는 다른 사람들의 것보다 좀더 세련되고 깨끗해 보였고, 그 안에 입은 저고리는 시장에 내다 팔아도 될 정도였다. 그가 바로 그녀가 찾고 있는 목장 주인이었다. 그는 두 모습의 소유자로, 6일 동안은 여기서 우유를 짜고 버터를 만드는 일을 했고, 일요일엔 아주 멋진 옷을 입고 교회 가족석에 앉아 있었다. 이처럼 판이하게 다른 그의 모습 때문에 이런 노래가 생겨났다.

평일에는
목장 주인 딕이지만,
일요일엔 리처드 크릭 씨랍니다.

테스가 지켜보고 서 있는 걸 알아차린 그가 그녀에게로 다가왔다. 목장 사람들은 대부분 젖 짜는 시간이 되면 신경이 날카로워지는 법이지만, 크릭 씨는 지금처럼 한창 바쁜 철에 마침 새 일꾼을 들이게 되어 기분이 좋아 보였다. 그는 그녀를 반갑게 맞이하며 그녀의 어머니와 나머지 가족들의 안부를 물었다. 사실, 이건 형식적인 인사치레에 불과했다. 왜냐하면 테스의 편지가 아니었다면,

그는 더비필드 부인의 존재조차 까맣게 잊고 있었을 테니 말이다.

"아, 아가씨 어머니는 내가 아주 잘 아는 사람이었지."

그가 인사 끝에 말했다.

"언젠가 결혼했다는 소식이 들리더군. 참, 이 근처에 아흔 살이 된 할머니 한 분이 계셨는데, 물론 이미 오래전에 돌아가셨지. 그분이 한번은 이런 말을 하더군. 블랙무어 계곡에 사는 아가씨 어머니의 시댁이 원래 여기서 분가해 나갔는데, 지금은 거의 몰락한 집안이라고 말이야. 요즘 젊은이들이야 그런 걸 알 턱이 없지. 하긴, 나도 할머니의 두서없는 이야기를 헛소리로 치부해버렸으니까."

"아, 그럼요. 그건 아무것도 아니에요."

테스가 말했다. 그러고 나서 두 사람은 일에 대한 얘기만 나누었다.

"젖을 잘 짤 수 있겠소, 아가씨? 지금 같은 철엔 젖이 마르면 안 되는 거요."

그녀는 걱정 말라며 그를 안심시켰다. 그러자 그는 그녀를 위아래로 훑어보았다. 지난 가을부터 줄곧 집 안에만 틀어박혀 있었던 터라 혈색이 좋지 않았던 것이다.

"정말 버텨낼 수 있겠소? 여긴 억센 사람이라야 견딜 수 있는 곳이오. 그저 오이밭 정도로 생각한다면 큰 오산이란 말이오."

그녀는 견딜 수 있다고 자신 있게 말했다. 그녀의 열정과 의지에 결국 그는 굴복당하고 말았다.

"그런데 내 생각엔 아가씨가 차를 한 잔 하거나 뭔가를 좀 먹는 게 좋을 것 같은데, 안 그렇소? 아직 괜찮다고? 좋아요, 그럼 좋을 대로 해요. 하지만 내가 아가씨라면 그렇게 먼 길을 왔으니 틀림없이 목이 많이 마를 거요."

"지금 당장 젖 짜는 걸 시작하겠어요. 손에 좀 익어야 하니까요."

그녀는 잠시 갈증이 일어 우유를 조금 마셨다. 목장 주인 크릭은 이걸 보며 속으로 놀랐는데—실은 다소 경멸스러웠다—우유를 음료로 마신다는 건 그로선 꿈에도 생각지 못한 일이었기 때문이다.

"아니, 마실 수만 있다면 양껏 마셔요."

그녀가 마시고 있는 우유통을 받쳐주며 그가 무심히 말했다.

"난 우유를 입에 대지 않은 지 오래됐소, 정말이오. 지긋지긋하거든! 꼭 뱃속에 무슨 납 덩어리가 들어 있는 기분이 든다니까. 그럼, 저 소를 가지고 한번 짜봐요."

그가 고갯짓으로 가장 가까이에 있는 소를 가리켰다.

"젖 짜기가 상당히 까다로운 녀석이오. 다른 짐승들도 그렇지만, 젖소도 힘든 녀석이 있고 쉬운 녀석이 있는 법이거든. 하지만 곧 구별하게 될 거요."

테스는 모자를 벗고 수건을 쓴 다음, 그 소 밑에 의자를 놓고 앉았다. 자신의 손놀림에 우유가 통 속으로 쏟아지자, 그녀는 자신이 정말 미래를 위한 새로운 터전을 닦고 있다는 실감이 났다. 이 확신이 평안을 가져왔고, 호흡도 진정되었으며, 그녀는 이제 여유를 갖고 주위를 둘러볼 수 있게 되었다.

젖을 짜는 사람들은 남녀 모두 합해 큰 부대를 이룰 정도였는데, 남자들은 주로 젖꼭지가 단단한 소들을 맡았고 여자들은 더 부드러운 쪽을 맡았다. 이곳은 큰 목장이었고 크릭은 100마리 이상의 젖소들을 키우고 있었다. 목장 주인은 집을 비울 때가 아니면, 이 소들 중 젖 짜기가 가장 힘든 일고여덟 마리를 골라 직접 젖을 짜곤 했다. 왜냐하면 그의 일꾼들은 대체로 여러 곳을 떠돌면서 젖을 짜는 임시고용인들이었기 때문에 건성으로 하느라 젖을 잘 짜지 못할까봐, 그는 이 소들을 이들에게 맡기려 하지 않았다. 또 여자들에게도 맡기지 않았는데, 손가락 힘이 약해 끝까지 잘 짜지 못할까봐서였다. 그런 식으로 했다가는 시간이 지나면 젖이 말라붙어 전혀 나오지 않기 때문이었다. 신경 써서 젖을 짜지 않는 건 당장의 손실이 문제가 아니라, 젖의 양이 점점 줄어 나중엔 완전히 끊겨버린다는 게 문제였다.

테스가 소 앞에 자리를 잡은 후 마당에선 한동안 아무 소리도 들리지 않았고, 무수한 우유통 속으로 세찬 우유 줄기가 쏟아져 내리는 소리만 들렸다. 여기에 간간이 소에게 돌아서라거나 가만히 있으라고 나무라는 소리가 끼어들었다. 움직이는 것이라곤 아래위로 왕복하는 젖 짜는 이들의 손놀림과 덜렁거리는 소들의 꼬리뿐이었다. 이렇게 이들은 계곡 양쪽으로 펼쳐져 있는 광대한 초원에 둘러싸인 채 작업을 계속했다. 이 평탄한 풍경은 옛 풍경들과 섞여 있었는데 그것은 분명 지금 이들이 만들어낸 풍경과는 성격이 크게 달랐을 것이다.

"내 생각엔 말이야."

목장 주인이 막 일을 끝낸 한 소 곁에서 벌떡 일어나더니 한 손엔 세 발 의자를, 다른 한 손엔 우유통을 들고 근처에 있는 또 다른 젖 짜기 힘든 소에게 걸음을 옮기며 말했다.

"내 생각엔 오늘은 소들이 평소처럼 젖이 나오지 않는 것 같아. 제기랄, 윙커가 이렇게 양이 줄기 시작하면 한여름엔 이 밑에 앉을 필요도 없겠군."

"새 일꾼이 와서 그런 거예요."

조나단 케일이 말했다.

"전에도 여러 번 그랬거든요."

"그래, 맞아. 그럴 수도 있겠군. 왜 그 생각을 못했지?"

"그럴 땐 젖이 뿔로 올라간다고 하더군요."

젖 짜던 한 여자가 말했다.

"글쎄, 젖이 뿔로 올라간다는 건 좀……."

목장 주인 크릭이 미심쩍은 듯 대답했다. 설사 마법을 부린다 해도 해부학적 원리를 무시하진 못할 거라는 표정이었다.

"그럴 리가 없어. 뿔 없는 소도 뿔 달린 소만큼 젖이 잘 나오잖아. 그러니 그건 말이 안 돼. 조나단, 자넨 뿔 없는 소에 관한 수수께끼를 알고 있나? 일 년을 통틀어 계산할 때, 왜 뿔 없는 소들이 뿔 달린 소들보다 젖이 덜 나올까?"

"모르겠는데요!"

젖 짜는 여자가 불쑥 끼어들었다.

"왜 그렇죠?"

"수가 적으니까 당연히 그렇지."

목장 주인이 대답했다.

"어쨌든 이 녀석들이 오늘은 젖을 많이 내지 않는 게 분명해. 자, 다들 한두 곡 뽑아봅시다. 그것밖엔 약이 없겠어."

이 근처 목장에선 소의 젖이 평소보다 줄어드는 기미가 보이면 노래를 불러 소를 달래곤 했다. 주인의 말이 떨어지자, 젖 짜던 이들이 일시에 노래를 부르기 시작했다. 사실, 이 노래는 순전히 일을 위한 거였지 자연스레 터져 나오는 것은 아니었다. 노래가 계속되는 동안 젖의 양이 확실히 증가한다고 믿었기 때문에 부르는 것일 뿐이었다. 가사의 내용은 도깨비불 때문에 밤에 잠자는 걸 두려워하는 어떤 살인자의 이야기였다. 노래를 네다섯 구절 불렀을 때, 한 남자가 불쑥 말을 꺼냈다.

"허리를 굽히고 노래하니까 숨이 가빠 소리가 잘 나오질 않네요! 선생, 가서 하프라도 가져와야겠어요. 바이올린이면 더 좋고요."

이를 듣고 있던 테스는 이 말이 목장 주인에게 한 말이라고 생각했다. 하지만 그게 아니었다. "왜요?" 하는 대답이 외양간에 있는 암갈색 젖소의 배로부터 나왔던 것이다. 그 소 뒤에서 젖을 짜던 사람이 한 말이었는데, 그녀는 그를 지금껏 보지 못했었다.

"맞아. 바이올린만 한 게 없지."

목장 주인이 말했다.

"하지만 젖소들은 황소들보다 음악에 덜 민감한 것 같더군. 적어도 내 경험으로 봐선 그래. 언젠가 저 너머 멜스톡에 윌리엄 듀이라는 노인이 있었지. 거기서 마차운송업을 크게 하던 집안이었어. 조나단, 기억나나? 난 지금도 그 노인 얼굴이 내 혈육처럼 생생하게 기억난다네. 그런데 말이야, 이 노인이 어느 날 결혼식에서 바이올린을 연주하고 집으로 돌아가는 중이었대. 달빛이 훤한 밤이었다는구먼. 급한 마음에 지름길로 가려고 '사십 에이커' 들판을 가로지르는데, 마침 그곳에 황소 한 마리가 풀을 뜯고 있었다지 뭔가. 이 황소가 그를 보더니 들이받을 것처럼 뿔을 세워 막 쫓아오더라는 거야. 노인은 술을 많이 마시지도 않았기에—결혼식 날인 데다 아는 사람들이 많았다는 걸 감안하면 말이지—있는 힘껏 도망쳤는데도, 결국 울타리까지 갈 수 없다는 걸 알았어. 울타리를 넘어야 목숨을 보전할 수 있을 텐데 큰일이었지. 그래서 마지막 수단으로, 뛰면서 바이올린을 꺼내들고 황소를 향해 '지그'를 연주하기 시작했다네. 그러고는 뒷걸음질을 쳐서 구석 쪽으로 갔다는 거야. 그러자 녀석이 기세가 한풀 꺾인 듯 조용히 서서 노인을 빤히 쳐다보더라지 뭔가. 그래서 계속해서 연주를 했더니 마침내 녀석의 얼굴에 미소가 번지더라는 거야. 하지만 노인이 연주를 멈추고 돌아서 울타리를 넘자마자, 녀석의 얼굴빛이 싹 변하더니 뿔을 낮춰 노인의 엉덩이 쪽으로 들이대는 바람에 노인은 어쩔 수 없이 주변을 돌며 연주를 계속해야 했다네. 그때가 새벽 세 시였지. 이 시간엔 아무도 오지 않을 테고, 배도 고프고 피곤했지만 노인은 어찌할 바를 몰라 하며 계속 바이올린을 켤 수밖에 없었다는 거야. 이렇게 새벽 네 시경까지 활을 긁어대고 나니 금방이라도 쓰러질 것 같아서 이렇게 혼잣말을 했다는구먼. '이제 이 곡만 끝나면 난 천당으로 가겠구나! 하나님 구해주소서, 그렇지 않으면 전 끝장입니다.' 그런데 바로 그때 노인의 머릿속에 크리스마스 전날 밤중에 소가 무릎 꿇는 걸 본 기억이 나더라는 거야. 그때가 크리스마스 전날은 아니었지만, 노인은 황소를 한번 속여보기로 마음먹고, 크리스마스 캐럴을 부를 때와 똑같이 성탄 찬송을 연주하기 시작했다네. 그런데 이럴 수가! 녀석이 정말 속아서 그날이 성탄 전날인 줄 알고 무릎을 꿇더라는 거야. 그 뿔 달린 녀석이 주저앉자마자, 노인은 잽싸게 돌아서 사냥개처럼 도망쳐 울타리를 훌쩍 뛰어넘었다네. 기도하는 황소가 다시 일어나 뒤쫓아 오기 전에 말이야. 듀이 노인은 이렇게 말했지. 그동안 멍청해 보이는 인간들을 숱하게 보아왔지만 그때 그 황소의 표정—그날이 크리스마스 전날도 아닌데다 자신의 경건한 마음이 농락당했다는 걸 알았을 때—처럼 멍청한 건 본 적이 없다고 말이야…… 맞아, 윌리엄 듀이, 이게 바로 그 노인의 이름이었어. 난 당장이라도 그가 멜스톡 교회묘지 어디에 묻혀 있는지 정확히 말할 수 있다네. 바로 두 번째 주목 나무와 북쪽 통로 사이야."

"정말 신기한 이야기로군요. 신앙이 살아 있던 중세 시대에 와 있는 듯한걸요!"

착유장에선 좀처럼 듣기 어려운 이 말투는 암갈색 젖소 뒤에서 나는 목소리로부터 나온 것이었다. 하지만 아무도 이 말을 이해하기 못했기 때문에 어떤 반응도 보이지 않았다. 다만 이 이야기를 했던 목장 주인은 이 말이 자신의 이야기에 대한 의심이 포함된 것으로 간주하는 듯했다.

"아뇨, 선생이 믿든 말든, 이건 사실이에요. 난 그 노인을 잘 알고 있거든요."

"물론, 그러시겠죠. 그걸 의심하는 게 아니에요."

암갈색 젖소 뒤의 남자가 말했다.

이제 테스의 관심은 목장 주인과 이야기를 나누는 남자에게로 쏠렸다. 그는 줄곧 소의 옆구리에 얼굴을 파묻고 있었기 때문에 그녀의 눈엔 겨우 그의 옷자락밖에 보이지 않았다. 그녀는 왜 목장 주인이 그를 '선생'이라고 부르는지 알 수 없었다. 아무리 머리를 짜내도 이해가 되지 않았다. 그는 남들이 소 세 마리의 젖을 짤 만큼 오랜 시간을 그 소 밑에 있었는데도 이따금 일이 잘 안 풀린다는 듯 혼잣말을 내뱉곤 했다.

"좀더 부드럽게 해봐요, 선생. 부드럽게요."

목장 주인이 말했다.

"그건 요령으로 해야지 힘만으로는 안 된다니까요."

"제 생각도 그래요."

마침내 자리에서 일어나 두 팔을 쭉 펴며 그가 말했다.

"이 녀석은 다 끝난 것 같습니다. 녀석이 손가락을 좀 아프게 하긴 했지만요."

그제야 테스는 그의 모습을 온전히 볼 수 있었다. 그는 농장 주인들이 젖을 짤 때 쓰는 흰색 앞받이와 가죽 각반을 하고 있었고, 장화에는 마당에 깔아놓은 밀짚들이 들러붙어 있었다. 그저 이곳에서 보는 평범한 작업복 차림에 불과했다. 그럼에도 불구하고 이 옷차림 안에는 교양 있고 절제되어 있으며, 미묘하고도 슬퍼 보이는 남다른 뭔가가 숨어 있었다.

하지만 그를 언젠가 본 적이 있다는 생각이 들자, 기억을 더듬느라 그의 외모를 꼼꼼히 살피는 건 잠시 미루기로 했다. 하지만 그때 이후로 너무도 많은 변화를 겪었기 때문에 테스는 그를 어디서 만났는지 금방 기억할 수가 없었다. 그러다 문득 그가 말로트 마을의 들놀이에서 여자들 틈에 끼어들었던 그 여행자라는 생각이 머리를 스쳤다. 그녀가 모르는 어딘가로부터 와서 그녀 아닌 다른 여자들과 춤을 춘 뒤, 무시하듯 그녀를 떠나 자신의 동료들에게 가버렸던 바로 그 지나가던 여행자 말이다.

그녀가 파란을 겪기 전에 있었던 한 사건이 떠오르는 순간, 그간의 기억들이 홍수처럼 몰려들었고, 이 때문에 그녀는 잠시 침울해졌다. 혹시라도 그가 자신을 알아보고 어떻게든 자신의 과거를 눈치 챌까봐 불안했던 것이다. 하지만 이런 걱정은 곧 사라졌다. 그는 전혀 기억하지 못하는 눈치였기 때문이다. 그의 모습을 찬찬히 살펴보니, 처음이자 유일했던 만남 이후 표정이 풍부했던 그의 얼굴은 좀더 사려 깊게 변해 있었고, 젊은 남자답게 근사한 콧수염과 턱수염이 나 있었다. 턱수염은, 뺨에서 시작되는 부분은 아주 연한 밀짚색이었지만 턱 밑으로 갈수록 점점 짙은 갈색을 띠고 있었다. 리넨으로 된 앞받이 밑에는 검은 벨벳 저고리에다 코르덴 바지와 각반, 그리고 풀 먹인 흰 셔츠를 입고 있었다. 젖 짜는 차림새만 아니었다면, 아무도 그의 정체를 짐작할 수 없었을 것이다. 괴짜 같은 지주이거나 기품 있는 농부일 것 같았다. 소 한 마리의 젖을 짜는 데 그렇게 많은 시간이 걸리는 것으로 보아, 그가 목장 일에는 완전 초보라는 걸 테스는 단번에 알아차렸다.

한편 젖 짜는 여자들은 이 새로 온 풋내기를 놓고, 진심 어린 찬사를 보내듯 "정말 예쁘네!"라며 숙덕거렸다. 하지만 절반의 속마음으로는 듣는 이들이 여기에 반박해주길 바라고 하는 말이었다. 사실 엄격히 따지자면, 반박할 수도 있었다. 왜냐하면 테스가 사람들의 눈길을 사로잡는 건 예쁘다는 것만으론 정확히 설명할 수 없었기 때문이다. 저녁때쯤 젖 짜기가 끝나자, 사람들은 각자 뿔뿔이 흩어져 집 안으로 들어갔다. 집 안에는 주인의 아내인 크릭 부인이 우유통을 비롯한 집안일을 감독하고 있었다. 그녀는 점잔을 빼느라 젖을 짜러 나오지도 않았고, 더운 날씨에도 불구하고 모직 드레스를 입고 있었다. 날염한 옷을 입은 젖 짜는 여자들과는 다르다는 걸 과시하고 싶었던 것이다.

테스는 자기 외에 두세 명의 처녀들만이 이 목장에서 잔다는 사실을 알았다. 대부분의 일꾼들은 자신들의 집으로 돌아갔다. 이야기에 끼어들던 그 지체 높은 일꾼은 저녁 시간에는 코빼기도 보이지 않았다. 하지만 테스는 그에 관해 아무것도 묻지 않았고, 남은 저녁 시간 동안 침실의 자기 자리를 정리하느라 분주했다. 침실은 우유 창고 위에 있는 큰 방으로, 길이가 약 10미터 정도였고, 이 목장에서 함께 기숙하는 다른 세 처녀들의 침대도 같이 놓여 있었다. 이들은 모두 한창 꽃다운 처녀들이었는데, 한 명을 제외하고는 다들 그녀보다 나이가 약간 더 많았다. 취침 시간이 되자 테스는 완전히 녹초가 되어 곧바로 잠이 들었다.

하지만 옆 침대를 쓰는 한 처녀는 잠이 잘 오지 않는지, 테스에게 이 농장에 대한 여러 가지 이야기들을 굳이 해주려고 했다. 그 처녀의 소곤거리는 말들은 어둠과 섞였는데, 테스의 희미한 의식 속에서는 이 말소리들이 마치 어둠 속으로부터 흘러나오는 것처럼 느껴졌다.

"에인절 클레어 씨는 젖 짜는 일을 배우고 있어요. 하프를 탈 줄도 알고, 우리한테는 말을 많이 하지 않아요. 어떤 신부님 아들영국 국교회는 이혼과 사제의 결혼을 허용한다는 점에서 가톨릭과 차이가 난다인데, 자기 생각에만 너무 골몰하느라 처녀들은 거들떠보지도 않거든요. 말하자면 목장 주인의 제자인 셈인데, 목장 일을 모조리 배우고 있는 중이에요. 다른 곳에선 양 치는 걸 배웠고, 지금은 목장 일을 배우고 있나봐요……. 그럼요, 그분은 정말 지체 높은 집안 출신이에요. 그분 아버지가 애민스터의 클레어 신부거든요. 여기서는 상당히 먼 곳이죠."

"아, 저도 그분 이름은 들었어요."

이제 잠이 깨버린 테스가 말했다.

"정말 열성적인 신부님이라고 하던데, 아닌가요?"

"맞아요. 웨섹스를 통틀어 가장 열성적인 분이죠. 다들 그분을 '저교회파' 영국교회 중 교회의 권위와 의식을 중요시하는 파를 '고교회파High Church', 의식의 간소화를 주장하고 성직의 특권이나 교회의 정치 조직을 경시하는 파를 '저교회파Low Church'라고 한다의 마지막 인물이라고들 해요. 이 주변에서는 모든 교회들이 이른바 '고교회파'거든요. 우리 클레어 씨만 빼고 나머지 아들들은 모두 신부가 되었대요."

테스는 너무 늦은 시간이라 왜 클레어 씨가 다른 형제들처럼 신부가 되지 않았는지 캐묻고 싶은 마음도 없었고, 점차 다시 잠이 들고 말았다. 이야기꾼의 말소리는 옆 다락방에서 나는 치즈 냄새 그리고 아래층 치즈 짜는 기계에서 유장이 규칙적으로 떨어지는 소리와 점점 뒤섞이고 있었다.

18

에인절 클레어라는 사람은 처음부터 확 눈에 띄는 사람은 아니었지만, 감식력 있는 목소리와 멍하니 뚫어져라 쳐다보는 눈길과 변화무쌍한 입매의 소유자였다. 남자치고는 좀 작고 섬세한 입이었지만, 이따금 아랫입술을 굳게 다물 때면 우유부단한 성격일 거라는 짐작이 무색할 정도로 단호해 보이기도 했다. 그럼에도 불구하고 그의 태도와 눈길은 어쩐지 몽롱하고, 어딘가에 빠져 있는 듯 모호하기만 했다. 이로써 짐작컨대 그는 물질적 성공에 대해선 뚜렷한 목표나 관심이 없는 것 같았다. 하지만 그도 어린 시절엔 마음만 먹으면 뭐든 해낼 수 있을 거라는 소리를 듣곤 했었다.

그는 이 지방 저쪽 끝에 살고 있는 한 가난한 신부의 막내아들로, 몇몇 다른 농장들을 거처 6개월짜리 견습생으로 탈보테이즈 목장에 와 있었다. 그의 목표는 농사에 필요한 실질적인 기술을 익히는 것이었다. 이 과정을 마친 후엔 식민지로 가든지 아니면 형편에 따라 자영 농장을 운영해볼 생각이었다.

이 젊은이가 농업이나 축산업에 발을 들여놓게 될 줄은 그 자신이나 다른 사람들이나 전혀 예상치 못했던 일이다.

그의 아버지 클레어 씨는 딸 하나를 낳은 첫 번째 부인과 사별하고 늘그막에 재혼을 했다. 그런데 다소 뜻밖에도 이 부인은 아들을 셋이나 낳았다. 그래서 막내인 에인절과 신부인 그의 아버지 사이엔 거의 한 세대가 차이 나는 셈이었다. 세 아들 중 늘그막에 낳은 에인절만 대학 학위를 받지 못했는데, 어릴 적 가능성으로 보건대 그는 학문적 훈련만 제대로 받았다면 뭐든 완벽하게 잘 해낼 수 있는 유일한 아들이었다.

말로트 무도회에 모습을 드러내기 약 3년 전 어느 날, 에인절은 학교 수업을 마치고 집으로 돌아와 공부를 하고 있었다. 이때 그 지방 책방에서 사제관으로 소포가 하나 도착했는데, 바로 제임스 클레어 신부 앞으로 온 것이었다. 신부는 소포를 풀어 안에 책이 들어 있다는 걸 알고는 한두 페이지 읽어 내려갔다. 그러다가 자리에서 벌떡 일어나더니 책을 팔에 끼고 즉시 그 서점으로 달려갔다.

"왜 이런 게 우리 집으로 왔소?"

그가 책을 들고 단호하게 물었다.

"주문받은 거예요, 신부님."

"난 아니오. 우리 집 다른 일꾼들도 주문했을 리가 없고, 정말이오."

그가 장부를 검토하기 시작했다.

"아, 잘못 보내졌군요, 신부님. 에인절 클레어 씨가 주문한 거예요. 그분 앞으로 가야 하는 건데 엉뚱한 데로 갔나봅니다."

클레어 씨는 한 방 얻어맞은 것처럼 움찔했다. 기가 푹 꺾인 창백한 모습으로 집으로 돌아온 그는 에인절을 서재로 불러들였다.

"에인절, 이 책을 좀 보거라. 대체 어떻게 된 거냐?"

"제가 주문한 거예요."

뭐가 문제냐는 듯 에인절이 대답했다.

"왜?"

"읽으려고요."

"어떻게 이런 걸 읽을 생각을 했지?"

"어떻게라뇨? 이건 그냥 철학책일 뿐이에요. 지금껏 나온 책 중에 이보다 더 도덕적이고, 아니 더 종교적이기까지 한 책은 없어요."

"그래, 충분히 도덕적이지. 나도 이 점은 부인하지 않으마. 하지만 종교적이라니! 더군다나 복음의 전도자가 되려는 네 입에서 그런 말이 나오다니!"

"아버지, 그 문제가 나왔으니 말인데요."

잔뜩 걱정스런 표정으로 아들이 말했다.

"이 기회에 분명히 말씀드려야겠군요. 사실 전 성직을 맡을 생각이 없어요. 양심상 그럴 수 없을 것 같거든요. 전 부모님만큼이나 교회를 사랑해요. 이 점은 앞으로도 변함이 없을 거예요. 역사를 살펴봐도 교회보다 더 깊이 존경받을 수 있는 제도는 없으니까요. 하지만 이 교회가 제가 동의할 수 없는 구원신학을 고집하는 한, 솔직히 전 형들처럼 사역을 담당할 자신이 없어요."

고지식하고 융통성 없는 이 신부는 자신의 혈육 중 하나가 이렇게 되리라고는 꿈에도 생각지 못한 터였다. 그는 너무 충격을 받아 우롱이라도 당한 듯 얼이 빠져 있었다. 에인절이 성직자가 되지 않는다면 케임브리지에 보낸들 무슨 소용이겠는가? 이 고지식한 양반에게 성직이 아닌 다른 무엇을 위한 과정으로 대학에 간다는 것은 서문만 있고 본문이 없는 책이나 마찬가지로 보였던 것이다. 그는 종교적일 뿐 아니라 경건하고 독실한 사람이었다. 그야말로 진정한 신앙인이라고 할 수 있었다. 현재 교회 인팎에 성행하는 신학적 사기꾼들이 만들어놓은 어려운 의미에서가 아니라 복음주의 교파에서 말하는 열정적인 의미에서의 독실한 신앙인 말이다.

18세기 전

영원하고 거룩하신 하나님이

행하신 것을

진정으로 믿는……

로버트 브라우닝의 시 「부활절」에서 인용

그의 신앙은 위와 같았다.

에인절의 아버지는 아들과 논쟁을 벌이기도 하고, 설득도 해보고, 그러다 안 되면 애원을 하기도 했다.

"아니에요, 아버지. 나머지는 그만두고라도, 전 선서문이 요구하는 것처럼 제 사조를 '문자 그대로의 의미로' 받아들일 수 없어요영국 교회의 성직자가 되려면 39개조로 된 선언문에 동의해야 하는데, 제4조는 '예수는 진정으로 죽음으로부터 살아나셨고, 몸과 살과 뼈를 비롯한 인성人性에 속하는 모든 것을 다시 회복하셨다'는 내용으로 되어 있다. 그러니 지금과 같은 상태로는 도저히 신부가 될 수 없다고요."

에인절이 딱 잘라 말했다.

"종교 문제에 관해서라면 전 개혁하자는 쪽입니다. 아버지께서 좋아하시는 히브리서 말씀을 인용하면 '흔들리지 않는 것들을 유지하기 위해 흔들리는 것들, 곧 창조된 것들을 없애버리자'는 거죠."

아버지가 낙심한 나머지 너무 슬퍼하는 바람에 이를 지켜보는 에인절의 마음도 몹시 아팠다.

"네 어머니와 난 지금껏 널 대학에 보내려고 아끼고 또 아꼈단다. 하지만 이게 하나님의 영광을 위해 쓰이지 못한다면 다 무슨 소용이란 말이냐?"

그의 아버지가 되풀이했다.

"아니에요, 아버지. 사람의 영광과 영화를 위해 쓰면 되잖아요."

만약 에인절이 대학에 가겠다고 끝내 고집했다면, 아마 형들처럼 케임브리지에 갔을지도 모른다. 하지만 이 학문의 본거지를 성직으로 가는 초석으로만 보는 아버지의 생각은 이 집안의 전통이나 다름없었다. 이 생각은 아버지의 머릿속에 너무 깊이 박혀 있어서, 마음 여린 에인절로선 그 앞에서 고집을 피운다는 게 어쩐지 신뢰를 악용하려는 것처럼 보였고, 또 아버지의 말처럼 세 형제 모두를 똑같이 교육시키려고 예나 지금이나 몹시 절약해야만 하는 부모님의 경건한 생활을 모욕하는 것만 같았다.

"전 케임브리지에 안 가도 돼요."

마침내 에인절이 말했다.

"이런 마음가짐으로는 거기에 갈 자격이 없으니까요."

결정적인 이 논쟁의 결과는 오래지 않아 곧 모습을 드러냈다. 그는 이것저것 잡다한 학문들을 배우고, 일도 해보고, 명상도 하면서 몇 해를 보냈다. 그는 사회적 제도나 관습에 몹시 냉담한 태도를 보이기 시작했으며, 신분의 차이나 빈부의 격차를 점점 경멸하게 되었다. 심지어 전통의 명문가—작고한 어느 지방 유지가 좋아하던 표현을 빌자면—일지라도 그 집안을 대표하는 이들에게서 새롭고 훌륭한 결단이 보이지 않으면, 그는 여기서 아무런 기쁨도 느끼지 못했다. 이처럼 엄격한 생활에 대한 반발로, 그는 한때 세상이 어떻게 돌아가는지 알아보려고 런던에 갔었다. 거기서 연상의 한 여인을 만났는데, 그녀에게 푹 빠져 한동안 거의 이성을 잃고 지낸 적이 있었다. 하지만 다행히 그 일로 큰 낭패는 보지 않고 돌아올 수 있었다.

어린 시절부터 몸에 밴 시골의 한적함 때문에 그의 마음속엔 현대적 도시 생활에 대한 어쩔 수 없는, 거의 터무니없는 반감이 자리 잡고 있었다. 또한 영적인 직업이 불가능하다면 세속적인 직업을 통해 성공을 추구할 법도 했지만, 그는 여기에도 마음을 닫아버렸다. 하지만 어떤 일이든 하긴 해야 했다. 그러다 식민지에서 농부로 성공한 한 지인을 만나게 되었고, 에인절은 문득 이것이 올바른 길이 될 수도 있겠다는 생각이 들었다. 농사란 식민지든 미국이든 국내든 어디든지 간에 필요한 기술을 잘 익혀 자격을 갖추기만 한다면, 그가 훨씬 가치 있게 여기는 것, 즉 지적인 자유를 희생하지 않고도 독립적인 생활을 꾸려나갈 수 있는 직업으로 보였던 것이다.

이렇게 해서 스물여섯 살의 에인절 클레어는 지금 탈보테이즈 농장에 견습 일꾼으로 와 있었다. 그는 목장 근처에 편히 묵을 만한 집이 없었기 때문에, 주인댁에서 하숙생으로 지내고 있었다.

그의 방은 착유장 전체에 걸쳐 뻗어 있는 커다란 다락방이었다. 이 방은 치즈를 보관하는 다락방에서 사다리를 타고 올라가야만 닿을 수 있었고, 그가 여기 와서 거처로 사용하기 전까진 오랫동안 잠겨 있었다. 클레어는 이곳의 널찍한 공간을 모두 사용했다. 그래서 온 집안이 휴식에 들어가 고요할 때면 목장 일꾼들은 그가 오르내리는 소리를 들을 수 있었다. 커튼을 쳐서 따로 나눠놓은 방 한쪽에 침대가 놓여 있었고, 나머지 부분은 평범한 거실로 꾸며져 있었다.

그는 처음엔 주로 책을 읽거나 어느 경매장에서 산 낡은 하프를 서투르게 타며 대부분 위층에서만 지냈다. 그러나 곧 주인 부부와 남녀 일꾼들과 함께 아래층 식당에 모여 식사를 하게 되면서 사람들과 어울리는 걸 더 좋아하게 되었다. 이 집에서 잠을 자는 사람은 몇 명 되지 않았지만 식사 때는 여럿이 함께 모이곤 했던 것이다. 클레어는 날이 갈수록 이곳 사람들에 대한 거부감을 털어버렸고, 이들과 숙소를 공동으로 쓰는 걸 더 좋아하게 되었다.

클레어는 이들과의 교제 속에서 진정한 기쁨을 얻는다는 것이 스스로 생각해도 무척 놀라웠다. 그가 늘 생각하던 농촌 사람들, 즉 '시골뜨기'라는 이름의 불쌍한 멍청이로 대변되는 이들은 2, 3일이 지나자 그의 머릿속에서 완전히 사라져버렸다. 게다가 더 가까이 가보니, 시골뜨기는 아예 보이지도 않았다. 사실, 클레어의 생각이 아직 낯선 환경에 적응하지 못하고 있던 처음에는 지금 그와 친하게 어울리는 이 동료들이 약간 이상해 보였었다. 똑같이 주인집 가족의 구성원으로 이들과 한자리에 앉아 있는 게 처음엔 무척 자존심이 상했고, 이들의 생각과 태도와 환경이 모두 진부하고 하찮게 보였던 것이다. 하지만 시간이 흐르면서 이 날카로운 하숙생은 이들의 생활 속에서 새로운 모습을 깨닫게 되었다. 객관적으로 볼 때는 아무 변화도 없었지만, 단조로움 대신 다양함이 엿보였던 것이다. 클레어는 주인 내외와 그 식솔들, 남녀 일꾼들과 친해지면서, 마치 화학 반응에서처럼 자연스레 이들을 구별할 수 있게 되었다. 파스칼의 생각이 그의 가슴에 실감나게 와 닿았다.

"사람은 더 지혜로워질수록 각 개인이 고유하다는 것을 더 잘 인식하게 된다. 평범한 사람은 이들 사이에서 어떤 차이도 발견하지 못한다."

이제 그의 눈에 전형적이고 변치 않는 '시골뜨기'란 이미 사라지고 없었다. 어느새 시골뜨기는 다양하고 수많은 동료들로 분화되어 있었다. 다양한 생각과 감정을 소유하고 있는 한없이 다른 존재들로 말이다. 어떤 이들은 행복했고, 많은 이들은 차분했으며, 또 몇몇은 의기소침했다. 이따금 천재처럼 똑똑한 사람도 있었고, 어리석은 이들, 자유분방한 이들, 엄격한 이들도 있었다. 또 어떤 이는 말없는 밀턴처럼 보였고, 어떤 이에겐 크롬웰의 자질이 엿보이기도 했다. 이들은 모두 나름대로 자신의 견해를 갖고 있었고, 서로를 칭찬하거나 비난하기도 했으며, 상대의 약점이나 결함을 보며 좋아하기도 하고 슬퍼하기도 했다. 이들은 모두 각자 자신의 길을 걷다가 결국 죽어 흙으로 돌아갈 사람들이었다.

뜻밖에도 그는 자신이 처음 계획했던 진로와는 별개로, 이 목장에서의 생활이 좋아지기 시작했다. 자연을 접하는 것 자체도 좋았고, 이것이 가져다주는 기쁨 때문에 좋기도 했다. 스스로의 모습을 되돌아볼 때, 그는 하나님에 대한 믿음이 줄면서 문명인들을 사로잡고 있는 만성적 우울증으로부터 놀랄 만큼 벗어나 있음을 알게 되었다. 몇 년 만에 처음으로 그는 직업을 갖기 위해 읽어야 한다는 강박에 사로잡히지 않고, 마음 가는 대로 글을 읽을 수 있었다. 익혀두는 게 좋겠다고 생각했던 몇 권 안 되는 농업서적은 시간이 별로 걸리지 않았기 때문이다.

우선, 그는 옛 관계들로부터 벗어나 삶과 인간에 대한 새로운 뭔가를 보게 되었다. 다음으로, 예전엔 막연하게만 알아왔던 주위 현상들—각 계절과 그에 따른 특징들, 아침과 저녁, 한밤과 대낮의 차이, 다양한 기질을 가진 바람, 나무와 물, 어둠과 고요함, 도깨비불, 별자리, 그리고 무생물들의 음성—과 더 친숙하게 되었다.

이들이 모여 아침 식사를 하는 커다란 식당은 이른 아침엔 아직도 불을 지펴야 할 정도로 상당히 쌀쌀했다. 이들과 한 식탁에 앉아 식사를 하기엔 클레어의 신분이 너무 높다고 여긴 크릭 부인의 주장에 따라, 식사 시간이면 받침 달린 찻잔과 접시를 팔꿈치 옆 팔걸이 판에 놓은 채 입 벌린 벽난로 구석에 앉는 것이 에인절 클레어에겐 관례가 되어 있었다. 길고 널찍한 창살의 맞은편 창문을 통해 들어오는 빛이 그가 앉은 자리를 비추었고, 여기에다 굴뚝을 타고 내려온 차가운 푸른빛이 더해져 그는 마음만 먹으면 언제든 쉽게 거기서 책을 읽을 수 있었다. 클레어와 창문 사이에는 동료들이 앉아 있는 식탁이 있었고, 이들이 음식을 씹는 옆모습이 유리창을 배경으로 뚜렷이 보였다. 한편, 뒤쪽으로는 우유 창고로 통하는 문이 있었는데, 이 문을 통해 아침에 짠 우유로 가득 찬 사각 통들이 줄지어 서 있는 모습이 보였다. 더 멀리 저 끝에는 커다란 교유기가 돌아가고 있었고, 덜커덕거리는 소리가 들려왔다. 창문 뒤로 보이는 이 움직이는 기계는 꼭 소년에게 쫓겨 빙빙 돌고 있는 힘 빠진 말을 연상케 했다.

테스가 온 뒤 며칠 동안 클레어는 우편으로 막 도착한 책이나 정기간행물 또는 악보를 보는 데 빠져 있어서 그녀가 식탁에 있다는 사실도 알아채지 못했다.

그녀는 거의 말이 없는 반면 다른 처녀들은 너무 말이 많았기 때문에 그 재잘거림 속에 새로운 음성이 있으리라고는 생각지도 못했던 것이다. 게다가 그는 전체적인 인상만 보고 세세한 것들은 무시해버리는 습관이 있었다. 그런데 어느 날, 악보 하나를 유심히 살피며 머릿속으로 그 곡을 상상하다 잠시 방심한 틈에 악보가 벽난로 쪽으로 떨어져버렸다. 그는 장작불을 쳐다보았다. 아침 요리를 마친 후 남은 한 줄기 불꽃이 춤곡이 끝날 때처럼 꼭대기에서 빙빙 돌고 있었는데, 마치 그가 상상으로 그린 곡조에 맞춰 지그를 추는 듯했다. 또한 가로대에 걸린 두 개의 갈고리에 붙어 있는 깃털 같은 그을음도 똑같은 가락에 맞춰 흔들리고 있었고, 반쯤 빈 주전자도 윙윙거리며 반주를 넣고 있었다. 식탁에서 두런두런 나누는 이야기들이 그의 환상적인 오케스트라와 합쳐질 즈음, 그는 마침내 이렇게 생각했다.

'저 아가씨들 중 누군지는 몰라도 목소리가 정말 피리 소리처럼 맑군! 아마 새로 온 아가씨인 모양이야.'

클레어는 고개를 돌려 다른 처녀들과 함께 앉아 있는 테스를 바라보았다.

그녀는 그를 보고 있지 않았다. 사실, 그의 오랜 침묵 때문에 이 방에서 그의 존재는 거의 잊혀 있었다.

"난 유령에 관해선 잘 몰라요."

그녀가 말하고 있었다.

"하지만 우리 영혼이 우리가 살아 있는 동안 몸 밖으로 나갈 수도 있다는 건 확실히 믿어요."

입에 음식을 가득 문 목장 주인이 심각한 질문을 하려는 눈빛으로 그녀 쪽을 돌아보았고, 그의 커다란 나이프와 포크—이 고장에선 아침 식사가 정찬이었다—는 마치 교수대를 준비하기라도 하듯 식탁 위에 세워져 있었다.

"뭐? 그게 정말이오? 이봐요, 아가씨! 정말 그렇단 말이오?"

그가 물었다. 그러자 테스가 계속했다.

"영혼이 빠져나가는 걸 가장 쉽게 느낄 수 있는 방법은 말이죠, 밤중에 풀밭에 누워 하늘의 커다랗고 밝은 별을 똑바로 쳐다보는 거예요. 그리고 마음을 거기에 집중하면 자신이 이 몸에서 수만 킬로미터나 떨어져 있다는 걸 금방 알 수 있거든요. 그럴 때면 이 몸이라는 게 전혀 필요치 않은 것처럼 느껴지곤 하죠."

목장 주인은 테스에게서 시선을 돌려 자기 아내를 빤히 쳐다보았다.

"거참, 이상하군. 크리스티아나, 안 그래? 왜 난 지금껏 단 한 번도 그런 생각을 하지 못했을까? 지난 삼십 년 동안 연애를 하거나 장사를 하면서, 또 의사나 간호사를 부르려고 숱하게 밤길을 돌아다녔는데 말이야."

주인을 포함한 모든 이들의 시선이 자신에게 쏠리는 걸 느낀 테스는 얼굴을 붉히며, 단지 자신의 상상일 뿐이라고 말을 얼버무린 뒤 다시 식사를 하기 시작했다.

클레어는 그녀를 쭉 지켜보고 있었다. 그녀는 곧 식사를 마쳤다. 하지만 클레어가 자신을 바라보고 있다는 걸 알아차린 순간, 감시당하고 있는 가축처럼 압박감을 느끼며 손가락으로 식탁보 위에 아무렇게나 무늬를 그리기 시작했다.

"저 아가씨는 정말 순수한 자연의 딸이로군!"

그가 혼잣말로 중얼거렸다. 바로 그때, 그는 그녀에게 뭔가 낯익은 데가 있다는 생각이 들었다. 고뇌가 천국마저도 침울한 회색으로 물들이기 이전, 미래 따위는 생각지도 않았고 마냥 즐겁기만 했던 그 과거로 자신을 되돌아가게 해주는 뭔가였다. 어디인지는 몰라도 그는 전에 그녀를 본 적이 있다고 결론지었다. 시골을 전전하다 어디선가 우연히 만난 게 틀림없었다. 하지만 그곳이 어디인지 알고 싶진 않았다. 그럼에도 불구하고 주위의 여자들을 살피고 싶을 때, 다른 처녀들보다 테스를 우선적으로 고를 가능성은 충분했다.

19

대체로 젖소들은 사람을 가리지 않고 누구한테라도 젖을 짤 수 있게 해주었다. 하지만 어떤 소들은 특별히 좋아하는 손길이 있었고, 이따금 자신이 좋아하는 손길이 아니면 그 어떤 손길도 받아들이려 하지 않았고, 우유통을 제멋대로 걷어차 버리기도 했다.

이러한 편애와 못된 버릇은 젖 짜는 손을 끊임없이 바꿈으로써 고쳐야 한다는 게 목장 주인 크릭의 원칙이었다. 그렇지 않으면 일꾼 하나가 목장 일을 그만두고 떠날 경우, 몹시 곤란해지기 때문이었다. 하지만 처녀들의 속마음은 목장 주인의 원칙과는 정반대였다. 매일 여덟 마리 내지 열 마리의 소를 상대하게 되는 그들이 각자 자신의 손에 익은 소들만 골라 작업하게 되면 훨씬 힘을 덜 들이고 쉽게 젖을 짤 수 있기 때문이었다.

테스는 자신의 동료들처럼 어떤 소가 자신의 손길을 좋아하는지 곧 알아차렸고, 또 지난 2, 3년 동안 집에 틀어박혀 있을 때가 많아 남달리 부드러운 자신의 손가락이 젖소들의 마음에 들었다는 게 기뻤다. 총 105마리 중 특히 여덟 마리—덤플링, 팬시, 로프티, 미스트, 어미 프리티, 아기 프리티, 타이디, 라우드—가 테스의 손길을 좋아했는데, 이들 중 한둘은 젖꼭지가 홍당무처럼 딱딱했다. 하지만 모두들 손가락을 대기만 해도 우유를 쏟아낼 정도여서 그녀의 일을 한결 수월하게 해주었다. 하지만 그녀는 목장 주인의 생각을 알고 있었기 때문에, 아직 다룰 수 없는 아주 힘든 녀석들을 제외하고는 양심적으로 자신의 차례가 돌아오는 대로 소를 택하려고 애썼다.

그런데 소들의 위치와 이에 대한 자신의 바람이 묘하게 일치된다는 걸 곧 알아차렸다. 마침내 그녀는 이들의 순서가 우연의 산물이 아닐 거라는 생각이 들었다. 목장 주인의 제자가 최근 소들을 모으는 일을 돕고 있었던 것이다. 대여섯 번째로 소의 차례가 돌아왔을 때, 그녀는 소에게 기댄 채 장난기 가득한 눈으로 그를 돌아보았다.

"클레어 씨, 당신이 이 소들의 줄을 세웠군요!"

그녀가 얼굴을 붉히며 말했다. 비난 어린 말투에도 불구하고 그녀의 입가엔 미소가 떠올랐다. 윗입술이 살짝 올라가고 이 끝이 보였지만 아랫입술은 전혀 움직이지 않았다.

"글쎄요, 별 차이도 없어요. 당신은 여기서 계속 젖을 짤 모양이군요."

"그렇게 보여요? 정말 그랬으면 좋겠어요! 하지만 저도 잘 모르겠어요."

자신이 왜 이 외진 곳을 좋아하게 되었는지 그 깊은 사연을 모른 채 그가 자신의 말을 오해했을지도 모른다는 생각에, 그녀는 나중에 자신에게 화가 났다. 마치 그가 여기 있기 때문에 자신이 계속 남기를 원하는 것처럼 너무 진지하게 말했던 것이다. 그녀는 마음이 혼란스러워 저녁 무렵 젖 짜는 일이 끝나자, 혼자 뜰을 거닐었다. 그가 자신을 배려했음을 알았다고 말한 게 못내 후회스러웠다.

6월의 전형적인 여름밤이었다. 대기는 사방이 아주 섬세한 균형을 이루고 있어서 무생물들도 오감五感은 아니지만, 최소한 두세 가지 감각은 갖춘 듯 보였다. 가까운 것과 먼 것 사이에 차이가 없었고, 귀를 기울여 듣는다면 지평선 안의 모든 걸 가까이 느낄 수 있었다. 고요함은 단지 소리가 없는 상태라기보다

실재하는 존재인 것처럼 생생하게 느껴졌다. 그런데 하프 소리가 이 고요를 깨뜨렸다.

테스는 머리 위 다락방에서 흘러나오는 이 곡을 들은 적이 있었다. 닫힌 방 안에서 나오는 하프 소리는 희미하고 단조롭고 갑갑하게 들렸지만, 이처럼 고요한 야외에서, 마치 벌거벗은 것처럼 자유롭게 퍼져나가는 지금 이 순간만큼 가슴에 와 닿은 적이 없었다. 객관적으로 볼 때, 악기나 연주 솜씨는 형편없었다. 하지만 모든 건 상대적인 법이라, 그녀는 그 음악 소리에 마치 마법에 걸린 새처럼 그 자리를 떠날 수가 없었다. 떠나기는커녕 오히려 그 연주자 쪽으로 다가가, 그가 자신의 모습을 알아챌 수 없도록 울타리 뒤에 숨었다.

테스가 서 있는 정원 주변은 몇 년 동안 방치해두었던 곳이라 지금은 땅이 질척했고, 손이 닿기만 하면 꽃가루가 안개처럼 일어나는 물기 많은 풀들이 무성하게 자라 있었다. 또 역한 냄새를 풍기는 꽃이 핀 키 큰 잡초들도 있었는데, 빨강, 노랑, 보랏빛 색깔이 집에서 기르는 화초들만큼이나 화려하고 다양한 빛을 띠었다. 그녀는 마치 고양이처럼 이 무성한 풀들 사이로 슬그머니 나아갔다. 치마에 좀매미 거품이 묻기도 하고, 달팽이가 밟혀 뭉개지기도 하고, 두 손에 엉겅퀴 진과 민달팽이 액이 묻기도 하고, 살갗에 붙은 끈끈이 벌레—사과나무에 붙어 있을 땐 눈처럼 희지만 그녀의 피부에 붙어 있을 땐 빨간 핏자국처럼 보였다—를 털어내기도 하면서 말이다. 이렇게 해서 그녀는 클레어에게 상당히 가까이까지 다가갈 수 있었다. 하지만 여전히 그의 눈에는 띄지 않았다.

테스는 시간도 공간도 의식할 수 없었다. 풀밭에 누워 별을 집중해서 쳐다보면 생긴다고, 앞서 자신이 말했던 그 환희가 지금 이 순간 전혀 집중하지 않았는데도 다가와 있었던 것이다. 가느다란 하프 가락에 따라 마음이 파도처럼 울렁거렸고, 이 가락은 산들바람처럼 그녀를 감싸 두 눈에 눈물이 고이게 했다. 이 노랫가락의 음들이 눈에 보이는 꽃가루로 대기 중에 떠다니는 것 같았고, 축축한 습기는 감수성 예민한 정원이 흘리는 눈물 같았다. 땅거미가 내리고 있었지만 역한 냄새를 풍기는 잡초의 꽃들은 마치 너무 열심히 노래를 듣느라 꽃봉오리를 오므릴 생각이 없다는 듯 선명하게 빛났고, 이 색깔의 물결이 소리의 물결과 함께 섞여들었다.

아직도 내리쬐는 햇빛은 오직 서쪽 하늘의 구름들 사이로 난 커다란 구멍에서만 나오고 있었다. 사방에 온통 어둠이 내렸지만 우연히 이곳엔 낮이 한 조각 남아 있는 것 같았다. 그는 별다른 기술이 필요치 않은 아주 단순한 가락으로 된 이 노래의 끝을 맺었다. 그녀는 또 다른 곡이 이어질 거라 생각하며 기다렸다. 하지만 연주에 싫증이 난 그는 무심코 울타리를 돌아 그녀 뒤로 걸어오고 있었다. 테스는 두 뺨이 확 달아올랐고, 거의 움직이지 않는 것처럼 살며시 그 자리를 벗어났다.

하지만 에인절이 그녀의 얇은 여름 드레스를 발견하고는 말을 건넸다. 다소 멀리 떨어져 있었지만 그의 낮은 음성이 그녀의 귀에 들렸다.

"테스, 왜 도망가지요? 무서운가요?"

"아, 아니에요…… 밖에 있는 것들은 무섭지 않아요. 특히 사과 꽃이 떨어지고 모든 게 푸른 요즘 같은 때는 무서울 게 없어요."

"그럼 집 안에 두려운 게 있나보군요, 안 그래요?"

"글쎄요, 예, 맞아요."

"그게 뭐죠?"

"그건 말씀드릴 수가 없어요."

"변해가는 우유 때문에?"

"아뇨."

"인생 전반에 대해서?"

"맞아요, 클레어 씨."

"아, 나도 그래요, 종종 그렇죠. 어쩔 수 없이 산다는 건 참 괴로운 일이거든요, 안 그래요?"

"그런 식으로 말하니까, 또 그렇네요."

"그래도 당신 같은 젊은 아가씨가 그렇다니, 정말 뜻밖인데요. 어떻게 그런 생각을 하죠?"

그녀는 망설이며 침묵을 지켰다.

"자, 테스, 날 믿고 얘기해봐요."

그녀는 그가 사물들을 어떻게 보는지 묻는 줄 알고 수줍게 대답했다.

"나무들은 호기심 어린 눈을 가지고 있어요, 그렇죠? 말하자면, 그렇게 보인다는 거죠. 또 강들은 이렇게 말해요. '왜 그리 괴로운 표정으로 날 쳐다보고 있지?' 또 한 줄로 늘어서 있는 수많은 내일 중에 첫 번째 것이 가장 크고 선명해 보이고, 나머지 것들은 멀어질수록 더 작게 보이기도 하고요. 하지만 이 날들은 모두 사납고 잔인해서 꼭 이렇게 말하는 것 같아요. '자, 간다! 날 조심해라! 날 조심해라!' …… 하지만 당신은 그 음악으로 꿈을 키울 수도 있고, 온갖 공포스런 생각들을 쫓아버릴 수도 있잖아요!"

그는 이렇게 젊은 여자가 그토록 슬픈 상상을 한다는 걸 알고 깜짝 놀랐다. 비록 젖 짜는 처녀에 불과했지만, 그녀는 동료들이 부러워할 만한 귀한 것을 가졌기 때문이다. 그녀는 초등학교 6년간 받은 교육을 바탕으로 거의 이 시대의 정서라 불릴 수도 있는 감정, 즉 현대인의 아픔을 자신의 언어로 표현하고 있었다. 하지만 소위 진보적 사상이라는 것들도 대부분 최신 유행에 따라 무슨 '학'이니 '주의'니 하는 말을 이용해 수세기 동안 사람들이 막연히 알고 있던 것들을 보다 정확하게 정의해놓은 것에 불과하다는 생각이 들자, 놀라움은 다소 덜해졌다.

그런데도 젊은 아가씨가 어떻게 이런 생각을 하게 되었는지, 여전히 이상할 따름이었다. 아니, 이상한 걸 넘어 인상적이고 흥미롭고 안쓰럽기까지 했다. 도무지 그 이유를 짐작할 수 없었기 때문에, 경험이라는 강도의 문제지 기간의 문제가 아니라는 것을 그는 생각할 수 없었다. 테스가 무심코 영리한 표현을 할 수 있었던 것은 결국 그녀의 정신적 수확물인 셈이었다.

한편, 테스 입장에서는 성직자 집안 출신에다 훌륭한 교육을 받고, 부족한 것 없이 자란 그가 왜 살아 있다는 걸 괴로워하는지 이해할 수 없었다. 자신처럼 불행한 순례자에겐 그럴 수밖에 없는 타당한 이유가 있었지만, 이 근사한 시인 같은 남자가 어떻게 '치욕의 골짜기존 번연의 『천로역정』에 나오는 장소'를 경험할 수 있으며, 그녀 자신이 2, 3년 전 숱한 나날을 그렇게 보냈듯 우스의 남자욥기에서 고난을 당하는 주인공 욥이 우스 땅에 사는 사람임을 가리킨다처럼 "내 영혼이 숨이 막히기를 원하며 사는 것보다 죽는 것이 나으리라. 내가 사는 걸 증오하며, 항상 살고 싶지 않도다욥기 7장 15-16절"라고 느낄 수 있단 말인가!

사실, 그는 지금 자기 신분이 있어야 할 자리에서 벗어나 있었다. 하지만 그녀는 표트르 대제가 조선소에 있었던 것처럼 그도 단지 알고 싶은 걸 배우고 있는 것에 불과할 거라고 생각했다. 그가 소젖을 짜는 것은 형편상 그럴 수밖에 없기 때문이 아니라, 성공한 낙농가, 지주, 농장주, 목축업자가 되어 어떻게 하면 부유해질 수 있는지를 배우고 싶기 때문이라고 말이다. 그는 아메리카나 오스트레일리아의 아브라함이 되어, 마치 족장처럼 양 떼와 소 떼를, 얼룩소와 점박이 소를, 남녀 하인들을 거느리게 될 것이다. 그럼에도 불구하고 테스는 때때로 이렇게 책을 좋아하고 음악적이고 사색을 즐기는 젊은이가 왜 자신의 아버지나 형제들처럼 성직자가 되지 않고 농부가 되려 하는지 도무지 이해할 수 없었다.

이처럼 이들은 상대의 비밀에 대한 실마리를 잡지 못한 채, 겉으로 드러난 모습만 보고 서로 혼란스러워했다. 하지만 상대의 내력을 꼬치꼬치 캐묻기보다는 서로의 성격과 감정을 다시 알게 될 때까지 기다리고 있었다.

시간이 지나면서, 그는 그녀의 성격과 기질에 대해 더 많이 알게 되었고, 그녀 역시 마찬가지였다. 테스는 감정을 억누르며 생활하려고 애썼을 뿐 자신의 강인한 생명력에 대해선 별로 주의를 기울이지 못했다.

처음에 테스는 에인절 클레어라는 사람을 남자로서보다 한 지성인으로 생각하는 것 같았다. 또 이런 관점에서 자신을 그와 비교하곤 했다. 그래서 그의 풍부한 지식을 발견할 때마다, 자신의 보잘것없는 지적 수준과 안데스 산맥처럼 높은 그의 수준을 생각할 때마다, 너무 실망스러워 그녀 쪽에서 더이상 뭔가를 해볼 용기마저 꺾여버리곤 했다.

어느 날 그는 우연히 고대 그리스의 전원 생활에 관해 말하다가, 그녀가 침울해 있다는 걸 알아차렸다. 그가 말을 하는 동안 그녀는 '로드와 레이디'라는 꽃을 따고 있었다.

"왜 갑자기 그렇게 우울해 보이는 거지요?"

"아, 그냥 나 자신에 관해 생각하는 중이었어요."

희미하게 슬픈 미소를 지으며 그녀가 말했다. 그러고는 '레이디' 꽃잎을 마구 벗겨내기 시작했다.

"과연 내가 뭐가 될 수 있을까 하는 생각 말이에요! 내 인생이 망쳐진 건 운이 없기 때문인 것 같거든요! 당신의 지식과 당신이 읽고, 보고, 생각하는 걸 볼 때면, 전 정말 아무것도 아닌 것 같아요! 꼭 성경에 나오는 불쌍한 시바의 여왕 같다니까요. 전 이제 아무런 용기도 낼 수가 없어요."

"이런, 그런 걸로 마음 상해하지 말아요!"

그가 약간 적극적으로 나섰다.

"테스, 그러지 말고 역사에 관한 거든 뭐든 읽고 싶은 책이 있으면 말해봐요.

내가 기꺼이 도와줄게요."

"또 레이디로군요."

벗겨낸 꽃봉오리를 내밀며 그녀가 말을 가로막았다.

"뭐라고요?"

"꽃봉오리를 벗기면 언제나 로드보다 레이디가 많다는 거예요."

"로드건 레이디건 신경 쓰지 말아요. 테스, 공부를 좀 해보지 않겠어요? 예를 들어 역사 같은 것 말이에요."

"글쎄요, 이따금 지금 알고 있는 것보다 더 많이 알고 싶지 않을 때가 있어요."

"아니, 왜?"

"그건 말이죠, 내가 단지 긴 줄에 서 있는 한 사람에 불과하다는 걸 알아봐야 아무 소용이 없으니까요. 어떤 옛날 책에 누군가 나와 똑같은 사람이 있었다고 씌어 있는 걸 보고, 나도 그렇게 살게 될 뿐이라는 걸 알게 되면 슬퍼지거든요. 가장 좋은 건 자신의 성격이나 과거에 행한 일들이 무수히 많은 다른 사람들과 똑같다거나 또 앞으로 다가올 인생도 그 사람들과 같을 거라고 생각하지 않는 거죠."

"정말 아무것도 배우고 싶지 않다는 건가요?"

"왜 햇빛이 올바른 사람과 올바르지 못한 사람을 똑같이 비추는가에 관한 거라면, 굳이 사양하지 않겠어요마태복음 5장 45절."

약간 떨리는 목소리로 그녀가 대답했다.

"하지만 이런 건 책에서 배울 수 없는 거잖아요."

"테스, 제발 그렇게 빈정거리지 말아요!"

그는 단지 습관적인 의무감으로 이렇게 말했다. 그 역시 지난날 이런 종류의 의문을 가진 적이 있었기 때문이다. 그는 그녀의 서투른 입과 입술을 바라보며,

이 농부의 딸이 어디서 들은 구절을 멋도 모른 채 말하고 있을 뿐이라고 생각했다. 테스는 로드와 레이디 꽃잎을 계속 벗겼다. 클레어는 그녀가 고개를 숙이고 아래를 응시할 때마다 깜빡이는 속눈썹을 잠시 바라보다, 마침내 망설이듯 자리를 떴다.

그가 가버리자 그녀는 생각에 잠긴 듯 마지막 꽃잎을 벗기며 한동안 서 있었다. 그러더니 공상에서 깨어나 참을 수 없다는 듯, 이 꽃잎과 소중히 모아놓은 꽃잎들을 모조리 땅바닥에 내팽개쳤다. 자신의 어리석음이 너무 싫었고, 가슴 속 깊은 곳에서 뜨거운 뭔가가 솟구쳐 올랐던 것이다.

'그가 날 얼마나 바보 같다고 생각할까!'

어떻게든 그에게 좋은 인상을 주고 싶다는 마음이 일자, 그녀는 그 즈음 잊으려고 애썼던, 그 이야기만 나와도 너무 불쾌한 한 가지 사실에 생각이 미쳤다. 즉, 기사를 지낸 더버빌 가문과 자기 집안이 친척이라는 사실이었다. 사실 이건 아무 짝에도 쓸모없는 상징물이며, 이 사실을 알고 난 후 오히려 여러 가지 끔찍한 일들을 겪었지만, 클레어 씨는 지체도 높고 역사를 공부한 사람이므로 킹즈비어 교회의 퍼백산産 대리석이나 설화석고에 새겨진 사람들이 자신의 직계조상이란 걸 안다면, 또 자신이 트랜트리지의 인간들처럼 돈이나 밝히고 야심만 가득 찬 가짜 더버빌이 아닌, 진짜 더버빌의 후예라는 걸 안다면, 로드와 레이디 꽃을 가지고 유치하게 굴었던 일을 잊고 자신을 충분히 존중해줄 것 같았다.

하지만 테스는 용기 내어 이 사실을 밝히기 전, 먼저 클레어 씨가 어떤 반응을 보일지 타진해보기로 했다. 그래서 목장 주인에게 전 재산과 토지를 잃어버린 옛 명문가를 클레어 씨는 어떻게 보느냐고 슬쩍 물어보았다.

"클레어 씨는 말이오."

목장 주인이 힘주어 말했다.

"가장 반항적인 괴짜들 중 한 사람이지. 그 집안의 다른 식구들하고는 완전히 다르거든. 그가 제일 싫어하는 게 한 가지 있다면, 그건 바로 소위 명문가라고 내세우는 일이라오. 그 사람이 그러더군. 명문가들은 이미 옛날에 할 일을 다 한 거라고, 그러니 지금은 할 일이 없다는 거지. 이 근처에도 몇 평씩 땅을 갖고 있었던 빌레트, 드렌크하드, 그레이, 퀸틴, 하디, 굴드 같은 가문들이 있지만, 이젠 옛 노래 한 곡 값으로도 이 이름들을 살 수 있을 정도요. 참, 여기 있는 레티 프리들이라는 아가씨도 파리델 집안의 후손이오. 킹즈힌톡 부근에 많은 땅을 갖고 있던 명문가였는데, 지금은 웨섹스 백작 소유가 되어버렸지. 예전엔 이름도 없던 집안인데 말이야. 그런데 클레어 씨가 이 사실을 알고는 그 불쌍한 아가씨를 며칠 동안이나 이렇게 놀려댔지 뭐요. '아! 당신은 결코 훌륭한 일꾼은 못 될 거요! 당신 집안의 모든 기술은 이미 오래전 십자군 때 다 써버렸거든. 이제 다시 뭔가를 할 만한 새 힘을 얻으려면, 아마 천 년은 아무것도 하지 말고 힘을 비축해야 될 거요!' 또 요전 날에는 한 소년이 여기에 일자리를 구하려고 왔었는데, 이름이 마트라고 했소. 그래서 성이 뭐냐고 물었더니 자기는 성 같은 건 들어본 적도 없다고 하더군. 이유를 물었더니, 자기 집안은 정착한 지가 얼마 되지 않아 그렇다는 거요. 그러자 클레어 씨가 자리에서 벌떡 일어나더니, 그 아이 손을 덥석 잡고는 '아! 너야말로 내가 찾던 바로 그 아이로구나! 너한테 정말 기대가 크단다'라면서 크게 반겨주는 게 아니겠소? 아, 그럼! 그 사람은 명문가라면 절대 못 참는 사람이지!"

클레어의 생각이 뭔지를 듣고 나자, 가련한 테스는 자칫하는 순간에 말을 꺼내지 않은 게 너무도 다행스러웠다. 비록 그녀의 집안이 흥망성쇠의 윤회를 거의 끝내고 다시 새로운 활기를 찾을 만큼 오래된 집안이라 할지라도 말이다. 게다가 또 다른 젖 짜는 아가씨도 이 점에선 자신과 마찬가지인 것 같았다. 그녀는 더버빌 가의 지하묘지와 자신이 물려받은 정복왕 시대의 기사에 관해 입을 굳게 다물어버렸다. 클레어의 성격을 알아보고 난 후, 테스는 자신이 그의 시선을 끌었던 것은 그가 자신을 이름 없는 신흥 집안 출신으로 보았기 때문이라는 사실을 알았다.

20

시간이 흐르고 계절이 무르익어갔다. 또 한 해의 꽃들과 잎들, 밤꾀꼬리와 개똥지빠귀와 콩새, 그리고 또 다른 덧없는 피조물들이 새로 자리를 잡았다. 불과 1년 전만 해도 이들은 아직 균이나 무기물 입자에 불과했으며, 이 자리는 다른 것들의 차지였는데 말이다. 아침에 떠오르는 햇살은 새싹들을 틔워 긴 줄기로 자라게 하고, 소리 없이 관을 통해 수액을 끌어올려 꽃을 피우고, 보이지 않는 호흡 가운데 향기를 뿜어내게 했다.

목장 주인 크릭의 집에서 일하는 남녀 일꾼들은 편안하고 평화롭게, 또 한층 즐겁게 생활하고 있었다. 이들의 위치는 아마 사회계층 전체를 통틀어 가장 행복한 편이었을 것이다. 이들은 궁핍이 끝나는 선 위, 그리고 '예의범절'이 시작되는 선 아래에 있었기 때문인데, 예의범절이란 사람의 자연스런 감정을 구속하고, 풍족한 것을 멸시하게 만드는 낡아빠진 풍조를 따르도록 강요할 뿐이었다.

이렇게 해서 자연의 유일한 목적이 오직 무성한 초목을 이루는 것인 양 보이던 신록의 계절도 지나갔다. 테스와 클레어는 무의식적으로 서로를 탐색하고 있었다. 하지만 언제나 열정의 가장자리를 맴돌며 그 선을 벗어나지 않는 것 같았다. 그러는 사이에 이들은 마치 한 골짜기를 흐르는 두 물줄기처럼 저항할 수 없는 법칙에 의해 한곳으로 모이고 있었다.

테스는 근래에 와서 지금처럼 행복한 적이 없었고, 아마 앞으로도 이렇게 행복하진 않을 것 같았다. 무엇보다 그녀는 신체적으로나 정신적으로 이 새로운 환경이 아주 잘 맞았다. 말하자면, 씨를 뿌리는 순간 유독성 지층에 뿌리를 내렸던 묘목이 더 깊은 땅 속으로 이식된 셈이었다. 하지만 그녀는 물론이고 클레어 또한 여전히 호감과 사랑 사이의 모호한 지대에 머물며, 아직 깊은 관계로 나아가지 못했고, 서로에 대한 사색은 시작도 못한 채 어설픈 질문만 던지곤 했다.

'이 새로운 흐름이 날 어디로 데려가려는 걸까? 이것이 내 장래에는 어떤 의미를 지닐까? 내 과거에 대해선 어떤 입장일까?'

아직까지 에인절 클레어에게 테스의 존재란 뜻밖에 나타난 아주 작은 현상일 뿐이었다. 말하자면 그의 의식 속에 이제 막 장밋빛 실체가 자리를 잡은 셈이었다. 이런 까닭에 그는 자신의 관심을 아주 참신하고 흥미로운 한 여성을 바라보는 철학자의 시선으로만 간주한 채, 그녀에게로 기우는 마음을 내버려 두었다.

이들은 지속적으로 만남을 가졌는데, 그러지 않고는 도저히 참을 수 없었다. 이들은 매일 그 이상하고 엄숙한 시간, 즉 여명이 밝아와 세상이 온통 보랏빛이나 분홍빛으로 물드는 새벽에 만나곤 했다. 왜냐하면 이곳에선 아침 일찍, 그것도 아주 일찍 일어나야 했기 때문이다. 젖 짜는 일은 일찍부터 시작되었다. 본격적으로 젖을 짜기 전, 먼저 우유 위에 가라앉은 크림을 걷어냈는데, 세 시가 조금 지나면 이 일이 시작되었다. 대개는 이들 중 가장 먼저 자명종 소리에 일어난 사람이 나머지 사람들을 깨우곤 했다. 그런데 이제 이 임무는 거의 테스에게 맡겨졌다. 왜냐하면 그녀가 가장 신참인 데다가 다른 사람들처럼 자명종 소리를 듣고도 계속 잠을 자지 않아 가장 믿을 만했기 때문이다. 자명종이 세 시를 치고 여운이 울리자마자, 그녀는 방을 나와 주인집 방 앞으로 달려갔다. 그러고는 사다리를 타고 에인절의 방으로 올라가 소곤거리듯 그를 불렀고, 다음으로 동료 처녀들을 깨웠다. 테스가 옷을 다 입었을 즈음, 클레어는 아래로 내려와 밖에서 축축한 공기를 마시고 있었다. 나머지 처녀들과 주인은 베개에서 더 뒹구느라 15분이 지나서야 겨우 나타났다.

밝기는 똑같을지 몰라도 동틀 무렵의 어슴푸레함과 해질 녘의 어슴푸레함은 그 색조가 사뭇 다르다. 아침 박명薄明 속에서는 빛이 살아 움직이고 어둠은 활발하지 못한 반면, 저녁 박명 속에서는 어둠이 생생하게 커가고 빛은 졸린 듯 물러서기 때문이다.

이들은 자주—언제나 우연히 그런 것만은 아니었을 것이다—이 목장에서 가장 먼저 일어나곤 했기에, 자신들이 온 세상을 통틀어 가장 먼저 일어나는 사람들인 것 같았다. 테스가 이곳에 온 지 얼마 되지 않던 이즈음, 그녀는 우유의 크림을 걷는 일을 하지 않고 일어나자마자 밖으로 나갔고, 그는 대체로 거기서 그녀를 기다리고 있었다. 드넓은 초원에 퍼져 있는 어슴푸레하고 습기를 머금은 묘한 빛은 이들로 하여금 자신들이 아담과 이브처럼 고립되어 있다는 느낌을 강하게 심어주었다. 하루의 시작을 알리는 이 희미한 빛 속에서 클레어의 눈에 비친 테스는 성품으로든 자태로든 거의 압도당할 만큼 위엄 있는 존재로 느껴졌다. 왜냐하면 이 신비로운 시간에 이렇게 예쁜 여자가 자신이 서 있는 이 들판을 거닐 것 같진 않았고, 또 영국 전체에서도 이런 일은 극히 드물 것 같았던 것이다. 아름다운 여인들은 대체로 한여름 새벽에는 잠들어 있는 법이다. 그녀는 아주 가까이 있었지만, 다른 여인들은 그 어디에도 보이지 않았다.

이 희미하고 신비로운 빛 가운데 둘이서 소들이 있는 곳을 향해 걸어갈 때면, 클레어는 예수님이 부활하던 순간이 떠오르곤 했다. 그는 '막달라 마리아'가 자기 옆에 있으리라고는 생각지도 못했다. 모든 풍경이 어슴푸레한 빛으로 싸여 있는 동안, 그의 시선이 고정되어 있는 테스의 얼굴은 희미한 안개층 위로 솟아올라 마치 일종의 인광을 발하는 듯했다. 그녀는 마음대로 활보하고 있는 유령 같아 보였다. 사실 그녀의 얼굴은 겉으로 보이지 않았지만 북동쪽으로부터 오는 차가운 빛을 받고 있었고, 그 자신의 얼굴 역시 본인은 느끼지 못했을지라도 그녀한테 똑같은 모습으로 비치고 있었다.

앞서 말했듯, 클레어의 눈에 테스가 가장 인상 깊게 보이는 순간은 바로 이때였다. 그녀는 이제 더이상 젖 짜는 아가씨가 아니라 환영幻影으로 보이는 여성의 정수, 즉 여성 전체가 하나로 응축된 전형이나 마찬가지였다. 그는 반쯤은 놀리듯 그녀를 아르테미스그리스 신화에 나오는 여신으로, 태양의 신 아폴론과 쌍둥이인 달의 여신나 데메테르그리스 신화의 농사와 결혼한 여신 또는 다른 상상의 이름으로 불렀다. 하지만 그녀는 이런 것들을 이해할 수 없었기 때문에 별로 좋아하지 않았다.

"날 그냥 테스라고 불러줘요."

그녀가 눈을 흘기며 이렇게 말하면 그도 이 말에 따르곤 했다. 그리고 날이 점점 밝아오면 그녀의 모습은 평범한 여자로 되돌아오곤 했다. 더없는 행복을 베푸는 신의 모습에서 행복을 갈구하는 인간의 모습으로 변했던 것이다.

이처럼 인적이 없는 시간이면 이들은 물새들에게 아주 가까이 접근할 수 있었다. 또 둘이 자주 드나들던 숲의 나뭇가지에선 왜가리들이 문을 모조리 열어젖히듯 크고 대담한 소리를 지르며 날아오르기도 했고, 이미 물속에 있을 때면 녀석들은 꼼짝 않고 선 채, 마치 태엽을 감아놓은 인형이 돌아가듯 천천히 수평으로 침착하게 머리를 돌려 이들을 지켜보곤 했다.

이들은 이때 홑이불처럼 얇게 수평으로 층을 이룬 희미한 여름 안개를 볼 수 있었는데, 이 안개는 솜털처럼 작은 조각으로 흩어져 초원 주위로 퍼져나가곤 했다. 어슴푸레하고 축축한 풀밭 위에는 밤새 소들이 누워 있던 흔적들이 남아 있었는데, 이슬이 바다를 이룬 가운데 소들의 몸이 누웠던 자리만 마치 고립된 섬처럼 짙은 녹색의 마른 풀들이 선명했다. 각각의 섬마다 소가 일어나 풀을 뜯으러 나가느라 내놓은 구불구불한 길이 있었고, 그 길 끝에는 어김없이 소가 보였다. 소들은 두 사람을 알아보고는 콧구멍을 벌름거리며 주위의 희미한 안개보다 더 짙은 콧김을 뿜어내곤 했다. 그러면 이들은 사정에 따라 소들을 마당으로 몰고 가거나 혹은 그 자리에 앉아 즉석에서 젖을 짜곤 했다.

여름 안개가 더 널리 퍼지고 초원이 하얀 바다를 이루면, 이 바다 위로 흩어진 나무들이 위험한 바위처럼 솟아올랐다. 새들은 더 높이 날아올라 그 위에서 햇빛을 즐기거나, 유리 막대처럼 반짝이는 초원의 젖은 방책 위에 내려앉기도 했다. 또한 안개 속에서 나온 다이아몬드 같은 작은 물방울이 테스의 눈꺼풀에 걸려 있거나, 그녀의 머리카락에 작은 진주알처럼 맺히기도 했다. 햇살이 점점 강해지면서 이슬들은 이내 사라졌고, 이와 함께 테스도 신비롭고 우아한 아름다움을 잃게 되었다. 그녀의 이와 입술과 눈이 햇살을 받아 반짝거렸고, 그녀는 또다시 세상의 다른 여자들과 겨뤄 살길을 헤쳐나가야만 하는, 눈부시게 아름다운 젖 짜는 여자로 되돌아왔다.

이때쯤 이들의 귀에 목장 주인 크릭의 목소리가 들리곤 했다. 그는 목장에서 거주하지 않는 일꾼들에게 늦는다고 훈계를 하거나 데보라 파인더 할머니에게 손을 씻지 않는다고 큰소리를 치곤 했다.

"뎁, 제발 그 손을 펌프 밑에 좀 넣으라니까요! 이거야, 원! 만일 런던 사람들이 그 칠칠치 못한 꼴을 보았다면 지금보다 더 으스대며 우유나 버터를 삼킬 텐데, 그 꼴을 어떻게 보냔 말이에요."

젖 짜는 일은 계속되었다. 마침내 일이 끝나갈 무렵, 테스와 클레어는 다른 사람들과 마찬가지로 크릭 부인이 부엌 한쪽에서 무거운 아침 식탁을 끌어내는 소리를 들을 수 있었다. 이 소리는 식사 시간을 알리는 변함없는 예고였고, 식사가 끝나고 제자리로 밀어 넣을 때도 역시 끔찍하게 긁히는 소리가 났다.

21

아침 식사가 끝난 직후, 우유 작업장에서 큰 혼란이 빚어졌다. 교유기는 평소처럼 돌아가는데 버터가 나오지 않았던 것이다. 이런 일이 벌어질 때면 목장은 마비가 되어버리곤 했다. 철벅철벅, 커다란 통 속에서는 우유 소리만 들릴 뿐 이들이 기다리고 있는 소리는 전혀 나지 않았다.

목장 주인 크릭과 그의 아내, 젖 짜는 처녀 테스, 마리안, 레티 프리들, 이즈 휴에트, 그리고 마을에서 온 아낙들, 또한 클레어 씨, 조나단 케일, 데보라 할머니를 포함한 모든 이들이 절망스런 눈빛으로 교유기를 바라보며 서 있었다. 밖에서 말을 몰던 소년은 사태의 심각성을 알아차린 듯 두 눈이 휘둥그레졌고, 우울한 말조차 한 바퀴 돌 때마다 궁금한 듯 창문 안쪽을 기웃거리곤 했다.

"엑든에 있는 점쟁이 트렌들의 아들한테 가본 지도 벌써 몇 년이 됐군."

목장 주인이 씁쓸하게 말했다.

"하지만 그는 아버지에 비하면 아무것도 아냐. 이 말은 한 번만 더 하면 쉰 번이 되겠지만, 여하튼 난 그를 믿지 못하겠어. 그렇긴 해도 그가 살아 있다면 가보긴 해야 할 것 같군. 그래. 어쩔 수 없지, 이런 일이 계속된다면 가볼 수밖에!"

목장 주인의 낙심한 표정에 클레어 씨의 마음까지 슬퍼지기 시작했다.

"캐스터브리지 저쪽에 폴이라는 점쟁이가 있었는데, 다들 그를 '와이드-오'라고 부르곤 했죠."

조나단 케일이 말했다.

"내가 어릴 적엔 용하다고 소문이 자자했어요. 하지만 지금쯤은 이 세상 사람이 아닐 거예요."

"우리 할아버지는 아울즈콤에 있는 민턴이라는 점쟁이한테 다녔었지."

크릭이 계속해서 말했다.

"할아버지께 듣기로는 상당히 총명한 사람이라고 했어. 그런데 요즘엔 그런 진짜 점쟁이를 도무지 찾아볼 수 없단 말이야!"

크릭 부인의 생각은 보다 가까운 곳에 쏠려 있었다.

"아마도 집 안에 누군가 연애 중인 사람이 있나봐요."

그녀가 망설이듯 말했다.

"어릴 적에 듣기로는, 연애가 원인이 될 수도 있다더군요. 여보, 왜 몇 년 전에 우리 집에 그런 처녀가 하나 있었잖아요, 기억 안 나요? 그때도 버터가 나오지 않았다고요."

"맞아, 맞아! 하지만 꼭 그런 건 아냐. 그건 연애하고는 전혀 상관이 없었거든. 지금도 기억이 생생한데, 그땐 교유기에 문제가 있었던 거야."

그가 클레어 쪽으로 돌아보았다.

"한때, 잭 돌롭이라고 하는 몹쓸 녀석이 여기서 젖을 짠 적이 있었죠. 그런데 이 녀석이 멜스톡에 있는 한 처녀를 꼬셔놓고는 늘 그랬던 것처럼 차버렸지 뭐예요. 하지만 이번에 정리할 처녀의 경우는 만만치가 않았는데, 그 이유가 이 처녀 때문은 아니었어요. 그날은 숱하게 많은 날들 중 하필이면 부활주일 목요일이었는데, 그때도 지금처럼 다들 이 자리에 모여 있었죠. 바로 그때, 그 처녀의 어머니가 큼직한 놋쇠 손잡이가 달린 우산을 들고 문간에 나타났어요. 우산이 얼마나 큰지 황소라도 때려잡을 만합디다. 그 어머니가 대뜸 이렇게 소리치더군요. '잭 돌롭이라는 놈이 여기서 일하고 있죠? 어떤 놈인지 내가 좀 만나야겠소! 단단히 따질 일이 있으니 좀 보자고 하시오!' 그러자 어머니 뒤쪽에서 잭이 차버린 처녀가 손수건으로 눈물을 닦으며 걸어 나오더군요. 잭은 그때 창 너머로 이 모녀를 지켜보고 있었어요. '이런 제기랄, 올 것이 오고야 말았군! 아마도 날 죽일 모양이로군! 그런데 어디로 숨지? 어디가 좋을까? 내가 어디 있는지 절대 말하지 마세요!' 그는 이렇게 말한 다음, 재빨리 교유기 속으로 들어가 그 안에 숨어버렸어요. 때마침 처녀의 어머니가 작업장 안으로 들어와 고래고래

소리를 질러대기 시작했어요. '이 불한당 같은 놈, 대체 어디 숨은 거야? 잡히기만 해봐라, 당장 그 얼굴을 쥐어뜯어 놓을 테니까!' 처녀의 어머니는 잭한테 갖은 욕을 다 퍼부어대며 사방을 이 잡듯 뒤지고 다녔고, 잭은 교유기 안에서 숨이 막혀 죽을 지경이었죠. 또 그 불쌍한 처녀는, 아니 젊은 여자라고 하는 편이 낫겠군, 문간에 서서 눈이 퉁퉁 부을 정도로 울고 있었어요. 아마 그 일은 평생토록 잊지 못할 거요. 그럼요, 절대로 못 잊죠! 그 눈물이면 대리석이라도 녹일 수 있었을 텐데! 하지만 그녀는 끝내 어디서도 잭을 찾을 수 없었어요."

목장 주인이 말을 멈추었다. 그러자 모여 있던 사람들이 한두 마디씩 나름대로 평을 했다.

크릭은 어떤 이야기를 할 때, 사실상 끝나지 않았는데도 꼭 끝난 것처럼 보이게 하는 독특한 습관이 있었다. 그래서 그의 이야기를 처음 듣는 사람들은 종종 마지막 순간에 나와야 할 감탄사를 미리 터뜨리곤 했다. 하지만 여기에 익숙한 사람들은 끈기 있게 기다렸다.

주인의 이야기는 계속되었다.

"그런데 이 노파가 어찌나 재주꾼이었던지, 녀석이 교유기 안에 숨어 있다는 걸 알아냈지 뭐요. 노파는 한 마디 말도 없이 손잡이를 덥석 잡고는 돌리기 시작했어요. 그땐 이걸 수동으로 돌렸거든요. 그러자 안에 있던 녀석이 떼굴떼굴 구르기 시작하더군요. '이런 제기랄! 교유기 좀 세워요! 제발 좀 꺼내달라고요!' 녀석이 밖으로 머리를 불쑥 내밀며 소리쳤어요. '이러다간 정말 묵사발이 되고 말겠어요!' 이런 부류의 인간들이 대부분 그렇듯, 녀석도 겁이 무척 많았거든요. 그러자 노파가 대꾸했죠. '백옥 같던 내 딸을 저 지경으로 망쳐놨으니 그걸 보상할 때까진 안 돼!' 이번엔 잭이 비명을 질러댔어요. '이 늙은 마녀야, 교유기를 세우란 말이야!' 이 말에 흥분한 노파가 소리쳤어요. '뭐? 늙은 마녀라고? 천하에 몹쓸 이 사기꾼아! 넌 오 개월 전부터 날 장모님이라고 불렀어야 해. 그래도 시원찮을 판에, 뭐 늙은 마녀라고?' 그래도 교유기는 계속해서 돌아갔고, 녀석의 뼈가 다시 덜커덕거리기 시작하더군요. 하지만 우리 중 누구도 감히 끼어들 수가 없었어요. 마침내 녀석은 처녀를 책임지겠노라 약속할 수밖에 없었죠. '좋아요, 약속은 지키겠어요!' 이렇게 해서 그날 일이 마무리된 거예요."

이야기를 듣고 있던 사람들이 미소를 지으며 한 마디씩 건네고 있는데, 뒤에서 뭔가 재빨리 움직이는 소리가 났다. 다들 뒤를 돌아보았다. 테스가 하얗게 질린 얼굴로 문 쪽으로 가 있었다.

"오늘은 정말 덥네요!"

그녀가 거의 들릴 듯 말 듯한 소리로 중얼거렸다.

날씨가 정말 더웠던 터라 이들 중 아무도 그녀가 뒤로 물러난 것과 주인의 회고담을 연관시키지 않았다. 주인이 앞으로 나오더니 그녀에게 문을 열어주며 슬쩍 농담을 건넸다.

"아니, 아씨!"

그는 악의 없이 그녀를 자주 이 애칭으로 부르곤 했다.

"이 목장에서 가장 예쁜 일꾼이 왜 이러시나? 이제 겨우 여름이 시작됐는데 벌써부터 이렇게 지치면 안 되지. 이러다간 삼복 더위에는 떠나버리고 말겠는걸. 그렇지 않소, 클레어 씨?"

"그냥 좀 어지러워서요. 나가서 바람을 쐬면 나을 것 같아요."

그녀는 무심히 말한 뒤 밖으로 나가버렸다.

테스에겐 다행스럽게도 이 순간 교유기 속 우유의 철벅거리는 소리가 뚜렷하게 탁탁거리는 소리로 바뀌었다.

"나오고 있어요!"

크릭 부인이 소리쳤다. 그러자 테스에게 가 있던 관심이 단번에 교유기 쪽으로 향했다.

이 아름다운 피해자는 겉으로는 금방 회복된 듯 보였지만, 오후 내내 몹시 침울해 있었다. 저녁 작업이 끝났지만 그녀는 다른 동료들과 함께 있고 싶지 않았다. 그래서 밖으로 나가 아무 데나 정처 없이 거닐었다. 그녀는 슬프고 우울했다. 주인의 이야기가 다른 이들에겐 그저 우스갯거리였을 뿐이라는 생각이 들자 너무도 슬펐다. 자기 말고 누구도 이 슬픔을 알지 못하는 것 같았다. 확실히 이 이야기가 그녀의 옛 상처를 얼마나 잔인하게 건드렸는지 아는 사람은 아무도 없었다. 그녀는 저물어가는 태양이 보기 싫었다. 마치 하늘에 난 커다란 상처에 불이 붙은 것처럼 보였기 때문이다. 목이 쉰 외로운 멧새 한 마리가 강가 숲에서 구슬픈 목소리로 그녀를 반겼다. 하지만 이마저도 우정이 다한 옛 친구의 목소리처럼 들렸다.

이처럼 낮이 긴 6월에는, 젖 짜는 처녀들, 아니 사실상 대부분의 집안 식구들은 해가 지면 곧바로 잠자리에 들었다. 젖을 짜기 전의 아침 작업이 그만큼 일찍 시작되기 때문이었다. 테스는 대체로 동료들을 따라 2층으로 올라가곤 했다. 하지만 그날 밤엔 가장 먼저 공동 침실로 올라왔고, 다른 처녀들이 들어왔을 땐 설핏 잠이 들어 있었다. 그녀는 이들이 오렌지빛 석양 빛을 받으며 옷을 벗는 걸 보았다. 이들의 모습은 오렌지빛으로 물들어 있었다. 그녀는 다시 잠이 들었다가 이들의 목소리에 다시 깨어나, 조용히 이들에게로 시선을 돌렸다.

이 방을 함께 쓰고 있는 세 동료들은 아무도 잠자리에 들지 않았다. 이들은 모두 잠옷을 입은 채 맨발로 창문 쪽에 모여 서 있었다. 서쪽에서 오는 마지막 붉은 햇살이 여전히 이들의 발과 목덜미에 그리고 이들 주위의 벽에 따스함을 전해주고 있었다. 이들은 뜰에 있는 누군가를 매우 관심 있게 지켜보고 있었다. 세 명의 얼굴—명랑하고 동그란 얼굴, 검은 머리에 창백한 얼굴, 다갈색 머리를 땋아 내린 예쁘장한 얼굴—은 가까이 모여 있었다.

"밀지 마! 너도 나만큼 잘 보이잖아."

이들 중 가장 어린, 다갈색 머리의 레티가 창에서 시선을 떼지 않은 채 말했다.

"레티 프리들, 나보다 더 많이 저분을 좋아해봐야 소용없을걸."

가장 나이 많은 귀여운 얼굴의 마리안이 약 올리듯 말했다.

"저분은 네 뺨이 아닌 다른 사람의 뺨을 생각하고 있거든!"

레티 프리들은 여전히 밖을 내다보았다. 그러자 다른 처녀들도 다시 밖으로 눈길을 돌렸다.

"저기 봐, 그가 또 나왔어!"

이즈 휴에트가 소리쳤다. 그녀는 검고 촉촉한 머리와 선명한 입술선, 그리고 창백한 얼굴이 인상적이었다.

"이즈, 말하지 않아도 다 알아."

레티가 말했다.

"네가 저분 그림자에 키스하는 걸 봤거든."

"이즈가 뭘 하는 걸 봤다고?"

마리안이 물었다.

"글쎄, 저분이 유장을 빼느라 유장통 너머에 서 있을 때 이즈 옆에 있던 담장에 저분의 얼굴 그림자가 생겼거든. 이즈는 거기서 큰 통에 우유를 담고 있었는데, 갑자기 벽에다 입을 대고 저분의 입 그림자에 키스를 하지 뭐야. 난 다 봤어, 물론 그분은 못 봤겠지만."

"아, 이럴 수가, 이즈 휴에트!"

마리안이 말했다.

이즈 휴에트의 뺨 가운데가 발갛게 달아올랐다.

"그게 뭐 어쨌다고? 아무런 피해도 주지 않았잖아."

이즈가 애써 태연한 척하며 받아쳤다.

"그리고 내가 저분을 사랑한다면, 그건 레티도 마찬가지야. 마리안 너도 그렇고."

마리안의 동그란 얼굴은 원래 분홍빛이라 붉어진 티가 나지 않았다.

"내가 말이야?"

마리안이 말했다.

"말도 안 되는 소리! 아, 그가 다시 나왔어! 저 멋진 눈빛에다 잘생긴 얼굴 좀 봐, 사랑하는 클레어 씨!"

"그것 봐, 이렇게 실토를 하잖아!"

"너도 그렇고, 사실 우리 모두 다 마찬가지야."

다른 사람이 어떻게 보든 상관없다는 듯 마리안이 솔직하게 말했다.

"다른 사람들한테까지 이런 말을 할 필요는 없지만, 우리끼리 있으면서 안 그런 척하는 건 웃기는 일이잖아. 난 할 수만 있다면 내일 당장 저분과 결혼하고 싶어!"

"나도 그래, 아니, 그 이상이야."

이즈 휴에트가 중얼거렸다.

"나도 마찬가지야."

다소 소심한 레티가 소곤거리듯 말했다. 이들의 말을 듣고 있던 테스는 얼굴이 화끈 달아올랐다.

"하지만 우리 모두 저분하고 결혼할 순 없잖아."

이즈가 말했다.

"더 실망스러운 건, 우리 중 누구도 그럴 수 없다는 거야."

가장 나이 많은 처녀가 말했다.

"또 나왔어!"

세 처녀는 모두 그를 향해 소리 없는 키스를 날려 보냈다.

"왜 그런데?"

레티가 재빨리 물었다.

"그거야 저분이 테스 더비필드를 제일 좋아하기 때문이지."

마리안이 목소리를 낮추며 말했다.

"난 매일 저분을 지켜봤는데, 그러다 알아낸 거야."

다들 골똘히 생각하느라 침묵이 흘렀다.

"하지만 테스는 저분한테 별로 관심이 없는 것 같던데?"

이번엔 레티가 속삭이듯 말했다.

"글쎄, 나도 가끔은 그렇게 생각했어."

"여기서 이렇게 떠들어봐야 아무 소용없어!"

이즈 휴에트가 못 참겠다는 듯 끼어들었다.

"저분은 우리 중 누구와도, 또 테스와도 결혼하지 않을 테니까. 명문가 출신에다 이제 외국으로 나가 대지주가 되어 농장을 경영할 사람이 그럴 리가 있겠어? 또 모르지, 우리한테 일 년에 얼마씩 줄 테니 농장 일꾼으로 함께 가자고 할지도……. 이편이 오히려 훨씬 가능성 있겠군!"

한 명이 한숨을 짓자, 또 한 명이 뒤따랐고, 마지막으로 통통한 마리안의 입에서 가장 큰 한숨 소리가 났다. 바로 옆 침대에 누워 있던 누군가도 역시 한숨을 내쉬었다. 귀여운 빨강 머리 소녀, 레티 프리들의 두 눈에 눈물이 고였다. 레티는 이 지방 연보에서 매우 비중 있게 다루는 파리델 가문의 마지막 꽃봉오리였다. 이들은 전처럼 모여 얼굴을 맞대고 세 빛깔의 머리를 뒤섞은 채 조용히 밖을 지켜보았다. 하지만 클레어 씨는 아무것도 모른 채 방 안으로 들어가 버렸고, 이들은 더이상 그의 모습을 볼 수 없었다. 어둠이 깊어지기 시작하자 이들은 각자 잠자리에 들었다. 잠시 후 이들은 그가 사다리를 타고 자신의 방으로 올라가는 소리를 들었다. 마리안은 곧 코를 골기 시작했지만 이즈는 한참 동안 이 생각이 머리에서 떠나질 않았다. 레티 프리들은 울다 잠이 들었다.

테스는 더욱 깊은 격정에 사로잡혀 그때까지도 잠을 이루지 못하고 있었다. 이들의 대화는 그녀가 그날 삼켜야 했던 또 하나의 쓴 약이었다. 그녀의 마음엔 최소한의 질투마저도 일지 않았다. 이 문제에 관한 한, 그녀는 자신이 유리한 위치에 있다는 걸 알고 있었다. 얼굴도 더 예쁘고, 교육도 더 많이 받았고, 또 레티 다음으로 어리지만 누구보다 더 성숙한 여인다웠기 때문에, 자신이 아주 조금만 관심을 보여도 솔직하게 고백하는 그녀의 동료들보다 에인절 클레어의 마음을 사로잡을 수 있다고 느꼈던 것이다. 하지만 정작 문제는 자신이 꼭 이걸 해야 하는가,라는 점이었다. 솔직히 말해, 이들 중 누구에게도 일말의 가능성이 없다는 건 분명했다. 하지만 그가 이곳에 머무는 동안, 잠시나마 자신을 좋아하게 만들고, 또 그의 관심을 받으며 기쁨을 맛볼 수 있는 기회가 이들에게도 한두 번은 있었다. 그토록 신분의 차이가 남에도 결혼에 성공한 예는 있었다. 또 크릭 부인의 말에 따르면, 어느 날 클레어 씨가 웃으며 말하길, 자신은 앞으로 식민지에서 백만여 평이나 되는 목초지를 가꾸고, 가축을 키우고, 곡식을 거둬야 하는데, 아름다운 귀부인과 결혼해봐야 무슨 소용이겠냐며 자신에게 어울리는 배우자는 농촌 여자밖에 없을 거라고 했다는 것이다. 클레어 씨의 말이 진심이든 아니든 간에 이제 양심상 어떤 남자의 청혼도 받아들일 수 없는 자신이 두 번 다시 그런 유혹에 넘어가지 않으리라 엄숙히 맹세까지 해놓고, 클레어 씨가 탈보테이즈에 있는 동안 잠시나마 그의 눈길을 받으려고, 그의 관심을 다른 여자들로부터 떼어놓으려 하다니, 대체 왜 이래야만 한단 말인가?

22

다음 날 아침, 이들은 하품을 하며 아래층으로 내려왔다. 하지만 평소처럼 크림을 걷어내는 일과 젖 짜는 일을 마친 뒤, 아침 식사를 하러 집 안으로 들어갔다. 목장 주인 크릭이 화가 난 듯 쿵쿵거리며 집 안을 돌아다니고 있었다. 한 고객으로부터 편지를 받았는데, 버터 맛이 톡 쏘는 게 이상하다는 것이었다.

"빌어먹을, 정말 그렇군!"

왼손에 버터 덩어리가 꽂힌 나무 막대를 든 주인이 말했다.

"맞아, 그게 좋겠군. 다들 이리 와서 맛을 한번 봐!"

몇몇이 그 주위로 몰려들었다. 클레어 씨와 테스가 맛을 보았고, 기숙하는 다른 처녀들과 남자 일꾼 한두 명이 맛을 보았다. 그리고 마지막으로 아침 식사를 차려놓고 기다리던 크릭 부인이 맛을 보았다. 확실히 톡 쏘는 맛이 있었다.

주인은 이 맛을 좀더 정확히 파악하고, 대체 어떤 독초가 이런 이상한 맛을 내는지 알아보려고 골똘히 생각에 잠겨 있다가 갑자기 소리를 질렀다.

"바로 마늘이야! 우리 목장엔 남은 마늘이 하나도 없는 줄 알았는데!"

그러자 오래된 일꾼들은 최근에 한두 마리의 소를 들여보냈던 어느 마른 목초지를 떠올렸다. 몇 해 전에도 이 목초지 때문에 지금과 똑같이 버터를 망쳐버렸던 것이다. 하지만 당시엔 주인도 그 맛이 어디서 왔는지 몰랐기에 그냥 버터에 귀신이 붙었다고만 생각했었다.

"아무래도 그 목초지를 철저히 살펴봐야겠어. 이런 일이 계속 일어나게 내버려 둘 순 없어!"

각자 끝이 뾰족한 낡은 칼을 하나씩 들고 함께 그곳으로 향했다. 그 해로운 식물은 겉으로 봐서는 알 수 없는 아주 작은 공간에서만 자랄 가능성이 컸다. 따라서 무성한 풀들 가운데서 이를 찾을 가망성은 거의 없어 보였다. 하지만 이건 무척 중요한 수색이었기 때문에 이들은 서로 도와가며 줄을 지어 독초를 찾아 나섰다. 주인이 클레어 씨—그는 돕겠다고 자청해서 나섰다—와 함께 맨 위쪽 끝에 섰고, 다음에 테스와 마리안, 이즈 휴에트 그리고 레티가 섰고, 그 다음으로 빌 리웰과 조나단, 그리고 결혼해 자기 집에서 살고 있는 아낙들이 섰다. 이 아낙들은 숱이 많은 검정 머리에 뒤룩거리는 눈을 가진 벡 닙스와 목초지의 차가운 습기 때문에 폐병에 걸린 황갈색 머리의 프랜시스였다.

이들은 시선을 땅에 고정시키고 천천히 풀밭 한쪽을 가로질러 갔다가, 돌아올 땐 좀더 아래쪽에서 같은 방식으로 올라오곤 했다. 그래서 수색이 끝나갈 무렵엔 이들 중 누군가의 시선이 머물지 않았던 곳은 한 치도 없을 정도였다. 이것은 상당히 지루한 작업이었고, 풀밭 전체를 통틀어 이들이 찾아낸 마늘 싹은 대여섯 개에 불과했다. 하지만 마늘은 너무 자극적인 식물이라 소가 한 입만 깨물었어도 그날 목장에서 생산된 전체 우유의 맛을 충분히 달라지게 만들 수 있었다.

각자 성격이나 기질은 판이하게 달랐지만, 이들은 모두 허리를 구부린 채 신기할 정도로 똑같이, 마치 자동 기계처럼 소리 없이 한 줄을 이루었다. 만약 근처를 지나가던 낯선 길손이 이 모습을 보고, 이들을 싸잡아 '시골뜨기'라고 했어도 반박할 말이 없었을 것이다. 이렇게 마늘을 찾으려고 허리를 구부린 채 천천히 나아가고 있을 때, 비록 이들의 등 위로는 한낮의 태양이 강력한 위력을 발휘하고 있었지만, 이들의 그늘진 얼굴은 미나리아재비의 연노랑빛이 반사되어 마치 달빛 속의 꼬마 요정처럼 보였다.

공산주의자처럼 모든 일을 다른 사람들과 똑같이 한다는 원칙을 고수하고 있던 에인절 클레어는 이따금 고개를 들고 주위를 슬쩍 살피곤 했다. 그가 테스 바로 옆에서 작업을 하게 된 것은 당연히 우연이 아니었다.

"어때요, 잘 지내요?"

그가 소곤거리듯 말했다.

"네, 덕분에요."

그녀가 침착하게 대답했다.

사실, 이들은 불과 30분 전에 개인적인 신상에 관한 얘기를 나눴었다. 따라서 이처럼 첫 인사를 나눌 때 하는 대화는 다소 불필요한 듯 보였다. 하지만 이 대화는 더이상 이어지지 않았다. 이들은 계속해서 앞으로 나아갔다. 그녀의 치맛자락이 그의 각반에 닿기도 하고, 이따금 그의 팔꿈치가 그녀의 팔꿈치를 스치기도 했다. 옆에서 가고 있던 목장 주인이 더이상 참을 수 없었던지 소리를 내질렀다.

"정말이지, 이렇게 내내 구부리고 있으니 꼭 허리뼈가 부러질 것만 같군!"

그는 얼굴을 찌푸리며 서서히 허리를 똑바로 폈다.

"그런데 테스 아씨, 한 이틀 전에 몸이 안 좋다고 했는데, 계속 이러고 있다간 머리가 지끈지끈 아플 거요! 어지러우면 이제 그만해요. 나머지는 다른 사람들이 끝낼 테니까."

목장 주인 크릭이 뒤로 처지자 테스도 빠졌다. 클레어 씨도 줄에서 빠져나와 혼자서 마늘을 찾기 시작했다. 테스는 그가 자기 옆에 있는 걸 알고는 전날 밤 들었던 말 때문에 바짝 긴장해서 먼저 말을 걸었다.

"저 아가씨들 예쁘지 않나요?"

"누구 말입니까?"

"이지이즈의 애칭 휴에트하고 레티 말이에요."

테스는 우울한 심정으로 결심했었다. 이 아가씨들 중 한 명은 훌륭한 농부의 아내가 될 수 있으니, 이들을 추천함으로써 자신의 비참한 매력을 숨겨야 한다고 말이다.

"예쁘다고요? 글쎄, 그래요, 모두 예쁜 아가씨들이죠. 활달해 보이기도 하고. 나도 종종 그렇게 생각하곤 했어요."

"하지만 예쁜 건 오래가지 않아요!"

"그래요, 불행하게도."

"저 아가씨들은 젖을 정말 잘 짜요."

"맞아요, 당신보단 못하지만."

"크림 걷어내는 일은 저보다 잘해요."

"그래요?"

클레어는 두 처녀를 물끄러미 바라보았고, 이들도 그를 보지 못한 건 아니었다.

"저 아가씨가 얼굴을 붉히네요."

테스가 애써 용감하게 말을 이었다.

"누가요?"

"레티 프리들 말이에요."

"아! 왜 저러지?"

"당신이 보고 있으니까요."

테스의 마음은 스스로를 희생할 수도 있다는 각오였으나, 더 나아가 "만약 당신이 귀부인이 아닌 젖 짜는 여자를 원한다면 저들 중 한 명과 결혼하세요. 나와 결혼할 생각은 아예 하지도 마세요!"라는 말까지는 차마 할 순 없었다.

그녀는 목장 주인 크릭을 따라갔고, 클레어가 뒤에 남아 있는 걸 보자 왠지 서글프면서도 만족스러웠다.

이날 이후, 그녀는 그를 피하기 위해 무진 애를 썼다. 우연히 같이 있게 되었을 때조차 예전처럼 그의 곁에 오래 있으려고 하지 않았다. 이로써 나머지 세 처녀들에게 온전한 기회를 만들어준 셈이었다.

테스는 이 처녀들의 고백을 통해, 에인절 클레어가 능히 이들의 체면을 지켜줄 사람이라는 걸 깨달을 만큼 충분히 성숙해 있었다. 또한 그가 이들의 행복을 조금이라도 다치지 않게 배려한다는 걸 알고는 그의 신사다운 책임감이 존경스럽기까지 했다. 그녀는 지금껏 단 한 번도 남자들한테서 이런 품성을 기대한 적이 없었다. 하지만 그에게 이것이 없었다면, 그와 함께 지냈던 여자들 중 여럿은 울면서 제 갈 길로 떠났을지도 모른다.

23

7월의 무더위가 아무도 의식하지 못한 사이 슬그머니 찾아왔고, 평탄한 골짜기의 대기는 젖 짜는 사람들과 소들과 나무들을 마취제처럼 무겁게 내리누르고 있었다. 또한 뜨거운 김을 뿜어내는 비가 자주 쏟아지곤 했다. 이 비는 소들이 풀을 뜯는 풀밭을 한층 더 무성하게 만들어주기도 했지만, 나머지 풀밭에서 이뤄지고 있는 때늦은 건초 작업을 방해하기도 했다.

일요일 아침, 젖 짜는 작업이 끝나고 자기 집에서 다니는 일꾼들이 모두 집으로 돌아간 뒤였다. 테스와 나머지 세 처녀는 재빨리 옷을 갈아입었다. 이 목장에서 약 5, 6킬로미터 정도 떨어진 멜스톡 교회에 다 함께 가기로 약속되어 있었던 것이다. 테스가 이곳 탈보테이즈에 온 지 두 달이 되었고, 이것이 그녀의 첫 나들이였다.

전날 오후부터 밤새도록 천둥을 동반한 극심한 폭우가 초원 위에 쏟아졌고, 건초 더미 일부가 빗물에 휩쓸려 강으로 떠내려가 버렸다. 하지만 이날 아침, 태양은 호우 때문에 오히려 한층 더 찬란하게 빛났고 대기는 맑고 향기로웠다.

이곳에서 멜스톡까지 이어지는 구불구불한 길의 일부는 저지대에 있었는데,

이 처녀들이 가장 낮은 지점에 이르렀을 때, 약 50미터의 길에 물이 불어나 구두 위 높이까지 올라와 있는 걸 발견했다. 평일이었다면 이건 별 문제가 되지 않았을 것이다. 굽 높은 나막신이나 장화를 신고 아무렇지도 않게 철벅거리며 지나면 되니까 말이다. 하지만 이 허영의 날에, 햇빛 찬란한 이 일요일에, 영적인 일을 하러 가는 듯 가장한 채 육체가 육체를 농락하러 가는 이날에, 흰 스타킹과 얇은 구두 그리고 어떤 얼룩이라도 다 보일 듯한 분홍색, 흰색, 황갈색 드레스를 입을 수 있는 이 기회에, 이 물웅덩이는 거북스런 장애물이었다. 이들은 교회 종이 울리는 소리를 들었다. 하지만 길은 아직 1.5킬로미터가 더 남아 있었다.

"여름에 냇물이 이렇게 불어날 줄 누가 알았겠어!"

이들이 기어 올라간 길가 둑 위에서 마리안이 말했다. 이들은 이 웅덩이를 다 지나갈 때까지 둑길을 따라갈 생각으로 위태로운 발걸음을 조심스레 옮겼다.

"물속을 곧장 통과하든가 돌아서 스톤브리지 길로 가지 않으면 아무래도 교회에 도착할 수 없을 거야. 그럼 너무 늦잖아!"

절망스러운 듯 걸음을 멈추고 레티가 말했다.

"교회에 늦게 가면 사람들이 다 쳐다봐서 난 얼굴이 너무 빨개지곤 해."

마리안이 말했다.

"'주님의 뜻대로 하옵소서'라고 기도할 때가 되어야 겨우 가라앉는다니까."

이들이 둑에 꼭 붙어 서 있는 동안, 길모퉁이에서 철벅거리는 소리가 들리더니, 곧이어 이들을 향해 물속을 걸어오고 있는 에인절 클레어의 모습이 보였다. 네 사람의 심장이 동시에 크게 두근거렸다.

그의 차림은 독실한 신부의 아들들이 종종 그렇듯 안식일을 지키는 사람의 복장이 전혀 아니었다. 목장에서 입던 작업복 그대로에다 긴 장화를 신고, 뜨거운 머리를 식히려고 모자 안에 양배추 잎을 넣고 있었던 것이다. 거기에다 풀

베는 긴 낫까지 들었으니, 더 말할 나위가 없었다.

"저분은 교회에 가지 않을 건가봐."

마리안이 말했다.

"글쎄 말이야, 갔으면 좋겠는데!"

테스가 중얼거렸다.

사실, 에인절은 옳든 그르든 간에—그럴듯한 말로 얼버무리는 논쟁가들의 안전한 표현을 빌리자면—화창한 여름날엔 교회나 예배당에서 하는 설교보다 돌들의 설교셰익스피어의 희곡 『뜻대로 하세요』에 나오는 구절로 교회 가서 예배를 드리는 대신 들에 나가 자연이 주는 지혜를 구하겠다는 뜻를 듣는 걸 더 좋아했다. 그런데 이날 아침 그는 홍수에 떠내려간 건초 더미의 피해 상황을 확인하려고 밖에 나와 있었다. 그는 길을 걷다가 멀리서 이 처녀들을 보게 되었는데, 이들은 앞에 놓인 난관을 어떻게 헤치고 나갈 것인지, 여기에만 정신이 팔려 그가 오는 것도 알아채지 못했던 것이다. 그는 이 지점에 물이 불어 있어 이들의 진로를 막고 있으리라는 걸 알았다. 그래서 자신이 이들을, 특히 이들 중 한 명을 도울 방법이 있을 거라는 막연한 생각으로 걸음을 재촉했던 것이다.

장밋빛 뺨에 반짝이는 눈을 가진 네 처녀들은 마치 경사진 지붕에 앉아 있는 비둘기들처럼 얇은 여름옷을 입고 길가 둑에 꼭 달라붙어 있었다. 이 모습이 너무 아름답고 황홀해 그는 가까이 다가가기 전, 잠시 걸음을 멈추고 이들을 바라보았다. 이들의 얇은 치마가 풀밭을 스치면 수많은 파리들과 나비들이 날아가지 못한 채 마치 큰 새장에 들어간 것처럼 투명한 치마 속에 갇히곤 했다. 에인절의 눈길이 마침내 넷 중 가장 뒤에 있던 테스에게로 향했다. 오도 가도 못하는 자신들의 처지가 너무 우스워 잔뜩 웃음을 참고 있던 테스는 그의 시선을 웃으며 맞지 않을 수 없었다.

그는 치마 속에 갇힌 파리들과 나비들을 바라보며, 이들 아래 물속에 있었다.

하지만 물이 그의 긴 장화 위까지 올라오진 않았다.

"지금 교회에 가려는 거요?"

그가 맨 앞에 있는 마리안에게 물었다. 그의 말 속엔 뒤의 두 처녀가 포함되어 있었지만 테스는 빠져 있었다.

"예, 그래요. 그런데 늦을 것 같아요. 늦으면 정말 얼굴이 빨개지는데……."

"내가 이 물을 건너도록 도와주겠소. 아가씨들 모두 말이오."

네 처녀의 심장이 한꺼번에 뛰는 듯 동시에 얼굴이 붉어졌다.

"안 될 것 같은데요."

마리안이 말했다.

"여길 건너려면 이 방법밖에 없어요. 그러니 가만있어요, 딴소리 말고. 당신은 그리 무겁지 않을 거요! 네 사람 모두를 한꺼번에 나를 수도 있을 테니 걱정 말아요. 자, 마리안, 조심해요."

그가 말을 이었다.

"두 팔로 내 어깨를 잡아요, 그렇게. 자, 꽉 잡아요. 아주 잘 했어요."

마리안이 시키는 대로 팔과 어깨를 낮추자 에인절은 그녀를 안고 성큼성큼 물을 건너갔다. 그의 호리호리한 몸매는 뒤에서 보면 마치 마리안이라는 커다란 꽃다발에 붙어 있는 줄기에 불과한 것 같았다. 두 사람은 길모퉁이를 돌아 사라졌고, 철벅거리는 그의 발소리와 마리안의 모자 꼭대기에 달린 리본만이 이들의 위치를 말해주었다. 잠시 후 그가 다시 나타났다. 다음 차례는 둑 위에서 기다리고 있는 이즈 휴에트였다.

"그가 오는군."

이즈가 낮게 중얼거렸다. 그녀는 얼마나 긴장하고 있었는지 입술이 바싹 말라붙는 소리가 들릴 정도였다.

"나도 마리안처럼 저분의 목에 팔을 두르고 얼굴을 쳐다볼 거야."

"그럼 그렇게 해."

테스가 재빨리 말을 받았다.

"모든 건 다 때가 있는 법이야."

이즈가 개의치 않고 계속해서 말했다.

"안을 때가 있고 안는 일을 멀리할 때가 있거든전도서 3장 5절. 이제 날 안을 때가 온 거란 말이야."

"쳇, 이즈, 그건 성경 구절이잖아!"

"맞아, 난 교회 가서 좋은 말씀을 들으면 항상 마음에 새겨두거든."

클레어에게 이 수고의 3/4은 마지막 1/4을 위한 평범한 친절에 불과했다. 그는 이제 이즈에게 다가왔다. 그녀는 조용히 꿈을 꾸듯 그의 팔에 안겼고 에인절은 요령 있게 그녀를 안고 걸어나갔다. 그가 세 번째 처녀를 위해 돌아오는 소리가 들리자 레티의 심장이 어찌나 쿵덕거렸는지 거의 몸을 떠는 것 같았다. 그는 이 빨강 머리 처녀에게로 다가와 그녀를 안으며 테스를 흘깃 쳐다보았다. 그의 입술은 아주 또렷이 이렇게 말하는 듯했다. "이제 곧 당신과 내 차례가 될 거요"라고 말이다. 테스는 그의 마음을 다 이해한다는 표정을 지었다. 그녀는 이것을 숨길 수 없었다. 두 사람 사이엔 확실히 뭔가 통하는 게 있었다.

불쌍한 막내 레티는 지금까지 안아서 날랐던 처녀들 중 가장 가볍긴 했지만 클레어에겐 가장 까다로운 짐이었다. 마리안은 밀 자루처럼 죽은 듯 축 늘어져서 말 그대로 비틀거리며 갈지자걸음으로 걸어야 했고, 이즈는 분별 있게 차분히 안겨 있었다. 하지만 레티는 완전히 불안 덩어리였다.

그럼에도 불구하고 그는 이 불안에 휩싸인 처녀를 무사히 내려놓은 다음 다시 돌아왔다. 테스는 울타리 너머로 저 멀리 세 처녀가 모여 있는 것을 볼 수 있었다. 이들은 그가 내려놓은 대로 길이 시작되는 곳에 그대로 서 있었다. 이제 그녀의 차례였다. 그녀는 클레어 씨의 숨소리와 두 눈이 가까워짐에 따라 흥분되어 가슴이 뛰는 것이 당황스러웠다. 조금 전 친구들이 그럴 땐 속으로 비웃었는데 말이다. 그녀는 마치 자신의 비밀이 탄로날까봐 두려운 듯, 마지막 순간에 그에게 얼렁뚱땅 맘에 없는 거짓말을 했다.

"난 혼자서도 이 둑을 따라 갈 수 있을 것 같아요. 저 친구들보다는 내가 좀 낫거든요. 당신도 무척 힘드실 테고요."

"아니, 아니오, 테스."

그가 재빨리 말을 받았다. 그리고 거의 자신도 의식하지 못하는 사이에, 그녀는 그의 팔에 안겨 그의 어깨에 기대고 있었다.

"라헬을 얻으려고 세 명의 레아를 건네주었던 거요창세기에 나오는 야곱의 이야기로, 야곱은 자신이 사랑하는 라헬과 결혼하기 위해, 그녀의 언니인 레아와 먼저 결혼해야 했다."

그가 속삭였다.

"다들 나보다 나은 처녀들이에요."

자신의 결심을 되새기며 너그러운 마음으로 그녀가 대답했다.

"나한테는 그렇지 않소."

에인절이 말했다. 그는 이 말에 그녀의 얼굴이 달아오르는 걸 보았고, 이들은 말없이 몇 발짝 나아갔다.

"너무 무겁진 않은가요?"

그녀가 수줍게 말했다.

"아니, 천만에. 당신이 마리안을 한번 들어봤어야 하는 건데! 정말 육중하더군. 당신은 마치 햇빛을 받으며 따스하게 출렁이는 물결 같다고나 할까? 이 얇은 모슬린 옷은 물거품이고 말이오."

"정말 예쁘겠군요. 내가 당신 눈에 그렇게 비친다면요."

"내가 지금껏 한 고생의 사분의 삼은 전적으로 나머지 사분의 일을 위한 거였다는 걸 알고 있소?"

"아뇨."

"사실, 오늘 이런 일이 있을 줄은 전혀 예상치 못했소."

"나도 마찬가지예요…… 물이 너무 갑자기 불었으니까요."

테스는 그의 말을 물이 갑자기 불어날 줄 예상치 못했다는 뜻으로 이해하려고 했다. 하지만 그녀의 가쁜 숨결은 그것이 아니라는 걸 말해주고 있었다. 클레어가 가만히 선 채 그녀의 얼굴 쪽으로 고개를 숙였다.

"아, 테시테스의 애칭!"

그의 숨결에 그녀의 두 볼이 빨갛게 달아올랐고, 너무 흥분한 나머지 그의 눈을 쳐다볼 수가 없었다. 엔절은 우연히 생긴 이 기회를 어쩐지 부당하게 이용하고 있다는 생각이 들어 더이상 나아가지 않았다. 이들의 입에선 아직 사랑이라는 말이 분명히 나오지 않았기 때문에, 지금으로선 이쯤에서 멈추는 게 좋을 것 같았다. 그럼에도 불구하고 그는 남은 거리를 가능한 한 오래 끌기 위해 천천히 걸음을 옮겼다. 하지만 결국 길모퉁이에 이르렀고, 이제 남은 길은 저쪽에 서 있는 세 처녀의 눈에 훤히 다 보였다. 드디어 마른땅에 도착했고, 그는 그녀를 내려놓았다.

테스의 친구들은 미심쩍은 듯 눈을 동그랗게 뜨고 두 사람을 유심히 살폈고, 그녀는 이들이 자기 이야기를 하고 있었다는 걸 알 수 있었다. 그는 급히 이들에게 작별인사를 하고는 물에 잠긴 길을 따라 철벅철벅 되돌아갔다.

네 처녀는 전처럼 함께 앞으로 나아갔다. 이때 마리안이 불쑥 말을 꺼내 침묵을 깨뜨렸다.

"안 돼, 정말이지 우린, 테스를 상대로 해선 전혀 가망이 없어!"

그녀가 슬픈 눈빛으로 테스를 바라보았다.

"대체 무슨 말이야?"

테스가 물었다.

"그분은 널 제일 좋아해. 제일 좋아한단 말이야! 아까 널 안고 오는 걸 보니 훤히 알겠던데, 뭐. 만약 네가 조금이라도 그런 기색을 내비쳤다면, 그는 너한테 키스를 했을 거야."

"아, 아냐."

세 사람이 처음 출발할 때 보이던 즐거움은 어느새 사라지고 없었다. 하지만 이들 사이에 무슨 적대감이나 악의가 있는 건 아니었다. 모두 관대한 젊은 영혼들이었던 것이다. 이들은 운명론이 강하게 뿌리박힌 외딴 시골에서 자랐던 까닭에 테스를 탓하지 않았다. 이렇게 밀려나는 것도 다 팔자소관이라 여겼던 것이다.

테스는 가슴이 아팠다. 하지만 이제 자신이 에인절 클레어를 사랑한다는 걸 숨길 수가 없었다. 아마도 이 감정은 다른 처녀들도 그에게 마음을 빼앗기고 있다는 걸 알기 때문에 한층 더 강해지는 듯했다. 이 감정은 전염성이 있는데, 특히 여자들 사이에서 더 잘 퍼져나가곤 했다. 하지만 사랑을 갈구하는 그녀의 마음속에는 친구들에 대한 동정심도 있었다. 테스의 본심은 솔직히 이 동정심을 거부했지만, 결과는 당연히 이렇게 될 수밖에 없었다.

"난 결코 너희들을 방해하지 않을 거야. 너희들 중 누구라도 말이야!"

그날 밤 잠자리에서 테스는 눈물을 흘리며 레티에게 이렇게 선언했다.

"이 말은 꼭 해야겠어! 난 그분이 결혼할 마음이 있다고 생각하진 않아. 하지만 만약 누군가 나한테 청혼한다면 단호히 거절할 거야. 난 누구하고도 결혼하지 않을 생각이거든."

"이런! 정말이야? 왜?"

레티가 놀랍다는 듯 물었다.

"그럴 수가 없어! 솔직히 말해, 내가 전혀 방해하지 않는다 해도 그분은 너희 중 한 명을 택하진 않을 거야."

"그런 건 기대한 적도 없어. 생각해보지도 않았는걸!"

레티가 신음하듯 말했다.

"하지만 아! 정말 죽고 싶어!"

이 가련한 처녀는 자신도 이해할 수 없는 감정에 휩싸여 괴로워했고, 때마침 다른 두 처녀가 위층으로 올라오자 이들에게 눈길을 돌렸다.

"이제 우리 테스하고 친하게 지내자."

레티가 이들에게 말했다.

"테스도 우리처럼 그분이 자기를 선택할 거라고 생각하지 않아."

이렇게 해서 서먹서먹함은 사라졌고, 이들은 모든 걸 털어놓는 다정한 사이가 되었다.

"난 이제 뭐가 어떻게 되든 상관없을 것 같아."

기분이 완전히 가라앉은 듯 마리안이 침울하게 말했다.

"난 스티클포드의 목장 주인과 결혼할 거야. 그 사람한테 두 번이나 청혼을 받았었거든. 하지만 맹세컨대 그의 아내가 되느니 차라리 인생을 끝내는 게 나을 거야! 이즈, 넌 왜 아무 말도 안 하고 있어?"

"그럼, 나도 솔직히 말할게."

이즈가 말했다.

"난 오늘 그분이 날 안았을 때 나한테 키스할 거라 믿고 있었어. 그래서 그의 가슴에 안겨 꼼짝도 하지 않고 조용히 기다렸지. 잔뜩 기대하면서 말이야. 하지만 그분은 끝까지 해주지 않았어. 난 더이상 여기 탈보테이즈에 있고 싶지 않아! 그냥 집으로 돌아갈 거야."

세 처녀의 절망감으로 침실의 공기마저 떨고 있는 듯했다. 이들은 잔인한 자연의 법칙이 불어넣은 감정—이들이 기대하지도 바라지도 않았던 감정—에 짓눌려 열병을 앓듯 몸부림치고 있었다. 이날 낮의 사건은 이들의 가슴 깊숙이 타고 있던 불꽃에 부채질을 해 밖으로 터져 나오게 했고, 그 고통이란 이들이 견딜 수 있는 것 이상이었다. 이들을 각자 개성 있는 처녀로 구별해주던 차이점들은 이 감정 때문에 사라져버렸고, 이들은 여성이라 불리는 한 유기체의 일부에 불과했다. 희망이 전혀 없었으므로 질투도 거의 없었다. 이들은 모두 건전한 상식을 가진 처녀들이었고, 헛된 자만심으로 자신을 속이거나, 있는 사실을 숨기거나, 남보다 낫다는 생각에 우쭐해하지 않았다. 이들은 객관적인 관점에서, 자신들의 열병 같은 사랑이 얼마나 허망한 것인지 충분히 인식하고 있었다. 이 사랑은 목적 없이 시작되었고, 앞으로의 전망도 빤했다. 자연의 눈으로 보면 부족한 게 하나도 없었지만, 문명의 눈으로 보면 이 사랑의 존재를 정당화시키기엔 모든 게 부족하기만 했다. 이 사랑이 정말 존재한다는 것, 이 사실은 이들을 더없이 황홀하게 만들었다. 이 모든 것을 통해 이들은 체념과 위엄을 배우게 되었다. 하지만 어떻게든 클레어를 남편으로 맞으려고 현실적인 욕심을 부렸다면, 이런 건 결코 얻지 못했을 것이다.

이들은 각자 작은 침대에서 뒤척거리며 잠을 이루지 못했고, 아래층 치즈 압착기에서는 물방울 떨어지는 소리가 단조롭게 들렸다.

"테스, 아직 안 자니?"

30분쯤 뒤, 누군가 소곤거렸다. 이즈 휴에트의 목소리였다. 테스는 그렇다고 대답했다. 그러자 레티와 마리안이 갑자기 이불을 홱 걷어 젖히더니 한숨을 내쉬었다.

"우리도 그래!"

"난 그 아가씨가 어떻게 생겼는지 정말 궁금해. 왜 있잖아, 집안에서 그분의 신붓감으로 정해놓았다는 그 지체 높은 아가씨 말이야!"

"나도 궁금해."

이즈가 말했다.

"그분을 위해 아가씨를 정해놓았다고?"

테스는 너무 놀라 숨이 탁 막히는 듯했다.

"그런 얘긴 전혀 못 들었는데!"

"사실이야, 그런 소문이 나돌고 있거든. 그분처럼 명문 집안 아가씨인데 집안에서 골랐다나봐. 그의 아버지의 교구인 애민스터 근처에 사는 어떤 신학박사의 딸이래. 사람들 말로는, 그분은 그 아가씨를 별로 좋아하지 않는대. 하지만 결혼하는 건 확실해."

이들은 이에 관해 거의 들은 바가 없었다. 하지만 한밤의 어둠 속에서 비참하고 애절한 꿈을 꾸기에는 충분한 소재였다. 이들은 클레어가 결국 결혼에 동의하는 것과 결혼식 준비, 신부의 행복과 드레스와 면사포, 그와 함께 꾸리게 될 행복 넘치는 가정 등 모든 것들을 자세히 그려보았다. 이때가 되면 그를 향해 품었던 이들의 사랑은 이들 자신의 기억 속에서도 잊히게 될 것이다. 이처럼 이들은 이야기하고, 아파하고, 울다가 마침내 잠에 떨어짐으로써 슬픔을 날려버릴 수 있었다.

이 일이 있은 뒤, 테스는 자신에 대한 클레어의 관심에 진지함과 신중함이 깔려 있으리라고 생각하는 것은 어리석은 짓임을 알게 되었다. 이는 그녀의 얼굴에 반해서 잠시 관심을 보였던 여름 한철의 스치는 사랑일 뿐, 그 이상은 아니었다. 이러한 슬픔 중 가장 고통스러운 것은, 비록 피상적이긴 하지만 그가 다른 사람들보다 더 좋아하는 자신이, 스스로도 이들보다 더 열정적이고 똑똑하고 아름답다고 믿고 있는 자신이, 윤리와 도덕의 관점에서는 그가 무시하는 못생긴 여자들보다 훨씬 더 부적합하다는 것이었다.

24

바 골짜기의 만물이 살찌고 훈훈하게 발효하는 가운데 무럭무럭 자라는 나무에서 수액이 흐르는 소리가 들릴 듯한 계절이면, 아무리 터무니없고 비현실적인 사랑이라도 열정적이지 않을 수 없었다. 이곳 젊은이들의 가슴에도 이 같은 자연의 변화가 스며들었다.

7월이 이들의 머리 위로 지나갔고, 이어서 찾아온 테르미도르열월熱月, 프랑스 혁명력의 7월 19일에서 8월 17일까지를 가리킨다는 탈보테이즈 목장의 젊은이들 가슴에 맞춰보려는 자연의 노력처럼 보였다. 봄과 초여름에 그렇게 신선하던 이곳의 공기는 이제 사람들을 답답하고 무기력하게 만들었다. 후덥지근하고 무거운 공기가 이들을 짓눌렀고, 한낮에는 마치 모든 풍경이 기절해 누워 있는 것 같았다. 에티오피아에서와 같은 찌는 듯한 더위 때문에 경사지 위쪽의 풀들은 누렇게 떠 있었다. 하지만 아직 물줄기가 떨어지는 아래쪽에서는 파란 풀들이 싱싱하게 남아 있었다. 클레어는 바깥의 더위 때문에도 힘들었지만, 조용한 테스를 향해 타오르는 뜨거운 열정으로 가슴이 타는 듯했다.

장마가 지나간 뒤라 고지대는 말라 있었다. 목장 주인이 짐마차를 끌고 시장에서 집으로 돌아올 때면, 마차 바퀴가 밀가루가 된 길바닥의 먼지들을 일으켜 마치 화약 열차에 불이 붙은 것처럼 그 뒤로 뿌연 먼지 구름이 피어나곤 했다. 소들은 끈덕지게 들러붙는 쇠파리들 때문에 몹시 화가 나 다섯 개의 가로대가 쳐져 있는 마당 문을 사납게 뛰어넘었다. 목장 주인 크릭은 줄곧 팔소매를 걷어붙인 채 지냈다. 출입문을 열지 않고 창문만 열어놓는 것은 환기에 전혀 도움이 되지 않았고, 목장 뜰에서는 검은 새와 개똥지빠귀들이 날짐승이 아닌 네발 달린 짐승인 양 까치밥나무 밑을 기어 다니곤 했다. 부엌의 파리들도 인적이 드문 곳이나 마룻바닥, 서랍 속, 젖 짜는 여자들의 손등을 느릿느릿 기어 다니며 성가시게 굴었다. 주로 오가는 대화는 일사병에 관한 거였고, 버터를 만든다거나 더욱이 버터를 저장한다는 건 불가능한 일이었다.

일꾼들은 시원하기도 하고 편하기도 해서 소들을 마당으로 몰아넣지 않고 주로 풀밭에서 젖을 짰다. 낮 동안에 소들은 해의 움직임에 따라 바뀌는 그늘을 쫓아 아무리 작은 나무의 그늘이라도 끈덕지게 따라다녔고, 젖 짜는 사람이 왔을 땐 극성스런 파리들 때문에 도저히 가만있을 수가 없었다.

그러던 어느 날 오후, 네다섯 마리의 젖을 짜지 않는 소들이 우연히 전체 무리에서 떨어져 나와 울타리 뒤에 있게 되었는데, 여기엔 다른 누구의 손길보다 테스의 손길을 가장 좋아하는 덤플링과 어미 프리티가 끼어 있었다. 테스가 한 젖소를 끝내고 의자에서 일어나자, 한동안 그녀를 쳐다보고 있던 에인절 클레어가 앞서 말한 이 소들의 젖을 짜겠느냐고 물었다. 그녀는 말없이 고개를 끄덕여 대답한 뒤 의자를 들고 무릎으로 통을 받치며 빙 돌아 이 소들이 서 있는 곳으로 갔다. 곧 울타리 너머로 어미 프리티의 젖이 통 속으로 쏟아져 내리는 소리가 들렸고, 그러자 에인절도 모퉁이를 돌아 그쪽으로 가고 싶어 했다. 그도 이제 목장 주인만큼 젖을 잘 짤 수 있었기 때문에, 무리를 벗어나 있는 까다로운 녀석들의 젖을 짜보고 싶었던 것이다.

모든 남자 일꾼들과 여자 일꾼들 중 일부는 젖을 짤 때면 머리를 소 밑으로 집어넣고 우유통을 바라보곤 했다. 하지만 한둘은, 주로 젊은이들이었는데, 고개를 옆으로 돌린 채 젖을 짰다. 테스 더비필드도 이런 습관이 있었다. 그녀는 관자놀이로 소의 옆구리를 누르며, 마치 명상에 깊이 잠겨 있는 사람처럼 저 멀리 초원 끝을 바라보곤 했다. 그녀가 이런 자세로 어미 프리티의 젖을 짜고 있는데, 우연히 태양이 그녀가 있는 쪽을 비췄다. 그녀가 입은 분홍색 옷, 하얀 차양 모자, 그녀의 옆모습에 정통으로 햇빛이 쏟아졌는데, 꼭 젖소의 암갈색 바탕 위에 양각으로 무늬를 뚜렷이 새겨놓은 것 같았다.

그녀는 클레어가 자기 뒤를 따라와 다른 소 밑에 앉아 자신을 지켜보고 있다는 걸 알지 못했다. 그녀의 머리와 자세는 놀랄 만큼 움직임이 없었다. 눈은 뜨고 있지만 아무것도 보지 않는, 마치 최면 상태에 빠져 있는 것 같았다. 어미 프리티의 꼬리와 테스의 분홍빛 손을 제외한 어떤 것도 움직이지 않았고, 그녀의 손놀림은 너무도 부드럽고 규칙적인 리듬을 타고 있어서, 마치 심장의 박동 같은 반사작용을 보는 듯했다.

그녀의 얼굴은 그에게 너무도 사랑스럽게만 보였다. 그렇지만 여기엔 어떤 비현실적인 것도 존재하지 않았고, 모든 게 생생한 현실이었다. 따스한 온기가 나고 살아 있음을 느낄 수 있는 진짜 인간의 모습이었다. 이 모든 것이 바로 그녀의 입매에 집약되어 있었다. 이처럼 깊고 표정이 풍부한 눈은 전에 본 적이 있었고, 아름다운 두 뺨, 부드러운 곡선의 이마, 섬세한 턱과 목덜미도 아마 본 적이 있었을 것이다. 하지만 그녀의 입매만은 이 세상 어디에서도 같은 걸 본 적이 없었다. 가슴 속에 열정이 거의 없는 청년이라 해도, 그녀의 빨간 윗입술 가운데가 살짝 들린 모습을 보았다면, 아마 얼이 빠져 넋을 잃고 미쳐버리고 말았을 것이다. 그는 지금껏 '눈 덮인 장미들'이라는 옛날 엘리자베스 시대의 비유를 끊임없이 떠올리게 하는 그런 여인의 입술과 이를 결코 본 적이 없었다. 그녀의 연인이었다면, 그는 즉시 이것을 완벽하다고 했을 것이다. 하지만 아니었다. 완벽하진 않았다. 아름다움의 원천은 완벽에 버금가는 것에서 발견되는 작은 불완전함이었다. 왜냐하면 바로 이 불완전함에 인간다움이 있기 때문이었다.

클레어는 그녀의 입술 곡선을 수없이 보았던 터라 머릿속에 쉽게 그려낼 수 있었다. 그런데 지금, 선명한 빛과 생기를 띤 이 입술을 다시 대면하고 보니, 온몸에 어떤 신비스런 기운이 전해지는 듯했다. 마치 싸늘한 바람 같은 이 기운이 신경을 타고 온몸에 퍼지자, 그는 어지럽기까지 했다. 그리고 어떤 신비스런 생리작용을 통해 재채기가 나오고 말았다.

그제야 테스는 그가 자신을 지켜보고 있다는 걸 깨달았다. 하지만 자세를 조금이라도 바꿈으로써 이를 드러내려 하지는 않았다. 그럼에도 불구하고 꿈을 꾸는 듯 묘하게 정지되어 있던 표정은 사라졌다. 자세히 보았다면 그녀의 장밋빛 얼굴이 서서히 붉어졌다 다시 옅어져 처음으로 되돌아왔다는 걸 쉽게 알아차렸을 것이다.

클레어를 압도해버린 이 자극은 마치 하늘에서 내려온 것인 양 사라질 줄 몰랐다. 결심, 조심, 신중, 두려움 같은 건 패잔병처럼 뒤로 물러나고 말았다. 그는 자리를 박차고 일어나, 소가 차버리든 말든 상관없다는 듯 우유통을 버려둔 채 급히 자신의 눈이 갈망하는 쪽으로 달려갔다. 그러고는 그녀 옆에 무릎을 꿇고 앉아 두 팔로 그녀를 껴안았다.

테스는 완전 기습을 당한 격이라 미처 피할 새도 없이 포옹을 당할 수밖에 없었다. 기습을 감행한 이가 바로 자신의 연인임을 알고 나자, 그녀의 입술이 벌어졌고 황홀한 외침 같은 탄성과 함께 순간의 행복 속에서 그의 품으로 빠져들었다.

너무도 매혹적인 그녀의 입술에 막 키스를 하려는 순간, 그는 자제심을 발휘했다. 양심상 그럴 수 없었던 것이다.

"용서해줘요, 테스!"

그가 속삭였다.

"먼저 물어봤어야 하는 건데. 사실, 난 내가 무슨 짓을 하는지도 몰랐소. 방탕한 기분에 그런 건 절대 아니오. 맹세컨대 사랑하는 테시, 이건 정말 진심이오!"

이때 어미 프리티가 어리둥절한 표정으로 돌아보았다. 자기 배 밑에, 오랜 습관에 따르면 분명 한 명만 있어야 하는데 두 사람이 웅크리고 있는 걸 보자 기분이 상한 듯, 녀석이 뒷발을 들어 올렸다.

"소가 화가 났나봐요. 우리가 왜 이러는지 몰라 그렇겠죠. 우유통을 차버릴 것 같아요!"

살며시 그를 밀어내며 테스가 소리쳤다. 그녀의 눈은 네발 달린 짐승의 행동에 쏠려 있었지만, 그녀의 마음은 자신과 클레어에게 더욱 깊이 빠져들었다.

그녀가 자리에서 살며시 빠져나와 일어나자 그도 따라 일어섰다. 그의 팔은 여전히 그녀를 안고 있었다. 먼 곳을 응시하던 테스의 눈에 눈물이 고였다.

"아니, 왜 우는 거요? 테스."

"그냥, 잘 모르겠어요!"

그녀가 곧 후회하듯 얼버무렸다.

그녀는 자신의 처지가 분명히 느껴지자 왠지 불안해졌다. 그래서 뒤로 물러나 포옹에서 빠져나오려고 했다.

"테스, 난 결국 내 감정을 털어놓고 말았소."

그가 묘하게 절망스런 한숨을 내쉬며 말했다. 이 한숨은 그의 이성이 그의 마음을 제어할 수 없었음을 무의식중에 드러내는 것이었다.

"내가 당신을 진심으로 사랑하는 건 말할 필요도 없소. 하지만 여기서 더이상 나가진 않으리다. 당신을 또 괴롭게 할 테니까. 사실 나도 당신만큼 놀랐소. 혹시라도 내가 당신의 무방비 상태를 이용해 성급하고 지각없이 굴었다고 생각하진 말아요, 안 그럴 거죠?"

"글쎄요."

그는 그녀를 자유롭게 놓아주었고, 이내 각자 다시 작업을 계속했다. 이 두 사람이 중력에 이끌리듯 하나가 되었던 모습을 본 사람은 아무도 없었다. 그리고 잠시 후 목장 주인이 이 가려진 구석을 둘러보러 왔을 때, 거기에는 별스럽게 뚝 떨어져 있는 이 두 사람이 단지 서로 아는 사이일 뿐 그 이상의 관계임을 드러낼 만한 어떤 표시도 없었다. 그러나 크릭이 이들을 집에서 마지막으로 보았던 순간부터 지금까지, 그 사이에 이 두 사람에게는 우주의 축이 바뀔 만한 엄청난 일이 벌어진 것이나 마찬가지였다. 현실주의자인 목장 주인이 사건의 진상을 알았더라면 이를 경멸했을지도 모른다. 하지만 이것은 소위 실용적인 것들을 산더미처럼 쌓아놓은 것보다 더 견고하고, 저항할 수 없는 흐름에 기초를 둔 것이었다. 장막이 확 걷혔으니, 이제 이들의 미래는, 잠시가 될지 오랜 세월이 될지는 모르지만, 여기서부터 새로운 지평이 열린 셈이었다.

Thomas Hardy

상황이 이러한데, 어떻게 그녀를 자신보다 덜 중요한 사람으로 볼 수 있겠는가! 어떻게 쓰다듬다 싫증나면 버리는 예쁜 여자 아이 정도로 하찮게 생각할 수 있겠는가! 이제 자신이 그녀에게 일깨웠던 사랑—그녀의 지순한 속에 감춰진 그토록 정열적이고 감성적인 사랑—이 그녀를 고통스럽고 비참하게 만들지 않도록 더없이 진지하게 대해야 하지 않겠는가!

Tess of the D'Urbervilles

제4부 – 결과

25

저녁이 되어 땅거미가 지자, 클레어는 들뜬 마음을 안고 밖으로 나갔다. 하지만 그의 마음을 빼앗은 여인은 자기 방으로 들어가 버리고 보이지 않았다.

밤도 마치 대낮처럼 무덥기만 했다. 어둠이 내렸지만 풀밭 이외엔 전혀 시원한 데가 없었다. 큰길이든 정원에 난 샛길이든, 집 앞쪽이든 마당의 벽이든, 온통 벽난로처럼 뜨거웠고, 몽유병자 같은 클레어의 얼굴에 한낮의 열기를 뿜어 댔다.

그는 마당의 동쪽 출입문에 앉아 있었고, 이런 자신을 어떻게 생각해야 할지 알 수가 없었다. 이날은 정말로 감정이 이성을 압도해버린 날이었다.

세 시간 전의 갑작스런 포옹 이후, 두 사람은 줄곧 떨어져 있었다. 그녀는 자신에게 벌어진 일에 너무 놀라 흥분 상태인 것 같았고, 원래 마음이 여리고 생각이 깊던 클레어는 아무 생각 없이 주위를 무시한 채 그런 행동을 했다는 자책감으로 괴로워했다. 그는 이제까지 자신들이 어떤 관계였는지 알 수 없었고, 또 앞으로 다른 사람들 앞에서 어떻게 처신해야 할지도 막막하기만 했다.

에인절은 여기서의 일시적인 체류가 자신의 생애에서 금방 지나가 잊힐 사소한 삽화에 불과할 거라는 생각으로 이 목장에 견습생으로 들어왔다. 말하자면 이 흥미진진한 세상을 조용히 바라볼 수 있는, 마치 가려진 알코브실내의 벽면 일부를 움푹 들어가게 함으로써 생긴 공간와 같은 곳을 찾아온 것이었다. 그래서 월트 휘트먼의 시에서처럼 그는 이곳을 대략 살펴본 뒤, 다시 이 세상 속으로 뛰어들 계획이었다.

평상복을 차려입은 숱한 인간의 무리들이여,
내게는 당신들이 너무도 신기하구나!

하지만 뜻밖에도 이 흥미진진한 세상이 이미 여기에 들어와 있었다. 그가 열중해왔던 세상은 흩어져서 알맹이 없는 시시한 무언극이 되어버린 반면, 겉으로는 조용하고 아무 일도 없어 보이던 이곳에서 새로운 일이 화산처럼 터져 나왔던 것이다. 마치 이전에 다른 데서는 한 번도 이런 일을 겪어보지 못한 것처럼 그에겐 이것들이 마냥 신기하기만 했다.

집 안의 모든 창문이 열려 있어서 클레어는 마당 너머로, 일을 마친 목장 식구들의 아주 사소한 소리까지도 다 들을 수 있었다. 그는 이 목장을 너무 초라하고 하찮은, 그래서 단지 잠시 머무르다 떠날 곳으로만 보았을 뿐 지금껏 단 한 번도 어떤 특별한 관심을 갖고 눈여겨볼 만한 대상으로 생각해본 적이 없었다. 그렇다면 지금은 어떤가? 벽돌로 된 낡고 이끼 낀 박공지붕들은 그에게 "여기 머무르세요!"라고 속삭였다. 창문들은 미소를 지었고, 출입문은 들어오라고 손짓하고, 담쟁이덩굴은 남몰래 공모라도 한 듯 얼굴을 붉혔다. 이 안에 있는 한 인물의 영향력이란 실로 엄청나서 벽돌과 회반죽은 물론 이 모든 걸 감싸고 있는 하늘까지도 불타는 정열로 두근거리게 만들었다. 이 대단한 인간이란 대체 누구인가? 바로 젖 짜는 한 처녀였다.

이 외딴 목장에서의 생활이 그에게 얼마나 중요한 문제인가를 깨달은 건 실로 놀라운 일이었다. 물론 새로운 사랑이 적잖이 작용을 하긴 했지만, 꼭 이것 때문만은 아니었다. 에인절 말고도 많은 사람들이 삶의 위대함이란 외적인 변화에 있는 것이 아니라 자신의 주관적인 경험에 있다는 걸 잘 알고 있다. 감수성이 예민한 농부가 둔감한 왕보다 더 폭넓고 충만하고 극적인 인생을 살아가는 법이다. 이처럼 주위를 살피는 가운데 그는 이곳의 삶도 다른 곳의 삶처럼 똑같이 위대하다는 걸 알게 되었다.

이단적인 생각을 지녔음에도 불구하고 클레어는 아주 양심적인 사람이었다. 테스는 장난감처럼 데리고 놀다 버리면 되는 그런 하찮은 여자가 아니라, 나름대로 귀중한 삶을 살아가는 여자이고, 그녀 자신이 이 삶을 인내하고 있든 즐기고 있든 간에 그의 눈에는 가장 위대한 사람들의 삶만큼이나 중요해 보였다. 테스에게는 온 세상이 자신의 감각에 달려 있었고, 자신이 존재함으로써만 동료들의 존재도 의미가 있었다. 또 우주라는 것도 자신이 태어나던 바로 그해, 그 달부터 존재하기 시작했던 것이다.

이 같은 의식은 비정한 조물주가 테스에게 하사한 단 하나의 생존의 기회, 즉 그녀의 전부이자 유일한 기회였다는 것을 그는 깨닫게 되었다. 상황이 이러한데, 어떻게 그녀를 자신보다 덜 중요한 사람으로 볼 수 있겠는가! 어떻게 쓰다듬다 싫증나면 버리는 예쁜 여자 아이 정도로 하찮게 생각할 수 있겠는가! 이제 자신이 그녀에게 일깨웠던 사랑—그녀의 신중함 속에 감춰진 그토록 정열적이고 감성적인 사랑—이 그녀를 고통스럽고 비참하게 만들지 않도록 더없이 진지하게 대해야 하지 않겠는가!

평소처럼 매일 그녀를 대한다는 건, 이미 시작된 일을 발전시키는 것이나 마찬가지였다. 이렇게 가까운 관계로 지내다보면, 만나면서 정이 들게 마련이고, 살과 피를 지닌 살아 있는 인간이라면 누구도 이를 거역할 수 없기 때문이었다. 이런 식으로 계속 가다가는 이 문제에 관해 어떤 결론도 내지 못할 거라고 판단한 그는 당분간 둘이 함께 일하는 자리를 피해 좀 떨어져 있기로 결심했다. 아직까진 그녀에게 준 상처가 크지 않았으니까 말이다.

하지만 그녀에게 결코 접근하지 않겠다던 결심을 지키기란 쉬운 일이 아니었다. 그는 맥박이 뛸 때마다 그녀 쪽으로 끌려가는 기분이었다.

그는 목장을 떠나 가족들을 만나봐야겠다고 생각했다. 이 문제에 관해 그들의 조언을 들어보는 것도 좋을 듯해서였다. 이제 여기 머무를 수 있는 기간도 여섯 달이 채 남지 않았고, 또 다른 농장에서 두세 달 더 보내고 나면 필요한 농업 지식은 완전히 익힌 셈이라 자신의 농장을 경영할 수도 있을 것이다. 농부라면 마땅히 아내가 있어야 하지 않을까? 또 농부의 아내는 응접실의 밀랍인형 같은 여자라야 할까, 아니면 농사 일을 아는 여자라야 할까? 침묵 속에 들려오는 기분 좋은 대답에도 불구하고, 그는 여행을 떠나기로 마음먹었다.

어느 날, 탈보테이즈 목장에서 아침 식사를 하기 위해 모두 식탁에 앉았을 때, 어떤 처녀가 클레어 씨가 아침 내내 전혀 보이지 않았다고 말했다.

"그래, 맞아."

목장 주인 크릭이 말했다.

"클레어 씨는 가족들과 함께 며칠 보내려고 애민스터에 갔어."

식탁에 둘러앉아 있던 네 처녀는 갑자기 아침 햇빛이 사라져버리는 것 같았고, 새들의 노랫소리도 귀에 들어오지 않았다. 하지만 어떤 처녀도 말로든 행동으로든 뻥 뚫린 듯 허전한 속내를 드러내지 않았다.

"그 사람이 나와 같이 있을 시간도 거의 끝나가는군."

무심히 던진 이 말이 얼마나 가혹하게 들리는지 의식하지 못한 채 목장 주인이 덧붙였다.

"아마 다른 데서 뭔가 할 일을 계획하고 있는 모양이야."

"여기서 얼마나 더 있을 건데요?"

이즈 휴에트가 물었다. 깊은 슬픔에 젖어 있는 처녀들 가운데 오직 그녀만이 목소리를 떨지 않고 이런 질문을 할 수 있었다.

나머지 처녀들은 자신들의 목숨이 목장 주인의 대답에 달려 있기라도 한 듯 그의 대답만을 기다리고 있었다. 레티는 입을 벌린 채 식탁보를 내려다보았고, 마리안은 긴장되어 얼굴이 더욱 빨개졌으며, 테스는 쿵쿵거리는 가슴으로 밖의 풀밭을 바라보았다.

"글쎄, 정확한 날짜는 그걸 기록해둔 수첩을 봐야 알 것 같아."

여전히, 참을 수 없는 무심한 어조로 크릭이 대답했다.

"하지만 그것도 약간 변동될 수 있지. 소가 새끼 낳을 때 필요한 일들을 배우려면 시간이 좀 걸릴 테니까 말이야. 모르긴 해도 아마 연말까진 있어야 할 거야."

네 달 남짓, 그의 곁에서 고문 같은 황홀함—'고통으로 둘러싸인 기쁨'—을 맛보고 나면, 그 후엔 형언할 수 없이 어두운 밤이 찾아오리라.

이날 아침 이 시간, 에인절 클레어는 아침 식사를 하는 사람들로부터 15킬로미터가 떨어져 있는 좁은 길을 따라 애민스터에 있는 아버지의 사제관을 향해 말을 달리고 있었다. 그의 손에는 크릭 부인이 존경의 표시로 그의 아버지에게 보내는 약간의 소시지와 벌꿀술 한 병이 든 바구니가 조심스레 들려 있었다. 그 앞에는 하얀 길이 뻗어 있었고, 그의 시선은 이 길을 보고 있었다. 하지만 그의 눈은 이 길이 아닌, 다음 해에 벌어질 일들을 응시하고 있었다. 그는 그녀를 사랑했다. 그렇다고 그녀와 결혼해야 할까? 과연 대담하게 그녀와 결혼할 수 있을까? 어머니와 형제들은 뭐라고 할까? 결혼 후 2년이 지나면, 그 자신은 또 뭐라고 말할까? 대답은, 이 같은 일시적 감정의 밑바탕에 굳센 동반자 의식이 깔려 있는지, 아니면 지속적인 토대 없이 단지 외모만 보고 감각적인 기쁨을 맛보려 하는지에 따라 달라질 것이다.

마침내 그의 아래로 아버지가 살고 있는, 언덕으로 둘러싸인 작은 마을과 붉은 벽돌로 지은 튜더 왕조풍의 교회 종탑 그리고 사제관 근처의 나무숲이 모습을 드러냈다. 그는 익숙한 문을 향해 말을 달려 내려갔다. 집으로 들어가기 전 교회 쪽을 흘깃 쳐다보니 교회 부속실 문 옆에 한 무리의 소녀들이 서 있는 게 보였다. 열두 살에서 열여섯 살가량의 소녀들로 아마 누군가를 기다리고 있는 모양이었다. 잠시 후 주인공이 나타났는데, 이 여학생들보다 약간 나이가 들어 보였다. 그녀는 챙 넓은 모자에다 빳빳하게 풀 먹인 아마포 드레스를 입고 있었고, 손에는 두어 권의 책을 들고 있었다.

클레어는 그녀를 잘 알고 있었다. 그녀가 자신을 보았는지는 확신할 수 없지만, 그는 보지 못했기를 바랐다. 다가가서 인사해야 하는 번거로움을 피하고 싶었던 것이다. 그녀와 인사를 나누는 게 너무 싫은 나머지 그는 그녀가 자신을 보지 못했다고 마음대로 단정해버렸다. 그 젊은 아가씨는 머시 찬트 양으로, 아버지의 이웃이자 친구가 되는 사람의 외동딸이었다. 그의 부모님은 그가 언젠가 이 아가씨와 결혼하기를 내심 바라고 있었다. 그녀는 도덕률초월론기독교도는 신의 은총으로 도덕률을 주장이나 성경연구회에 열성적이었는데, 지금도 교회 부속실에서 이 수업을 하려고 하는 게 분명했다. 클레어의 마음은 잠시 동안 바 골짜기의 사람들을 향해 날아갔다. 여름이면 땀에 절어 사는 열정적인 이교도들과 그중에서도 가장 활기차고 감수성이 풍부한 한 여인을 향해 말이다.

애민스터로 와야겠다고 생각한 건 즉흥적인 결정이었기 때문에 부모님께 미리 연락을 드리진 못했지만, 두 분이 교구 일을 보러 나가기 전, 아침 식사 시간쯤 도착할 예정이었다. 하지만 예상보다 약간 늦는 바람에 이들은 이미 아침 식사를 하는 중이었다. 그가 안으로 들어서자마자 식탁에 있던 가족들이 벌떡 일어나 그를 맞았다. 아버지와 어머니, 큰형 펠릭스 신부—인근 마을의 보좌신부로 2주간 휴가를 얻어 집에 와 있었다—그리고 작은형 커스버트 신부였다. 그는 고전학자로 케임브리지 대학의 특별연구원이자 학생감을 맡고 있었는데, 장기 휴가를 받아 내려온 것이었다. 어머니는 모자에다 은테 안경을 쓰고 있었고,

아버지는 원래 그분의 모습—하나님을 경외하는 열성적인 신앙인, 마른 체구, 예순다섯쯤 되어 보이는 나이, 사색과 굳은 의지로 주름이 깊이 파인 창백한 얼굴—그대로였다. 이들의 머리 위로 에인절의 누나의 사진이 걸려 있었다. 그녀는 자녀들 중 맏이로 에인절보다 열여섯 살이 많았으며 한 선교사와 결혼해 아프리카에 나가 있었다.

클레어 노인은 지난 20년간, 시대의 흐름과는 거의 동떨어진 삶을 살아온 성직자였다. 그는 위클리프와 후스, 루터, 칼뱅의 정신을 직접 계승한 후계자로서 복음주의자 중에 복음주의자였고 개종주의자였으며, 생활이나 사고에서도 사도들처럼 진실했다. 혈기왕성하던 청년 시절, 그는 존재에 관한 깊은 질문들에 부딪혔으나 마음을 딱 부러지게 정했고, 그 이후로는 이에 관해 어떤 논쟁도 용납하지 않았다. 이런 까닭에, 심지어 같은 시대에 살며 같은 생각을 하는 사람들조차 그를 극단적인 인물로 보았다. 반면에 그와 정반대편에 서 있는 사람들은 그의 철두철미함과 원칙에 관한 한 모든 의문을 물리치고 결국 실행에 옮기고야 마는 탁월한 능력에 대해 내키지 않은 찬사를 보내곤 했다. 그는 바울을 사랑했고 성 요한을 좋아했다. 또한 성 야고보를 대담하게 증오했으며, 디모데와 디도의 경우는 좋아하는 면도 있고 싫어하는 면도 있었다. 그가 생각하기에 신약성서는 그리스도의 이야기라기보다는 바울의 이야기이며, 논증의 대상이라기보다는 도취의 대상이었다. 그의 예정론적 신앙은 거의 해악의 경지에 이르러 있었고, 부정적인 측면에서는 쇼펜하우어와 레오파르디의 철학과 사촌지간쯤 되는 포기의 철학에 상당히 근접해 있었다. 그는 영국 국교의 법규와 예배 규정을 경멸했다. 하지만 그 신조 앞에서 선서했으며, 국교에서 정한 모든 법과 규정에 스스로가 어긋남이 없다고 생각했다. 어떤 면에서는 정말 그랬을지도 모른다. 어쨌든 한 가지 분명한 사실은 그가 진지한 사람이라는 것이었다.

그의 아들 에인절이 최근 바 골짜기에서 경험한 심미적이고 감각적이며 이교도적인 기쁨과 여인의 관능미에 관해 질문이나 상상을 통해 이것을 알게 되었다면, 아마도 그는 기질상 상당한 반감을 보였을 것이다. 언젠가 에인절은 너무도 화가 나고 속이 상해 아버지에게 이렇게 말한 적이 있었다. 만약 팔레스타인이 아닌 그리스가 기독교의 근원지였다면, 지금쯤 인류를 위해 더 좋은 결과가 빚어졌을지도 모른다고. 그의 아버지는 이러한 주장이 반쯤 옳다거나 전적으로 옳기는커녕 일말의 진실도 없다고 믿고 있었기 때문에, 그 슬픔이란 이루 말할 수 없었다. 그럼에도 불구하고 한참 후 에인절을 엄히 훈계했을 뿐, 그는 마음이 온유한 사람이어서 어떤 일이든 오랫동안 노여워하지 않았고, 오늘도 이렇게 어린아이처럼 천진스런 미소를 지으며 아들을 맞이했다.

식탁 앞에 앉고 보니, 에인절은 정말 집에 돌아왔다는 실감이 났다. 하지만 한 가족으로서의 일체감은 예전보다 덜했다. 사실 이질감은 집을 떠났다 돌아올 때마다 느껴지곤 했었다. 그런데 마지막으로 이 사제관을 떠난 이후, 이질감은 한층 더 커져 이젠 자신이 마치 이방인처럼 느껴질 정도였다. 이 가족의 초월적인 열망—무의식중에 여전히 지구 중심적 사고방식에 기초하고 있는—은 마치 다른 별에 있는 사람들의 꿈인 것처럼 그에겐 낯설기만 했다. 최근 들어 그가 본 것은 오직 '삶'뿐이었고, 느낀 것은 오직 존재의 강렬한 박동뿐이었다. 이것은 지혜로 능히 조절할 수 있는 것을 헛되이 막으려 애쓰는 교리로 인해 뒤틀리거나 왜곡되거나 구속받지 않는 그런 삶이요, 존재였다.

한편, 가족들도 그에게 상당한 변화가 있음을 알았다. 이전의 클레어와는 많이 달라 보였던 것이다. 특히 형들이 지금 막 알아차린 것은 주로 그의 태도가 눈에 띄게 달라졌다는 점이다. 그는 꼭 농부처럼 행동하고, 다리를 아무렇게나 놓고, 얼굴 표정도 훨씬 더 노골적이었으며, 두 눈은 혀가 말하는 것만큼, 아니 그 이상으로 많은 정보들을 담고 있었다. 학자다운 모습은 거의 사라졌고, 명문가 자제다운 모습은 더더욱 찾아볼 수 없었다. 잘난 체하는 사람이라면 그를 보고 교양이 없다고 했을 것이고, 얌전 빼는 숙녀라면 천박해졌다고 했을 것이다. 이러한 것은 탈보테이즈의 요정들, 그리고 시골 젊은이들과 함께 생활하면서 전염된 것이었다.

아침 식사를 마친 후 그는 두 형들과 함께 거닐었다. 두 사람 다 복음주의자와는 거리가 멀었고, 고등교육을 받은 검증된 자질의 청년들로, 한 치의 오점도 용납하지 않았다. 이들은 매년 체계적인 교육과 훈련을 통해 배출되는 흠잡을 데 없는, 그야말로 모범생들이었다. 또한 둘 다 약간 근시였는데, 줄 달린 외알 안경이 유행이면 줄 달린 외알 안경을, 두 알 안경이 유행이면 두 알 안경을, 또 보통 안경이 유행이면 자기들 시력의 특별한 결함은 고려하지도 않은 채 곧장 보통 안경으로 바꿔 쓰곤 했다. 워즈워스가 계관시인이 되자 이들은 그의 시집을 주머니에 넣고 다녔고, 셸리가 여기저기서 비난을 받자 그의 책들을 선반 위에 처박아놓고 거들떠보지도 않았다. 또한 코레조의 「성聖가족」이 찬사를 받자 이를 찬양하더니, 사람들이 벨라스케스가 낫다며 코레조를 비방하자 아무런 반대 없이 또 부지런히 좇았다.

이 두 사람이 에인절이 사회적 적응을 점점 어려워하고 있음을 알았다면, 에인절은 이들의 정신적 한계가 점점 뚜렷해지고 있음을 알았다. 그가 보기에 펠릭스는 오로지 교회밖에 모르고, 커스버트는 대학밖에 모르는 것 같았다. 펠릭스에게는 교구의 종교회의와 방문, 시찰이 세계의 원동력이었고, 커스버트에게는 케임브리지가 그랬다. 문명사회에는 대학인도 성직자도 아닌 무수히 많은 하찮은 사람들이 있지만, 이들은 자신의 가치를 평가받고 존중되기보다는 관용이 베풀어져야 할 사람들이라는 것, 이것이 바로 두 형의 생각이었다.

이들은 둘 다 순종적이고 정중한 아들들이었고 정기적으로 부모님을 찾아오곤 했다. 펠릭스는 신학적 입장으로는 훨씬 더 현대에 가까웠지만, 자기희생이나 공정함에서는 아버지만 못했다. 반대 의견에 대해서는 이것이 반대 의견을 지닌 당사자한테 위험하게 보일 때라도 아버지보다 더 너그럽게 보아 넘겼지만, 이 반대가 자신의 가르침을 무시하는 것으로 비쳤을 땐 아버지보다 훨씬 너그럽지 못했다. 커스버트는 대체로 마음이 열려 있는 편이었고, 아주 섬세한 면은 있었지만 따뜻한 마음은 부족했다.

형들과 함께 언덕을 따라 걸어가는 동안, 에인절은 옛 느낌이 되살아났다. 즉, 형들이 자신과 비교해 더 나은 점이 무엇이든 간에, 둘 다 인생을 있는 그대로 볼 줄 모른다는 것이었다. 아마 다른 많은 사람들처럼 이들도 인생을 눈여겨 관찰할 수 있는 기회를 말로 표현할 수 있는 기회만큼 많이 갖지 못했을 것이다. 이들은 자신과 자신의 동료들이 떠 있는 부드럽고 잔잔한 물결 밖에 세상을 움직이고 있는 복합적인 힘들이 있다는 걸 바르게 인식하지 못하고 있었다. 또한 부분적 진리와 보편적 진리 사이의 차이, 즉 교회와 학교 울타리 안에서 말해지는 세상과 실제 바깥세상은 상당히 다르다는 걸 알지 못했다.

"얘, 넌 이제 농사나 짓고 살아야지 다른 건 아무것도 못할 것 같구나."

펠릭스가 막내 동생에게 말했다. 그리고 어둡고 슬픈 표정을 지으며 안경 너머로 먼 들판을 바라보았다.

"그래도 말이야, 이 상황을 최대한 잘 이용해야 해. 내가 부탁하고 싶은 건 가능한 한 도덕적 이상을 잃지 말라는 거야. 물론 농사란 게 겉보기에도 아주 험한 일이지. 하지만 이런 평범한 생활 가운데서도 고상한 생각은 충분히 할 수 있을 거야."

"물론 그렇겠죠."

에인절이 말했다.

"형님의 영역을 좀 침범해서 말하자면, 그건 이미 천구백 년 전에 증명된 것 아니에요? 펠릭스 형님, 왜 내가 고상한 생각과 도덕적 이상을 저버릴 거라 생각하는 거죠?"

"글쎄, 네가 보낸 편지하고 우리가 나눈 이야기의 논조에서 난 네가 지적 판단력을 잃지 않았나 하는 생각이 들었어. 이건 그냥 내 생각일 뿐이야. 커스버트, 넌 그렇게 생각하지 않았어?"

"이보세요, 형님!"

에인절이 냉정하게 말했다.

"알다시피, 우린 아주 의좋은 형제들이에요. 또 각자 자신의 길을 가고 있고요. 하지만 지적 판단력이라는 말이 나왔으니 한마디하죠. 전 형님이 본인 스스로 만족해하는 독선가니까, 제 지성엔 신경 쓰지 말고 형님 지성이 어떻게 되는지나 잘 살폈으면 좋겠어요."

이들은 언덕을 내려와 점심을 먹으러 집으로 돌아왔다. 점심은 특별히 정해진 시간이 없었고, 대개 부모님의 오전 일과가 끝나는 때였다. 편의상 방문객을 오후로 돌릴 수도 있으련만, 희생심 많은 클레어 내외는 그런 일은 생각조차 하지 않았다. 하지만 이 점에 관해 삼형제는 완벽한 의견 일치를 보여, 부모님이 좀더 현대적 사고에 적응하길 바랐다.

오랫동안 걸었던 터라 이들은 배가 고팠다. 특히 이제 농촌 사람이 다 된 클레어는 다소 거칠게 차려진 목장 일꾼들의 푸짐한 식사에 익숙해 있던 터라 한층 더 배가 고팠다. 하지만 부모님은 아직 도착하지 않았고, 아들들이 기다리다 못해 거의 지쳐 떨어질 때쯤에야 집으로 돌아왔다. 희생심이 강한 두 내외는 병든 교구민들 중 몇몇의 식사를 보살펴주었는데, 평소 주장과는 모순되게 환자들한테 음식을 먹여 생명을 유지시키려 애썼던 것이다평소에는 죽으면 하나님 곁으로 간다고 설교하면서 환자에게 음식을 권해 죽지 않도록 한 일을 모순이라고 본 것. 정작 자신들의 식사도 잊은 채 말이다.

식구들이 모두 식탁에 앉자 차갑게 식은 간소한 식사가 이들 앞에 놓였다. 에인절은 주위를 돌아보며 크릭 부인이 보낸 검은 소시지를 찾았다. 그는 부모님이 자신이 그랬던 것처럼 근사한 약초 향을 즐길 수 있도록 목장에서 하던 식으로 잘 구우라고 지시했었다.

"아! 얘야, 검은 소시지를 찾고 있는 모양이구나."

클레어의 어머니가 말했다.

"하지만 네 아버지와 나처럼 너도 이유를 알고 나면 그걸 먹지 못했다고 섭섭해하진 않을 거다. 실은 내가 아버지께 말씀드렸단다. 크릭 부인이 보낸 고마운 선물을 지금 가장이 알코올중독에 걸려 전혀 돈벌이를 못 하는 사람이 있으니 그 집 아이들한테 가져다주자고 말이다. 아버지도 그게 좋겠다며 쾌히 승낙하시더구나. 그래서 그 아이들한테 주었단다."

"잘하셨어요."

에인절이 쾌활하게 대답했다. 그러고는 벌꿀술을 찾아 주위를 두리번거렸다.

"그 벌꿀술은 너무 독한 것 같더구나."

그의 어머니가 계속해서 말했다.

"우리가 마시기엔 적합하지 않지만, 럼주나 브랜디처럼 위급할 땐 요긴하게 쓰일 수 있을 것 같아 약장에 넣어두었단다."

"원칙적으로 이 식탁에서 술은 마시면 안 되는 거야."

그의 아버지가 덧붙였다.

"그럼 크릭 부인한테는 뭐라고 말하죠?"

"당연히 사실대로 말해야지."

그의 아버지가 말했다.

"제 생각엔 차라리 우리가 그 벌꿀술과 소시지를 아주 잘 먹었다고 말하는 게 좋을 것 같은데요. 부인은 친절하고 유쾌한 사람이에요. 내가 돌아가면 틀림없이 물어볼 거라고요."

"먹지도 않았는데 먹었다고 할 순 없는 거야."

아버지가 단호히 대답했다.

"아, 그건 그렇죠. 하지만 그 벌꿀술은 꽤 좋은 티플'술' 이라는 뜻의 속어이란 말이에요."

"꽤 좋은 뭐라고?"

두 형이 동시에 물었다.

"아, 그건 탈보테이즈 목장 사람들이 쓰는 말이에요."

에인절이 얼굴을 붉히며 대답했다. 그는 자기 마음을 알아주지 않는 게 못마땅하긴 했지만, 부모님의 행동이 옳다고 느꼈기 때문에 더이상 아무 말도 하지 않았다.

26

에인절은 가족 예배가 끝난 후, 저녁이 되어서야 비로소 마음에 담고 있던 한두 가지 문제에 대해 아버지께 말할 기회를 갖게 되었다. 형들 뒤에서 양탄자에 무릎을 꿇고 앉아 기도하는 동안, 그는 이들의 구두창과 거기에 박힌 작은 못들을 살피며, 내내 이 일을 어떻게 말씀드릴 것인지를 궁리했다. 예배가 끝나자 형들은 어머니와 함께 방을 나갔고, 그는 아버지와 단둘이 남게 되었다.

청년은 가장 먼저 아버지에게 국내든 식민지든 더 넓은 세상으로 나가 농장을 경영해보고 싶다는 계획을 이야기했다. 그러자 아버지는 에인절에게 케임브리지에 보내는 비용을 들이지 않았기 때문에, 그가 부당하게 차별받고 있다는 느낌을 갖지 않도록 언젠가 땅을 사거나 임대할 수 있게 매년 약간의 돈을 저축

할 생각이라고 말했다.

"세상의 부富를 따지자면, 틀림없이 넌 몇 년만 지나면 네 형들보다 훨씬 더 큰 재산가가 될 거다."

아버지가 이처럼 호의적인 입장을 보이자 에인절은 용기를 내서 또 다른 더 중요한 문제를 끄집어냈다. 그는 이제 자신도 스물여섯 살이 되었고, 본격적으로 농업에 뛰어들려면 모든 면에서 자신을 보조하고 뒷받침해줄 사람—그가 들에 나가 있는 동안 집안을 통솔하고 관리할 사람—이 필요할 거라고 말했다. 그러니 이제 자신도 결혼하는 게 좋지 않겠느냐고 아버지의 의중을 떠보았다.

아버지는 그의 생각이 영 터무니없는 건 아니라고 여기는 듯했다. 그래서 에인절은 다시 물었다.

"검소하고 근면한 농부가 될 저한테 어떤 여자가 가장 어울릴 거라 생각하세요?"

"네가 나갈 때나 들어올 때 늘 도와주고 위로해줄 진실한 기독교인이면 되겠지. 그 나머지는 그리 중요하지 않아. 정말 그런 처녀가 하나 있긴 하지. 바로 내 절친한 친구이자 이웃인 찬트 박사의……."

"하지만 무엇보다 그 아가씬 소젖을 짤 줄도 모르고, 좋은 버터를 만들 줄도, 많은 양의 치즈를 만들 줄도 모르잖아요. 적어도 암탉과 칠면조가 알을 품게 할 줄 알고, 병아리도 기르고, 급할 땐 직접 나서서 들일도 하고, 또 양과 송아지의 값도 매길 줄 아는 여자라야 하지 않겠어요?"

"그래, 모름지기 농부의 아내라면, 맞아, 마땅히 그래야지. 그게 바람직한 거야."

아버지 클레어 씨는 솔직히 이런 점들을 결코 생각해본 적이 없었다.

"한마디 더하자면 말이다…… 네가 정말 순결하고 신실한 여자를 찾는다면, 네 친구 머시보다 더 네게 도움이 될 만한 여자는 없을 게다. 그 애는 네 어머니나 내 마음에도 꼭 들고, 또 전엔 너도 약간 관심이 있었잖니? 사실, 내 친구 찬트의 딸도 최근 들어 이 근처 젊은 신부들의 유행에 맞춰, 교회 절기 때 성찬대—그 애가 어느 날 이걸 제단이라고 말하는 걸 듣고 몹시 놀랐지만—를 꽃이나 다른 것들로 장식하기도 했었지. 하지만 그 애 아버지도 이런 겉치레를 나만큼이나 싫어하는 사람인데, 이건 고쳐질 거라고 하더구나. 처녀 시절 한때 유행처럼 지나가는 것일 테니, 분명 오래가진 않을 거라고 말이야."

"그럼요, 당연히 그렇겠죠. 머시는 착하고 신앙심도 좋은 여자예요, 저도 알아요. 하지만 아버지, 찬트 양만큼 순결하고 덕스러우면서도, 물론 숙녀로서 신앙적 소양은 좀 부족하지만 농부만큼 농장 생활을 잘 이해하고 있는 여자가 저한테 더 잘 어울릴 거라 생각하지 않으세요?

그의 아버지는 농부의 아내로서 갖춰야 할 상식보다 바울처럼 인간을 바라보는 것이 더 중요하다는 자신의 신념을 고집했다. 그러자 마음이 급해진 에인절은 아버지의 감정을 존중하면서도 자신의 이야기를 진전시킬 생각으로 그럴듯하게 둘러댔다. 운명인지 하나님의 섭리인지는 몰라도 우연히 농부의 아내로서의 자질을 모두 갖춘 한 여자를 만났는데, 마음 씀씀이가 아주 진지하다는 것이었다. 또 그녀가 아버지의 건전한 저교회파와 관련이 있는지 없는지는 알 수 없지만, 이 문제에 관해 그녀는 아버지의 신념을 받아들일 거라고 말했다. 그녀는 주일마다 빼놓지 않고 교회에 나가고 있으며, 정직하고, 영리하고, 총명하며, 품위도 있고, 수녀처럼 순결하고, 용모가 남달리 아름답다는 것이었다.

"너와 어울릴 만한 집안의 아가씨냐? 이를테면 숙녀냔 말이다."

놀란 어머니가 물었다. 그녀는 부자가 이야기를 나누는 동안 슬그머니 들어와 있었던 것이다.

"우리가 흔히 말하는 그런 숙녀는 아니에요."

에인절이 굴하지 않고 말했다.

"왜냐하면 가난한 농부의 딸이거든요. 전 오히려 이 점을 자랑스럽게 생각해요. 어쨌든 마음 씀씀이나 행동거지만은 숙녀 못지않으니까요."

"머시 찬트는 아주 훌륭한 집안의 아가씨야."

"나 참, 어머니도! 그런 게 다 무슨 소용이에요?"

에인절이 재빨리 말을 받아쳤다.

"저처럼 가문을 손상시켜야 할 사람이 그런 훌륭한 집안 아가씨를 데려다 뭘 하겠냐고요?"

"머시는 교양 있는 아가씨야. 교양에는 매력이 묻어나는 법이지."

은테 안경 너머로 그를 보며 어머니가 되받아쳤다.

"외적인 교양이란 게, 제가 앞으로 꾸려나갈 인생에 무슨 소용이 있겠어요? 독서에 관한 거라면 제가 책임지고 봐주면 돼요. 좋은 학생이 될 자질이 충분한 사람이니까요. 어머니도 그녀를 보시면 저와 똑같이 말씀하실 거예요. 그녀는 시로 가득 차 있어요. 아니, 그녀의 삶 자체가 시라고 할 수 있죠. 이른바 시인이라는 사람들이 종이에 끄적이는 것들을 그녀는 직접 삶으로 보여주고 있다니까요…… 그리고 장담하건대 나무랄 데 없는 기독교인이에요. 아마 어머니가 널리 알리고 싶어 하는 그런 부류, 그런 유형의 사람일 거예요."

"오, 에인절! 지금 이 어미를 놀리는 거냐?"

"죄송해요, 어머니. 하지만 그녀는 주일을 빼놓지 않고 잘 지키는 착하고 독실한 사람이에요. 이런 품성을 감안해서, 어머니께서도 그녀의 사회적 약점 같은 건 너그럽게 봐주실 거라 믿어요. 그리고 저한테는 그녀보다 더 좋은 사람은 없을 것 같아요."

에인절은 자신이 사랑하는 테스가 정통적 신앙—이것이 이처럼 유용하게 쓰일 줄은 꿈에도 생각지 못했다—을 지녔다고 아주 열심히 주장했다. 하지만 그는 사실 그녀나 다른 젖 짜는 처녀들한테서 이 같은 신앙의 모습을 발견할 때면 경멸해버리기 일쑤였다. 왜냐하면 이것은 본질적으로 자연과 미신을 믿으며 살아가는 이들에게 명백히 비현실적이었기 때문이다.

클레어 부부는 전혀 알지도 못하는 젊은 처녀를 정통적 신앙인이라고 주장하는 아들의 말이 과연 얼마나 옳은지 자못 의심스러웠지만, 그 처녀가 적어도 종교에 대한 사고가 건전하다는 것만은 무시하지 말고 좋게 봐야 한다고 생각하기 시작했다. 게다가 이 두 사람의 우연한 만남이 하나님의 섭리에 의한 것일지도 모른다는 생각마저 들었다. 왜냐하면 에인절이 지금껏 단 한 번도 정통적 신앙을 자신의 선택기준으로 내세운 적이 없었기 때문이다. 결국 클레어 부부는 경솔하게 서두르지 않는 게 좋을 것이며, 그녀를 한번 보는 건 반대하지 않겠다고 말했다.

그래서 에인절은 당장은 더이상 자세한 이야기를 하지 않기로 마음먹었다. 그의 부모님은 남달리 성실하고 희생적인 분들이었지만, 집안에 대한 자부심으로 이들의 마음속엔 아직까지 편견이 남아 있었고, 이걸 극복하는 데는 약간의 요령이 필요함을 느꼈기 때문이다. 물론 법적으로는 마음대로 선택할 권리가 있었고, 또 이들과 멀리 떨어져 있으니 며느리의 자격조건이 두 분의 평판에 실질적인 해를 끼치진 않겠지만, 그는 자신의 인생에서 가장 중대한 결정을 하면서 두 분의 마음을 상하게 하고 싶지는 않았다.

그는 테스의 생활에서 나타난 우연한 것들이 마치 그녀의 중요한 특성들인 양 생각하고 있는 모순된 자신의 모습을 발견했다. 그가 사랑한 것은 그녀 자신이었다. 그녀의 영혼, 그녀의 마음, 그녀의 본질을 사랑한 것이지, 그녀의 젖 짜는 기술이나 학생으로서의 자질, 혹은 형식적인 신앙고백 때문에 사랑한 건 결코 아니었다. 어떤 인습도 필요치 않은, 닳지 않고 꾸밈없는 그녀의 모습이 좋았던 것이다. 그는 지금껏 배운 교육이 가정의 행복을 좌우하는 감정이나 자극을 일으키는 데 별로 영향을 주지 않는다는 생각을 갖고 있었다. 혹 많은 세월이 흘러 도덕적이고 지적인 훈련체계가 개선된다면, 인간의 본성 중 비자발적인 부분이나 심지어 무의식적 본능까지도, 어느 정도, 어쩌면 상당한 정도로 고양시킬 수 있을지도 모르겠다. 하지만 현재까지 그가 아는 한, 교양이란 그 영향권에 들어 있는 사람들의 정신적 표피층에만 영향을 주는 것이었다. 이러한 믿음은 최근 들어 그가 겪은 여성들—교양 있는 중류층 여성에서부터 시골 농촌 마을의 여성에 이르기까지—을 통해 더욱 확고해졌다. 이 경험을 통해 그는 각기 다른 두 사회계층에서 말하는 착하고 지혜로운 여성의 본질적 차이라는 것이 같은 계층이나 계급 내의 선한 여성과 악한 여성, 지혜로운 여성과 어리석은 여성의 차이에 비하면 얼마나 하찮은 것인지를 깨닫게 되었다.

그가 떠나는 날 아침이었다. 형들은 이미 사제관을 떠나 북쪽을 향해 걸어가고 있었다. 거기서 한 명은 대학으로, 다른 한 명은 교구로 돌아갈 예정이었다. 에인절은 형들을 따라갈 수도 있었지만 탈보테이즈에 있는 자신의 연인을 다시 만나는 게 더 좋았다. 이들과 동행했다면 아마 어색한 여행이 되었을 것이다. 왜냐하면 그는 세 형제 중 가장 안목 있는 인도주의자요, 가장 이상적인 종교인이며, 심지어 신학적으로도 가장 박식했지만, 깊은 의식 속에는 자신의 모난 성격이 자신을 위해 준비된 둥근 구멍에는 맞지 않을 거라는 소외감이 늘 자리 잡고 있었기 때문이다. 그래서 펠릭스나 커스버트 누구한테도 테스에 관해 말하지 않았다.

어머니는 그에게 샌드위치를 만들어주었고, 아버지는 자신의 말을 타고 길을 따라 얼마간 동행했다. 계획했던 일을 상당히 진척시켰다고 판단한 에인절은 아버지와 함께 그늘진 길을 따라 천천히 나아가는 동안 일부러 아무 말 없이 아버지의 말에 귀를 기울였다. 아버지는 먼저 교구의 어려운 일들을 이야기했고, 또 까다로운 칼뱅주의 교리에 근거해 신약성서를 지나치게 엄격하게 해석한다는 이유로 동료 신부들이 자신에게 냉담한 태도를 보인다는 말도 했다.

"까다롭다니!"

가볍게 경멸하는 투로 클레어 신부가 말했다. 그러고는 이런 생각의 불합리성을 보여주는 경험들을 계속해서 열거했다. 그는 망나니 같은 사람들—이중엔 가난한 사람들뿐 아니라 유복한 부자들도 있었다—이 자신의 설교를 듣고 놀랍게 개심했던 일들에 대해 말했다. 또한 많은 실패의 경험도 있었다는 걸 솔직히 시인했다.

후자의 한 예로써, 그는 약 60킬로미터 정도 떨어진 트랜트리지 근처에 살고 있는 더버빌이라는 한 젊은 벼락부자의 경우를 들었다.

"킹즈비어를 비롯한 여러 곳에 정착하고 있던 명문 더버빌 가 말씀인가요?"

아들이 물었다.

"그 사륜마차 귀신 이야기더버빌 가에서 어떤 흉사가 일어나려면 가족들의 귀에 마차 달리는 소리가 들린다는 이야기로 뒤에 여러 차례 언급된다로 유명한, 꽤나 떵떵거렸던 집안이잖아요. 물론 지금은 몰락했지만요."

"아, 아니야. 원래 더버빌 가는 육십 년인가 팔십 년 전에 몰락해서 사라져버렸지. 적어도 내가 알기로는 그래. 지금 이 집안은 그 이름을 따온 새로운 집안인 것 같은데, 그 옛날 기사를 지냈던 이 가문의 명성을 봐서라도 난 이들이 가짜였으면 좋겠다. 그런데 네가 그런 옛날 가문에 관심을 보이다니, 참 별일이구나. 나보다 그런 걸 더 무시하는 줄 알았는데."

"그렇다면 절 잘못 보신 거예요, 아버지. 하긴 종종 그러셨죠."

에인절이 약간 퉁명스럽게 말했다.

"정치적인 면에선 과연 유서 깊은 명문들이 그 이름만큼 고결한 가치를 지니는지 상당히 회의적이에요. 물론 이들 중 사려 깊은 몇몇 가문은 햄릿의 말처럼 '자신들의 세습을 반대하고' 나서기도 했어요. 하지만 시적으로나 극적으로는 심지어 역사적으로도 전 이들에게 우호적인 편이에요."

사실 이 구별은 결코 어려운 게 아니었지만, 클레어 신부에겐 너무 미묘하게 느껴졌다. 그래서 그는 처음에 하다 만 이야기를 다시 꺼냈다. 소위 더버빌이라고 하는 노인이 죽고 난 후, 그 젊은이는 눈먼 어머니가 있었음에도 불구하고 철이 들어야 할 상황에서 오히려 더 망나니처럼 굴고 허랑방탕한 생활을 했다는 것이다. 이때 마침 전도를 위해 그 지방에서 설교를 하고 있던 클레어 신부의 귀에 그의 행실과 이력에 관한 소문이 들리게 되었다. 마침내 그 망나니에게 설교할 기회가 오자, 대담하게도 신부는 그의 정신 상태를 꼬집어 말했다. 비록 자신이 타지방 사람이고, 또 다른 이의 설교단에 서 있긴 하지만 그는 이 일을 자신의 의무로 느꼈고, 그래서 단도직입적으로 누가복음의 구절을 인용했다.

'어리석은 자여, 오늘 밤에 네 영혼을 도로 찾으리니!'

그 젊은이는 이처럼 직접적인 인신공격에 몹시 분개했고, 두 사람은 설전을 벌이게 되었는데 이 와중에 그는 양심의 가책은커녕 오히려 공공연히 클레어 신부에게 마구 욕설을 퍼부어댔다는 것이다.

에인절은 고통스러워 얼굴이 벌게졌다.

"아버지!"

그가 침통한 목소리로 말했다.

"제발, 이제 그런 망나니 같은 녀석들은 상대하지 마세요! 괜히 아버지만 고통받으시잖아요."

"고통이라고?"

그의 아버지가 말했다. 그의 수름신 얼굴엔 자기희생의 열정이 엿보였다.

"내 유일한 고통은 불쌍하고 어리석은 그 청년을 위한 것뿐이야. 그 청년이 분개해서 내뱉은 말들이 내게 조금이라도 고통을 주었을 것 같니? 설사 주먹이 날아왔다 해도 개의치 않았을 거다. '후욕을 당한즉 축복하고 핍박을 당한즉 참고 비방을 당한즉 권면하니 우리가 지금까지 세상의 더러운 것과 만물의 찌끼

같이 되었도다.' 고린도전서 4장 12절 그 옛날 고린도 교회 사람들에게 주었던 이 고결한 말씀은 지금 이 시간에도 정확히 들어맞는 진리란다."

"아버지, 주먹질은 없었죠? 설마 녀석이 주먹까지 쓰진 않았겠죠?"

"그래, 그런 일은 없었어. 술이 취해 정신 나간 사람들한테 얻어맞은 적은 있었지만."

"말도 안 돼요!"

"아마 열두어 번은 될 거다. 그러면 좀 어떠냐? 그렇게 해서라도 그들을 죄로부터 구해줬으면 된 거지. 그 이후 그들은 내게 고마워하며 지금도 하나님을 찬양하고 있단다."

"그 망나니 같은 녀석도 그랬으면 좋겠는데!"

감정이 다시 북받치는 듯 에인절의 말투가 거칠었다.

"하지만 아버지 말씀으로 봐서는 도무지 그럴 것 같지 않아요."

"그래도 그러길 바라야지."

클레어 신부가 말했다.

"아마 이 세상에선 결코 만나지 못할 것 같지만, 난 지금도 그 청년을 위해 계속 기도하고 있단다. 언젠가 보잘것없는 내 말 한 마디가 좋은 씨앗이 되어 마침내 그의 가슴에 싹을 틔울지도 모르니까."

늘 그렇듯, 지금도 클레어 신부는 마치 어린애처럼 낙천적이었다. 에인절은 부모님의 편협한 교리를 받아들일 순 없었지만, 아버지의 이런 실천을 높이 평가했고, 그때마다 경건함 속에 가려져 있던 영웅의 모습을 발견하곤 했다. 테시를 아내로 맞아도 되냐는 물음에 한 번도 그녀가 유복한지 궁핍한지에 관해 묻지 않는 걸 보고, 그는 전보다 한층 더 아버지의 실천을 존경하게 되었는지도 모른다. 이처럼 세속의 때가 묻지 않은 아버지의 정신이 에인절로 하여금 농부들과 어울려 생활하게 했고, 그의 형들로 하여금 이들이 성직자로 활동하는 동안은 가난한 신부의 위치를 지키도록 했을 것이다. 에인절은 종종 인간적인 측면에서 볼 때 자신이 두 형들보다 아버지와 더 가깝다고 느끼곤 했다.

27

한낮의 태양을 고스란히 받으며 30킬로미터가량 언덕과 계곡을 오르내린 후, 오후엔 탈보테이즈 서쪽으로 2, 3킬로미터 정도에 뚝 떨어져 있는 한 작은 언덕에 도달했다. 그는 여기서 또다시 수액과 물이 흐르는 초록 계곡, 즉 바 강 계곡을 내려다보았다.

언덕을 내려와 비옥한 충적토 지대에 이르자마자 공기가 점점 더 무거워지기 시작했다. 여름 과일들, 안개, 건초, 꽃들이 발산하는 나른한 향기가 여기에 커다란 향기 웅덩이를 만들어놓아, 이 때문에 소들과 작은 벌들과 나비들까지 졸고 있는 듯했다. 클레어는 이제 아주 익숙한 곳까지 와 있어서, 저 멀리 풀밭에 점점이 흩어져 있는 소들의 이름을 모두 알 수 있을 정도였다. 그는 이곳에 와서 인생을 그 내면에서부터 관조하는 법을 체득했다는 게 무척 흐뭇했다. 이것은 학창 시절엔 전혀 깨닫지 못했던 것이다. 그는 부모님을 몹시 사랑했지만, 집에서 식구들과 지내다 이곳으로 돌아오니 마치 부목과 붕대를 풀어 던져버린 듯 홀가분함을 느끼지 않을 수 없었다. 게다가 이곳 탈보테이즈에는 토착 지주가 없어서 영국 농촌 사회에 널리 퍼져 있는 관습적인 구속 같은 것도 전혀 없었다.

목장 밖에는 한 사람도 보이지 않았다. 다들 평소처럼 한 시간가량의 오후 낮

잠을 즐기고 있었다. 여름에는 아침에 아주 일찍 일어나야 하기 때문에 낮잠 시간이 필요했던 것이다. 문간에 있는 나무 테를 두른 축축한 우유통들은 수없이 문질러대는 바람에 허옇게 변색이 된 채, 모자걸이에 걸린 모자들처럼 우유통을 걸기 위해 거기 놓아둔 껍질 벗겨진 참나무 가지에 걸려 있었다. 이 통들은 저녁 우유를 짤 때 쓰려고 말리고 있는 중이었다. 에인절은 집 안으로 들어가 조용한 복도를 지나 뒤쪽 숙소로 가서 잠시 귀를 기울여보았다. 남자 일꾼들 중 몇 명이 자고 있는 짐마차 창고에서 일정하게 코 고는 소리가 들려왔고, 더 먼 곳에서는 더위 먹은 돼지들이 꿀꿀거리며 시끄럽게 소리를 질러대고 있었다. 잎사귀가 넓은 대황과 양배추도 뜨거운 태양 아래, 마치 절반쯤 접은 우산처럼 넓은 잎을 축 늘어뜨린 채 잠들어 있었다.

그는 말의 안장을 풀고 먹이를 주었다. 그런 다음 다시 집으로 들어왔을 때 시계가 세 시를 쳤다. 세 시라면 크림을 걷어내는 작업을 해야 할 시간이었다. 클레어는 시계 종소리와 함께 위층 마룻바닥이 삐걱거리는 소리를 들었다. 이어서 계단을 내려오는 발소리가 들렸다. 바로 테스의 발소리였다. 잠시 후 그녀가 그의 눈앞에 모습을 드러냈다.

테스는 그가 들어오는 소리를 듣지 못했던 터라, 그가 거기 있을 줄은 전혀 예상치 못하고 있었다. 그녀는 크게 하품을 했고, 그는 마치 뱀의 입속처럼 빨간 그녀의 입속을 보았다. 또한 감아올린 머리카락 위로 한 손을 높이 뻗어 기지개를 켜는 바람에 햇볕에 탄 피부 위쪽으로 매끄러운 살이 보였다. 아직 잠기운이 남아 있는 그녀의 얼굴은 홍조를 띠었고 눈꺼풀은 눈동자 위에 무겁게 걸려 있었다. 그녀의 온몸에서 자연스런 매력이 넘쳐흘렀다. 한 여인의 영혼이 다른 어느 때보다 더 구체적으로 피와 살을 갖추는 순간이었다. 이때 고결한 정신적 아름다움은 자신의 모습을 육체로 드러내고, 성性이 밖으로 표현되어 나타나는 것이다.

그리고 나머지 얼굴이 완전히 잠을 깨기도 전, 그녀의 눈동자가 흐릿한 시야를 통해 밝게 빛났다. 기쁨과 수줍음과 놀라움이 묘하게 뒤섞인 표정으로 그녀가 소리쳤다.

"아니, 클레어 씨! 얼마나 놀랐는지 몰라요, 전……."

그녀는 너무 당황한 나머지 처음엔 그가 사랑을 고백한 이후 자신들의 관계가 변했다는 걸 생각할 틈이 없었다. 하지만 계단을 다 내려와 클레어의 애정 어린 표정을 대하는 순간, 그녀의 얼굴에 모든 걸 다 파악한 듯한 표정이 떠올랐다.

"사랑하는 테시!"

그녀를 껴안고 자신의 얼굴을 그녀의 상기된 뺨에 가져다 대며 그가 속삭였다.

"제발, 이제 그 '씨' 자는 좀 빼줘요. 당신 때문에 이렇게 서둘러 왔단 말이오!"

이에 화답이라도 하는 듯 테스의 민감한 가슴이 그의 가슴에 대고 마구 뛰었다. 이들은 문간의 붉은 벽돌 바닥에 서 있었다. 창문을 통해 비스듬히 들어온 햇빛이 그녀를 꼭 끌어안고 있는 그의 등, 기울어진 그녀의 얼굴, 관자놀이에 드러난 파란 핏줄, 맨살이 드러난 팔과 목덜미, 그리고 머리카락 깊숙이까지 비추었다. 옷을 입은 채 잠을 잤던 터라, 그녀의 몸은 햇빛을 받은 고양이처럼 따뜻했다. 그녀는 처음엔 그를 똑바로 쳐다보려 하지 않았지만 곧 눈을 들었다. 두 번째 잠에서 깬 이브가 아담을 바라보듯 테스가 그를 바라보는 동안, 그는 파란색, 검정색, 보라색 빛을 띠며 매 순간 변하는 그녀의 눈동자를 깊이 들여다보았다.

"이제 그만 크림을 걷으러 가야 해요."

그녀가 애원조로 말했다.

"오늘 절 도와줄 사람은 뎁 할머니밖에 없단 말이에요. 크릭 부인은 크릭 씨와 시장에 가고 없고, 레티는 몸이 안 좋아요. 나머지 둘은 어디론가 나갔는데

젖을 짤 시간에나 돌아올 것 같거든요."

이들이 우유 창고 쪽으로 가고 있을 때, 데보라 파인더가 계단에 나타났다.

"데보라, 내가 돌아왔어요."

위쪽을 보며 클레어가 말했다.

"내가 테스를 도와 크림 걷는 작업을 할게요. 피곤할 테니 젖을 짤 때까지 내려오지 말고 좀더 쉬어요."

아마 그날 오후 탈보테이즈 목장의 우유는 크림이 완전히 걷히지 않았을 것이다. 테스는 꼭 꿈을 꾸는 것만 같았고, 그 안에 있는 익숙한 물건들의 명암과 위치는 알 수 있었지만 뚜렷한 윤곽은 보이지 않았다. 매번 작업을 위해 국자를 식히려고 펌프 아래 집어넣을 때마다 그녀의 손이 떨렸고, 그의 뜨거운 사랑이 얼마나 선명하게 감지되는지, 마치 불타는 태양 아래 놓인 식물처럼 몸을 움찔거리곤 했다.

이때 그가 또다시 그녀를 자기 쪽으로 끌어안았다. 그녀가 집게손가락으로 크림 가장자리를 빙 돌려 잘라내고 나면 그가 이걸 입으로 빨아 깨끗하게 해주곤 했다. 왜냐하면 지금은 이처럼 아무 거리낌 없는 자연스런 모습이 탈보테이즈 목장에 가장 어울렸기 때문이다.

"테스, 나중에 말하는 것보다 지금이 딱 좋을 것 같소."

그가 차분히 말을 꺼냈다.

"이건 아주 현실적인 문제인데, 당신의 대답을 듣고 싶소. 실은 지난주 우리가 풀밭에서 만난 이후, 죽 생각해오던 문제요. 난 곧 결혼을 할 거요. 또 당신도 알다시피 난 농부가 될 테니, 가능한 한 농사 일을 잘 아는 여자를 아내로 삼고 싶소. 테스, 내 아내가 되어주겠소?"

그는 깊은 생각 없이 일시적 충동에 의해 즉흥적으로 내뱉은 말이라는 인상을 주지 않도록 이 같은 식으로 말했다.

그녀는 매우 놀란 듯 얼굴이 하얗게 질려 있었다. 그와 가까이 지내며 그를 사랑하게 된 건 피할 수 없는 일이었지만 이처럼 갑작스런 결과가 오리라고는 전혀 예측하지 못했던 것이다. 따지고 보면 클레어도 마찬가지였다. 이렇게 빨리 그녀 앞에서 속마음을 고백하게 될 줄 자신도 몰랐으니 말이다. 가슴이 너무 쓰리고 아팠지만, 그녀는 수치심을 아는 여인으로서 스스로 다짐했던 불가피한 말들로 대답을 대신했다.

"아, 클레어 씨! 전 당신의 아내가 될 수 없어요. 도저히 그럴 수 없다고요!"

마치 자신의 결심에 못을 박듯 테스는 이 말을 내뱉으며 가슴이 무너져 내렸고, 너무 서럽고 원망스런 나머지 고개를 떨구고 말았다.

"아니, 테스!"

그녀의 대답에 깜짝 놀라 그녀를 더 애절하게 끌어안으며 그가 말했다.

"지금 아니라고 한 거요? 분명 날 사랑하고 있잖소?"

"아, 그럼요, 그렇고말고요! 할 수만 있다면 세상 누구도 아닌 바로 당신과 결혼할 거예요."

괴로운 테스는 솔직하게 말했다.

"그래도 당신과 결혼할 순 없어요!"

"테스……."

약간 거리를 유지하며 그가 말했다.

"다른 사람하고 약혼한 모양이군요."

"아, 아니에요!"

"그럼 왜 내 청혼을 거절하는 거요?"

"결혼하고 싶지 않아서요! 한 번도 생각해본 적이 없거든요. 난 그냥 당신을 사랑하고 싶을 뿐이에요. 결혼은 안 돼요."

"아니, 왜?"

핑계를 댈 수밖에 없었기에 그녀는 말을 더듬거렸다.

"당신 아버지는 신부님이시잖아요. 또 어머니도 나 같은 며느리는 보고 싶지 않으실 거예요. 당신과 잘 어울리는 지체 높은 집안의 아가씨를 맞고 싶으실 테니까요."

"말도 안 되는 소리! 난 이미 두 분께 우리 일을 말씀드렸소. 이번에 집에 다녀온 건 그 일 때문이기도 했단 말이오."

"그래도 난 못 할 것 같아요. 절대로, 절대로요!"

그녀가 거듭 말했다.

"이봐요, 예쁜 아가씨. 내 얘기가 너무 갑작스러웠던 건가?"

"그래요, 전혀 예상치 못했으니까요."

"테시, 정 그렇다면 당신한테 시간을 좀 주리다. 돌아오자마자 불쑥 이런 얘길 해서 무척 놀란 모양인데, 당분간은 이 얘길 꺼내지 않겠소."

그녀는 반짝거리는 국자를 다시 집어 들고 펌프 밑으로 집어넣어 작업을 재개했다. 하지만 아무리 애써도 다른 때처럼 정확하고 섬세하게 크림을 걷어낼 수가 없었다. 어떨 땐 국자가 우유 속으로 푹 들어가기도 하고, 또 어떨 땐 허공에 뜨기도 했다. 깊은 슬픔의 눈물이 시야를 가려 거의 앞을 볼 수 없을 지경이었지만, 그녀는 자신의 가장 친한 친구이자 사랑하는 보호자에게 이 슬픔의 내력을 설명할 수가 없었다.

"크림을 걷을 수가 없네요. 도저히 안 되겠어요!"

그에게서 돌아서며 그녀가 말했다. 사려 깊은 클레어는 더이상 그녀를 자극하거나 방해하지 않으려고, 보다 일반적인 이야기로 화제를 돌려 말하기 시작했다.

"당신은 지금 우리 부모님을 완전히 오해하고 있소. 두 분은 더할 수 없이 소박하고, 욕심이라곤 눈곱만큼도 없는 분들이오. 아주 보기 드문 복음주의 교파

시거든. 테시, 당신도 복음주의 교파 아니었소?"

"그런 건 잘 몰라요."

"당신은 매번 빠지지 않고 교회에 잘 나가잖소. 내가 듣기로는 이곳 신부님은 고교회파가 아니라고들 하던데."

테스는 매주 신부의 설교를 들었지만, 그의 견해에 관해서는 한 번도 그 신부의 설교를 들어보지 못한 클레어보다 더 아는 바가 없는 것 같았다.

"전 설교를 들을 때, 그 말씀에 좀더 깊이 집중할 수 있었으면 좋겠어요."

일반적인 이야기를 하듯 그녀가 아주 편하게 말했다.

"그래서 종종 슬퍼질 때가 있어요."

그녀가 너무 솔직히 말을 해서 에인절은 설령 그녀가 자신의 교파가 무엇인지 모른다 해도—고교회파인지 저교회파인지 아니면 광교회파인지—아버지가 종교적인 이유로 그녀를 반대하진 않을 거라는 확신이 들었다. 그녀가 가진 이 난잡한 신앙은 분명 어릴 적부터 주입받아온 것으로, 사용하는 용어나 말투를 보면 사실상 트랙태리언영국 교회 내의 지나친 복음주의적 청교도주의에 반대하고 초기 가톨릭 교리로의 복귀를 주창한 이른바 옥스퍼드 운동에 속하지만, 본질적으로는 범신론에 가깝다는 것을 그는 잘 알고 있었다. 하지만 난잡하든 어떻든 간에 그는 그녀의 신앙을 조금도 방해하고 싶지 않았다.

네 누이가 기도할 땐 그녀를 방해하지 마라,
그녀의 어릴 적 천국과 행복한 상상들도 그대로 두라.
희미한 암시로 어지럽게 하지 마라,
즐거운 날들로 이어지는 삶을.

테니슨의 장시 『인 메모리엄(In Memoriam)』의 한 구절 그는 때때로 이런 충고가 진실하다기보다는 그저 음악적으로 아름다운 것일 뿐이라고 생각했었다. 하지만 지금은 기꺼운 마음으로 이를 받아들였다.

에인절은 더 나아가 이번에 집에 가서 있었던 일들과 아버지의 생활방식, 원칙에 대한 그의 열정 등을 계속해서 이야기했고, 테스는 점차 진정이 되어 크림을 걷을 때도 손을 떨지 않게 되었다. 그녀가 하나를 끝내고 다른 것으로 옮길 때마다 그가 따라와서 우유가 흘러나오도록 마개를 뽑아주곤 했다.

"들어올 때 보니까 약간 풀이 죽어 있는 것 같던데요."

화제를 자신의 문제가 아닌 다른 데로 돌려보려는 생각으로 그녀가 용기를 내어 말을 꺼냈다.

"잘 봤소, 실은, 아버지가 나한테 어떤 문제나 어려움들을 이야기하면 늘 기분이 가라앉곤 한다오. 아버진 지나치게 열정적인 분이라 다른 생각을 가진 사람들한테 비난을 받거나 험한 꼴을 당할 때가 종종 있소. 난 아버지처럼 나이 드신 분이 그런 치욕과 멸시를 당했다는 소릴 들으면 화가 치밀어 참을 수가 없소. 더군다나 열심도 지나치면 아무런 득이 되지 않기 때문에 더 속이 상한 거요. 아버지께서 꽤 최근에 있었던 아주 불쾌한 사건 하나를 이야기해주셨소. 여기서 육십 킬로미터 떨어진 트랜트리지 근처에 어떤 선교단체 대표로 설교를 하러 가셨는데, 거기서 웬 난봉꾼 같은 녀석을 만났다지 뭐요. 사명감이 발동한 아버지는 녀석한테 따끔하게 훈계를 해야겠다고 생각하신 모양이오. 아마 그 근방 어느 지주의 아들이었던가본데 그 어머니는 앞을 보지 못한다고 했소. 아버지는 그에게 단도직입적으로 말했고, 그때문에 한바탕 큰 소동이 벌어졌다는 얘기였소. 아버지도 참 딱하시지, 소용없을 게 뻔한데 왜 낯선 사람한테 설교를 하시느냔 말이오. 하지만 일단 당신의 임무라고 생각하면, 그게 무엇이든 때를 가리지 않고 꼭 하고야 마는 성격이니 어쩌겠소. 당연히 적이 많이 생길 수밖에. 이들 중에는 정말 악한 사람들도 있지만 또 간섭받지 않고 편히 살려는 사람들도 있소. 아버진 그런 일을 당하고도 오히려 자랑으로 여기시고, 간접적으로나마 좋은 일이 생길 거라 말씀하신다오. 하지만 이젠 나이도 많으시고 힘도 부치는데 그런 일에는 관여하지 않았으면 좋겠소. 그런 돼지 같은 녀석은 그냥 진흙탕 속에서 뒹굴라고 내버려 두고 말이오."

테스는 표정이 굳어지면서 지쳐 보였고, 붉은 입매도 몹시 슬퍼 보였다. 하지만 더이상은 어떤 떨리는 기색도 내비치지 않았다. 클레어는 다시금 아버지 생각을 하느라 그녀를 유심히 살피지 못했다. 그래서 이들은 직사각형 모양의 흰 우유통들을 따라가며 작업을 마친 후 그것들을 모두 비웠다. 그제야 다른 두 처녀가 돌아와 각자의 우유통을 가져갔고, 뎁도 새 우유를 담을 우유통들을 씻으러 들어왔다.

"테시, 그럼 내 물음에는?"

"아, 안 돼요, 안 될 말이에요!"

마치 자신의 끔찍한 과거를 다시 기억해낸 것처럼 그녀의 대답은 아주 단호했다.

"절대 그럴 수 없어요!"

바깥바람에 슬프고 답답한 마음을 날려버리려는 듯 그녀는 밖으로 나가 풀밭을 향했고 곧바로 다른 처녀들과 합류했다. 이들은 모두 멀리서 풀을 뜯고 있는 소들을 향해 앞으로 나아갔다. 마치 한 무리의 야생동물처럼 대담하고 우아하게 나아가는 이들의 모습은 한없이 펼쳐진 우주공간에 익숙한, 무모하고 거침없는 여인들의 몸짓이었다. 이들은 마치 파도에 몸을 맡긴 채 헤엄치는 사람들처럼 자신들의 몸을 대기 속에 맡겨버렸다. 이제 그의 눈엔 이처럼 인공의 거처가 아닌, 아무 제약도 없는 자연에서 다시 짝을 찾고자 하는 테스의 모습이 아주 자연스러워 보였다.

28

그녀의 거절이 몹시 뜻밖이긴 했지만, 클레어는 언제까지 풀이 죽어 있진 않았다. 그는 여자들을 충분히 겪어보았던 터라, 여자들의 부정이란 종종 긍정의 서곡에 불과한 것임을 알고 있었다. 하지만 그의 경험은 테스의 부정이 수줍어 망설이는 것과는 크게 다르다는 걸 알 만큼 충분치 못했다. 그는 그녀가 이미 자신의 사랑을 받아들였다는 걸 또 다른 확증으로 간주했지만, 들판이나 목장에서 그녀가 '공연한 한숨'을 짓는 것이 결코 하찮게 보아 넘길 일이 아니라는 걸 충분히 알지 못했다. 야심이 많은 집안의 처녀들은 대체로 어떻게든 결혼을 잘 하려고 하기 때문에 사랑에 대한 건강한 사고가 마비되어 결국 사라져버리는 반면, 이곳에선 종종 연애라는 게 보다 쉽게 받아들여졌고, 주로 사랑 그 자체를 즐기려는 분위기였다.

"테스, 왜 그렇게 딱 잘라 안 된다고 말한 거요?"

며칠이 지난 후 그가 물었다. 그녀는 속으로 움찔했다.

"더이상 묻지 마세요. 이미 말씀 드렸잖아요, 어느 정도는요. 난 그리 좋은 배우자 감이 아니에요. 그럴 자격이 없다니까요."

"대체 왜? 명문 집안의 숙녀가 아니라서?"

"맞아요, 말하자면 그런 거죠."

그녀가 중얼거리듯 말했다.

"당신 식구들은 모두 날 비웃을 거예요."

"장담컨대 그건 정말 오해요. 우리 부모님은 절대 그런 분들이 아니오. 또 형들로 말하자면, 그들이 뭐라든 상관없소. 난 전혀 개의치 않으니까……."

그는 그녀가 빠져나가지 못하게 두 팔을 그녀의 등 뒤로 돌려 손가락에 깍지를 꼈다.

"이봐요, 아가씨. 진심이 아니었던 거죠? 분명 진심이 아니었을 거야! 당신이 자꾸 그러니까 불안해서 책도 안 읽히고, 하프도 켜지지 않고, 도무지 아무것도 할 수가 없단 말이오. 테스, 서두르진 않겠소. 하지만 당신의 그 따뜻한 입술로 언젠가 내 사람이 될 거라는 말을 듣고 싶소. 언제든 당신이 원하는 그때에 말이오. 어쨌든 언젠가는?"

그녀는 고개만 가로저을 뿐 아무 말 없이 그에게서 시선을 돌렸다. 클레어는 그녀를 유심히 바라보았다. 그는 마치 상형문자를 판독하듯 그녀의 얼굴에 드러난 표정을 자세히 살폈다. 거절은 진심인 것 같았다.

"그렇다면 당신을 이렇게 안고 있어선 안 되지, 안 그렇소? 난 아무 권리도 없는 사람이니까. 당신이 있는 곳을 찾을 권리도, 당신과 함께 걸을 권리도 없단 말이오! 테스, 솔직히 말해보시오, 혹시 다른 사람을 사랑하고 있소?"

"어떻게 그런 말을!"

줄곧 감정을 억제하며 그녀가 말했다.

"나도 그게 아니라는 건 알고 있소. 그럼 대체 뭣 때문에 날 거부하는 거요?"

"당신을 거부하는 건 아니에요. 난 당신이 날 사랑한다고 말해주길 원해요. 또 나와 함께 있을 땐 언제든 그렇게 말해도 돼요. 조금도 불쾌하지 않으니까요."

"그런데도 남편으로는 받아들이지 못하겠다는 거요?"

"아, 그건 다른 문제예요. 그건 모두 당신을 위한 거예요, 진심이에요! 제발 믿어줘요, 오직 당신을 위한 거라니까요! 난 당신의 아내가 되겠다는 행복한 약속을 스스로에게 하고 싶지 않아요. 왜냐하면, 왜냐하면 그래서는 안 된다고 믿기 때문이죠."

"하지만 당신은 충분히 날 행복하게 해줄 수 있단 말이오!"

"아, 물론 그럴 수도 있겠지만, 당신이 모르는 게 있어요!"

이런 대화가 오갈 때면, 에인절은 그녀가 자기 같은 남자를 감당할 능력이 부족해서 자신을 거부하는 줄 알고, 그녀를 아주 박식하고 다재다능하다며 치켜세우곤 했다. 이건 분명 사실이었다. 그녀는 천부적인 영리함과 그에 대한 존경심으로 그가 사용하는 어휘나 억양, 그리고 일부 지식에 이르기까지 놀랄 정도로 많은 것들을 받아들였던 것이다. 이 같은 다정한 언쟁이 그녀의 승리로 끝나고 나면, 그녀는 젖 짜는 시간일 땐 혼자서 가장 멀리 떨어진 소를 찾아갔고, 또 휴식 시간일 땐 사초 덤불 속이나 자기 방으로 들어가, 그 앞에서 냉정하게 거절한 지 일 분도 채 안 되어 소리 죽여 울곤 했다.

이 갈등은 정말 지독했다. 그녀의 마음이 그에게 너무 기울어져 있었기에—마치 열렬한 두 가슴이 가련하고 보잘것없는 한 양심과 싸우는 격으로—그녀는 자신의 결심을 지키기 위해 온갖 수단과 방법을 다 동원해야만 했다. 테스는 이곳 탈보테이즈에 오기 전 굳게 결심한 것이 있었다. 무슨 일이 있어도 자신의 남편 될 사람이 자신의 과거를 모르고 결혼해서 나중에 가슴을 치며 괴로워하게 만들지는 않겠다는 것이었다. 그래서 자신의 마음이 확고부동할 때 양심에 따라 결정한 것을 이제 와서 파기해선 안 된다고 생각했다.

'왜 아무도 그에게 내 이야기를 해주지 않는 걸까?'

그녀는 속으로 생각했다.

'겨우 육십 킬로미터밖에 떨어져 있지 않는데, 왜 그 소문이 여기까지 퍼지지 않았을까? 누군가 분명 알고 있을 텐데!'

하지만 아무도 모르는 것 같았고, 그에게 말해주는 사람도 없었다.

2, 3일 동안 어떤 말도 오가지 않았다. 방 동료들의 슬픈 얼굴로 미루어 보아, 테스는 이들이 자신을 단지 그가 좋아하는 여자 정도가 아닌, 그에게 선택된 여자로 여기고 있다는 걸 알아차렸다. 또한 이들은 테스가 에인절의 마음대로 따라주지 않는다는 것도 알고 있었다.

테스는 자기 인생의 실타래가 이처럼 분명하게 확실한 기쁨과 확실한 고통이라는 두 가닥으로 꼬였던 적을 본 적이 없었다. 다음번 치즈를 만들 때가 되었을 때, 이들은 다시 단 둘만 남게 되었다. 목장 주인 크릭은 전에는 일손을 거들어주곤 했었다. 하지만 최근에는 주인도 그의 아내도 이 두 사람이 서로에게 관심이 있다는 걸 눈치 챈 것 같았다. 하지만 둘은 늘 주위를 살피며 함께 거닐 때도 매우 용의주도했기 때문에 의심의 눈초리는 아주 미미할 뿐이었다. 어쨌든 목장 주인은 이들만 남기고 가버렸다.

이들은 응고된 우유 덩어리를 통에 넣기 전, 이것들을 부수고 있었다. 이 작업은 대규모로 빵을 부수는 것과 비슷했는데, 티 없는 하얀 우유 덩어리 가운데 움직이는 테스 더비필드의 손이 마치 분홍 장미를 연상케 했다. 이때 손으로 우유 덩어리를 한 줌씩 집어 통을 채우고 있던 에인절이 갑자기 일손을 멈추더니 자신의 손을 그녀의 손 위에 납작하게 올려놓았다. 그녀의 소매는 팔꿈치 위로 높이 걷어 올려져 있었고, 그는 몸을 숙여 이 팔 안쪽의 부드러운 살에 키스를 했다.

9월 초, 날씨는 찌는 듯 무더웠지만 그녀의 팔은 우유 덩어리 속에 담겨 있었던 터라 마치 갓 따온 버섯만큼 차갑고 촉촉했으며 유장乳漿 맛이 느껴졌다. 하지만 그녀는 너무도 민감해서 그의 입이 닿자마자 맥박이 뛰고, 피가 손가락 끝으로 모이며, 차가운 두 팔이 빨갛게 달아올랐다. 그러자 그녀의 가슴이 "더이상 수줍어할 필요가 있을까? 남자와 남자 사이에서처럼, 남녀 사이에도 진실은 진실인 거야"라고 말하는 듯했다. 그녀는 눈을 들어 진지한 눈빛으로 그를 쳐다보며 입술에 다정한 미소를 지었다.

"테스, 내가 왜 이러는지 알겠소?"

"날 너무 사랑하기 때문이잖아요."

"그렇소, 다시 새로운 청을 하려는 것이기도 하고."

"다시는 안 돼요!"

자신의 저항이 욕망 아래서 산산이 부서져버릴지도 모른다는 생각이 들자, 그녀는 두려움이 확 몰려오는 것 같았다.

"아, 테시! 왜 이렇게 애간장을 태우는지 도무지 알 수가 없소. 대체 왜 날 이토록 실망시키는 거요? 이럴 때 보면 당신은 꼭 요부妖婦 같소. 그것도 도회지의 일급 요부! 꼭 지금 당신처럼 그들도 변덕이 죽 끓듯 하거든. 탈보테이즈 같은 외진 촌구석에 그런 요부가 있을 줄은 꿈에도 몰랐는걸…… 하지만 테스!"

그녀의 반응을 살피며 그가 재빨리 어조를 바꾸었다.

"물론 당신이 이 세상 누구보다 정직하고 흠 없는 여자라는 건 나도 알고 있소. 그런 내가 어떻게 당신을 요부라고 생각할 수 있겠소? 테스, 날 진심으로 사랑한다면서, 왜 내 아내가 되는 건 좋아하지 않는 거요?"

"좋아하지 않는다고 말한 적 없어요. 또 그렇게 말할 수도 없고요. 왜냐하면 그건 사실이 아니니까요!"

긴장이 인내의 한계를 넘어서자 그녀는 입술이 바르르 떨렸고, 그 자리를 떠나지 않을 수 없었다. 클레어는 너무 괴롭고 혼란스런 나머지 쫓아가 그녀를 붙들었다.

"말해봐요, 속 시원히 말을 좀 해보란 말이오!"

우유 덩어리가 손에 묻은 것도 잊은 채, 그녀를 격렬히 껴안으며 그가 말했다.

"나 말고는 어느 누구에게도 가지 않겠다고 말해줘요!"

"그래요, 말할게요!"

그녀가 소리쳤다.

"지금 날 가게 놓아주면 다 말해드리죠. 내가 겪은 것들을 다 말해드리겠다고요, 모두 다!"

"당신의 경험이라고? 좋아, 틀림없는 거겠지? 아무튼 알겠소."

그녀의 얼굴을 바라보며 사랑스레 빈정거리는 투로 그가 동의했다.

"틀림없이, 우리 테스는 저기 정원 울타리에 오늘 아침 처음으로 꽃을 피운 나팔꽃만큼이나 경험이 많을 거야. 뭐든 다 말해봐요. 나와는 어울리지 않는다거나 하는 쓸데없는 말은 하지 말고."

"그런 말은 안 할게요! 그럼 내일, 아니 다음 주에 말씀드리죠."

"일요일이 어떻소?"

"좋아요, 일요일로 하죠."

마침내 그녀는 그 자리를 벗어났고, 걸음을 재촉해 자신의 은신처까지 곧장 나아갔다. 여기는 마당 아래쪽에 위치한 가지를 쳐낸 버드나무 숲으로 사람들 눈에 띄지 않는 곳이었다. 테스는 침대 위에 앉듯 바스락거리는 덤불 위에 털썩 주저앉아, 몸을 웅크린 채 비참함에 젖어들었다. 그러는 중에도 순간적으로 기쁨이 솟구치곤 했으며, 결말에 대한 두려움조차도 이 기쁨을 완전히 가로막진 못했다.

사실, 그녀는 허락하는 쪽으로 떠밀려가고 있었다. 매 순간의 호흡, 요동치는 핏줄, 귀를 자극하는 맥박에 이르기까지 모든 게 욕망과 한목소리가 되어 그녀의 양심에 반기를 들고 나섰던 것이다. 무모하고 분별없이 그를 받아들여라. 스스로 아무것도 밝히지 말고, 탄로 나는 건 우연에 맡길 것이며, 그와 함께 교회 제단 앞에서 끝을 맺으라. 고통의 쇠 이빨이 그대를 먹어치우기 전, 절정에 오른 기쁨을 낚아채라. 이것이 바로 사랑이 주는 모든 충고였다. 거의 황홀에 가까운 공포 속에서 테스는 직감적으로 알아차렸다. 수많은 날 동안 혼자 자책하고, 번민하고, 심사숙고하며, 엄격히 고립된 생활을 하리라 결심하고 계획을 세워도 결국, 사랑의 충고가 이기고 말 것이라는 사실을 말이다.

오후가 지나고 있었지만 그녀는 여전히 버드나무 숲 속에 있었다. 이때 갈라진 우유통 걸이에서 통들을 내리느라 덜거덕거리는 소리가 들렸고, 이어서 "워이, 워이!" 하며 소들을 모으는 소리도 들렸다. 그런데도 그녀는 젖을 짜러 가지 않았다. 이대로 나간다면 흔들리는 모습이 그대로 드러날 테고, 목장 주인은 짝사랑에 빠졌나보다 생각한 나머지 악의 없이 그녀를 놀려댈 것이다. 그녀는 이 같은 희롱을 견뎌낼 자신이 없었다.

테스의 연인은 그녀가 몹시 힘들어하고 있을 거라 짐작하고 그녀가 나오지 않은 것에 대해 틀림없이 뭔가 핑계를 둘러댔을 것이다. 아무도 그녀를 찾거나 부르지 않았던 것이다. 여섯 시 삼십 분경 태양은 하늘에 벌겋게 달아오른 커다란 용광로의 모습을 연출하며 지평선 너머로 가라앉았다. 이윽고 저 반대편에서 호박처럼 생긴 괴상한 달덩이가 떠올랐다. 끊임없는 가위질로 인해 원래 모습을 왜곡당한, 가지 친 버드나무들은 달빛을 배경으로 가시 머리를 한 괴물들처럼 서 있었다. 그녀는 집 안으로 들어와 등불을 켜지 않고 위층으로 향했다.

그때는 수요일이었다. 목요일이 되었지만, 에인절은 멀리서 그녀를 주의 깊게 바라볼 뿐 전혀 방해하지 않았다. 같이 방을 쓰는 마리안을 비롯한 나머지 처녀들은 뭔가 결정적인 일이 진행되고 있음을 알아챈 것 같았다. 방 안에서조차 그녀에게 전혀 말을 걸지 않았던 것이다. 금요일이 지나고 토요일. 내일이 바로 그날이었다.

"난 그냥 굴복하고 말 거야. 예,라고 대답하겠어. 그와 결혼할 거란 말이야. 이젠 나도 어쩔 수 없어!"

다른 처녀들 중 하나가 꿈결에 애타게 그의 이름을 부르는 걸 듣더니, 테스는 질투심에 뜨거운 얼굴을 베개에 파묻고 헐떡거리듯 말했다.

"다른 여자한테 그를 뺏긴다는 건 도저히 참을 수 없어! 하지만 이건 그를 욕보이는 짓이야. 내 과거를 알고 나면 그는 죽으려들지도 몰라! 아, 이를 어쩐담! 아, 아, 아!"

29

"자, 다들 내가 오늘 아침 누구 소식을 들었는지 알아?"

다음 날 아침 목장 주인 크릭이 아침 식사 자리에서, 식사를 하고 있는 주위 일꾼들을 둘러보며 수수께끼를 내듯 말했다.

"자, 누구일 것 같아?"

한 명이 대답하자 이어서 또 한 명이 대답했다. 크릭 부인은 대답하지 않았다. 이미 답을 알고 있었기 때문이다.

"바로 잭 돌롭이라는 돼먹지 않은 망나니지. 녀석이 최근에 어느 과부와 결혼을 했다는군."

"설마 잭 돌롭은 아니겠죠? 그 불한당 같은 녀석은 생각만 해도!"

일꾼 중 한 명이 말했다.

테스 더비필드는 이 이름을 금방 알아차릴 수 있었다. 데리고 놀던 처녀한테 몹쓸 짓을 했다가 나중에 교유기 속에서 그 처녀의 어머니한테 혼쭐이 났던 바로 그 사람이었기 때문이다.

"약속대로 그 용감무쌍한 아주머니의 딸하고 결혼한 건가요?"

읽고 있던 신문을 넘기며 에인절 클레어가 무심히 물었다. 크릭 부인의 친절한 배려 덕분에 그의 작은 식탁은 따로 떨어져 부인 옆에 놓여 있었다.

"아니오, 선생. 녀석은 조금도 그럴 생각이 없었소."

목장 주인이 대답했다.

"앞서 말한 것처럼 상대는 어떤 과부예요. 돈 많은 과부라는데, 일 년에 오십 파운드 정도의 수입이 있다더군요. 녀석이 바로 그걸 노리고 덤벼든 거죠. 둘은 아주 급히 결혼식을 올렸대요. 그런데 여자가 녀석한테 결혼을 하는 바람에 일 년에 오십 파운드를 받지 못하게 되었다는군요. 그 소리를 듣고 녀석의 기분이 어땠을지 한번 상상해보세요! 그 이후로는 둘이 그렇게 싸워댈 수가 없대요. 꼭

개와 고양이처럼 말이에요! 녀석이야 백번 그래도 싸지만 불행하게도 그 가련한 여자는 참담한 지경이 된 거죠."

"하지만 그 여자도 어리석지. 전남편 귀신이 괴롭힐 거라고 녀석한테 미리 말을 했어야 하는 건데."

크릭 부인이 말했다.

"아, 그래."

주인이 얼버무리듯 대답했다.

"하지만 일이 어떻게 된 건지는 뻔한 거야. 여자는 가정을 원했고, 녀석을 잃고 싶지 않아 말을 못 한 거겠지. 안 그런가, 아가씨들?"

그는 나란히 둘러앉아 있는 처녀들 쪽을 흘깃 쳐다보았다.

"교회에 들어가기 직전에 말을 했어야 해요. 그럼, 웬만해선 꽁무니를 뺄 수 없었을 테니까요!"

마리안이 소리쳤다.

"맞아, 그래야 했어."

이즈가 맞장구를 쳤다.

"분명 그 여자도 남자가 뭘 노리는지 다 알고 있었을 텐데, 그럼 거기서 그만 뒀어야지!"

레티가 불쑥 소리를 내질렀다.

"이봐, 아가씨는 어떻게 생각해?"

목장 주인이 테스에게 물었다.

"제가 보기엔 여자가 솔직히 말했어야 한다고 생각해요. 아니면 그를 거절하든가. 글쎄, 잘 모르겠어요."

버터 바른 빵이 목에 걸린 듯 찡그린 표정으로 테스가 대답했다.

"나라면 절대 고백도 거절도 하지 않았을 거야."

마을에서 일을 도와주러 온 아낙들 중 한 명인 벡 닙스가 말했다.

"사랑이나 전쟁에서는 모든 게 정당한 법이거든. 나 같아도 그 여자와 똑같이 결혼을 했을 거야. 그리고 만약 왜 전남편에 관해 말하지 않았느냐는 둥 따지고 들면 녀석을 홍두깨로 늘씬 패주고 말 거야. 그까짓 비실거리는 애송이쯤이야! 어느 여자라도 이렇게 할 수 있을걸."

재치 있는 익살에 한바탕 폭소가 터졌지만 테스는 씁쓸하게 웃는 시늉만 냈을 뿐이다. 이들에겐 이토록 즐거운 일이 그녀에겐 슬프기만 했던 것이다. 그녀는 이들의 유쾌한 웃음소리를 참을 수가 없었다. 그녀는 곧 자리에서 일어나, 클레어가 뒤따라올 거라고 생각하며 밖으로 나왔다. 성가신 도랑들을 이쪽저쪽으로 건너뛰며 구불구불한 오솔길을 따라 가다보니, 마침내 바 강의 본류에 이르렀다. 강 상류에서 수초를 베는지, 수초 더미들이 그녀 옆을 지나갔다. 이 초록색 미나리아재비 더미들은 마치 움직이는 섬 같았으며, 그중 긴 더미들은 소들이 건너가지 못하게 막아놓은 말뚝에 걸려 있기도 했다.

그렇다. 바로 여기에 아픔이 있었다. 여자가 자신의 과거를 고백한다는 것은 당사자에겐 가장 힘겨운 십자가일지라도 다른 이들이 보기엔 단지 웃음거리에 불과한 것 같았다. 마치 사람들이 순교하는 장면을 보며 웃는 것처럼 말이다.

"테시!"

뒤에서 부르는 소리가 들렸다. 클레어가 도랑을 가로질러 뛰어와 그녀 옆에 섰다.

"곧 내 아내가 되어줄 거지?"

"아, 아니요. 그럴 수 없어요. 아! 클레어 씨, 제발요, 당신을 위해 그래선 안 된다고요!"

"테스!"

"제 대답은 변함없어요!"

그녀가 거듭 말했다. 이런 대답을 예상치 못한 그는 테스가 이 말을 하는 순간, 한 팔로 그녀의 땋아 내린 머리 밑으로 허리를 가볍게 안고 있었다. 일요일 아침에 테스를 포함한 처녀들은 교회에 갈 때는 머리를 높이 틀어 올리지만, 아침 식사 때는 머리를 길게 늘이고 있었다. 이것은 소에게 머리를 대고 우유를 짤 때는 할 수 없는 머리 모양이었다. 만약 그녀가 '아니오' 대신 '예'라고 했다면, 그는 그녀에게 키스했을 것이다. 그는 분명 그럴 생각이었다. 하지만 그녀의 단호한 부정이 망설이던 그의 마음을 단념시키고 말았다. 한집에서 기숙하는 처지다보니 싫어도 어쩔 수 없이 매일 얼굴을 봐야 하므로, 사실 테스는 여자로서 불리한 입장이었다. 그래서 차라리 그녀가 자기를 피할 수 있는 상황이라면 아침이라도 해서 사랑의 고백을 강요할 수 있겠지만, 지금은 이렇게 하는 게 옳지 않다는 생각이 들었던 것이다. 그는 잠시 껴안았던 그녀의 허리를 놓아주고 키스를 포기하고 말았다.

이렇게 손을 풀어놓음으로써 그의 마음은 정리되었다. 지금 그녀가 그를 거부하는 건 목장 주인이 말한 그 과부 이야기 때문이었고, 이것도 조금만 지나면 이겨낼 수 있을 것이다. 하지만 에인절은 더이상 채근하지 않았다. 그는 무척 혼란스런 표정을 짓더니 결국 자리를 뜨고 말았다.

두 사람은 날마다 만났다. 물론 전보다 좀 덜하긴 했지만 말이다. 이렇게 이삼 주가 지나갔다. 9월 말이 다가오고 있을 즈음, 테스는 그의 눈빛에서 그가 다시 청혼을 할 것임을 알았다.

그의 청혼 방식은 이전과는 달랐다. 그는 결국 그녀의 거절이 청혼이라는 새로운 경험에 깜짝 놀란 어린 처녀의 수줍음일 뿐이라고 판단한 것 같았다. 이 문제가 나올 때마다 발작적으로 피하는 그녀를 보고, 자신의 생각이 옳다고 마음을 굳혔던 것이다. 그래서 이번엔 그녀를 구슬리는 작전으로 나왔다. 말을 넘어선 어떤 행동도 하지 않았고, 껴안으려고도 하지 않았으며, 오직 말로만 최선을 다했다.

이런 식으로 클레어는 흐르는 우유처럼 낮은 목소리로 끈질기게 구애를 했다. 소 옆에서 젖을 짤 때건, 우유를 걷을 때건, 버터나 치즈를 만들 때건, 알을 품은 암탉이나 새끼를 낳는 돼지들 사이에 있을 때건, 그는 기회를 놓치지 않았다. 어떤 젖 짜는 여자도 이 같은 남자로부터 이런 구애를 받은 적은 없었을 것이다.

테스는 자신이 무너지고 말 거라는 걸 알았다. 알렉과의 결합이 도덕적으로 소멸되지 않았다는 종교적인 생각도, 모든 걸 솔직히 털어놓아야 한다는 양심의 소리도, 그의 집요한 구애에 맞서 더이상 버틸 수가 없었기 때문이다. 그를 너무도 사랑한 나머지 그녀의 눈에는 그가 꼭 신처럼 보였다. 비록 훈련되진 않았지만 천성적으로 순수한 그녀의 본성은 그가 자신을 후견인처럼 이끌어주길 바랐다. 그래서 스스로에게 "난 그의 아내가 될 수 없어"라고 거듭 되뇌어봐야 아무 소용이 없었다. 마음이 평온하다면 애써 내뱉을 필요도 없는 말들을 혼잣말로 하고 있다는 건 그녀가 약해졌다는 증거였다. 그의 음성 하나하나가 엄청난 황홀감으로 그녀의 마음을 흔들기 시작했고, 그녀는 그가 이 구애를 철회할까봐 두려워하면서도 갈망했다.

그의 태도—어느 남자라도 그렇겠지만—는 어떤 상황에서든 어떤 변화나 비난이나 폭로가 있다 해도, 그녀를 사랑하고 아껴주고 지켜줄 만한 사람의 것이었기에, 그의 구애가 길어짐에 따라 그녀의 우울함도 점차 사라졌다. 그러는 동안 계절은 추분에 가까워지고 있었고, 날은 여전히 좋았지만 낮의 길이는 훨씬 더 짧아졌다. 목장에서는 다시 아침이면 한참 동안 촛불을 켠 채 작업을 했다. 그러던 어느 날 아침, 서너 시경 클레어의 집요한 설득이 다시 시작되었다.

그녀는 여느 때와 마찬가지로 그를 깨우려고 잠옷 차림으로 그의 방문 앞까지 달려 올라갔다. 그런 다음 돌아와 옷을 갈아입고 다른 사람들을 깨웠다. 그리고 10분 후, 손에 촛불을 들고 계단 꼭대기로 걸어가고 있었다. 바로 이때, 그가 셔츠 차림으로 위에서 내려오더니 팔로 계단을 가로막았다.

"자, 바람둥이 아가씨, 내려가기 전에."

그가 다짜고짜 말을 꺼냈다.

"내가 청혼을 한 지도 이 주가 지났소. 이젠 더이상 기다리지 않을 거요. 당신의 진심이 뭔지 이번엔 꼭 들어야겠소. 그러니 말을 하시오. 아니면 난 이 집을 떠날 거요. 내 방문이 조금 열려 있어서 당신을 보았소. 당신의 안전을 위해서라도 난 가야 하오. 물론 당신은 잘 이해하지 못하겠지만. 그럼 이제 허락하는 거요?"

"클레어 씨, 전 이제 방금 일어났어요. 이렇게 몰아세우기엔 너무 이른 시간 아닌가요?"

그녀가 뾰로통한 표정을 지었다.

"그리고 날 바람둥이라고 말할 필요는 없잖아요. 그건 너무 심하고 부당한 말이에요. 조금만 기다려줘요. 제발 조금만 더 기다려달라고요! 그 문제에 관해선 저도 정말 진지하게 생각해보겠어요. 이제 내려가게 해주세요!"

촛불을 옆으로 비껴든 채, 자신의 말의 심각성을 미소로 무마하려는 그녀의 모습은 그의 말대로 정말 바람둥이처럼 보였다.

"그럼 날 클레어 씨 말고 에인절이라고 부르시오."

"에인절."

"사랑하는 에인절, 이게 낫지 않소?"

"그건 제가 승낙한다는 뜻이잖아요, 아닌가요?"

"설사 나와 결혼할 수 없다 해도 그건 당신이 날 사랑한다는 뜻이오. 그리고 이미 오래전에 당신은 그 말을 한 거나 마찬가지고."

"그렇다면 좋아요. 꼭 해야 한다면 불러드리죠. 사랑하는 에인절."

촛불을 바라보며 그녀가 중얼거리듯 말했다. 그러고는 불안감을 씻으려는 듯 장난스레 입술을 삐죽거렸다.

클레어는 그녀의 약속을 받기 전에는 절대 키스를 하지 않겠다고 결심했었다. 하지만 시간이 없어 머리를 아무렇게나 틀어 올리고—크림을 걷어내고 우유를 다 짜야지만 머리를 정돈할 여유가 생길 것이다—예쁘게 소매를 걷어 올린 작업복을 입은 채 서 있는 테스를 보자, 굳은 결심이 흔들린 나머지 자신의 입술을 잠깐 그녀의 뺨에 갖다 대고 말았다. 그녀는 아무 말 없이 뒤도 돌아보지 않고 급히 아래층으로 내려가 버렸다. 다른 처녀들이 이미 아래층에 내려와 있었기 때문에 이 문제는 더이상 진척되지 않았다. 첫 새벽을 알리는 바깥의 차가운 공기와는 대조적으로 아침 촛불의 우중충한 누런 빛 속에서, 마리안을 제외한 모두가 의심쩍으면서도 부러운 눈초리로 두 사람을 바라보았다.

크림 걷어내는 일이 끝나자—가을이 다가오면서 우유의 양이 감소됨에 따라 이 작업에 걸리는 시간도 날마다 줄어들었다—레티와 나머지 처녀들은 밖으로 나갔다. 두 연인도 이들의 뒤를 따랐다.

"우리처럼 가슴 설레며 사는 사람들의 삶은 저들의 삶과 많이 다를 거요, 안 그렇소?"

이른 새벽 차갑고 희끄무레한 대기를 뚫고 경쾌하게 걸어가는 앞의 세 처녀를 보며, 그가 생각에 잠긴 듯 그녀에게 말했다.

"그리 크게 다르진 않을 것 같은데요."

"왜 그렇게 생각하는 거요?"

"가슴 설레며 살지 않는 여자들은 거의 없으니까요."

마치 그의 말이 깊은 인상을 준 것처럼 잠시 생각에 잠겨 있다 테스가 대답했다.

"저 세 사람한테는 당신이 생각하는 것 이상의 것이 있어요."

"대체 그게 뭐요?"

"아마도 세 사람 모두 저보다 더 좋은 아내가 될 거예요. 그리고 어쩌면 저만큼이나 아니, 거의 저만큼 당신을 사랑하고 있을 거고요."

"아, 테시!"

마음을 너그럽게 쓰자고 그토록 대범하게 다짐했건만, 이 애타는 감탄사를 듣는 순간 그녀는 묘한 안도감을 느끼는 표정이었다. 할 말을 다 해버린 지금, 그녀는 다시 한 번 자신을 희생할 기력이 없었다. 이때 마을에서 온 한 일꾼이 끼어들었고, 두 사람이 깊이 관련되어 있는 이 문제는 더이상 논의되지 못했다. 하지만 테스는 오늘 이 문제가 결정되리라는 걸 알았다.

오후에 주인집 식구와 일꾼들 몇 명이 평소처럼 목장에서 멀리 떨어진 풀밭으로 나갔다. 여기서는 많은 소들을 목장으로 몰고 가지 않고 젖을 짜곤 했다. 어미 뱃속에 송아지가 자라면서 우유 공급량이 점점 줄어들었고, 한창 바쁜 철에 고용되었던 잉여 일꾼들은 이미 목장을 떠나고 없었다.

작업은 여유 있게 진행되었다. 가득 찬 우유통들은 작업 현장으로 가져온 짐마차에 실린 큰 양철통 속에 쏟아 부어졌고, 젖을 다 짠 소들은 뒤로 물러났다.

나머지 일꾼들과 함께 거기에 있던 목장 주인 크릭—그는 납빛 저녁 하늘을 배경으로 유난히 희게 반짝이는 앞받이를 하고 있었다—이 갑자기 묵직한 회중시계를 들여다보았다.

"이런, 생각보다 늦는군. 빌어먹을! 이러다간 우유를 기차역까지 가지고 갈 시간이 충분치 않겠어. 오늘은 이걸 내보내기 전에 집에 가져가 다른 것하고 섞을 시간이 없어. 여기서 곧장 역으로 가야 하는데. 누가 이걸 운반하겠나?"

자신과는 상관없는 일이었지만, 클레어가 하겠다고 나섰고, 테스에게도 함께 가자고 했다. 해는 이미 졌지만, 저녁 날씨는 계절에 비해 후덥지근했다. 테스는 맨팔에 윗저고리도 입지 않은 채 젖 짤 때 쓰는 수건만 들고 나왔던 터라, 확실히 마차를 탈 만한 옷차림은 아니었다. 그래서 그녀는 자신의 허름한 옷차림을 훑어보는 것으로 대답을 대신했다. 그런데도 클레어는 거듭 함께 가자고 권유했다. 그녀는 목장 주인에게 우유통과 의자를 집에 가져다달라고 맡김으로써 동의를 표했다. 그러고는 짐마차에 올라 클레어 옆에 앉았다.

30

점점 사라져가는 빛 속에서 이들은 풀밭 사이로 난 평탄한 길을 따라 달렸다. 풀밭은 몇 킬로미터에 걸쳐 뻗어 있었으며, 저 멀리 거무스름한 엑든 히스의 가파른 비탈까지 이어지고 있었다. 그 정상에는 전나무 숲이 펼쳐져 있었는데, 삐죽삐죽 솟아 있는 전나무 꼭대기들은 마치 시커먼 마법의 성의 정면을 장식하고 있는 톱니바퀴 모양의 흉벽을 연상케 했다.

이들은 서로 가까이 있다는 생각에 너무 몰두한 나머지 한참 동안 말을 하지 않았고, 뒤에 있는 양철통에서 출렁거리는 우유 소리만이 침묵을 깨고 있었다. 이들이 가고 있는 길은 너무도 한적해서 개암나무 열매가 저절로 떨어질 때까지 남아 있었고, 검은 산딸기들도 무거운 송이째 그대로 매달려 있었다. 에인절은 이따금 채찍을 휘둘러 이것들을 따서 옆에 앉은 동행에게 건네주곤 했다.

찌푸린 하늘은 전령이라도 보내듯 빗방울을 뿌려 비를 내리겠다는 속셈을 드러냈고, 낮 동안 고여 있던 대기는 가벼운 바람으로 변해 이들의 얼굴에 장난치듯 변덕스럽게 불어왔다. 반지르르하던 강과 연못의 수은 같은 광택은 사라지고, 커다란 거울 같던 수면은 거친 무광택의 납덩이로 변해버렸다. 하지만 이런 풍경의 변화는 몰두해 있는 테스의 마음에 아무런 영향도 주지 못했다. 원래 분홍빛이던 그녀의 얼굴은 햇빛에 약간 그을려 있었는데, 빗방울이 떨어지자 두 뺨이 더욱 짙어졌다. 그녀의 머리카락은 평소처럼 소 옆구리에 눌려 묶은 매듭이 헝클어진 채 옥양목 모자 아래로 흘러내려 있었는데, 비가 내리면서 들러붙어 거의 해초처럼 보였다.

"따라오지 말았어야 하는 건데."

그녀가 하늘을 쳐다보며 중얼거렸다.

"비가 와서 유감스럽긴 하지만, 이렇게 당신과 함께 있으니 얼마나 좋은지 모르겠소!"

저 멀리 엑든의 모습은 흐린 빗줄기 뒤로 점차 사라져갔다. 날은 점점 어두워지고 있었고 길에는 간간이 출입문들이 있어서 걷는 속도보다 더 빠르게 달린다는 건 위험했다. 공기는 다소 차가웠다.

"팔과 어깨가 맨살이어서 감기에 걸리진 않을지 모르겠소. 나한테 가까이 와요. 그럼 비를 많이 맞진 않을 테니까. 이 비가 날 도와줄 거라 생각하니 한결 덜 미안해지는군."

그녀는 거의 느낄 수 없을 정도로 살짝 다가와 앉았고 그는 커다란 삼베 천을 두 사람 주위에 둘렀다. 이 천은 이따금 우유통들을 덮어 햇빛을 가릴 때 쓰는 것이었다. 클레어의 손은 마차를 운전해야 했기 때문에, 테스는 자신뿐 아니라 그에게서도 이 천이 흘러내리지 않도록 꼭 붙잡았다.

"자, 이젠 다 됐소. 아, 아직 안 됐군! 내 목에 비가 약간 들이치는데, 당신은 훨씬 더 심할 거요. 이제 더 낫군. 테스, 당신 팔이 꼭 젖은 대리석 같소. 어서 이 천으로 닦아요. 자, 이제 가만있으면 더이상 비를 맞진 않을 거요. 테스, 그런데 말이오, 내 질문은, 그러니까 오랫동안 미뤄왔던 그 질문은 어떻게 됐소?"

잠시 동안 그가 들을 수 있었던 유일한 대답은 젖은 길을 달리는 말발굽 소리

와 등 뒤의 양철통에서 출렁이는 우유 소리뿐이었다.

"당신이 했던 말 기억하오?"

"기억해요."

"집에 가기 전에 답을 들었으면 좋겠소."

"노력해볼게요."

그는 더이상 말하지 않았다. 이들이 달리고 있는 동안, 캐롤라인 시대찰스 1세와 2세의 재위기간(1625~1685)으로, 대체로 17세기에 해당한다의 낡은 저택 일부가 하늘을 향해 우뚝 솟아오르더니 차츰 뒤로 사라졌다.

그녀를 즐겁게 해주려고 그가 말을 꺼냈다.

"저 집은 말이오, 한때 이 고장에서 떵떵거리던 더버빌이라는 가문의 몇몇 저택들 중 아주 흥미로운 곳이라오. 이 가문은 옛 노르만 왕가에 속하는데, 이 저택을 지날 때마다 그 집안 생각이 난다오. 명문가의 몰락에는 왠지 서글픈 구석이 있거든. 비록 그 집안이 포악하고, 거만하게 위세를 부리고, 봉건적인 걸로 유명했다 해도 말이오."

"맞아요."

이들은 짙어가는 어둠 속에서 희미한 빛으로 그 모습을 드러내기 시작한 한 지점을 향해 나아가고 있었다. 이곳은 낮이면 짙은 녹음을 배경으로 이따금 흰 연기가 불쑥불쑥 솟구쳐, 외딴 오지와 현대적인 삶 사이의 간헐적인 접촉이 이루어지고 있음을 알리곤 했다. 현대적인 삶은 하루에 서너 번씩 이곳까지 증기 더듬이를 뻗쳐 원주민들의 삶을 살짝 건드려본 다음, 마치 입에 맞지 않는 뭔가를 입에 댄 듯 재빨리 더듬이를 거둬들이곤 했다.

이들은 마침내 희미한 불빛에 이르렀다. 이 빛은 작은 기차역의 뿌연 램프에서 나오고 있었다. 이 빛은 초라하기 그지없는 지상의 한 별에 불과했지만, 탈보테이즈 목장과 이곳 사람들에겐 이와 엄청난 대조를 이루는 천상의 별들보다 더 중요한 존재였다. 빗속에서 새 우유가 담긴 통들을 내리는 동안, 테스는 근처 호랑가시나무 아래서 잠시 비를 피했다.

이윽고 기차가 증기를 뿜으며 들어와 젖은 철도 위에 거의 소리 없이 멈추자, 우유는 재빨리 한 통씩 화차에 실렸다. 기차 불빛이 호랑가시나무 아래 꼼짝 않고 서 있는 테스 더비필드의 모습을 잠시 비추었다. 그 번쩍이는 크랭크와 바퀴에게 이 꾸밈없는 처녀보다 더 낯설게 보이는 건 없었을 것이다. 그녀는 맨살이 드러난 통통한 팔에다 얼굴과 머리는 비에 젖은 채, 시대도 유행도 알 수 없는 날염된 긴 웃옷에 면 모자를 이마까지 푹 내려 쓰고서 마치 순한 표범이 잠시 동작을 멈춘 듯한 자세로 서 있었다.

그녀는 정열적인 인물들이 이따금 보여주는 특유의 묵묵한 순종으로 다시 마차에 올라 자신의 연인 곁에 앉았다. 두 사람은 다시 천을 머리와 귀까지 덮어쓴 다음 짙은 어둠 속으로 뛰어들었다. 감수성이 풍부한 테스의 머릿속에는 조금 전 순간적으로 접촉했던 물질적 진보의 소용돌이가 아직도 맴돌고 있었다.

"런던 사람들은 내일 아침 식사 때 저 우유를 마시겠죠?"

그녀가 물었다.

"한 번도 본 적 없는 사람들이지만요."

"그래요, 아마도 그럴 거요. 우리가 보낸 그대로는 아니겠지만. 술처럼 취하지 않게 물에 타서 마실 테니까."

"소라고는 한 번도 본 적 없는 귀족들과 그 부인들, 대사들, 장교들, 지체 높은 아가씨들, 여자 상인들 그리고 아기들까지 말이죠."

"아마도 그렇겠지. 특히 장교들이 많이 마실 거요."

"이들은 우리가 누군지, 그 우유가 어디서 왔는지 전혀 모르겠죠? 또 제때에 자신들 식탁에 오르게 하려고 오늘 밤 우리가 빗속에 들판을 가로지르며 얼마나 많은 길을 달려왔는지도 말이에요."

"우리가 빗속을 달려온 건 전적으로 이 런던 사람들 때문만은 아니오. 우리 자신을 위한 것도 조금은 있었으니까. 바로 그 성가신 문제 때문이오. 사랑하는 테스, 난 이 문제를 당신이 해결해주리라 믿고 있소. 내가 이런 식으로 말해도 이해해주시오. 당신은 이미 내 것이오. 당신의 마음 말이오, 그렇지 않소?"

"저만큼 잘 아시는군요. 아, 그럼요, 정말이에요!"

"당신 마음이 그렇게 잘 아는데, 결혼 약속은 왜 안 되는 거요?"

"이유는 오직 하나, 당신을 위해서예요. 어떤 문제 때문에요. 당신에게 말할 게 있어요……."

"그게 뭐든 모두 다 내 행복과 편의를 위한 거라면 좋겠소."

"아 그럼요. 저도 그랬으면 좋겠어요. 하지만 이전의 제 경험은, 그러니까……."

"테스, 이건 내 행복뿐 아니라 편의를 위해서도 좋은 일이오. 만약 내가 본토에서든 식민지에서든 아주 큰 농장을 운영하게 된다면, 당신은 내게 더없이 소중한 아내가 될 거요. 이 고장에서 가장 큰 집에서 살던 어떤 여자보다 더 훌륭한 아내가 될 거란 말이오. 그러니 제발, 제발 부탁이오, 테스, 내 인생에 걸림돌이 될 거라는 쓸데없는 걱정으로 자신을 괴롭히지 말란 말이오."

"하지만 제 과거에 대해 당신이 알았으면 좋겠어요. 아니, 꼭 들어야 해요. 얘기를 다 듣고 나면 절 그렇게 좋아하진 않을 거예요!"

"원한다면 말해보시오. 그 소중한 과거를 한번 들어보리다. 난 어디서 태어났고, 서기로는 몇 년이고……."

"전 말로트에서 태어났어요."

조금 전 그가 가볍게 한 말을 이어받아 그녀가 말했다.

"거기서 죽 자랐고요. 학교는 초등학교 육 학년 때 그만두었어요. 다들 나보고 재능이 있으니 좋은 학교 선생님이 될 거라고 했었죠. 저 역시 그렇게 생각했고요. 하지만 저희 집에 문제가 있었어요. 아버지께서 부지런하지 못한 데다 술을 좀 드셨거든요."

"아, 그랬었군, 가엾은 아가씨! 하지만 별로 놀랄 얘기는 아니로군."

그는 그녀를 좀더 자기 쪽으로 끌어당겼다.

"하지만 그 이후, 아주 별난 일이 있었어요. 바로 저한테요."

테스의 호흡이 가빠졌다.

"그래요, 걱정 말고 얘기해요."

"전, 전 더비필드가 아니라 더버빌 집안 사람이에요. 우리가 지나쳐온 그 옛날 저택을 소유했던 사람들과 같은 집안의 후손이죠. 물론 지금은 몰락해서 아무것도 아닌 처지이긴 하지만요!"

"더버빌이라니! 정말이오? 사랑하는 테스, 이게 당신이 고민하고 있는 전부요?"

"네."

그녀가 힘없이 대답했다.

"아니, 이 사실을 안다고 해서 왜 내가 당신을 덜 사랑하겠소?"

"목장 주인 말로는 당신이 명문가를 아주 싫어한다고 하더군요."

그가 웃음을 터뜨렸다.

"글쎄, 그건 어떤 면에서는 사실이오. 난 무엇보다 그 귀족 혈통이라는 걸 아주 싫어하거든. 또 이성을 존중하는 사람으로서 우리가 존경해야 할 유일한 혈통은 육체적 핏줄과는 상관없이 지혜와 덕을 갖춘 사람들의 정신적 혈통이라고 생각하고 있소. 그렇긴 해도 이건 무척 놀라운 사실이로군. 내가 지금 얼마나 흥미를 느끼고 있는지 아마 짐작도 안 될 거요. 당신은 자신이 그 유명한 가문의 후손이라는 게 아무렇지도 않소?"

"네. 전 그냥 서글픈 생각만 들었어요. 특히 여기 온 이후로요. 내가 본 많은 언덕들과 들판들이 내 조상들의 소유였다는 걸 알고 나자 더 그렇더군요. 하지만 다른 땅은 레티네 조상들 것이었고, 또 다른 땅은 마리안네 조상들 것이었겠죠. 그래서 난 여기에 특별한 가치를 두지 않아요."

"그렇소, 현재 이 땅을 경작하고 있는 수많은 농부들이 한때는 이 땅의 소유자였다는 건 정말 놀라운 일이오. 난 가끔 왜 일부 정치가들이 이걸 이용해먹지 않는지 궁금할 때가 있소. 하지만 이들은 이걸 모르는 모양이오…… 그러고 보니 당신 이름하고 더버빌이라는 이름이 닮았는데 왜 몰랐는지 모르겠소. 분명 단어가 변한 것 같은데 말이지. 그러니까 이게 바로 그 골치 아픈 비밀이었단 말이군!"

그녀는 아무 말도 못하고 말았다. 마지막 순간에 용기가 꺾이고 말았던 것이다. 그녀는 왜 좀더 일찍 말하지 않았느냐고 그가 비난을 퍼부을까봐 두려웠다. 결국 자기 보호 본능이 그녀의 양심보다 더 강했던 것이다.

"물론……."

아무것도 모르는 클레어가 말을 계속했다.

"난 당신이 자신의 권력을 위해 타인을 희생시켰던 극소수 이기적인 가문의 후손이 아니라, 오랫동안 묵묵히 고난을 겪어온, 영국 역사에도 기록되지 않은 평범한 조상의 후손이라면 기뻤을 거요. 하지만 테스, 난 당신에 대한 사랑 때문에 타락한 나머지 이런 생각을 버렸소. (그는 이 말을 하면서 웃었다.) 그리고 다른 사람들과 똑같이 이기적인 사람이 되어버렸다오. 당신이 좋으니 그 혈통마저 좋게 보인단 말이오. 불행히도 세상 사람들은 속물적이라서 당신의 혈통 때문에 당신을 아내로 받아들이기가 한결 수월할지도 모르겠소. 내가 의도했던 대로 당신에게 공부를 시킨 다음에 말이오. 우리 어머니 역시 딱한 양반 같으니, 이것 때문에 당신을 더 좋게 보실 거요. 테스, 이제부터는 당신 이름을 더버빌이라고 바르게 써야 하오."

"전 지금 이름이 더 좋아요."

"테스, 그래선 안 되오. 이거야 원, 그런 이름을 갖고 싶어 안달하는 벼락부자들이 얼마나 많은데! 말이 났으니 말인데, 그 이름을 가져다 써먹는 인간이 하나 있었는데, 어디서 들었더라? 체이스 숲 근처 어디라고 했던 것 같은데. 맞아, 내가 일전에 말했던 바로 그 녀석이오. 우리 아버지와 격론을 벌였다던 그 망나니 같은 녀석 말이오. 참 이상한 우연이로군!"

"에인절, 전 그 이름을 쓰지 않는 게 낫겠어요! 왠지 불길해요!"

테스는 마음이 혼란스러웠다.

"자, 그럼, 내가 이긴 거요. 테레사 더버빌 양. 이제 내 성을 따르시오. 그럼 그 이름을 쓰지 않아도 되잖소! 이제 비밀도 밝혀졌으니 더이상 날 거절할 이유가 없겠지?"

"날 아내로 맞아들여 당신이 정말 행복해진다면, 그리고 당신이 나와 결혼하길 정말 원한다면, 진심으로 원한다면요……."

"물론이오! 사랑하는 테스, 진심이라니까!"

"제 말은 제게 어떤 잘못이 있더라도 저를 정말 원하고, 또 저 없이는 살 수 없을 정도라면 당신과 결혼해야겠다는 뜻이에요."

"결혼해야겠다고? 확실히 말해봐요! 당신은 이제 영원히 내 사람이 될 거요."

그는 그녀를 꼭 껴안고 키스했다.

"네."

테스는 이 대답을 하고는 곧바로 눈물 없이 흐느끼기 시작했다. 어찌나 격하게 우는지 보는 이의 가슴이 미어질 지경이었다. 테스는 평소에 전혀 신경질적인 성격이 아니었던 터라, 클레어는 몹시 당황스러웠다.

"아니, 왜 우는 거요?"

"모르겠어요, 정말! 너무 기뻐서요! 당신 사람이 되어 당신을 행복하게 해줄 거라 생각하니 너무 기뻐서요!"

"하지만 테시! 이건 너무 기뻐서 우는 것 같지 않은데."

"그건, 제가 한 맹세를 깨뜨렸기 때문에 운 거예요! 죽어도 결혼하지 않겠다고 했었거든요."

"하지만 날 사랑한다면 내가 당신 남편이 되는 게 좋지 않소?"

"그럼요, 그렇고말고요! 하지만 난 이따금 차라리 태어나지 말았으면 좋았을 거라는 생각이 들곤 해요!"

"사랑하는 테스, 당신이 지금 무척 흥분해 있고 또 세상 경험이 부족하다는 걸 모른다면, 그건 결코 듣기 좋은 말이 아닐 거요. 나를 좋아한다면서 어떻게 그런 생각을 할 수 있소? 날 좋아하긴 하는 거요? 난 당신이 어떤 식으로든 그걸 보여주었으면 좋겠소."

"지금까지 한 것 말고 그 이상 어떻게 하라는 거죠?"

갑자기 미칠 듯 애정을 느끼며 그녀가 소리쳤다.

"이렇게 하면 더 확실하겠죠?"

그녀는 그의 목을 끌어안았고, 클레어는 처음으로 알게 되었다. 열정적인 한 여인이 혼신을 다해 사랑하는—마치 테스가 자신을 사랑하듯—사람의 입술에 키스를 한다는 게 어떤 건지를 말이다.

"자, 이젠 믿겠어요?"

붉어진 얼굴로 그녀가 물었다. 그러고는 눈물을 닦았다.

"그럼, 난 결코 의심한 적이 없었소. 절대로, 절대로!"

이렇게 두 사람은 삼베 천 속에서 한 덩어리가 되어 어둠 속을 달렸다. 말은 제 맘대로 가고, 비는 이들 위로 계속 쏟아졌다. 테스는 이제 승낙을 했다. 이럴 거였으면 아예 처음에 승낙하는 게 좋았을 텐데. 모든 피조물들이 지니고 있는 '기쁨에 대한 갈망'은 조수가 무력한 해초를 쓸어가듯 인간을 이 목표 쪽으로 쓸어가는 엄청난 힘으로, 사회적 규범에 대한 막연한 고민으로는 제어될 수 없었다.

"어머니께 편지를 써야겠어요. 그래도 괜찮겠죠?"

"물론이지, 사랑하는 내 아기. 테스, 당신은 이럴 때 보면 꼭 어린애 같소. 이 상황에서 어머니께 편지를 드리는 게 얼마나 당연한 건지, 또 내가 반대한다면 얼마나 잘못된 건지 정말 모른단 말이오? 어머니는 어디 살고 계시오?"

"같은 곳이죠, 말로트요. 블랙무어 골짜기 저쪽 편이에요."

"아, 그렇다면 이전에 당신을 본 적이 있었을 텐데……."

"맞아요. 풀밭 위에서 춤을 출 때였죠. 하지만 당신은 저와 춤을 추려고 하지 않았어요. 오, 이것이 우리에게 나쁜 징조가 되지 말았으면 좋겠는데!"

31

테스는 바로 다음 날, 어머니에게 아주 가슴 아프고 다급한 편지를 띄웠다. 그리고 주말쯤에 꼬불꼬불한 글씨에다 옛 문투로 된 조안 더비필드의 답장이 도착했다.

사랑하는 테스에게,

네가 잘 지내길 바라며 몇 줄 적는다. 난 덕분에 잘 지내고 있단다. 테스야, 네가 곧 결혼할 거라는 소식을 듣고 우린 모두 기뻐하고 있단다. 하지만 얘야, 네 문제에 관해 말인데, 우리끼리만 하는 이야기지만, 지난 과거에 대해서는 그 사람에게 절대 한 마디도 해선 안 된다는 걸 명심하거라. 네 아버지 한테는 모든 걸 말씀드리진 않았단다. 워낙 가문과 체면을 중요시하는 양반이라서 말이다. 그건 아마 네 의중에 있는 약혼자도 마찬가지일 거다. 많은 여자들—이 나라에서 가장 지체 높은 여자들도—이 한때는 다들 문제가 있었단다. 다른 여자들은 다 가만히 있는데 너 혼자 나발을 불어댈 필요가 뭐가 있겠니? 어떤 처녀도 그런 바보짓은 안 할 거다. 게다가 그건 아주 오래전 이야기고 또 네 잘못도 아니었어. 네가 이 어미한테 골백번을 물어도 난 똑같은 대답을 할 거다. 게다가 속에 있는 걸 다 털어놓지 않고는 못 배기는—참 순진하기도 하지!—네 어린애 같은 천성을 잘 알기에, 어미가 네 행복을 위해 말로든 행동으로든 결코 이걸 드러내선 안 된다고 너한테 다짐을 받았고, 너도 이 집을 나설 때 엄숙하게 약속했었다는 걸 명심해야 한다. 아버지께는 네가 물어본 것이나 다가올 결혼에 대해 말씀드리지 않았단다. 그 딱한 양반이 또 사방에 떠들고 다닐까봐서 말이다.

테스야, 용기를 내거라. 그리고 우린 네 결혼식에 사과주 한 통을 보낼 생각이란다. 네가 있는 곳은 사과주가 그리 많지 않고, 또 있다고 해도 싱겁고 신 것뿐이라고 하더구나. 오늘은 이만 줄이마. 네 신랑 될 사람한테도 안부 전해 주렴.

사랑하는 어미로부터.

조안 더비필드.

"오, 어머니, 어머니!"

테스가 중얼거렸다.

그토록 무겁게 짓누르던 문제들도 더비필드 부인의 신축성 있는 정신에 닿기만 하면 얼마나 가벼워져버리는지를 그녀는 새삼 깨닫고 있었다. 테스의 어머니는 테스와 인생을 보는 방식이 달랐다. 잊히지 않는 과거의 그 일이 어머니에겐 한낱 스쳐가는 사건에 불과했던 것이다. 이성적으로야 무슨 생각을 하든, 앞으로 다가올 일에 관한 한 어머니의 태도가 옳은지도 몰랐다. 겉으로 봐선, 침묵하는 게 사랑하는 사람의 행복을 위해 최선인 것 같았고, 그렇다면 마땅히 침묵해야만 했다.

이렇게 해서 테스는 이 세상에서 조금이나마 자신을 통제할 수 있는 유일한 사람의 지시를 받아 안정을 되찾고 점점 차분해졌다. 책임이 전가됨으로써 그녀의 마음은 최근 몇 주 동안에 비해 한결 가벼워졌다. 그녀가 결혼을 승낙한 이후, 10월과 더불어 시작된 늦가을은 그녀의 인생에서 그 어떤 때보다 더 황홀에 가까운 정신적 만족을 느꼈던 시기였다. 클레어에 대한 그녀의 사랑에는 세속적 요소라고는 조금도 찾아볼 수 없었다. 그녀의 전적인 신뢰 가운데 그는 선善이 할 수 있는 전부가 되었고, 안내자이자 철학자이자 친구로서 알아야 할 모든 것을 알고 있었다. 그녀는 그의 몸의 윤곽 하나하나를 남성미의 극치로 보았고, 그의 영혼을 성자의 영혼으로, 그의 지성을 예언자의 지성으로 보았다. 그녀의 지혜로운 사랑은 그의 연인으로서 위엄을 갖추게 했고, 그녀는 마치 왕관을 쓰고 있는 것 같았다. 자신을 측은히 여기는 그의 마음을 느낄 때면, 그녀는 더욱 마음을 다해 그에게 헌신하곤 했다. 그는 때때로 그녀의 커다랗고 존경심이 가득한 두 눈을 볼 수 있었는데, 그녀의 눈은 마치 앞에 있는 어떤 불멸의 존재를 바라보는 듯 깊은 시선으로 끝없이 그를 바라보곤 했다.

그녀는 과거를 말끔히 지워버렸다. 아직 불씨가 남아 있어 위험한 석탄불을 밟아 끄듯, 이를 짓밟아 꺼버렸던 것이다.

그녀는 여자를 향한 남자의 사랑이 그의 사랑처럼 이렇게 사심 없고, 예의 바르고, 여자를 보호해줄 수 있는지 예전엔 미처 알지 못했었다. 에인절 클레어는 이 점에서 그녀가 생각했던 것과는 아주 딴판이었다. 사실 그는 본능적이라기보다는 정신적인 사람이었고, 스스로를 잘 통제할 수 있었으며, 상스러움과는 거리가 멀었다. 차가운 성격은 아니었지만, 열정적이라기보다는 밝은 편이었고, 바이런보다는 셸리 쪽에 가까웠다. 또 목숨을 건 사랑을 할 수도 있었지만 그의 사랑은 보다 환상적이고 이상적인 쪽으로 기우는 경향이 있었다. 이것은 자신의 욕망을 억제하고 사랑하는 사람을 조심스레 지켜주려는 마음이기도 했다. 지금껏 너무도 하찮고 불행한 경험들만 겪어온 테스로서는 이것이 그저 놀랍고 황홀할 따름이었다. 그래서 남성에 대한 분노의 반작용으로 그녀는 클레어에게 지나친 존경을 쏟아 부었던 것이다.

이들은 진심으로 함께 있고 싶어 했고, 클레어에 대한 진실한 믿음 속에서, 테스는 그와 함께 있고 싶은 욕망을 감추지 않았다. 이 문제에 대한 그녀의 생각은, 명확히 표현하자면, 대체로 여자가 남자를 유혹할 땐 피하는 게 매력이지만, 사랑을 고백한 후에도 계속 그러면 이것이 가식이라는 의심을 품게 함으로써 그처럼 완벽한 남자에게 오히려 불쾌감을 안겨줄 수 있다는 것이었다. 약혼 기간 중에는 거리낌 없이 함께 나다닐 수 있는 이 고장 풍습을 알고 있었던 터라, 그녀는 이것이 조금도 이상하지 않았다. 하지만 클레어에겐 이것이 왠지 서두르는 것처럼 보였다. 그는 다른 젖 짜는 여자들도 이와 똑같이 생각한다는 걸 알고서야 비로소 그녀가 얼마나 정상적인지 알게 되었다. 이렇게 해서 이들은 10월 내내 화창한 오후가 되면 냇물이 졸졸거리는 개울 옆의 구불거리는 오솔길을 따라 풀밭을 거닐었고, 작은 나무다리를 건너 반대편으로 갔다가 다시 돌아오곤 했다. 이들이 어디를 가나 강둑의 물소리가 따라오면서 이들의 속삭임에 장단이라도 맞추듯 시끄럽게 흘렀고, 햇살은 풀밭만큼이나 거의 수평으로 펼쳐져 이 풍경 위에 꽃가루를 뿌리고 있었다. 이들은 나무와 울타리가 만들어낸 그늘에서 약간의 푸르스름한 안개를 보았지만, 그 밖의 다른 곳엔 줄곧 환한 햇빛이 비치고 있었다. 태양은 지면에 아주 가까이 있고 풀밭은 너무 평평해서 클레어와 테스의 그림자가 앞으로 400미터나 길게 뻗어, 마치 초록색 초원 지대와 골짜기의 산비탈이 만나는 지점을 가리키는 두 개의 긴 손가락처럼 보였다.

여기저기서 일꾼들이 작업을 하고 있었다. 지금은 풀밭을 손질하거나 겨울 관개를 위해 작은 수로를 청소하고, 소들이 밟아 무너진 강둑을 보수하는 철이었다. 삽으로 퍼낸 흑옥黑玉같이 새까만 진흙은 이 강이 골짜기 전체를 덮었을 때 강물에 쓸려 내려온 흙의 진수眞髓로, 많은 세월 동안 한곳에 갇혀 깎이고 정제되어 특별한 양분들을 쌓을 수 있었다. 이 기름진 토양 덕분에 초원의 풀들이 풍요롭게 자라고 소들도 여기서 풀을 뜯고 있는 것이었다.

클레어는 수로의 일꾼들이 보는 가운데, 마치 대중 앞에서 여자를 희롱하는데 익숙한 사람처럼 한 팔로 그녀의 허리를 꼭 껴안았다. 하지만 실은 입을 벌린 채 곁눈으로 일꾼들을 엿보며 내내 조심스러워하고 있는 테스와 마찬가지로 부끄러워하고 있었다.

"사람들이 보는 앞에서 절 애인처럼 대하는 게 부끄럽지 않은가보군요!"

그녀가 기분 좋은 듯 말했다.

"그럼, 당연하지!"

"하지만 젖 짜는 여자에 불과한 저와 이렇게 돌아다닌다는 게 애민스터의 가족들 귀에 들어간다면……."

"그래도 가장 매력적인 여자잖소."

"그분들은 망신스럽게 생각하실지도 몰라요."

"사랑하는 테스, 더버빌 가문이 클레어 가문의 체면을 깎다니! 당신이 그처럼 대단한 가문의 후손이라는 건 써먹을 수 있는 아주 유리한 조건이요. 실은 우리가 결혼할 때, 트링엄 신부한테 당신의 혈통 증명서를 받아서 모두를 깜짝 놀라게 해주려고 이걸 말하지 않고 있소. 이건 차치하고라도, 내 미래는 우리 가족과는 전혀 상관이 없소. 우린 이곳을, 어쩌면 이 나라를 떠나게 될 테니, 이들의 삶에는 조금도 영향을 주지 않을 거란 말이오. 그러니 이곳 사람들이 우릴 어떻게 보건 그게 무슨 상관이겠소? 당신도 나와 같이 떠나가는 게 좋지 않소?"

그녀는 그의 아내가 되어 그와 함께 세상을 돌아다닌다는 생각을 하자 벅차오른 가슴이 너무 뭉클해서 단지 그렇다는 대답밖에 할 수 없었다. 격한 감정이 파도처럼 밀려와 귀를 막았고, 눈마저 아무것도 보이지 않았다. 그녀의 손은 여전히 그의 손에 잡혀 있었다. 이렇게 두 사람은 계속 걸어서 마침내 다리 아래에 이르렀다. 비록 태양의 모습은 다리에 가려 보이지 않았지만, 강물에 반사된 햇빛이 번쩍거려 거의 눈을 뜰 수 없을 정도였다. 이들이 조용히 걸음을 멈추자, 복슬복슬한 깃털의 작은 머리들이 수면 위로 불쑥 솟구쳐 올랐다. 하지만 이 성가신 인간들이 멈춰 선 채 지나가지 않는 걸 보고는 다시 물 속으로 사라져버렸다. 강둑 위에 안개가 깔리기 시작할 때까지 이들은 이곳을 배회했다. 1년 중 이맘때 끼는 저녁 안개치고는 상당히 이른 편이었다. 안개는 그녀의 속눈썹에 수정처럼 매달렸고, 이마와 머리카락에도 내려앉았다.

두 사람은 일요일이면 상당히 어두워진 늦은 시간에 산책을 하곤 했다. 이들이 결혼을 약속한 뒤 첫 번째 일요일 저녁, 역시 밖에 나와 있던 목장 사람들 중 몇몇은 너무 멀어서 대화 전체를 들을 순 없었지만, 황홀감에 젖어 터져 나오는 흥분된 말들을 들을 수 있었다. 테스는 그의 팔에 기대어 걷는 동안, 가슴이 쿵쿵거려 말문이 막히는 듯 간간이 목멘 소리를 내곤 했다. 그녀의 만족스런 침묵과 이따금 들려오는 영혼이 실린 듯한 작음 웃음소리—다른 모든 여자들을 물리치고 사랑을 얻어낸, 자신이 사랑하는 남자와 함께 있는 여자의 웃음—는 세상의 그 어떤 것과도 견줄 수 없었다. 사람들 눈에는 그녀가 마치 땅에 완전히 닿지 않고 스치듯 날아가는 새처럼 허공에 붕 떠서 걸어가는 것처럼 보였다.

클레어에 대한 테스의 사랑은 이제 그녀의 호흡인 동시에 생명이었다. 이것은 광구光球처럼 그녀를 감싸고 빛을 비춰 그녀의 슬픈 과거를 망각 속에 빠뜨렸고, 끈질기게 그녀에게 닿으려고 시도하는 음울한 망령들—의심, 두려움, 침울함, 근심, 수치심—을 멀리 쫓아버렸다. 그녀는 이 망령들이 자신을 감싸고 있는 이 빛 바깥에 늑대들처럼 기다리고 있다는 걸 알고 있었다. 하지만 그녀에겐 이들이 거기서 굶주리다 못해 복종할 수밖에 없을 만큼 오랫동안 버틸 힘이 있었다.

마음속으로는 잊었지만, 그녀의 머릿속엔 기억되어 있었다. 그녀는 밝은 빛 속을 걷고 있었지만 저 뒤에는 이 같은 어둠의 형상들이 늘 도사리고 있다는 걸 알고 있었다. 이들은 물러서기도 하고 다가오기도 했다. 매일 조금씩.

어느 날 저녁, 다른 사람들은 모두 집을 나가고 테스와 클레어 둘이서만 집을 지키게 되었다. 둘이 얘기를 나누던 중 그녀는 생각에 잠긴 듯 그를 쳐다보았고 그의 애정 어린 두 눈과 마주쳤다.

"전 당신한테 어울리지 않아요. 그럼요, 맞지 않는다고요!"

그녀가 낮은 의자에서 벌떡 일어서며 소리를 질렀다. 마치 그가 자신을 아끼고 존중해주는 것과 이걸 한껏 즐기고 있는 자신의 기쁨이 소름 끼치는 일이라도 되는 듯 말이다.

클레어는 그녀가 이처럼 작은 일에 흥분하는 데는 필시 무슨 이유가 있을 거라 생각하며 차분히 말했다.

"사랑하는 테스, 그런 말은 더이상 하지 않았으면 좋겠소! 훌륭한 기품이란 경멸할 수밖에 없는 인습들을 손쉽게 이용하는 데 있는 게 아니라, 자신을 진실하고, 정직하고, 바르고, 순수하고, 누구에게나 사랑받고 칭찬받을 만한 사람으로 가꾸는 데 있는 거요빌립보서 4장 8절 인용. 나의 테스, 바로 당신처럼 말이오."

그녀는 솟구치는 울음을 참느라 무척 애를 썼다. 지난 몇 해 동안 교회에서 이런 얘기들을 들을 때마다 어린 가슴이 얼마나 자주 아팠던가! 그런데 그가 지금 이것들을 말하다니 얼마나 신기한 일인가!

"왜 그때 남아서 절 사랑하지 않았어요? 제가 열여섯 살 때 말이에요. 그땐 어린 동생들과 함께 살고 있었고, 당신은 그 풀밭에서 춤을 추었었잖아요. 오, 대체 왜, 왜 그러지 않았냐고요!"

자신의 두 손을 격하게 맞잡으며 그녀가 말했다.

에인절은 그녀가 참으로 감정변화가 심한 사람이구나 생각하며, 그녀를 달래고 안심시키기 시작했다. 또 그녀가 자신의 행복을 전적으로 그에게 의존할 때가 되면 보다 세심하게 배려를 해야겠다는 생각도 했다.

"아, 왜 내가 그때 남지 않았을까!"

그가 말했다.

"이게 바로 지금 내 심정이오. 그걸 알았더라면 좋았을 텐데! 그렇다고 그토록 슬퍼할 필요는 없을 것 같은데, 안 그렇소?"

숨기고 싶은 게 여자의 본능인지라, 그녀는 재빨리 화제의 방향을 틀었다.

"그랬다면 지금보다 삼 년은 더 당신의 마음을 가질 수 있었을 거예요. 그럼, 이제껏 그랬듯 시간을 낭비하지 않아도 됐을 테고…… 훨씬 더 긴 행복을 누릴 수 있었을 텐데!"

이럴 때 보면 그녀는 어둡고 긴 고난의 세월을 겪어온 성숙한 여인이 아니라, 미처 성숙하기도 전에 새처럼 덫에 걸리고 만, 스물한 살이 채 안 된 순박한 처녀였다. 보다 깊이 마음을 진정시키려고 그녀는 작은 의자에서 일어났다. 그리고 방을 나가려는데 의자가 치마에 걸려 넘어지고 말았다.

그는 난로 집게 위에 놓여 있는 물푸레나무에서 불꽃이 활활 타오르는 걸 바라보며 앉아 있었다. 장작은 기분 좋게 탁탁 소리를 내며 타올랐고, 그 끝에는 쉿쉿 소리와 거품을 내며 나무진이 일어났다. 다시 돌아왔을 때 그녀는 전처럼 안정을 찾은 모습이었다.

"테스, 당신은 자신이 약간 변덕스럽다고 생각하지 않소?"

그녀의 의자에 방석을 깔아주고 자신은 그 옆의 긴 의자에 앉으며, 그가 기분 좋게 말했다.

"당신한테 뭔가를 막 물어보려던 참이었는데 나가버렸지 않소."

"그래요, 아마도 변덕스러울 거예요."

그녀가 중얼거렸다. 그러고는 갑자기 그에게 다가와 그의 두 팔 위에 각각 한 손을 얹었다.

"아니에요, 에인절. 난 사실 그렇지 않아요. 내 말은, 타고난 성격은 그렇지 않다는 거예요!"

더 확실히 이해시키고 싶어, 그녀는 클레어 곁으로 다가가 그의 어깨에 머리를 기대고 앉았다.

"저한테 물어보려던 게 뭐였어요? 뭐든 분명히 대답해드릴게요."

그녀가 공손하게 말을 이었다.

"그래요, 당신은 날 사랑하고 또 나와 결혼하기로 약속을 했소. 그럼 이제 세 번째 필요한 게 뭐겠소? 날짜를 잡는 것 아니겠소?"

"전 이렇게 지내는 게 좋아요."

"하지만 새해가 될지 좀더 나중이 될지는 모르겠지만, 어쨌든 난 이제 내 힘으로 사업을 시작해야 하오. 새 일을 시작하면 복잡한 일들이 많이 생길 테니, 그 전에 결혼을 해두는 게 좋을 것 같소."

"하시반……."

그녀가 소심하게 대답했다.

"현실적으로 봤을 때, 그 일을 모두 마칠 때까지 결혼을 미루는 게 좋지 않겠어요? …… 물론 당신이 날 두고 가버린다거나 여길 떠난다는 생각을 하면 참을 수 없지만요!"

"당연히 그렇겠지…… 그건 결코 최선의 방법이 아니오. 난 새 일을 시작할 때 당신이 여러모로 도와주었으면 좋겠소. 날짜는 언제가 좋을까? 앞으로 이 주 후는 어떻소?"

"안 돼요."

그녀가 정색을 하며 말했다.

"그 전에 생각해야 할 게 너무 많거든요."

"하지만……."

그가 그녀를 자기 쪽으로 더 가까이 끌어안았다.

결혼이라는 현실이 갑자기 너무 가까워지자 그녀는 몹시 당혹스러웠다. 이 문제를 더 깊이 논의하기도 전에, 목장 주인 부부와 젖 짜는 처녀 두 명이 긴 의자를 돌아 활활 타오르는 난로 불빛 가운데로 걸어왔다.

클레어 옆에 앉아 있던 테스는 고무공처럼 벌떡 자리에서 일어났다. 그녀는 얼굴이 벌게졌고 두 눈은 벽난로 불빛 속에서 반짝거리고 있었다.

"클레어 씨 옆에 가까이 앉으면 어떻게 될지 다 알고 있었어요!"

꼭 화난 사람처럼 그녀가 소리쳤다.

"사람들은 틀림없이 우리를 알아볼 거라고 생각했거든요! 하지만 이분 무릎에 앉아 있는 것처럼 보였을지 몰라도, 정말 그러지는 않았어요."

"그렇군, 그렇게 말해주지 않았으면 두 사람이 이 불빛 속 어디에 앉아 있었는지도 몰랐을 텐데."

목장 주인이 대답했다. 그는 결혼에 관한 어떤 것도 눈치 채지 못한 듯, 무심한 태도로 아내한테 계속해서 말했다.

"자, 크리스티아나, 이걸 봐도 알 수 있잖아. 남들은 아무 생각도 하지 않는데, 이런저런 상상을 할 거라고 지레짐작해선 안 된다는 거야. 아무렴, 그래선 안 되지. 만약 테스가 말하지 않았다면 난 둘이 어디 앉아 있었는지 생각하지도 않았을 거야. 정말이라니까."

"우린 곧 결혼할 거예요."

갑자기 냉정한 태도로 클레어가 말했다.

"아, 그랬군! 그 소릴 들으니 정말 기쁘군요. 얼마 전부터 이런 일이 생길 거라 짐작은 하고 있었죠. 테스는 젖 짜는 여자로 남기엔 좀 아까운 처녀지요. 이런 얘긴 이곳에 처음 오던 날도 했었지만요. 어떤 남자라도 탐낼 만하잖아요. 게다가 지체 높은 농장 주인의 아내로도 훌륭한 여성이죠. 그녀가 함께 있으면 농장 관리인에게 휘둘릴 염려는 없을 테니까요."

그녀는 어느 틈에 사라지고 없었다. 그녀는 속 모르는 크릭의 칭찬보다 크릭을 따라온 처녀들의 표정에 한층 더 충격을 받았던 것이다.

저녁 식사 후, 그녀가 침실에 들어왔을 때, 모두들 모여 있었다. 등불 하나가 타고 있었고, 다들 희끄무레한 모습으로 각자 침대에 앉아 테스를 기다리고 있었는데, 꼭 복수하려는 유령의 무리처럼 보였다. 하지만 테스는 곧 이들에게 아무런 악의도 없음을 알았다. 이들은 애초에 가지려고 기대하지도 않았기에 허전함 같은 건 조금도 느끼지 않았다. 다들 아무런 사심 없이 뭔가를 골똘히 생각하는 듯했다.

"그분이 테스하고 결혼할 거래!"

테스한테서 시선을 떼지 않은 채 레티가 중얼거렸다.

"얼굴에 그렇다고 씌어 있군!"

"정말 그분하고 결혼할 생각이야?"

마리안이 물었다.

"그래."

테스가 대답했다.

"언제?"

"언젠가."

이들은 이것을 그냥 얼버무리려는 말로만 생각했다.

"그래, 그 지체 높은 분하고 정말 결혼할 거란 말이지!"

이즈 휴에트가 되풀이해 말했다.

그러더니 세 처녀는 뭔가에 홀린 듯 차례로 침대에서 내려와 맨발로 테스 주위에 빙 둘러섰다. 레티가 이 같은 기적이 일어난 친구의 몸을 확인하려는 것처럼 테스의 어깨에 두 손을 얹었다. 그러자 나머지 두 처녀는 테스의 허리를 껴안으며 얼굴을 빤히 들여다보았다.

"이 얼굴 좀 봐! 내가 상상할 수 있는 것 이상이야!"

이즈 휴에트가 말했다. 마리안이 테스에게 키스를 했다.

"맞아……."

입술을 떼며 그녀가 중얼거리듯 말했다.

"테스를 사랑하기 때문이야, 아니면 다른 입술이 거기에 닿았기 때문이야?"

이즈가 냉담하게 마리안에게 물었다.

"그런 건 생각해보지 않았어."

마리안이 쉽게 대답했다.

"난 그냥 이 모든 게 신기할 뿐이야. 다른 누구도 아닌, 테스가 그분의 아내가 될 거라는 게 말이야. 난 이게 싫지 않아. 우리 모두 그렇지만. 왜냐하면 우린 이걸 기대하지 않았으니까. 그냥 그분을 사랑했을 뿐이지. 그런데 그분하고 결혼할 사람이 이 세상 누구도 아닌 바로 테스란 말이잖아. 보석과 금을 주렁주렁 달고, 비단옷을 입은 숙녀가 아닌, 바로 우리와 같이 살고 있는 테스란 말이야."

"다들 이것 때문에 날 싫어하진 않을 거란 말이지?"

테스가 낮은 음성으로 말했다.

이들은 마치 자신들의 대답이 그녀의 표정에 달려 있다고 생각하는 듯, 대답 대신 흰 잠옷을 입은 채 그녀 주위에서 꾸물거렸다.

"난 모르겠어. 정말 모르겠어."

레티 프리들이 중얼거렸다.

"난 널 미워하고 싶지만 그럴 수가 없어!"

"나도 그래."

이즈와 마리안도 공감을 표했다.

"테스는 미워할 수가 없어. 어찌된 일인지 그럴 수가 없어!"

"그분은 너희 중 한 명과 결혼해야 해."

테스가 중얼거리듯 말했다.

"아니, 왜?"

"너희가 나보다 나으니까."

"우리가 너보다 낫다고?"

처녀들이 일제히 낮게 속삭이듯 말했다.

"아냐, 그건 아냐, 테스!"

"아냐, 정말이야!"

테스가 강하게 반박했다. 그러고는 갑자기 붙잡고 있는 팔들을 뿌리치며 신경질적으로 울음을 터뜨리기 시작하더니, 서랍장에 고개를 숙인 채 같은 말을 되풀이했다.

"맞아, 맞다고, 맞단 말이야!"

일단 무너지고 나자 그녀는 울음을 그칠 수가 없었다.

"그분은 너희 중 한 명을 선택해야 했어!"

그녀가 울부짖었다.

"지금이라도 그렇게 해야겠어! 너희가 더 잘 어울린다고 말이야. 내가 지금 무슨 말을 하는 거지? 아! 아!"

친구들이 다가와 그녀를 꼭 껴안았지만 그녀의 흐느낌은 여전히 계속되었다.

"물 좀 가져와."

마리안이 말했다.

"우리 때문에 흥분한 거야. 이런, 가엾어라!"

이들은 그녀를 조심스레 침대 옆으로 데리고 가서 다정하게 키스해주었다.

"그분한테는 네가 제일이야."

마리안이 말했다.

"우리보다 더 숙녀답고 또 배운 것도 많고. 게다가 그분이 너한테 정말 많은 걸 가르쳐줬잖아. 그러니 자신감을 가져도 돼. 정말이야, 자신감을 가져!"

"알았어."

그녀가 말했다.

"이렇게 추한 꼴을 보이다니, 너무 창피해!"

모두 잠자리에 들고 불을 껐을 때, 마리안이 테스 쪽으로 돌아눕고는 소곤거렸다.

"테스, 그분 아내가 된 다음에도 우릴 생각해줘. 우리가 그를 사랑한다고 말했던 것과 널 미워하지 않으려 얼마나 노력했는지를 말이야. 실은 미워하지도 않았고 또 미워할 수도 없었지. 왜냐하면 그분은 널 선택했고 우리는 그분의 선택을 바라지 않았으니까."

이들은 이 말을 들으며 테스가 또다시 베개 밑에 소금처럼 짜디짠 괴로운 눈물을 흘리고 있다는 걸 알지 못했다. 또한 어머니의 충고에도 불구하고, 가슴이 터질 듯한 심정으로 에인절 클레어에게 결국 자신의 과거를 털어놓기로 결심했다는 것도 알 수 없었다. 자신이 숨 쉬고 살아가는 이유이기도 한 그 사람으로부터 멸시받고, 어머니로부터 바보 취급을 당하는 것이 침묵함으로써 그를 배반하고 어쩌면 친구들마저 모욕하는 것보다 더 나으리라는 생각이 들었던 것이다.

32

이러한 참회의 마음 때문에 그녀는 결혼 날짜를 잡지 못하고 있었다. 기회가 될 때마다 그는 물어왔지만, 11월이 되어서도 날짜는 여전히 미정 상태였다. 테스는 모든 게 지금처럼 영원한 약혼 상태로 지속되길 바라는 것 같았다.

초원은 새로운 모습으로 바뀌어가고 있었다. 하지만 여전히 따뜻해서 젖을 짜기 전 이른 오후에는 한동안 여유롭게 거닐 수 있었다. 일 년 중 이맘때는 목장 일과도 한 시간 정도 비울 수 있을 만큼 여유로웠다. 햇빛이 비치는 쪽으로 축축한 풀밭을 바라보면, 반짝이는 잔물결 같은 거미줄들이 마치 바다 위에 비친 달빛처럼 태양 아래서 빛을 발하고 있었다. 모기들은 자신들의 영화가 일순간임을 모른 채, 좁은 길 위로 허공을 배회하며 마치 몸속에 불을 지닌 듯 반짝거리다가, 이내 길을 벗어나 완전히 사라져버렸다. 이런 풍경 속에서 그는 그녀에게 아직 날짜가 잡히지 않았음을 상기시키곤 했다.

혹은 밤에 크릭 부인이 일부러 기회를 주려고 테스에게 일거리를 맡기면, 그녀를 따라 나와 물어보기도 했다. 이 일이란 주로 골짜기 위쪽 비탈에 있는 농장에 가서 해산을 앞둔 소들이 새끼를 낳을 외양간에서 잘 지내고 있는지 살펴보는 일이었다. 왜냐하면 암소들의 세계에서는 일 년 중 이때 아주 큰 변화가 일어나기 때문이었다. 날마다 소들은 무리 지어 산원産院으로 옮겨졌고, 거기서 송아지를 낳을 때까지 짚이 깔려 있는 외양간에서 지내다가 해산을 한 다음 송아지가 걸을 수 있게 되면, 곧바로 어미와 새끼 모두 목장으로 돌려보내졌다. 송아지가 팔리기 전까지는 당연히 젖을 짤 필요가 없었다. 하지만 송아지가 팔리면 곧바로 젖 짜는 여자들은 평소처럼 다시 일을 해야만 했다.

이처럼 어두운 밤길을 걸어 집으로 돌아오던 어느 날, 평지 위로 솟은 커다란 자갈 절벽에 이르렀을 때, 두 사람은 걸음을 멈추고 가만히 귀를 기울였다. 개울의 물이 불어 둑 위로 넘쳐흘러 배수로 아래까지 흐르고 있었다. 가장 작은 도랑들마저 모두 물이 차서 어디에도 지름길이 없었기 때문에, 걸어 다니는 사람들은 하는 수 없이 큰길을 이용해야만 했다. 캄캄한 어둠 속에 계곡 전체에서 온갖 잡다한 소리들이 다 들려왔다. 이들은 이 물소리가 자신들 발아래 놓여 있는 커다란 도시에서 사람들이 내지르는 고함소리가 아닐까 하는 상상을 해보았다.

"꼭 수만 명이 와글거리는 것 같아요."

테스가 말했다.

"장터에 모여 회의를 열면서 논쟁하고, 설득하고, 싸우고, 흐느끼고, 신음하고, 기도하고, 욕하는 소리 말이에요."

클레어는 이 소리에 별로 주의를 기울이지 않고 있었다.

"테스, 크릭 씨가 오늘 당신한테 얘기하지 않았소? 겨울 동안에는 일꾼이 많이 필요치 않다고 말이오."

"아뇨, 안 했어요."

"소들의 젖이 빠르게 말라가고 있소."

"그래요. 어제도 예닐곱 마리가 외양간으로 갔고, 그저께는 세 마리가 갔으니까, 벌써 거의 스무 마리가 거기 있겠군요. 그러니까 주인이 송아지 낳는 일에는 내가 필요치 않다고 했다는 거죠? 아, 더이상은 내가 쓸모없다는 말이군요. 정말 열심히 일했는데……."

“더이상 당신이 필요 없다고 꼬집어 얘기한 건 아니오. 하지만 우리 관계가 어떤지 알고 있는 터라 아주 우호적으로 가능한 한 예의를 차려 말하더군. 크리스마스에 여길 떠날 때 내가 당신을 데려갈 거라 생각하고 있다고 말이오. 그래서 당신이 없어도 괜찮겠냐고 물었더니 사실 이맘때는 여자들의 일손이 거의 필요치 않은 철이라고만 대답했소. 어쩐지 죄를 짓는 느낌이지만 그가 이런 식으로 당신을 내보내 주어 난 오히려 기쁘다오.”

“에인절, 그렇게 기뻐할 일만은 아닌 것 같아요. 자신이 필요 없어진다는 건 몸은 편할지 몰라도 언제나 서글픈 일이거든요.”

“당연히 편하겠지. 그럼 당신도 이제 이걸 받아들인 거요.”

그가 손가락을 그녀의 볼에 갖다 대며 말했다.

“이것 봐!”

“왜요?”

“지금 속마음을 들켜서 얼굴이 빨개지고 있잖소! 아니지, 내가 왜 이런 허튼 소리를 하고 있는지 모르겠군! 이럴 때가 아닌데…… 인생이란 아주 진지한 건데.”

“그건 말이죠, 당신보다 제가 먼저 깨달았어요.”

이 순간, 그녀는 알고 있었다. 지난밤 결심에 따라, 결국 그와의 결혼을 거부하게 되리라는 걸, 그리고 이 목장을 떠나 목장이 아닌 다른 낯선 장소—소가 새끼 낳는 철이 다가오면 젖 짜는 여자들은 필요 없기 때문에—로 가게 될 거라는 걸 말이다. 이것은 에인절 클레어처럼 신성한 존재가 없는 어떤 경작지로 가게 될 거라는 의미이기도 했다. 테스는 이런 생각이 싫었지만 집으로 돌아간다는 건 생각하고 싶지도 않았다.

“사랑하는 테스, 그래서 진지하게 말하는 건데.”

그가 계속해서 말했다.

"당신도 아마 크리스마스 땐 여길 떠나야 할 거요. 그러니 내 사람이 되어 나와 같이 떠나는 게 여러모로 바람직하고 편리하지 않겠소? 또 이 세상에서 제일 우둔한 여자가 아니라면, 당신도 우리가 이 같은 상태로 영원히 갈 수는 없다는 걸 잘 알 거요."

"그럴 수 있었으면 좋겠어요. 늘 여름과 가을만 있고, 당신은 항상 날 지켜주고, 또 지난여름 그랬던 것처럼 항상 나만 생각해주고 말이에요!"

"언제나 그럴 거요."

"아, 그건 나도 알아요!"

갑자기 그에 대한 열렬한 믿음이 솟구치는 듯 그녀가 소리쳤다.

"에인절, 영원히 당신의 사람이 될 그 날짜를 잡겠어요!"

이렇게 해서 어둠 속에 집으로 오는 동안 사방에서 콸콸거리는 물소리를 들으며, 마침내 두 사람 사이에 날짜가 정해졌다.

목장에 도착하자마자, 이들은 이 사실을 곧장 크릭 부부에게 알렸고, 비밀을 지켜야 한다는 말을 덧붙였다. 왜냐하면 두 사람 다 가능한 한 은밀히 결혼식을 치르고 싶었기 때문이다. 목장 주인은 그녀가 곧 떠날 거라 생각하고 있었지만 일이 이렇게 진행되고 보니 이젠 일꾼을 잃는다는 것에 더 관심이 쏠렸다. 크림 걷는 일은 어떻게 할 건가? 앵글베리와 샌드본의 귀부인들에게 보낼 장식용 버터는 누가 만들 것인가? 크릭 부인은 미적대며 망설이던 일이 마침내 끝을 보게 되었다며 테스에게 축하를 건넸다. 그러고는 테스를 처음 보는 순간 평범한 일꾼의 아내가 될 사람은 아니라는 걸 곧바로 알아봤다고 했다. 또한 그녀가 여기 도착하던 날 마당을 가로질러 걸어오는 모습이 너무 고상해 보여 상당히 좋은 집안 출신일 거라 생각했다며 칭찬을 늘어놓았다. 사실, 크릭 부인이 테스를 처음 봤을 때 우아하고 예쁜 처녀라고 생각했던 건 맞지만, 고상하다는 건 나중에 알게 된 사실이 더해져 그녀의 상상 속에서 키워진 말이었을 것이다.

테스는 이제 자신의 의지나 고집 없이, 시간의 날개에 몸을 실은 채 그저 따라가고 있었다. 약속은 이미 했고, 날짜는 꼬박꼬박 다가오고 있었다. 타고난 총명함으로 그녀는 농부들이나 자연 현상과 밀접하게 관련된 사람들에게서 볼 수 있는 숙명론적 생각을 받아들이기 시작했고, 이에 따라 연인이 하는 모든 것에 고분고분 응하게 되었다.

그녀는 어머니에게 다시 편지를 썼다. 겉보기엔 결혼 날짜를 알리려는 것 같았지만, 실은 다시 한 번 어머니의 조언을 구하기 위해서였다. 편지의 내용은 자신을 선택한 건 다름 아닌 지체 높은 신사인데, 어머니가 이 점을 충분히 고려하지 않았을 거라는 점과 결혼 후 고백한다는 것도 평범한 일꾼이라면 가볍게 받아들이겠지만 그와 같은 사람은 쉽게 용납할 수 없으리라는 것이었다. 하지만 더비필드 부인에게선 이 글에 대한 답장이 오지 않았다.

에인절 클레어는 그 자신과 테스에게 즉시 결혼해야 할 실질적인 필요성에 관해 그럴듯한 설명을 했지만, 실은 나중에 밝혀지게 되듯, 성급하고 경솔한 점이 있었다. 그는 그녀를 극진히 사랑했지만, 철저하고 열정적인 그녀의 감정에 비해 그의 감정은 다소 관념적이었다. 그는 자신의 생각대로 지적인 것과는 거리가 먼 농촌 생활을 접하게 되었을 경우, 이 순수한 여인이 지닌 매력을 실생활에서도 그대로 찾을 수 있으리라곤 생각하지 않았다. 그는 이곳에 오기 전까지, 순진함이란 이야기 속에나 나오는 것이지, 정말 사람을 감동시키는 것인지는 모르고 있었다. 하지만 그는 결코 자신의 미래를 명확히 내다볼 수 없었다. 또 스스로 정말 인생을 시작했다는 생각을 가질 수 있으려면 한두 해가 더 지나야 했다. 그 이유는 가족들의 편견으로 자신의 진정한 목표를 놓쳐버렸다는 생각 때문에 그의 경력과 성격에 약간의 경솔함이 묻어 있었기 때문이다.

"당신이 중부 지방 농장에서 안정적으로 자리를 잡을 때까지 기다리는 게 더 낫지 않겠어요?"

그녀가 다시 한 번 조심스럽게 말을 꺼냈다. (중부 지방은 그때 그가 가려던 곳이었다.)

"테스, 솔직히 말해 난 당신을 내 힘과 보살핌이 미치지 않는 어떤 곳에도 내버려 두고 싶지 않소."

그 이유로는 충분한 답변이었다. 그녀에 대한 그의 영향력이란 실로 대단한 것이어서 그의 태도와 습관, 말투와 사용하는 말들, 선호하는 것과 혐오하는 것에 이르기까지 모든 게 닮아 있을 정도였다. 또 그녀를 농장에 두고 떠난다면 그녀는 다시 예전으로 돌아가 그와 어울리지 않게 될 것이기 때문이었다. 사실 그가 그녀를 자신의 보호 아래 두고 싶은 데는 또 다른 이유가 있었다. 당연한 일이지만, 그의 부모님은 그가 테스를 본국이건 식민지건 먼 정착지로 데리고 떠나기 전에 적어도 한 번은 며느릿감을 보길 원하셨다. 그분들의 견해야 어떻든 그의 결심이 변할 건 아니었지만, 새 일을 시작하기에 앞서 유리한 조건을 찾는 동안 두어 달 정도 방을 얻어 둘이 함께 지내면, 그녀가 힘겨운 노동이라고 느낄지도 모를 일, 즉 사제관에서 그의 어머니를 만나게 될 때, 사교적인 면에서 다소 도움이 될 듯했던 것이다.

다음으로 그는 밀농사와 함께 방앗간을 겸할 생각이었기 때문에 방앗간 일을 약간 익혀보고 싶었다. 그런데 마침 웰브리지에 있는 커다란 옛 물레방앗간—한때는 수도원의 물레방앗간이었다—주인이 언제든 편할 때 와서 전통적인 작업방식도 살펴보고 또 며칠 동안 직접 일도 해보라는 뜻을 내비쳤었다. 그래서 클레어는 최근에 몇 킬로미터가량 떨어진 그곳을 찾아가 자세한 사항을 알아본 다음 저녁에 탈보테이즈로 돌아온 일이 있었다. 테스는 그가 웰브리지 방앗간에 잠시 가 있기로 결심했다는 걸 알았다. 그런데 왜 이런 결정을 했을까? 그것은 밀을 빻고 가루를 체질하는 과정을 자세히 살필 기회를 얻기 위해서라기보다는 오히려 지금처럼 황폐하기 전, 한때 더버빌 가문의 저택이었던 바로 그 농가에 방을 얻을 수 있다는 우연한 사실 때문이었다. 클레어는 늘 이런 식으로 실질적인 문제들을 처리할 때도 그 문제와는 상관없는 감상에 의해 처리하곤 했다. 이들은 결혼식을 올리고 읍내 여관들을 전전하는 대신 곧바로 거기로 가서 2주간 머물기로 했다.

"그런 다음 소문으로만 들었던 런던의 다른 곳으로 가서 몇몇 농장을 살펴봅시다. 그러고 나서 삼사 월경 우리 부모님을 찾아뵈면 될 거요."

이처럼 문제를 처리하고 필요한 절차를 밟아나가는 사이에 마침내 믿을 수 없는 그날, 그녀가 그의 사람이 될 바로 그날이 코앞으로 다가왔다. 12월 31일, 새해 전날이 바로 그날이었다. 그녀는 속으로 생각했다.

'그의 아내라니, 이게 정말 사실일까? 이제 우리 두 몸이 하나가 되어 어떤 것도 우리를 갈라놓을 수 없고, 모든 걸 함께 나눈다는 말이지? 왜 안 되겠는가? 여기까지 왔는데, 왜?

어느 일요일 아침, 이즈 휴에트가 교회에서 돌아오더니 사람들 눈을 피해 테스에게 살짝 말을 건넸다.

"오늘 아침에 왜 안 불려갔어결혼식을 올리기 전 일요일에 연속으로 삼 주에 걸쳐 그 결혼에 이의가 있는지 여부를 묻는 '결혼예고' 의식을 말하는데, 이 지방 말로 '불려갔다'고 한 것이다?"

"뭐라고?"

"오늘이 예고하는 첫날이어야 하잖아."

조용히 테스를 쳐다보며 그녀가 대답했다.

"새해 전날 결혼하기로 되어 있는 것 아니었어?"

테스는 곧바로 그렇다고 대답했다.

"그럼 세 번 예고를 해야지. 하지만 이젠 일요일이 두 번밖에 남지 않았잖아."

테스는 자신의 안색이 창백해지는 걸 느꼈다. 이즈의 말이 옳았다. 당연히 세 번의 결혼예고가 있어야 했다. 어쩌면 그가 잊어버렸는지도 모른다! 만약 그렇다면 결혼을 한 주 연기해야 할 텐데, 이건 불길한 조짐이었다. 이 사실을 사랑하는 그에게 어떻게 알릴 수 있을까? 지금까지 뒤로 빼기만 하던 그녀였지만, 일이 이렇게 되자 갑자기 초조해지면서 사랑하는 사람을 잃지 않으려는 경계심이 일었다.

하지만 그녀의 불안은 자연스런 사건을 통해 해소되었다. 이즈가 크릭 부인에게 결혼예고가 없더라는 얘기를 했고, 크릭 부인은 기혼자로서 에인절에게 이 점을 지적했던 것이다.

"잊어버렸던 거죠, 클레어 씨? 결혼예고 말이에요."

"아뇨, 잊지 않고 있었어요."

그는 테스와 단 둘이 있게 되자 곧바로 그녀를 안심시켰다.

"결혼예고를 가지고 말들이 많은데, 신경 쓰지 말아요. 우리에겐 결혼 허가증이 더 조용할 듯싶어 그것으로 결정했으니까. 그러니 일요일 아침에 교회에 가더라도 당신 이름을 듣진 못할 거요."

"저도 이름이 불리는 건 원치 않았어요."

그녀가 만족스럽게 대답했다.

어쨌든 일이 계획대로 진행되고 있다는 걸 알고 나자 테스는 한결 마음이 놓였다. 사실은 누군가 자리에서 일어나 자신의 과거를 구실 삼아 결혼을 막지나 않을까 속으로 몹시 두려워하고 있었기 때문이다. 모든 게 얼마나 그녀를 도와주고 있는가!

"그래도 마음이 그리 편치는 않아."

그녀가 혼잣말로 중얼거렸다.

"이 모든 행운이 나중에 엄청난 불행으로 이어질지도 모르잖아. 하나님은 대체로 이렇게 일하시거든. 그냥 평범하게 결혼예고를 할걸 그랬나봐!"

하지만 모든 게 순조롭게 흘러갔다. 그녀는 결혼식 때 어떤 옷을 입어야 그가 좋아할지, 즉 지금 갖고 있는 가장 좋은 흰 옷을 입어야 할지 아니면 새 옷을 사야 할지를 고민하고 있었다. 이 문제는 그의 배려로 말끔히 해결되었다. 그녀 앞으로 커다란 소포 몇 개가 도착했는데, 그 안에는 아침 예복을 비롯해 모자에서부터 신발까지 이들이 계획했던 소박한 결혼에 딱 맞는 결혼 복장 전체가 들어 있었다. 그는 소포가 도착한 직후 집으로 들어왔고, 위층에서 이것들을 푸는 소리를 들었다.

잠시 후 그녀가 상기된 얼굴에 눈물을 글썽이며 내려왔다.

"어쩜 그리도 생각이 깊으신지!"

그의 어깨에 뺨을 갖다 대며 그녀가 나지막이 말했다.

"장갑에다 손수건까지! 내 사랑, 당신은 정말 훌륭하고 친절한 분이에요!"

"아, 아니오, 테스, 런던에 있는 가게 주인한테 주문한 것뿐이오. 정말 아무것도 아니오."

자신을 너무 치켜세우는 게 부담스러워 그녀의 관심을 돌리려고 클레어는 그녀에게 위층으로 올라가 모든 게 다 맞는지 천천히 살펴보라고 했다. 그리고 혹시 맞지 않으면 마을 재봉사에게 가져가 고치라고 했다.

그녀는 위층으로 올라와 결혼 드레스를 입어보았다. 그리고 혼자 잠시 거울 앞에 서서 비단옷을 입은 자신의 모습을 바라보았다. 그런데 이때 문득 신비한 옷에 관한 어머니의 노래가 떠올랐다.

이건 한 번 잘못한 여자한테는
결코 어울리지 않을 옷이라네.

더비필드 부인은 테스가 어렸을 때 요람에 발을 놓고 가락에 맞춰 흔들며 이 노래를 너무도 쾌활하고 장난스럽게 부르곤 했었다. 귀네비어 왕비아서왕의 왕비로,

남편의 부하 랜슬롯을 사랑하였다의 옷이 그랬듯, 이 옷도 색깔이 변해 그녀의 비밀이 탄로나면 어쩌지? 이 목장에 온 이후 그녀는 지금껏 한 번도 이 노래를 떠올려본 적이 없었다.

33

결혼식을 올리기 전, 에인절은 두 사람이 연인으로서 가는 마지막 소풍으로, 목장에서 멀리 떨어진 어딘가로 가서 그녀와 하루를 보내고 싶다는 생각이 들었다. 바로 코앞에 닥친 중대한 날을 앞두고 더없이 근사한 곳에서 둘이서만 낭만적인 하루를 보내고 싶었던 것이다. 그래서 지난주 그녀에게 인근 도시에 가서 몇 가지 물건들을 사자고 제안했었고, 이제 이들은 함께 떠나게 되었다.

사실 클레어의 목장 생활은 그 자신의 신분과 계급을 감안할 때 은둔자의 삶이나 마찬가지였다. 몇 달 동안 도시 근처에도 나가지 않았고, 마차를 타지도 갖고 있지도 않았으며, 정 필요할 땐 목장 주인의 말이나 이륜마차를 빌리는 게 고작이었다. 이들은 이날도 이륜마차를 타고 갔다.

이들은 난생 처음으로 같은 목표를 지닌 동반자로서 물건을 골랐다. 마침 크리스마스 전날이라, 장식을 위한 호랑가시나무와 겨우살이덩굴이 잔뜩 쌓여 있는 시내는 크리스마스를 위해 이 고장 각지에서 모여든 낯선 사람들로 북적거렸다. 테스는 예쁜 얼굴에다 행복한 표정까지 짓고 있어서 에인절의 팔짱을 끼고 사람들 사이를 지날 때마다 주위의 눈길을 끌곤 했다.

저녁이 되자 이들은 아침에 머물렀던 여관으로 돌아왔다. 테스는 에인절이 말과 마차를 살피러 간 사이, 문간에서 기다렸다. 공동 응접실은 끊임없이 오가는 사람들로 가득 차 있었다. 사람들이 오가느라 문이 열리고 닫힐 때마다 응접실 안의 불빛이 테스의 얼굴을 비추었다. 사람들 사이에서 두 남자가 나오더니 그녀 옆을 지나갔다. 그중 한 명이 놀란 듯 그녀를 위아래로 훑어보았다. 여기는 트랜트리지 마을과는 너무 멀어 그곳 사람들은 거의 출입하지 않는 곳이었지만, 테스는 그가 트랜트리지 사람일 거라고 생각했다.

"그 아가씨 참 예쁘군."

다른 한 명이 말했다.

"맞아, 아주 예쁘지. 그런데 내가 잘못 본 게 아니라면……."

그는 여운을 남기듯 말끝을 흐렸다.

클레어는 막 마구간에서 돌아와 입구에서 그 남자와 마주쳤다. 그는 방금 전 남자의 말을 들었고, 겁에 질린 테스를 보았다. 테스가 모욕을 당했다고 생각한 그는 화가 치밀어 이것저것 생각할 겨를 없이 곧바로 주먹으로 남자의 턱을 강타했고, 남자는 비틀거리며 통로 뒤쪽으로 물러났다.

남자가 정신을 차리고 다시 덤벼들 것처럼 보이자 클레어는 문밖으로 물러나 방어 자세를 취했다. 하지만 상대는 마음을 고쳐먹은 것 같았다. 그는 테스 옆을 지나며 다시 쳐다보더니 클레어에게 말했다.

"죄송합니다. 큰 실수를 저질렀네요. 전 이 여자 분이 여기서부터 육십 킬로미터 떨어진 곳에 사는 그분인 줄 알았어요."

클레어는 그제야 자신이 너무 성급했음을 깨달았고, 또 여관 통로에 그녀를 세워두고 간 건 오히려 자신의 잘못이라는 생각이 들어, 평소 이런 경우에 했던 방식대로 남자에게 약값으로 5실링을 주었다. 이렇게 해서 이들은 서로 좋게 인사를 나눈 뒤 헤어졌다. 클레어는 마부로부터 말고삐를 받아 든 다음 테스와 함께 말을 타고 떠났고, 두 남자는 다른 방향으로 갔다.

"정말 실수였던 거야?"

다른 남자가 말했다.

"천만에, 그 신사 양반 기분이 상할까봐 그냥 그렇게 말했을 뿐이야."

그러는 사이, 두 연인은 계속해서 말을 달리고 있었다.

"우리 결혼식을 좀 미룰 수 없을까요?"

무덤덤한 목소리로 테스가 물었다.

"그러니까, 혹시 괜찮다면요."

"안 돼요, 테스. 진정해요. 당신은 지금 얻어맞은 그 남자가 날 법정에 세울 시간이라도 벌어주자는 거요?"

그가 기분 좋게 말했다.

"아뇨, 전 그냥…… 혹시 미루어야 한다면 그렇게 하자는 거였어요."

그녀의 의도가 무엇인지 명확하진 않았다. 하지만 그는 그녀의 마음속에 있는 나쁜 상상들을 모두 지워버리라고 했고, 그녀는 이 말을 순순히 따랐다. 그럼에도 불구하고 그녀는 집으로 돌아오는 내내 우울했다. 너무 우울한 나머지 결국 이렇게 생각하기로 했다.

'우린 곧 떠날 거야. 여기서부터 수백 킬로미터 떨어진 아주 먼 곳으로. 그럼 이런 일은 두 번 다시 일어나지 않을 테고, 과거의 유령도 거기까진 따라오지 못하겠지.'

이날 밤, 두 사람은 층계에서 다정하게 헤어졌고 클레어는 자신의 다락방으로 올라갔다. 테스는 몇 가지 사소한 물품들을 하나하나 챙기며 잠을 자지 않고 있었다. 앞으로 남은 며칠 동안 시간이 충분치 않을 것 같았기 때문이다. 그렇게 앉아 있는데, 위층 에인절의 방에서 마치 치고받고 싸우는 것 같은 시끄러운 소리가 들렸다. 집 안의 다른 사람들은 모두 잠들어 있었다. 혹시 클레어가 아픈 게 아닌가 싶어 그녀는 곧장 뛰어 올라가 방문을 두드리며 무슨 일이냐고 물었다.

"아, 아무것도 아니오, 테스."

그가 방 안에서 말했다.

"방해해서 미안하오! 좀 우스운 이야긴데, 실은 잠들어 꿈을 꾸다 당신을 모욕했던 그 녀석과 다시 싸웠지 뭐요. 조금 전 당신이 들은 소리는 오늘 사 온 물건들을 풀어놓은 가방을 주먹으로 마구 두들기는 소리였소. 난 가끔 잠결에 이렇게 별난 짓을 하곤 한다오. 어서 가서 자도록 해요. 아무 생각 말고."

이것은 우유부단하게 흔들리던 저울을 한쪽으로 기울게 만든 마지막 드라크마고대 그리스의 은화이자 무게의 단위였다. 차마 자신의 입으로 과거를 밝히는 건 할 수 없었다. 하지만 또 다른 방법이 있었다. 그녀는 자리에 앉아 지난 3년간의 이야기를 간추려 네 장의 편지에 적고 봉투에 넣은 다음, 겉봉에 클레어의 이름을 적었다. 그러고는 혹시라도 다시 마음이 약해질까봐 곧바로 신발도 신지 않고 위층으로 올라가 그의 방문 밑으로 편지를 밀어 넣었다.

당연히 그럴 테지만, 테스는 도저히 잠을 이룰 수 없었다. 그녀는 위층에서 처음으로 나는 희미한 소리에 귀를 기울였다. 그건 평소와 다름없는 소리였다. 그 역시 평소처럼 위층에서 내려왔고, 그녀도 내려왔다. 둘은 층계 밑에서 만났고, 그는 그녀에게 키스를 했다. 분명 이전과 똑같은 뜨거운 키스였다!

그녀의 눈엔 그가 약간 불안하고 지쳐 보였다. 하지만 그는 그녀가 털어놓은 고백에 관해 단 둘이 있을 때조차 한 마디도 언급하지 않았다. 대체 그 편지를 읽어보긴 했을까? 테스는 그가 먼저 이 문제를 꺼내지 않는다면 자신은 어떤 말도 할 수 없을 것 같았다. 그날은 그렇게 지나갔다. 분명한 것은 그가 속으로 무슨 생각을 하든, 이 문제를 혼자만의 비밀로 간직하기로 했다는 것이다. 그런데도 그는 전처럼 솔직하고 다정했다. 그녀의 의심이 유치한 것이었을까? 그는 그녀를 용서했고, 그녀의 모습을 있는 그대로 사랑했으며, 마치 우스운 악몽을

꾼 것처럼 그녀의 걱정을 웃어넘긴 것일까? 그녀의 편지를 정말로 보았을까? 테스는 그의 방을 들여다보았지만 아무것도 보이지 않았다. 분명 그는 그녀를 용서했을 것이다.

아침저녁으로 살펴봐도 그는 전혀 변함이 없었고, 마침내 새해 전날, 결혼식 날 아침이 밝아왔다. 두 사람은 젖 짜는 시간인데도 일어나지 않았다. 이들은 이 목장에서 머무는 마지막 주 내내 거의 손님처럼 대접받았고, 테스는 자신만의 방을 갖는 특혜까지 누릴 수 있었다. 아침 식사를 하러 아래층으로 내려왔을 때, 이들은 못 본 사이에 자신들을 축하해주려고 커다란 식당을 근사하게 꾸며놓은 걸 보고 깜짝 놀랐다. 목장 주인이 꼭두새벽에 일어나, 입 벌린 난로 주위는 하얗게 그리고 난로 바닥은 빨갛게 칠해놓았던 것이다. 또 아치 위에는 예전에 있던 검은 나뭇가지 무늬의 낡고 칙칙한 푸른색 면 대신 빛나는 노란색 비단으로 된 통풍구 막이가 걸려 있었다. 사실상 이 방의 초점이었던 난로를 새롭게 단장하고 나자, 스산한 겨울 아침인데도 온 집 안에 따뜻한 미소가 넘쳐나는 듯했다.

"결혼을 축하해줄 만한 뭔가를 할 생각이었거든요."

목장 주인이 말했다.

"옛날에 그랬던 것처럼 바이올린과 베이스 비올 등을 완전히 갖추어 축하잔치를 해줄까 했는데, 그건 싫어할 것 같아 그냥 소리 없는 것으로 준비했답니다."

테스의 친구들은 너무 멀리 있어서 혹 초대를 했다 하더라도, 아무도 이 결혼식에 참석할 수 없었겠지만 사실상 말로트에서는 한 사람도 초대되지 않았다. 에인절은 가족들에게 편지를 띄워 정식으로 시간을 알리고, 가능하다면 이날 가족들 중 한 사람만이라도 결혼식에 참석해주면 좋겠다는 말을 전했다. 형들은 그에게 몹시 화가 났는지 전혀 답이 없었다. 하지만 부모님은 그가 결혼을 경솔하게 서두른 걸 나무라는 다소 우울한 내용의 편지를 보내왔다. 편지에 따르면, 두 분은 젖 짜는 처녀를 며느리로 맞으리라고는 꿈에도 생각지 못했지만, 그가 최상의 판단을 할 만한 나이라는 걸 믿고 이 일을 어떻게든 좋게 보려고 애쓰고 있다고 했다.

이 같은 가족들의 냉담함을 접하고도 클레어는 그다지 의기소침하지 않았다. 머지않아 이들을 깜짝 놀라게 해줄 비장의 묘책이 있었던 것이다. 그의 생각엔 이제 막 목장을 벗어난 테스를 더버빌 가문의 숙녀라고 밝히는 건 무모하고 위험한 짓으로 보였다. 그래서 그는 지금껏 그녀의 혈통을 숨겨왔었다. 한두 달간 자신과 함께 여행도 하고 책도 읽어가며 세상물정을 익힌 다음, 부모님을 찾아뵙고 혈통을 밝히며 이 가문에 어울리는 그녀를 당당하게 선보이기 위해서 말이다. 어쩌면 테스의 혈통은 이 세상 누구보다 바로 그에게 더 가치 있는 것이었는지도 모른다. 편지를 통해 고백했음에도 불구하고 에인절의 태도가 조금도 변하지 않자, 테스는 그가 정말 편지를 받았는지가 의심스러웠다. 그녀는 그가 식사를 마치기 전 서둘러 위층으로 올라갔다. 그토록 오랫동안 클레어의 밀실이요, 보금자리였던 그 괴상하고 음산한 방을 한 번 더 들여다보고 싶은 생각이 들었던 것이다. 그래서 사다리를 타고 올라가 열린 방문 앞에 서서 주위를 살피며 골똘히 생각에 잠겼다. 그녀는 허리를 굽혀 문지방을 살펴보았다. 2, 3일 전 몹시 흥분된 가운데 편지를 밀어 넣어둔 바로 그곳이었다. 문지방 가까이에 있는 양탄자 밑에 편지가 담긴 봉투의 흰 가장자리가 살짝 보였다. 서둘러 밀어 넣는 바람에 문 밑이 아닌 양탄자 밑으로 들어가 버려 그가 보지 못한 게 분명했다.

일순간 현기증을 느끼며 그녀는 편지를 꺼냈다. 편지는 그녀의 손에서 떠났던 그대로 봉해져 있었다. 앞을 가로막고 있던 거대한 산이 아직 제거되지 않았던 것이다. 온 집안이 결혼식 준비로 부산스런 지금, 그에게 이 편지를 읽으라고 내밀 수는 없었다. 그녀는 자신의 방으로 내려와 편지를 찢어버렸다.

그녀를 다시 보았을 때 얼굴이 너무 창백해 그는 상당히 걱정스러웠다. 잘못 들어간 편지 사건은 그녀의 양심을 꺾어버리고 말았다. 이제 와서 뭘 할 수 있단 말인가? 집 안은 너무 소란스러웠고, 오가는 사람들로 분주했다. 다들 옷을 갈아입어야 했고, 목장 주인 내외는 입회인으로 두 사람을 따라가기로 되어 있었다. 이 상황에서 깊은 생각을 한다거나 진지한 얘기를 나눈다는 건 애당초 불가능했다. 테스가 클레어와 단 둘이 있을 수 있었던 유일한 시간은 층계 밑에서 만났을 때뿐이다.

"당신한테 꼭 할 얘기가 있어요. 제 잘못과 실수들을 모두 고백하고 싶어요!" 일부러 밝은 목소리로 그녀가 말했다.

"아, 안 돼요. 우리에겐 지금 얘깃거리가 될 만한 잘못이 없소. 테스, 당신은 적어도 오늘만은 완벽하게 보여야 하오!"

그가 소리쳤다.

"시간이라면 앞으로 얼마든지 있을 테니, 잘못된 것들은 천천히 이야기했으면 좋겠소. 나도 내 잘못을 고백하리다."

"하지만 전 지금 말하는 게 좋을 것 같아요. 그래야 나중에……."

"좋소, 뭐든 말해도 좋소. 하지만 일단 숙소에 짐을 푼 다음에 얘기합시다. 지금은 안 되오. 나도 그때 가서 내 잘못을 말하겠소. 오늘 같은 날을 그런 일로 망치진 맙시다. 그런 이야기는 따분할 때나 제격인 거요."

"그러니까 정말 듣고 싶지 않다는 거죠?"

"그렇소, 테시. 정말이오."

서둘러 옷을 차려입고 떠나야 했기 때문에 더이상은 시간이 없었다. 또 그의 말을 곰곰이 생각해보니 그녀는 안심이 되는 것 같았다. 그녀는 결정적인 다음 두 시간 동안 그에 대한 뜨거운 사랑의 물결에 휩쓸려 앞으로 나아갔고, 더이상 깊은 생각은 할 수도 없었다. 그토록 오랫동안 거부해왔던 한 가지 소망, 즉 그의 사람이 되어 그를 남편으로 부르고 싶다는 소망—필요하다면 죽을 수도 있다는—은 마침내 그녀를 지루한 사색과 고민의 길에서 빠져나오게 했다. 드레스를 입으며, 그녀의 정신은 오색찬란한 이상의 구름 속을 떠다녔고, 온갖 불길한 추측들은 그 빛에 가려 사라지고 말았다.

교회가 멀리 떨어져 있는 데다 무엇보다 겨울철이었기 때문에 마차를 타고 갈 수밖에 없었다. 이들은 길가 여관에서 그 옛날 역마차로 여행하던 시절부터 거기에 있던 사륜마차를 한 대 빌렸다. 이 마차는 튼튼한 바퀴살과 육중한 바퀴테, 크게 휘어진 밑판, 큰 가죽 끈과 용수철, 그리고 공성攻城 망치처럼 생긴 끌채를 갖추고 있었다. 마부는 나이 예순의 노련한 사내였는데 젊은 시절 힘든 일을 견디느라 독주를 너무 많이 마신 탓에 류머티즘과 통풍으로 고생하고 있었다. 그는 마부로서의 일거리가 없어진 후에도, 마치 옛 시절이 다시 돌아오길 바라는 듯 25년 동안 내내 하는 일 없이 여관 앞에서 서성거리곤 했다. 그의 오른쪽 다리 바깥쪽에는 계속 고름이 나오는 상처가 있었는데, 이 상처는 캐스터브리지의 골든 크라운 여관에서 정식 일꾼으로 고용되어 일하던 시절, 수년 동안 끊임없이 귀족들의 마차 끌채에 쓸려 생긴 것이었다.

이 노쇠한 마부 뒤로, 거추장스럽고 삐걱거리는 마차 안에 두 쌍이 자리를 잡고 있었다. 신랑과 신부 그리고 크릭 부부였다. 에인절은 형들 중 한 명이라도 신랑 들러리로 참석해주길 원했기 때문에 편지에다 슬쩍 이 점을 암시했지만, 형들로부터 전혀 답장이 없는 것으로 보아 오고 싶지 않다는 뜻이 분명했다. 사실 이들은 이 결혼 자체를 인정하지 않고 있었기 때문에, 결혼식에 참석해 격려해주리라는 건 생각할 수도 없었다. 어쩌면 이들이 참석하지 않는 게 더 좋을지도 몰랐다. 이들은 세속적인 젊은이들은 아니었지만 편견에 사로잡혀 있어서 이 결혼에 대한 생각은 고사하고, 아마 목장 사람들과 어울리는 것조차 불쾌하게 여겼을 것이다.

시간의 여세에 밀려 따라가고 있던 테스는 이런 사정을 전혀 알지 못했고, 아무것도 보이지 않았으며, 또 어느 길로 교회를 가고 있는지도 알지 못했다. 그녀가 아는 건 에인절이 옆에 있다는 것뿐이었고, 그 나머지는 눈부신 안개 속에 휩싸여 있었다. 그녀는 이를 테면 시詩 속에 등장하는 천상의 여인으로, 둘이 함께 거닐 때 클레어가 늘 말해주던 여신들 중 한 명 같았다.

결혼 허가증을 받는 결혼식에는 교회 안에 있는 십여 명 정도의 사람밖에 없었다. 설사 여기에 천 명이 있었다 해도 테스에겐 아무런 차이도 없었을 것이다. 이들은 지금 그녀가 있는 곳에서 별처럼 멀리 떨어져 있었기 때문이다. 황홀하고 엄숙한 가운데 그에 대한 믿음을 맹세하고 있는 지금, 보편적인 성性에 대한 감각들마저 경박해 보였다. 함께 무릎을 꿇고 예배를 드리다 잠시 멈추는 사이, 무의식적으로 그에게 몸이 기울더니 그녀의 어깨가 그의 팔에 닿았다. 이것은 그녀가 어떤 생각을 하다 놀라 거의 반사적으로 보인 반응이었다. 즉, 그가 정말 거기 있는지 확인하기 위한, 그의 성실함이 모든 면에서 자기를 지켜줄 거라는 자신의 믿음을 굳게 하기 위한 몸짓이었던 것이다.

클레어는 그녀가 자신을 사랑한다는 걸 알고 있었다. 그녀의 모든 몸짓과 행동은 이를 보여주기에 충분했다. 하지만 당시에는 이 뜨거운 사랑이 얼마나 깊고 고집스러우며 순종적인지, 또 얼마나 오랜 고통과 정직과 인내와 굳은 믿음을 보증하는지 알지 못했다.

이들이 교회에서 나왔을 때 종지기가 종을 울렸고, 세 가지 음색의 종소리가 울려 퍼졌다. 이처럼 작은 교구에 기쁨을 전달하기에는 부족함이 없는 종소리였다. 남편과 함께 밖으로 나가는 길에 종탑을 지나게 되었을 때, 그녀는 지붕창이 달린 종각에서부터 이들 주위로 여운을 남기며 동그랗게 퍼져나가는 대기의 떨림을 느낄 수 있었다. 이것은 마치 그녀의 현재 심리 상태를 대변하는 듯

했다.

이처럼 황홀한 분위기 속에, 그녀는 사도 요한이 하늘에서 보았던 천사처럼 자신의 빛이 아닌 다른 빛으로 영광을 누리고 있다고 느꼈고, 이 느낌은 교회 종소리가 완전히 잦아들고 결혼식의 흥분이 가라앉을 때까지 지속되었다. 그녀의 눈에는 이제야 세세한 것들이 보다 또렷이 보이기 시작했다. 크릭 씨 부부는 자신들의 짐마차를 가져오라고 지시했고, 이 젊은 부부를 위해 사륜마차를 내주었다. 테스는 처음으로 이 마차의 구조와 특징을 자세히 살폈다. 말없이 앉아 그녀는 한참 동안 마차를 쳐다보았다.

"테시, 표정이 어두워 보이는군."

클레어가 말했다.

"그래요."

손으로 자신의 이마를 짚어보며 그녀가 대답했다.

"가슴이 너무 떨리네요. 에인절, 모든 게 너무 진지하고 심각해 보여요. 무엇보다 이 마차를 꼭 어디선가 본 것만 같아요. 아주 익숙한 느낌이 들거든요. 이상한 일이죠? 분명 꿈속에서 봤을 거예요."

"아, 당신도 더버빌 가의 마차에 관한 전설을 들은 모양이군. 이 지방에선 잘 알려진 미신인데 당신 집안에 관한 거지. 이 덜거덕거리는 옛 물건을 보니까 그게 생각난 모양이오."

"전 한 번도 들어본 적이 없어요. 무슨 전설인데요? 말해주세요."

"글쎄, 지금은 자세하게 이야기하지 않는 게 좋을 것 같소. 십육 세기인지 십칠 세기인지 더버빌 가의 어떤 사람이 집안의 마차에서 끔찍한 범죄를 저질렀는데, 그 이후로 가족들이 그 낡은 마차를 보거나 그 소리를 들으면…… 다음은 나중에 하리다. 분위기가 좀 으스스한 것 같아서 말이오. 틀림없이 이 유서 깊은 마차를 보자 당신 머릿속에 어떤 어렴풋한 기억이 되살아난 것일 테지."

"그런 얘긴 한 번도 들은 적이 없는데."

그녀가 중얼거렸다.

"에인절, 우리 집안 사람들이 그걸 보면 죽을 거란 말인가요? 아니면 무슨 죄를 지었다는 건가요?"

"그만해요, 테스!"

그가 키스로 그녀의 입을 막았다.

이들이 집에 도착했을 즈음, 그녀는 죄책감으로 몹시 우울해져 있었다. 그녀는 이제 정말 에인절 클레어의 부인이었다. 하지만 도덕적으로 이 이름을 받을 자격이 있을까? 차라리 알렉산더 더버빌이라는 이름이 더 진실한 것 아닐까? 사랑의 열정이 아무리 뜨겁다 한들, 올바른 사람이라면 결코 숨기지 않았을 이 죄가 정당화될 수 있을까? 테스는 이런 경우 여자의 입장에서 어떻게 해야 할지 알지 못했고, 의논할 상대도 없었다.

그럼에도 불구하고 잠시 방에 혼자 있게 되었을 때—이것이 그녀가 이 방에 들어온 마지막이었다—그녀는 무릎을 꿇고 기도를 했다. 하나님께 기도하려고 애썼지만, 그녀가 애원하고 있는 대상은 바로 그녀의 남편이었다. 이 남자에 대한 맹목적 숭배는 그녀 스스로도 이것이 혹 불길한 징조는 아닌지 두려워할 정도였다. 그녀는 "이 격렬한 기쁨은 격렬한 종말을 맞게 되리라『로미오와 줄리엣』에 나오는 한 구절"고 했던 로렌스 수도사의 말을 생각했다. 이것이 인간에게 부여된 조건이라면, 너무 절망적이고, 지독하고, 무모하고, 치명적인 건지도 모른다.

"아! 내 사랑, 내 사랑, 내가 왜 이토록 당신을 사랑했을까?"

그녀는 이 방에서 혼자 중얼거렸다.

"당신이 사랑한 사람은 진짜 내가 아니라 나와 꼭 닮은, 과거에 나였을지도 모르는 그런 사람이라고요."

오후가 되어 떠날 시간이 되었다. 이들은 웰브리지 방앗간 근처에 있는 옛 농가의 숙소에서 며칠 묵는다는 계획을 세웠었고, 여기 있는 동안 그는 방앗간 일들을 살피고 익힐 예정이었다. 두 시쯤 모든 일이 마무리되었고, 이제 떠나는 일밖에 남지 않았다. 목장 식구들이 다 나와 이들이 떠나는 걸 보기 위해 붉은 벽돌로 된 현관에 서 있었고 주인 내외는 대문까지 따라 나왔다. 테스는 같은 방을 쓰던 세 친구가 슬픈 표정으로 고개를 숙인 채 나란히 벽에 기대어 서 있는 걸 보았다. 그녀는 이들이 헤어지는 순간에 나타날지에 대해 많은 생각을 했었다. 하지만 이들은 마지막까지 꿋꿋하고 성실하게 자리를 지키고 있었다. 왜 예민한 레티가 이토록 허약해 보이고, 이즈는 비통해 보이며, 마리안은 멍한 표정을 하고 있는지 그녀는 알고 있었다. 테스는 이들을 바라보느라 잠시 그림자처럼 따라다니는 자신의 슬픔을 잊어버렸다.

그녀가 감정에 이끌린 듯 갑자기 그에게 속삭였다.

"저기 저 불쌍한 친구들한테 한 번만 키스해주면 안 될까요? 처음이자 마지막으로요."

클레어는 이런 식의 작별인사를 조금도 반대하지 않았다. 이건 그저 작별인사일 뿐 그에겐 아무 의미도 없었기 때문이다. 이들을 지나가며 그는 서 있는 순서대로 한 사람씩 키스를 해주고 "잘 있어요"라고 말했다. 문간에 이르자, 테스는 여성 특유의 호기심으로 그 자선의 키스가 어떤 결과를 낳았는지 궁금해 뒤를 돌아보았다. 그녀의 얼굴에 승리의 기색이 비칠 법도 한데, 전혀 그렇지 않았다. 설사 그렇다 해도 세 처녀의 마음이 얼마나 흔들리고 있는지 보는 순간 곧 사라져버렸을 것이다. 이 키스는 간신히 잠재웠던 감정을 일깨움으로써 오히려 이들에게 해를 끼친 게 분명했다.

클레어는 이를 전혀 의식하지 못했다. 쪽문으로 향하면서 그는 목장 주인 부부와 악수를 나누며 그간 보살펴준 것에 대해 마지막으로 감사의 말을 전했다. 그리고 잠시 침묵이 흐른 뒤 그는 곧바로 걸음을 옮겼다. 수탉의 울음소리가 이 침묵을 깨뜨렸다. 장밋빛 볏을 가진 흰 수탉이 이들로부터 몇 미터 떨어진 집 앞 울타리에 앉아 있었다. 녀석의 울음소리는 이들의 귀를 흔든 다음 바위 골짜기 아래로 메아리가 되어 울려 퍼졌다.

"어? 웬 닭이 오후에 우는 거지?"

크릭 부인이 말했다. 두 남자가 열려 있는 마당 문 옆에 서 있었다.

"좋지 않은 징조인걸."

쪽문에 있는 사람들이 이 소리를 듣지 못할 거라 생각한 한 명이 옆 사람한테 소곤거렸다. 수탉이 다시 울었다. 이번엔 클레어를 똑바로 쳐다보며 울었다.

"저런!"

목장 주인이 말했다.

"정말 듣기 싫은 소리네요!"

테스가 남편에게 말했다.

"마부한테 어서 가자고 하세요. 다들 잘 있어요, 안녕히 계세요!"

수탁이 또다시 울었다.

"훠이! 저리 꺼져, 안 그러면 모가지를 비틀어놓을 테니까!"

목장 주인은 약간 짜증 섞인 투로 엄포를 놓으며 수탉을 쫓아버렸다. 집 안에 들어왔을 때 그가 아내에게 말했다.

"내 참, 하필이면 오늘 같을 날 울 게 뭐람! 지금껏 수탉이 오후에 우는 건 들은 적이 없는데 말이야."

"그냥 날씨가 변하려고 그러나보죠."

아내가 대꾸했다.

"당신이 생각하고 있는 그런 건 아니에요. 그런 일은 있을 수 없어요!"

34

이들은 골짜기를 따라 나 있는 평탄한 길을 몇 킬로미터 달려 마침내 웰브리지에 도착했다. 여기서 왼쪽으로 돌아 엘리자베스 시대 양식의 커다란 다리를 건넜다. 실은 이 다리 때문에 이곳 지명이 웰브리지가 된 것이다. 다리 바로 뒤에 이들이 묵게 될 집이 있었는데, 이 집의 외부 장식은 프룸 계곡을 지나는 모든 여행객들에게 잘 알려져 있었다. 이 집은 한때 훌륭한 장원의 저택이었고 더버빌 집안의 영지였지만 그 일부가 손상된 이후 농가로 쓰이고 있었다.

"당신네 조상들 저택에 온 것을 환영하오!"

클레어가 테스의 손을 잡아 내려주며 말했다. 하지만 너무 비웃은 게 아닌가 싶어 그는 이렇게 농담한 걸 후회했다.

집 안에 들어섰을 때, 이들은 방 두 개만을 예약했으나, 주인이 이들이 오는 때를 이용해 새해 인사차 몇몇 친구들을 만나러 가고 없다는 사실을 알게 되었다. 주인의 부탁으로 인근 농가에서 온 한 아낙이 이 집에 머물며 이들에게 필요한 것들을 챙겨주었다. 이 큰 집을 독차지하는 것도 좋았지만, 한지붕 아래 처음으로 둘만 있게 된다는 게 이들로선 더없이 기쁜 일이었다.

하지만 클레어는 이 곰팡내 나는 낡은 거처가 신부의 기분을 다소 우울하게 만든다는 걸 알았다. 마차가 떠나고 이들은 아낙의 안내에 따라 손을 씻으러 층계를 올랐다. 층계참에서 테스가 갑자기 멈춰 서며 움찔 놀랐다.

"무슨 일이오?"

"저기 무시무시한 여자들 좀 보세요!"

그녀가 미소를 지으며 대답했다.

"얼마나 놀랐는지 몰라요!"

그는 위를 쳐다보았다. 돌벽 속의 화판에 실물 크기의 초상화 두 점이 걸려 있었다. 이 집을 방문했던 사람들은 모두 알고 있듯, 두 그림은 약 200년 전 중

년 부인들의 모습을 담고 있는데, 그 생김새가 얼마나 독특한지 한번 보면 결코 잊을 수가 없었다. 길고 뾰족한 얼굴에 실눈을 뜨고 음흉하게 웃고 있는 여인은 매정한 배신자를 연상시켰고, 매부리코에 큰 이를 가진 여인은 너무 거만해서 사나워 보일 정도였는데, 모두 꿈에 볼까 두려운 얼굴들이었다.

"저것들은 누구의 초상이죠?"

클레어가 아낙에게 물었다.

"옛날 사람들 얘기로는 이 장원의 옛 주인이었던 더버빌 가문의 부인들이라고 하더군요. 그림이 벽 속에 박혀 있어서 떼어낼 수도 없나봐요."

이 그림이 불쾌한 것은 테스의 기분을 망쳐놓은 이유도 있지만, 이 괴상한 얼굴들 속에 그녀의 고운 얼굴의 흔적이 뚜렷이 보인다는 점 때문이었다. 하지만 그는 이에 관해 아무 말도 하지 않았고, 신혼집으로 이처럼 큰길에서 떨어진 집을 고른 걸 후회하며 옆방으로 건너갔다. 이 방은 두 사람을 위해 서둘러 준비된 터라 이들은 하나의 세면대를 같이 써야만 했다. 물속에서 클레어의 손이 그녀의 손에 닿았다.

"어느 게 내 손가락이고 어느 게 당신 손가락이지?"

그가 고개를 들며 말했다.

"완전히 섞여버렸는걸."

"모두 당신 거예요."

그녀가 아주 사랑스럽게 말했다. 그녀는 평소보다 더 즐거워 보이려고 애를 썼다. 하지만 그는 이런 상황에서 그녀가 수심에 잠겨 있는 걸 기분 나쁘게 생각하지 않았다. 지각 있는 여자라면 누구나 그럴 수 있기 때문이었다. 하지만 테스는 자신이 지나치게 침울해 있다는 걸 알고 있었고, 이걸 극복하려고 무척 애를 썼다.

일 년 중 이맘때는 해가 짧았고, 늦은 오후의 태양은 아주 낮게 작은 틈으로 빛을 비춰 그녀의 치마 위에 금빛 줄무늬를 만들었는데, 마치 물감이 묻어 생긴 얼룩 같았다. 이들은 오후 간식을 먹으러 옛 거실로 들어갔고, 여기서 둘만의 첫 식사를 가졌다. 이들은, 아니 클레어는 어린애처럼 장난기가 발동해, 그녀와 같은 접시를 쓰기도 하고 그녀의 입술에 묻은 빵 부스러기를 자신의 입술로 닦아주기도 하며 재미있어했다. 하지만 테스는 정말 재미있어서 이런 경박스런 장난을 치는 게 아니었고, 그는 이 점이 못내 의아스러웠다.

그녀를 한동안 말없이 바라보고 있던 그가 마치 어려운 문장구조를 깨달은 것처럼 혼잣말로 중얼거렸다.

"이 여인이 그토록 사랑스런 테스로군. 이 작고 연약한 여자가 내 믿음과 운명에 얼마나 철저하고 완벽하게 매여 있는 피조물인지 난 엄숙히 깨닫고 있을까? 그렇지 않은 것 같다. 내가 여자가 아닌 이상 그럴 수 없을 것이다. 하지만 내가 있는 곳에 그녀도 있게 될 것이다. 내가 무엇이 되건 그렇게 될 것이며, 내가 될 수 없는 건 그녀도 될 수 없을 것이다. 과연 내가 이 여자를 무시하거나 상처를 주거나 배려하는 걸 잊어버릴 수 있을까? 신이여, 제발 그런 죄는 막아주소서!"

이들은 차 탁자에 앉아 목장 주인이 어두워지기 전에 보내주기로 약속한 자신들의 짐을 기다리고 있었다. 하지만 저녁이 다 되어가는데 짐은 도착하지 않았고, 이들은 지금 입고 있는 것밖에 아무것도 가진 게 없었다. 해가 지면서 잠잠하던 겨울 날씨가 변했다. 문밖에서 비단을 거칠게 문지르는 것 같은 소리가 들리기 시작했다. 편히 쉬던 지난가을 낙엽들이 짜증스러운 듯 다시 일어나 마지못해 주위를 몰려다니다 겉창을 두들겨댔다. 곧이어 비가 내리기 시작했다.

"그 수탉이 날씨가 변할 줄 알았나보군."

클레어가 말했다.

밤이 되자, 이들을 시중들던 아낙은 탁자 위에 양초들을 올려놓고는 집으로 돌아갔다. 이제 이들은 양초에 불을 붙였다. 촛불의 불꽃이 모두 벽난로 쪽으로 넘실거렸다.

"오래된 집이라 외풍이 너무 심한걸."

촛불과 옆으로 흘러내리는 촛농을 바라보며 에인절이 계속해서 말했다.

"짐이 도대체 어디 있는지 모르겠군. 지금 솔도 빗도 아무것도 없는데."

"저도 모르겠어요."

테스가 멍하니 대답했다.

"테스, 오늘 저녁 당신은 전혀 즐겁지 않은 것 않소. 평소 모습과는 딴판이거든. 위층 화판에 그려진 추한 노파들이 당신 마음을 뒤숭숭하게 한 모양인데, 이런 곳에 데려와서 미안하오. 정말 날 사랑하긴 하는 거요?"

그는 그녀가 자신을 사랑한다는 걸 알고 있었고, 이것도 심각한 의도로 물은 건 아니었다. 하지만 그녀는 너무 예민해져 있어서 마치 상처받은 동물처럼 몸을 움츠렸다. 눈물을 흘리지 않으려 무던히 애를 썼지만 그녀는 결국 한두 방울을 떨어뜨리고 말았다.

"진심으로 그런 게 아니오!"

그가 미안해하며 말했다.

"당신 짐이 오지 않아 걱정하고 있다는 건 알고 있소. 왜 조나단 영감이 여태 짐을 안 가져오는지 모르겠군. 아니, 벌써 일곱 시잖아! 아, 저기 오는군!"

문에서 노크 소리가 났지만 아무도 대답할 사람이 없었기 때문에 클레어가 나갔다. 그는 손에 작은 소포 꾸러미를 들고 방으로 돌아왔다.

"조나단이 아니었소."

그가 말했다.

"정말 짜증스럽게 하네요!"

테스가 말했다.

이 소포는 애민스터 사제관에서 탈보테이즈로 특별히 보낸 심부름꾼이 가져온 것이었다. 그는 이 신혼부부가 떠난 직후 그곳에 도착했는데, 그 누구도 아닌 이들에게 직접 전하라는 지시에 따라 곧장 이들을 따라온 것이었다. 클레어는 이것을 불빛 쪽으로 가져왔다. 이 꾸러미는 30센티가 안 되는 길이에 천으로 싸여 있었으며, 클레어 아버지의 인장과 함께 붉은색 밀랍으로 봉해져 있었다. 겉에는 그의 아버지의 필체로 '에인절 클레어 부인에게'라고 씌어 있었다.

"테스, 당신한테 주는 작은 결혼 선물인가보오."

그가 꾸러미를 건네주며 말했다.

"정말 사려 깊은 분들이라니까!"

테스는 이걸 받으며 약간 당황스러운 표정을 지었다.

"에인절, 당신이 열어보는 게 좋을 것 같아요."

꾸러미를 뒤집어 보며 그녀가 말했다.

"전 이렇게 훌륭한 봉인을 뜯고 싶지 않아요. 너무 진지해 보이거든요. 제발 날 위해 이걸 열어줘요!"

그는 꾸러미를 풀었다. 그 안에는 모로코가죽으로 된 상자가 있었고, 그 위에 편지와 열쇠가 놓여 있었다. 편지는 클레어 앞으로 되어 있었고, 내용은 다음과 같았다.

사랑하는 아들에게,

네가 어릴 적 네 대모代母 피트니 부인—좀 허영스럽긴 해도 친절한 분이셨지—이 돌아가시면서 자신의 보석함에 있던 것들의 일부를 네가 결혼하게 되면 아내 될 사람한테 주라고 내게 맡기셨다는 걸 기억할지 모르겠구나. 네가 누구와 결혼하든 이건 너와 네 아내에 대한 그분의 애정의 표시란다. 난 이 부탁을 받아 그 이후 다이아몬드들을 내 은행에 보관하고 있었단다. 지금 이

상황에 썩 어울리는 건 아니지만, 알다시피 난 이것들을 평생 사용할 여인에게 넘겨주어야 하기에 이렇게 즉시 보내는 거란다. 네 대모의 유언에 따르면, 엄밀히 말해 이 물건들은 대대로 물려주어야 할 것들이야. 이에 관한 정확한 유언의 내용은 동봉했으니 살펴보길 바란다.

"이제 기억이 나. 까맣게 잊고 있었어."

클레어가 말했다. 상자를 열어보니 그 안에는 목걸이와 펜던트, 팔찌, 귀걸이 그리고 다른 작은 장신구들이 들어 있었다. 테스는 처음엔 이것들을 만지기가 두려웠지만 클레어가 이것들을 펼쳐놓자 잠시 두 눈이 보석처럼 빛났다.

"이게 다 제 거예요?"

믿을 수 없다는 듯 그녀가 물었다.

"그럼, 당연하지."

그는 타오르는 난롯불을 바라보았다. 열다섯 살 소년이었을 때, 대지주의 부인이었던 그의 대모—그가 그때까지 알고 있던 유일한 부자였다—는 그의 성공을 확신하며 장차 그가 훌륭한 사람이 될 거라 예언했었다. 이처럼 그의 성공을 확신하고 있었기에 그의 아내와 또 후손들의 아내들을 위해 이 화려한 장신구들을 남겨두는 건 조금도 이상할 게 없는 일이었다. 그런데 지금 이 보석들은 왠지 빈정대는 듯 번쩍거리고 있었다.

'아니 왜?'

그는 스스로에게 물음을 던졌다.

'이건 오로지 허영의 문제에 불과한 거야. 만약 등식의 한쪽이 허용된다면 당연히 다른 한쪽도 허용되어야지. 내 아내는 더버빌 가문 사람이잖아. 그렇다면 그녀보다 이 보석들이 더 잘 어울릴 사람이 누구란 말이야?'

갑자기 그가 흥분하며 말했다.

"테스, 이것들을 해봐요. 어서!"

그러고는 그녀를 도와주려고 난롯불로 향해 있던 몸을 틀었다. 마치 마법을 부린 듯 그녀는 이미 목걸이, 귀걸이, 팔찌 등을 모두 하고 있었다.

"테스, 그런데 그 드레스는 어울리지 않소. 이런 보석들을 하려면 가슴이 좀 파인 옷을 입어야 하거든."

"그래요?"

"그럼."

그는 그녀에게 대강 야회복 차림이 되게 하려면 웃옷의 위쪽 끝을 어떻게 접어야 하는지를 알려주었다. 그의 충고대로 하고 나자 그녀의 흰 목 한가운데 늘어진 목걸이 장식이 제대로 눈에 띄었다. 그는 뒤로 물러나 그녀의 모습을 살폈다.

"야, 정말 아름다운걸!"

누구나 알고 있듯 옷이 날개인 법이다. 평범한 신분에 수수한 차림으로 있을 땐 지극히 보잘것없어 보이는 시골 처녀라도 인공적인 도움을 받아 멋진 귀부인처럼 차려입으면 놀라운 미인으로 변신하게 마련이다. 반면에 한밤의 연회에 나온 미인이라도 촌부의 옷을 입혀 흐린 날 지루한 순무 밭에 데려다놓으면 그 모습이 참으로 딱해 보일 것이다. 그는 지금껏 테스의 몸매와 얼굴이 이토록 우아하고 아름다운 줄 모르고 있었다.

"이대로 무도회에 나가기만 해도! 아, 아니오, 테스. 난 차양 달린 모자에 작업복을 입은 당신 모습을 가장 사랑하오. 그럼, 이 모습보다 더 좋아 보이지. 물론 이런 우아한 차림도 잘 어울리지만 말이오."

테스는 자신의 빼어난 모습에 흥분되어 얼굴이 상기되긴 했지만, 그래도 행복하진 않았다.

"이제 벗어야겠어요! 조나단이 와서 볼지도 모르니까요. 사실 저한테는 안 어

울리죠, 그렇죠? 이 보석들은 파는 게 좋겠어요."

"그대로 좀더 있어요. 이것들을 판다고? 말도 안 돼. 그건 믿음을 저버리는 짓이오."

그녀는 다시 생각해보더니 순순히 그의 말에 따랐다. 그녀는 그에게 할 말이 있었고, 혹시 이런 차림이 도움이 될지도 몰랐다. 그녀는 보석들을 한 채 자리에 앉았고, 이들은 다시 조나단이 짐을 가지고 어디쯤 왔을지 골똘히 생각하기 시작했다. 그가 오면 마시라고 따라놓은 맥주는 이미 김이 다 빠져버렸다.

잠시 후 이들은 벽 쪽에 있는 식탁에 이미 차려져 있는 저녁을 먹기 시작했다. 식사를 마치기 전, 마치 어떤 거인이 잠시 동안 손으로 굴뚝 꼭대기를 막기라도 한 것처럼 벽난로에서 연기가 불쑥 일더니 방 안으로 퍼져 나왔다. 바깥문이 열리면서 그렇게 된 것이었다. 곧바로 복도에서 무거운 발소리가 들려왔고 에인절이 나갔다.

"문을 두드려도 아무 대답이 없어서요."

마침내 도착한 조나단 케일이 사과를 했다.

"밖에 비가 내리고 해서 제가 그냥 문을 열었답니다. 여기 짐을 가져왔어요."

"짐이 와서 다행이긴 한데 너무 늦었군요."

"예, 그게 좀."

조나단 케일의 어조는 낮과는 달리 왠지 힘이 없었고, 이마엔 나이를 먹어 생긴 주름살 말고도 근심의 주름살들이 깊이 패어 있었다. 그가 계속했다.

"그러니까 오늘 오후 선생님과 아씨가, 이젠 이렇게 불러야겠죠. 떠난 이후 목징에 끔찍한 사고가 생길 뻔해서 모두들 걱정했답니다. 왜, 수탉이 울었던 것 기억나시죠?"

"저런, 그런데 무슨……."

"글쎄, 사실 그 일을 가지고 이런저런 말들이 많긴 한데, 무슨 일이냐면, 그 불쌍한 레티 프리들이 물에 빠져 죽으려고 했지 뭐예요."

"맙소사! 그럴 리가! 다른 사람들처럼 우리한테 작별인사를 했었는데……."

"그랬었죠. 선생님과 아씨가, 이젠 법적으로도 이렇게 되겠군요. 좀 전에 말했듯, 두 분이 마차를 타고 떠나자 레티와 마리안은 모자를 쓰고 밖으로 나갔어요. 새해 전날이라 할 일도 없었고, 다들 잔뜩 취해 있던 터라 아무도 신경을 쓰지 않았죠. 둘은 류-에버라드로 가서 술을 마신 다음, 다시 드리-암드 크로스로 갔다가 거기서 헤어졌답니다. 레티는 집으로 가는 것처럼 강가의 목초지를 가로질러 갔고, 마리안은 옆 마을로 가서 또 술을 마셨나봐요. 그 뒤로는 레티에 관해 전혀 모르고 있었는데, 수문지기가 집으로 오다가 그레이트 풀 옆에서 뭔가를 발견했대요. 바로 레티의 모자와 숄이 똘똘 뭉쳐져 있었던 거죠. 레티는 물속에 있었고요. 수문지기하고 또 다른 남자는 죽은 줄로만 알고 레티를 집으로 데려왔답니다. 하지만 차츰 의식이 돌아왔지요."

에인절은 문득 테스가 이 우울한 이야기를 들을지도 모른다는 생각이 들어, 얼른 가서 복도와 거실 사이의 문을 닫았다. 하지만 그의 아내는 숄을 두르고 나와 이미 노인의 이야기를 듣고 있었고, 멍한 눈으로 짐 꾸러미와 그 위에 반짝이는 빗방울을 바라보고 있었다.

"게다가 마리안은 말이죠, 술이 곤죽이 되어 버드나무 옆에 죽은 듯 쓰러져 있었다지 뭐예요. 전에는 술이라곤 거의 마실 줄도 모르던 처녀였는데 말이에요. 그래도 얼굴을 보면 알 수 있듯 식성은 아주 좋았다니까요!"

"그럼 이즈는요?"

테스가 물었다.

"이즈는 평소처럼 집에 있었어요. 하지만 왜 이런 일이 벌어졌는지 짐작이 간다고 그러더군요. 당연히 그렇겠지만, 그 처녀도 그 일 때문에 기분이 몹시 우울해 보였어요. 대충 일은 이렇게 된 거고요. 실은 선생님 물건하고 아씨의 잠옷과 화장품들을 마차에 싣고 있을 때 마침 이런 일들이 벌어졌지 뭐예요. 그래서 많이 늦어진 거랍니다."

"그렇군. 알겠소, 조나단. 가방들을 위층으로 옮겨놓고 맥주나 한잔해요. 그리고 혹시 주인이 찾을지 모르니까 서둘러 돌아가세요."

테스는 벌써 거실로 돌아가 벽난로 옆에 앉아 수심에 잠긴 채 불을 바라보고 있었다. 그녀는 무거운 짐을 들고 위층을 오르내리는 조나단 케일의 발소리를 들었다. 또 남편이 내놓은 맥주와 수고비를 받으며 고맙다고 하는 소리도 들었다. 조나단의 발소리가 문에서 점점 멀어져갔고 마차도 삐걱거리며 떠났다.

에인절은 무거운 참나무로 빗장을 걸어 문을 잠근 다음, 그녀가 앉아 있는 곳으로 다가와 등 뒤에서 그녀의 뺨을 어루만졌다. 그는 그녀가 그토록 바라던 짐이 왔으니 기분이 좋아 벌떡 일어나 화장도구들을 풀어볼 거라 기대했지만 그녀는 자리에서 일어나지도 않고 있었다. 그는 난롯가 그녀 옆에 앉았다. 저녁 식탁 위의 촛불은 맞은편에서 이글거리며 타오르는 난롯불에 비하면 너무 가냘프고 희미해 보였다.

"친구들의 좋지 않은 이야기를 듣게 해서 너무 미안하오. 하지만 그 일로 너무 상심하지 말아요. 당신도 알다시피, 레티는 원래 좀 병적인 데가 있었잖소."

"이유가 전혀 없는데도 그랬을까요? 오히려 그럴 만한 이유가 있는 사람은 그걸 감추고 아닌 척하고 있는데."

이 사건은 결국 테스의 마음속 저울을 돌려놓았다. 그녀의 친구들은 순진하고 순결한 처녀들로 응답 없는 사랑의 비참함을 맛보아야 했지만, 실은 운명의 여신으로부터 더 나은 대접을 받을 만한 처녀들이었다. 그녀는 이들보다 못한 대접을 받았어야 하는데, 오히려 선택받은 여자가 되었던 것이다. 아무런 대가 없이 이 모두를 차지하는 건 그녀가 보기에 사악한 짓이었다. 그녀는 철저하게 대가를 치르리라 생각했고, 지금 이 자리에서 고백을 해야겠다고 마음먹었다.

그에게 손을 잡힌 채 그녀는 난롯불을 빤히 들여다보며 마지막 결심을 굳히고 있었다.

이제 불꽃이 사라진 장작에서 나오는 진홍색 불빛이 벽난로 옆과 뒤, 그리고 잘 닦인 장작 받침대, 이가 맞지 않는 낡은 놋쇠 부젓가락을 같은 색으로 물들이고 있었다. 또한 벽난로 선반 아래와 불빛 바로 앞에 놓여 있는 식탁 다리도 핏빛으로 물들어 있었다. 테스의 얼굴과 목에도 같은 빛이 전해졌고, 이 때문에 몸에 걸친 보석들은 황소자리나 큰개자리의 시리우스성으로 변했다. 흰색, 붉은색, 초록색으로 이루어진 이 별자리는 그녀의 심장이 뛸 때마다 번갈아가며 여러 가지 색깔로 변하곤 했다.

"오늘 아침 우리가 서로 잘못을 고백하자고 했던 말 기억나오?"

그녀가 여전히 꼼짝 않고 앉아 있자 그가 불쑥 말을 꺼냈다.

"그땐 서로 별 뜻 없이 가볍게 한 말이었을 거요. 당신은 당연히 그랬을 테고. 하지만 난 그리 가볍게 내뱉은 말이 아니었소. 테스, 이제 당신한테 고백해야겠소."

너무도 뜻밖에, 오히려 그가 이렇게 나오니 테스로선 하늘이 도와주는 게 아닌가 싶었다.

"고백할 게 뭐죠?"

반가운 데다 마음마저 놓이는 듯 그녀가 재빨리 물었다.

"이런 건 생각지도 못했겠지? 아, 당신은 날 너무 대단하게 생각한 거요. 머리를 거기 기대고 이제부터 잘 들어요. 모쪼록 날 용서해주었으면 좋겠소. 당연히 그랬어야 하는데, 미리 털어놓지 않았다고 화내지 말고 말이오."

그가 그녀와 똑같은 입장이라니, 이 얼마나 신기한 일인가! 그녀가 아무 말이 없자, 클레어는 이야기를 계속했다.

"내가 이걸 말하지 않은 건 당신을, 내 생애 최고의 상인 당신을 놓칠까봐 두려웠기 때문이오. 난 이걸 내 장학금이라 생각하오. 우리 형은 대학에서 장학금을 받았지만 난 탈보테이즈에서 받은 셈이지. 아무튼 난 그런 위험을 감수하고 싶지 않았소. 실은 한 달 전 당신이 내 사람이 되겠다고 동의했을 때 말하려고 했는데, 결국 못 하고 말았소. 당신이 너무 놀라 내게서 멀어질까 겁이 났거든. 그래서 나중으로 미루고 말았지. 그리고 어제도 말하려고 했었소. 당신한테 마지막으로 날 거부할 기회를 주려고 말이오. 하지만 차마 그러지 못했고, 또 오늘 아침 층계참에서 당신이 잘못을 털어놓자고 제안했을 때도 그러지 못했소. 내가 죽을 죄인이오! 하지만 지금 당신이 그렇게 엄숙하게 앉아 있는 걸 보니, 도저히 말하지 않을 수 없을 것 같소. 과연 당신이 날 용서해줄지 걱정이군."

"아, 걱정 마세요! 틀림없이……."

"글쎄, 그러길 바랄 뿐이오. 잠깐만, 당신은 모를 테니 처음부터 이야기하리다. 테스, 불쌍한 우리 아버지는 내가 영원히 구제받지 못할 인간이 되었다고 걱정하시지만, 사실 난 지금도 깐깐하게 도덕을 따지는 사람이오. 난 예전에 사람들을 가르치는 선생이 되고 싶었지만 내가 성직자가 될 수 없다는 걸 깨달았을 때 엄청난 절망을 느꼈다오. 지금도 그렇지만, 난 순결을 사랑하고 불결을 증오하는 사람이었소. 완전영감설성경은 전체가 하나님의 전적인 계시에 의해 씌어진 것이므로 어떤 실수도 있을 수 없다는 주장에 관해선 달리 생각할 수도 있지만, 바울이 말했던 '말과 행실과 사랑과 믿음과 정절에 대하여 믿는 자에게 본이 되어'디모데전서 4장 12절에서 인용라는 말에는 진심으로 동의를 표하고 싶소. 가련한 우리 인간들에겐 이것이 유일한 보호막인 셈이지. 바울과 비교하는 건 좀 그렇지만, 어떤 로마 시인은 이걸 '완전한 삶'이라고 부르고 있다오.

유혹에서 벗어나 올바른 삶을 사는 인간은
무어족의 창이나 활이 필요치 않도다

호라티우스의 「송가Odes」의 한 구절

그런데 이것을 이렇게 똑똑히 알고 있는 내가 스스로 죄를 저질렀으니 내가 얼마나 뼈저린 후회를 했는지 당신도 알게 될 거요."

그러고 나서 그는 전에 넌지시 말했던 자신의 인생의 한때, 즉 파도 위에 떠 있는 코르크처럼 회의와 문제들에 시달리다 못해 런던으로 갔고, 거기서 48시간 동안 완전히 딴사람처럼 방탕에 빠져 있었던 이야기를 들려주었다.

"다행히 난 곧 내 어리석음을 깨달았다오. 그 여자에겐 더이상 할 말이 없었기에 그냥 집으로 돌아왔소. 물론 그 후로는 그런 실수를 저지르지 않았지. 하지만 난 당신을 솔직하고 떳떳하게 대하고 싶었기에, 이렇게 고백하지 않을 수 없었던 거요. 날 용서해주겠소?"

그녀는 대답 대신 그의 손을 꼭 잡았다.

"그럼, 이제 이 얘긴 영원히 잊어버리는 거요. 오늘같이 좋은 날에 어울리지 않는 너무 괴로운 얘기잖소. 좀더 가벼운 이야기를 합시다."

"아, 에인절…… 전 오히려 기뻐요. 이젠 당신도 절 용서해줄 수 있으니까요! 전 아직 고백하지 않았어요. 이제부터 시작할게요. 저도 그러겠다고 했던 것 기억하죠?"

"아, 물론이오! 그럼 해보시오, 얄미운 사람 같으니."

"당신이 지금은 웃고 있지만, 이건 당신 얘기만큼이나 심각해요, 아니 그 이상일지도 모르죠."

"그럴 리는 없을 거요, 테스."

"그럴 리가 없다니…… 그럼요, 그럴 리 없을 거예요!"

그녀는 희망에 부풀어 자리를 박차고 뛰어오르며 기쁘게 소리쳤다.

"맞아요, 더 심각할 리가 없어요, 확실해요. 이제 말씀드릴게요."

그러고는 다시 자리에 앉았다.

두 사람은 여전히 손을 꼭 잡고 있었다. 난로 받침대 밑의 재들은 수직으로 내리쬐는 불빛에 물들어 빨갛게 달아오른 황무지 같았다. 그녀의 상상력은 이 빨간 불빛 속에서 최후 심판의 날의 섬뜩한 불빛을 보았다. 이 빛은 그녀의 얼굴과 손을 비추고, 이마 주변의 헝클어진 머리카락 속으로 스며들어 그 안의 고운 두피까지 빨갛게 물들였다. 벽과 천장에 그녀의 그림자가 크게 드리워졌다. 그녀가 몸을 앞으로 숙이자 목에 걸린 다이아몬드 하나하나가 마치 껌뻑이는 두꺼비 눈처럼 불길한 느낌을 주었다. 이마를 그의 관자놀이에 기대고 눈을 내리깐 채, 테스는 알렉 더버빌을 알게 된 경위와 그 결과가 어떠했는지를 위축되지 않고 담담하게 이야기하기 시작했다.

Thomas Hardy

"당신이 용서받은 것처럼 절 용서해주세요! 에인절, 전 당신을 용서했어요." "당신은…… 그래, 당신은 그랬겠지."

"그런데 당신은 절 용서하지 않겠어요?" "용서란 이럴 때 쓰는 말이 아니오. 과거의 당신과 지금의 당신은 완전히 다른 사람이오. 어떻게 그런 괴상망측한 요술에 용서라는 말이 어울린단 말이오?"

Tess of the D'Urbervilles

제 5 부 – 여자는 값을 치른다

35

그녀의 이야기는 끝났다. 다시 확인하고 거듭 설명하는 것마저도 모두 끝이 났다. 이야기를 시작해 끝맺을 때까지 테스의 목소리는 줄곧 변함이 없었다. 그녀는 어떤 식의 변명도 하지 않았고, 울지도 않았다.

하지만 그녀의 이야기가 이어지는 동안, 주변의 사물들조차 그 안색이 변해 가는 것 같았다. 벽난로의 불빛은 마치 장난스런 요괴처럼 곤경에 빠져 있는 그녀의 입장은 아랑곳없이 악마처럼 재미있어하는 것 같았고, 난로 망網 역시 관심 없다는 듯 히죽히죽 웃고만 있었다. 또 물병도 오로지 형형색색으로 빛을 반사하는 데만 몰두해 있었다. 주위의 모든 사물들은 자신들에게 책임이 없다는 걸 끊임없이 반복해서 알리고 있었다. 하지만 그가 그녀에게 키스를 하던 순간 이후 변한 건 아무것도 없었다. 아니, 사물의 실체는 전혀 변하지 않았지만 그 본질은 이미 변했다고 보는 게 정확할 것이다.

그녀가 이야기를 마쳤을 때, 조금 전 속삭였던 밀어密語의 여운은 머릿속 한쪽 구석으로 밀려난 채 너무도 둔감하고 어리석었던 한때의 메아리처럼 되풀이해서 울리곤 했다.

클레어는 아무 상관도 없이 난롯불을 뒤적거리고 있었다. 아직 그 이야기가 머릿속 끝까지 이르지 않은 것이었다. 타다 남은 장작을 뒤적거리더니, 그가 자리에서 벌떡 일어났다. 그녀가 한 고백의 실체가 이제 그에게 고스란히 전해진 것이었다. 그의 얼굴은 수척하고 창백했다. 정신을 가다듬으려 애쓰며 그는 바닥을 마구 밟으며 돌아다녔다. 아무리 애써도 그는 차분히 생각할 수가 없었다. 산만한 그의 움직임은 바로 이것 때문이었다. 마침내 그가 입을 뗐다. 그의 목소리는 지금껏 그녀가 그에게서 들어왔던 숱한 음성들 중 가장 어색하고 맥 빠진 소리였다.

"테스, 내가 이걸 믿어야 되는 거요? 당신 태도로 보면 분명 사실인 것 같은데. 사실 제정신으로 그런 말을 하긴 어렵지만, 그렇다고 당신이 정신 나간 사람일 리는 없잖소. 당신은 분명 제정신이오. 그렇지 않다고 믿을 만한 증거를 난 도무지 찾을 수가 없소."

그가 말을 멈추더니 다시 날카롭게 소리쳤다.

"왜 미리 말하지 않았소? 아, 맞아, 당신은 얘길 하려고 했었지! 그런데 내가 못 하게 막았어, 기억이 나!"

이 말을 비롯한 다른 몇 마디는 잔잔한 수면 위로 희미하게 찰랑거리는 물소리에 불과했다. 그는 돌아서 의자 위에 몸을 숙이더니 다시 벌떡 일어났다. 테스는 그가 있는 방 한가운데까지 쫓아가 한 손을 의자 등받이 뒤에 놓고 선 채, 눈물 없이 마른 눈으로 그를 쳐다보았다. 그러더니 곧 그의 발밑에 미끄러지듯 무릎을 꿇고는 그 자세로 몸을 웅크렸다.

"우리 사랑의 이름으로 절 용서해주세요!"

그녀가 바싹 마른 입술로 속삭였다.

"저도 우리의 사랑으로 다 용서했잖아요."

그가 아무런 대답이 없자 그녀가 다시 말했다.

"당신이 용서받은 것처럼 절 용서해주세요! 에인절, 전 당신을 용서했어요."

"당신은…… 그래, 당신은 그랬겠지."

"그런데 당신은 절 용서하지 않잖아요?"

"용서란 이럴 땐 쓰는 말이 아니오. 과거의 당신과 지금의 당신은 완전히 다른 사람이오. 어떻게 그런 괴상망측한 요술妖術에 용서라는 말이 어울린단 말이오?"

그가 말을 멈추었다. 그러더니 갑자기 뭔가 생각한 듯 흉측한 웃음을 터뜨렸다. 지옥에서나 들을 만한 괴상하고 섬뜩한 웃음소리였다.

"그만, 그만요! 너무 무섭단 말이에요, 그 웃음소리가!"

그녀가 날카롭게 소리를 질렀다.

"절 불쌍히 여겨주세요, 제발요!"

그는 대답이 없었다. 그러자 그녀가 새하얗게 질린 얼굴로 자리에서 벌떡 일어섰다.

"에인절, 에인절! 대체 어쩌자는 거죠?"

그녀가 울부짖었다.

"이게 저한테 어떤 의미인지 아세요?"

이해할 수 없다는 듯 그가 고개를 저었다.

"제가 지금까지 소망하고 기다리고 기도한 건 오직 당신을 행복하게 해주려는 것뿐이었어요! 전 그게 얼마나 기쁠지, 또 내가 그럴 수 없다면 얼마나 하찮은 아내가 될 것인지만 생각했어요! 에인절, 이게 바로 제가 지금껏 느꼈던 거라고요!"

"나도 알고 있소."

"에인절, 저는 당신이 저를 사랑한다고 생각했어요. 저를, 바로 저 자신을 말이에요! 만약 당신이 정말 사랑하는 사람이 바로 저라면, 아, 어떻게 그런 표정을 하고 그런 말을 할 수 있죠? 전 이게 너무 무서워요! 당신을 사랑하기 시작한 이상, 전 영원히 당신을 사랑할 거예요. 어떤 변화도 어떤 치욕도 다 감수할 거라고요. 왜냐하면 당신은 당신 자신이니까요. 더이상은 바라지 않아요. 그런데 당신은, 제 남편인 당신은 어떻게 이제 절 사랑할 수 없다는 거죠?"

"거듭 말하지만, 내가 사랑했던 사람은 당신이 아니오."

"그럼 대체 누구죠?"

"당신 모습을 한 다른 여인이지."

그의 말을 들으며 그녀는 예전에 자신이 불안하게 예감했던 일이 들어맞았음을 알았다. 즉, 그가 그녀를 일종의 사기꾼으로, 순결을 가장한 죄인으로 보고 있다는 것이었다. 이 사실을 깨닫는 순간, 하얗게 질린 그녀의 얼굴에 공포가 서렸다. 뺨은 생기를 잃어 늘어졌고, 입은 작고 둥근 구멍이나 마찬가지였다. 그가 자신을 어떻게 보고 있는지를 생각하자 너무도 끔찍해 온몸이 후들거렸다. 금방이라도 쓰러질 것 같아 그녀는 앞으로 걸음을 떼놓았다.

"앉아요, 앉아."

순수한 동정심에서 그가 말했다.

"몸이 안 좋은 것 같군. 하긴 그럴 만도 하지."

그녀는 자신이 지금 어디 있는지도 모른 채 자리에 앉았다. 표정은 여전히 허탈해 보였지만, 그녀의 두 눈은 그의 온몸을 얼어붙게 할 듯 섬뜩했다.

"그렇다면 난 이제 더이상 당신의 것이 아니에요. 그렇죠, 에인절?"

그녀가 절망적인 심정으로 물었다.

"결국 당신이 사랑한 건, 내가 아니라 날 닮은 다른 여자였다는 말이군요."

이런 생각을 하자, 그녀는 부당한 취급을 받고 있는 자신이 더없이 처량하게 느껴졌다. 그녀는 자신의 처지를 돌아보며 눈물을 글썽거렸고, 뒤돌아서 서글픈 울음을 터뜨렸다.

에인질 글네어는 이런 변화에 안도감을 느꼈다. 그녀의 고백으로 인한 고통에 비하면 그녀가 울며 괴로워하는 것은 별로 심각한 일처럼 보이지 않았던 것이다. 그는 그녀의 격한 슬픔이 가라앉고, 울음소리가 드문드문한 흐느낌으로 잦아들 때까지 끈기 있고 담담하게 기다렸다.

"에인절!"

그녀가 갑자기 말을 꺼냈다. 공포에 질려 미친 듯 내지르던 소리는 사라지고 그녀의 목소리는 평소의 자연스런 어조로 바뀌어 있었다.

"에인절, 당신과 평생을 함께하기엔 제가 너무 나쁜 여자인가요?"

"우리가 어떻게 해야 할지 나도 모르겠소."

"에인절, 당신과 함께 살겠다고 매달리진 않겠어요. 제겐 그럴 자격이 없으니까요! 결혼할 거라는 말은 했지만, 어머니나 동생들한테 우리가 결혼했다는 편지는 쓰지 않겠어요. 그리고 여기서 묵는 동안 만들려고 재단해두었던 반짇고리도 그만둘 거고요."

"그만두겠다고?"

"네! 당신의 지시가 없는 한, 아무것도 하지 않겠어요. 설령 당신이 제 곁을 떠난다 해도 따라가지 않을 거예요. 또 저한테 아무 말을 하지 않아도, 당신이 허락하지 않는다면 그 이유를 묻지 않겠어요."

"내가 뭘 하라고 지시하면 어떻게 할 거요?"

"비천한 노예처럼 당신의 말을 따르겠어요. 설령 쓰러져 죽으라는 지시라 해도 말이에요."

"아주 좋군. 하지만 자신을 희생하려는 지금 모습과 자신을 지키려던 과거의 모습이 어쩐지 좀 어울리지 않는 것 같소."

하지만 테스에게 이처럼 교묘히 비꼬는 말을 내뱉는 것은 개나 고양이에게 그러는 짓이나 마찬가지였다. 왜냐하면 그녀는 이 말들의 미묘한 뜻을 알아차리지 못했고, 단지 분노로 가득 찬 반감 어린 소리로만 받아들였기 때문이다. 테스는 그가 자신에 대한 애정을 필사적으로 누르고 있다는 것을 모른 채, 말없이 가만히 있었다. 그의 뺨 위로 눈물 한 방울이 천천히 흘러내리는 걸 그녀는 보지 못했다. 이 눈물은 어찌나 큰지 마치 현미경의 대물렌즈처럼 눈물 아래의 땀구멍을 크게 확대시켜 보일 정도였다. 그럼에도 불구하고 그는 그녀의 고백이 자신의 인생과 자신의 우주에 가져온 끔찍하고 전면적인 변화를 다시금 돌이켜보았다. 그리고 자신이 처한 새로운 조건들을 뚫고 앞으로 나아갈 길을 찾기 위해 필사적으로 노력했다. 분명 어떤 후속 조치가 필요했다. 하지만 어떻게?

"테스."

가능한 한 부드럽고 점잖은 목소리로 그가 말했다.

"난 있을 수가 없소…… 이 방에 당신과 함께 말이오. 밖에 나가 잠시 걸어야겠소."

그는 조용히 방을 나갔고, 저녁 식사를 위해 그가 따라놓은 두 잔의 포도주—한 잔은 그녀의 것, 또 한 잔은 그의 것으로—는 입도 대지 않은 채 식탁에 그대로 놓여 있었다. 이것이 바로 이들의 애찬愛餐, 즉 아가페는 초기 기독교인들의 회식을 뜻하는 말로, 특히 가난한 자와 미망인을 대접하기 위해 각 가정에서 베풀었던 만찬을 일컫는다의 결말이었다. 불과 두세 시간 전, 간식 시간만 해도 애정 어린 장난을 치며 한 잔을 함께 나눠 먹기까지 했는데 말이다.

그의 등 뒤로 문이 닫히는 소리는 문을 열 때와 마찬가지로 조용했지만, 멍하게 있던 테스는 이 소리에 정신이 번쩍 들었다. 그가 가버렸다. 그녀는 가만히 있을 수가 없었다. 급히 외투를 걸친 그녀는 다시는 돌아오지 않을 것처럼 촛불을 끈 다음 문을 열고 따라나섰다. 비는 이미 그쳤고 밤하늘은 맑게 개어 있었다.

클레어가 정처 없이 천천히 걷고 있었기 때문에, 그녀는 곧 그를 따라잡을 수 있었다. 밝은 회색을 띤 그녀 옆에 서 있는 그의 모습은 시무룩하고 불길하고 험악해 보였다. 그녀는 잠시나마 그토록 자랑스러웠던 보석들을 떼는 걸 잊고 있었다. 클레어는 그녀의 발소리를 듣고 돌아섰지만, 그녀가 있든 없든 상관없다는 듯 계속해서 집 앞에 있는 큰 다리의 다섯 개의 둥근 아치를 향해 나아갔다.

길에 패인 소와 말 발자국들은 물로 가득 차 있었다. 비는 이것들을 채우기엔 충분히 내렸으나 이것들을 쓸어가 버릴 만큼 충분치는 않았다. 그녀가 이 작은 웅덩이들을 가로지를 때마다, 여기에 반사된 별빛이 재빨리 스쳐 지나갔다. 여기 이 별빛들을 보지 않았더라면 그녀는 머리 위에 별이 빛나고 있다는 것도 몰랐을 것이다. 우주에서 가장 광대한 존재들이 이처럼 하찮은 웅덩이에도 힘을 미치고 있었던 것이다.

이들이 오늘 여행했던 곳은 탈보테이즈와 같은 계곡에 있긴 했지만 강 하류 쪽으로 몇 킬로미터 더 내려간 곳이었다. 주변이 훤히 트인 곳이라 그녀는 그를 시야에서 놓치지 않았다. 집에서 멀어지면서 길은 초원을 통과해 나 있었다. 이 길을 따라, 테스는 클레어를 따라잡겠다거나 그의 관심을 끌겠다는 생각 없이 그저 말없이 우직하게 그를 뒤쫓았다.

그럼에도 불구하고 이렇게 무심히 그를 따라가다 마침내 그의 옆에까지 오게 되었지만 그는 여전히 아무 말도 하지 않았다. 정직이 우롱당했음을 깨달았을 때, 그 잔인함이란 종종 엄청나기도 했는데 바로 지금 클레어의 경우가 그런 것 같았다. 바깥바람이 그에게서 충동적으로 행동하려는 모든 성향을 앗아가 버린 게 분명했다. 테스는 클레어가 아무런 빛도 없이 완전히 벌거벗고 있는 자신의 모습을 보고 있다는 걸 알았다. 이때 시간은 테스를 향해 풍자 어린 시를 노래하고 있었다.

보라, 그대의 가면이 벗겨질 때, 사랑했던 남자는 그대를 증오하게 되리라.
그대 얼굴도 비운 앞에선 더이상 아름답지 않으리라.
그대의 삶이 낙엽처럼 떨어지고 비처럼 흩날리며,
그대의 베일은 슬픔이 되고 왕관은 고통이 될 터이므로.

그는 여전히 뭔가를 깊이 생각하는 중이었고, 이제 그녀가 옆에 있다는 사실은 이 생각의 흐름을 깨뜨리거나 바꾸어놓을 만한 충분한 힘이 없었다. 그녀의 존재가 그에게 이토록 보잘것없었단 말인가! 그녀는 클레어에게 말을 붙이지 않을 수 없었다.

"제가 뭘 어쨌기에…… 대체 제가 무슨 잘못을 한 거죠? 전 당신에 대한 사랑에 방해되거나 어긋나는 어떤 것도 말하지 않았어요. 설마, 제가 고의적으로 그랬다고 생각하는 건 아니겠죠? 에인절, 당신이 화를 내는 건 바로 자신의 마음 때문이에요. 저 때문이 아니라고요. 아, 저 때문이 아니란 말이에요. 전 당신이 생각하는 것처럼 사람을 속이는 그런 여자가 아니에요!"

"흐음…… 글쎄. 사람을 속이는 건 아니지. 하지만 예전과 똑같진 않아. 그럼, 똑같지 않고말고. 그렇다고 당신을 비난할 생각은 없소. 그러지 않기로 맹세했으니까. 또 그러지 않도록 최선을 다할 거요."

하지만 그녀는 미친 듯 계속해서 애원했고, 차라리 하지 않았으면 좋았을 말들을 하고 말았다.

"에인절! 에인절! 전 철부지였어요…… 그 일이 일어났을 때 전 철부지였다고요! 남자에 관해선 전혀 몰랐으니까요."

"당신이 자발적으로 저지른 잘못이 아니라 당한 거라는 점은 인정하오."

"그런데 왜 용서해주지 않는 거죠?"

"용서는 이미 했소. 하지만 용서한다고 다 되는 게 아니오."

"그럼 절 사랑해줄 건가요?"

이 물음에는 아무 대답이 없었다.

"오, 에인절, 어머니가 그러시더군요. 그건 때때로 일어날 수 있는 일이라고요! 어머니는 저보다 더 나쁜 경우도 몇 번 봤는데, 그 남편들이 대수롭지 않은 일로 보아 넘겼다더군요. 적어도 아내를 용서했다는 거죠. 그 여자는 제가 당신을 사랑하듯 자기 남편을 사랑하지도 않았는데 말이에요!"

"그만해요, 테스. 따지려들지 마시오. 신분이 다르면 풍습도 다른 법이니까. 당신은 지금 세상 돌아가는 이치라고는 배우지도 못한 무지렁이 촌 아낙 같은 말을 하고 있소. 자기가 지금 무슨 말을 하고 있는지도 모르고 있단 말이오."

"제 신분은 농사꾼에 불과하지만, 태생은 그렇지 않아요!"

그녀는 순간적으로 울컥 화가 치솟았지만 곧 가라앉았다.

"그러니까 더 나쁘다는 거요. 당신네 혈통을 밝혀낸 신부가 차라리 입을 다물고 있었으면 더 좋았을 텐데. 난 당신네 가문의 몰락을 이 사실과 결부시키지 않을 수 없소. 바로 당신의 의지력 부족이오. 노쇠한 가문은 의지도 행실도 모두 노쇠할 수밖에 없는 법이지. 내 참, 왜 갑자기 혈통 얘기는 꺼내서 당신을 더 경멸하게 만드는 거요? 난 당신을 갓 태어난 자연의 자식으로 생각했는데, 알고 보니 퇴락한 귀족의 때늦은 묘목이었군!"

"그렇게 보자면 우리 집안만큼 나쁜 집안들도 많아요! 레티의 집안은 한때 큰 지주였고 목장 일꾼인 빌레트의 집안도 그랬어요. 지금은 짐마차를 끌고 있는 데비하우스의 집안도 예전엔 드 베이유 가문이었죠. 우리 집안 같은 경우는 얼마든지 찾아볼 수 있어요. 그건 이 고장의 특색이에요. 저도 어쩔 수 없는 일이라고요."

"그러니 이 지방도 더 나쁜 거요."

그녀는 이 질책의 뜻을 자세히 알려 하지 않았고 대략적으로만 받아들였다. 예전이나 지금이나 그가 자신을 사랑하지 않는다는 사실만 생각했지 그 밖에 다른 건 관심이 없었다.

이들은 또다시 침묵을 지키며 걸었다. 나중에 전해진 바로는, 웰브리지의 한 농부가 이날 밤늦게 의사를 부르러 나왔다가 초원 위를 천천히 걷고 있는 두 연인을 만났다고 했다. 이들은 마치 장례 행렬처럼 아무 말 없이 한 사람이 다른 사람 뒤를 따라 걷고 있었는데, 흘깃 쳐다보니 얼굴에 걱정과 슬픔이 가득하더라는 것이었다. 농부는 돌아오는 길에 같은 곳에서 다시 이들을 지나치게 되었지만, 두 사람은 전과 똑같이 늦은 시간이나 음산한 밤 따위는 전혀 개의치 않는 듯 여전히 천천히 걷고 있었다고 했다. 농부는 자신이 처리할 일들과 집에 있는 병자를 생각하느라 당시엔 이 이상한 일을 마음에 두지 않았었는데, 한참 지난 뒤에야 이것이 생각났던 것이다. 농부가 의사를 부르러 갔다 오는 동안 테스는 남편에게 이렇게 말했었다.

"어떻게 해야 제가 당신 인생에 큰 불행을 주지 않게 될지 방법을 모르겠어요. 저 아래 강이 있는데, 거기 빠져 죽기라도 할까요? 전 두렵지 않아요."

"난 이미 저지른 잘못에다 살인까지 더하고 싶지 않소."

"수치심을 못 이겨 저 스스로 목숨을 끊었다는 흔적을 남겨두겠어요. 그럼 당신은 비난받지 않을 거예요."

"그렇게 말하지 말아요. 그런 소린 듣고 싶지 않소. 이런 경우에 그런 생각을 하는 건 터무니없는 짓이오. 그건 비극이라기보다 오히려 비웃음거리일 뿐이오. 당신은 지금 이 불행의 성격을 전혀 이해하지 못하고 있소. 이 일이 세상에 알려진다면 십중팔구 사람들의 조롱거리가 될 거란 말이오. 제발 집으로 돌아가 잠이나 자시오."

"그럴게요."

그녀가 고분고분 대답했다.

이들이 거닐었던 길은 방앗간 뒤쪽에 있는 그 유명한 시토 수도원의 폐허지로 가는 길이었다. 사실 이 방앗간은 몇 세기 전 이 수도원에 딸려 있던 부속 건물이었다. 교리란 덧없는 것이어서 수도원은 사라지고 없었지만, 식량은 영원한 필수품인 까닭에 방앗간은 지금도 계속 돌아가고 있었다. 이처럼 일시적인 것에 봉사하는 것이 영원한 것에 봉사하는 것보다 오래가는 경우를 우리는 늘 보게 된다. 이들은 길을 따라 빙 돌고 있었기 때문에 여전히 집에서 멀리 떨어져 있지는 않았다. 그래서 그녀는 그의 지시에 따라, 강의 본류를 가로질러 놓인 큰 돌다리에 이른 다음, 거기서 100미터 정도를 걷기만 하면 되었다. 그녀가 돌아와 보니 모든 건 떠날 때와 똑같았고, 벽난로는 여전히 타고 있었다. 그녀는 아래층에서 조금도 지체하지 않고 곧장 짐을 가져다놓은 침실로 올라갔다. 그녀는 침대 가장자리에 앉아 멍하니 주위를 둘러보다 곧 옷을 벗기 시작했다. 침대 쪽으로 촛불을 옮기는데 흰 무명 침대보에 불빛이 비쳤다. 뭔가 그 밑에 달려 있는 것 같아 그녀는 촛불을 가져다 그것이 뭔지 살펴보았다. 겨우살이 나뭇가지였다. 에인절이 거기에 놓아둔 것임을 그녀는 즉시 알아차렸다. 바로 이 신비스런 꾸러미 때문에 짐을 꾸리고 운반하기가 그렇게 어려웠던 것이다. 그는 이 꾸러미의 내용물을 말해주지 않았고, 시간이 지나면 그 용도를 곧 알게 될 거라고만 했었다. 그는 분명 즐겁고 신이 나서 이걸 여기에 매달아 두었을 것이다. 하지만 지금 이 겨우살이는 너무나 한심스럽고 어울리지 않아 보였다.

어떤 말로도 그의 마음이 전혀 누그러질 것 같지 않았기에, 테스는 더이상 두려워할 것도 바랄 것도 없이 침대에 멍하니 누워 있었다. 슬픔이 사색하길 그치면 잠이 기회를 타고 찾아오는 법이다. 잠을 이루지 못했던 행복한 시간들이 그토록 많았지만, 지금 이 순간은 잠이 무척 반가웠다. 잠시 후 외로운 테스는 아마도 한때 자기 조상들의 신방新房이었을 침실에서 향기로운 적막에 둘러싸여 잠이 들었다.

이날 밤늦게, 클레어도 집으로 발걸음을 돌렸다. 그는 살며시 거실로 들어와 불을 켰다. 그러고는 미리 생각해두기라도 한 듯, 거기에 놓여 있는 낡은 말털 소파 위에 담요를 깔아 대충 잠자리를 꾸몄다. 자리에 눕기 전 그는 신발을 벗고 살금살금 위층으로 올라가 침실 문 앞에 서서 귀를 기울였다. 고른 숨소리로 보아 그녀는 깊이 잠들어 있는 것 같았다.

"다행이로군!"

그가 중얼거렸다. 하지만 그녀가 무거운 짐을 자신의 어깨에 덜렁 옮겨놓고는 아무렇지도 않은 듯 태평스레 잠에 빠져 있다는 생각이 드는 순간—전적으로 맞는 말은 아니지만 대체로 사실이었다—쓰라린 고통이 느껴졌다.

그는 아래층으로 내려가려고 돌아서다, 망설이듯 다시 한 번 그녀의 방문을 쳐다보았다. 이때 테스의 침실 입구 바로 위에 더버빌 가문의 한 귀부인의 초상화가 걸려 있는 게 보였다. 촛불 속에 비친 그림은 단지 불쾌한 정도가 아니었다. 여인의 얼굴에는 악의적인 계획, 즉 남성에 대한 불타는 복수심이 엿보였다. 적어도 클레어의 눈에는 그렇게 보였다. 목이 깊게 파인 캐롤라인 시대의 웃옷은 그가 목걸이가 보이도록 테스의 옷을 집어넣어 주었을 때와 똑같았다. 두 여인 사이의 닮은 점을 또다시 보게 되자 그는 기분이 몹시 우울해졌다. 확인은 이것으로 충분했다. 그는 다시 발걸음을 돌려 아래층으로 내려갔다.

그의 태도는 차분하고 냉정했다. 꼭 다문 작은 입은 그의 자제력을 보여주었고, 그의 얼굴은 그녀의 고백 이후 드리워져 있던 지독히 무표정한 모습을 그대로 간직하고 있었다. 이것은 이제 열정의 노예 상태에서 벗어난 남자의 얼굴이었지만, 그는 이 해방으로부터 어떤 기쁨도 누리지 못하고 있었다. 그는 인간사의 가슴 아픈 불확실성, 즉 세상사의 예측 불가능성만을 주시하고 있을 뿐이었다. 그녀를 사랑하며 받들어 왔던 그 많은 시간 동안, 아니 불과 한 시간 전까지만 해도 이 세상 어떤 것도 테스만큼 순수하고, 사랑스럽고, 순결한 건 없을 듯했다. 하지만

작은 흠이 생겼다고 세상이 이렇게 달라진단 말인가!

로버트 브라우닝의 시 「난롯가에서By the Fire-Side」의 한 구절

그녀의 정직하고 참신한 얼굴에 속마음이 실려 있지 않다고 보는 클레어의

생각은 분명 잘못된 것이었다. 하지만 테스에겐 이 같은 그의 생각을 바로잡아 줄 변호인이 없었다. 그는 계속해서 생각했다. 바라보고 있을 때면 말하는 것과 전혀 차이가 없는 그녀의 눈에, 겉으로 보이는 세계 뒤에 완전히 대조적인 또 다른 세계가 감춰져 있다는 게 가능한 일일까?

그는 거실 침상에 기대어 누운 다음 불을 껐다. 어둠이 찾아와, 아무렇지도 않은 듯 무심히 자리를 잡았다. 어둠은 이미 그의 행복을 삼켜버렸고, 이제 귀찮은 듯 이를 소화시키고 있었다. 그리고 조금도 동요하지 않고 변함없이 수많은 다른 이들의 행복을 삼킬 준비를 하고 있었다.

36

마치 죄와 동맹이라도 맺은 듯 은밀하게 찾아든 희뿌연 새벽빛 속에 클레어는 잠에서 깨어났다. 타고 남은 잔불마저 모두 꺼져버린 벽난로가 그를 맞았다. 차려놓았던 저녁 식탁 위엔 이제 김이 다 빠져 멀겋게 되어버린 두 잔의 포도주가 입도 대지 않은 채 그대로 놓여 있었고, 비어 있는 그녀의 의자와 그의 의자가 보였다. 나머지 가구들은 이제 뭘 해야 할지를 묻고 싶어 견딜 수 없다는 표정이었다. 위층에선 아무 소리도 들리지 않았다. 잠시 후 현관문을 두드리는 소리가 났다. 클레어는 여기 묵는 동안 자신들의 시중을 들어주기로 되어 있는 마을 아낙일 거라 생각했다.

지금으로선 이 집에 제삼자가 있게 되면 상당히 어색할 것 같았고, 또 이미 옷을 갈아입고 있었기 때문에, 그는 창문을 열고 아낙에게 아침은 자신들이 알아서 해결할 수 있을 거라고 말했다. 아낙은 손에 우유통을 들고 있었고, 그는 그것을 문 앞에 두고 가라고 했다. 그녀가 가고 나자 그는 집 뒤편으로 가서 땔감을 찾아와 재빨리 불을 지폈다. 식료품 저장고에는 달걀, 버터, 빵 등이 충분히 있었고, 클레어는 이것으로 아침을 차렸다. 목장에서의 경험 덕택에 그는 이런 집안일을 쉽게 할 수 있었다. 장작의 연기가 굴뚝으로 올라가 연꽃이 달린 기둥 모양을 만들었고, 이곳을 지나던 마을 사람들은 신혼부부를 생각하며 이들의 행복을 부러워했다.

에인절은 마지막으로 식탁을 한번 돌아본 다음 계단 발치로 가서 밝은 목소리로 말했다.

"아침 준비됐소!"

그는 현관문을 열고 몇 걸음 나가 아침 공기를 마셨다. 잠시 후 그가 돌아왔을 때 그녀는 이미 거실로 내려와 기계적으로 아침 식탁을 다시 정돈하고 있었다. 그가 부른 2, 3분 사이에 옷을 완전히 차려입은 걸로 보아 그녀는 그가 부르기 전에 이미 옷을 입고 있었던 게 틀림없었다. 머리카락은 크게 땋아 뒤로 올리고 있었고, 새 드레스를 입고 있었는데, 목 가장자리에 하얀 주름이 달린 연하늘색 모직 옷이었다. 손과 얼굴은 차가워 보였다. 아마 불도 지피지 않은 침실에 오랫동안 앉아 있던 모양이었다. 자신을 부르는 클레어의 목소리가 유난히 상냥해서 그녀는 잠시 한 가닥 새 희망을 품은 듯 보였다. 하지만 이것은 그를 보는 순간 곧바로 사라져버렸다.

이제 이 두 사람은 사실상 타고 남은 재나 마찬가지였다. 전날 밤 격렬했던 슬픔에 이어 무거운 침묵이 자리를 잡았다. 이젠 그 무엇으로도 이들의 가슴에 다시 뜨거운 열정을 지필 수 없을 것 같았다.

그는 그녀에게 조용히 말을 건넸고, 그녀 역시 조심스레 대답하곤 했다. 마침내 그녀가 그에게 다가오더니, 마치 자신의 얼굴도 다른 사람의 눈에 보인다는 걸 의식하지 못하는 사람처럼 윤곽이 뚜렷한 그의 얼굴을 쳐다보았다.

"에인절!"

그녀가 부르더니 말을 멈췄다. 그리고 한때 자신의 연인이었던 이 남자가 정말 거기 있는 걸 믿을 수 없다는 듯, 손가락으로 스치듯 살짝 그를 만져보았다. 반쯤 말라붙은 눈물 자국이 보이고 도톰하고 붉던 입술은 거의 뺨처럼 창백했지만, 그녀의 눈은 밝아 보였고 창백한 뺨은 여전히 통통했다. 그녀의 심장은 여전히 살아서 뛰고 있었지만 깊은 슬픔에 짓눌린 나머지 너무도 불규칙했고, 조금만 더 압박을 받는다면 진짜 병이 나서 그녀 특유의 눈은 생기를 잃고 도톰한 입술도 말라붙을 것만 같았다.

그녀는 정말 완벽하게 순수해 보였다. 자연은 환상적인 비법을 써서 테스의 얼굴에 이처럼 순결의 도장을 찍어놓았고, 클레어는 넋이 나간 사람처럼 그녀를 바라보았다.

"테스! 아니라고 말해요! 그건 사실이 아니라고 말이오!"

"그건 사실이에요."

"모두 다?"

"네, 모두 다요."

그는 애원의 눈초리로 그녀를 바라보았다. 마치 테스의 입에서 나온 거짓을 기꺼이 받아들이고, 어떤 궤변을 써서라도 이 거짓을 합리화할 수 있을 것 같은 표정으로 말이다. 하지만 그녀는 같은 말을 되풀이할 뿐이었다.

"그건 사실이에요."

"아기는 살아 있소?"

"죽었어요."

"그럼 그 남자는?"

"살아 있어요."

마지막 절망의 빛이 클레어의 얼굴을 스치고 지나갔다.

"영국에 있소?"

"네."

그는 원을 그리듯 몇 걸음을 걸었다.

"내 생각은…… 이렇소."

그가 불쑥 말을 꺼냈다.

"난 말이오. 어떤 남자라도 마찬가지겠지만, 사회적 지위와 재산과 학식을 모두 갖춘 아내를 얻으려는 야망을 버린다면, 틀림없이 분홍빛 뺨을 얻는 것만큼이나 확실하게 순결한 시골 처녀를 얻을 수 있을 거라 생각했소. 하지만…… 그럼에도 불구하고 난 당신을 비난할 자격이 없는 사람이오. 또 그럴 생각도 없고."

테스는 그의 입장을 전적으로 이해했기 때문에 나머지 말은 더 들을 필요도 없었다. 바로 여기에 아픔과 고통이 있었다. 그녀는 그가 모든 걸 잃었음을 알고 있었다.

"에인절…… 당신에게 빠져나갈 마지막 방법이 있다는 걸 몰랐다면, 당신과 결혼하지 않았을 거예요. 물론 당신이 그러지 않기를 바랐지만요……."

그녀의 목소리가 쉰 것처럼 거칠어졌다.

"마지막 방법이라니?"

"그건 말이죠, 절 버리는 거예요. 당신은 그럴 수 있어요."

"어떻게?"

"이혼하면 되잖아요."

"맙소사…… 참으로 단순하기 짝이 없군! 어떻게 내가 당신과 이혼할 수 있겠소?"

"할 수 없다뇨? 다 고백했는데……. 전 제 고백이 이혼의 사유가 될 거라 생각했어요."

"오, 테스…… 당신은 너무, 너무 어린애 같소. 아직 덜 자란 철부지 같단 말이오! 대체 어떻게 된 사람인지 알 수가 없군. 당신은 법도 모르오? 정말 모른단 말이오?"

"그럼…… 못 하는 건가요?"

"당연히 못 하지."

테스의 얼굴에 곧바로 괴로움과 수치심이 뒤섞여 나타났다.

"저는…… 저는."

그녀가 낮게 중얼거렸다.

"아, 이제야 알겠어요. 당신 눈에 내가 얼마나 나쁜 여자로 비치는지! 하지만 믿어주세요. 제발 믿어주세요, 클레어 씨. 당신이 이혼을 할 수 없을 거라는 생각은 한 번도 해보지 않았어요! 물론 그러지 않길 바랐죠. 하지만 당신이 마음만 먹으면, 또 날 조금도 사랑하지 않는다면, 언제든 날 버릴 수 있다고 굳게 믿고 있었어요."

"당신이 잘못 알았소."

그가 차갑게 말했다.

"아, 그럼 그랬어야 했는데, 어젯밤에 그랬어야 했는데! 하지만 전 용기가 없었어요. 꼭 저다운 행동이었죠!"

"무슨 용기를 말하는 거요?"

대답이 없자 그가 그녀의 손을 잡았다.

"대체 무슨 생각을 하고 있었냐니깐?"

"목숨을 끊을 생각이었어요."

"언제?"

죄인을 다루는 듯한 그의 태도 앞에서 그녀는 괴로워 몸부림을 쳤다.

"어젯밤에요."

"어디서?"

"당신이 갖다놓은 겨우살이 밑에서요."

"맙소사! …… 어떻게?"

그가 험악한 표정으로 물었다.

"말할게요. 화내지 않으신다면요."

주눅 든 목소리로 그녀가 말했다.

"실은 상자 끈을 가지고 하려고 했어요. 하지만 마지막 순간에…… 그럴 수 없더군요! 당신 이름을 욕되게 할까봐 겁이 났어요."

자발적인 게 아니라 마지못해 털어놓게 된, 예기치 못한 이 고백을 듣고 난 뒤 에인절은 온몸이 말할 수 없이 떨렸다. 하지만 그는 여전히 그녀를 붙잡고 있었고, 그녀를 바라보고 있던 시선을 아래로 떨구며 말했다.

"이제부터, 내 말 잘 들어요. 여기서 더이상 내 신뢰를 잃고 싶지 않다면 다시는 그러지 않겠다고 약속하시오."

"약속할게요. 그게 얼마나 나쁜 일이었는지 저도 알았어요."

"나쁘다고? 당신이 그런 생각을 하다니 정말 놀랍군."

"하지만 에인절."

눈을 크게 뜨고 그를 쳐다보며 그녀가 차분하게 변명했다.

"그건 순전히 당신을 위해서였어요. 전 당신이 이혼해야 할 거라고 생각했고, 그래서 이혼했다는 나쁜 소문을 내지 않고 당신을 자유롭게 해주려고 그랬던 거에요. 저를 위해서였다면 그런 생각은 꿈도 꾸지 않았을 거예요. 내 손으로 목숨을 끊는 것마저 내겐 과분한 일이니까요. 주먹으로 날 쳐야 할 사람은 피해자인 내 남편, 바로 당신이에요. 당신이 그럴 수 있다면, 정말이지, 그럴 수만 있다면…… 당신에겐 달리 빠져나갈 방법이 없기 때문에 전 당신을 더욱 사랑하게 될 거예요. 전 정말 아무짝에도 쓸모없는 여자인가봐요! 이렇게 큰 방해물만 되고 있잖아요!"

"쉿!"

"그래요, 그만하라고 하니 그만할게요. 당신 뜻을 거스르고 싶은 생각은 추호도 없어요."

그는 이 말이 충분히 사실이라는 걸 알고 있었다. 어젯밤 절망 이후 그녀는 기력이 완전히 바닥난 상태였고, 더이상 무모하고 경솔한 짓을 할 염려는 없어 보였던 것이다.

테스는 다시 분주히 움직여 그럭저럭 아침 식사를 차려냈고, 두 사람은 같은 쪽에 앉아 시선을 마주치지 않았다. 처음엔 서로 먹고 마시는 소리를 듣는 게 상당히 어색했지만 어쩔 수 없는 일이었다. 더욱이 둘 다 식사량이 많지 않았다. 식사가 끝나자 그는 자리에서 일어나 언제쯤 점심을 먹을 건지 말하고는, 일을 배운다는 원래 계획대로 방앗간으로 가버렸다. 이 일은 그가 여기에 온 이유 중 유일하게 쓸모 있는 것이었다.

그가 나가자 테스는 창가로 다가갔다. 이윽고 그가 방앗간으로 가는 커다란 돌다리를 건너는 것이 보였다. 다리를 지나 철길을 가로지른 다음 그의 모습은 사라졌다. 그러자 테스는 곧바로 관심을 돌려 식탁을 치우고 주위를 정돈하기 시작했다.

잠시 후 마을 아낙이 나타났다. 테스는 아낙의 존재가 처음엔 긴장되었으나 나중엔 안심이 되었다. 열두 시 삼십 분이 되자, 그녀는 아낙을 부엌에 혼자 두고 거실로 돌아와 다리 뒤에서 에인절의 모습이 다시 나타나길 기다렸다.

한 시경, 드디어 그의 모습이 보였다. 아직 400미터나 떨어져 있었는데도, 그녀의 얼굴은 상기되었다. 그녀는 부엌으로 달려가 그가 들어오기 전까지 식사 준비를 마치라고 했다. 그는 먼저 그 전날 둘이 함께 손을 씻었던 방으로 갔다.

그리고 거실로 들어왔을 때, 마치 그가 손으로 직접 연 것처럼 음식 그릇의 뚜껑들이 열렸다.

"참 정확하기도 하군!"

"네, 당신이 다리를 건너오는 걸 봤거든요."

식사 시간은 그가 아침 나절 수도원 방앗간에서 한 일과 체질하는 법이나 구식 기계에 관한 평범한 이야기들을 하며 지나갔다. 그는 이 구식 기계가 개량된 현대식 방법을 배우는 데 별로 도움이 되지 않을 것 같다고 했다. 이중 어떤 것들은 지금은 폐허가 되어버린 인근 수도원들의 수도사들을 위해 가루를 빻던 시절부터 계속 사용해온 것 같다는 것이었다. 그는 한 시간쯤 있다 다시 집을 나섰고 해질 무렵에야 돌아왔다. 그리고 저녁내 서류들을 뒤적이며 시간을 보냈다. 테스는 혹시라도 방해될까 걱정스러워 일하던 늙은 아낙이 돌아가고 나자, 부엌으로 들어와 한 시간이 넘게 분주히 일을 했다.

클레어의 모습이 문 앞에 보였다.

"이렇게 일해선 안 되오. 당신은 하녀가 아니라 내 아내란 말이오."

테스는 고개를 들지 않았지만 밝은 표정을 지었다.

"정말…… 그렇게 생각해도 될까요?"

그녀가 애처롭게 농담하듯 중얼거렸다.

"명목상 그렇다는 거겠죠! 그래요, 저도 그 이상은 바라지 않으니까요."

"그렇게 생각해도 될까요,라니! 테스, 당신은 실제로 내 아내요. 그런데 그게 무슨 말이오?"

"저도 잘 모르겠어요."

그녀가 눈물을 글썽이며 급히 대답했다.

"제 생각엔…… 제가 자격이 없기 때문에 그렇다는 거예요. 이런 생각은 오래 전에도 했었고, 바로 이 때문에 당신과 결혼하길 원치 않았던 거예요. 그런데 당신이 자꾸만 재촉해서!"

그녀는 오열을 터뜨렸고, 그에게 등을 보이며 돌아섰다. 에인절 클레어가 아닌 다른 남자였다면 누구라도 이런 모습에 거의 마음이 돌아섰을 것이다. 그의 성격은 대체로 아주 부드럽고 다정했지만, 깊숙한 밑바닥에는 마치 부드러운 양토壤土 속에 박힌 광맥처럼 단단한 논리적 퇴적물이 깔려 있어, 그걸 뚫고 들어오려는 모든 것들의 날을 무디게 만들어버렸다. 바로 이것이 성직자가 되는 걸 막았고, 테스를 받아들이지 못하게 했던 것이다. 게다가 그의 사랑은 타오르는 불이라기보다 밝은 빛에 가까웠고, 여성에 관해서도 믿음이 사라지면 곧바로 관계도 끊어져버렸다. 이 점에서 그는 이성적으로는 경멸하면서도 관능적으로는 거기에 빠져 헤어나지 못하는, 많은 감정적인 사람들과 사뭇 대조적이었다. 그는 그녀의 흐느낌이 멈출 때까지 기다렸다.

"영국 여자들 중 반만이라도 당신처럼 염치를 좀 알았으면 좋겠군."

갑자기 여자들에 대한 좋지 않은 감정이 폭발한 듯 그가 말했다.

"사실, 이건 염치의 문제가 아니라 원칙의 문제요."

그는 이와 관련된 것들을 비슷한 어조로 그녀에게 좀더 이야기했다. 올곧은 성격의 사람들이 겉모습에 속았다는 걸 한번 알고 나면 그렇듯, 그는 자신의 마음을 끈질기게 비틀어대는 반감의 파도에 여전히 휘둘리고 있었다. 하지만 그 밑바닥에는 연민도 역류하고 있어서, 세상물정에 밝은 여자라면 이걸 이용해 그의 마음을 사로잡을 수도 있었을 것이다. 하지만 테스는 이런 건 생각하지 않았고, 모든 걸 마땅히 받아야 할 벌로 알고 입을 열지 않았다. 실제로, 그를 향한 그녀의 확고한 사랑과 헌신은 거의 애처로울 지경이었다. 원래 성격이 급한 그녀였지만, 그가 어떤 말을 해도 인상을 찌푸리지 않았고, 자신의 유익을 구하지 않았으며, 화를 내지도 않았다. 게다가 자신을 대하는 그의 태도를 나쁘게 보지도 않았다. 어쩌면 그녀는 이기적인 현대 세계로 돌아온 '사도使徒의 사랑' 그 자체였는지도 모른다.

이날 저녁과 밤, 그리고 아침도 전날과 똑같이 지나갔다. 한 번, 딱 한 번 그녀—예전에 그 자유롭고 독립적이던 테스—는 용기를 내어 관계를 진척시키려고 시도한 적이 있었다. 그가 식사를 마치고 세 번째로 방앗간을 향해 나가려고 하던 때였다. 그가 식탁을 떠나며 '다녀오겠소'라고 말하자, 그녀도 같은 말로 대답을 하며 그에게 입술을 내밀었다. 그는 이에 응하지 않고 재빨리 옆으로 돌아서며 말했다.

"시간 맞춰 돌아오겠소."

테스는 한 대 세게 얻어맞은 듯 움찔했다. 그는 동의도 없이 얼마나 자주 그녀의 입술에 키스를 하려고 했던가! 또 그녀의 입술과 숨결에 늘 먹는 버터, 달걀, 우유, 꿀 냄새가 나며 자신은 여기서 영양분을 얻는다는 둥의 유치한 말들을 얼마나 자주 장난치듯 했던가! 하지만 그는 이제 이것을 원치 않았다. 그녀가 갑자기 움찔하는 걸 보고 그가 부드럽게 말했다.

"이제, 우리의 진로를 좀 생각해봐야겠소. 우리가 곧바로 헤어지면 당신한테 좋지 않은 소문이 날 테니 잠시나마 같이 있을 필요가 있을 거요. 하지만 이건 어디까지나 형식적인 것에 불과하다는 걸 분명히 알아두시오."

"네."

테스가 멍하니 대답했다.

그는 밖으로 나갔고, 방앗간으로 가는 도중 잠시 걸음을 멈췄다. 그녀에게 좀 더 친절하게 대해줄걸, 적어도 한 번쯤은 키스를 해줄걸, 하는 생각이 들었던 것이다.

이렇게 해서 이들은 사실상 한집에 살면서 절망적인 하루나 이틀을 보내게 되었다. 하지만 연인이 되기 전보다 더 먼 사이처럼 느껴졌다. 그녀가 보기에, 그는 자신의 말대로 앞으로의 진로를 골똘히 생각하느라 거의 활동이 없는 게 분명했다. 겉으로는 한없이 부드러워 보이지만, 속에는 이처럼 단호한 결단이 숨어 있는 걸 보며 그녀는 두려움을 느꼈다. 그녀는 이제 더이상 용서를 바라지 않았다. 그가 방앗간에 가고 없는 사이에 몰래 떠나버릴까 하는 생각도 한두 번은 했었다. 하지만 이 사실이 알려짐으로써, 그를 이롭게 하기는커녕 오히려 방해하고 치욕스럽게 하는 빌미를 줄까봐 두려웠다.

한편 클레어는 정말 깊은 생각에 잠겨 있었다. 그의 생각은 결코 멈추지 않았고, 생각을 너무 많이 해서 병이 난 것 같았다. 몸도 상하고 정신마저 혼미해, 가슴을 설레게 하던 가정생활의 꿈은 모두 사라져버렸다. 그는 걸어 다닐 때도 혼잣말로 중얼거리곤 했다.

"뭘 해야 하지? 어떻게 하나?"

그녀는 우연히 이걸 엿듣게 되었고, 이를 계기로 지금까지의 침묵을 깨고 미래에 관해 말문을 열었다.

"에인절, 아마도…… 당신은 나와 살지 않을 것 같군요…… 오랫동안 말이에요, 그렇죠?"

그녀가 물었다. 쑥 들어간 그녀의 입 가장자리는 절제되고 차분해 보이는 표정이 얼마나 의식적으로 만든 것인지를 보여주고 있었다.

"그렇소. 나 자신을 경멸하든가, 더 나아가 당신을 경멸하지 않고선 불가능하겠지. 내 말은 일반적인 의미에서 당신과 함께 살 수 없다는 거요. 내 생각이 어떻든 지금은 당신을 경멸하지 않소. 그리고 말이 나왔으니 솔직하게 이야기하리다. 안 그러면 당신이 내 어려움을 다 이해하지 못할 테니까. 테스, 그 남자가 시퍼렇게 살아 있는데 어떻게 우리가 함께 살 수 있겠소? …… 이 점을 당신은 어떻게 생각하는지 모르겠군. 나나 당신 자신, 혹은 내 감정이나 당신의 감정을 생각하지 마시오. 이게 문제의 전부가 아니니까. 또 생각해야 할 게 있소. 그건 우리 자신보다 다른 이들의 장래를 생각해야 한다는 거요. 한번 잘 생각해보시오. 몇 년이 지나면 우리에게도 아이들이 생길 텐데, 만약 이 아이들이 당신의 과거를 알게 되면…… 과거는 밝혀지게 마련이니까 어떻게 되겠소? 이 세상에서 아무리 외진 곳이라 해도 누군가 오가는 사람은 있게 마련이오. 우리의 살과 피를 이어받은 불쌍한 아이들이 점차 커가면서 놀림거리가 되는 걸 생각해보시오. 이들이 그 사실을 알게 되면 얼마나 기가 막히겠소! 장래는 또 어쩔 거요! 이런 일들을 곰곰이 따져본다면 솔직히 말해 이대로 같이 살자고 할 수 있겠소? 다른 불행으로 뛰어드느니 차라리 지금 이 불행을 참는 편이 낫지 않겠소?"

그녀의 눈꺼풀은 괴로움에 짓눌려 이전과 똑같이 계속 처져 있었다.

"저도 이대로 살자고 할 순 없어요. 그럴 수 없어요. 또 그렇게 생각해본 적도 없고요."

여자로서 테스의 바람—솔직히 털어놓자면—은 너무도 집요하게 화해를 부추겼고, 혹시 그와 한집에서 오래 살다보면 굳은 결심에도 불구하고 그의 냉정함이 누그러질지도 모른다는 은밀한 희망을 갖게 했다. 테스는 순진한 여자였지만, 그렇다고 어딘가 모자라는 데가 있는 건 아니었다. 만약 그와 가까이 지냄으로써 어떻게 될 건지 본능적으로 알지 못했다면 이건 필시 그녀가 여자로서 어떤 결함이 있다는 의미였을 것이다. 이것이 실패한다면 그 어떤 것도 소용이 없을 거라는 사실을 그녀는 알고 있었다. 본질상 계략이라 할 수 있는 방법에 희망을 건다는 건 잘못이라는 생각이 들었지만, 그렇다고 이런 희망조차 버릴 수는 없었다. 이제 그는 최종적인 입장을 밝혔고, 이것은 그녀가 말한 것처럼 새로운 견해였다. 그녀는 정말 이것까진 생각지 못했었다. 앞으로 태어날 자식들이 자신을 비웃을지도 모른다는 말에, 본성이 정직하고 인정 많은 그녀로선 결심을 굳히지 않을 수 없었다. 순전히 경험을 통해 그녀는 이미 알고 있었다. 어떨 땐 훌륭한 삶을 영위하는 것보다 더 나은 한 가지가 있으니, 그것은 바로 어떤 삶이건 삶 자체를 그만두는 것임을 말이다. 고통을 통해 예지력을 얻었던 모든 사람들처럼 그녀는 '너를 태어나게 하리라'라는 프루동프랑스의 시인이자 철학자의 말 속에서 형벌의 선고를, 특히 자신의 잠재적인 후손들에게 내려진 형벌의 선고를 들을 수 있었다.

하지만 여우같이 교활한 '자연의 여신'은 테스를 클레어에 대한 사랑으로 눈이 멀게 만들어, 사랑의 결과로 태어날 자식들에게 자신의 불행을 짊어지울 수도 있다는 사실을 잊게 했던 것이다.

그래서 그녀는 자기 생각을 고집할 수 없었다. 하지만 지나치게 예민한 사람이 자신과 싸우는 과정에서 흔히 그렇듯, 클레어의 마음속에 한 가지 대답이 떠올랐다. 그는 이것이 두렵기까지 했다. 이것은 그녀의 남다른 육체적 특성에 기초한 것으로, 마음만 먹었다면 그녀는 이걸 유리하게 이용할 수도 있었다. 게다가 이렇게 덧붙일 수도 있었다.

"호주의 고원 지대나 텍사스의 벌판에서라면, 누가 내 불행을 알고 관심을 가질 것이며, 당신이나 날 비난하겠어요?"

하지만 대다수 여자들이 그렇듯, 그녀는 이 순간적인 의사표시를 불가피한 것으로 받아들였다. 그리고 그녀가 옳았을지도 모른다. 여자의 마음은 자신의 쓰라림뿐 아니라 남편의 고통까지도 아는 법이니까. 설령 이 가정된 비난들이 낯선 이들을 통해 그에게, 혹은 자식들에게 전해질 가능성은 없어 보인다 해도 결벽증이 있는 그 자신의 뇌에서부터 귀로 전달될지도 모를 일이었다.

이렇게 낯선 사람들처럼 소원하게 지낸 지 3일째 되던 날이었다. 클레어의 사랑은 너무 고상한 게 오히려 결점이었고, 지나치게 공상적이라 현실적이지 못했다. 이런 성격의 사람들에겐 때때로 육체의 부재가 육체의 존재보다 더 호소력을 발휘하곤 한다. 육체의 부재가 현실의 결함들을 편리하게 감추어주는 이상적인 존재를 만들어내기 때문이다. 테스는 자신의 존재가 기대했던 것만큼 강하게 자신의 입장을 옹호해주지 않는다는 걸 알았다. 그의 표현이 옳았다. 그녀는 그가 갈망했던 여자가 아닌 또 다른 여자였던 것이다.

"당신이 말한 걸 곰곰이 생각해봤어요."

그녀가 집게손가락으로 식탁보를 만지작거리며 말했다. 두 사람 모두를 저버린 반지가 끼워진 다른 손으로는 이마를 괴고 있었다.

"모든 게 다 옳아요. 당연해요. 그러니 날 떠나세요."

"그럼 당신은 어떻게 할 거요?"

"집으로 돌아가야죠."

클레어는 이 점을 미처 생각지 못했었다.

"정말이오?"

"네, 정말이에요. 우린 헤어져야 해요. 그래서 깨끗이 매듭을 짓는 게 나아요. 당신이 언젠가 그랬었죠. 나한테는 남자들이 올바른 판단을 하지 못하게 하는 소질이 있다고요. 그러니 내가 당신 눈앞에 계속 보이면 당신의 판단이나 소망과는 반대로 계획을 바꾸게 될지도 몰라요. 그럼 나중에 가서 당신의 후회도 내 슬픔도 끔찍하게 커질 거예요."

"그래서 집으로 가고 싶다는 거요?"

"그래요, 당신을 떠나 집으로 돌아가겠어요."

"그럼 그렇게 합시다."

고개를 들고 그를 쳐다보진 않았지만 그녀는 깜짝 놀랐다. 제안과 협약 사이에 존재하는 분명한 차이가 너무 빨리 느껴졌던 것이다.

"이런 날이 올까봐 겁이 났었는데."

차분하고 허발한 표정으로 그녀가 낮게 중얼거렸다.

"에인절, 난 불만 없어요. 이걸, 이것을 최선이라고 생각하니까요. 당신이 한 말은 충분히 납득이 가요. 아무도 날 비난하지 않는다 해도 우리가 함께 산다면 세월이 흐른 뒤 당신은 아무것도 아닌 걸 가지고 내게 화낼 수도 있고, 또 내 과거를 잘 아니까 당신 자신이 먼저 입 밖에 꺼낼 수도 있겠죠. 그러다보면 우연히 아이들이 엿듣게 될 수도 있고요. 아, 지금은 그냥 가슴 아픈 정도지만 그때 가선 괴로워 죽고 싶을 거예요! 떠나겠어요…… 내일이요."

"나도 여기 머무르지 않을 거요. 이런 말 하긴 좀 그렇지만, 나 역시 우리가 헤어지는 게 현명하다고 생각했었소. 적어도 잠시 동안만이라도, 내가 그간의 일들을 잘 이해하고 당신한테 연락할 수 있을 때까지 말이오."

테스는 남편의 얼굴을 흘깃 훔쳐보았다. 그는 창백하다 못해 떨기까지 했다. 하지만 그녀는 이전과 마찬가지로 자신이 선택한 이 온화한 남자의 깊은 마음속에 무서운 결단이 숨어 있음을 보며 다시금 소름이 끼쳤다. 천박한 감정을 보다 고상한 감정에, 물질을 정신에, 육신을 영혼에 굴복시키는 그의 의지 앞에서 두려움을 느끼지 않을 수 없었던 것이다. 성질, 취향, 습관 따위는 거칠게 치솟는 그의 상상력이라는 바람 앞에 죽은 나뭇잎이나 다름없었다. 그녀의 표정을 보았는지 그가 이렇게 말했다.

"난 사람들과 멀리 떨어져 있을 때 오히려 더 친절해지곤 하지."

그러고는 냉소적으로 한마디 덧붙였다.

"또 누가 알겠소, 이러다 지쳐 언젠가 서로 합쳐질지도 모르지. 수많은 사람들이 그랬으니까!"

이날 그는 짐을 꾸리기 시작했고, 그녀 역시 위층으로 올라가 짐을 꾸렸다. 마지막 이별이 얼마나 고통스러운지 잘 아는 사람들인지라, 짐을 꾸리면서 위안이 될 만한 이런저런 추측을 하는 듯 보였지만, 두 사람 다 내일 아침이면 영원히 헤어지게 될 거라는 사실을 예감하고 있었다. 클레어도 테스도 잘 알고 있었다. 헤어지고 나서 처음에는 서로 상대에게 끌렸던 매력—테스 입장에선 지식이나 교양을 보고 그에게 끌린 건 아니었다—이 아마 전보다 더 강하게 느껴질지도 모르지만, 시간이 지나면 어김없이 사라지게 되리라는 걸 말이다. 또 그녀를 동반자로 받아들일 수 없게 만드는 실제적인 논증들도 거리를 두고 아주 멀리서 보면 더 뚜렷이 보일지도 모른다. 게다가 아무리 사랑했던 사이라도 일단 헤어지고 나면—공동 주거지와 공동 환경을 벗어나면—어느새 새싹이 움터 각자의 빈자리가 채워지고, 예기치 못한 사건들이 일어나 본래 의도들은 막히고 옛 계획들은 잊히는 게 정한 이치가 아니던가!

37

자정은 소리 없이 찾아왔다 가버렸다. 왜냐하면 바 강 계곡에는 이를 알려주는 게 아무것도 없었기 때문이다.

한 시가 조금 지나, 한때 더버빌 가의 저택이었던 어둠에 싸인 이 농가에 살짝 삐걱거리는 소리가 났다. 위층을 쓰고 있던 테스는 이 소리에 잠이 깼다. 대체로 그렇듯 못이 헐겁게 박혀 있는 계단의 모퉁이 발판에서 나는 소리였다. 그녀는 자신의 침실 문이 열리더니, 남편이 달빛 속에서 이상할 정도로 조심스레 걸어오는 걸 보았다. 그는 셔츠와 바지만 입고 있었다. 하지만 그의 두 눈이 이상하게 허공에 고정되어 있는 걸 보는 순간, 몰려왔던 그녀의 기쁨은 이내 사라져버렸다. 방 한가운데 이르자, 그는 가만히 선 채 말할 수 없이 슬픈 어조로 중얼거렸다.

"죽었어! 죽었어! 죽은 거야!"

마음이 몹시 혼란스럽거나 괴로운 일을 겪게 되면 클레어는 이따금 자면서 걸어 다니거나 기이한 행동을 하기까지 했다. 결혼식 직전에 시장에서 돌아오던 날 밤에도 잠을 자다가 그녀를 모욕했던 남자와 다시 싸움을 벌인 적이 있었다. 테스는 지속적인 정신적 고통 때문에, 그가 몽유병 상태에 빠져 있다는 걸 알았다.

그녀의 마음속에는 그에 대한 충성스런 믿음이 박혀 있어서, 그가 깨어 있건 자고 있건 아무런 두려움도 느끼지 않았다. 설사 그가 손에 총을 들고 들어왔다 해도, 그가 자신을 지켜줄 거라는 그녀의 믿음은 조금도 흔들리지 않았을 것이다. 클레어는 가까이 다가와 그녀 쪽으로 몸을 숙이며 중얼거렸다.

"죽었어, 죽었어, 죽은 거야!"

헤아릴 수 없을 만큼 비통한 눈길로 잠시 동안 그녀를 빤히 쳐다보더니, 그는 몸을 더 낮추어 두 팔로 그녀를 안고 마치 수의인 양 홑이불로 그녀를 감쌌다. 그러고는 마치 시신을 대하듯 경의를 표하며 그녀를 침대에서 들어 올려 방을 가로질러 데려가면서 중얼거렸다.

"불쌍한, 불쌍한 테스, 내 사랑, 사랑하는 테스! 너무도 사랑스럽고, 착하고, 진실한 여인!"

깨어 있을 땐 그토록 단단히 억제되어 있던 이 사랑의 말들은 버림받고 굶주린 그녀의 가슴에 이루 형언할 수 없는 달콤함을 선사했다. 테스는 설령 지쳐서 빠진 자신의 생명을 구하는 것이라 해도 몸을 움직이거나 버둥거림으로써 이 상태를 벗어나고 싶지 않았다. 그녀는 그에게 안긴 채 죽은 듯 가만히 있었고, 감히 숨조차 쉴 수 없는 상태로 대체 그가 자신을 어떻게 할 건지 궁금해하며 층계참까지 내려갔다.

"내 아내가…… 죽었어, 죽었어!"

그는 그녀를 안은 채 잠시 난간에 기대 숨을 돌렸고, 그녀의 발은 난간 위에 불길하게 걸려 있었다. 저 아래로 그녀를 내던지려는 걸까? 그녀는 자신에 대한 염려는 거의 잊은 채 내일이면 그가 떠날 거라는, 어쩌면 영원히 떠나게 될 거라는 생각을 하자, 위태로운 자세로 그의 팔에 안겨 있는 게 두렵다기보다 오히려 호사스럽게 느껴졌다. 만약 이들이 함께 떨어질 수 있다면, 함께 내던져져 산산조각이 난다면 얼마나 좋을까? 얼마나 바람직할까? 그렇게 된다면 그녀는 살아나고 싶지 않았다.

하지만 그는 그녀를 떨어뜨리지 않았고, 난간 받침대를 이용해 그녀의 입술에, 낮에는 비웃었던 그 입술에 키스를 했다. 그러고는 새로운 힘으로 그녀를 꼭 껴안고 다시 계단을 내려갔다. 헐거운 계단이 삐걱거렸지만 그는 잠에서 깨어나지 않았고, 이들은 무사히 도착했다. 그는 그녀를 안고 있던 두 손 중 하나를 잠시 빼내 문의 빗장을 열고 밖으로 나갔다. 양말을 신은 그의 발끝이 문 모서리에 살짝 부딪혔다. 하지만 그는 이를 의식하지 못하는 것 같았고, 그녀를 안은 채 집을 빠져나와 몇 미터 떨어진 강 쪽으로 향했다.

그에게 궁극적인 의도가 있다면, 과연 그게 무엇인지 아직 짐작할 수 없었다. 그녀는 이 문제에 관해 제삼자처럼 막연히 추측만 할 뿐이었다. 그녀는 이처럼 너무도 편한 마음으로 온몸을 그에게 맡기고 있었고, 그가 자신을 절대적인 소유물로 간주하고 마음대로 처리하고 있는 중이라고 생각하니 기분이 좋았다. 내일의 이별에 대한 공포가 머리를 떠나지 않고 있었지만, 지금은 그가 자신을 정말로 아내로 인정하고 있고, 이렇게 인정했기 때문에 마음대로 그녀를 벌할 수 있음에도 불구하고 자신을 버리지 않았다는 사실이 그녀에겐 큰 위로가 되었다.

아! 그녀는 이제 그가 무슨 꿈을 꾸고 있는지 알 것 같았다. 그 일요일 아침, 다른 젖 짜는 처녀들과 함께 그녀를 안아서 물을 건네주던 그때를 생각하고 있는 것이었다. 그 처녀들은 할 수만 있다면 거의 그녀만큼 그를 사랑했을 것이다. 하지만 테스는 그걸 인정할 수 없었다. 클레어는 그녀를 안고 다리를 건너지 않고 방앗간 쪽으로 몇 걸음 나아가더니 마침내 강가에서 걸음을 멈췄다.

강물은 수 킬로미터에 걸쳐 있는 이 목초지를 따라 내려가다 종종 갈라지기도 하고, 의미 없이 구불구불한 곡선을 그리기도 하고, 이름 없는 작은 섬들을 빙 둘러싸기도 하다가, 다시 본류로 돌아와 큰 물줄기를 이루어 계속해서 흘러갔다. 그가 그녀를 데리고 도착한 곳의 맞은편은 여러 물줄기들이 합류하는 지점이어서 강폭이 넓고 수심도 깊었다. 그 위로 좁은 다리가 하나 놓여 있었다. 하지만 지금은 가을 홍수에 난간이 쓸려 내려가 바닥만 남아 있었는데, 이것이 빠른 물살 위로 몇 센티미터도 안 되는 높이에 놓여 있어서 아무리 담력이 센 사람이라도 이 위를 지나려면 현기증이 날 지경이었다. 테스는 낮에 집 창문을 통해 청년들이 마치 묘기를 부리듯 아슬아슬하게 균형을 잡으며 이 다리를 건너는 걸 보았었다. 클레어도 아마 같은 모습을 보았을 것이다. 어쨌든 그는 이제 발판에 올라 한쪽 발을 앞으로 미끄러지듯 내밀며 앞으로 나아갔다.

이제 그녀를 물속에 빠뜨리려는 걸까? 그럴지도 모른다. 사람이 없는 외진 곳인 데다 그런 일을 하기에 딱 좋게 강물도 넓고 깊었기 때문이다. 그는 마음만 먹으면 그녀를 물에 빠뜨릴 수 있었다. 내일이면 헤어져 험난한 삶을 살아가느니, 차라리 이게 더 나을지도 몰랐다.

이들의 발아래로 빠른 물살이 수면 위에 비친 달그림자를 흔들고 뒤틀고 가르는 가운데 거칠게 선회하며 흘러 내려갔다. 거품이 무리 지어 떠내려가고 말뚝에는 잡초들이 걸려 넘실대고 있었다. 만약 지금 두 사람이 함께 이 급류 속으로 뛰어든다면, 서로의 팔이 단단히 묶여 있어 살아남지 못할 것이다. 그렇게 되면 이들은 거의 고통 없이 세상을 떠나게 될 것이며, 그녀를 비난하거나 그녀와 결혼했다는 이유로 그를 비난하는 일도 더이상 없게 될 것이다. 더불어 그녀와 함께했던 그의 마지막 반 시간은 사랑이 담긴 멋진 시간이 될 것이다. 반면에 그가 깰 때까지 살아 있게 된다면 낮 동안의 미움이 되살아날 것이며, 이 시간마저 단지 한순간의 꿈으로 남게 될 것이다.

테스는 몸을 움직여 물속으로 함께 빠져버리고 싶은 충동이 일었지만 차마 그럴 용기가 나지 않았다. 그녀가 자신의 목숨을 어떻게 여기는지는 이미 드러났지만, 그의 목숨마저 간섭할 권리는 없었다. 그는 그녀를 안고 무사히 반대편에 도착했다.

이곳은 농원까지 오르막길로 이어져 있었고, 농원 근처에는 수도원 터를 둘러싸고 있던 울타리가 있었다. 그는 힘들게 오르막을 오른 다음, 그녀를 새로 고쳐 안고 몇 걸음 더 나아가더니 마침내 무너진 수도원의 성가대 자리에 이르렀다. 북쪽 벽에 수도원장의 텅 빈 석관이 뚜껑도 없이 놓여 있었다. 그는 이곳에다 그녀를 조심스레 눕혔다. 그러고는 두 번째로 그녀의 입술에 키스를 한 뒤, 몹시 바라던 목적을 달성한 듯 깊은 숨을 들이마셨다. 그런 다음 클레어는 그 옆 땅바닥에 누웠고, 기진맥진한 탓에 곧바로 깊은 잠에 빠져들어 통나무처럼 꼼짝도 하지 않았다. 이 힘겨운 수고를 이끌어냈던 정신적 흥분의 분출이 마침내 끝난 것이었다.

테스는 관에서 일어나 앉았다. 밤 날씨는 계절에 비해 건조하고 포근했지만, 이렇게 옷을 반만 걸친 채 오랫동안 땅바닥에 누워 있기에는 위험할 정도로 상당히 추웠다. 만약 그를 혼자 남겨두고 떠난다면 십중팔구 아침까지 이 상태로 머물러 있을 것이고, 그렇게 되면 얼어 죽을 게 뻔했다. 그녀는 몽유병 상태에서 걸어 다니다 죽은 사례를 들은 적이 있었다. 하지만 감히 어떻게 그를 깨울 것이며, 그가 지금껏 한 일을 알릴 수 있겠는가? 그렇게 해서 자신이 그녀에게 얼마나 미친 짓을 했는지 알게 된다면, 그는 괴로워 견딜 수 없을 것이다. 그럼에도 불구하고 테스는 석관에서 걸어 나와 그를 살짝 흔들었다. 하지만 더 세게 흔들지 않고는 그를 깨울 수 없었다. 얼어 죽지 않으려면 뭔가 조치를 취해야 했다. 그녀 역시 홑이불만 겨우 덮고 있어서 온몸이 떨리기 시작했던 것이다. 그의 모험이 진행되는 동안에는 그녀도 흥분된 상태여서 어느 정도 몸이 따뜻했지만, 그 행복한 순간은 이미 지나버리고 말았다.

갑자기 그녀의 머릿속에 그를 한번 설득해보자는 생각이 들었다. 그래서 온 힘을 다해 마음을 다잡은 다음 그의 귀에 대고 속삭였다.

"에인절, 우리 같이 걸어가요."

이와 동시에 그녀는 그의 팔을 잡아 부추겼다. 다행히 그는 저항하지 않고 순순히 응했다. 그녀의 말이 그를 다시 꿈속으로 되돌려놓은 게 분명했다. 그의 꿈은 이제 새로운 단계로 접어들어, 그는 죽은 그녀가 영혼으로 다시 살아나 자신을 천국으로 인도하고 있다고 생각하는 것 같았다. 이렇게 해서 그녀는 그의 팔을 잡고 폐허에서 빠져나와 강에 닿은 다음 돌다리를 건너 저택의 정문 앞에 이르렀다. 테스는 완전히 맨발이어서 돌멩이에 상처를 입은 데다 발이 시려 뼛속까지 얼어붙을 지경이었지만, 클레어는 털양말을 신고 있어서 아무런 불편도 느끼지 못하는 것 같았다.

이제 더이상 어려움은 없었다. 그녀는 그를 소파 침대로 데려가 눕히고 따뜻하게 덮어준 다음 잠시 불을 지펴 젖은 몸이 마르도록 해주었다. 그녀는 이렇게 돌봐주는 동안 나는 소리 때문에 그가 깰지도 모른다고 생각했고, 또 은근히 그러길 바랐다. 하지만 클레어는 몸과 마음이 완전히 기진맥진한 상태라 어떤 소리에도 방해받지 않고 계속해서 잠을 잤다.

다음 날 아침 두 사람이 마주쳤을 때, 테스는 지난밤 여행에 자신이 얼마나 깊이 관여했었는지를 에인절이 전혀 모르고 있다는 걸 알았다. 그 스스로는 자기가 조용히 잠을 자진 않았을 거라 어렴풋이 느끼고 있는 것 같았다. 사실 그는 이날 아침, 깊은 잠에서 깨어났다. 그리고 삼손이 머리를 흔드는 것처럼사사기 16장 20절, 뇌가 활동하기 시작한 처음 얼마 동안, 뇌가 어떤 방향을 제시해주길 기대하며 기다리고 있었다. 그는 어젯밤 결론지어진 어떤 계획이라도 아침 햇빛 속에 사라지지 않는다면, 설사 충동적 감정에 의해 시작되었다 할지라도 이는 거의 순수한 이성에 근거하고 있으며, 따라서 아직까진 믿을 만하다는 걸 알고 있었다.

이렇게 해서 그는 창백한 새벽빛 속에서 그녀와 헤어지기로 했던 결심을 확인했다. 이것은 뜨겁고 분개한 본능이 아니라 이걸 태웠던 열정이 사라져버린 것이었고, 그 뼈대만 남아 해골 같은 모습이었지만 그럼에도 불구하고 거기 존재하고 있었다. 클레어는 더이상 망설이지 않았다.

아침 식사 시간에, 그리고 몇몇 남아 있는 물건들을 꾸리면서 그의 얼굴에 지난밤 수고로 인한 피곤함이 여지없이 드러나, 테스는 모든 일들을 사실대로 털어놓아야겠는 생각이 들었다. 하지만 그가 그녀에게 상식이 허용하지 않는 애정을 본능적으로 드러냈다는 것과 이성이 잠자는 동안 괴상한 행동으로 자신의 위엄을 손상시켰다는 걸 알게 되었을 때, 화내고 슬퍼하고 자책하며 괴로워할 것이라는 생각에 그녀는 또다시 입을 다물고 말았다. 이것은 어떤 사람이 술이 깼을 때, 술 취한 동안 했던 추태를 들어, 술이 깨자 비웃는 것이나 마찬가지였기 때문이다.

또한 그녀의 머릿속에 그가 지난밤 자신의 애정 어린 기행奇行을 희미하게나마 기억할지도 모른다는 생각이 스쳤다. 혹시 그녀가 이걸 빌미로 또다시 그에게 떠나지 말아달라고 호소하게 될까봐, 그런 기회를 주고 싶지 않아서 모르는 척하는 게 아닐까 하는 생각마저 들었다.

그는 편지로 인근 마을에 마차를 보내달라고 부탁했었고, 아침 식사를 마치자 곧 마차가 도착했다. 그녀는 마차를 보며 마지막 이별의 순간이 시작되었음을 실감했다. 하지만 지난밤 사건으로 그의 애정을 확인했던 터라, 장차 그와 함께 살 수 있을지도 모른다는 꿈같은 생각을 하면 일시적인 이별처럼 느껴지기도 했다. 짐이 마차에 모두 실리자 마부는 이들을 태운 다음 길을 떠났다. 방앗간 주인과 시중들던 늙은 아낙은 이들의 갑작스런 출발이 다소 의아스런 모양이었다. 하지만 클레어는 이 방앗간의 작업이 자신이 알아보려는 현대식 방법이 아니라는 점을 핑계로 댔고, 이 말도 틀린 건 아니었다. 이들이 떠나는 모양새를 봐선, 파경을 맞았다거나 혹은 함께 친척집을 방문하러 가는 게 아니라고 여길 만한 요소는 전혀 없었다.

이들이 가는 길은 며칠 전 서로가 그처럼 엄숙한 기쁨을 안고 떠나왔던 목장 근처를 지나게 되어 있었다. 클레어가 크릭 씨와의 일을 마무리 짓고 싶어 했기 때문에, 테스는 자신들의 불행한 상태를 의심받지 않으려면, 어쩔 수 없이 같은 시간에 크릭 부인을 만나지 않을 수 없었다.

가능한 한 눈에 띄지 않으려고 이들은 마차를 목장으로 들어가는 쪽문 옆에 세운 다음 나란히 걸어서 길을 내려갔다. 늘어서 있던 버드나무들은 베어지고 없었고, 그 그루터기 너머로 클레어가 그녀에게 아내가 되어달라며 쫓아다니던 곳이 보였다. 왼쪽으로는 그녀가 그의 하프 소리에 매혹되었던 곳이 있었고, 축사 뒤로 저 멀리 그들이 처음 포옹했던 풀밭이 보였다. 여름의 황금빛 풍경은 이제 초라한 회색으로 변해 있었고, 기름진 토양은 진창이 되었고, 강물은 차가워져 있었다.

목장 주인은 마당의 문 너머로 이들을 발견하고는, 탈보테이즈와 인근에 사는 사람들이 신혼부부가 다시 나타났을 때 하는 장난스런 표정을 지으며 이들을 맞았다. 곧이어 크릭 부인과 이들을 아는 몇몇 다른 사람들이 집 밖으로 나왔다. 하지만 마리안과 레티의 모습은 보이지 않았다.

테스는 이들의 짓궂은 장난과 다정한 유머들을 대범하게 참아냈지만, 이들이 생각하는 것과는 전혀 다르게 그녀의 마음을 괴롭게 했다. 자신들의 이별을 비밀에 부치자는 부부의 암묵적인 동의 속에서 이들은 평소와 다를 바 없이 자연스레 행동했다. 그리고 테스는 속으로 마리안과 레티에 관한 이야기가 나오지 않았으면 싶었지만, 이들에 관해 자세한 이야기를 들을 수밖에 없었다. 레티는 아버지 댁으로 돌아갔고, 마리안은 일자리를 찾아 다른 곳으로 떠났다는 것이다. 하지만 그녀의 상태가 좋지 않을 거라며 다들 걱정했다.

이 이야기를 듣고 테스는 슬픔을 쫓아내고자 아끼던 젖소들한테 가서 한 마리씩 손으로 어루만지며 작별인사를 했다. 그녀와 클레어가 마치 몸과 마음이 하나가 된 듯 떠나려고 나란히 섰을 때, 이들을 자세히 살펴본 사람이라면 이들의 모습에 특별히 슬픈 뭔가가 있다는 걸 알아챘을 것이다. 그의 팔이 그녀의 팔에 닿고 그녀의 치맛자락이 그의 몸을 스치며, 둘 다 목장 사람들을 마주 보고, '우리'라는 말로 작별인사를 하면서 겉으로는 한 생명을 가진 두 지체인 듯 보였지만, 사실상 이들은 남극과 북극처럼 갈라져 있었다. 어쩌면 이들의 태도 속에 이상하게 경직되고 당황스런, 보통 신혼부부들에게서 볼 수 있는 자연스런 수줍음과는 달리, 서로 사이가 좋다는 걸 일부러 내보이려는 어색함이 묻어났을지도 모른다. 이들이 떠난 뒤 크릭 씨 부인이 남편한테 한 말을 들어보면 이걸 짐작할 수 있었다.

"테스의 눈빛이 참 이상하네요. 둘 다 밀랍인형처럼 서서 꼭 꿈속에 있는 것처럼 말을 하잖아요! 당신은 그래 보이지 않던가요? 테스는 원래 좀 이상한 데가 있었지만, 그래도 그렇게 훌륭한 신랑을 만났는데, 어쩐지 자랑스런 신부의 얼굴 같지가 않더라고요."

이들은 마차를 다시 타고 웨더베리와 스태그풋 레인 쪽으로 말을 달려 너즐베리 여관에 도착했고, 클레어는 마차와 마부를 돌려보냈다. 이들은 여기서 잠시 휴식을 취했다. 그러고는 바 강으로 들어선 다음, 자신들의 관계를 전혀 모르는 낯선 사람을 시켜 계속해서 그녀의 고향 쪽으로 마차를 몰게 했다. 수 킬로미터를 지나 중간 지점에 이르러 샛길들이 나오자, 클레어는 마차를 세우고 테스에게 말했다. 만약 그녀가 집으로 돌아갈 생각이라면 이쯤에서 그녀와 헤어지는 게 좋겠다는 것이었다. 마부가 있어서 터놓고 이야기할 상황이 아니었기 때문에 그는 그녀에게 샛길을 따라 잠시 함께 걷자고 했다. 그녀는 선뜻 동의를 표했다. 마부에게는 잠시 기다리라고 해놓고 두 사람은 여유롭게 거닐기 시작했다.

"이제, 서로를 이해하도록 합시다."

그가 부드럽게 말했다.

"지금 내 속엔 참을 수 없는 것이 있긴 하지만, 우리 사이에 분노란 없는 거요. 나도 이걸 참아보려고 노력하겠소. 생각이 정리되는 대로 내가 어디로 가는지 당신한테 알려주리다. 그리고 내가 이걸 견딜 수 있다면, 또 이것이 바람직하고 가능한 일이라면, 당신한테 돌아오겠소. 하지만 내가 돌아올 때까지 당신은 날 찾지 않았으면 좋겠소."

이 엄중한 선고는 테스에게 너무도 가혹했다. 그녀는 클레어의 생각을 똑똑히 알 수 있었다. 즉, 그는 그녀를 자신을 크게 기만했던 여자 이상으로 보지 않았던 것이다. 하지만 그녀가 아무리 큰 잘못을 저질렀다 해도 어떻게 이런 식으로 대할 수 있단 말인가? 하지만 이 문제를 놓고 더이상 그와 논쟁할 수는 없는 노릇이었다. 그녀는 단지 그의 말을 되풀이할 수밖에 없었다.

"당신이 돌아오기 전에, 먼저 당신을 찾으려 해선 안 된다고요?"

"그렇소."

"편지는 써도 되나요?"

"물론이오. 몸이 아프거나 필요한 게 있다면. 하지만 그런 일은 없길 바라오. 편지를 쓰는 것도 내가 먼저였으면 좋겠소."

"그렇게 하겠어요, 에인절. 내가 어떤 벌을 받아야 할지 당신은 잘 알고 있으니까요. 다만…… 다만…… 내가 견딜 수 없는 정도는 아니길 바랄 뿐이에요!"

이것이 이 문제에 관해 그녀가 말한 전부였다. 만약 테스가 약삭빠른 여자였다면 그 외딴 샛길에서 소란을 피우거나 기절하거나 미친 듯 울어댔을 것이다.

그랬다면 에인절이 아무리 까다롭고 엄격한 사람이었다 해도 그녀의 저항을 이겨내지 못했을 것이다. 하지만 오랜 고통으로 단련된 그녀의 마음은 그가 편히 가도록 보내주었고, 이로써 그녀는 가장 좋은 그의 변호인이 되어준 셈이었다. 이 같이 철저히 복종했기에—이것은 아마 더버빌 가문 전체에 아주 뚜렷이 나타나는, 운명에 대한 순응의 징표였을 것이다—붙잡고 애원했더라면 들쑤셔졌을지도 모르는 많은 감정들을 건들지 않고 잠재울 수 있었다.

이제 이들에게 남은 문제라고는 실질적인 것들뿐이었다. 그는 그녀에게 상당한 액수의 돈 꾸러미를 건네주었다. 이 돈은 그가 일부러 은행에서 찾아둔 것이었다. 테스의 것으로 받았던 보석들은 그녀의 일생 동안만 소유하도록 되어 있는 것 같아(그가 유언장의 뜻을 잘 이해했다면) 그는 이걸 안전하게 은행에 넣어두자고 권했고, 그녀도 선뜻 동의했다.

이런 일들을 정리한 후, 그는 테스와 함께 마차까지 걸어와 그녀가 마차에 오르도록 손을 잡아주었다. 그러고는 마부에게 삯을 치르며 그녀를 집까지 데려다주라고 말했다. 그런 다음 자신의 가방과 우산을 들고—그가 여기까지 가져온 유일한 물건들이었다—그녀에게 작별인사를 했다. 이렇게 해서 두 사람은 그 자리에서 헤어졌다.

마차는 언덕을 기어 올라갔고 클레어는 무심코 테스가 한순간만이라도 창밖으로 내다봤으면 하는 바람으로 마차를 지켜보았다. 하지만 그녀는 그런 생각은 하지도 않았고, 또 감히 할 수도 없었다. 다만 마차 안에 거의 기절한 듯 쓰러져 있을 뿐이었다. 이렇게 그는 그녀가 점점 멀어지는 걸 바라보았고, 고통스런 심정으로 어느 시인의 시구를 떠올려 나름대로 고쳐보았다.

하나님은 그분의 하늘에 계시지 않고
세상 모든 게 *잘못되어 있구나!*

로버트 브라우닝의 시 「피파 패시스Pippa Passes」의 한 구절을 수정한 것으로, 원문은 '하나님은 그분의 하늘에 계시고 세상은 완벽하구나'라고 되어 있다

테스가 언덕을 넘어 사라지자 그는 자신의 갈 길로 돌아섰다. 하지만 그는 자신이 여전히 그녀를 사랑하고 있다는 걸 모르고 있었다.

38

마차가 블랙무어 계곡을 통과하며 주위에 어린 시절의 풍경이 펼쳐지기 시작했을 때, 테스는 혼수상태에서 깨어났다. 그녀의 머릿속에 가장 먼저 드는 생각은 어떻게 부모님의 얼굴을 대할까,라는 것이었다.

그녀는 마을 입구에 있는 통행세를 받는 문 앞에 이르렀다. 문을 열어준 사람은 오랫동안 그 문을 지키고 있던, 그녀를 잘 아는 노인이 아니라 낯선 사람이었다. 아마도 그 노인은 문지기의 교체가 이루어지는 새해 첫날에 떠난 모양이었다. 최근 집에서 어떤 소식도 듣지 못한 터라 그녀는 문지기에게 마을 소식을 물어보았다.

"아, 별일 없어요, 아가씨. 말로트는 여전히 그대로예요. 새로운 소식이래봐야, 몇몇 사람들이 죽었다는 정도지요. 참, 존 더비필드가 이번 주에 딸을 어떤 부잣집 농부와 결혼시켰다고 하더군요. 알다시피, 결혼식은 존네 집에서 한 게 아니고 다른 데서 올렸다고 합디다. 그 양반 집이 어찌나 대단한지 존네 가족은 결혼식에도 참석하지 못했어요. 그쪽에서 존네 집을 그 정도로 궁상맞게 봤다

는 말이겠죠. 신랑은 존의 혈통이 유서 깊은 명문 귀족으로 밝혀져, 그 조상들의 유골이 지금 가족묘지에 있다는 걸 몰랐던 모양이에요. 물론 그 재산은 로마시대에 다 없어지고 말았지만요. 하지만 존 경은, 이젠 모두들 이렇게 부르죠, 그래도 결혼식 날이라고 마을 사람들을 다 불러놓고 크게 한턱냈답니다. 존의 아내는 퓨어 드롭 주막에서 밤 열한 시가 넘어서까지 노래를 불러댔다니까요."

이 말을 듣는 순간 테스는 마음이 너무 아팠고, 짐과 소지품들을 모두 실은 마차를 타고 여봐란듯이 집으로 들어갈 수가 없었다. 그녀는 문지기에게 잠시 이곳에 짐을 맡겨둘 수 없겠느냐고 물었다. 그의 허락이 떨어지자 그녀는 마차를 돌려보낸 뒤 뒷길을 통해 혼자 마을로 들어갔다.

고향집 굴뚝이 보이자, 그녀는 어떻게 저 집으로 들어갈 것인지 방법을 궁리해보았다. 지금 집안 식구들은 다들 그녀가 자신을 호강시켜줄 아주 돈 많은 남자와 신혼여행을 떠난 줄 알고 조용히 있을 텐데, 정작 그녀는 친구 하나 없이 세상에 갈 곳이 여기밖에 없는 것처럼 이 낡은 집으로 다시 기어들고 있었다.

하지만 사람들 눈에 전혀 띄지 않고 집에 도착할 수는 없었다. 마당 울타리 바로 옆에서 그녀는 자신을 알고 있는 한 처녀와 마주치고 말았다. 학교 다닐 때 친하게 지냈던 두세 명의 친구들 중 하나였다. 이 친구는 테스가 어떻게 여길 왔는지 몇 마디 묻고 난 뒤, 그녀의 슬픈 표정을 알아채지 못하고 불쑥 말을 꺼냈다.

"그런데 테스, 네 신랑은 어디 있니?"

테스는 그가 사업차 어딘가 갔다고 급히 말하고는 친구를 남겨둔 채 마당 울타리를 지나 집으로 들어갔다.

마당에 난 좁은 길로 들어섰을 때, 뒷문 옆에서 어머니의 노랫소리가 들렸다. 뒷문이 시야에 들어오자 더비필드 부인이 문 앞 계단에서 홑이불을 짜고 있는 모습이 보였다. 일을 마친 후 어머니는 딸을 보지도 못한 채 집 안으로 들어갔고, 테스도 어머니를 뒤따라 들어갔다.

빨래통은 여전히 똑같은 자리에 변함없이 낡은 물통 위에 놓여 있었고, 어머니는 주무르던 홑이불을 옆으로 밀어두고 다시 팔을 담그려 하고 있었다.

"아니, 테스! 얘야…… 결혼한 줄 알았는데! …… 이번엔 진짜로 결혼한 줄 알았는데…… 사과주도 보냈고……."

"네, 엄마, 그래요."

"할 거라고?"

"아니요…… 결혼했다고요."

"그렇구나! 그럼 네 남편은 어디 있니?"

"아, 잠시 어딜 좀 갔어요."

"가다니! 그런데 결혼식은 언제 올렸니? 네가 말했던 그날?"

"네, 화요일에요."

"그럼 이제 겨우 토요일밖에 안 됐는데, 어딜 갔다고?"

"네, 갔어요."

"대체 그게 무슨 말이냐? 이런 빌어먹을 녀석을 봤나!"

"어머니!"

테스는 조안 더비필드에게로 달려가 그녀의 가슴에 얼굴을 묻고 흐느끼기 시작했다.

"어떻게 말씀드려야 할지 모르겠어요, 어머니! 저한테 그러셨죠, 그 사람한테 말하지 말라고. 편지에도 그렇게 쓰셨고요. 하지만 말해버리고 말았어요. 어쩔 수가 없었어요. 그래서 그 사람이 가버린 거예요!"

"아이구! 이 철부지야, 철딱서니 없는 것 같으니라고!"

흥분한 나머지 더비필드 부인은 테스와 자신에게 물을 마구 튀기며 소리를 내질렀다.

"이를 어쩌나! 이런 말은 다신 안 하려고 했는데 또 해야겠구나, 이 철딱서니 없는 것아!"

테스는 그동안의 긴장이 마침내 풀리는 듯 몸을 들썩이며 흐느껴 울었다.

"저도 알아요…… 알아요…… 알고 있다고요!"

그녀는 흐느끼느라 말을 제대로 잇지 못했다.

"하지만 어머니, 정말 어쩔 수 없었어요! 그 사람은 너무 좋은 사람이라…… 제 과거를 숨긴다는 건 나쁜 짓이라 생각했어요! 설령…… 설령 다시 그런 일이 생긴다 해도…… 전 똑같이 했을 거예요. 전 그 사람한테 죄를 지을 수 없어요……. 감히 그럴 수 없다고요."

"그렇게 본다면 애초에 결혼하는 것 자체가 죄를 짓는 거였어!"

"맞아요, 맞아요. 제가 불행한 건 바로 그 때문이에요! 하지만 전 그 사람이 내 과거를 눈감아 줄 수 없다면 법적으로 저와 헤어지면 될 거라 생각했어요. 그런데 아, 어머니는 모르실 거예요. 아니, 절반쯤은 아실지도 모르겠군요. 제가 그를 얼마나 사랑했는지, 얼마나 그와 결혼하고 싶었는지, 또 그를 좋아하는 마음과 정직해지고 싶은 마음 사이에서 얼마나 갈등했는지 말이에요!"

테스는 너무 떨려서 더이상 말을 할 수가 없었고, 힘없이 의자로 쓰러지고 말았다.

"그래, 그래. 이미 엎질러진 물은 주워 담을 수 없는 거야! 어째서 내가 낳은 자식들은 하나같이 다른 집 애들보다 더 숙맥 같은지 모르겠구나. 그런 건 떠들어댈 일이 아니란 걸 왜 모르냔 말이다. 그 사람이 뒤늦게 알아봐야 좋을 게 하나도 없는데!"

여기서 더비필드 부인은 어머니로서 처량한 자기 신세를 생각하며 눈물을 흘리기 시작했다.

"네 아버지한테 어떻게 말해야 할지 모르겠구나. 그 뒤로 줄곧 롤리버네나 퓨어 드롭에 가서 네 결혼 얘기를 떠들고 다니셨거든. 집안이 너 때문에 제자리를 찾아가고 있다고 말이다. 한심하고 딱한 양반 같으니! 그런데 이제 네가 그걸 망쳐버렸으니! 하나님 맙소사!"

호랑이도 제 말하면 온다더니, 바로 그때 테스의 아버지가 돌아오는 소리가 들렸다. 하지만 그는 곧장 들어오지 않았다. 그래서 더비필드 부인은 자기가 직접 이 나쁜 소식을 전하겠다며 테스한테 잠시 안 보이는 곳에 가 있으라고 했다. 조안은 처음엔 한바탕 실망스러워하더니, 테스가 처음 일을 당했을 때처럼 이번 일도 휴일에 비가 오거나 감자 농사를 망친 정도로 생각하기 시작했다. 즉, 자신들의 잘못이나 어리석음과는 관계없이 우연히 닥친 일로, 교훈을 얻을 만한 게 아니라 참아야 할 외상外傷쯤으로 여겼던 것이다.

테스는 위층으로 올라갔다가 침대의 위치가 바뀌어 있는 걸 우연히 보게 되었다. 그녀의 옛 침대는 어린 두 동생이 쓰고 있었다. 이제 여기에도 그녀의 자리는 없는 셈이었다.

아래층 방은 천장이 없어 거기서 나는 대부분의 소리가 다 들렸다. 이윽고 아버지가 들어오셨는데, 암탉 한 마리를 들고 계신 게 분명했다. 두 번째 말도 팔아야 했기 때문에 그는 이제 손에 바구니를 들고 돌아다니며 행상을 하고 있었다. 종종 그렇듯, 이 암탉은 오늘 아침 자신이 일을 하고 있다는 걸 사람들에게 보여주려고 가져간 것이었다. 그래서 불쌍한 이 닭은 다리를 묶인 채 롤리버네 술집 탁자 위에 한 시간 넘게 놓여 있어야 했다.

"좀 전에 무슨 얘길 했느냐면 말이지……."

더비필드가 말을 시작했다. 그는 아내한테 술집에서 딸이 성직자 집안에 시집갔다는 말을 하다 성직자들에 대한 토론이 벌어졌다는 이야기를 소상히 들려주었다.

"요즘엔 있는 그대로 엄격히 '신부'라고만 부르지만, 예전엔 이들을 내 조상들처럼 '경卿'이라고 불렀다더군."

이 결혼을 크게 알리지 말았으면 좋겠다는 테스의 부탁이 있었던 터라, 그는 사람들 앞에서 신랑의 이름을 대진 않았다. 하지만 딸이 곧 이 함구령을 풀어주길 바랐다. 또한 테스가 결혼해서도 발음이 바뀌기 전 원래 이름인 더버빌을 쓰는 게 좋을 거라고 했다. 남편의 성을 쓰는 것보다 더 나을 거라고 말이다. 그가 아내한테 테스로부터 무슨 편지라도 온 게 없냐고 물었다. 그러자 더비필드 부인은 편지는 오지 않았고, 대신 불행히도 테스가 직접 왔다고 알려주었다.

마침내 결혼이 깨졌다는 이야기를 듣게 된 그는 평소와는 달리 수치심에 침울해졌고, 기분 좋게 마신 술기운마저 싹 가시는 느낌이었다. 하지만 이런 사건의 특성상, 자신의 감정보다는 다른 사람들이 어떻게 생각할지에 더 신경이 쓰였다.

"그래서 벌써 이렇게 끝장났다는 거야! 우리 집안은 킹즈비어 교회에 졸라드 나으리네 맥주 창고만큼이나 큰 가족묘지를 가지고 있고, 또 거기엔 이 지방 역사에 올라 있는 사람들 중 누구 못지않은 진짜 귀족인 우리 조상들의 유골이 삼삼오오 누워 있는데 말이지. 그런데 이제 롤리버네나 퓨어 드롭에 가면 사람들이 날 보고 뭐라고 하겠어! 곁눈질로 힐끗힐끗 쳐다보며 이렇게 말할 거요. '이게 자네가 말한 그 대단한 혼사란 말인가? 노르만 왕조시대의 조상들 신분으로 돌아간다고 큰소리 뻥뻥 치더니 바로 이거였군!' 여보, 이건 말도 안 되는 일이오. 가문이고 뭐고 다 때려치우고 콱 죽어버렸음 좋겠군…… 도저히 참을 수가 없어! …… 그래도 결혼을 했다면 녀석이 테스를 먹여 살리긴 하겠지?"

"아, 그럼요. 하지만 그 애가 그걸 원치 않을 거예요."

"당신 생각엔 그 녀석이 정말 테스와 결혼한 것 같소? 아니면 지난번처럼……."

불쌍한 테스는 여기까지 듣고 나자 더이상 견딜 수가 없었다. 자신의 말을 바로 이곳 부모님들조차 의심하고 있다는 걸 깨닫는 순간 이 집에 정나미가 뚝 떨어졌다. 운명이란 어쩜 이리도 예상치 못한 공격을 해댄단 말인가! 아버지마저 자신을 조금은 의심하고 있는데, 낯선 사람들이나 안면만 있는 사람들은 얼마나 더하겠는가! 아, 이 상황에서 어떻게 여기에 더 머무를 수 있겠는가!

그래서 이삼 일만 머무를 생각이었는데, 집을 떠나려 할 때쯤 클레어로부터 편지 한 통이 날아들었다. 농장을 알아보러 북부 지방에 와 있다는 내용이었다. 그녀는 그의 아내라는 자신의 실제 위치를 몹시 원했고, 또 부모님과의 사이에 벌어져 있는 엄청난 거리감을 감추려고 이 편지를 구실 삼아, 남편을 만나러 간다는 인상을 주면서 다시 떠나기로 마음먹었던 것이다. 더욱이 남편이 자신을 냉정하게 홀대한다는 인상을 주지 않으려고 클레어가 준 50파운드 중 25파운드를 떼어내 어머니께 드렸다. 그녀는 마치 에인절 클레어라는 남자의 아내라면 이 정도 여유는 있다는 식으로 돈을 드리며, 지난 몇 해 동안 두 분께 끼친 많은 근심과 또 체면을 깎아내린 것에 대한 작은 보답이라고 말했다. 이렇게 해서 위신이 서자 그녀는 두 분께 작별을 고했다. 그 후로 한동안 더비필드의 집에는 테스가 준 돈 덕택에 활기가 넘쳐흘렀다. 어머니는 이 신혼부부 사이에 있었던 다툼이 서로 떨어져 살 수 없는 강한 사랑으로 해소되었다고 말했고, 또 정말 그렇게 믿고 있었다.

39

결혼한 지 3주가 지나서야 클레어는 아버지가 계신 사제관으로 향하는 언덕길을 내려가고 있었다. 내리막길을 가는 동안 저녁 하늘에 우뚝 솟은 교회 종탑이 마치 왜 왔느냐고 묻는 듯했다. 땅거미가 내린 마을에 그를 알아보는 사람은 아무도 없어 보였고, 그를 기다리는 사람은 더더욱 없는 것 같았다. 그는 마치 유령처럼 집을 향하고 있었고, 자신의 발소리마저 안 들었으면 싶은 방해물로 느껴졌다.

그의 삶의 모습은 이제 달라져 있었다. 이전엔 인생을 그저 사색적으로만 알고 있었으나, 이제는 현실적인 삶으로 이해하고 있다고 볼 수 있었다. 하지만 아직까진 인생을 잘 모르고 있는지도 몰랐다. 그럼에도 불구하고 그 앞에 놓여 있는 인간의 모습은 이제 이탈리아 회화에서처럼 몽상적이고 감미로운 게 아니라, 비에르츠 미술관브뤼셀에 있는, 안톤 비에르츠의 그림을 소장한 미술관으로, 하디가 묘사한 작품들이 주를 이루고 있다의 그림들에서 보듯 뚫어지게 응시하는 무시무시한 모습들이나 반 비어즈벨기에의 풍속화가의 습작품에 나오는 심술궂은 눈초리에 더 가까웠다.

처음 몇 주 동안 그의 행동은 이루 말할 수 없이 산만하고 종잡을 수가 없었다. 마치 아무 일도 없었다는 듯 위대한 옛 성현들의 가르침에 따라 기계적으로나마 농사 계획을 실천하려고 애써봤지만, 그는 이 성현들 중 누구도 자신들의 충고가 유효한지 알아보기 위해 탈선을 시도해본 적이 없다는 걸 알았다. 한 이교도 윤리주의자스토아 철학자이자 『명상록』으로 유명한 로마 황제 마르쿠스 아우렐리우스를 가리킨다는 이렇게 말했다.

"이것이 가장 중요한 것이니, 곧 요동치 말라."

이것은 바로 클레어 자신의 생각이기도 했다. 하지만 그는 동요하고 있었다. "너희는 마음에 근심하지 말고 두려워하지도 말라"라고 나사렛 예수는 말했다. 클레어는 진심으로 이 말에 동조했지만 그의 마음은 여전히 괴로움에 시달리고 있었다. 그는 정말 이 두 위대한 사상가를 직접 만나, 인간 대 인간으로 자신의 처지를 호소하며 빠져나갈 방법을 알려달라고 간청하고 싶었을 것이다!

그의 심정은 완강한 무관심으로 변했고, 마침내 자신의 존재를 마치 남의 일처럼 소극적인 자세로 바라보고 있다는 생각이 들었다. 이 모든 불행이 테스가 더버빌 가문의 자손이라는 사실에서 비롯되었다는 확신이 들자 그의 심정은 더욱 씁쓸하고 착잡할 따름이었다. 테스가 자신이 꿈꿔왔던 대로 평민 출신의 신흥 가문이 아닌 몰락한 명문가의 후예라는 걸 알았을 때, 왜 원칙을 지켜 냉정하게 그녀를 포기하지 못했던가? 이것은 그가 변절함으로써 빚어진 결과였고, 이에 대한 처벌은 당연한 것이었다.

이처럼 그는 지치고 괴로웠으며, 근심은 쌓여만 갔다. 또한 혹시 자신이 그녀를 부당하게 대한 건 아니었을까 하는 생각이 들기도 했다. 그는 뭘 먹는지도 모른 채 음식을 먹었고, 맛도 모른 채 술을 마셔댔다. 시간이 흐르면서, 지난날 행동들의 동기가 하나하나 그의 눈앞에 드러나게 되었다. 그는 이 과정에서 자신이 테스를 그토록 소유하려 했던 것이 자신의 모든 계획과 말과 진로와 밀접한 관련이 있다는 걸 깨닫게 되었다.

이리저리 방황하던 그는 어느 작은 마을 변두리에서 농업 이민을 생각하는 사람들에겐 브라질 제국이 좋은 기회의 땅이 될 거라고 선전하는 울긋불긋한 벽보를 보았다. 거기에서는 땅을 굉장히 유리한 조건으로 제공한다는 것이었다. 그는 이 브라질 땅이 상당히 매력적으로 보였다. 나중에 테스를 그쪽으로 불러들일 수도 있고, 또 여기서 그녀와 함께 사는 데 방해가 되는 비현실적인 인습들도 아주 다른 환경과 규범과 관습을 가진 그곳에선 별 문제가 되지 않을 것 같았다. 결국 그는 브라질로 가려는 마음을 굳히게 되었고, 그곳으로 떠나는 시기도 임박해 있었다.

이런 생각을 품은 채, 그는 부모님께 자신의 계획을 말씀드리려고 애민스터로 돌아오고 있었다. 또한 테스와 함께 오지 않은 것에 대해선 두 사람이 헤어졌다는 걸 사실대로 밝히지 않고, 최대한 두 분이 납득하도록 설명할 생각이었다. 문 앞에 당도하자 초승달이 그의 얼굴을 비추었다. 마치 그가 아내를 팔에 안고 강을 건너 수도사들의 무덤으로 가던 날의 그믐달 같았다. 하지만 그의 얼굴은 그때보다 더 수척해 보였다.

클레어는 부모님께 자신의 방문을 미리 알리지 않았고, 그런 까닭에 그가 도착하자 갑자기 사제관이 떠들썩해졌다. 마치 물총새 한 마리가 잔잔한 호수로 뛰어들어 파문을 일으키듯 말이다. 부모님은 두 분 다 거실에 계셨지만 형들은 모두 집에 없었다. 에인절은 집 안으로 들어선 다음, 등 뒤로 조용히 문을 닫았다.

"에인절, 그런데…… 네 아내는 어디 있니?"

어머니가 소리쳤다.

"깜짝 놀랐구나!"

"친정에 갔어요…… 당분간이요. 제가 브라질로 떠날 생각이라 좀 서둘러 왔거든요."

"브라질이라니! 거긴 다들 로마 가톨릭 신자들일 텐데, 틀림없어!"

"그래요? 그런 생각은 못 했네요."

아들이 가톨릭을 믿는 나라로 간다는 건 전혀 예상치 못한 가슴 아픈 일이었지만, 이 사실마저도 그의 결혼에 대한 클레어 부부의 자연스런 궁금증을 몰아낼 순 없었다.

"우린 삼 주 전에 결혼식을 알리는 짤막한 네 편지를 받았단다."

클레어 부인이 말했다.

"그래서 너도 알다시피, 아버지가 네 대모代母의 선물을 그 애한테 보낸 거란다. 생각해보니 우리가 참석하지 않은 건 아주 잘한 일인 것 같구나. 그 애 친정이 어딘지는 모르지만, 네가 결혼식을 그 애 집이 아닌 목장에서 한다기에 그랬는데, 우리가 갔더라면 너도 당황스럽고 우리도 기분이 썩 좋진 않았을 테니 말이다. 네 형들도 이 결혼이 아주 맘에 들지 않았던 모양이더구나. 하지만 이미 끝난 일이니 더이상 불평하지 않으마. 무엇보다 그 애가 복음을 전하는 일 대신 네가 선택한 일에 잘 어울린다고 하니 말이다…… 하지만 에인절, 결혼하기 전에 내가 먼저 그 애를 만나 좀더 알아보았더라면 좋았을걸 하는 생각이 드는구나. 우리의 선물을 별도로 보내지 않은 건 그 애가 뭘 제일 좋아할지 몰라 그런 거니까, 그냥 선물이 좀 늦어지나보다,라고만 생각하렴. 에인절, 나도 네 아버지도 이 결혼 때문에 너한테 화가 나 있진 않단다. 우린 그냥 네 아내를 보고 나서 그 애가 어떤 아이인지 판단하는 게 좋겠다고 생각하고 있었지. 그런데 이번에도 그 애를 데려오지 않다니, 좀 이상하구나. 무슨 일이 있었니?"

그는 자신이 여기 있는 동안 테스는 당분간 친정에 가 있는 게 두 사람 모두에게 좋을 거라 생각했다고 대답했다.

"어머니, 제 생각은 말이죠. 그 사람이 충분한 소양을 갖춰 어머니 앞에 내보여도 손색이 없겠다 싶을 때까진 이 집에 데려오지 않을 작정이에요. 그런데 브라질로 가겠다는 결심은 아주 최근에야 했어요. 제가 거기 가더라도 처음엔 그 사람을 데려가지 않는 게 좋을 것 같아요. 그래서 제가 돌아올 때까지 그 사람은 친정에 있기로 한 거예요."

"그럼 네가 떠나기 전에 그 애를 볼 수 없단 말이냐?"

그는 죄송하지만 어쩔 수 없노라고 대답했다. 그의 원래 계획은 자신이 말했듯, 당분간 그녀를 집에 데려오지 않는 것이었다. 그것은 무엇보다 두 분의 편견이든 감정이든 부모님의 마음을 상하게 하고 싶지 않아서였고, 그 외에 또 다른 이유들도 있었다. 그는 부모님께 설사 자신이 당장 떠난다 해도 일 년 뒤에는 돌아올 것이고, 그녀를 데리고 다시 떠나기 전에 부모님께 인사를 시키겠다고 말씀드렸다.

급히 준비된 저녁 식사가 들어왔고, 클레어는 자신의 계획을 좀더 상세히 설명했다. 어머니는 며느리를 보지 못한 게 못내 실망스러운 표정이었다. 테스에게 한창 빠져 있을 때 클레어가 했던 말들이 어머니의 모성애를 자극한 까닭에, 마침내 어머니는 나사렛에서 선한 인물이 나온 것처럼 탈보테이즈 목장에서도 참한 여자가 나올 것으로 생각하고 있는 듯했다. 어머니는 식사 중인 아들의 모습을 지켜보았다.

"에인절, 그 애가 어떻게 생겼는지 말해줄 수 없겠니? 당연히 예쁘겠지만 말이야."

"그거야 의심할 여지가 없어요!"

씁쓸함을 감추려고 그가 일부러 쾌활하게 말했다.

"순결하고 정숙한 건 두말할 필요도 없겠지?"

"순결하고 정숙하죠, 그럼요."

"안 봐도 눈에 선하구나. 요전 날 네가 그랬었지, 아주 인물이 좋다고 말이야. 통통한 체격에다 윤곽이 뚜렷한 진홍색 입술, 까만 눈썹과 속눈썹, 큰 배의 밧줄처럼 풍성하게 땋은 머리, 그리고 커다란 두 눈동자는 보랏빛에다 파랑색과 검정색이 섞여 있는 것 같다고 했었잖니."

"맞아요, 어머니."

"정말 눈에 선하구나. 그렇게 외진 곳에 살았으니, 널 만나기 전에는 당연히 젊은 남자라곤 거의 보지 못했을 거야."

"그랬을 테죠."

"네가 그 애의 첫사랑이니?"

"그럼요."

"세상엔 그 애처럼 순박하고 붉은 입술을 가진 건강한 시골 처녀들보다 더 나쁜 아내들도 있는 법이지. 왜 진작 이런 생각을 하지 못했는지 모르겠구나. 그래, 내 아들이 농사를 짓겠다니 그 아내는 들일에 익숙한 사람이 되는 게 옳은 일이겠지."

아버지는 어머니보다 질문을 덜 하셨다. 하지만 저녁 기도 전에 늘 하던 대로 성경 읽는 시간이 되었을 때, 클레어 신부가 부인에게 말했다.

"내 생각엔 에인절도 왔으니 평소 읽던 순서대로 하지 말고 잠언 삼십일 장을 읽는 게 더 좋을 것 같소."

"네, 좋아요. 르무엘 왕의 말씀을 얘기하시는군요(그녀는 남편만큼이나 성경의 장과 절을 인용할 줄 알았다)."

클레어 부인이 대답했다.

"얘야, 아버지께서 잠언에 나오는 정숙한 아내를 찬양하는 대목을 읽어주실 모양이구나. 분명 지금 이 자리에 없는 사람을 염두에 두고 택한 구절일 거다. 하나님, 그 애의 모든 인생길을 지켜주소서!"

클레어는 목이 메는 듯했다. 구석에서 간이 성서대를 꺼내 벽난로 앞 한가운데 놓고 늙은 하인 둘이 들어오자, 에인절의 아버지는 31장 10절부터 읽어 내려가기 시작했다.

"누가 현숙한 여인을 찾아 얻겠느냐 그 값은 진주보다 더하니라…… 밤이 새기 전에 일어나서 그 집 사람에게 식물을 나눠주며…… 힘으로 허리를 묶으며 그 팔을 강하게 하며 자기의 무역하는 것이 이로운 줄을 깨닫고 밤에 등불을 끄지 아니하고…… 그 집안일을 보살피고 게을리 얻은 양식을 먹지 아니하나니 그 자식들은 일어나 사례하며 그 남편은 칭찬하기를 덕행 있는 여자가 많으나 그대는 여러 여자보다 뛰어난다 하느니라."

기도가 끝나자 어머니가 말했다.

"아버지가 읽은 말씀 중에 특히 몇 구절은 네가 선택한 아내한테 아주 잘 어울린다는 생각이 드는구나. 너도 알다시피 완벽한 여자란 일하는 여자란다. 게으른 여자나 인물 좋은 숙녀가 아니라 남을 도우려고 자기 손과 머리와 마음을 쓸 줄 알아야 제대로 된 여자라고 할 수 있는 거야. '그 자식들은 일어나 사례하며 그 남편은 칭찬하기를 덕행 있는 여자가 많으나 그대는 여러 여자보다 뛰어난다 하느니라.' 에인절, 그 애를 벌써 만나보았으면 좋았을 것 같구나. 정숙하고 순결한 처녀라니 예절도 갖추었을 테고 말이야."

클레어는 도저히 더이상 견딜 수가 없었다. 그의 두 눈엔 눈물이 가득 고였고, 그것은 마치 녹아내린 납물 같았다. 그는 자신이 너무도 사랑하는, 신실하고 소박한 두 분께 서둘러 저녁 인사를 드렸다. 이들은 세상도, 육체도 몰랐고, 자신들 마음속에 든 악마조차도 모르는 분들이었다. 이것들은 모두 이분들과는 동떨어진 막연한 것들에 불과했다. 그는 자신의 방으로 향했다.

어머니가 그 뒤를 따라와 방문을 두드렸다. 방문을 열자 어머니가 걱정스런 눈빛으로 문 앞에 계셨다.

"에인절. 그렇게 급히 나가버리다니, 뭔가 잘못된 게 있는 거지? 아무래도 평소의 너 같지가 않아서 말이야."

"네, 어머니, 실은 좀 그래요."

"그 애 때문에? 얘야, 그렇구나, 그 애 때문이냐! 결혼한 지 삼 주밖에 안 됐는데 둘이 다툰 거니?"

"정확히 말하면 싸운 건 아니에요. 그렇지만 서로 맞질 않아서요……."

"에인절, 그 애 말이다…… 내력을 알아본다 해도 문제없는 처녀겠지?"

어머니의 본능으로 클레어 부인은 아들의 마음을 괴롭히는 것처럼 보이는 문제를 정확히 짚어냈던 것이다.

"흠 없이 깨끗한 여자예요!"

그는 이 대답을 하며, 지금 당장 지옥에 떨어진다 해도 이렇게 거짓말을 할 수밖에 없을 거라고 생각했다.

"그럼 다른 건 신경 쓰지 말거라. 따지고 보면, 이 세상에 순결한 시골 처녀보다 더 깨끗한 건 거의 없으니 말이다. 처음엔 너처럼 교육받은 사람들이 보기에 다소 거친 태도들이 눈에 띄겠지만, 같이 살면서 잘 가르치면 틀림없이 나아질 거다."

속사정도 모른 채 한없이 너그럽기만 한 어머니의 말은 심한 조롱처럼 들렸고, 클레어는 이 결혼이 자신의 진로를 완전히 망쳐버렸다는 걸 다시금 뼈저리게 느꼈다. 이런 생각은 그녀의 고백을 들은 후 처음엔 생각하지 못했던 것이다. 사실, 그 자신을 위해서라면 진로야 어떻든 별 상관이 없었지만, 부모님이나 형들을 위해선 적어도 부끄럽지 않은 모습을 보이고 싶었던 것이다. 그리고 그가 촛불을 바라보았을 때, 불꽃은 그에게 지각 있는 사람들을 비추는 것이지 한심한 얼간이나 실패자의 얼굴은 비추고 싶지 않다고 말하는 듯했다.

동요하던 마음이 가라앉자, 그는 부모님을 속일 수밖에 없는 상황을 제공한 불쌍한 아내가 불쑥불쑥 미워지곤 했다. 그는 마치 아내가 방에 있는 것처럼 성난 목소리로 그녀에게 말할 뻔했다. 이때 어둠 속에서 애처롭게 달래며 타이르는 그녀의 목소리가 들려왔고, 벨벳 같은 그녀의 입술이 그의 이마를 스쳤으며, 허공 속에서 따스한 그녀의 숨결이 느껴졌다.

이날 밤 그가 멸시하고 비난하던 여인은 자신의 남편이 얼마나 훌륭하고 좋은 사람인지를 생각하고 있었다. 하지만 이 두 사람 위에는 에인절 클레어가 느꼈던 그림자, 즉 그 자신의 한계라고 여겼던 그림자보다 더 짙은 그림자가 드리워져 있었다. 나름대로 독자적인 판단을 시도해보았음에도 불구하고 이 진보적인 청년에게 갑자기 어린 시절 가르침이 떠오를 때면, 아직 관습과 인습의 노예가 될 뿐이었다. 본질적으로 볼 때, 자신의 어린 아내가 죄악을 싫어하는 다른 여자들과 마찬가지로 르무엘 왕의 칭찬을 받을 만하며, 그녀의 도덕적 가치는 행위가 아닌 품성으로 판단해야 한다는 것을 어떤 예언자도 말해주지 않았고, 또 그 자신이 스스로 깨우칠 만큼 충분한 예지력도 없었다. 게다가, 대체로 이런 경우, 가까이 있는 사람은 가림 없이 모든 결점이 드러나므로 손해를 보지만, 멀리 떨어져 있는 사람은 먼 거리가 오점도 예술적인 장점으로 보이게 하므로 후한 평가를 받는 법이다. 그는 테스의 비본질적인 모습을 바라봄으로써 진정한 모습을 놓쳐버렸고, 결점이 있는 사람이 완전한 사람보다 오히려 더 나을 수 있다는 사실을 잊고 있었다.

40

아침 식사 시간에 브라질이 화제에 올랐다. 그곳으로 이민 갔던 몇몇 농부들이 1년이 못 되어 다시 돌아오고 말았다는 낙담스런 소식에도 불구하고, 모두들 클레어가 이 땅에서 계획하고 있는 실험에 관해 희망적인 견해를 가지려고 애썼다. 아침 식사 후 클레어는 작은 읍내로 가서 자신과 관련된 사소한 문제들을 처리한 후, 지방 은행으로 가 모든 돈을 인출했다. 돌아오는 길에 그는 교회 옆에서 머시 찬트 양과 마주쳤는데, 마치 교회 벽에서 불쑥 튀어나온 것 같았다. 그녀는 반 아이들에게 줄 성경을 한 아름 안고 있었고, 그녀의 인생관은 아무리 가슴 아픈 일이라도 행복한 미소로 받아들일 수 있다는 것이었다. 물론 부러워 보이긴 했지만, 에인절은 이것이 인간성을 신비주의에 억지로 희생시켜 얻어진 것이라고 생각했다.

그녀는 그가 영국을 곧 떠날 거라는 걸 알고 있었으며, 아주 훌륭하고 유망한 계획인 것 같다고 말했다.

"그래요, 상업적인 측면에선 충분히 가능성이 있는 사업이죠. 하지만 머시 양, 이건 생활의 연속성이 단절된다는 뜻이기도 해요. 어쩌면 수도원이 더 나을지도 모르겠어요."

"수도원이라뇨! 아, 에인절 클레어!"

"아니, 왜요?"

"이런 나쁜 사람! 수도원이라면 수도사를 뜻하고, 수도사는 로마 가톨릭이잖아요."

"로마 가톨릭은 죄악이고, 죄악은 멸망이다. 그러니 에인절 클레어, 당신은 몹시 위험한 상태에 있다, 뭐 이런 말을 하고 싶은 거로군요."

"저는요, 개신교에 관해 자부심을 갖고 있어요."

그녀가 단호하게 말했다. 그러자 클레어는 너무 괴롭고 참담한 심경이 되어, 원래 계획과는 달리 그녀를 가까이 불러 귀에 대고 그가 생각할 수 있는 가장 이단적인 생각을 악마처럼 속삭였다. 그는 그녀의 얼굴에 떠오른 공포를 보며 순간적으로 웃음을 터뜨렸지만, 자신의 행복에 대한 아픔과 염려가 몰려오자 곧 웃음을 그치고 말았다.

"머시 양, 날 용서해줘요. 그냥 미칠 것만 같아서!"

그녀는 그가 정말 그럴지도 모른다고 생각했다. 이렇게 만남을 끝내고 클레어는 다시 사제관으로 돌아왔다. 그는 더 행복한 날이 올 때까지 보석을 지방은행에 맡겨두기로 했다. 또한 30파운드를 함께 맡겨 몇 달 뒤 테스가 필요하면 보내주도록 했고, 그녀에게는 블랙무어 계곡에 있는 부모님 댁으로 편지를 써서 이 사실을 알렸다. 이미 준 돈—약 50파운드—도 있으니, 이 액수라면 그녀가 당분간 생활하는 데는 충분할 것이라 생각했고, 또 긴급한 일이 생기면 그의 아버지에게 연락하도록 일러두기도 했다.

그는 부모님께 그녀의 주소를 알려주어 연락을 취하도록 하는 건 좋지 않다고 생각했다. 또한 어머니나 아버지도 두 사람이 떨어져 지내게 된 진짜 이유를 몰랐기 때문에 굳이 주소를 알려고 하지 않았다. 그는 이날 중으로 사제관을 떠났다. 마무리해야 할 일을 마저 빨리 끝내고 싶었던 것이다.

영국 땅을 떠나기 전 그가 마지막으로 해야 할 일은 결혼 후 3일 동안 묵었던 웰브리지 농가를 방문하는 것이었다. 약간의 방세를 치러야 했고, 쓰던 두 방의 열쇠도 돌려주고, 남겨둔 두세 가지 물건을 가져와야 했던 것이다. 그의 인생에서 가장 깊고 어두운 그림자가 드리워져 있는 곳이 바로 이 지붕 아래였다. 하지만 거실 문을 열고 안을 들여다보는 순간, 가장 먼저 떠오른 기억은 그날 오후 두 사람이 행복하게 도착하던 순간이었다. 한집에서 같이 살게 되었다는 신선한 느낌, 함께 나눈 첫 식사, 서로 손을 잡고 벽난로 옆에서 나눈 이야기들이 떠올랐다.

그가 방문했을 때 주인 내외가 들에 나가고 없어서, 클레어는 한동안 혼자 집 안에 있었다. 마음속에 아직 말끔히 청산하지 못한 감정들이 되살아나면서 그는 자신이 결코 써보지 못했던 위층 그녀의 침실로 올라갔다. 침대는 그녀가 떠나던 날 아침 직접 정돈해둔 그대로 말끔해 보였다. 겨우살이는 그가 해둔 그대로 침대의 닫집 아래 매달려 있었다. 3, 4주 동안 그렇게 있었던 까닭에 색도 바래고 잎과 열매는 말라붙어 있었다. 에인절은 이걸 떼어내 벽난로 아궁이 속에 쑤셔 넣었다. 그 자리에 선 채 그는 처음으로 그 중대한 순간에 내린 자신의 결정이 관대한 것은 고사하고 과연 현명한 것이었는지 의심해보았다. 잔인할 정도로 편협하고 분별력이 없었던 건 아니었을까? 종잡을 수 없는 숱한 감정들이 교차하는 가운데 그는 침대 옆에 무릎을 꿇고 울음을 터뜨렸다.

"아, 테스! 좀더 일찍만 말해주었더라도 당신을 용서했을 텐데."

아래층에서 발소리가 나자 그는 자리에서 일어나 계단 꼭대기로 나갔다. 계단 아래 한 여자가 서 있는 게 보였다. 그녀가 고개를 돌리는 순간, 그는 그녀가 바로 창백한 얼굴에 검은 눈동자를 가진 이즈 휴에트라는 걸 알아보았다.

"클레어 씨, 두 분 내외를 보려고 왔어요. 안 계실지도 모른다고 생각했는데 다행이네요."

그는 이 처녀의 비밀을 짐작하고 있었지만 그녀는 그의 비밀을 아직 눈치 채지 못하고 있었다. 자신을 사랑했던 정직한 처녀로서 테스만큼 착하고, 아니 거의 그녀만큼 착하고 실질적인 농부의 아내가 될 만한 처녀였다.

"여기엔 나 혼자 있어요. 우린 지금 여기 살지 않아요."

여기에 왜 왔는지를 설명한 다음 그가 물었다.

"이즈, 어느 길로 해서 집으로 돌아갈 거요?"

"전 이제 탈보테이즈 목장에서 지내지 않아요."

"아니, 왜?"

이즈가 고개를 떨구었다.

"너무 울적하고 쓸쓸해서 떠났어요. 지금은 이쪽에서 지내고 있어요."

그녀가 반대쪽을 가리켰다. 마침 그가 가려던 방향이었다.

"그럼, 지금 갈 거요? 괜찮다면 태워다주겠소."

올리브빛을 띤 그녀의 안색이 더욱 짙어졌다.

"고마워요, 클레어 씨."

그는 곧 집주인을 만나 방세를 치렀고 갑자기 집을 떠나게 되어 생긴 몇 가지 일들도 함께 처리했다. 클레어가 다시 마차로 돌아오자 이즈가 그 옆에 올라탔다.

"이즈, 난 곧 영국을 떠날 거요."

그가 마차를 몰며 말했다.

"브라질로 갈 생각이오."

"클레어 부인도 거기 가는 걸 좋아하나요?"

"그 사람은 이번에 같이 가지 않아요. 그곳 사정이 어떤지 살펴보러 가는 거라서 말이오. 아마 일 년 정도 걸릴 거요."

이들이 동쪽으로 상당한 거리를 달리는 동안 이즈는 아무 말도 하지 않았다.

"다른 처녀들은 잘 있나요? 레티는 어때요?"

"그 앤 일종의 신경쇠약 상태예요. 너무 마르고 볼도 쏙 들어가서 꼭 죽어가는 폐병 환자 같더군요. 이젠 어떤 남자도 그 애를 사랑하지 않을 거예요."

이즈가 멍하니 말했다.

"그럼 마리안은?"

갑자기 이즈의 목소리가 낮아졌다.

"마리안은 술을 마셔요."

"설마!"

"사실이에요. 목장 주인도 그 애를 내보낼 수밖에 없었다고 하더군요."

"그럼 당신은?"

"전 술도 안 마시고 폐병 환자도 아니에요. 하지만…… 아침 식사 전에 곧잘 나오던 노래가 이젠 잘 안 돼요!"

"왜 그러지? 아침마다 젖을 짤 때면 '큐피드의 정원'이나 '재봉사의 바지' 같은 곡들을 참 근사하게 부르곤 했었는데, 기억나요?"

"아, 그럼요! 당신이 처음 왔을 땐 그랬었죠. 좀 지나서는 안 그랬지만요."

"왜 시들해진 거요?"

대답을 대신하듯 그녀의 검은 두 눈이 잠시 그를 쳐다보며 반짝 빛났다.

"이즈…… 그래요, 이해해요."

그가 다정하게 말했다. 그러고는 상념에 젖어들었다.

"그럼 말이오…… 내가 당신한테 청혼을 했다면 어땠을까?"

"그랬다면 '좋아요'라고 대답했을 거예요. 또 당신도 자신을 사랑하는 여자와 결혼했을 테고요!"

"정말이오?"

"그럼요, 정말이죠!"

그녀가 낮은 소리로 말했다.

"아, 세상에! 아직까지 그걸 몰랐단 말이에요?"

이윽고 이들은 마을로 향하는 갈림길에 이르렀다.

"전 여기서 내려야겠어요. 저기 살고 있거든요."

조금 전 사랑한다는 걸 시인한 뒤 아무 말이 없던 이즈가 불쑥 말했다.

클레어는 말의 속도를 늦추었다. 그는 자신의 운명에 대해 몹시 화가 났고 사회의 법칙에 심한 반감이 일었다. 이것은 그를 궁지에 몰아넣기만 할 뿐 거기서 빠져나올 수 있는 어떤 합법적 통로도 열어주지 않았기 때문이다. 이렇게 인습이라는 선생의 매를 혼자 고스란히 맞고 있느니, 차라리 앞으로의 가정생활을 제멋대로 해서 사회에 복수하는 건 어떨까?

"이즈, 난 브라질로 혼자 갈 거요. 아내와는 여행 때문이 아니라 사적인 이유로 헤어졌어요. 다시 합치지 않을지도 몰라요. 테스 대신 당신이 함께 가지 않겠소?"

"정말 저와 함께 가고 싶으세요?"

"그렇소. 난 너무 지쳐 이젠 쉬고 싶을 뿐이오. 적어도 당신은 날 사심 없이 사랑하잖소."

"좋아요…… 가겠어요."

잠시 생각하더니 이즈가 말했다.

"정말이오? 이즈, 이게 무슨 뜻인지 알고 있소?"

"당신이 거기 있는 동안 당신과 함께 산다는 거겠죠…… 전 이걸로 충분해요."

"한 가지 기억해야 할 건, 이제 도덕적인 관점에선 날 믿지 말라는 거요. 그리고 문명, 즉 서구 문명의 눈으로 보면 이건 분명 잘못된 짓이란 것도 알아둬야 할 거요."

"그런 건 상관없어요. 고통이 극에 달하면 어떤 여자라도 이렇게 할 거예요. 다른 길이 없으니까요!"

"그럼 내리지 말고 거기 그대로 앉아 있어요."

그는 갈림길을 지나 아무런 애정 표시도 없이 1킬로미터, 2킬로미터, 계속해서 달렸다.

"이즈! 날 아주, 아주 많이 사랑하오?"

그가 갑자기 물었다.

"그럼요, 이미 말씀드렸잖아요! 당신이 목장에 처음 왔을 때부터 줄곧 사랑했어요."

"테스보다 더?"

그녀는 고개를 가로저었다.

"아뇨, 테스보단 못해요."

그녀가 낮게 중얼거렸다.

"그건 왜?"

"누구도 테스보다 더 당신을 사랑할 순 없었으니까요! …… 테스는 당신을 위해서라면 목숨마저 버렸을 거예요. 전 그렇게는 할 수 없었어요!"

브올산 꼭대기의 예언자민수기 22장~24장의 내용으로, 저주의 주술로 이스라엘을 멸망시키려던 발락에 맞서, 여호와의 명에 따라 이스라엘에 축복의 예언을 했던 발람을 말한다처럼 이즈 휴에트도 그 순간 기꺼이 거짓을 말하고 싶었을 것이다. 하지만 워낙 테스의 인간미에 매료되어 있던 터라, 그녀의 거친 성격도 테스를 치켜세우지 않을 수가 없었다.

클레어는 아무 말이 없었다. 전혀 예상치 못한 곳에서 믿을 만한 사람으로부터 이처럼 적나라한 말을 듣고 보니 그는 가슴이 뜨거워졌다. 울음이 솟구치다 말고 목구멍에 걸려 있는 느낌이었다. 그녀의 말이 다시금 귓가를 맴돌았다.

"테스는 당신을 위해서라면 목숨마저 버렸을 거예요. 전 그렇게는 할 수 없었어요!"

"이즈, 우리가 했던 실없는 이야기는 잊어버려요."

그가 갑자기 마차를 돌리며 말했다.

"도무지 내가 무슨 말을 했는지 모르겠군! 이제 당신 집으로 가는 갈림길까지 데려다주겠소."

"제가 너무 솔직했나보군요. 이런 꼴을 당하다니! 아, 이제 전 어떻게 견디란 말이에요…… 어떻게…… 어떻게요!"

이즈 휴에트는 격한 눈물을 터뜨렸고, 자신이 했던 말을 되새기며 이마를 쳤다.

"이즈, 당신은 여기 없는 사람을 위해 작은 정의를 베풀었소. 지금 이 행동을 후회하는 거요? 아, 후회로 이걸 망치지 말아요!"

그녀는 점차 진정이 되었다.

"알겠어요. 무슨 생각으로 선뜻 따라가겠다고 했는지 저도 잘 모르겠네요. 그러니까 전…… 될 수 없는 일을 바란 거예요!"

"그래요, 내겐 이미 사랑하는 아내가 있소."

"맞아요, 사랑하는 아내가 있죠."

이들은 30분 전에 지났던 샛길 모퉁이에 이르렀고, 이즈는 마차에서 뛰어내렸다.

"이즈, 내가 순간적으로 경솔하게 굴었던 걸 잊어주겠소? 생각도 너무 짧았고 무분별한 짓이었소."

"잊으라고요? 절대, 절대로 그럴 수 없어요! 아, 전 조금도 경솔하게 생각하지 않았어요!"

그는 그 상처 입은 울부짖음을 통해 전해지는 비난이 너무 당연하다고 느꼈고, 말할 수 없는 슬픔에 휩싸인 채 마차에서 뛰어내려 그녀의 손을 덥석 잡았다.

"하지만 이즈, 어쨌든 서로 좋은 친구로 헤어지는 게 낫지 않겠소? 내가 지금껏 얼마나 큰 고통을 겪어야 했는지 당신은 모를 거요!"

그녀는 참으로 너그러운 처녀였고 더이상 가슴 아픈 말로 작별을 가로막지 않았다.

"당신을 용서하겠어요."

"자, 이즈,"

그가 엄숙하게 말을 꺼냈고, 그녀는 옆에 서 있었다.

"마리안을 만나면 어리석은 짓 하지 말고 이제 착한 사람이 되라고 말해줘요. 약속해줘요. 그리고 레티한테도 세상엔 나보다 더 훌륭한 사람이 많다는 것과 또 나를 위해서라도 지혜롭고 바르게 살아달라고 전해줘요. 이 말은 잊지 말아요. 지혜롭고 바르게…… 나를 위해서 말이오. 난 지금 죽어가는 사람의 심정으로 이들에게 이 말을 전하는 거요. 왜냐하면 다시는 이들을 보지 못할 테니까. 그리고 이지, 당신은 내 아내에 관해 너무도 솔직하게 말해주었고, 하마터면 순간적인 경거망동으로 아내를 배반할 뻔했던 날 구해준 셈이오. 여자들은 질투가 많은 법인데, 이런 걸 보면 남자들보다 나은 것 같소! 어쨌든 이번 일 때문에 난 당신을 결코 잊을 수 없을 거요. 지금처럼 늘 착하고 성실하게 살도록 해요. 그리고 날 부익한 애인이 아니라 믿을 만한 친구로 생각해줘요. 약속할 수 있겠소?"

그녀는 엄숙히 약속했다.

"하나님의 축복과 가호가 있으시길 빌게요, 클레어 씨. 안녕히 가세요!"

그는 계속해서 달렸다. 하지만 이즈는 샛길로 접어들어 클레어의 모습이 시야에서 사라지자마자 곧 억눌렸던 괴로움이 솟구쳐 둑길에 쓰러지고 말았다. 그날, 밤늦게 그녀가 어머니가 계신 집에 들어섰을 때 평소와는 달리 지치고 불안한 기색이 역력했다. 에인절 클레어와 헤어진 뒤 집에 도착할 때까지, 그녀가 어둠 속에서 몇 시간을 어떻게 보냈는지 아무도 알지 못했다.

클레어 역시 그녀와 작별을 고한 뒤 괴로움에 시달리며 입술을 떨고 있었다. 하지만 그의 슬픔은 이즈 때문이 아니었다. 그날 밤, 그는 하마터면 가장 가까운 기차역으로 가는 길을 버리고, 마차를 몰고 남부 웨섹스의 높은 산등성이를 가로질러 테스의 집으로 갈 뻔했다. 하지만 그렇게 하지 않은 것은 그녀의 성격을 멸시했다거나 그녀의 마음 상태를 짐작할 수 있어서가 아니었다.

그건 절대 아니었다. 자신에 대한 테스의 사랑은 이즈의 말을 통해 입증되었지만, 있었던 사실은 전혀 변한 게 아니었기 때문이다. 만약 그가 처음에 옳았다면 지금도 여전히 옳은 것이었다. 그리고 그가 들어선 길은 이미 가속이 붙어, 이날 오후 그에게 가해진 힘보다 더 강하고 갑작스런 충격으로 방향 전환이 이루어지지 않는 한 멈출 수 없게 만들었다. 그는 테스에게 금방이라도 돌아갈 수 있었을 것이다. 하지만 그날 밤 런던행 기차를 탔고, 5일 후 승선 항구에서 형들과 작별의 악수를 나누었다.

41

이제 우리는 이야기를, 앞서 그 겨울의 사건들이 있었던 때로부터 클레어와 테스가 헤어진 지 여덟 달이 더 지난, 10월의 어느 날로 옮겨 가보자. 테스의 처지는 상당히 바뀐 것 같다. 우리는 다른 사람에게 상자와 가방을 들게 하던 신부가 아닌, 예전에 신부가 아니었을 때와 마찬가지로 몸소 바구니와 보따리를 들고 다니는 외로운 여인을 목격하게 된다. 근신 중인 이 기간 동안 편히 지내도록 남편이 주고 간 상당한 액수의 돈은 어디로 갔는지, 그녀는 얄팍한 지갑만 내보일 뿐이다.

고향 말로트를 다시 떠난 이후, 테스는 그다지 힘들지 않은 일을 하며 봄과 여름을 보냈다. 블랙무어 계곡 서쪽으로, 고향집이나 탈보테이즈에서 똑같이 멀리 떨어진, 포트 브레디 근처 목장에서 주로 임시 고용인으로 가벼운 일들을 하며 보냈던 것이다. 그녀는 그가 준 돈으로 사는 것보다 이렇게 사는 게 더 좋았다. 정신적으로는 몹시 침체 상태였는데, 그녀가 하는 기계적인 작업은 이를 막기보다 오히려 조장하고 있는 형편이었다. 그녀의 의식은 다른 목장, 다른 계절에, 거기서 만났던 사랑하는 연인—내 사람으로 확실히 움켜잡은 순간 환영幻影처럼 사라져버렸던 사람—이 있던 곳에 가 있었다.

목장 일은 소들의 젖이 줄어들기 시작할 때까지만 계속되었다. 왜냐하면 탈보테이즈에서처럼 정식으로 고용된 게 아니라 임시로만 일했기 때문이다. 하지만 이미 추수철이 시작되고 있어서 더 많은 일거리를 얻으려면 목장에서 밭으로 옮겨가기만 하면 되었고, 이 일은 수확이 끝날 때까지 계속되었다.

클레어가 준 50파운드 중 부모님께 수고와 폐를 끼친 것에 대한 보상으로 드린 25파운드를 뺀 나머지는 거의 쓰지 않고 있었다. 하지만 불행히도 비가 자주 내리는 바람에 이 돈에 의지할 수밖에 없었다.

테스는 차마 이 돈을 쓸 수가 없었다. 에인절이 자신을 위해 은행에 가서 반짝거리는 새 돈으로 찾아와 손에 쥐어준 돈이었기 때문이다. 그의 손길이 닿은 이 돈은 그가 직접 건네준 선물이나 다름없었고—이 돈은 그와 그녀 자신의 추억만을 간직하고 있는 듯 보였다—이 돈을 쓴다는 건 그의 유품을 버리는 것과 같다는 생각이 들었던 것이다. 하지만 그녀는 이걸 쓸 수밖에 없었고, 돈은 조금씩 그녀의 손에서 빠져나갔다.

그녀는 때때로 어머니에게 자신의 주소를 알려야만 했지만 자신의 사정은 말하지 않았다. 그런데 돈이 거의 바닥날 무렵, 어머니로부터 편지 한 통이 도착했다. 한마디로 집안 사정이 몹시 어렵다는 이야기였다. 가을비에 지붕이 쓸려 내려가 새로 해야 하는데, 지난번 이엉 값도 갚지 못한 터라 지붕을 못 하고 있다는 것이었다. 서까래와 위층 천장도 새로 해야 하고 지난해 빚도 있어서, 모두 합치면 20파운드에 달하는 액수였다. 그녀의 남편은 돈 많은 재산가이고, 또 이때쯤 틀림없이 돌아왔을 테니 돈을 좀 보내줄 수 없겠냐는 내용이었다.

에인절이 부탁한 사람으로부터 30파운드가 곧 올 예정이었고, 사정이 너무 딱해 보였기에 테스는 돈이 오자마자 필요한 20파운드를 보냈다. 남은 돈의 일부는 겨울옷을 사는 데 써야 했기 때문에, 정작 코앞에 닥친 겨울 동안 쓸 돈은 거의 남지 않은 셈이었다. 마지막 한 푼까지 다 떨어지고 나자, 돈이 필요하면 언제든 자신의 아버지께 부탁하라던 에인절의 말이 생각났다.

하지만 테스는 아무리 생각해봐도 도저히 그럴 수가 없었다. 딱히 꼬집어 말할 순 없지만, 클레어에 대한 미묘한 감정, 자존심, 잘못된 수치심 때문에 자신의 부모님께 별거가 길어지고 있다는 사실을 숨겼고, 그가 떠날 때 꽤 많은 돈을 주었지만 지금은 자신도 어려운 처지라고 말하지 못했다. 아마 시부모님들은 이미 그녀를 멸시하고 있을 것이다. 그런데 비렁뱅이처럼 구걸하는 걸 보면 얼마나 더 멸시하겠는가! 결국 클레어 신부의 며느리는 자신의 처지를 시아버지께 알리지 않기도 했다.

시부모님께 연락하는 일이 꺼려지는 건 시간이 가면 점차 나아질 거라 생각했다. 하지만 친정 부모님께는 그 반대가 되어버렸다. 결혼 후 잠깐 친정에 들렀다 떠나올 때, 부모님께 남편과 합치게 될 거라는 인상을 주었고, 그때 이후로 줄곧 편히 지내며 그가 돌아오길 기다리고 있다는 이들의 믿음을 깰 만한 어떤 내색도 하지 않았던 것이다. 그녀는 그의 브라질 여행이 얼마 걸리지 않을 것이고, 그 후 그가 직접 자신을 데리러 오거나 아니면 그쪽으로 오라고 편지를 보낼 거라는 가망 없는 희망을 갖고 있었다. 어쨌든 그녀는 자신들이 곧 하나된 모습으로 가족들과 세상 앞에 모습을 드러내길 바랐다. 이처럼 그녀는 아직도 희망을 품고 있었다. 첫 번째 좌절을 말끔히 씻어낼 만큼 당당히 결혼식을 올리고, 부모님의 어려운 살림까지 도와드린 마당에, 남편에게 소박맞고 혼자 살아야 할 처지라고 알린다는 건 차마 못 할 일이었다.

그녀는 문득 보석 생각이 났다. 하지만 클레어가 이걸 어디에 맡겼는지는 알 수 없었다. 게다가 이걸 사용할 수만 있고 팔지는 못한다면, 어디에 있는지 알아본들 무슨 소용이겠는가! 설사 이 물건들이 완전히 자기 것이라 해도 법적 소유권을 내세워 원래 자기 것이 아닌 걸 이용해 잘살아 보겠다는 건 너무 비열한 짓인 것 같았다.

한편, 그녀 남편의 처지도 시련과 거리가 먼 것은 결코 아니었다. 이즈음, 그는 뇌우를 흠뻑 맞고 다른 힘든 일들로 무리한 나머지, 열병에 걸려 브라질 쿠리티바 근처의 진흙탕에 누워 있었다. 당시 브라질 정부의 장밋빛 약속에 홀려 그곳으로 건너갔던 영국인 농장주나 농장 노동자들 모두가 이 같은 처지였다. 이들은 영국의 고원 지대에서 밭을 갈고 씨를 뿌리며 온갖 궂은 날씨를 이겨낸 정도라면, 브라질 평원의 생소한 기후에도 잘 견뎌낼 수 있을 거라는 근거 없는 믿음을 갖고 이곳까지 왔던 것이다.

다시 테스 이야기로 돌아가 보자. 이렇게 해서 테스는 마지막 한 푼까지 다 쓰고 달리 돈이 생길 만한 구석도 없는 데다, 계절적으로 일자리 찾기가 점점 어려워지는 철이어서 참으로 딱한 처지가 되고 말았다. 그녀는 자신의 총명함과 활기와 건강과 의욕이 인생의 어느 영역에서든 진귀한 것임을 깨닫지 못하고 있었다. 그래서 집 안에서 하는 일들은 일부러 삼갔으며, 도회지와 대저택, 부유하고 세련되어 촌스러운 것과는 거리가 먼 사람들을 두려워했다. 바로 이런 인간들로부터 뱃속 검은 후견의 손길이 찾아들었기 때문이다. 어쩌면 사회란 그녀의 좁은 경험으로 바라보는 것보다 더 나은 곳인지도 모른다. 하지만 그녀는 이를 확인할 길이 없었고, 그 상황에선 본능적으로 이런 부류의 사람들을 피하는 수밖에 없었다.

그녀가 봄과 여름 동안 임시로 고용되어 젖 짜는 일을 했던 작은 목장들에는 더이상 일거리가 없었다. 추수도 모두 끝난 상태였다. 탈보테이즈에 가면 아마도 순전히 동정심으로나마 일거리를 줄지는 모르겠지만, 아무리 편히 지낼 수 있다 해도 그곳으로 돌아가고 싶진 않았다. 그토록 시끌벅적하게 나와놓고선 비참한 꼴로 되돌아간다는 건 그녀 자신이 용납할 수 없었고, 우상처럼 떠받들고 있는 남편에게도 욕을 보일 수 있기 때문이었다. 또한 애써 동정심을 보인다거나 이해할 수 없는 자신의 처지를 놓고 서로 숙덕거린다면, 그것도 견딜 수 없을 것이다. 하지만 자신의 이야기를 각자 마음속에만 두고 있다면, 설사 이들에게 자신의 처지가 알려진다 해도 견딜 만할 것 같았다. 그녀가 가장 신경 쓰이는 건 사람들이 자신을 두고 이러쿵저러쿵 수군대는 것이었다. 속에 담고 있는 것과 겉으로 떠들어대는 것의 차이가 뭔지 설명할 순 없지만, 테스는 자신이 이 차이를 느끼고 있음을 알았다.

그녀는 지금 이 고장 중심부에 위치한 고원 지대의 한 농장으로 가는 중이었다. 이리저리 떠돌다 그녀의 손에 닿은 마리안의 편지를 통해 알게 된 곳이었다. 마리안은 테스가 남편과 헤어졌다는 소식을 들어—아마 이즈 휴에트를 통해서였을 것이다—알고 있었다. 지금은 술을 많이 마시지만 원래 심성이 고운 이 처녀는 테스가 어려운 처지일 거라 생각하고 서둘러 이 옛 친구에게 편지를 띄웠던 것이다. 자신은 목장을 떠난 뒤 이 고원 지대로 왔으며, 여기는 여분의 일손이 필요한 곳이므로 만약 예전처럼 다시 일한다는 게 사실이라면, 여기서 그녀를 보았으면 좋겠다고 말이다.

낮이 짧아지고 밤이 길어지면서 남편의 용서를 받을 수 있을 거라는 모든 희망이 점차 사라지기 시작했다. 생각 없이 이곳저곳을 전전하는 그녀의 본능 속에는 야생동물의 습성 같은 게 있었다. 그녀는 한 걸음씩 옮길 때마다 파란만장한 과거로부터 점점 멀어져가며 자신의 정체성을 지워가고 있었고, 우연한 사건을 통해 자신의 행복에 지대한 영향을 미치게 될 이들이 재빨리 자신의 소재를 파악할지도 모른다는 생각 같은 건 하지도 않았다.

혼자 된 몸으로 겪어야 하는 어려움 중 외모 때문에 받게 되는 관심은 테스로선 상당히 부담스런 일이었다. 이것은 타고난 그녀의 매력에다 클레어로부터 배운 특별한 몸가짐이 더해져 더욱 구별되어 보였기 때문이다. 결혼을 위해 마련한 옷들을 입고 있는 동안에는 흘깃거리며 관심의 눈길을 받아도 별로 불편하지 않았지만, 들일하는 여자들처럼 작업복을 입게 되자 곧바로 거친 말들이 들려오곤 했다. 하지만 특별히 신변에 위험을 느낄 만한 일은 일어나지 않았다. 11월 어느 날 오후까지는 말이다.

그녀는 지금 향하고 있는 고원 지대 농장보다는 남서부의 비옥한 고장이 더 좋았다. 왜냐하면 무엇보다 그곳은 시아버지의 집과 가까웠고, 또 언젠가는 사제관을 방문할지도 모른다는 생각을 하고 있었던 터라, 아무도 몰래 이 고장을 돌아다닌다고 생각하면 왠지 기분이 좋았던 것이다. 하지만 일단 더 높고 건조한 곳으로 가겠다고 결정한 이상, 서둘러 초크-뉴턴 마을로 가는 게 옳았다. 그녀는 이 마을에서 하룻밤 묵을 생각이었다.

길은 길고 단조로웠으며, 해가 짧은 탓에 어느새 땅거미가 내려 주위가 어둑어둑해졌다. 언덕 꼭대기에 이르렀을 때, 언덕 아래로 구불구불한 내리막길이 한눈에 들어왔다. 이때 등 뒤로 발소리가 들리는가 싶더니, 곧바로 한 남자가 그녀를 따라잡았다. 그가 테스 옆으로 다가서며 말했다.

"안녕하시오, 예쁜 아가씨."

이 말에 그녀는 정중히 대답했다. 주위는 거의 어두웠지만 아직 하늘에 남아 있는 빛이 그녀의 얼굴을 비추었다. 남자가 고개를 돌려 그녀를 빤히 쳐다보았다.

"그래, 틀림없어. 트랜트리지에 있었던 그 젊은 아가씨야. 아마 더버빌 댁 젊은 나으리의 친구였지? 지금은 아니지만 나도 그때 거기 살았거든."

그녀는 이 남자가 여관에서 그녀한테 무례하게 말을 걸다 에인절에게 얻어맞은 돈 많은 농사꾼이라는 걸 알아보았다. 순간 날카로운 고통이 엄습했고, 그녀는 아무 대꾸도 하지 않았다.

"솔직히 말해, 그날 읍내에서 내가 한 말이 사실이잖소. 물론 당신 애인이야 그 때문에 몹시 흥분했었지만. 어때, 엉큼한 아가씨, 내 말이 맞지? 그 양반이 주먹질을 한 건 따지고 보면 모두 아가씨 때문이니까, 아가씬 내게 사과해야 하는 거요."

여전히 테스의 입에선 아무 대답도 나오지 않았다. 쫓기는 그녀의 영혼이 피신할 곳은 오직 하나밖에 없는 것 같았다. 그녀는 갑자기 뒤도 돌아보지 않은 채 바람처럼 달아나기 시작했고, 길을 따라 줄곧 달려 마침내 어느 조림지로 곧장 들어가는 열린 문 앞에 이르렀다. 그녀는 조림지 안으로 뛰어들어 아무도 찾을 수 없을 만큼 안전한 곳까지 깊숙이 들어갔다.

발밑에는 마른 나뭇잎들이 밟혔고, 낙엽수들 사이에서 자라고 있는 호랑가시나무 덤불은 바람조차 통하지 않을 만큼 빽빽했다. 그녀는 낙엽을 긁어모아 커다란 더미처럼 쌓은 다음 그 중간에다 잠자리를 만들었다. 그리고 그 속으로 기어 들어갔다.

이런 잠은 원래 깊이 들지 못하고 자주 깨게 마련이다. 그녀는 이상한 소리가 들리는 것 같았다. 하지만 바람 소리려니 하고 지나쳐버렸다. 그녀는 지구 반대편, 어느 따뜻한 나라에 가 있을 남편을 생각했다. 자신은 지금 이 추운 곳에 있는데 말이다.

'이 세상에 나보다 더 불행한 사람이 또 있을까?'

테스는 스스로 물음을 던져보았다. 그리고 자신의 피폐한 인생을 생각하며 중얼거렸다.

"모든 게 헛되도다."

그녀는 이 말을 기계적으로 반복하다 이것이 현대인의 삶에는 썩 적합하지 않다는 생각이 들었다. 솔로몬은 2,000년도 더 이전에 이미 이 생각에 도달해 있지 않았던가! 테스는 자신이 비록 사상가들보다 뛰어나진 않지만, 이들보다 훨씬 더 깊은 데까지 이르렀다고 생각했다. 만약 모든 게 헛되다면 누가 그걸 신경 쓰겠는가? 유감스럽게도 세상의 모든 것은 허무 이상이었다. 에인절 클레어의 아내는 손을 이마에 대고 둥그스름한 이마와 부드러운 살결 아래 느껴지는 눈언저리를 더듬으며, 언젠가는 살이 썩고 이 뼈만 드러날 날이 올 거라는 생각이 들었다.

"지금이 그날이었으면 좋겠다."

이처럼 부질없는 생각을 하던 중, 나뭇잎 사이에서 또다시 이상한 소리가 들렸다. 바람 소리일 거라 생각했지만 바람은 전혀 불고 있지 않았다. 어떨 땐 심장이 뛰는 소리 같고 어떨 땐 날개를 퍼덕이는 소리 같았다. 또 어떨 땐 숨을 헐떡이거나 그르렁거리는 소리 같기도 했다. 곧바로 그녀는 이 소리가 어떤 야생동물의 소리라고 확신했고, 처음엔 머리 위 나뭇가지에서 시작되었다가 곧이어 무거운 물체가 땅으로 떨어지는 소리를 듣고 나서는 더욱 확신이 들었다. 만약 그녀가 보다 즐거운 상황에서 편히 쉬고 있는 것이었다면 아마 깜짝 놀랐을 것이다. 하지만 인간세계를 벗어난 지금, 그녀에겐 두려울 게 전혀 없었다.

마침내 날이 밝았다. 하늘이 밝아지더니 잠깐 사이에 숲 속도 훤해졌다. 세상이 깨어 활동할 시간임을 알리는 변함없는 빛이 점점 강해지자, 그녀는 낙엽 더미에서 빠져나와 대담하게 주위를 둘러보았다. 그제야 그녀는 자신의 잠을 방해했던 게 무엇인지 깨달았다. 그녀가 은신처로 택했던 조림지에서부터 문제의 지점까지는 내리막으로 경사져 있었고, 그 너머 울타리 뒤쪽으로는 경작지가 펼쳐져 있었다. 나무들 아래에는 피투성이가 된 꿩들이 사방에 흩어져 있었다. 죽어 있는 것들도 있었고 힘없이 날개를 퍼덕거리는 것들도 있었다. 하늘을 쳐다보는 것들, 힘없이 숨을 몰아쉬는 것들, 몸부림치는 것들, 축 늘어진 것들, 이 모든 꿩들이 고통스럽게 몸을 비틀고 있었고, 다만 운 좋은 몇 마리는 더이상 고문을 견디지 못해 밤새 고통이 끝나 있었다.

테스는 이것이 어찌된 일인지 즉시 짐작할 수 있었다. 새들은 그 전날 사냥꾼들에게 쫓겨 이곳으로 날아들었던 것이다. 총을 맞고 바로 죽었거나 해지기 전에 죽은 것들은 사냥꾼들이 찾아 거둬 갔지만, 가벼운 상처를 입은 많은 것들은 멀리 달아나 어딘가에 숨어버렸다. 이렇게 해서 짙은 수풀 속에 숨은 것들 중 몇몇은 밤새 피를 흘리며 기력을 잃어가다 마침내 테스가 들었던 소리처럼 한 마리씩 바닥으로 떨어졌던 것이다.

그녀는 어릴 적에 이따금 이상한 옷차림을 하고 총을 겨눈 채, 피에 굶주린 듯한 눈빛으로 울타리 너머를 쳐다보거나 숲을 뚫어지게 쳐다보던 이런 사람들을 본 적이 있었다. 사람들 얘기로는 이들이 이 순간엔 거칠고 잔인해 보여도 1년 내내 그런 건 아니며, 가을과 겨울 몇 주 동안을 제외하면 실은 상당히 점잖은 사람들이라는 것이었다. 그런데 사냥철만 되면 마치 말레이 반도 원주민들처럼 미친 듯 날뛰며 오로지 생명을 죽이는 데만 혈안이 되어—이 경우, 이들의 취미를 충족시킬 요량으로 인공적인 방법으로 번식된 죄 없는 날짐승들이 그

희생자였다—자연의 많은 가족들 중 자기들보다 약한 자들에게 너무도 무례하고 비겁한 짓을 서슴지 않았던 것이다.

테스는 이 고통받는 새들이 마치 자기 자신인 것처럼 느껴졌고, 순간적으로 아직 목숨이 붙어 있는 것들을 어떻게든 고통에서 벗어나게 해주어야겠다는 생각이 들었다. 그래서 새들이 눈에 띄는 대로 자기 손으로 목을 비틀어 죽인 다음 사냥터지기들이 찾으러 올 때까지—이들은 대체로 오게 되어 있었다—제자리에 놓아두었다.

"가여운 것들…… 내가 세상에서 제일 불행한 줄 알았더니 이렇게 불쌍한 것들도 있었구나!"

그녀는 눈물을 철철 흘리며 새들의 목을 살며시 눌러 죽였다.

"그래도 난 어디 하나 아픈 구석 없이 온몸이 성하지 않은가! 어디가 찢긴 것도 아니고, 피를 흘리는 것도 아니고, 또 내 몸을 먹이고 입힐 수 있는 두 손도 이렇게 있고."

테스는 전날 밤 침울했던 자신이 오히려 부끄러워졌다. 이 침울함의 원인은 '자연'에는 아무런 근거도 없는데, 사회가 임의로 만들어놓은 법칙 때문에 벌을 받았다는 생각에서 온 것일 뿐이었다.

42

이제 환한 대낮이 되었고, 테스는 조심스레 큰길로 나와 다시 나아가기 시작했다. 하지만 조심할 필요가 전혀 없었다. 주위에 단 한 사람도 보이지 않았기 때문이다. 테스는 꿋꿋하게 앞으로 나아갔다. 지난밤 그 끔찍한 고통을 말없이 견뎌낸 새들을 떠올리며 그녀는 슬픔이란 상대적이라는 걸 알았고, 다시 한 번 마음을 굳게 먹고 주위의 평판 따위에 흔들리지 않는다면 자신의 슬픔도 견딜 수 있을 거라는 생각이 들었다. 그렇다 해도 클레어의 의견만은 무시할 수가 없었다.

테스는 초크-뉴턴에 도착해 한 여관에서 아침을 먹었다. 그런데 거기 있던 몇몇 남자들이 그녀의 외모를 보고 성가실 정도로 찬사를 보냈다. 어쨌든 언젠가 남편이 자신을 이렇게 봐줄지도 모른다는 생각이 들자, 그녀는 다시금 희망이 솟는 듯했다. 하지만 그런 기회가 왔을 때 놓치지 않으려면, 지금부터 몸 간수를 잘하고 치근대는 남자들을 멀리할 필요가 있었다. 이렇게 하려면 더이상 외모로 관심을 끄는 일은 없어야겠다는 생각이 들었다. 그래서 마을을 벗어나자마자 그녀는 잡목 숲으로 들어가, 바구니에서 낡은 작업복 하나를 꺼냈다. 이건 심지어 목장에서도 입지 않았고, 말로트의 그루터기 밭에서 일할 때 이후로는 한 번도 입지 않았던 옷이다. 또한 멋진 생각이 하나 떠올라 보따리에서 손수건을 꺼낸 다음, 마치 치통을 앓는 사람처럼 모자 밑으로 얼굴을 감싸 턱은 물론이고 뺨과 관자놀이가 절반 정도 가려지게 했다. 그러고는 손거울을 보며 작은 가위로 매정하게 눈썹을 싹둑 잘라버렸다. 이렇게 해서 저돌적인 찬사에 단단히 대비를 한 다음 그녀는 울퉁불퉁한 길을 다시 걸어가기 시작했다.

"별난 계집애를 다 보겠군!"

다음으로 마주친 남자가 자기 친구에게 말했다.

이 말을 듣는 순간, 테스는 자신의 신세가 너무 처량해 눈물이 났다.

'그래도 상관없어! 그럼, 난 괜찮아! 이제부턴 늘 이렇게 하고 다닐 거야. 에인절이 여기 없으니 날 돌봐줄 사람이 아무도 없잖아. 내 몸은 내가 지켜야지. 그는 내 남편이었지만 멀리 떠나버렸고, 이젠 날 사랑하지도 않을 테지. 하지만

난 여전히 그를 사랑해. 다른 남자들은 다 싫어. 비웃을 테면 비웃어보라지 뭐!'

이런 생각을 하며 테스는 계속해서 걸었고, 그녀의 모습은 마치 풍경의 일부인 듯했다. 회색 서지로 된 망토에다 빨간 털목도리를 하고, 모직 치마 위에 연갈색 낡은 작업복을 걸쳤으며, 누런 가죽 장갑을 끼고 있는 그녀는 겨울 복장을 한 순진하고 소박한 시골 여자의 모습이었다. 이 작업복은 비에 젖고 햇빛과 바람에 시달려 실밥들이 모두 늘어나고 해져 있었다. 이제 그녀에겐 젊음의 열정이라고는 흔적조차 남아 있지 않았다.

처녀의 입술은 차갑고
……
수수하게 틀어 올린 머리채는
그녀의 머리를 동여맸구나.

찰스 스윈번의 시 「프라골레타Fragoletta」의 한 구절

이 같은 겉모습 속에 빠끔히 드러난 눈은 사물을 보지 못하는 거의 무생물의 눈처럼 보였을지 모른다. 하지만 여기엔 세상의 무상無常함과 욕망의 잔인함, 그리고 사랑의 허무를 나이에 비해 너무 많이 알아버린, 살아 있는 삶의 기록이 담겨 있었다.

다음 날은 궂은 날씨였지만, 그녀는 계속해서 걸었다. 정직함, 올곧음, 공평함이라는 기본적 감정들은 그녀를 당황케 하는 일이 거의 없었기 때문이다. 그녀의 목표는 겨울 동안 지낼 일자리와 집을 얻는 것이었고, 더이상 허비할 시간이 없었다. 앞서 임시 고용인으로 일을 해보았던 그녀는 다시는 그런 일자리를 찾지 않겠노라 결심했었다.

이렇게 해서 그녀는 지금 마리안이 편지에 썼던 곳을 향해 가고 있었다. 그곳

은 일이 고되기로 소문이 자자해 별로 내키지 않았기 때문에, 최후의 방법으로만 생각했던 곳이다. 사실 처음엔 좀 가벼운 종류의 일거리를 알아보았지만 이것은 점점 가망이 없어 보였다. 그래서 다음엔 좀더 힘든 일로 옮겨가게 되었고, 결국 그녀가 가장 좋아하는 목장이나 양계장 일에서 시작해 가장 싫어하는 힘들고 거친 들일까지 하게 되었던 것이다. 이 들일은 정말 너무 힘들어 절대 자진해서는 하고 싶지 않았다.

이튿날 저녁때쯤 되어 그녀는 반구형 무덤들이 젖가슴처럼 달려 있는 울퉁불퉁한 백악질 고원에 이르렀는데, 이 고원은 그녀가 태어난 계곡과 그녀가 사랑하는 사람이 태어난 계곡 사이에 뻗어 있었다.

이곳은 대기가 아주 차갑고 건조했으며, 길게 뻗은 마찻길은 비가 내린 뒤 채 몇 시간도 지나지 않아 다시 하얀 먼지가 일었다. 나무들은 거의 없다시피 했고, 울타리 사이에서 자랄 법한 것들도 소작인들에 의해 무자비하게 잘려나가고 없었다. 이 소작인들은 나무와 수풀과 덤불의 천적이나 다름없었다. 그녀 앞으로 중간쯤에 벌배로우와 네틀컴 타우트의 봉우리들이 보였는데, 전혀 낯설지 않았다. 이 봉우리들은 어릴 적에 반대편 블랙무어에서 바라보면 하늘을 배경 삼아 높은 요새처럼 우뚝 솟아 있었는데, 이 고원에서 바라보니 낮고 겸손해 보였다. 남쪽으로 멀리 떨어진 곳에, 언덕들과 해안 지대의 능선들 너머로 잘 닦인 강철 표면 같은 것이 보였다. 바로 프랑스와의 사이에 놓여 있는 영국해협이었다.

그녀 앞으로 약간 낮은 지대에 마을의 흔적들이 보였다. 사실상 마리안이 머물고 있는 플린트컴-애쉬에 도착한 것이었다. 그녀는 별 수 없이 여기까지 오도록 운명 지어진 것 같았다. 주변의 거친 토양을 보니 이곳 일이 얼마나 고되고 힘들지 능히 짐작이 갔다. 하지만 이젠 좀 쉬고 싶었고, 더욱이 비가 내리기 시작했기 때문에 그녀는 이곳에 머물기로 작정했다. 마을 입구에 박공이 길가

쪽으로 튀어나온 농가가 한 채 있었다. 그녀는 숙소를 정하기 전, 이 박공 밑에 선 채 어둠이 내리는 걸 지켜보았다.

"누가 날 에인절 클레어 부인이었다고 생각하겠어!"

그녀가 중얼거렸다.

등과 어깨가 닿아 있는 벽이 따뜻하게 느껴지는 것으로 보아, 박공 안쪽이 이 집의 벽난로라는 걸 금방 알 수 있었다. 그 열기가 벽돌을 통해 전해졌던 것이다. 그녀는 두 손을 벽돌에 대고 녹인 다음 비에 젖어 빨개진 뺨을 따스한 표면에 갖다 댔다. 이 벽은 그녀에게 남은 유일한 친구인 것 같았다. 그녀는 여길 떠날 마음이 조금도 없었고, 밤새 이대로 머무를 수도 있을 것 같았다.

테스의 귀에 일이 끝나고 함께 모여 있는 이 집 식구들의 소리가 들렸다. 도란도란 주고받는 이야기 소리와 저녁을 먹느라 식기들이 부딪히는 소리도 들렸다. 하지만 거리엔 아직까지 한 사람도 눈에 띄지 않았다. 그녀의 고독은 한 여자의 등장으로 깨어졌다. 이 여자는 저녁 날씨가 추운데도 날염한 겉옷과 차양 달린 여름 모자를 쓰고 있었다. 테스는 직감적으로 그녀가 마리안일지도 모른다고 생각했는데, 어둠 속에서 얼굴을 알아볼 수 있을 만큼 가까이 다가서 보니 정말 그녀였다. 마리안은 전보다 한층 살이 찌고 혈색도 붉어졌지만 차림새는 더 초라해 보였다. 예전 같았으면, 테스는 이런 처지에서 옛 친구를 다시 만나고 싶지 않았을 것이다. 하지만 너무 외로웠던 터라 마리안의 인사가 반가울 따름이었다.

마리안은 질문을 하면서도 꽤 조심스런 눈치였고, 테스가 별거 중이라는 걸 들어서 어렴풋이 알고는 있었지만 그녀의 사정이 처음보다 별로 나아지지 않았음을 알고는 마음이 아픈 듯했다.

"테스, 아니 클레어 부인이지…… 사랑하는 그분의 아내가! 얘, 정말 사정이 이렇게 나쁜 거야? 그런데 예쁜 얼굴을 왜 이렇게 둘둘 싸매고 있어? 누구한테 맞았어? 설마 그분은 아니겠지?"

"아, 아냐, 절대 아냐! 그냥 남자들이 자꾸 치근대서 그런 거야, 마리안."

그녀는 괜한 오해를 주었구나 싶어 손수건을 홱 잡아당겨 벗어버렸다.

"그런데 옷에 칼라를 안 달았네(테스는 목장에 있을 때 작고 흰 칼라를 다는 습관이 있었다)."

"알고 있어, 마리안."

"오다가 잃어버렸구나."

"아니, 잃어버린 게 아냐. 실은, 난 이제 외모에 관심이 없어. 그래서 달지 않은 거야."

"그러고 보니 결혼반지도 안 꼈네?"

"아냐, 하고 있어. 사람들 앞에서 내보이지 않을 뿐이지. 리본에 달아 목에 걸고 있거든. 난 사람들이 나한테 관심을 갖는 게 싫어. 내가 누구랑 결혼했는지, 또 결혼을 했는지 안 했는지 궁금해하지 않았으면 좋겠어. 지금 이 상황에서 그런 게 알려지면 너무 불편할 것 같아."

마리안이 잠시 말을 중단했다.

"하지만 넌 지체 높은 분의 아내잖아. 이렇게 사는 건 결코 옳지 않은 것 같아!"

"아냐, 당연한 거야. 물론 난 몹시 불행하지만."

"글쎄, 이상하네. 그분은 너와 결혼했어. 그럼 불행할 리가 없잖아!"

"아내들이란 가끔 불행할 때도 있어. 남편의 잘못 때문이 아니라…… 바로 자신의 잘못 때문에."

"테스, 넌 잘못이 없어. 난 이걸 확신해. 그분도 마찬가지고. 그렇다면 분명 두 사람과는 상관없는 어떤 일이 있는 거야."

"마리아, 마리안, 이제 질문 그만하고 나 좀 도와줄래? 남편은 외국으로 가버렸고, 그가 남긴 돈마저 다 떨어졌어. 그래서 난 당분간 예전처럼 다시 일을 해야 해. 날 클레어 부인이라 하지 말고, 전처럼 그냥 테스라고 불러줘. 여긴 일손이 필요하다고 그랬지?"

"아, 그럼. 다들 잘 오려고 하지 않아서 늘 일손이 달리는 편이야. 여긴 굶어 죽기 딱 좋은 메마른 땅이라 밀하고 순무 외엔 재배할 수도 없어. 나도 여기서 일하고 있긴 하지만 네가 여기까지 오다니 정말 안됐어."

"넌 젖 짜는 일을 곧잘 했는데, 여긴 왜 왔어?"

"젖은 잘 짰었지. 하지만 술에 손대기 시작하면서부터 거기서 일을 그만뒀어. 제기랄, 이젠 술이 내 유일한 기쁨이야. 너도 여기서 일하게 되면 순무 캐는 일을 하게 될 거야. 나도 지금 그 일을 하고 있거든. 하지만 썩 내키진 않을 거야."

"아냐, 아무려면 어때! 나 대신 부탁 좀 해줄래?"

"네가 직접 말하는 게 더 나을 거야."

"알았어, 그렇게 할게. 마리안, 잘 기억해둬. 내가 여기서 일하게 된다 해도 그 사람 얘긴 절대 해선 안 돼. 그 사람까지 욕보이고 싶진 않거든."

마리안은 테스보다 성질이 거칠긴 했지만 정말 믿을 만한 처녀였고, 테스의 말대로 하겠다고 약속했다.

"오늘이 품삯 받는 날이야. 나랑 같이 가면 곧 알게 될 거야. 네가 행복해 보이지 않아 정말 마음이 아파. 하지만 그분이 여기 없으니까 그렇겠지, 뭐. 그분이 여기 계신다면야 네가 불행할 리가 없잖아. 설사 그분이 돈도 안 주고…… 또 널 일꾼처럼 마구 부려먹는다 해도 말이야."

"그래, 맞아. 불행할 리가 없지!"

이들은 함께 걸어서 곧바로 농장에 도착했다. 농장 건물은 그야말로 황량함 그 자체였다. 주위에 나무 한 그루 보이지 않았고, 계절이 계절인지라 푸른 풀밭조차 눈에 띄지 않았다. 일정한 높이의 울타리로 구획이 나눠진 드넓은 들판에는 아무리 둘러봐도 휴경지와 순무밖에 없었다.

테스는 일꾼들이 품삯을 다 받을 때까지 농장 건물 밖에서 기다렸다. 잠시 후 마리안이 그녀를 소개했다. 농장 주인은 집에 없는 것 같았고, 그의 부인이 이날 저녁 남편 대신 일을 처리하고 있었다. 그녀는 테스로부터 수태고지 축제일 수태고지는 마리아가 성령에 의해 잉태했음을 천사 가브리엘이 알려준 일을 기념하는 것으로, 기념일은 3월 25일이지만 구력으로 따져 4월 6일로 지키는 곳도 있다. 이날은 토지임대, 고용계약이 새로 시작되고 끝나는 연중 나흘 중 하루다까지 있겠다고 동의한다면 그녀를 고용하겠다고 했다. 지금은 여자들이 할 수 있는 밭일이 거의 없었지만, 여자들이 남자들만큼 잘할 수 있는 일이라면 품삯이 싼 여자를 쓰는 쪽이 유리했던 것이다.

계약서에 서명을 하고 나자 테스에겐 이제 숙소를 구하는 일만 남게 되었다. 그녀는 조금 전 몸을 녹였던 벽돌 박공이 있는 집에서 방 하나를 얻을 수 있었다. 그녀가 확보한 생계 수단은 아주 보잘것없었지만 어쨌든 이로써 겨울을 날 염려는 덜게 된 셈이었다.

그날 밤, 테스는 남편의 편지가 말로트에 도착할 경우를 대비해, 부모님께 편지를 써서 자신의 새 주소를 알렸다. 하지만 자신의 곤궁한 처지에 대해선 아무 말도 하지 않았다. 혹시라도 남편한테 비난을 퍼부을까봐 염려스러웠던 것이다.

43

플린트컴-애쉬 농장을 굶어 죽기 딱 좋은 메마른 땅이라고 단언했던 마리안의 말은 결코 과장이 아니었다. 이 땅에서 살이 올라 있는 건 마리안뿐이었고,

그녀마저도 실은 외지 출신이었다. 마을에는 세 종류가 있는데, 지주가 돌보는 마을, 마을 사람들 스스로 돌보는 마을, 그리고 지주도 마을 사람들도 돌보지 않는 마을이 있었다. 다른 말로 하자면, 지주가 거주하며 소작을 관리하는 마을, 자작농들이 경작하는 마을, 부재지주가 토지를 임대한 마을이 그것이었다. 플린트컴-애쉬는 이 중 세 번째에 해당했다.

그럼에도 불구하고 테스는 여기서 일을 하기 시작했다. 그녀의 인내심은 도덕적 용기와 조심스런 몸가짐이 결합되어, 이제 에인절 클레어 부인의 특성 중 큰 부분을 차지하고 있었고, 그녀를 지탱해주는 힘의 원천이기도 했다.

테스와 마리안이 작업하고 있는 순무 밭은 한 구획당 12만 평가량으로, 농장에서 가장 높은 지대인 돌투성이의 비탈 위쪽 땅이었는데, 백악질층에 규토질 지맥이 노출되어 있었으며, 둥글거나 뾰족하거나 남근男根 모양을 한 흰 차돌들이 사방에 흩어져 있었다. 순무의 위쪽은 가축들이 모두 뜯어 먹고 없었으므로, 여기서 두 여자가 할 일은 땅속에 묻혀 있는 나머지 절반의 뿌리를 '해커'라고 하는 호미를 이용해 캐내는 것이었다. 순무 잎이 다 먹히고 없어서 들판은 온통 황량하고 칙칙한 황갈색이었다. 마치 턱에서부터 이마까지 이목구비도 없이 얼굴 전체가 밋밋한 살갗으로만 뒤덮인 표정 없는 얼굴 같았다. 하늘 역시 색깔만 다를 뿐 마찬가지였고, 아무 특징 없이 희끄무레한 낯빛으로 텅 비어 있었다. 이처럼 위아래 두 얼굴은 하루 종일 서로 마주보고 있었다. 희끄무레한 얼굴은 갈색 얼굴을 내려다보고, 갈색 얼굴은 희끄무레한 얼굴을 쳐다보았으며, 이 둘 사이에는 갈색 얼굴 위를 파리처럼 기어 다니는 두 여자 이외에 아무것도 없었다.

아무도 이들 가까이 오지 않았고, 이들의 동작은 기계처럼 규칙적이었다. '로퍼'라고 하는 굵은 삼베옷—이 옷은 소매 달린 갈색 앞치마 모양으로, 속에 입은 옷들이 바람에 날리지 않도록 맨 밑까지 묶여 있었다—을 입은 이들의 모습은 꼭 수의를 입은 것 같았고, 치마 기장이 조금은 짧은 탓에 발목까지 올라온

반장화가 보였으며, 손목 덮개가 달린 길고 누런 양가죽 장갑을 끼고 있었다. 초기 이탈리아 회화를 눈여겨본 사람이라면, 차양 달린 모자를 쓰고 고개 숙인 이들의 사색적인 모습에서 '두 명의 마리아'를 떠올렸을 것이다.

두 사람은 이 풍경 속에 자신들이 만들어내는 쓸쓸한 모습을 인식하지 못한 채, 또한 자신들의 운명이 정당한지 부당한지 생각지도 않은 채, 몇 시간이고 계속해서 작업을 했다. 이들과 같은 처지에서도 희망을 품고 산다는 건 가능한 일이었다. 오후에 다시 비가 내리자 마리안은 더이상 일하지 않아도 된다고 말했다. 하지만 일하지 않는다면 삯을 받지 못하기 때문에 이들은 계속해서 일을 했다. 이 밭은 지대가 너무 높아 비가 미처 아래로 떨어질 틈도 없이 윙윙거리는 바람에 실려 수평으로 날아들었고, 유리 조각처럼 살갗에 박혀 이들의 온몸을 흠뻑 적셔놓았다. 테스는 이때까지 이 상황이 정말 뭘 의미하는지 모르고 있었다. 젖는 것도 정도가 있는데, 보통 대화에서는 조금만 젖어도 흠뻑 젖었다고들 한다. 하지만 밭에서 천천히 일을 하는 가운데, 빗물이 처음엔 다리와 어깨로, 다음엔 엉덩이와 머리로, 이어서 등, 이마, 옆구리로 스며드는 걸 느끼며, 납빛 햇살이 줄어들고 해가 졌다는 표시가 날 때까지 계속해서 일을 하려면 분명 약간의 극기와 심지어 용맹스러움까지도 필요했다.

하지만 이들은 생각했던 것만큼 그렇게 많이 젖었다고 느끼진 않았다. 둘 다 젊었고, 탈보테이즈 목장에서 함께 생활하며 사랑하던 시절의 이야기를 나누고 있었기 때문이다. 여름은 이 목장에 풍성한 파란 풀들을 선물로 주었는데, 이것은 사실상 모든 이들에게 해당되었지만 정서적으로는 두 사람에게 베풀어주는 것이나 마찬가지였다. 테스는 실상은 아니더라도 법적으로는 남편인 클레어에 관해 가능한 한 마리안과 이야기하고 싶지 않았다. 하지만 이 문제가 지닌 거부할 수 없는 매력 때문에, 마리안의 물음에 반응을 보이지 않을 수가 없었다. 이렇게 앞서 말한 대로, 비에 젖은 모자의 차양이 얼굴을 후려치고, 겉옷은 끈덕지게 달라붙었을지라도, 두 사람은 오후 내내 파란 들판과 화창한 날씨로 낭만적이던 탈보테이즈의 추억 속에 잠겨 지냈다.

"날이 좋으면 프룸 계곡에서 몇 킬로미터 떨어져 있는 산을 희미하게 볼 수 있어."

마리안이 말했다.

"아니, 정말이야?"

이곳의 새로운 면모를 발견한 듯 테스가 말했다.

이처럼 즐거움을 추구하려는 본능적 의지와 즐거움을 방해하려는 환경의 의지, 이 두 힘은 다른 모든 곳에서처럼 여기에서도 작용하고 있었다. 오후가 깊어지자 마리안의 의지는 주머니에서 흰 천으로 마개를 씌운 1파인트0.57리터짜리 병을 꺼냄으로써 기운을 돋우는 법을 알고 있었고, 테스에게도 마셔보라고 권했다. 하지만 테스는 술기운을 빌지 않아도 꿈을 꾸고 또 상승된 기분을 유지할 만한 힘이 있었으므로 입에 대는 시늉만 하고 거절했다. 그러자 마리안은 그 술을 쭉 들이켰다.

"이젠 습관이 돼서 도저히 끊을 수가 없어. 이게 내 유일한 위안거리야…… 너도 알다시피 난 그분을 잃었어. 넌 그렇지 않으니까, 술 없이도 잘 지낼 수 있겠지."

테스는 자신의 상실감도 마리안만큼 크다고 생각했지만, 적어도 서류상으로는 에인절의 아내였고 위신을 지켜야 했기에 마리안의 말을 그냥 받아들였다.

이런 상황 속에서, 테스는 아침 서리와 오후의 비를 맞으며 묵묵히 일을 해나갔다. 순무를 캐지 않을 땐 순무를 다듬었는데, 이 작업은 나중에 쓰기 좋도록 순무를 저장하기 전에 작은 낫으로 흙과 잔털을 긁어내는 일이었다. 이 작업을 할 때는 비가 와도 짚으로 엮은 이동식 울타리 옆에서 비를 피할 수 있었다. 하지만 서리가 내릴 때는 두꺼운 가죽 장갑을 껴도 얼어붙은 순무 덩어리를 만지다보면 손가락이 꽁꽁 얼어붙곤 했다. 테스는 여전히 희망을 품고 있었다. 그녀는 클레어 성격의 주요한 요소인 관대함이 조만간 그와 자신을 재결합시켜줄 거라 확신하고 있었다. 만약 그런 결합이 이루어진다면 순무를 다듬으며 보낸 이 겨울은 어떤 의미가 있을까?

이들은 종종 눈에 보이진 않아도, 바 계곡 혹은 프룸 계곡이 뻗어 있는 곳을 바라보곤 했다. 회색 안개로 뒤덮여 있는 이곳에 시선을 고정시킨 채 거기서 보냈던 옛 시절을 떠올리곤 했던 것이다.

"아, 옛 친구들 중 한둘이 여기 온다면 얼마나 좋을까! 그럼 매일 탈보테이즈를 여기 밭으로 옮겨와 그분 얘기도 하고, 거기서 보냈던 즐거운 때와 그때 알고 있던 이야기들도 하면서, 겉모습만이라도 그 시절로 되돌아갈 수 있을 텐데!"

그 시절로 되돌아간 듯 마리안은 눈시울을 적시며 목소리마저 울먹거렸다.

"이즈 휴에트한테 편지를 써야겠어. 내가 알기로 그 앤 지금 아무것도 안 하고 집에 있다고 들었거든. 우리가 여기 있다고 말하고 올 수 있는지 물어봐야겠어. 그리고 레티도 지금쯤 건강해졌을 거야."

테스는 이 제안에 아무 말도 하지 않았다. 그리고 이삼일 후 그녀는 탈보테이즈를 여기에 옮겨놓자는 계획에 관해 다시 듣게 되었다. 마리안 얘기로는 이즈가 그녀의 물음에 답장을 보내왔는데, 가능하면 오겠다고 약속했다는 것이다.

지난 몇 해 동안 이런 겨울은 없었다. 겨울은 체스를 두는 사람의 동작처럼 은밀하고도 정확하게 찾아왔다. 어느 날 아침, 몇 안 되는 외로운 나무들과 울타리의 가시나무들이 마치 식물의 껍질을 벗어던지고 동물의 가죽을 쓴 것처럼 보였다. 잔가지마다 밤새 나무껍질에서 자란 듯한 하얀 솜털들이 덮여 있어서, 평소 크기보다 네 배는 더 커 보였다. 덤불과 나무들 전체가 음울한 회색 하늘과 지평선 위에 흰 선으로 뚜렷이 그려놓은 소묘 같았다. 대기의 결정 작용으로 모습이 드러나기 전까지 전혀 보이지 않던, 헛간이나 벽의 거미줄들이 마침내 나타나 바깥채와 기둥과 출입문의 돌출부에 흰 털실 타래처럼 걸려 있었다.

이렇게 습기가 응결되는 철이 지나면 건조한 서리 철이 돌아왔다. 이때쯤 저기 북극 너머에서 낯선 새들이 플린트컴-애쉬의 고원 지대로 소리 없이 찾아들기 시작했다. 말라빠진 유령 같은 이 새들의 눈은 말할 수 없이 슬퍼 보였다. 인간은 상상조차 할 수 없는 접근 불능의 거대한 극지방에서, 어떤 인간도 견디지 못할 정도로 피를 얼어붙게 만드는 추위 속에 공포스런 대격변의 장면을 목격한 눈, 극광極光 속에서 빙산의 충돌과 설산의 붕괴를 목격한 눈, 거대한 폭풍우를 동반한 땅과 바다의 뒤틀림으로 반쯤 멀어버린 눈, 그리고 이 모든 광경들이 만들어낸 독특한 표정을 간직한 눈, 바로 이런 눈이었다. 이 이름 모를 새들은 테스와 마리안에게 상당히 가까이 다가왔지만 인간은 결코 보지 못할, 자신들만이 목격한 것에 대해 아무 말도 하지 않았다. 뭔가를 전해주고 싶은 여행자의 욕심은 이들의 몫이 아닌 것 같았다. 이들은 그저 무심한 표정으로 자신들의 의미 없는 경험을 모두 버린 채, 지금 이 거친 고원에서 벌어지고 있는 일을 말없이 지켜보았다. 이 방문객들에게 맛있는 먹을거리가 될 뭔가를 캐내기 위해, 호미를 들고 열심히 흙을 파헤치는 두 여인의 몸놀림을 말이다.

그리고 어느 날, 열려 있는 이 고장 대기 속으로 특별한 기운이 스며들었다. 비가 되지 않는 습기와 서리가 되지 않는 추위가 찾아온 것이었다. 이것은 두 여인의 안구眼球를 시리게 하고 이마를 찔러댔으며, 뼛속까지 침투해 오히려 몸속이 살갗보다 더 춥게 느껴질 정도였다. 두 사람은 눈이 올 징조라는 걸 알았고, 어김없이 밤중에 눈이 내렸다. 테스는 지나가다 발걸음을 멈춘 외로운 보행자에게 힘을 북돋워주었던 박공이 달린 집에서 계속 지내고 있었는데, 밤중에 잠이 깨어 지붕에서 나는 소음을 들었다. 꼭 지붕 위에서 온갖 바람들이 시합을 벌이는 것 같았다. 아침에 일어나려고 등불을 켜자, 눈이 창문 틈으로 스며들어

창문 안쪽에 고운 눈가루로 흰 원뿔을 만들어놓은 게 보였다. 또 굴뚝을 타고 내려온 눈이 바닥에 구두 밑창 두께만큼 쌓여, 그녀가 걸어 다닐 때마다 발자국이 찍혔다. 바깥에 눈보라가 얼마나 세차게 몰아치는지 부엌에도 눈발이 날릴 정도였지만, 아직 날이 어두워 문밖엔 아무것도 보이지 않았다.

테스는 순무 작업을 계속하기가 불가능하다는 걸 알았다. 쓸쓸한 등불 옆에서 아침 식사를 마칠 때쯤 마리안이 들어오더니 날씨가 좋아질 때까지 다른 여자들과 함께 밀 이삭 훑는 일을 하게 되었다고 말했다. 이윽고 캄캄하게 드리워졌던 어둠이 흩어지고 희끄무레한 회색으로 바뀌자, 이들은 곧바로 가장 두꺼운 옷을 걸치고 털목도리로 목과 가슴을 꽁꽁 싸맨 다음, 등불을 끄고 헛간으로 향했다. 이 눈은 새들을 따라 북극에서부터 하얀 구름 기둥처럼 몰려온 터라 눈

송이 하나하나는 보이지 않았다. 이 눈보라는 빙산과 북극해와 고래와 흰곰의 냄새를 실어 왔지만, 대지를 스치듯 지나갈 뿐 바닥에 깊이 쌓이지는 않았다. 두 사람은 몸을 숙인 채 울타리를 방패 삼아 휘몰아치는 눈발을 뚫고 계속 나아갔다. 하지만 이 울타리는 눈을 완전히 막아준다기보다 걸러주는 정도에 불과했다. 주위를 온통 장악해버린 흰 눈발 때문에 창백해진 대기는 눈보라를 괴팍스레 비틀고 휘돌려 그야말로 무채색의 혼돈을 연출해냈다. 하지만 젊은 두 여인의 기분은 나쁘지 않았다. 건조한 고원 지대에서는 이런 날씨가 걱정스러울 만큼 나쁜 게 아니었기 때문이다.

"하하! 그 영리한 북쪽 새들은 이렇게 눈보라가 몰아칠 줄 알았던 거야."

마리안이 말했다.

"틀림없어, 북극성이 있는 데서부터 줄곧 눈보라에 앞서 달려왔을 테니까. 테스, 네 남편은 요즘 찌는 듯한 무더위를 견디고 있을 거야. 그분이 지금 이 예쁜 아내를 볼 수만 있다면! 이런 날씨에도 네 미모는 조금도 변함이 없으니 말이야. 아니, 오히려 더 예뻐 보이는 것 같아."

"마리안, 내 앞에서 그이 얘긴 꺼내지 마."

테스가 단호하게 잘라 말했다.

"알았어, 하지만…… 넌 분명 그분을 좋아하잖아. 그렇지?"

대답 대신 테스는 눈물을 글썽이며 불쑥 남아메리카 쪽이라 생각되는 곳으로 고개를 돌렸다. 그러고는 입술을 내밀어 눈바람에다 뜨거운 키스를 했다.

"그래, 그래, 네 맘 다 알아. 그런데 결혼한 부부치고는 좀 이상하잖아! 알았어, 더이상 말하지 않을게! 참, 날씨 얘길 했었지. 밀 헛간에 가면 춥진 않을 거야. 하지만 밀 이삭을 훑는 건 끔찍하게 힘든 일이야. 순무 캐는 것보다 더 힘들거든. 난 보다시피 튼튼하니까 견딜 수 있지만 넌 나보다 말랐잖아. 주인이 왜 널 이 일에 배정했는지 모르겠어."

두 사람은 밀 헛간에 도착해 안으로 들어갔다. 길쭉한 건물 한쪽 끝에 밀이 가득 차 있었고, 가운데가 밀을 훑는 곳이었다. 밀을 훑는 틀 위에다 이미 전날 저녁에 밀단을 수북이 쌓아놓았는데, 낮 동안 여자들이 작업하기에 충분한 양이었다.

"아니, 이즈가 왔잖아!"

마리안이 말했다.

정말 이즈였다. 이즈가 앞으로 나왔다. 그녀는 전날 오후 어머니 집에서부터 줄곧 걸어왔는데, 이렇게 먼 곳인 줄 몰랐기 때문에 생각보다 늦어졌고 눈이 내리기 직전에 도착해 주막에서 하룻밤 묵었다고 했다. 주인이 시장에서 그녀의 어머니와 계약을 했는데, 오늘 중으로 오면 그녀를 고용하겠다고 했던 터라, 늦어서 주인을 실망시킬까봐 몹시 걱정했다는 것이다.

테스, 마리안, 이즈 이외에도 이곳엔 인근 마을에서 온 두 여자가 더 있었다. 마치 아마존의 여전사 같은 자매였는데, 이들이 스페이드의 여왕인 까무잡잡한 카와 그녀의 동생 다이아몬드의 여왕이라는 걸 기억해내고 테스는 깜짝 놀랐다. 트랜트리지에서 한밤중에 그녀에게 시비를 걸어왔던 바로 그 자매였던 것이다. 이들은 테스를 전혀 알아보지 못하는 것 같았다. 아마 테스 아닌 누구라도 알아보지 못했을 것이다. 이들은 그때 술에 잔뜩 취해 있었고, 여기에서처럼 그곳에서도 잠시 머무는 뜨내기였기 때문이다.

이들은 우물 파기, 울타리 만들기, 도랑 파기와 땅 파기 같은 남자들이 하는 일을 자진해서 했고, 피곤하거나 힘든 기색도 전혀 보이지 않았다. 또 밀 이삭을 훑는 데도 아주 능숙했기 때문에 세 여자를 다소 무시하는 듯 거만하게 쳐다보았다.

모두 장갑을 끼고 틀 앞에 한 줄로 서서 작업을 시작했다. 이 틀은 두 기둥 사이에 대들보를 가로질러 연결한 구조물로, 대들보 밑에 밀단이 놓여 있었다. 대들보는 두 기둥에 있는 못에 걸도록 되어 있었고, 밀단이 줄어들면서 서서히 아래로 내려왔다.

날이 점점 환해졌다. 하지만 이 빛은 하늘로부터 아래로 내려오는 게 아니라, 땅에 반사된 빛이 헛간 문을 통해 위로 새어 들어왔다. 여자들은 틀에서 밀단을 한 아름씩 뽑아냈다. 하지만 남의 추문이나 들춰대는 그 이상한 여자들 때문에 마리안과 이즈는 처음엔 하고 싶은 옛날 이야기를 맘껏 할 수 없었다. 잠시 후 말발굽 소리가 들리는가 싶더니 농장 주인이 헛간 문 앞에 나타났다. 말에서 내린 그는 테스에게로 다가오더니 그녀의 옆얼굴을 유심히 살펴보았다. 테스는 처음엔 돌아보지 않았지만, 그가 움직이지 않는 걸 보고는 고개를 돌렸다. 그 순간 자신의 고용주가 바로 큰길에서 자신의 과거를 들먹거려서 피해 달아났던 그 트랜트리지 토박이라는 걸 알았다.

그는 그녀가 다 훑은 밀단을 밖의 밀짚 더미에다 옮겨놓을 때까지 기다렸다. 그러고는 말을 꺼냈다.

"내 정중함을 그렇게 나쁜 쪽으로 받아들였던 바로 그 아가씨지? 사람이 새로 들어왔다는 소릴 하기에 곧바로 아가씨인 줄 알았지! 그래, 처음에 애인하고 여관에 있을 때, 또 다음에 길에서 도망칠 땐 날 이겼다고 생각했겠지. 하지만 이젠 내가 이긴 것 같군."

그는 심술궂게 웃으며 말을 마쳤다.

아마존 여전사들과 농장 주인 사이에 끼인 테스는 마치 덫에 걸린 새처럼 꼼짝도 못한 채 계속 밀단만 훑어댔다. 그녀는 이 농장 주인의 치근거림은 전혀 겁낼 게 없다는 걸 분별할 정도로 이제 사람을 알아볼 줄 알았다. 다만 클레어한테 얻어맞은 분풀이로 자신을 학대할까봐 걱정이었다. 그녀는 남자들이 이렇게 못살게 구는 게 오히려 더 나았고, 또 얼마든지 참아낼 수 있었다.

"내가 아가씨한테 흑심을 품고 있다고 생각했나보지? 하긴, 여자들 중엔 그냥 쳐다보기만 해도 자기가 아주 대단한 줄로 착각하는 바보들이 있긴 하지. 그런 젊은 것들 머릿속에서 허튼 생각을 없애려면 겨울 밭에 내보내는 게 제일이야. 수태고지일까지 일하기로 서명했더군. 자, 이쯤에서 나한테 용서를 구하는 게 어때?"

"용서는 당신이 나한테 해야 할 것 같은데요."

"그래? 그럼 좋을 대로 해봐. 하지만 여기 주인이 누구인지는 알아둬야 할 거야. 오늘 아가씨가 턴 밀단이 이게 단가?"

"네, 그래요."

"정말 형편없군. 저기 저 사람들이 해놓은 걸 좀 봐. (건장한 두 여자를 가리키며) 다른 사람들도 모두 아가씨보단 많이 했잖아."

"저들은 모두 전에 경험이 있는 사람들이에요. 전 오늘 처음이구요. 게다가 이건 자기가 한 만큼 돈을 받은 거니까 당신하곤 상관없는 것 아닌가요?"

"아, 당연히 상관이 있지. 난 이 헛간을 빨리 치우고 싶거든."

"그럼 다른 사람들이 두 시에 가더라도, 전 오후 내내 일하겠어요."

그는 언짢은 표정으로 그녀를 쳐다보더니 가버렸다. 테스는 이보다 더 나쁜 곳은 없을 거라 생각했지만, 그래도 치근대는 것보다야 나았다. 두 시가 되자 전문적인 솜씨의 여자들은 술병에 남은 반 파인트의 술을 들이켜더니 낫을 내던지고 마지막 밀단을 묶은 다음 나가버렸다. 다른 때 같았으면 마리안과 이즈도 그랬을 것이다. 하지만 테스가 솜씨 부족의 탓을 시간으로 보충하겠다고 했던 말을 듣고는 가려 하지 않았다. 밖에는 여전히 눈이 내리고 있었다. 밖을 내다보며 마리안이 소리쳤다.

"이제 우리 세상이야!"

그리하여 마침내 대화는 옛날 목장에서 있었던 이야기들로 돌아갔다. 물론 여기엔 에인절 클레어를 사랑했던 이야기도 포함되어 있었다.

"이즈, 마리안."

에인절 클레어 부인이 위엄 있게 말했다. 목에 힘을 주긴 했지만, 스스로 얼마나 하찮은 아내인가를 생각하니 그녀는 가슴이 너무 아팠다.

"난 이제 전처럼 너희가 남편 이야기를 하는 데 끼어들 수가 없어. 그 이유는 너희도 잘 알 거야. 비록 지금은 내 곁을 떠나 있지만 그래도 그인 내 남편이니까."

이즈는 클레어를 사랑했던 네 처녀들 중 성격이 가장 노골적이고 신랄한 편이었다.

"그분이 아주 근사한 애인이었다는 건 의심할 여지가 없어."

그녀가 말했다.

"하지만 그렇게 빨리 네 곁을 떠난 걸 보면 그리 좋은 남편은 아닌 것 같아."

"그이는 가야만 했어…… 갈 수밖에 없었지, 그곳 땅을 살펴보러 말이야."

테스가 둘러댔다.

"네가 겨울을 넘기도록 해줄 수도 있었을 텐데."

"아, 그건 우연한 사건 때문이었어…… 오해가 좀 있었거든. 우린 그 일로 서로 다투고 싶지 않았어."

테스가 울먹거리며 대답했다.

"그이한테 할 말이 정말 많은데! 하지만 다른 남자들처럼 말도 없이 가버린 건 아냐. 또 그이가 어디 있는지 맘만 먹으면 언제든 알아볼 수도 있고."

그리고 모두 한참 동안 생각에 잠겨 일을 계속했다. 밀 이삭을 잡고 밀짚을 뽑아낸 다음 이것을 겨드랑이에 모아서 낫으로 이삭을 잘라내는 과정이 이어졌고, 헛간에는 바스락거리는 밀짚 소리와 낫으로 치는 소리 외에 아무 소리도 들리지 않았다. 그런데 이때 테스가 갑자기 스르르 주저앉더니 발밑 밀짚 더미에 쓰러졌다.

"내 이럴 줄 알았어. 못 견딜 것 같더라니!"

마리안이 소리를 질렀다.

"이런 일을 하려면 너처럼 말라빠져선 안 돼."

바로 그때 농장 주인이 들어왔다.

"아니, 내가 없으면 금세 이 모양이구만."

그가 마리안에게 말했다.

"하지만 이건 내 손해지 당신 손해가 아니잖아요."

그녀가 대꾸했다.

"어쨌든 빨리 끝내야 해."

그는 고집스레 말하고, 헛간을 가로질러 다른 문으로 나갔다.

"저 사람은 신경 쓰지 마. 나쁜 사람은 아니야."

마리안이 말했다.

"전에 여기서 일한 적이 있어서 잘 알아. 넌 저쪽에 가서 누워 있어. 이즈하고 내가 네 몫까지 마무리할게."

"너희들한테 부담을 주고 싶지 않아. 키도 내가 더 크잖아."

하지만 그녀는 너무 힘이 들어 잠시 누워 있기로 하고 헛간 저쪽에 쌓아둔 밀짚 더미—곧은 밀짚을 추려내고 남은 부스러기들—에 등을 기대고 누웠다. 그녀가 쓰러진 건 일이 힘든 탓도 있었지만 주 원인은 남편과의 별거 문제가 다시 나오자 몹시 흥분했기 때문이다. 그녀는 의식은 있으되 의지는 전혀 없는 상태로 누워 있었고, 두 사람이 밀짚을 훑고 이삭을 자르는 소리는 천근만근 무겁게만 느껴졌다.

구석에 누워 있는 그녀의 귀에 이 소리 이외에 두 사람이 나누는 이야기 소리도 희미하게 들려왔다. 좀 전에 꺼낸 이야기를 계속하고 있는 게 분명했지만, 목소리가 너무 작아 주고받는 내용을 알아들을 순 없었다. 테스는 이들이 무슨 이야기를 하고 있는지 너무 궁금한 나머지, 억지로 기운을 차리고 일어나 다시 일하기 시작했다.

그런데 이번엔 이즈 휴에트가 쓰러졌다. 그녀는 전날 저녁 20킬로미터가 넘게 걸은 데다 자정에 잠이 들어 새벽 다섯 시에 일어났던 것이다. 마리안 혼자, 술과 튼튼한 체격 덕택에 등과 팔이 아픈 것도 모른 채 꿋꿋이 버티고 있었다. 테스는 이즈를 설득해, 이젠 몸이 많이 좋아져서 그녀 없이도 일을 마칠 수 있으며, 밀단 숫자도 똑같이 나눌 테니 걱정 말고 들어가라고 했다.

이즈는 이 제안을 고맙게 받아들였고, 큰 문을 나가 숙소로 향하는 눈 덮인 길로 사라졌다. 술기운 덕택에 매일 오후 이맘때가 되면 그렇듯, 마리안은 낭만적인 분위기에 젖어들기 시작했다.

"그분이 그럴 줄은 몰랐어…… 정말로!"

그녀가 꿈꾸는 듯한 어조로 말했다.

"너무도 좋아했었는데! 그분이 널 선택한 것까진 괜찮아. 하지만 이즈한테는 너무한 거야!"

테스는 이 말에 너무 놀라 하마터면 낫으로 손가락을 벨 뻔했다.

"지금 내 남편 말이니?"

그녀가 말을 더듬었다.

"응, 그렇다니까. 이즈가 너한테는 말하지 말라고 그랬지만 도저히 참을 수가 있어야지! 그분이 이즈한테 그랬대. 자기랑 같이 브라질로 가자고 말이야."

테스의 표정이 바깥 풍경만큼이나 하얗게 변하는가 싶더니 다시 돌아왔다.

"그래서 이즈가 거절했대?"

"그건 잘 모르겠어. 어쨌든 그분이 다시 마음을 바꾸었다나봐."

"칫…… 그럼 진심으로 그런 게 아니었네. 남자들이 흔히 하는 장난이었을 뿐이야!"

"아냐, 진심이었어. 그 애를 데리고 역 쪽으로 한참이나 달렸다고 했거든."

"그래도 데려간 건 아니잖아!"

두 사람은 말없이 일을 계속했다. 그러다 갑자기 테스가 울음을 터뜨리기 시작했다.

"이런! 말하지 말았어야 하는 건데!"

마리안이 말했다.

"아냐, 잘했어! 난 지금껏 슬퍼하며 괴로워할 줄만 알았지, 우리가 어떻게 될지는 미처 생각지 못했어! 그이한테 좀더 자주 편지를 했어야 하는 건데. 그이는 자기한테 오지 말라고 했지만 그렇다고 편지까지 못 쓰게 하진 않았거든. 이젠 이렇게 가만있지 않을 거야! 모든 걸 그이한테만 맡겨둔 건 잘못이었어! 너무 무심하고 게을렀던 거야!"

헛간에 비치던 희미한 빛이 점점 더 어두워지면서, 더이상 일을 할 수 없게 되었다. 그날 저녁 테스는 집으로 돌아오자 곧 회칠한 자신의 작은 방으로 들어가 클레어에게 맹렬하게 편지를 써 내려가기 시작했다. 하지만 자꾸 의심이 들어 편지를 마무리할 수가 없었다. 마음을 진정시킨 후 그녀는 목에다 소중히 걸고 있던 리본에서 반지를 빼내 밤새 손가락에 끼고 있었다. 마치 자신을 떠나자마자 곧바로 이즈한테 함께 국외로 나가자고 말한 이 도피적인 남자의 진짜 아내가 바로 자신이라는 걸 다짐하려는 듯 말이다. 하지만 이 사실을 다 알아버린 마당에 어떻게 그에게 애원의 글을 쓰고, 또 변함없이 그를 사랑하고 있다고 말할 수 있겠는가?

44

헛간에서 들은 마리안의 이야기 때문에 그녀의 생각은 최근 들어 자주 생각나는, 멀리 떨어진 애민스터 사제관 쪽으로 다시금 기울기 시작했다. 클레어는 자기한테 편지를 쓰고 싶으면 부모님을 통하라고 했고, 또 어려움이 있을 때도 그분들께 부탁하라고 했었다. 하지만 도덕적으로 아무것도 요구할 권리가 없다는 마음 때문에 테스는 그에게 편지를 보내고 싶다가도 곧 그만두곤 했었다. 그래서 결혼 이후, 사제관에 계신 시부모님은 친정 부모님과 마찬가지로 사실상 존재하지 않는 분들이나 다름없었다. 이처럼 양쪽 집에 모두 모습을 드러내지 않는 것은 마땅히 받을 만한 자격이 안 된다면 어떤 호의나 동정도 바라지 않는 그녀의 독립적인 성격에서 비롯된 것이었다. 그녀는 일어서든 쓰러지든 자기 힘으로 헤쳐가기로 마음먹었고, 한순간 충동적으로 교회 명부에 자신의 이름과 그의 이름을 나란히 올렸다고 해서, 낯선 가족들에게 단지 서류 조각에 불과한 가족 구성원으로서의 자격을 요구하진 않기로 했던 것이다.

하지만 이즈의 이야기로 열병 같은 괴로움을 겪고 나자, 그토록 참으려고 애썼던 그녀의 인내력도 한계에 도달하고 말았다.

'왜 남편은 편지를 보내오지 않는 걸까? 최소한 자신의 소재는 알려주겠노라 분명히 암시했었는데, 아직까지 주소를 알리는 소식 한 줄 없다니, 정말 마음이 떠나버린 걸까? 아니면 어딘가 아프기라도 한 걸까? 내가 먼저 편지를 해야 하지 않을까?'

그녀는 너무 걱정스런 나머지 결국 용기를 냈고, 사제관을 찾아가 왜 그 사람한테 소식이 없는지를 알아보고 자신의 애타는 심정도 전해야겠다고 생각했다. 만약 에인절의 아버지가 그에게서 들은 대로 훌륭한 분이라면 인정에 굶주려 있는 그녀의 처지를 딱하게 여길 것이다. 어려운 생활이야 보이고 싶지 않으면 숨길 수도 있을 테고 말이다.

평일에는 농장을 마음대로 떠날 수 없었기 때문에 일요일만이 유일한 기회였다. 플린트컴-애쉬는 아직 기차가 들어오지 않는 백악질 고원지대의 한가운데 있는 터라 걸어가는 수밖에 없었다. 게다가 오가는 거리가 각각 24킬로미터나 되어 이 임무를 완수하려면 하루가 꼬박 걸릴 것 같았다.

2주 후 눈이 녹고 된서리가 내리자, 그녀는 도로 사정이 좋은 때를 보아 일을 실행에 옮기기로 했다. 출발하던 날, 일요일 새벽 세 시에 아래층으로 내려온 그녀는 집을 나와 별빛 속에 길을 떠났다. 날씨는 여전히 우호적이었지만, 발밑 땅바닥은 대장간의 쇠모루처럼 소리가 울렸다.

마리안과 이즈는 이 나들이가 그녀의 남편과 관계된 것임을 아는 터라 상당한 관심을 보였다. 이들의 숙소에서 테스가 묵고 있는 길가까지는 상당한 거리였음에도 불구하고, 일부러 찾아와 그녀가 떠나는 걸 도와주며, 시부모님의 마음에 들려면 가장 예쁘게 차려입고 가야 한다고 거들기도 했다. 하지만 테스는 클레어 신부가 엄격한 칼뱅주의적 신앙을 지닌 분이라는 걸 알고 있었기 때문에 이들의 말에 신경 쓰지 않았다. 슬픈 결혼을 한 지도 어느덧 1년이 지났지만, 그때 충분한 옷을 마련해두었기 때문에, 그녀는 최신 유행이라 자부하진 못해도 순박한 시골 처녀로서 아주 매력적으로 보일 만큼 차려입을 수는 있었다. 그녀는 분홍빛 얼굴과 목에 어울리는 흰 레이스가 달린 연회색 모직 드레스에다 검은 벨벳 저고리를 입고 모자를 썼다.

"이렇게 예쁜 모습을 네 남편이 볼 수 없다니, 정말 안됐어…… 정말이지, 너무 예뻐!"

문지방에—바깥의 싸늘한 별빛과 방 안의 누런 촛불 사이에—서 있는 테스를 바라보며 이즈 휴에트가 말했다. 이즈는 상황이 상황이니만큼 자신의 속내를 누르며 너그럽게 말했다. 그녀는 테스 앞에서만은 도저히 반감을 보일 수 없었다. 하긴 개암나무 열매보다 큰 마음을 가진 여자라면 누구라도 그랬을 것이다.

테스는 이상하게도 같은 여자들에게 따뜻하고 강인한 느낌을 주었고, 앙심이나 경쟁심 같은 다분히 무가치한 여성적 감정들은 여기에 압도되어버리고 말았다.

마지막으로 여기저기 매만지고 가볍게 솔질을 마친 다음 이들은 그녀를 가게 놓아주었다. 마침내 테스는 이른 새벽 진주빛 대기 속으로 빨려 들어갔다. 이들의 귀에 큰 걸음으로 딱딱한 도로 위를 성큼성큼 걸어나가는 테스의 발소리가 들렸다. 이즈조차도 그녀가 부디 성공하길 바랐다. 이즈는 자신의 인품이 특별히 존경스럽다고 생각하진 않았지만, 클레어가 순간적으로 유혹했을 때 친구를 배반하지 않았던 것이 기쁘고 뿌듯했다.

이날은 클레어가 테스와 결혼한 지 딱 하루가 모자라는 1년 전이었고, 그가 테스를 떠난 지는 불과 며칠 모자라는 1년 전이었다. 그렇지만 건조하고 맑은 겨울 아침에 백악질 산등성이의 희박한 대기를 뚫고, 이 같은 용건을 가지고 기운차게 걸어간다는 것도 나쁘진 않았다. 집을 나설 때 그녀의 꿈은 일단 시어머니의 마음을 사로잡아 자신의 내력을 모두 말씀드리고 확실하게 자기편으로 만든 다음, 이리저리 시간을 끌고 있는 남편을 되찾는 것이었다.

곧이어 그녀는 거대한 절벽 가장자리에 이르렀고, 이 절벽 아래엔 여전히 새벽안개에 휩싸인 블랙무어 계곡이 뻗어 있었다. 고원 지대의 무채색 공기와는 달리, 저 아래 대기는 짙푸른 색이었다. 토양에 익숙해진 그녀가 일하고 있는 이곳은 40만 평방미터나 되는 거대한 농장이었지만, 저 아래는 2만 평방미터가 채 못 되는 작은 밭들이었고, 그 숫자가 너무 많아 위에서 보니 꼭 그물코를 보는 듯했다. 이곳 풍경은 희끄무레한 갈색이었고, 저 아래는 프룸 계곡처럼 언제나 초록색이었다. 하지만 바로 이 계곡에서 그녀의 슬픔이 싹텄기 때문에 전처럼 이곳이 마음에 들진 않았다. 다른 이들도 마찬가지겠지만, 그녀에게 아름다움이란, 사물 그 자체에 있는 게 아니라 그것이 무엇을 상징하느냐에 달려 있었다.

계곡을 끼고 오른쪽으로 돌아 그녀는 꾸준히 서쪽으로 나아갔다. 힌톡을 지나 하이-스토이나 럽든 힐을 비껴가며, 셔튼-애버스에서 캐스터브리지로 가는 큰길을 직각으로 꺾어 들어갔다. 그리고 계속해서 오르막길을 따라 크로스-인-핸드에 이르렀다. 이곳에는 기적이나 살인, 혹은 두 가지 모두가 있었다는 걸 표시하는 돌기둥이 말없이 처량하게 서 있었다. 5킬로미터를 더 가서 그녀는 롱-애쉬 레인이라고 불리는, 지금은 버려진 로마 시대의 직선도로를 가로질렀다. 그러고는 곧바로 언덕을 가로질러 내려가, 작은 도시인지 마을인지 모르겠지만 에버셰드라고 하는 곳에 도착했다. 이로써 목적지까지 절반 정도 온 셈이었다. 그녀는 여기서 걸음을 멈추고 두 번째 아침을 양껏 먹었다. 여관은 피하고 싶었기 때문에 소우-앤드-에이콘이라는 여관에서 먹는 대신 교회 옆 농가에서 먹었다.

남은 여정은 벤빌 레인을 따라가며 좀더 쉬운 고장들을 통과하도록 되어 있었다. 하지만 자신과 목적지 사이의 거리가 줄어듦에 따라 자신감도 줄어들었고, 그녀의 용건은 더욱더 두렵게만 느껴졌다. 이처럼 목적은 점점 뚜렷해지고 풍경은 희미해지는 바람에 그녀는 이따금 길을 잃을 뻔하기도 했다. 하지만 정오 무렵, 그녀는 애민스터와 사제관이 위치한 분지의 가장자리에 있는 어느 문 옆에서 걸음을 멈췄다.

그 순간 신부와 성도들이 모여 있을 것으로 여겨지는 네모난 종탑이 그녀의 눈에 엄한 모습으로 비쳤다. 그녀는 어떻게든 평일에 오려고 애써볼걸 하는 생각이 들었다. 아무리 훌륭한 분이라도 그녀의 사정과 형편을 모른다면, 일요일에 찾아온 여자에게 편견을 가질 수도 있기 때문이었다. 하지만 이젠 계속 가는 수밖에 다른 방법이 없었다. 그녀는 지금까지 신고 왔던 두꺼운 장화를 벗고 에나멜 가죽으로 된 얇고 예쁜 구두를 신었다. 그러고는 벗은 장화를 쉽게 되찾을 수 있도록 문기둥 옆 울타리 안에 넣어둔 다음 언덕을 내려갔다. 시린 공기를 맞으며 붉어졌던 혈색은 사제관이 가까워지자 자신도 모르게 점점 사라져갔다.

테스는 자신에게 도움이 될 어떤 사건이라도 생겼으면 싶었지만 그런 일은 일어나지 않았다. 사제관 마당에 심어진 관목들이 매서운 바람에 불안하게 흔들리고 있었다. 그녀는 이렇게 가장 좋은 옷을 차려입고 아무리 상상력을 동원해봐도, 이 집이 자신과 가깝다는 생각이 들지 않았다. 하지만 성품이든 감정이든 본질적인 면을 따지자면 이들과 조금도 다르지 않았다. 고통, 기쁨, 생각, 탄생, 죽음 그리고 사후 세계에 이르기까지 이들은 모두 똑같았다.

그녀는 애써 용기를 냈고, 여닫이문으로 들어가 초인종을 눌렀다. 이로써 일은 벌어진 셈이었고, 여기서 물러설 순 없었다. 아니, 일은 아직 벌어진 게 아니었다. 아무도 초인종 소리에 대답하지 않았던 것이다. 다시 초인종을 누르려면 용기가 필요했다. 그녀는 두 번째로 벨을 눌렀다. 잔뜩 긴장한 데다 10킬로미터를 걸어왔던 피로까지 겹쳐, 그녀는 기다리는 동안 몸을 지탱하기 위해 한 손으로 엉덩이를 잡고 팔꿈치를 현관 벽에 기댔다. 바람이 어찌나 차고 건조한지 담쟁이 잎들은 시들어 회색으로 변해버렸고, 이 잎들이 바스락거리는 소리가 자꾸만 그녀의 신경을 건드리며 불안하게 했다. 고기를 쌌던 피 묻은 종잇조각이 쓰레기통에서 나와 문밖 길가에 어지러이 날아다니고 있었는데, 내려앉기엔 너무 가볍고, 날아가기엔 너무 무거운 듯했다. 여기에 지푸라기 몇 개가 날아와 함께 떠돌았다.

두 번째 벨 소리는 더 크게 울렸지만 여전히 아무도 나오지 않았다. 그녀는 현관에서 물러나 문을 열고 밖으로 나왔다. 그러고는 다시 들어갈 마음이라도 있는 듯 잠시 의심스런 눈초리로 건물 전면을 바라보았다. 하지만 그녀는 문을 닫으며 안도의 한숨을 내쉬었다. 그녀의 머릿속엔 혹시 자신이 누군지 알아보고—어떻게 알았는지는 몰라도—안으로 들이지 말라는 지시가 내려진 게 아니었을까 하는 생각이 계속 맴돌았다.

테스는 집 모퉁이까지 걸어갔다. 이로써 그녀가 할 수 있는 건 모두 한 셈이었다. 하지만 앞날이 불행해지는 한이 있더라도 현재의 두려움을 피하지는 않겠다고 다짐했던 터라, 집을 거꾸로 지나가면서 모든 창문 하나하나를 쳐다보았다.

아…… 해답은 다른 데 있었다. 집안 식구들이 모두 교회에 있었던 것이다. 그녀는 에인절이 말하던 것이 기억났다. 그의 아버지는 하인을 포함한 모든 식솔들이 아침 예배를 드려야 한다고 주장했고, 그래서 집으로 돌아오면 늘 식어빠진 음식을 먹게 된다는 얘기였다. 따라서 예배가 끝날 때가지 기다리기만 하면 되는 것이었다. 하지만 이곳에서 계속 기다리면 사람들 눈에 띄게 되므로, 교회를 지나 골목길로 들어가기로 했다. 하지만 교회 문 앞에 이르렀을 때, 사람들이 막 쏟아져 나오기 시작했고, 테스는 순식간에 이들 틈에 끼게 되었다.

애민스터 교인들은 작은 시골 마을의 교인들이 한가로이 집으로 돌아가다 외지에서 온 듯한 낯선 여자를 본 것처럼 그녀를 바라볼 뿐이었다. 그녀는 울타리 사이에 눈에 띄지 않게 피해 있어야겠다는 생각에 재빨리 왔던 길을 거슬러 올라갔다. 신부 가족이 점심 식사를 마칠 때까지 기다리는 게 이들이 자신을 맞이하기에 더 나을 거란 생각이 들어서였다. 그녀는 곧 교인들과 멀어지게 되었다. 그런데 팔짱을 낀 두 청년이 빠른 걸음으로 그녀의 뒤를 따라왔다.

이들이 가까이 다가오자 열심히 토론을 벌이고 있는 이들의 목소리가 들렸다. 이런 상황에 놓인 여자의 빠른 직감으로, 그녀는 이들의 목소리가 남편의 목소리와 닮은 데가 있음을 놓치지 않았다. 이들은 남편의 두 형이었다. 테스는 자신의 계획은 다 잊어버린 채, 이들 앞에 나설 준비도 안 된 흐트러진 상태에서 이들이 자신을 따라잡지나 않을까 하는 불안에 사로잡혔다. 물론 두 사람이 자신을 알아볼 리야 없겠지만 그녀는 본능적으로 이들을 자세히 살피기가 두려웠다. 이들이 걸음을 재촉할수록 그녀의 걸음도 덩달아 빨라졌다. 이들은 긴 예배 시간 동안 앉아 있느라 얼어붙은 손발도 녹일 겸 식사하러 집으로 들어가기 전에 빠른 걸음으로 잠시 산책을 할 요량이었던 것이다.

테스 앞에 언덕길 위로 딱 한 사람이 걸어가고 있었다. 숙녀처럼 보이는 젊은 여자로, 매력은 있어 보였지만 왠지 쌀쌀맞고 고상한 척하는 새침데기 같았다. 테스가 이 여자를 거의 따라잡았을 때, 그녀의 시아주버니들도 그녀의 등 뒤까지 따라와 있어서 두 사람의 이야기가 모두 들렸다. 하지만 이들의 대화에는 특별히 관심을 끌 만한 게 없었다. 이때 앞에 가는 여자를 보고, 한 사람이 말했다.

"저기 머시 찬트로군. 따라가 보자."

테스는 이 이름을 알고 있었다. 양가 부모님이 에인절의 평생 반려자로 정해 두었다던 바로 그 여자였다. 자신이 끼어들지 않았다면 아마 그는 그녀와 결혼했을 것이다. 설령 사전에 이 사실을 몰랐다 해도 잠시 후면 곧 알게 되었을 것이다. 두 형들 중 한 명이 이렇게 말했던 것이다.

"아! 불쌍한 에인절, 불쌍한 녀석! 저 근사한 아가씨를 볼 때면 그 녀석의 경솔함에 더 화가 치민단 말이야. 그 젖 짜는 아가씨인가 뭔가 하는 처녀랑 성급히 결혼만 하지 않았어도 좋았을 텐데. 참 별스럽기도 하지. 지금은 둘이 합쳤는지 어떤지 모르겠군. 몇 달 전 들은 얘기로는 서로 떨어져 있다던데."

"저도 모르겠어요. 요즘은 저한테도 통 소식이 없으니까요. 서로 견해차가 생기면서 멀어지기 시작했는데 잘못된 결혼을 하고 난 뒤에는 완전히 딴사람이 되어버렸다니까요."

테스는 언덕길을 더 빨리 올라갔다. 하지만 너무 빨리 앞서 가면 오히려 관심을 끌게 될까봐 그럴 수가 없었다. 마침내 두 사람은 그녀를 따라잡았고 그녀 옆을 지나갔다. 여전히 앞서 가던 젊은 숙녀가 이들의 발소리를 듣고는 돌아섰다. 서로 인사말과 악수를 주고받은 다음 세 사람은 함께 나아갔다.

이들은 곧 언덕 꼭대기에 이르렀고, 분명 이곳을 산책의 끝으로 염두에 둔 듯

세 사람은 걸음을 늦추더니 돌아서 문 쪽으로 향했다. 한 시간 전 테스가 이곳으로 내려오기 전에 잠시 걸음을 멈추고 숨을 돌렸던 바로 그 문이었다. 이야기를 나누다가 형제 중 한 명이 우산으로 조심스레 울타리를 뒤지더니 무엇인가를 밝은 데로 끌어냈다.

"헌 장화가 있네."

그가 말했다.

"거지나 다른 누군가가 버린 모양이군."

"아마 맨발로 도시로 내려가 동정심이나 얻어보려는 어떤 사기꾼일 거예요."

찬트 양이 말했다.

"맞아요, 틀림없어요. 이것 좀 봐요, 아주 좋은 장화잖아요, 전혀 해진 데도 없고요. 정말 나쁜 사람이네요! 집에 가져가 가난한 사람한테 주어야겠어요."

장화를 발견했던 커스버트 클레어가 구부러진 지팡이 고리로 이것을 집어 올려 그녀가 잡을 수 있게 해주었다. 이렇게 해서 테스의 장화는 남의 손에 넘어가고 말았다.

이 모든 얘기들을 듣고 있던 테스는 모직 베일로 얼굴을 가린 채 이들을 지나쳤다. 잠시 후 뒤돌아보니, 이 교인 일행은 장화를 들고 문을 벗어나 언덕을 내려가고 있었다.

여기서부터 우리의 주인공은 다시 걷기 시작했다. 주체할 수 없는 눈물이 앞을 가리며 뺨을 타고 줄줄 흘러내렸다. 이들의 행동을 자신에 대한 비난으로 받아들이는 것은 한낱 감상에 불과하며 쓸데없이 민감해진 탓이라는 걸 그녀는 알고 있었다. 그런데도 이 생각에서 벗어날 수가 없었다. 무방비 상태인 그녀의 능력으로는 이 같은 불행의 조짐들을 과감히 거부할 수 없었던 것이다. 사제관으로 다시 돌아간다는 건 생각할 수도 없는 일이었다. 에인절의 아내는 이 최고의 성직자들—그녀의 눈엔—이 자신을 조롱하며 이 언덕 위에 내팽개쳐 버린 것처럼 느껴졌다. 아무리 이들이 모르고 그랬다 해도, 그녀가 아버지가 아닌 아들들을 만난 건 불행이었다. 아버지였다면, 아무리 편협한 분이라 해도 이들보다는 훨씬 덜 경직되고 덜 냉혹했을 것이며, 또 사랑과 자비가 넉넉했을 테니 말이다. 흙 묻은 장화 생각이 다시 나자, 그녀는 이들의 조롱거리로 전락하고 만 이 신발이 너무 애처로웠고, 신발 주인의 인생 또한 참으로 절망적이라는 생각이 들었다.

"아!"

자신의 처량한 신세를 생각하며 그녀가 한숨을 내쉬었다.

"그들은 그이가 사준 이 예쁜 구두를 아끼려고 내가 그 장화를 신고 험한 길을 헤쳐왔다는 걸 몰랐을 거야. 맞아, 그걸 알 리가 없지! 이 예쁜 드레스 색깔도 그이가 골라준 건데, 당연히 몰랐겠지. 맞아, 어떻게 알겠어? 설령 알았다 해도 그들은 개의치 않았을 거야. 그이를 별로 좋아하지 않으니까, 불쌍한 사람!"

그녀는 인습이라는 판단의 잣대로 자신에게 이 모든 슬픔을 안겨준 사랑하는 그 사람을 위해 울었다. 그리고 그 아들들을 보고 시아버지를 평가함으로써 마지막 결정적인 순간에 용기를 잃어버린 것이 그녀의 인생에서 가장 불행한 일이었다는 걸 알지 못한 채 길을 떠났다. 당시 그녀의 처지로 볼 때, 충분히 클레어 씨 부부의 동정을 살 수 있었기 때문이다. 이들은 사소한 절망을 느낀 사람들의 미묘한 정신적 고통에 대해서는 관심도 주의도 기울이지 않았지만, 극한 절망에 빠져 있는 사람들에게는 서슴지 않고 마음 문을 여는 사람들이었다. 그래서 '세리稅吏'나 '죄인'들에게는 동정을 쏟으면서도, '율법학자'들이나 '바리새인'들의 근심에 대해선 한마디 위로 정도는 해줄 수 있으련만 그것마저 잊어버리곤 했다. 이러한 이들의 결함 혹은 한계 때문에, 이 순간 이들의 며느리는 이들의 사랑을 받게 될 잃어버린 양으로 당연히 선택될 수 있었을 것이다.

이로써 테스는 희망에 넘치기는커녕 자신의 인생에 위기가 다가오고 있다는 확신으로 가득 차 다시금 왔던 길로 터벅터벅 되돌아가기 시작했다. 겉보기엔 어떤 위기도 일어나지 않았고, 나머지 겨울 동안 그 척박한 농장에 계속 붙어 있는 것 이외에 아무것도 할 일이 없었다. 사실, 그녀는 돌아오는 길에 베일을 걷어버릴 정도로 자신에 대한 충분한 관심을 갖게 되었다. 이는 마치 머시 찬트가 보여줄 수 없는 얼굴을 적어도 자신은 보여줄 수 있다는 걸 세상에 알리려는 것 같았다. 하지만 곧 비참한 심정으로 고개를 흔들었다.

"아무것도 아냐…… 아무것도 아냐! 아무도 좋아하지 않고 아무도 보지 못했어. 나처럼 버림받은 여자의 얼굴에 누가 신경을 쓰겠어!"

농장으로 돌아가는 길은 앞으로 나아가는 것이라기보다 정처 없이 헤매는 것에 더 가까웠다. 기운도 없고 목적도 없이 그저 발걸음 닿는 대로 내디딜 뿐이었다. 이처럼 따분한 벤빌 레인을 따라 계속 가다보니 피로가 몰려들기 시작했다. 테스는 문에 기대거나 이정표 옆에서 잠시 숨을 돌리기도 했다.

그녀는 아무 집으로나 들어가지 않고 10여 킬로미터를 더 걸어, 길고 가파른 언덕을 내려갔다. 이 언덕 아래엔 그녀가 아침에 지금과는 정반대로 희망차게 식사를 했던 '에버셰드'라는 마을이 있었다. 그녀가 다시 찾은 교회 옆 농가는 거의 마을 끝에서 첫 번째 집이었다. 주인 여자가 식품 저장실에 우유를 가지러 간 사이, 테스는 거리를 둘러보며 사람들이 하나도 보이지 않는다는 걸 알았다.

"다들 오후 예배에 갔나보죠?"

그녀가 물었다.

"아냐."

노파가 말했다.

"그러기엔 너무 이른 시간이지. 종도 아직 안 울렸는걸. 다들 스프링 반에 설교를 들으러 간 거야. 예배 사이에 어떤 전도자가 와서 설교를 하는 모양인데, 사람들 말로는 아주 훌륭하고 열렬한 기독교인이라더군. 젠장, 그래도 난 안

가! 난 늘 듣는 설교만으로도 충분히 뜨거우니까."

테스는 곧 마을로 들어갔고, 마치 죽은 자들의 도시에 온 듯 그녀의 발소리가 집집마다 울려 퍼졌다. 마을 중심에 가까워졌을 때 또 다른 소리가 끼어들었다. 앞에 있는 헛간을 바라보며 그녀는 이것이 그 설교자의 목소리일 거라 짐작했다.

그의 목소리는 고요하고 맑은 대기 속에 또렷이 울려 퍼졌고, 그녀는 헛간 밖에 있었지만 곧 그의 말들을 알아들을 수 있었다. 예상했던 대로 설교는 극단적인 도덕률초월론에 관한 것으로, 바울의 신학에서 설명하는 것처럼 믿음으로 말미암아 의롭게 된다는 내용이었다. 이 전도자는 자신의 고정관념을 열변을 토하듯 전하고 있었는데, 아직 설교자로서 기술을 완전히 익히지 못한 터라, 그의 설교는 거의 웅변에 가까웠다. 설교의 첫 부분을 놓치긴 했지만, 테스는 계속 반복되는 내용을 통해 지금 어느 구절을 이야기하고 있는지 금방 알 수 있었다.

"어리석도다 갈라디아 사람들아 예수 그리스도께서 십자가에 못 박히신 것이 너희 눈앞에 밝히 보이거늘 누가 너희를 꾀더냐.갈라디아서 3장 1절"

뒤쪽에서 설교를 듣고 있던 테스는 이 설교자의 관점이 에인절의 아버지의 견해를 열렬히 추종하는 것임을 알고는 더욱 관심이 갔고, 연사가 이런 생각에 이르게 된 자신의 영적 체험들을 자세히 설명하기 시작하자 한층 더 흥미로워졌다. 그는 자신을 죄인 중의 죄인이라고 했다. 예전엔 말씀을 비웃었고, 방탕하고 음란한 사람들과 어울리며 허송세월을 보냈다는 것이다. 그러던 어느 날 문득 깨달음이 왔는데, 이것은 인간적인 눈으로 볼 때는 어떤 신부님의 영향 때문이었다고 했다. 그는 처음에 이 신부를 몹시 모욕했지만, 신부가 떠나면서 남긴 말이 그의 가슴에 남아 있었고, 마침내 하나님의 은총으로 그의 마음을 바꾸어놓았으며, 지금 이들이 보고 있는 자신의 모습이 되었다는 것이다.

테스는 그의 설교보다 그 목소리가 더 놀라웠다. 도저히 있을 수 없는 일이었다. 바로 알렉 더버빌의 목소리와 똑같았기 때문이다. 그 순간, 그녀의 얼굴은 고통스런 긴장으로 굳어졌다. 그녀는 헛간 앞쪽으로 돌아 그 앞을 지나가 보았다. 낮은 겨울 햇살이 커다란 두짝문으로 된 입구에 곧바로 내리비쳤다. 한쪽 문은 열려 있어서, 햇살이 타작마당 안쪽까지 멀리 뻗어 설교자와 청중들을 비추었다. 청중들은 모두 마을 사람들이었는데, 놀랍게도 그중엔 잊히지 않는 예전 어느 날, 빨간 페인트 통을 들고 다니던 그 남자도 끼어 있었다. 하지만 그녀의 관심은 곡물 포대 위에 서서 사람들과 문을 바라보고 있는 설교자에게 온통 쏠려 있었다. 세 시의 태양이 그를 온전히 비추고 있었다. 테스가 그 목소리를 분명히 알아듣던 순간부터 줄곧 그녀 안에 커져가고 있던 확신, 즉 자신을 유혹했던 남자가 바로 앞에 서 있다는, 그 이상하고 허탈감을 안겨주는 확신이 정말 사실로 드러났던 것이다.

"좀 전에 사람들 앞에서도 말했지만, 이 모든 게 하나님의 뜻일 뿐이오. 테스, 당신이 날 아무리 경멸한다 해도 내가 나 자신을 향해, 옛 아담과 같았던 내 과거에 대해 퍼붓는 경멸에는 결코 비하지 못할 거요! 하지만 내가 어떻게 회개하고 새사람이 되었는지 당신한테 말해주고 싶소. 그러니 내 말에 귀를 기울여주길 바라오.

Tess of the D'Urbervilles
제 6 부 – 개심자

45

트랜트리지를 떠난 이후 이날 아침까지, 테스는 더버빌을 본 적도 없었고, 그의 소식을 들은 적도 없었다.

그런데 아주 사소한 자극조차 큰 충격으로 다가올 수 있는, 이처럼 힘겨운 순간에 뜻밖의 재회가 이루어진 것이다. 하지만 그녀의 기억은 너무도 충격적인 것이었기에, 그가 과거의 잘못들을 공개적으로 뉘우치고 분명 딴사람이 돼 있음에도 불구하고, 그녀는 두려움에 사로잡혀 뒤로 물러서지도 앞으로 나가지도 못한 채 온몸이 얼어붙어 있었다.

그를 마지막으로 보았을 때 얼굴에서 풍기던 인상을 생각하면 너무도 끔찍한데, 그 얼굴을 지금 보게 되다니! 여전히 잘생긴 외모에 불쾌한 인상은 그대로였지만, 이제 그는 구식 구레나룻을 단정하게 길렀고, 검은 콧수염은 깎아버렸다. 입고 있는 옷도 반쯤 성직자의 복장이었는데, 그에게서 멋쟁이라는 인상을 지워버릴 만큼 충분히 변화된 모습이었다. 테스는 잠시 이 남자가 정말 더버빌이 맞는지 의심하지 않을 수 없었다.

처음엔 이 남자 입에서 엄숙한 성경 구절이 막힘없이 줄줄 나오자 테스는 어쩐지 소름 끼치도록 기괴한, 명백한 모순을 보는 듯했다. 거의 4년 전, 귀에 너무도 익숙했던 목소리가 지금 이렇게 완전히 상반된 말을 내뱉고 있으니, 이 엄청난 반전 앞에서 그녀는 속이 메스꺼울 지경이었다. 하지만 그의 말은 틀림없는 진심이었다.

이건 개심改心이라기보다 오히려 변신에 가까웠다. 예전의 감각적이고 관능적인 곡선은 이제 헌신적인 열정의 직선으로 바뀌어 있었다. 유혹을 위해 쓰였던 입술은 기원祈願을 표현하고 있었고, 예전엔 방종으로 해석될 수 있던 뺨의 홍조도 이젠 복음화되어 경건한 광채를 띠었다. 동물적 본성은 광신적 신앙으로, 이교적 미신은 바울 사도의 정신으로 바뀌어 있었다. 한때 정복의 욕심으로 그녀의 육체를 향해 번득이던 파렴치한 눈은 이제 거의 사나울 정도로 열성적인 신앙심으로 빛을 발하고 있었다. 또 욕망이 좌절되었을 때 드러나곤 했던 모질고 흉측한 표정도 이젠 수렁에서 헤매던 시절로 되돌아가기를 고집하는 구제불능의 타락자의 모습을 재연할 때나 지어 보이곤 했다.

그의 얼굴 윤곽은 그 자체로 보면 뭔가 불만이 있는 듯 보였으나, 이것은 자연스럽지 못한 표정을 억지로 짓느라 원래 타고난 모습이 변했기 때문이다. 이상한 건 그의 얼굴이 고상하다는 건 잘못된 것이며, 고상해지려는 노력마저 위선처럼 보인다는 것이었다.

과연 이럴 수 있단 말인가? 그녀는 더이상 옹졸한 마음을 갖지 않기로 했다. 자신의 영혼을 구제하려고 사악함을 벗어던진 사람이 더버빌이 처음은 아닌데, 이걸 이상하게 볼 이유가 뭐란 말인가! 예전 그 음성으로 복음의 말씀을 들으며 그녀가 기분이 나빴던 것은 단지 해묵은 옛 감정이 되살아났기 때문이다. 큰 죄인일수록 오히려 위대한 성자가 될 수도 있다는 것은 기독교 역사를 깊이 파고들지 않아도 쉽게 확인할 수 있는 사실이었다.

딱히 꼬집어 설명할 순 없지만, 이러한 감정들이 그녀의 마음을 슬그머니 움직였다. 너무 놀란 나머지 꼼짝없이 서 있던 테스는 정신이 들자마자, 우선 그가 보지 못하는 곳으로 나가야겠다는 생각이 들었다. 그녀의 위치가 햇빛을 등지는 곳이라 그는 아직 그녀를 뚜렷이 알아보지 못한 상태였다.

하지만 그녀가 나가려고 움직이는 순간, 그가 그녀를 알아보았다. 그녀의 옛 애인이 받은 충격은 그녀가 그를 발견했을 때보다 훨씬 더 컸다. 그는 마치 감전이라도 된 듯 온몸에 전율이 일었고, 입에서 불같이 터져 나오던 웅변도 순식간에 사라져버리는 것 같았다. 그의 입술은 거기에 실려 있는 말의 무게에 짓눌려 버둥거리며 떨고 있었고, 그녀가 그를 쳐다보고 있는 동안에는 이 말을 내뱉을 수조차 없었다. 그의 눈은 그녀의 얼굴을 처음 발견한 뒤 불안하게 사방을 두리번거렸지만, 몇 초도 지나지 않아 곧바로 그녀에게 되돌아오곤 했다. 하지만 이 같은 마비 상태는 한순간에 지나지 않았다. 그의 무기력함을 바라보던 테스가 기운을 되찾고 재빨리 헛간을 지나 밖으로 나와버렸기 때문이다.

두 사람의 입장이 뒤바뀌어 있는 이 상황이 테스는 생각할수록 소름이 끼쳤다. 자신을 파멸로 몰아넣은 남자는 이제 성령의 편에 있는데, 자신은 아직도 죄 많은 인생으로 남아 있었던 것이다. 게다가 전설에서 나오듯 키프로스의 여신키프로스 섬에서 태어난 사랑의 여신 비너스를 가리키는 말로, 여기서는 테스 자신을 비유한 것이 갑자기 제단 앞에 나타나자, 사제의 불꽃이 거의 꺼질 뻔하지 않았던가!

그녀는 뒤도 돌아보지 않고 계속 나아갔다. 등에는 물론이고 심지어 옷에도 시각에 반응하는 감각이 있는 것 같았고, 헛간 밖으로 자신을 응시하고 있는 가상의 눈길을 감지할 수 있었다. 여기까지 오는 내내 그녀의 마음은 무기력한 슬픔으로 가득 차 무거웠지만, 이젠 이 고통의 성격이 변해 있었다. 너무도 오랫동안 허락되지 않았던 애정에 대한 굶주림은 잠시 사라지고, 아직도 그녀를 둘러싸고 있는 무자비한 과거의 육체적인 감각이 되살아났던 것이다. 이것은 과거의 실수를 더 깊이 각인시켜주었고, 뼈아픈 절망에 이르게 했다. 그녀가 소망했던 것처럼 과거와 현재 사이의 연결 고리는 결국 끊어지지 않았던 것이다. 그녀 자신이 과거가 되지 않는 한 과거란 결코 완전히 지난 일이 될 수 없었다.

이런 생각에 빠져 그녀는 롱-애쉬 레인의 북쪽 절반을 다시 가로질렀고, 마침내 그녀 앞에 고원 지대로 가는 오르막길이 희끄무레하게 그 모습을 드러냈다. 이제 이 길의 가장자리만 따라가면 그녀의 여정은 끝나는 셈이었다. 마르고 창백한 길은 단 한 명의 사람도, 마차도, 표지도 없이 무심히 앞으로만 뻗어 있었고, 이따금 차갑게 말라붙은 말똥만 여기저기 눈에 띄었다. 테스가 천천히 오르막을 오르고 있는데, 뒤에서 발소리가 들렸다. 재빨리 뒤돌아보니 감리교도처럼 이상하게 차려입은, 눈에 익은 사람이 자신에게 다가오고 있는 게 보였다. 무덤에 묻히기 전엔 결코 단둘이 만나고 싶지 않던 바로 그 사람이었다.

하지만 생각하거나 피하거나 할 만한 여유가 없었기 때문에, 그녀는 가능한 한 침착하게 그가 따라잡도록 내버려 두었다. 그녀는 그가 빠른 걸음 때문이 아니라 자신의 감정 때문에 흥분해 있다는 걸 알았다.

"테스!"

그녀는 뒤돌아보지 않고 걷는 속도만 늦추었다.

"테스!"

그가 다시 불렀다.

"나요…… 알렉 더버빌이오."

그제야 그녀는 뒤돌아보았고, 그가 다가왔다.

"나도 알아요."

그녀가 차갑게 대답했다.

"그래…… 그게 다요? 하긴 난 그 이상 바랄 자격이 없는 사람이지! …… 집을 떠났다는 얘기는 하던데, 어디로 갔는지는 아무도 모르더군. 테스, 내가 왜 따라왔는지 궁금하지 않소?"

"그래요, 하지만 제발 당신이 따라오지 않길 바랐어요!"

"그래…… 당연히 그럴 테지."

그가 침울하게 되받았다. 두 사람이 함께 가고는 있었지만 그녀로선 전혀 내키지 않았다.

"하지만 날 오해하진 마시오. 그러니까 내 말은 당신이 조금 전 갑자기 나타났을 때 당황해하는 내 모습을 보고, 만약 보았다면 혹시 오해할지도 모르겠지만, 그러지 않았으면 좋겠다는 거요. 그땐 순간적으로 충격을 받았던 것뿐이오. 당신이 내게 어떤 사람이었는지를 생각하면 그건 당연한 반응이었을 거요. 당황했지만 하나님의 도움으로 위기를 넘길 수 있었고, 곧바로 이런 생각이 들었소 내가 구원해야 할 의무와 소망을 갖고 있는 세상 사람들 중에 내가 참으로 못된 짓을 한 여인이 있다는 생각 말이오. 내가 당신 앞에 다시 나타난 건 오직 이것 때문이오. 다른 이유는 아무것도 없소."

"당신 자신은 구원받았나요? 사랑은 집에서부터 시작된다고들 하던데."

테스의 대답에는 작지만 조롱기가 섞여 있었다.

"난 아무것도 하지 않았소!"

그가 성급히 되받아쳤다.

"좀 전에 사람들 앞에서도 말했지만, 이 모든 게 하나님의 뜻일 뿐이오. 테스, 당신이 날 아무리 경멸한다 해도 내가 나 자신을 향해, 옛 아담과 같았던 내 과거에 대해 퍼붓는 경멸에는 결코 비하지 못할 거요! 하지만 내가 어떻게 회개하고 새사람이 되었는지 당신한테 말해주고 싶소. 그러니 내 말에 귀를 기울여주길 바라오. 혹시 애민스터의 신부님 이름을 들어본 적이 있소? 틀림없이 들어봤을 거요. 클레어 신부님이라고…… 그분 교파에서도 가장 신실한 분이고, 또 영국 교회 내에서도 몇 안 되는 열성적인 분이지. 내가 속해 있는 기독교인들만큼 극단적으로 열성적이진 않지만, 국교의 성직자들 중에선 아주 예외적인 분이오. 요즘 젊은 성직자들은 궤변으로 참다운 진리를 점차 흐려놓고 있고, 이젠 진리의 옛 그림자만 남아 있으니 더 그럴 수밖에. 난 교회와 국가에 대해서만 그분과 견해가 다를 뿐이오. 성경에 '주께서 말씀하시기를 너희는 저희 중에서 나와서 따로 있고'고린도후서 6장 17절 중라는 구절이 있는데, 이에 대한 해석을 달리하는 거지. 차이라면 이게 전부요. 난 확실히 믿을 수 있소. 그분이야말로 이 고장에서 당신이 알고 있는 어떤 누구보다 더 많은 영혼들을 구제한 겸손한 종이라고 말이오. 그분에 대해 들어본 적이 있소?"

"네, 들어봤어요."

"그분이 이삼 년 전 어느 선교회 대표로 트랜트리지에 설교하러 오신 적이 있었소. 그런데 난, 불쌍한 죄인이었던 난, 그분을 마구 모욕했지 뭐요. 그분은 정말 사심 없이 날 깨우쳐 바른 길을 가게 하려고 그랬는데 말이지. 그분은 무례한 내 행동을 보고도 화내지 않고, 단지 언젠가 내가 성령의 첫 열매를 받게 될 것이며, 이따금 조롱하러 왔던 사람들도 남아서 기도를 하더라는 말씀만 하셨소. 이 말이 신비한 힘이 있었는지, 내 마음에 깊이 들어왔소. 물론 그땐 말씀이 들어온 줄 몰랐고, 그분 역시 그랬을 거요. 하지만 점차 난 밝은 빛 쪽으로 이끌리게 되었고, 그 후로 다른 사람들에게 복음을 전하는 게 내 유일한 소망이 되었다오. 전도를 시작하면서 처음 몇 달은 잉글랜드 북부로 가서 낯선 사람들에게 복음을 전했소. 거기서 서툴게나마 설교를 시작해 용기를 얻게 되면, 나 자신의 신실함을 점검해볼 수 있는 가장 어려운 시험도 이겨낼 수 있을 거라 믿었기 때문이오. 이 시험이란 바로 내가 알고 있는 사람들, 그 옛날 어둠 속에 있을 때 내 친구였던 사람들한테 말씀을 전하는 거요. 테스, 당신이 이 든든함과 확신을 알 수만 있다면, 분명……."

"그만해요!"

그녀가 격하게 소리를 질렀다. 그러고는 그를 등지고 돌아서 길가 계단에 몸을 기댔다.

"그렇게 갑작스런 일을 믿을 순 없어요! 당신이 나한테 무슨 짓을 했는지는 본인이 더 잘 알 텐데, 이제 와서 이런 말을 하다니, 정말 참을 수가 없군요! 당신은 아니 당신 같은 사람들은 나 같은 사람들의 인생을 쓰리고 아픈 슬픔 속에 빠뜨려가며 세상 재미란 재미는 다 보죠. 그리고 이제 충분히 즐겼다 싶으니까 회개해서 하늘의 기쁨까지 얻으려는 모양인데, 참으로 훌륭하시네요! 그런 말을 하다니 부끄러운 줄 아세요. 난 당신을 믿지 않아요. 그 따위 말은 증오스럽다고요!"

"테스, 제발 그런 식으로 말하지 말아요!"

그가 고집스레 말했다.

"이건 내게 환한 빛처럼 다가왔소! 날 믿지 않는다고? 대체 뭘 믿지 못하겠다는 거요?"

"당신의 회개도, 종교적 소망도 믿을 수 없다고요."

"왜?"

그녀는 목소리를 낮추었다.

"당신보다 훌륭한 사람도 그런 걸 믿지 않으니까요."

"과연 여자다운 이유로군! 더 훌륭하다는 그 사람이 누구요?"

"말할 수 없어요."

"좋아!"

금방이라도 분노가 터져 나올 것 같은 투로 그가 선언했다.

"하나님 앞에서 내가 선한 사람이라고 당당히 말할 순 없소. 당신도 알다시피, 지금도 결코 그렇다고 말하는 건 아니오. 솔직히 말해, 난 아직도 선善이 낯설게 느껴지오. 하지만 때로는 신출내기가 더 멀리 볼 수 있는 법이오."

"그건 그렇죠."

그녀가 슬프게 대답했다.

"하지만 난 당신이 회개하고 새사람이 되었다는 걸 믿을 수 없어요. 알렉, 안됐지만, 당신이 느낀 그 빛이라는 것도 오래가진 않을 거예요!"

이렇게 말하고 난 뒤, 테스는 기대고 있던 계단에서 몸을 돌려 그를 쳐다보았다. 그의 시선이 무심코 낯익은 그녀의 얼굴과 몸으로 향하더니, 그녀를 물끄러미 바라보았다. 그의 저속한 성품은 지금 그의 마음속에 잠잠히 있었지만, 확실히 근절된 게 아니었고, 완전히 정복된 건 더더욱 아니었다.

"그런 식으로 쳐다보지 마시오!"

그가 불쑥 말했다. 테스는 자신의 행동과 태도를 미처 의식하지 못하고 있다가 이 말에 놀라, 그를 바라보던 커다란 검은 눈동자를 즉시 거두고, 얼굴을 붉히며 말을 더듬었다.

"미안해요!"

그리고 자연이 선물한 육체라는 집에 거함으로써 자신이 잘못을 저지르고 있는 게 아닐까 하는, 예전에 종종 생각나던 비참한 느낌이 되살아났다.

"아니, 아니오! 미안해할 것 없소. 그런데 그 예쁜 얼굴을 왜 베일로 가리고 있는 거요?"

그녀가 베일을 끌어내리며 재빨리 말했다.

"바람을 막느라고 쓴 거예요."

"이렇게 명령하듯 말하면 귀에 거슬릴지 모르겠지만."

그가 계속해서 말했다.

"당신을 자주 보지 않았으면 좋겠소. 위험할 수도 있으니까."

"첫!"

그녀가 대꾸했다.

"사실, 내겐 여자들의 얼굴이 너무 큰 힘을 발휘해왔기 때문에, 나로선 경계하지 않을 수가 없소! 전도자가 여자들한테는 신경 쓰지 않는다고 하지만, 난 잊어야 할 과거가 자꾸 떠올라서 말이오!"

그러고 나서 이들의 대화는 줄어들었고 천천히 걸어가며 이따금 피상적인 이야기들만 나누었다. 테스는 그가 어디까지 따라올지 내심 궁금했지만, 단호히 그를 돌려보내고 싶진 않았다. 이들이 지나는 길에는 문이나 계단이 자주 나왔는데, 그때마다 그 위에 빨간 글씨로 씌어진 성경 구절을 볼 수 있었다. 테스는 그에게 누가 애써 이 글귀들을 적어놓았는지 아느냐고 물었다. 그는 이 지방에서 자기와 함께 일하고 있는 사람들이 고용한 사내가 이 구절들을 쓰고 다니며, 악한 세대의 마음을 움직이려면 어떤 방법이든 다 시도해봐야 할 거라고 했다.

마침내 길은 크로스-인-핸드에 이르렀다. 허옇고 황량한 이 고원 지대에서도 이곳은 가장 적막한 곳이었다. 화가나 관광객들이 원하는 풍경과는 너무도 거리가 먼 이곳은 새로운 종류의 아름다움, 즉 비극적 암울함에서 나오는 부정적 미美를 보여주고 있었다. 이곳의 지명은 거기 세워져 있는 돌기둥에서 온 것이었다. 이 돌기둥은 이 지방의 어떤 채석장에서도 찾아볼 수 없는 돌로 만든 이상한 비석으로, 그 위에는 거친 솜씨로 사람의 한쪽 손이 새겨져 있었다. 이것의 내력과 의도에 관해서는 여러 가지 구구한 설명들이 있었다. 몇몇 권위자들은 한때 이 위에 경건한 십자가가 완전한 형태로 세워져 있었고, 지금 남아 있는 건 그 받침대라고 주장했고, 다른 이들은 지금 서 있는 형태 자체가 완전한 것으로, 어떤 경계나 회합 장소를 표시하기 위해 세워진 것이라고 했다. 유물의 기원이야 어떻든, 을씨년스런 풍경 속에 외로이 서 있는 이 돌기둥은 예나 지금이나 변함없이 보는 이의 기분에 따라 불길하거나 엄숙한 느낌을 주었고, 아무리 냉담한 길손이라도 이걸 보면 깊은 인상을 받곤 했다.

"이제 그만 가봐야겠소."

돌기둥이 가까워지자 그가 말했다.

"오늘 저녁 애봇츠 서넬에서 설교를 해야 하는데, 여기서 오른쪽으로 가야 하오. 테시, 실은 당신을 만나 내 마음도 좀 혼란스럽소…… 왜 그런지는 말할 수도 없고 말하고 싶지도 않소. 돌아가서 다시 힘을 내야겠소…… 참, 당신 말솜씨가 아주 유창하던데 어떻게 된 거요? 대체 누가 그렇게 훌륭한 말을 가르쳤소?"

"고통 속에서 배운 거죠."

그녀가 회피하듯 대답했다.

"무슨 고통을 겪은 거요?"

그녀는 맨 처음 겪었던, 그와 관련된 유일한 고통에 관해 말했다.

"맙소사! 지금껏 그걸 전혀 모르고 있었다니! 왜 나한테 편지를 쓰지 않았소?"

테스는 대답하지 않았다. 그러자 그가 침묵을 깨며 다시 말했다.

"그럼…… 또 만나게 될 거요."

"아뇨, 다시는 내게 오지 말아요!"

"생각해보리다. 하지만 헤어지기 전에, 이리 좀 와보시오."

그가 돌기둥 쪽으로 다가갔다.

"이건 한때 '거룩한 십자가'였소. 유적은 내 관심사가 아니지만, 난 이따금 당신이 두렵소…… 당신이 날 두려워하는 것보다 훨씬 더 많이. 그러니 내 두려움을 덜도록 이 돌 손에다 손을 얹고, 당신의 매력으로든 수단으로든 다시는 날 유혹하지 않겠다고 맹세해주시오."

"어쩜 세상에…… 그렇게 쓸데없는 요구를 하다니! 그럴 생각은 눈곱만큼도 없어요!"

"알고 있소……. 그래도 해야 하오. 맹세하란 말이오!"

그가 필사적으로 애원했다. 반쯤 겁이 난 테스는 결국 그의 집요함에 못 이겨 그 돌에 손을 얹고 맹세를 했다.

"당신이 신자가 아니라 유감이오. 어떤 믿지 않는 자가 당신의 마음을 사로잡아 흔들어놓을지도 모르니까. 하지만 지금은 더이상 얘기하지 맙시다. 적어도 집에 가면 당신을 위해 기도할 수 있을 거요. 아니 꼭 할 거요. 앞으로 일이 어찌

될지 누가 알겠소? 그럼 난 가보겠소. 잘 가시오!"

그는 울타리를 훌쩍 뛰어넘은 뒤, 그녀에겐 눈길도 주지 않고 곧장 애봇츠 서넬 방향으로 내리막길을 따라 내려갔다. 걸음걸이를 보니 그의 마음에 동요가 일고 있는 것 같았다. 그러더니 문득 어떤 생각이 났는지, 그가 주머니에서 작은 성경을 꺼냈다. 책장 사이엔 너무 많이 읽어 손때가 묻고 해진 편지 하나가 접혀 있었다. 더버빌은 그 편지를 펼쳤다. 날짜는 몇 달 전으로 되어 있었고, 클레어 신부의 서명이 있었다.

편지에는 더버빌의 회개를 진심으로 기뻐한다는 것과 이 사실을 자신에게 알려주어 너무 고맙다는 내용이 적혀 있었다. 또한 클레어 신부는 더버빌의 이전 행동을 모두 용서한다는 말과 함께 그의 장래에 관심이 많다는 뜻을 전했다. 클레어 신부는 자신이 오랫동안 헌신해온 국교회에 더버빌이 들어오길 바라며, 이를 위해 신학교에 가겠다면 적극 도와주겠다고 했다. 하지만 이렇게 되자면 오랜 시간이 걸리므로 본인이 원치 않는다면 굳이 이것이 가장 중요한 일이라고 강요하진 않겠다고 했다. 모든 사람은 성령이 인도하는 방식에 따라 자신이 가장 잘할 수 있는 일을 해야 한다는 것이었다.

더버빌은 이 편지를 읽고 또 읽으며, 스스로의 마음을 다잡고 있는 듯했다. 그는 걸어가며 성경에서 몇 구절을 더 읽더니, 마침내 평온을 되찾은 표정이었고, 겉보기엔 더이상 테스 때문에 마음이 흔들리는 것 같지 않았다.

한편, 테스는 집으로 향하는 가장 가까운 언덕 가장자리를 따라 계속해서 걷고 있었다. 2킬로미터를 채 못 가 그녀는 외로운 양치기 한 명을 만났다.

"오는 길에 옛날 돌기둥이 하나 있던데, 그게 무슨 뜻인지 아세요?"

그녀가 양치기에게 물었다.

"예전에 거룩한 십자가였다죠?"

"십자가라니…… 말도 안 돼. 아가씨, 그건 십자가가 아니라 불길한 징조를 나타내는 거요! 옛날에 어떤 죄인이 거기서 손바닥에 못이 박힌 채 고문을 받다가 교수형을 당했는데, 그의 친척들이 그 자리에 비석을 세워둔 거요. 그 밑에는 그의 뼈가 묻혀 있어요. 사람들 얘기로는 그가 자기 영혼을 악마한테 팔았다고 하던데, 이따금 그 귀신이 돌아다니기도 한다지."

테스는 예상치 못한 섬뜩한 이야기에 온몸이 떨려 양치기를 혼자 남겨둔 채 그 자리를 떠났다. 플린트컴-애쉬가 가까워졌을 때는 해가 져서 어둑어둑했고, 그 작은 마을로 들어가는 입구 골목에는 한 처녀와 그녀의 애인이 테스가 다가오는 것도 모른 채 이야기를 나누고 있었다. 이들은 비밀스레 소곤거리는 게 아니었다. 남자의 열띤 어조에 응답하는 처녀의 맑고 태평스런 목소리가 어슴푸레한 지평선 위에 평온한 소리가 되어 싸늘한 대기 속으로 퍼져나갔고, 지평선은 무엇에도 방해받지 않은 채 정지된 어둠으로 가득 차 있었다. 잠시 동안 이들의 목소리는 테스의 기운을 돋워주었다. 하지만 그녀는 이들의 지금 만남이 둘 중 어느 한쪽이 사랑을 느끼면서 시작되었을 것이고, 이러한 사랑이 자신에겐 고난의 서곡이었다는 생각을 했다. 그녀가 처녀에게 가까이 다가가자, 처녀가 조용히 돌아서더니 그녀를 알아보았고, 청년은 당황해하며 자리를 피해버렸다. 처녀는 바로 이즈 휴에트였다. 그녀는 테스의 여행에 관심을 보이며 곧바로 자신의 일마저 제쳐두었다. 테스는 그 결과를 아주 자세히 설명하진 않았고, 눈치 빠른 이즈는 화제를 돌려 테스가 좀 전에 보았던 자신의 연애에 관해 이야기하기 시작했다.

"앰비 시들링이라는 사람이야. 가끔 탈보테이즈에 와서 일을 도와주곤 했었지."

그녀가 무심히 설명했다.

"내가 있는 곳을 수소문하다 여기 있다는 걸 알고는 찾아온 거래. 자기 말로는 지난 이 년간 날 좋아했었다던데, 난 아직 대답하지 않았어."

46

괜한 헛걸음으로 여행을 다녀온 후 며칠이 지났고, 테스는 밭에서 일을 하고 있었다. 건조한 겨울바람이 여전히 세차게 불어왔지만, 짚으로 엮은 울타리가 가로막고 있어서 한결 나았다. 울타리 안쪽에 순무 써는 기계가 있었는데, 새로 칠한 기계의 선명한 파란색은 거의 소리라도 낼 것처럼, 안 그랬으면 푹 가라앉아 있을 풍경에 생동감을 주었다. 기계 앞쪽에는 초겨울부터 순무를 저장해둔 '무덤'이라고 하는 기다란 움이 있었다. 테스는 지붕 바깥쪽 끝에 서서 낫으로 순무의 잔털과 흙을 쳐낸 다음 기계 속에 집어넣는 작업을 하고 있었다. 한 남자가 기계 손잡이를 돌리자 새로 잘린 순무들이 쏟아져 나왔다. 잘린 누런 순무 조각에서 나는 신선한 냄새가 윙윙거리는 바람 소리, 쉭쉭거리는 순무 썰리는 소리, 가죽 장갑을 낀 테스의 낫질 소리를 따라다녔다.

순무를 모두 캐내고 난 텅 빈 농촌의 갈색 밭에는 더 짙은 갈색의 이랑들이 나타나기 시작하더니 점점 넓어져 리본 모양을 이루었다. 이 이랑의 양쪽 가장자리를 따라 다리가 열 개 달린 무엇인가가 서두르지도 쉬지도 않고 밭을 위아래로 기어 다니고 있었다. 두 마리 말을 앞세운 사람이 쟁기를 들고 봄철 파종을 위해 땅을 갈아엎는 중이었다.

몇 시간 동안 적적하고 단조로운 이 작업에 끼어드는 건 아무것도 없었다. 이때, 쟁기 너머로 멀리 검은 점 하나가 보였다. 이것은 울타리 모퉁이에 난 틈으로 들어와, 순무 써는 사람들을 향해 비탈을 올라오고 있었다. 단지 작은 점이었던 것이 구주희아홉 개의 핀을 세우고 공을 굴려 이를 넘어뜨리는 전통놀이의 핀처럼 커지더니 곧 검은 옷을 입은 남자의 모습으로 변했다. 이 사람은 플린트컴-애쉬 쪽에서 오고 있었다. 기계를 돌리고 있는 남자는 눈으로 할 일이 없어 줄곧 다가오는 사람을 지켜보고 있었지만, 테스는 일에 매여 있었기에 동료가 사람이 온다는 걸 지적해줄 때까지 아무것도 모르고 있었다.

그는 까다로운 작업 감독이자 농장 주인인 그로비가 아니었다. 반쯤 성직자 복장을 하고, 한때 안하무인이었음을 드러내고 있는 알렉 더버빌이었다. 그는 설교할 때처럼 열성적이지 않아 비교적 차분해 보였고, 기계 돌리는 남자가 있는 걸 보고는 당황스러워하는 것 같았다. 창백한 테스의 얼굴엔 벌써부터 근심스런 기색이 엿보였다. 그녀는 차양 달린 모자를 푹 눌러썼다.

더버빌이 다가와 조용히 말했다.

"테스, 당신한테 할 말이 있소."

"다시는 나한테 오지 말라고 했는데, 내 마지막 청을 무시해버렸군요!"

"알고 있소. 하지만 그럴 만한 이유가 있어서 온 거요."

"좋아요, 말해봐요."

"당신이 생각하는 것보다 더 중대한 일이오."

혹시 누가 엿듣는지 보려고 그는 주위를 흘깃 둘러보았다. 기계를 돌리던 남자는 상당히 멀리 떨어져 있었고, 기계 소리 때문에 알렉의 말이 다른 사람 귀에 들어갈 염려는 없었다. 더버빌은 그 남자를 등지고 서서 테스가 일손을 멈춘 모습이 보이지 않도록 가려주었다.

"무슨 얘기냐면."

불쑥 양심의 가책이라도 느낀 듯 그가 계속해서 말했다.

"지난번 만났을 땐 우리의 영혼에 관해서만 생각하느라, 미처 당신 형편이 어떤지를 묻지 못했소. 게다가 그땐 옷도 잘 차려입고 있어서 미처 생각지 못했던 거요. 하지만 형편이 안 좋다는 걸 이제 알았소. 전에 당신을 알고 있을 때보다 더 안 좋다는 걸 말이오. 이런 고생까진 안 해도 될 텐데, 아마도 내 책임이 큰 것 같소!"

테스는 아무 대답이 없었고, 그는 궁금한 눈초리로 그녀를 응시했다. 그녀는 고개를 숙이고 얼굴을 모자로 완전히 가린 채 다시 순무 다듬는 일을 시작했다.

그가 더이상 접근하지 못하게 하려면 일을 계속하는 게 나을 듯했던 것이다.

"테스!"

거의 신음에 가까운 한숨을 내쉬며 그가 덧붙였다.

"당신 경우는 내가 저지른 잘못 중 가장 나쁜 경우였소! 사실 난 당신이 말해주기 전까진 내가 무슨 짓을 했는지도 모르고 있었소. 순진무구한 사람의 인생을 망쳐놓다니, 내가 죽일 놈이요! 모든 잘못은 다 내게 있소. 흑심을 품고 음흉하게 당신한테 달려든 것은 참으로 무섭고 끔찍한 죄악이었소. 하지만 당신도 마찬가지요. 나야 순 가짜지만 당신은 진짜 귀족의 후손인데, 아무리 철부지라 해도 그렇지, 어쩌면 그렇게 남자를 모를 수 있단 말이요? 이건 진심으로 하는 말인데, 사악한 놈들이 사방에 올가미와 덫을 놓고 있는데 그런 위험도 모른 채 딸자식을 키우다니, 당신 부모님들도 부끄러운 줄 아셔야 하오! 좋은 의도로 그랬든 그냥 무심해서 그랬든 말이오."

테스는 조용히 듣고만 있었고, 밭일하는 여자들 특유의 수심에 잠긴 듯한 자세로, 기계적인 손놀림으로 둥근 무를 던져놓고 또 다른 무를 집어 들었다.

"하지만 이 말을 하러 여기 온 건 아니오. 내 사정을 이야기하자면, 당신이 트랜트리지를 떠난 뒤 그 집은 내 소유가 되었소. 난 그걸 팔아 아프리카 선교 사업에 쓸 작정이오. 특정 직책을 맡든지 아니면 단순한 외부 후원자로 일하게 될 텐데, 어느 쪽이건 내겐 낯선 일이오. 이제 내가 당신한테 부탁하고 싶은 것은 내가 내 의무를 다할 수 있도록 해달라는 거요. 이것만이 내가 당신한테 저지른 잘못을 보상할 수 있는 유일한 길이오. 그러니 내 아내가 되어 나와 함께 가지 않겠소? ······ 시간을 아끼려고 벌써 이것까지 다 준비해왔소."

그가 주머니에서 문서 한 장을 꺼냈다.

"그게 뭐죠?"

"결혼허가증이오."

"아, 안 돼요…… 안 된다고요!"

깜짝 놀라 물러서며 그녀가 재빨리 되받아쳤다.

"안 된다고? 아니, 왜?"

이 물음을 던지며 더버빌의 얼굴엔 전적으로 의무를 다하지 못해 실망스러운 것과는 또 다른 실망감이 스쳐갔다. 이건 틀림없이 그녀에 대한 옛 열정이 되살아났다는 징표였다. 의무감과 욕망이 나란히 손을 잡고 있었던 것이다.

"분명……."

더욱 열띤 어조로 그가 다시 말을 꺼내더니, 기계를 돌리고 있는 일꾼을 쳐다보았다. 테스도 이 논쟁이 여기서 끝날 것 같지 않은 느낌이 들었다. 그래서 자신을 찾아온 손님과 잠시 나눌 얘기가 있다며 동료에게 양해를 구한 뒤, 더버빌과 함께 일터를 벗어나 이랑으로 갈린 밭을 가로질러 갔다. 새로 갈아놓은 밭에 이르렀을 때, 그는 손을 뻗어 그녀를 도와주려고 했다. 하지만 그녀는 못 본 체 무시하고 밭이랑의 꼭대기를 건너뛰며 앞으로 나아갔다.

"테스, 나와 결혼해줄 수 없겠소? 정녕 내 자존심을 지키도록 해줄 수 없단 말이오?"

"그럴 수 없어요."

"어째서?"

"당신한테 애정이 없다는 걸 잘 아시잖아요."

"그거야 시간이 지나면 나아질 거요. 혹시…… 당신이 진심으로 날 용서하면 곧바로 좋아질지도 모르고."

"절대 안 돼요!"

"왜 그리 단호한 거요?"

"다른 사람을 사랑하니까요."

그는 이 말에 너무 놀라 멍해진 것 같았다.

"정말이오?"

그가 소리쳤다.

"다른 사람이라고? 도대체 당신은 뭐가 도덕적으로 옳은지 분별할 줄도 모르는 여자요?"

"그래요, 몰라요, 모른다고요……. 그러니 그런 말 하지 말아요!"

"좋아, 어쨌든 다른 남자를 사랑하는 것도 일시적인 감정에 불과할 테니, 이겨낼 수 있을 거요……."

"아뇨, 아니에요."

"할 수 있소. 그렇게 될 거요! 왜 안 된다는 거요?"

"말할 수 없어요."

"솔직히 얘기해보시오!"

"좋아요, 그렇다면…… 난 그 사람하고 결혼했어요."

"아!"

그는 탄식을 토했고, 죽은 듯 멈춰서 그녀를 빤히 쳐다보았다.

"말하지 싶지 않았는데…… 말할 생각도 없었고요!"

그녀가 변명했다.

"여기선 다들 이 사실을 모르고 있어요. 안다 해도 어렴풋이만 알 뿐이죠. 그러니 제발 더이상 묻지 말아줘요. 우린 이제 남남이란 걸 잊어선 안 돼요."

"남남이라…… 우리가? 남남이라니!"

잠시 그의 얼굴에 예전의 빈정대던 표정이 번뜩 스쳤지만, 그는 이걸 단호히 잠재웠다.

"저자가 당신 남편이오?"

기계를 돌리고 있는 일꾼을 손짓으로 가리키며 그가 물었다.

"저자라니!"

그녀가 오만하게 대답했다.

"천만에요!"

"그럼, 누구요?"

"말하고 싶지 않으니 제발 묻지 말아요!"

그녀가 애원했다. 고개를 들고 바라보는 그녀의 두 눈에 간절한 호소가 서려 있었다. 더버빌은 몹시 혼란스러웠다.

"난 단지 당신을 위해 물어봤던 거요!"

그가 퉁명스레 반박했다.

"빌어먹을! 하나님, 이렇게 말하는 절 용서하소서! 맹세컨대 내가 여기 온 건 당신을 위하는 일이라 생각했기 때문이오. 테스, 그런 눈으로 보지 말아요, 참을 수 없으니까! 장담컨대 예수님 이전에도 이후에도 그런 눈은 결코 없었을 거요! 아냐…… 여기서 이성을 잃으면 안 되지. 그럴 순 없어. 솔직히 당신을 보자 옛 사랑이 되살아났던 건 사실이오. 그런 감정은 모두 없어진 줄 알았는데. 하지만 난 우리가 결혼한다면 둘의 죄가 모두 씻길 거라 생각했소. '믿지 아니하는 남편이 아내로 인하여 거룩하게 되고 믿지 아니하는 아내가 남편으로 인하여 거룩하게 되나니'고린도전서 7장 14절 중라는 말씀을 되뇌면서 말이오. 하지만 이제 내 계획은 깨져버렸고, 이 절망감을 견딜 수밖에 없게 되었소!"

그는 침울한 듯 시선을 땅바닥에 둔 채 깊은 생각에 잠겼다.

"결혼했다니! 결혼을 했다니…… 좋소, 그렇다면……."

결혼허가증을 천천히 반으로 찢어 주머니에 넣고는 그가 아주 차분한 어조로 덧붙였다.

"내 계획은 틀어졌지만 이왕 일이 이렇게 됐으니, 당신하고 또 누군지는 몰라도 당신 남편한테 뭔가 좋은 일을 하고 싶소. 물어보고 싶은 말은 많지만 당신이 원치 않으니 그만두겠소. 하지만 내가 그를 알 수 있다면 당신네 부부를 돕기가 훨씬 수월할 거요. 이 농장에 있는 사람이오?"

"아뇨……."

그녀가 중얼거리듯 대답했다.

"아주 멀리 있어요."

"아주 멀리? 당신과 떨어져서? 도대체 어떻게 생겨먹은 사람이기에?"

"아, 그 사람을 욕하지 마세요! 모두 당신 때문이니까. 그이가 알아버렸거든요……."

"아, 그랬군! …… 유감이오, 테스!"

"그래요."

"그래도 그렇지, 당신을 두고 떠나다니…… 이렇게 고생을 시켜놓고!"

"그 사람 탓이 아니에요!"

온 힘을 다해 없는 사람을 변호하느라 애쓰며 그녀가 소리를 질렀다.

"그이는 이런 걸 몰라요! 그냥 내가 원해서 하는 거라고요."

"그쪽에서 연락은 오는 거요?"

"말하고 싶지 않아요. 그건 우리 부부 사이의 일이에요."

"그건 연락이 오지 않는다는 말인데, 가엾은 테스! 그러니까 소박맞은 아내로군!"

충동에 못 이긴 그는 돌아서서 그녀의 손을 덥석 잡았다. 하지만 그녀의 손에는 가죽 장갑이 끼워져 있었기에, 안에 든 맨손의 생기가 전해지지 않는 가죽 손가락들만 잡은 셈이었다.

"안 돼요, 이러지 말아요!"

주머니에서 손을 빼내듯 장갑을 그의 손에 남겨둔 채 얼른 손을 빼며 그녀가 겁에 질려 소리쳤다.

"아, 돌아가 줘요. 날 위해, 또 남편을 위해서요. 당신 자신의 신앙을 걸고, 제발 돌아가라고요!"

"알겠소, 알겠소. 돌아가리다."

그가 급히 말했다. 그러고는 장갑을 그녀에게 돌려준 뒤 떠나려고 돌아섰다. 그러더니 다시 돌아보며 말했다.

"테스, 맹세컨대 당신 손을 잡을 때 나쁜 맘이 있었던 건 아니오!"

이야기에 몰두하느라 두 사람은 듣지 못했지만, 말발굽 소리가 밭을 가로질러 와 이들 뒤에서 멈췄다. 그리고 그녀의 귀에 목소리가 들렸다.

"도대체 이 시간에 일손을 놓고 여기서 뭐하는 거지?"

농장 주인 그로비가 멀리서 두 사람을 보고는 이들이 자기 밭에서 뭘 하는지 궁금해 말을 타고 달려왔던 것이다.

"이 사람한테 그런 식으로 말하지 마시오!"

기독교인답지 않은 험상궂은 표정으로 더버빌이 말했다.

"아, 예! 그런데 감리교 목사감리교는 영국 성공회에서 나왔으나 교회 직제상 '신부'라는 말을 사용하지 않는다님께서 이 아가씨를 무슨 일로 만나고 계시는 거죠?"

"저 사람은 누구요?"

테스 쪽으로 돌아보며 더버빌이 물었다. 그녀가 그에게 다가왔다.

"어서 가요, 부탁이에요!"

"뭐? 저런 폭군 같은 인간한테 당신을 맡겨두고 떠나란 말이오? 얼마나 무례한 자인지 얼굴에 다 써 있구먼."

"날 해치진 않을 거예요. 날 좋아하지 않으니까요. 그리고 난 수태고지일에 떠나게 되어 있어요."

"그럼, 당신 말을 들어야겠군. 어쨌든…… 잘 있어요!"

그녀는 자신을 혼내는 사람보다 자신을 두둔하는 그가 더 두려웠다. 그가 마지못해 떠나고 나자 농장 주인은 계속 그녀를 질책했지만, 이런 종류의 질책은

성적인 유혹과는 상관없는 것이라 테스는 이를 아주 담담히 받아들였다. 이전 경험으로 보아, 여차하면 자신을 주먹으로 칠 수도 있는 이런 돌덩이 같은 사람이 주인이라는 게 오히려 안심이 되었던 것이다. 그녀는 조용히 작업하고 있던 밭 꼭대기 쪽으로 돌아갔고, 조금 전 만남을 너무 골똘히 생각하느라 그로비가 탄 말의 코가 자신의 어깨에 거의 닿는 것도 몰랐다.

"수태고지일까지 일하기로 했지만, 그때까지 버티는지 두고 보겠어."

그가 으르렁거리듯 말했다.

"여자들은 정말 요상하다니까. 금방 이랬다저랬다 변덕이 죽 끓듯 하거든. 나도 이젠 더이상 못 참아!"

테스는 그가 전에 낭패를 본 일 때문에 이렇게 자기를 못살게 군다는 걸 알고 있었다. 하지만 그녀에게와는 달리, 농장의 다른 여자들은 괴롭히지 않았다. 그래서 좀 전 제안을 받아들여 돈 많은 알렉의 아내가 되었다면 어땠을까 하는 생각을 잠시 해보았다. 그랬다면 지금의 이 위압적인 주인뿐 아니라 자신을 멸시하는 것 같은 온 세상으로부터 완전히 벗어날 수 있을 것 같았다.

"하지만 아냐, 그건 아냐!"

그녀는 숨을 몰아쉬며 중얼거렸다.

"이제 와서 그와 결혼할 순 없어! 그 사람은 너무 싫어."

바로 그날 밤, 테스는 클레어에게 절절한 편지를 쓰기 시작했다. 자신의 어려운 처지는 숨긴 채 그에 대한 변치 않는 사랑을 다짐하는 내용이었다. 행간의 뜻을 읽을 줄 아는 사람이라면 누구나 그녀의 대단한 사랑 뒤에, 차마 밝히진 못하지만, 거의 절망에 가까운 끔직한 공포가 숨어 있다는 걸 눈치 챘을 것이다. 하지만 이번에도 역시 그녀는 자신의 심정을 모두 털어놓지 못했다. 이즈에게 함께 가자고 했던 걸로 보아, 어쩌면 그가 자신을 전혀 좋아하지 않는지도 모른다는 생각이 들었던 것이다. 편지를 상자에 넣으며, 그녀는 과연 이것이 에인절의 손에 들어가게 될지 의심스러웠다.

이 일이 있고 난 뒤, 그녀의 일과는 무척 힘겹게 이어졌고, 농부들에게는 매우 중요한 성촉절크리스마스 40일 후로 아기 예수가 봉헌된 것을 기념하는 2월 2일 장날이 다가왔다. 수태고지일 이후 다음 열두 달에 대한 새로운 계약이 바로 이 장날에 이루어졌다. 그런 까닭에 농사짓는 사람들 중 일자리를 바꾸려는 사람들은 당연히 장이 열리는 읍내로 나갔다. 플린트컴-애쉬 농장의 일꾼들은 거의 모두 일자리를 옮길 생각이어서, 아침 일찍 대탈출을 시도하듯 다들 언덕 너머로 16킬로미터 남짓 떨어져 있는 읍내로 향했다. 테스 또한 이 수태고지일에 떠날 작정이었다. 하지만 그녀는 읍내로 나가지 않은 몇 안 되는 사람 중에 끼어 있었다. 또다시 바깥일을 하지 않아도 될 뭔가 좋은 일이 생기기를 막연히 바라면서 말이다.

평화로운 2월의 어느 날이었다. 2월치고는 날이 너무 포근해서 겨울이 끝난 게 아닌가 생각될 정도였다. 테스가 막 저녁 식사를 마쳤을 때쯤, 그녀가 묵고 있는 농가의 창문에 더버빌이 모습을 드러냈다. 테스는 이날 집에 혼자 있었다.

테스는 자리에서 벌떡 일어났다. 하지만 방문객은 이미 창가에서 문을 두드리고 있었고, 그녀는 마땅히 피할 방법이 생각나지 않았다. 문을 두드리고 앞으로 다가오는 그의 모습에선 지난번 보았을 때와는 다른, 설명하기 어려운 어떤 차이가 느껴졌다. 그의 태도에는 약간 부끄러워하는 듯한 기색이 엿보였다. 그녀는 문을 열지 않겠다고 생각했지만, 그럴 만한 이유가 전혀 없었기에 일어나 빗장을 들어 올리고는 재빨리 뒤로 물러섰다. 그는 집 안으로 들어오더니, 그녀를 보고는 말도 하지 않고 의자에 털썩 주저앉았다.

"테스…… 어쩔 수가 없었소!"

몹시 흥분한 듯 벌겋게 달아오른 얼굴을 닦으며 그가 절망적인 어조로 말을 시작했다.

"적어도 당신이 어떻게 지내는지는 확인해야 할 것 같았소. 장담컨대 그 일요일에 당신을 보기 전까진 결코 당신 생각을 한 적이 없었소. 하지만 이젠 아무리 애써도 당신 모습을 지울 수가 없소. 착한 여자가 나쁜 남자한테 해를 끼친다는 건 말이 안 되지만, 이건 사실이오. 테스, 제발 날 위해 기도만이라도 해주시오!"

혼란스런 마음을 억누르고 있는 그의 모습은 거의 애처로울 지경이었다. 하지만 테스는 그를 동정하지 않았다.

"어떻게 당신을 위해 기도할 수 있겠어요? 난 이제, 이 세상을 움직이는 위대한 '하나님'이 나 같은 사람의 기도를 듣고 그분의 계획을 변경하리라고는 믿지 않아요."

"정말 그렇게 생각하오?"

"네. 예전 같으면 그걸 믿었겠지만, 지금은 생각이 바뀌었거든요."

"바뀌다니? 대체 누가?"

"정 알고 싶다면 말씀드리죠. 남편 때문에 바뀌었어요."

"아, 당신 남편이라…… 남편 때문에 바뀌었다니! 참 이상한 일이군! 요 전날에도 언뜻 이런 얘기를 한 것 같은데. 테스, 그럼 당신이 믿는 건 뭐요? 종교는 없는 것 같은데…… 아마도 나 때문이겠지?"

"아뇨, 믿는 게 있어요. 초자연적인 건 전혀 믿지 않지만요."

더버빌은 미심쩍은 듯 그녀를 쳐다보았다.

"그럼 당신은 내가 택한 길이 모두 잘못되었다고 생각하오?"

"상당 부분은요."

"흠…… 하지만 난 확신이 섰소."

그가 불안한 어조로 말했다.

"그래도 난 산상수훈의 정신은 믿어요. 우리 남편도 그랬고요…… 다만 믿지 않는 건……."

그녀는 여기서 자신이 믿지 않는 것에 대한 몇 가지 예를 들었다.

"그러니까."

더버빌이 냉담하게 말했다.

"당신은 남편이 믿는 건 뭐든지 믿고, 남편이 거부하는 건 뭐든 거부한다는 말이군. 조금도 의문을 가지거나 따져보지 않고 말이지. 여자들이란 다 이렇다니까. 당신 마음은 지금 노예처럼 그에게 사로잡혀 있는 거요."

"그럼요, 그이는 모든 걸 다 알고 있으니까요!"

에인절 클레어에 대한 한 치의 의심도 없는 견고한 믿음으로 그녀가 말했다. 이것은 세상에서 가장 완벽한 남자라도 받지 못할 그런 믿음이었다.

"알겠소, 하지만 그렇게 부정적인 견해까지 모조리 받아들여선 안 되는 거요. 당신한테 이 같은 회의론을 가르치다니 참 별난 사람이군!"

"그이는 결코 내 판단을 강요하지 않았어요! 이 문제를 놓고 나와 얘기한 적도 없다고요! 다만 난 이렇게 생각했어요. 그이가 교리를 깊이 연구한 뒤에 믿고 있는 거라면 교리라고는 전혀 보지도 못한 내가 믿는 것보다는 옳을 거라고요."

"그가 무슨 얘길 했었소? 분명 뭔가 얘기했을 텐데."

그녀는 곰곰이 생각했다. 그녀는 예리한 기억력으로 비록 깊은 뜻을 이해하진 못했지만, 에인절 클레어의 말들을 기억해냈다. 또한 이따금 그가 자기를 옆에 두고 생각에 빠져 말했던 엄격한 삼단논법도 생각이 났다. 이야기를 하면서 그녀는 더없이 존경스런 마음으로 클레어의 말투와 몸짓을 따라하곤 했다.

"다시 말해보시오."

주의 깊게 이야기를 듣고 있던 더버빌이 말했다. 테스는 그 주장을 되풀이했고, 더버빌은 생각에 잠겨 그녀가 한 말을 중얼거리듯 따라했다.

"그 밖에 다른 건 없소?"

잠시 후 그가 물었다.

"언젠가 이런 얘기도 한 적이 있어요."

그녀는 또 다른 이야기를 꺼냈는데, 아마도 『철학사전』프랑스 철학자 볼테르의 저서로, 기독교를 여러 측면에서 공격한 내용이 들어 있다에서부터 헉슬리의 『산문』영국의 생물학자 토머스 헉슬리의 저작으로, 그는 다윈의 진화론을 지지했고, 기독교의 신학적 정 이론을 맹렬히 비난했다에 이르기까지, 이런 부류의 저작에서 볼 수 있는 주장들이었다.

"아하! 어떻게 그걸 다 기억하고 있소?"

"남편은 원치 않았지만, 그가 믿는 거라면 나도 믿고 싶었어요. 그래서 졸랐더니 몇 가지 생각을 말해주더군요. 그걸 완전히 이해했다고 말할 순 없지만, 그게 옳다는 건 알아요."

"흠. 당신 자신도 모르는 걸 나한테 가르칠 수 있는지 한번 생각해보시오."

그는 생각에 빠져들었다.

"그래서 난 그이와 정신적인 운명을 같이하기로 했어요. 그이와 다른 건 싫었어요. 그이한테 좋은 거라면 나한테도 좋은 거니까요."

"당신이 그 사람처럼 대단한 회의주의자라는 걸 그는 알고 있소?"

"아뇨, 그이한테는 얘기하지 않았어요."

"알겠소, 테스. 어쨌든 오늘은 당신이 나보다 더 행복한 사람이오! 당신은 믿음을 전해야 한다고 생각지 않을 테니. 그걸 전하지 않는다고 해서 양심의 가책을 받진 않을 것 아니오. 하지만 난 이 믿음을 전해야 한다고 믿고 있소. 그런데 꼭 악마들처럼 믿으면서도 자꾸만 떨린다오. 설교 중에 불쑥 당신 생각이 나면 말이 나오지 않거든."

"어째서요?"

"아!"

그가 지친 목소리로 말했다.

"난 오늘 당신을 만나려고 먼 길을 달려왔소. 하지만 집을 나설 땐 캐스터브리지 장으로 가서, 두 시 반경에 마차 위에서 말씀을 전할 생각이었소. 지금쯤 그곳에선 모든 형제들이 날 기다리고 있을 거요. 이게 바로 그 광고요."

그는 윗저고리에서 포스터 한 장을 꺼냈다. 거기엔 앞서 말한 대로 더버빌이 복음을 전할 날짜와 시간과 집회 장소가 적혀 있었다.

"그런데 왜 여길 온 거죠?"

시계를 쳐다보며 테스가 말했다.

"거기 갈 수가 없었소. 그래서 여길 온 거요."

"하지만 본인이 설교를 하겠다고 해놓고……."

"그렇게 약속했지만, 난 못 가게 될 거요. 한때 내가 멸시했던 여자를 보고 싶은 불같은 욕망 때문이오! …… 아니, 맹세코 당신을 멸시하진 않았소. 그랬다면 지금처럼 당신을 사랑하지도 않았을 테지! 내가 당신을 멸시하지 않았던 건 어쨌거나 당신은 본질적으로 순결한 여자였기 때문이오. 사정을 알고 나자, 당신은 너무도 빨리 단호하게 떠나버렸소. 내 맘대로 하도록 머물러 있지 않았던 셈이지. 이 세상에서 내가 경멸하지 않았던 단 한 여자를 꼽으라면 그건 바로 당신이오. 이젠 당신이 날 멸시해도 좋소! 난 산꼭대기에서 기도하고 있다고 생각했는데, 이제 보니 여전히 숲에서 헤매고 있었던 거요. 하! 하!"

"아, 알렉 더버빌! 그게 무슨 말이죠? 대체 내가 뭘 어쨌다고요!"

"어쨌냐고?"

불만에 가득 차 빈정거리듯 그가 말했다.

"의도적인 거야 전혀 없었지. 하지만 당신은 날 타락시킨 도구였소. 말하자면 죄 없는 도구였던 셈이지. 난 스스로에게 묻곤 한다오. 실은 내가 '세상의 더러움을 피한 후에 다시 그 중에 얽매이고 지'베드로후서 2장 20절 중고 마는 멸망의 종들 중 하나가 아닌가 하고 말이오……. 성경은 이들의 미래가 처음보다 더 나빠진다고 말하고 있소."

그가 테스의 어깨에 손을 얹었다.

"테스, 테스! 당신을 다시 만나기 전만 해도 난 구원의 길을 걷고 있었소."

마치 어린아이에게 하듯 그녀를 거세게 흔들며 그가 말했다.

"그런데 왜 날 유혹한 거요? 당신의 그 눈과 입을 다시 보기 전까진, 더할 나위 없이 확고했었단 말이오. 이브 이후로 이토록 사람을 미치게 하는 입은 결코 없었을 거요!"

그의 목소리가 가라앉더니, 검은 두 눈에서 뜨겁고 교활한 빛이 뿜어져 나왔다.

"테스, 당신은 유혹의 화신이며, 사랑스런 바빌론의 마녀요…… 당신을 다시 보는 순간 도저히 당신을 거부할 수가 없었소!"

"당신을 다시 보게 된 건 어쩔 수 없는 일이었어요!"

테스가 움찔하며 말했다.

"나도 알고 있소…… 거듭 말하지만, 당신을 비난하려는 게 아니오. 그래도 사실은 사실인 거요. 그날 당신이 농장에서 혼나는 걸 보고, 난 당신을 보호해 줄 법적 자격도 없고, 또 그걸 가질 수도 없다는 생각에 미칠 것만 같았소. 정작 그 자격을 가진 사람은 당신을 완전히 버려두고 있는데 말이지!"

"그 사람 욕하지 말라니까요…… 여기 없는 사람이잖아요!"

그녀가 흥분해서 소리쳤다.

"남편을 정중히 대해주세요…… 그이가 당신한테 잘못한 거 없잖아요! 아, 남편의 진실한 이름을 더럽힐지도 모르는 추한 소문이 퍼지기 전에 제발 절 놓아주세요!"

"알겠소…… 알겠소."

섬뜩한 꿈에서 깨어난 사람처럼 그가 말했다.

"난 오늘 장에서 그 불쌍한 술주정뱅이 죄인들에게 그리스도를 전하겠다던 약속을 어기고 말았소. 이처럼 어처구니없는 일은 난생 처음이오! 한 달 전만 해도 이런 일은 상상조차 할 수 없었을 거요. 가보겠소, 숨으러…… 그리고…… 아, 괜찮다면! …… 제발."

그러더니 갑작스레 말했다.

"테시, 한 번만 안아주시오…… 딱 한 번만! 옛정을 생각해서라도……."

"알렉! 난 지금 무방비 상태예요. 게다가 한 훌륭한 남자의 명예가 내 처신에 달려 있다고요…… 생각해봐요…… 그리고 부끄러운 줄 아세요!"

"아, 그래…… 알겠소! 제기랄!"

그는 자신의 나약함에 굴욕감을 느끼며 입술을 깨물었다. 그의 눈빛엔 호색적인 욕망도 종교적인 욕망도 모두 보이지 않았다. 마치 개심한 이후, 얼굴 주름 사이에 죽은 듯 누워 있던 예전의 검은 욕망의 시체들이 깨어나 부활한 것 같았다. 자기 행동의 통제력을 상실한 채 그는 어정쩡하게 발걸음을 돌렸다.

더버빌은 오늘 약속을 어긴 것이 믿는 자의 단순한 타락일 뿐이라고 했지만, 에인절이 들려주었다던 테스의 말은 그에게 깊은 인상을 주었고, 그녀를 떠난 이후에도 계속 남아 있었다. 그는 이때까지 꿈에도 생각지 못했던 가능성, 즉 자신의 믿음이 흔들릴 수도 있다는 가능성을 깨닫고 온몸의 힘이 다 빠져버린 듯 말없이 걸어갔다. 사실 그의 회개는 이성과는 전혀 관련이 없었다. 이런 까닭에, 그의 열정적 신앙의 바다에 테스가 떨어뜨린 몇 방울의 논리로 한창 끓어오르던 그의 열정은 차갑게 식어버린 셈이었다. 그는 그녀가 전해준 결정結晶 같은 구절들을 거듭 되새기면서 혼잣말로 중얼거렸다.

"이런 것들을 테스한테 말해주면서 그 똑똑한 양반도 그 말들 때문에 내가 그녀한테 돌아가게 될 줄은 꿈에도 생각하지 못했을 거야!"

47

플린트컴-애쉬 농장에서 마지막 밀 더미를 탈곡하는 날이었다. 3월의 새벽은 유난히 무표정했고, 동쪽 지평선을 알려주는 표지는 전혀 보이지 않았다. 어슴푸레한 빛 속에 사다리꼴 모양의 낟가리가 꼭대기를 드러냈다. 이 낟가리는 겨우내 눈비에 씻기고 빛이 바래면서도, 외로이 자리를 지키고 서 있었다.

이즈 휴에트와 테스가 작업장에 도착했을 때, 먼저 도착한 사람들이 있는지 부스럭거리는 소리가 들렸다. 잠시 후 날이 밝자 낟가리 꼭대기에 두 남자의 형체가 나타났다. 이들은 부지런히 낟가리 '벗기기'를 하는 중이었다. 즉 밀단을 아래로 던지기에 앞서 먼저 이엉을 벗겨내고 있었던 것이다. 이즈와 테스는 다른 여자들과 함께 색 바랜 갈색 앞치마를 입은 채 추위에 떨며 서서 기다렸다. 농장 주인 그로비는 가능하면 그날 작업을 마치려고, 이처럼 이른 시간에 작업장에 나오도록 지시했던 것이다. 낟가리 처마 밑에는 여자들이 모셔야 할 붉은 폭군, 탈곡기가 놓여 있었는데, 아직까진 모습이 보이지 않았다. 이것은 목재 구조물로 바퀴와 피댓줄이 달려 있었고, 작업이 진행되는 동안엔 마치 폭군처럼 근육과 신경의 인내를 요구했다.

여기서 조금 떨어진 곳에 형체를 분간하기 힘든 또 다른 기계가 있었다. 이 검은색 기계는 엄청난 힘을 숨기고 있는 듯 계속 쉿쉿 소리를 내고 있었다. 물푸레나무 옆에 치솟아 있는 기다란 굴뚝과 거기서 발산되는 열기는 여기 이 기계가 날이 밝기 전 이 작은 세계의 원동력으로 사용될 발동기라는 걸 말하고 있었다. 발동기 옆에는 키가 크고 검댕을 뒤집어쓴 시커먼 남자가 석탄 더미를 옆에 두고 최면에 걸린 듯 꼼짝하지 않고 서 있었다. 바로 발동기 기사였다. 그 모습과 얼굴색이 독특해서 꼭 도벳에서 온 사람도벳은 예루살렘 남쪽 힌놈 골짜기에 있는 제단으로, 뜨거운 불지옥 같은 곳이며, 여기서 인신제사人身祭祀가 행해졌다고 한다 같았다. 그가 자신과는 전혀 공통점이 없는, 연기 하나 없이 투명하고 누런 곡식과 허연 흙밖에 없는 이 고장까지 흘러온 것은 이곳 토박이들을 놀라게 하고 당황스럽게 하기 위함인 것 같았다.

유별난 외모처럼 그의 느낌도 마찬가지였다. 그는 농촌에 있지만 여기 속해 있지 않았다. 그는 불과 연기를 섬기는 사람이었고, 들에 있는 사람들은 식물과 날씨와 서리와 태양을 섬기는 사람들이었다. 웨섹스에서도 이 지방은 아직 증기 탈곡기를 사용하고 있었기 때문에, 그는 발동기를 가지고 이 농장 저 농장으로 옮겨 다니곤 했다. 그는 낯선 북쪽 사투리를 썼고, 그의 머릿속엔 자신밖에 없었으며, 눈은 자신의 쇳덩어리에만 가 있어 주변 풍경은 전혀 의식하지도 못했고 또 이를 좋아하지도 않았다. 그는 어떤 옛 운명 때문에 하계의 왕을 섬기던 중 자기 뜻과는 반대로 이곳을 떠돌게 된 듯 꼭 필요한 경우에만 이곳 사람들과 교제를 나누었다. 발동기 바퀴와 낟가리 밑의 붉은 탈곡기를 연결하는 긴 피댓줄만이 농사와 그를 연결해주는 유일한 끈이었다.

낟가리의 이엉을 벗기는 동안, 그는 이동식 발동기 옆에 무심히 서 있었고, 뜨겁게 달아오른 기계 주변에선 아침 공기가 떨고 있었다. 그는 준비 작업과는 전혀 상관없는 사람이었다. 그의 불은 시뻘겋게 달아올라 대기 중인 데다 증기도 고압 상태여서, 잠시 후면 눈에 보이지도 않을 만큼 빠르게 긴 피댓줄을 돌릴 수 있었다. 그 이외에 주변 것들은 밀이든 밀짚이든 무질서든 무엇이든 간에 그에겐 모두 마찬가지였다. 한가로운 토박이들 중 누군가가 그에게 어떻게 부르면 좋겠냐고 묻기라도 하면, 그는 짤막하게 '기사'라고만 대답했다.

날이 훤히 새고 낟가리에 이엉이 완전히 벗겨졌다. 남자들이 각자 자리를 잡고 여자들이 낟가리 위로 올라가자 작업이 시작되었다. 농장 주인 그로비—사람들은 그를 '그자'라고 불렀다—는 이미 와 있었고, 그의 지시에 따라 테스는 기계 발판 위에 자리를 잡았다. 밀단을 기계에 집어넣는 남자 바로 옆 자리였는데, 그녀가 할 일은 낟가리 위에 서 있는 이즈 휴에트로부터 밀단을 넘겨받아

푸는 것이었다. 밀단 먹이는 남자가 이걸 받아 돌아가는 원통형 기계 위에 펼쳐 놓으면 순식간에 모든 낟알들이 털려 나왔다.

기계는 처음 한두 차례 갑자기 멈추더니—기계를 싫어하는 사람들은 속으로 좋아했다—곧 본격적으로 돌아가기 시작했다. 작업은 아침 식사 때까지 계속되었고, 식사가 이루어지는 30분 동안은 탈곡기도 휴식을 취했다. 식사를 마치고 다시 작업이 시작되자, 농장의 추가 일꾼들이 모두 짚가리를 쌓는 데 투입되었고, 이 짚가리는 낟가리 옆에서 점점 커져갔다. 일꾼들은 자리를 뜨지 않고 선 채로 급히 새참을 먹었고, 두 시간쯤 더 지나자 점심시간이 가까워졌다. 원통형 바퀴는 지칠 줄 모르고 계속 돌아갔고, 윙윙거리는 탈곡기 소리는 돌아가는 기계 근처에 있는 사람들의 골수까지 떨리게 만들었다.

높아져가는 밀짚 가리 위에 앉은 노인들은 참나무 바닥으로 된 헛간에서 도리깨로 타작하던 옛 시절 이야기를 나누었다. 이들은 심지어 키질까지도 손으로 직접 하던 그 시절이 속도는 느렸지만, 결과는 더 좋다고 생각했다. 밀 낟가리 위에 있는 이들 역시 약간은 이야기를 나눌 수 있었다. 하지만 테스를 포함해 기계에서 땀을 뻘뻘 흘리는 일꾼들은 그 임무가 결코 가볍지 않아 많은 말을 주고받을 수 없었다. 일이 쉼 없이 계속되자 테스는 너무나 힘이 들었고, 플린트컴-애쉬에 오지 않았으면 좋았을 거라는 후회마저 들기 시작했다. 밀 낟가리 위에 있는 여자들—그중에서도 특히 마리안—은 잠시 일손을 놓고 이따금 병에 든 맥주나 식은 차를 마셨고, 얼굴을 닦거나 옷에 붙어 있는 지푸라기와 밀 껍질을 털어내며 몇 마디 잡담을 주고받기도 했다. 하지만 테스는 잠시도 쉴 수가 없었다. 탈곡기의 둥근 바퀴가 쉬지 않고 돌아가는 까닭에 밀단을 먹이는 남자는 쉴 수가 없었고, 덩달아 그에게 밀단을 풀어 가져다주는 테스까지 쉴 수 없었던 것이다.

아마 무슨 경제적인 이유가 있었겠지만, 이 일은 대체로 특별히 뽑힌 여자에게 맡겨졌다. 그로비의 말에 따르면, 테스를 뽑은 이유는 그녀가 밀단을 풀 때 힘이 좋고 재빠른 데다, 이 일을 끈기 있게 할 만한 사람이기 때문이었다. 어쩌면 그의 말이 사실인지도 몰랐다. 윙윙거리는 탈곡기 소리는 말소리가 안 들릴 정도로 요란했는데, 밀단의 공급이 줄어들면 더 심하게 으르렁거리곤 했다. 테스와 밀단을 먹이는 남자는 고개조차 돌릴 수 없었기 때문에, 테스는 점심시간 직전에 어떤 남자가 소리 없이 문을 지나 밭으로 들어와 두 번째 낟가리 아래 선 채 이 광경을, 특히 자신을 지켜보고 있다는 걸 알지 못했다. 그는 멋진 무늬의 트위드 양복 차림을 한 채 화려한 단장短杖을 빙빙 돌리고 있었다.

"저게 누구지?"

이즈 휴에트가 마리안에게 물었다. 처음엔 테스에게 물어봤지만, 테스는 이 말을 알아들을 수 없었다.

"누구 애인인가보지."

마리안이 간단히 대답했다.

"분명 테스를 쫓아다니는 사람일 거야, 틀림없어."

"아, 아냐. 요즘 코를 들썩이며 쫓아다니는 사람은 저런 멋쟁이가 아니라 무슨 전도사라던데."

"가만…… 저 사람이 바로 그 사람이잖아."

"설교하고 돌아다니는 그 사람이라고? 완전히 딴사람이네!"

"검정 양복하고 흰 넥타이는 벗어던지고 구레나룻도 깎았지만, 어쨌든 같은 사람이야."

"정말 그렇게 생각해? 그럼 테스한테 알려줘야지."

마리안이 말했다.

"그러지 마. 곧 알게 될 텐데 뭐."

"글쎄, 전도한다고 떠들어대면서 유부녀나 꾀는 건 옳은 일은 아니지. 남편이

외국에 있고, 어떤 의미에선 테스가 과부나 다름없다고 해도 이건 안 될 말이야."

"아, 테스를 어쩌진 못할 거야."

이즈가 냉담하게 말했다.

"구덩이에 빠진 마차가 꼼짝하지 않듯 그 애 마음도 한자리에서 꼼짝하지 않거든. 장담컨대 아무리 달콤한 말로 유혹하고 설교하고 또 일곱 우레까지요한계시록 10장 3, 4절에 언급됨 동원한다 해도 테스의 마음을 흔들어놓을 순 없을 거야. 설사 그 애한테 더 좋은 일이라 해도 말이야."

점심시간이 되자 윙윙거리며 돌아가던 소리도 멈췄다. 그제야 테스는 자리를 떠날 수 있었다. 하지만 기계의 진동 때문에 무릎을 심하게 떨었던 탓에 도무지 걸을 수가 없었다.

"너도 나처럼 한잔해야겠는걸."

마리안이 말했다.

"그럼 그렇게 하얗게 질려 보이진 않을 텐데. 이런, 꼭 가위라도 눌린 것 같은 얼굴이잖아!"

마음씨 착한 마리안은 테스가 너무 지쳐 있어서 누가 자기를 찾아온 걸 알면 식욕이 달아나버리거나 밥맛을 잃을지도 모른다고 생각했다. 그래서 테스한테 사다리를 타고 낟가리 뒤쪽으로 내려가자고 말하려던 차에, 그 신사가 다가와 위를 쳐다보았다.

테스가 "앗!" 하는 외마디 비명을 지르더니, 곧이어 재빨리 말했다.

"난 여기서 먹을 거야…… 낟가리 위에서."

때때로 농가에서 너무 멀리 떨어져 있을 땐 그렇게 하기도 했다. 하지만 오늘은 아주 매서운 바람이 계속 불고 있어서, 마리안과 다른 여자들은 짚가리 아래로 내려가 자리를 잡았다.

테스를 찾아온 손님은 복장과 모습이 바뀌긴 했어도 최근까지 복음을 전하던 바로 그 알렉 더버빌이었다. 한눈에 봐도 예전의 세속적 욕정이 되돌아왔음을 뚜렷이 알 수 있었다. 그는 나이를 서너 살 더 먹긴 했으나, 테스를 사촌이라 부르며 쫓아다니던, 그녀가 처음 보았을 때의 무례하기 짝이 없는 멋쟁이로 거의 돌아와 있었다. 있던 자리에 남아 있기로 마음을 굳힌 테스는 아래서 보이지 않도록 밀단 사이에 앉아 식사를 시작했다. 잠시 후 사다리를 타고 올라오는 발소리가 들리는가 싶더니, 곧바로 알렉이 낟가리 위로 모습을 드러냈다. 이젠 길쭉하고 평평하게 쌓은 단이 되어버린 이 낟가리 위로 그가 성큼성큼 걸어오더니 아무 말 없이 그녀의 맞은편에 앉았다.

테스는 집에서 가져온 두꺼운 팬케이크 한 조각으로 소박한 점심 식사를 했다. 이때쯤 다른 일꾼들은 낟가리 주변에 흩어진 밀짚들을 편안한 휴식처 삼아 그 아래에 모두 모여 있었다.

"보다시피 이렇게 다시 왔소."

"왜 이토록 날 괴롭히는 거죠?"

치가 떨리는 듯 그녀가 소리쳤다.

"내가 당신을 괴롭힌다고? 오히려 내가 묻고 싶은 말이오. 왜 날 괴롭히는 거요?"

"정말이지, 난 당신을 괴롭히지 않았어요."

"아니라고? 아니, 분명 그랬소! 당신은 늘 날 따라다니거든. 조금 전 섬뜩한 눈빛으로 날 노려보던 그 눈동자가 밤이고 낮이고 나타난단 말이오! 테스, 당신한테서 아이 이야기를 들은 뒤로는 하늘을 향해 힘차게 흐르던 내 감정들이, 갑자기 둑이 터져 당신 쪽으로 방향을 바꾸더니 곧바로 그쪽으로 돌진해가는 것만 같소. 이때다 싶었는지 복음의 물길은 즉각 말라버렸소. 이 모든 게 바로 당신, 당신 때문이란 말이오!"

그녀는 입을 열지 않고 물끄러미 바라볼 뿐이었다.

"그럼, 전도를 완전히 포기했다는 말인가요?"

그녀는 에인절로부터 일시적 광신狂信을 경멸하는 현대사상의 회의적 태도를 자주 들어서 알고 있었지만, 여자인지라 다소 소름이 끼쳤다.

자신의 경박함을 감추려는 듯 심각한 표정을 지으며 더버빌이 말했다.

"완전히 그만뒀소. 캐스터브리지 시장에서 주정뱅이들한테 설교하기로 되어 있던 그날 오후부터 모든 약속을 어기고 말았소. 형제들이 날 어찌 생각할지 모르겠군. 아하! 형제들! 그들은 분명 날 위해 기도할 테고 또 울어주겠지. 나름대로 착한 사람들이니까. 하지만 내가 신경 써본들 뭐 하겠소? 믿음을 잃어버린 마당에 어떻게 그 일을 계속한단 말이오? 그거야말로 가장 비열한 위선이 될 거요! 그들 눈에는 내 꼴이 하나님을 모독하지 않으려고 사탄에게 넘겨진 후메내오와 알렉산더처럼디모데전서 1장 20절에 언급된 인물 보일 거요. 당신은 참으로 대단한 복수를 한 셈이오! 난 당신이 순진한 걸 알고는 속였었지. 삼 년 반이 지난 지금, 당신은 내가 열렬한 기독교인이 된 걸 보고 날 조종하고 있소. 어쩌면 완전히 파멸로 몰아갈지도 모르지! 하지만 테스, 예전처럼 부르자면 사촌동생, 이건 단지 습관일 뿐이니 그렇게 혐오스럽게 쳐다보지 마시오. 물론 당신은 예쁜 얼굴과 멋진 몸매를 간직하고 있다는 것 말고는 아무 잘못이 없소. 당신이 날 알아보기 전에 난 난가리 위에 있는 당신을 보았소. 몸매를 돋보이게 하는 꽉 끼는 앞치마에다 차양 달린 모자까지 쓴 모습을 말이오. 당신처럼 밭일하는 여자들은 위험을 피하려면 그런 모자를 써선 안 되는 거요."

그는 잠시 말없이 그녀를 바라보더니, 피식 비웃음을 던지며 다시 말을 시작했다.

"만약 내가 대리인이라고 생각했던 그 독신獨身, 독신이었던 사도 바울을 가리킨다께서도 이렇게 예쁜 얼굴을 보았더라면, 분명 나처럼 그녀를 위해 이미 시작했던 전도를 포기하고 말았을 거요."

테스는 충고를 하려고 했지만, 갑자기 유창하던 말문이 막혀버린 듯 입이 떨어지질 않았다. 그는 신경 쓰지 않고 계속했다.

"그러니까 결국, 당신이 선물하는 이 천국도 진짜 천국이나 다름없을 거요. 그렇지만 테스, 이건 심각한 얘긴데 말이오."

더버빌이 자리에서 일어나 가까이 다가오더니 팔꿈치를 밀단에 대고 몸을 비스듬히 기댔다.

"지난번 당신을 만나 이후, 그 사람이 했다는 말을 줄곧 생각해봤소. 그래서 내린 결론은 케케묵은 옛 교리들이 다소 상식에 어긋나는 점이 있다는 거요. 어쩌다 내가 그 볼품없는 클레어 신부의 열정에 감염되어 그렇게 미친 듯 그 양반보다도 더 열심히 뛰어다녔는지 이해할 수가 없소! 지난번 당신이 그 대단한 남편의, 그 이름은 절대로 말해주지 않았지만, 지적 능력을 빌어 한 말 중에 이른바 어떤 교리도 없는 윤리 체계를 갖는다는 말이 있었는데, 난 여기에 전혀 찬성할 수가 없소."

"아니, 설령 절대적 교리는 가질 수 없다 해도 최소한 자애慈愛와 순결에 근거한 종교는 가질 수 있잖아요."

"아, 아니오! 나는 그와는 종류가 좀 다른 사람이오! 만약 누군가 '이렇게 해라, 그러면 당신이 죽은 뒤에 좋은 일이 있을 것이다, 또는 저렇게 해라 그러면 나쁜 일이 있을 것이다'라고 말해주지 않으면, 난 도무지 달아오르질 않소. 제기랄! 만약 책임지는 사람이 아무도 없다면 난 내 행동이나 감정에 책임지지 않을 거요. 테스, 내가 당신이라면 책임감 같은 건 느끼지 않겠소!"

그녀는 그의 머리가 둔해서 인류가 시작될 때부터 뚜렷이 구분되어온 두 문제, 즉 신학과 도덕을 혼동하고 있다는 걸 지적하며 반론을 펴려고 했다. 그러나 에인절 클레어가 조심스레 말하기도 했고, 자신도 훈련이 절대적으로 부족했으며, 무엇보다 그녀는 논리적인 사람이라기보다는 감정적인 사람이기에 생각대로 말하질 못했다.

"걱정 말아요."

그가 다시 말을 계속했다.

"난 옛날 그대로 여기에 있으니까!"

"옛날 그대로가 아니에요, 절대로 아니라고요. 달라요!"

그녀가 애원했다.

"난 당신한테 결코 따스한 정을 느껴보지 못했어요. 신앙을 잃고 나한테 와서 이런 말을 할 거라면 차라리 신앙을 지킬 것이지, 왜 신앙을 잃었냐고요?"

"당신이 내게서 그걸 쫓아내버렸기 때문이오. 그러니 죄는 당신의 그 사랑스런 얼굴에 있는 거지! 당신 남편은 자기가 가르친 게 어떻게 되돌아올지 아마 상상도 못했을 거요! 하하…… 여하튼 날 배교자로 만들어줘서 너무도 고맙소! 테스, 난 옛날보다 더 당신한테 집착이 가고 또 당신을 동정하오. 아무리 감추어도 난 당신이 곤란한 처지에 있다는 걸 알고 있소…… 사랑받아야 할 사람한테서 버림받았다는 걸 말이오."

테스는 입에 넣은 음식을 삼킬 수가 없었다. 입술이 마르고 곧 숨이 막힐 것만 같았다. 낟가리 아래서 먹고 마시며 쉬고 있는 일꾼들의 웃음소리가 아득히 멀리서 들려오는 것 같았다.

"정말 잔인하군요! 어떻게…… 어떻게 그런 말을 할 수가 있죠? 날 조금이라도 생각한다면 말이에요."

"그래, 좀 지나쳤소."

그가 약간 주춤하면서 말했다.

"전도를 포기한 게 당신 때문이라고 질책하러 온 건 아니었소. 실은 당신이 이런 일을 하지 않았으면 좋겠다는 말을 하러 온 거란 말이오. 그래서 일부러 여길 찾아온 거요. 당신은 나 말고 따로 남편이 있다고 말하지만, 글쎄, 그럴 수도 있겠지. 하지만 그 사람을 본 적도 없는 데다 당신이 이름조차 말하지 않으니, 나로선 어떤 신화 속의 인물이 아닐까 하는 생각이 든단 말이오. 하지만 설사 남편이 있다 해도 난 그 사람보다 내가 당신한테 더 가깝다고 생각하오. 어쨌거나 난 당신을 어려움에서 구해주려고 애쓰는데, 남편은 그게 아니잖소. 그 자가 눈앞에 없어서 천만다행이군! 예전에 즐겨 읽던 무시무시한 예언자 호세아의 말이 생각나오. 당신도 알고 있소? '저가 그 연애하는 자를 따라 갈지라도 미치지 못하며 저희를 찾을지라도 만나지 못할 것이라 그제야 저가 이르기를 내가 본 남편에게로 돌아가리니 그때의 내 형편이 지금보다 나았음이라 하리라'호세아 2장 7절…… 테스, 내 마차가 바로 언덕 밑에서 대기 중이오. 그리고…… 당신은 내 아내지, 그 사람 아내가 아니란 말이오! …… 다음 말은 당신이 더 잘 알 거요."

그가 말하는 동안 테스의 얼굴은 시뻘겋게 달아올랐다. 하지만 아무 대답도 하지 않았다.

"내가 이렇게 타락해버린 건 모두 당신 때문이오."

그가 의기양양하게 계속했다.

"그러니 당신도 기꺼이 그 책임을 져야지. 그리고 당신이 남편이라 부르는 그 고집불통 인간은 영원히 단념하시오."

팬케이크를 먹느라 벗어놓은 가죽 장갑 한 짝이 그녀의 무릎 위에 놓여 있었다. 아무 예고도 없이 그녀가 장갑 목을 잡더니, 그의 얼굴에 대고 힘껏 내리쳤다. 전사들이 쓰던 것처럼 무겁고 두꺼운 장갑이 그의 입을 정통으로 강타했다. 상상을 즐기는 사람이라면, 테스가 갑옷으로 무장한 자기 조상들이 늘 쓰던 기술을 재연한 게 아닐까,라고 생각했을지도 모른다. 비스듬히 밀단에 기대어 있던 알렉은 깜짝 놀라 벌떡 일어났다. 장갑이 강타한 자리에서 새빨간 피가 내비치더니, 순식간에 그의 입에서 밀단 위로 뚝뚝 떨어지기 시작했다. 그러나 그는 곧 냉정을 되찾았고, 조용히 주머니에서 손수건을 꺼내 입술에 흐르는 피를 닦았다. 그녀 역시 벌떡 일어났지만 다시 주저앉고 말았다.

"이제, 날 벌하세요!"

포수의 손에 잡힌 참새가 목을 비틀리기 전 가망 없는 도전의 눈빛을 던지듯 그녀가 고개를 들고 그를 쳐다보며 말했다.

"날 때리고 짓밟아요. 낟가리 아래 있는 사람들은 신경 쓰지 말고요! 소리치지 않을게요. 한 번 희생자는 영원한 희생자인 법이니까요…… 이게 바로 세상 이치잖아요!"

"아, 아니, 아니오, 테스."

그가 부드럽게 말했다.

"이 일은 그냥 넘어가겠소. 그런데 어처구니없게도 당신이 잊어버린 게 한 가지 있소. 그건 당신이 그렇게 말리지만 않았어도 내가 당신과 결혼했을 거라는 점이오. 분명 내 아내가 되어달라고 청혼했잖소, 아니오? 대답해보시오."

"그랬어요."

"그런데도 안 된다는 말이군. 하지만 이것 한 가지는 기억해둬야 할 거요!"

그는 진심으로 청혼했는데도 테스가 은혜를 모르고 계속 뻣뻣하게 군다는 생각에, 화가 머리끝까지 치민 듯 목소리마저 거칠어졌다. 그리고 그녀 옆으로 건너가 꼼짝하지 못하게 그녀의 어깨를 꽉 붙잡고 말했다.

"잘 기억해두시오. 한때 내가 당신 주인이었다는 걸! 난 다시 주인이 될 거요. 혹시 당신이 어떤 남자의 아내가 되어야 한다면, 그 남자는 바로 내가 되어야 할 거요!"

저 아래에서 탈곡기가 다시 돌기 시작했다.

"다툼은 여기서 끝냅시다!"

그가 그녀를 놓아주며 말했다.

"일단 지금은 물러가지만, 대답을 들으러 오후에 다시 오겠소. 내가 어떤 사람인지 당신은 아직 잘 모르고 있소! 하지만 난 당신을 잘 알지."

마치 얼빠진 사람처럼 그녀는 말없이 가만히 있었다. 더버빌은 밀단을 밟고 물러나 사다리를 내려갔고 그사이, 아래에 있던 일꾼들은 일어나 기지개를 켜며 좀 전에 마신 술을 깨고 있었다. 탈곡기가 다시 돌아가기 시작했다. 테스는 밀짚이 부스럭거리는 소리를 다시 들으며, 윙윙거리는 기계 옆에서 마치 꿈꾸듯 멍한 눈빛으로 끝없이 밀단을 풀어나갔다.

48

오후가 되자 농장 주인은 탈곡이 그날 밤에 끝나야 한다는 사실을 모두에게 알렸다. 달도 일하는 데 지장이 없을 만큼 밝은 데다, 발동기 기사가 내일 다른 농장에 예약이 되어 있기 때문이라는 것이었다. 이때부터 덜덜거리고 윙윙거리며 부스럭거리는 소리가 전보다 더 쉴 새 없이 주위에 울려 퍼졌다.

오후 세 시경, 새참 시간이 되어서야 테스는 눈을 들고 잠시나마 주위를 둘러볼 수 있었다. 다시 돌아와 출입문 옆 울타리 아래 서 있는 알렉 더버빌을 보고도 그녀는 전혀 놀라지 않았다. 그녀가 고개를 드는 걸 보자, 그는 세련된 몸짓으로 손에 입을 대어 키스를 한 다음 손을 흔들어 보였다. 싸움이 끝났다는 표시였다. 테스는 즉시 밑을 내려다보며, 그가 있는 쪽을 쳐다보지 않으려고 애썼다.

이렇게 오후가 지루하게 흘러갔다. 밀 낟가리는 더 낮아지고 짚가리는 점점 높이 올라갔으며, 밀을 담은 부대들이 짐마차에 실려 나갔다. 여섯 시경엔 낟가리가 어깨 높이에 이르게 되었다. 남자와 테스가 엄청나게 많은 밀단을 만족할 줄 모르는 그 탐욕스런 대식가의 입에 집어넣었음에도 불구하고, 여전히 손도 못 댄 채 남아 있는 밀단이 셀 수 없이 많았다. 아침엔 아무것도 없던 곳에 생겨난 거대한 짚가리는 그 윙윙거리는 빨간 대식가의 배설물인 것 같았다. 내내 흐려 있던 서쪽 하늘에서 격노한 듯 붉은 노을—날씨가 험한 3월에는 해질 무렵에나 볼 수 있는—이 빛을 발하더니 탈곡하는 사람들의 지치고 끈적거리는 얼굴에 몰려들어 이들의 얼굴을 구릿빛으로 물들였고, 펄럭이던 여자들의 옷도 활기를 잃은 불꽃처럼 이들의 몸에 차분히 붙어 있었다.

숨 가쁜 고통이 낟가리를 스쳐 지나갔다. 밀단을 먹이는 남자는 몹시 지쳐 있었다. 테스는 그의 시뻘건 목덜미에 밀 껍질이 뒤덮여 있는 걸 보았다. 그녀는 꼼짝없이 자리를 지켰지만, 벌겋게 달아올라 땀이 줄줄 흐르는 그녀의 얼굴은 밀과 먼지로 얼룩져 있었고, 흰 모자도 갈색으로 변해 있었다. 기계 곁에 있는 여자는 테스밖에 없었다. 그녀는 기계가 도는 대로 몸을 떨었고, 끝없는 진동으로 온몸의 조직들이 다 떨릴 정도여서, 거의 감각이 마비된 상태로 의식 없이 기계적으로 팔만 움직였다. 그녀는 자신이 어디 있는지도 전혀 알지 못했고, 낟가리가 줄어들면서 테스와 점점 멀어지게 된 이즈 휴에트가 자리를 바꿔주겠다고 소리치는 것도 듣지 못했다.

일꾼들 중 가장 생생하던 사람들마저 차츰 얼굴이 창백해지고 눈알이 퀭해졌다. 테스가 고개를 들 때마다 높이 올라간 짚가리가 눈에 들어왔고, 이 짚가리 위에서는 어스레한 북쪽 하늘을 배경으로 남자들이 셔츠 바람으로 일하고 있었다. 짚가리 앞에는 마치 야곱의 사다리처럼 붉고 기다란 승강기가 있었고, 그 위로 탈곡한 밀짚들이 끊임없이 이어져 올라가는 게 마치 누런 강물이 언덕 위로 올라가서 짚가리 꼭대기에 쏟아지는 것 같았다.

정확한 위치는 모르겠지만 알렉 더버빌이 어디선가 자신을 지켜보며 아직 이곳에 있다는 걸 테스는 알고 있었다. 그가 남아 있는 데는 핑계가 하나 있었다. 밀단이 마지막에 가까워지고 탈곡이 끝나갈 때쯤이면 늘 작은 쥐 사냥이 벌어졌는데, 이따금 탈곡과 상관없는 사람들도 여기에 끼어들 수 있었기 때문이다. 사냥개를 몰고 우스꽝스런 담뱃대를 들고 나타나는 신사에서부터 몽둥이와 돌멩이를 든 거친 사내들까지, 사냥을 즐기는 온갖 사람들이 다 모여들곤 했다.

하지만 쥐들이 보금자리를 틀고 있는 낟가리 바닥에 이르자면 아직 한 시간은 더 일해야 했다. 저녁 해가 애봇츠 서넬 옆의 자이언츠 힐 쪽으로 넘어가자, 맞은편 미들튼 애비와 쇼츠퍼드 쪽의 지평선 위로 3월의 하얀 달이 솟아올랐다. 마지막 한두 시간 동안 마리안은 테스가 몹시 걱정스러웠다. 이야기를 할 수 있을 만큼 가깝지도 않은 데다, 다른 여자들은 맥주라도 마시면서 기력을 유지하지만, 테스는 술을 즐기면 결과가 어찌 되는지 어려서부터 보아온 터라 술을 두려워하는 버릇이 있었다. 하지만 테스는 계속 일하고 있었다. 맡은 일을 완수하지 못하면 떠나야 했기 때문이다. 한두 달 전이라면 이런 일이 생겨도 담담하게, 심지어 안도의 한숨을 내쉬며 받아들였겠지만, 더버빌이 주위에 얼쩡거리기 시작한 뒤로는 일자리를 잃는다는 생각만 해도 공포스러웠다.

밀단을 던지는 사람들과 먹이는 사람들의 수고 덕택에, 낟가리가 아주 낮아져서 이제 땅에 있는 사람들도 이들에게 말을 걸 수가 있었다. 농장 주인 그로비가 기계 위로 올라와 그녀에게 다가오자 테스는 깜짝 놀랐다. 그는 다른 사람한테 이 일을 맡길 테니, 일을 그만두고 가서 친구를 만나보라고 했다. 그녀는 이 '친구'가 더버빌이며, 주인이 이렇게 선심을 쓰는 건 친구인지 적인지 모를 그의 부탁을 받았기 때문이라는 걸 알고 있었다. 그녀는 고개를 흔들고는 계속 일에 매달렸다.

마침내 쥐 잡는 시간이 되어 사냥이 시작되었다. 낟가리가 낮아짐에 따라 쥐들은 아래로만 기어들어 모두 바닥에 모이게 되었고, 이제 마지막 은신처를 벗겨내자 넓은 들판에 사방으로 흩어져 달아났다. 이때쯤 얼근히 술에 취해 있던 마리안이 쥐 한 마리가 자기 몸속에 들어왔다며 날카로운 비명을 질러댔고, 다른 여자들은 겁에 질려 치맛자락을 걷어 올리기도 하고 펄쩍펄쩍 뛰어보기도 하며 나름대로 방어를 했다. 마지막 쥐가 튀어나오자, 개 짖는 소리, 남자들의 고함 소리, 여자들의 비명 소리, 욕지거리, 발 구르는 소리가 한데 모여 마치 온갖 악마들이 살고 있다는 복마전伏魔殿을 연상케 했는데, 그 소동 중에 테스는 마지막 밀단을 끌렀다. 원통의 속도가 느려지면서 윙윙거리던 소리도 멈추었고, 마침내 그녀는 땅바닥으로 내려섰다.

쥐 사냥을 쳐다보고만 있던 그녀의 연인이 즉시 옆에 나타났다.

"세상에, 그렇게 얻어맞기까지 해놓고, 또!"

그녀가 힘없이 말했다. 완전히 기진맥진한 터라 크게 말할 기운조차 없었다.

"난 당신이 하는 말이나 행동에 일일이 화를 낼 만큼 어리석지 않소."

트랜트리지 시절의 그 유혹하는 목소리로 그가 대답했다.

"작은 손발을 이렇게 떨고 있다니! 자신이 갓 태어난 송아지처럼 약하다는 걸 본인도 잘 알 거요. 내가 처음 찾아왔을 때 청을 받아들였으면, 이런 일은 안 해도 됐을 텐데, 왜 이렇게 고집을 피우는 거요? 아무튼 농장 주인한테 일러두었소. 여자들한테 증기 탈곡기 일을 시키지 말라고 말이오. 그건 여자들이 할 만한 일이 아니오. 좀더 나은 농장에선 이미 오래전부터 그러지 않는다는 걸 주인도 잘 알 거요. 집까지 바래다주리다."

"좋아요."

지친 걸음을 떼놓으며 그녀가 대답했다.

"정 원한다면 마음대로 하세요! 난 똑똑히 기억하고 있어요. 당신이 나한테 결혼하자고 왔을 땐 내 사정을 전혀 모르고 있었다는 걸요. 어쩌면…… 어쩌면 당신은 내가 생각했던 것보다 더 훌륭하고 더 친절한 분일지도 모르죠. 친절을 베푸는 거라면 감사히 생각하겠어요. 하지만 다른 뜻이 있어서라면 가만있지 않겠어요. 이따금 당신의 진심이 뭔지 정말 모르겠어요."

"우리의 이전 관계를 합법화할 수는 없다 해도, 난 적어도 당신을 도울 수 있는 사람이오. 또 이렇게 하는 데도 전보다는 훨씬 더 당신의 감정을 존중할 생각이오. 나의 종교적 광기, 아니면 무엇이라 부르건, 그건 이미 끝났소. 그래도 내겐 선한 마음이 조금은 남아 있고, 또 그러길 바라오. 자, 테스! 남녀 간의 모든 감정을 걸고 맹세컨대 날 믿어주시오! 난 당신을 고생시키지 않을 만큼 충분한, 아니 그 이상의 능력을 가지고 있소. 당신은 물론이고 부모님과 동생들까지 모두 책임질 수 있단 말이오. 당신이 날 믿어주기만 한다면 모든 식구들을 편히 살게 해주겠소."

"최근에 우리 식구들을 만난 적이 있나요?"

테스가 재빨리 물었다.

"그렇소. 다들 당신이 어디 있는지도 모르고 있더군. 내가 여기서 당신을 만난 건 정말 우연이었소."

테스가 임시 거처인 농가 밖에서 걸음을 멈추자, 더버빌도 그 옆에 멈춰 섰다. 차가운 달빛이 마당 울타리 사이로 지칠 대로 지친 그녀의 얼굴을 비스듬히 비추었다.

"동생들 얘긴 하지 말아요…… 날 여기서 쓰러지게 하지 말라고요! 그렇게 식구들을 도와주고 싶으면, 도움이 필요하긴 할 테니까, 나한테 말하지 말고 하세요. 아니, 안 돼, 안 돼요!"

그녀가 소리쳤다.

"식구들을 위해서건 날 위해서건, 당신한테는 아무것도 받지 않겠어요!"

그는 더이상 그녀를 따라가지 않았다. 테스가 이 집 식구들과 함께 살고 있는 터라 집 안으로 들어가면 모두 알게 되기 때문이었다. 그녀는 집 안으로 들어와 그 집 식구들과 함께 저녁을 먹은 뒤 곧바로 생각에 잠겼다. 그러고는 벽 아래 놓여 있는 책상으로 가서 작은 등불을 켜고 열띤 어조로 편지를 쓰기 시작했다.

사랑하는 남편에게,

이렇게 부르는 걸 이해해주세요. 저처럼 자격 없는 아내를 생각하면 화가 나겠지만, 지금은 이렇게 불러야겠어요. 이 괴로운 처지를 호소할 데라곤 당신 말고는 아무도 없네요! 에인절, 전 지금 심한 유혹을 받고 있답니다. 그게 누구인지는 말하기도 겁나고, 또 전혀 말하고 싶지도 않아요. 그래서 전 필사적으로 당신을 붙들고 있어요. 당신이 상상할 수도 없을 만큼요! 무슨 끔찍한 일이 벌어지기 전에 지금 즉시 저한테 돌아올 수 없나요? 아, 그럴 수 없다는 건 알아요, 당신은 지금 너무 멀리 있으니까요! 하지만 곧 돌아오든지, 아니면 당신이 있는 곳으로 오라고 하지 않으면 전 죽을 것만 같아요. 당신이 제게 준 벌은 당연한 거예요, 전 그걸 알아요, 너무도 당연한 거죠. 또 저한테 화를 내는 것도 지극히 타당하고요. 하지만 에인절, 제발, 제발, 너무 원칙만 따지지 말고, 설사 제가 자격이 없다 해도 조금만 다정히 대해주세요. 그리고 돌아와주세요! 당신이 돌아온다면 전 당신 팔에 안겨 죽을 수도 있어요! 그렇게 해서라도 용서가 된다면 기꺼이 그렇게 하겠어요!

에인절, 전 지금 오직 당신만을 위해 살고 있답니다. 당신을 너무 사랑하기에 멀리 떠나버린 것도 원망하지 않아요. 또 농장을 찾아야 한다는 것도 알고 있어요. 이런 말을 하는 건 절대로 당신을 괴롭히거나 원망하려는 게 아니랍니다. 그냥 저한테 돌아오기만 해주세요. 에인절, 당신이 없으니 너무 외로워요. 아, 너무 외로워요! 일을 해야 하는 건 상관없어요. 당신이 '곧 가겠소' 라고 한 줄만이라도 편지를 써주면, 참고 기다릴 수 있으니까요. 에인절…… 그럼 전 너무 기쁠 거예요!

우리가 결혼한 이후, 생각이든 표정이든 모든 면에서 당신한테 충실해야 된다는 게 제겐 거의 종교처럼 되어버렸답니다. 어떤 남자가 제 앞에서 절 칭찬할 때조차 꼭 당신한테 죄를 짓는 기분이 들 정도로요. 우리가 목장에 함께 있을 때, 저한테 느꼈던 감정을 조금이라도 다시 느껴본 적이 없었나요? 그런 적이 있다면 어떻게 절 이렇게 멀리할 수가 있죠? 에인절, 저는 당신이 사랑했던 바로 그 여자예요. 맞아요, 바로 그 여자라고요! …… 당신이 싫어했던 그런 여자가 결코 아니란 말이에요. 당신을 만나던 순간 제 과거는 어떻게 되었을까요? 완전히 죽은 거나 다름없었어요. 저는 당신이 준 새 생명으로 가득 찬 딴 여자가 되었으니까요. 어떻게 제가 옛날 여자가 될 수 있겠어요? 왜 이걸 모르는 거죠? 사랑하는 에인절, 당신이 조금만 생각을 달리한다면, 또 저한테 이런 변화를 가져올 만큼 당신 자신이 강한 힘을 가졌다는 걸 믿는다면, 아마 제 곁으로, 당신의 불쌍한 아내한테로 돌아올 마음이 생길 거예요.

당신이 언제까지나 절 사랑할 거라 믿고 행복에 젖어 있었던 제가 얼마나 어리석었는지! 이런 행복은 저처럼 형편없는 여자의 몫이 아니라는 걸 진작 알았어야 했는데. 하지만 전 과거 때문만이 아니라 지금의 상황 때문에도 마음이 아프답니다. 한번 생각해보세요. 당신을 다시는, 두 번 다시 보지 못한다는 생각을 하면 얼마나 마음이 아플지! 아, 제가 여기서 온종일 겪는 고통을 사랑하는 당신 가슴으로 단 일 분만이라도 느낄 수 있다면, 분명 외롭고 가련한 저를 애처롭게 여길 텐데 말이에요.

에인절, 사람들은 아직도 절 꽤 예쁘다고들 한답니다. (사람들 말을 그대로 옮기자면, 매력적이라고 하더군요.) 어쩌면 이게 사실인지도 모르겠어요. 하지만 전 외모를 중요시하진 않아요. 제가 이 외모를 간직하고 싶은 건 오직 당신 때문이랍니다. 이 외모는 결국 당신 것이고, 또 제게도 당신이 가질 만한 게 최소한 한 가지는 있다는 게 기쁘니까요. 사실 이 문제가 저한테는 상당히 골치여서 성가신 일이 생길까봐 얼굴을 싸매고 다녔답니다. 이젠 다들 자연스레 받아들일 정도가 되었죠. 아, 에인절, 이런 말을 하는 건 결코 허영 때문이 아니라—그렇지 않다는 건 당신도 잘 알 거예요—오직 당신이 돌아오기만을 바라기 때문이에요.

정말 저한테 올 수 없다면 제가 당신한테 갈 수 있도록 해주세요! 앞서 말한 대로 전 지금 원치 않는 일을 강요하는 사람 때문에 몹시 괴롭답니다. 조금도 꺾이고 싶진 않지만, 어떤 뜻밖의 일이 벌어질지 모르기 때문에 몹시 겁이 나요. 또 과거의 실수를 생각하면 더 자신감이 없어지기도 하고요. 여기에 대해선 더 말하지 않겠어요…… 제 자신이 너무 비참해지니까요. 하지만 무서운 덫에 걸려 실수라도 한다면, 전 분명 지난번보다 더 비참한 처지가 될 거예요. 오, 하나님, 그런 일은 생각하기도 싫어요! 당장 저를 오라고 하시든지, 아니면 이쪽으로 와주세요!

당신의 아내로 자격이 없다면, 네, 기꺼이 당신의 하녀라도 되어 당신과 함께 사는 데 만족하겠어요. 그럼 당신 가까이 있을 수 있고, 얼굴을 볼 수도 있고, 또 당신을 제 사람으로 생각할 수도 있을 테니까요.

당신이 여기 없으니, 햇빛 속에서도 아무것도 보이지 않고, 들판의 까마귀나 찌르레기도 보고 싶지 않아요. 저와 함께 이것들을 보곤 했던 당신이 너무 그리워 가슴이 미어질 것 같으니까요. 하늘이든 땅이든 땅속이든 제가 바라는 건 오직 하나, 당신을, 내 사랑을 다시 만나는 거랍니다. 돌아와주세요…… 제발 돌아와주세요. 그래서 절 위협하는 것들로부터 절 구해주세요!

슬픔에 잠긴 당신의 충실한 아내
테스 드림.

49

이 애원 어린 편지는 서쪽에 있는 조용한 사제관의 아침 식탁에 어김없이 전달되었다. 이 계곡은 기온이 온화하고 토질도 아주 비옥해서 플린트컴-애쉬에 비하면 농사짓는 흉내만 내도 곡식들이 쑥쑥 자랄 정도였다. 테스가 보기엔 사람들의 사는 모습도 아주 달라 보였다. 실은 그게 그거였지만 말이다. 에인절이 아버지를 통해서만 편지를 보내라고 한 건 순전히 편지를 안전하게 전달받기 위해서였다. 그는 무거운 마음으로 개척하고자 혼자서 외국으로 떠났고, 거기서 주소가 바뀔 때마다 아버지에게 분명히 알리곤 했다.

"글쎄."

클레어 노인이 봉투를 읽은 뒤 부인에게 말했다.

"에인절이 말한 대로 다음 달 말에 리우를 떠나 귀국할 계획이라면, 이 편지가 그 애 계획을 앞당길지도 모르겠소. 이건 분명 며느리가 보낸 편지일 테니까."

그는 깊은 한숨을 내쉰 다음, 즉시 에인절한테 가도록 겉봉을 고쳐 썼다.

"여보, 그 애가 무사히 귀국했으면 좋겠어요."

클레어 부인이 중얼거렸다.

"죽을 때까지 그 애한테 잘해주지 못했다는 생각이 들 것 같아요. 생각이 좀 이단적이더라도 케임브리지에 보내 형들하고 똑같은 기회를 줬어야 했어요. 좋은 교육을 받으면 그런 생각에서 벗어났을 테고, 결국 성직을 받아들였을지도 모르잖아요. 아니, 성직자가 되건 안 되건, 그래야 그 애한테 더 공평했을 거예요."

클레어 부인이 아들들 문제로 남편의 평온한 심기를 어지럽히며 불평한 일은 이것이 유일했다. 부인은 이를 자주 드러내진 않았다. 왜냐하면 그녀는 독실한 만큼 사려도 깊어서, 남편 또한 이 문제를 놓고 자신이 공평하게 처리했는지 의

심하며 괴로워하고 있다는 걸 알고 있었기 때문이다. 남편이 밤중에 일어나 에인절을 걱정하며 기도하는 소리를 그녀는 얼마나 자주 들었는지 모른다. 하지만 타협을 모르는 이 복음주의 신부는 지금도, 믿음 없는 아들에게 다른 두 아들과 똑같이 학문적 특혜를 주었어야 했다고 보지 않았다. 그럴 리야 없겠지만, 에인절이 이런 학문적 지식을 이용해 신부인 자신이 평생 소명과 소망으로 삼아왔고, 또 성직에 들어선 두 아들이 소명으로 삼고 있는 교리를 비난할지도 모른다고 생각했던 것이다. 한 손으로는 신실한 두 아들이 딛고 설 발판이 되어주고, 다른 한 손으로는 똑같은 인위적 특혜를 주어 신실하지 못한 아들을 출세시킨다는 것은, 그의 신념이나 지위나 소망과 맞지 않았다. 그럼에도 불구하고 그는 이름이 잘못된 아들 에인절천사라는 뜻을 사랑했고, 아브라함이 제물로 바치고자 아들 이삭을 데리고 산을 오를 때와 같은 심정으로 자신의 처사를 한탄스러워했다. 그의 마음속에 소리 없이 생겨나는 후회는 귀에 들리는 아내의 질책보다 훨씬 더 고통스러웠다.

두 내외는 아들의 불행한 결혼이 자신들 잘못이라고 여겼다. 에인절이 농부가 되려 하지 않았다면, 농촌 처녀들을 만나지도 않았을 거라 생각했던 것이다. 이들은 아들 부부가 무엇 때문에 헤어졌으며, 또 그게 언제였는지 정확히 알지 못했다. 처음엔 심각한 성격 차이 때문일 거라 짐작했었다. 하지만 최근 편지들을 보면 이따금 아내를 데려가기 위해 귀국하겠다는 뜻을 넌지시 내비치곤 했기에, 이들의 별거가 영구적이진 않을 거라는 희망을 품고 있었다. 아들 말로는 며느리가 친정집에 있다고 했지만 이것도 다소 의심스러웠다. 하지만 더 나은 방법이 없는 한 간섭하지 않는 게 좋겠다고 생각했던 것이다.

테스의 편지를 받아야 할 사람은 지금 이 순간 노새를 타고 남미대륙의 끝없는 평원을 바라보며 내륙에서 해안으로 향하고 있었다. 이 낯선 땅에서 그가 겪은 경험이란 참으로 비참한 것이었다. 도착한 직후 걸렸던 중병이 아직 완전히 회복되지 않았고, 여기서 농장을 경영하겠다는 희망은 점차 사라져 거의 포기 상태였다. 하지만 이곳에 정착할 가능성이 조금이라도 남아 있는 한 그는 생각이 바뀌었음을 부모님께 알리지 않기로 했다.

쉽게 자립할 수 있다는 선전에 현혹되어 그와 함께 이곳으로 건너왔던 많은 농업 노동자들이 병들어 죽거나 세월을 허송하고 있었다. 그는 영국 농장에서 건너온 어머니들이 열병에 걸려 죽은 아이를 팔에 안고 터벅터벅 걸어가는 모습을 목격하곤 했다. 아이의 엄마는 걸음을 멈추고 맨손으로 푸석푸석한 땅에 구덩이를 판 다음, 거기에 아이를 묻고 눈물을 찔끔 흘리고는 다시 터벅터벅 걸어갔다.

에인절의 원래 계획은 브라질 이민이 아니라 본국의 북부나 동부에 가서 농장을 경영하는 것이었다. 그가 이곳에 온 건 순간적인 자포자기에서 비롯된 것으로, 영국 농민들 사이에서 유행하던 브라질 바람이 과거로부터 벗어나고 싶은 그의 소망과 우연히 일치한 것일 따름이었다.

이렇게 외국에 나가 있는 동안, 그는 정신적으로 십여 년은 더 성숙해져 있었다. 이제 그는 인생의 아름다움이 아니라 인생의 비애감에 더 큰 가치를 두었다. 신비주의라는 낡은 체계를 오랫동안 불신해왔던 그는 이제 도덕이라는 낡은 평가마저 불신하기 시작했다. 그는 이 체계를 수정할 필요가 있다고 생각했다. 누가 도덕적 인간인가? 좀더 적합한 표현을 빌리자면, 누가 도덕적인 여자인가? 한 인간의 아름다움이나 추함은 그의 성취뿐 아니라 그의 목표나 욕망에 의해서도 좌우된다. 인간의 진정한 내력이란 그가 무엇을 했었느냐가 아니라, 무엇을 하려고 의도했었느냐에 달려 있는 것이다.

그렇다면, 테스는 어떠한가?

이런 관점에서 그녀를 바라보자, 성급한 판단에 대한 후회가 그를 괴롭히기 시작했다.

'난 그녀를 영원히 거부한 것일까? 아니면 그렇지 않은 것일까?'

그는 이제 그녀를 영원히 거부할 거라고 말할 수 없었다. 그리고 이렇게 말할 수 없다는 건 이제 마음속으로는 그녀를 받아들인다는 뜻이었다.

이렇게 그가 테스에 대한 좋은 감정을 키워가고 있을 때, 그녀는 플린트컴-애쉬에 머물고 있었다. 바로 함부로 자신의 처지나 심경을 알려서 그의 심기를 괴롭혀선 안 된다고 생각하고 있던 때였다. 그는 몹시 혼란스러웠고, 이 혼란을 이겨내느라 그녀가 소식을 전해오지 않는 것에 대해 알아볼 생각도 하지 못했다. 이로써 그녀의 순종적인 침묵은 오해를 사게 되었던 것이다. 그가 이걸 알았더라면 너무나 많은 걸 깨달을 수 있었을 텐데! 그 자신이 말해놓고도 잊어버린 지시를 테스가 어김없이 정확히 지키고 있다는 것과 그녀의 타고난 대담성에도 불구하고, 아무런 권리도 주장하지 않은 채 모든 면에서 그의 판단을 사실로 받아들이고 여기에 말없이 수긍했다는 걸 말이다.

앞서 말한 대로 에인절이 노새를 타고 이 대륙의 내륙을 여행하고 있을 때, 한 사내가 그와 함께 가고 있었다. 이 동행은 출신지는 달랐지만 그와 같은 목적을 가진 영국인이었다. 이들은 둘 다 정신적으로 우울한 상태에서 서로 고향 이야기를 주고받았다. 신뢰는 신뢰를 낳는 법이다. 특히 멀리 타지에 나가 있는 남자들에게는 이처럼 묘한 경향이 있어서, 친구들한테도 결코 말하지 않는 사소한 신변 이야기들을 낯선 사람에게 털어놓곤 했다. 에인절은 동행인 이 사내에게 자신의 슬픈 결혼 이야기를 털어놓았다.

이 낯선 사내는 에인절보다 더 많은 곳을 다니고 더 많은 사람들을 만났었다. 세계주의자인 그의 관점에서 볼 때, 이러한 사회규범으로부터의 일탈은 가정생활에선 엄청나 보일지 몰라도 지구 전체를 아우르는 곡선에 비유하자면, 계곡이나 산맥의 기복 정도에 불과한 것이었다. 그는 이 문제를 에인절과는 전혀 다른 시각으로 바라보았다. 즉, 테스가 과거에 어떤 사람이었는지는 그녀가 장래

에 되어질 모습에 비한다면 하찮은 것에 불과하다는 말이었다. 그리고 클레어가 그녀를 떠난 건 잘못이었다고 분명히 지적했다.

다음 날 이들은 뇌우를 흠뻑 맞았다. 에인절의 동행은 열병에 걸려 주말에 세상을 져버리고 말았다. 클레어는 그를 묻기 위해 몇 시간을 지체했다 다시 길을 나섰다.

평범한 이름 말고는 사내에 관해 아무것도 몰랐지만, 이 낯선 동행이 무심히 던진 말들은 그의 죽음으로 한층 더 가치를 지니게 되었고, 철학자들의 어떤 논리 정연한 윤리보다 클레어에게 더 깊은 영향을 끼쳤다. 그는 죄책감에 사로잡혔다. 그리고 여전히 기억 속에 남아 있는 이즈 휴에트의 말이 떠올랐다. 자신을 사랑하느냐고 묻는 말에 이즈는 그렇다고 대답했다. 그럼 테스보다 더 사랑하느냐고 묻자 '아니오'라고 했다. 테스는 그를 위해 목숨까지 바칠 수 있지만, 자신은 그렇게까진 못한다고 말이다.

그는 결혼식 날 테스가 어떤 모습이었는지를 생각해보았다. 그녀의 눈동자는 줄곧 그의 곁을 맴돌았고, 그의 말이라면 하나님의 말씀처럼 믿지 않았던가! 또 난롯가에서 그녀의 순박한 영혼이 그에게 모든 걸 털어놓던 그 끔찍했던 저녁, 그의 사랑과 보호가 끊길지도 모른다는 걸 알지 못한 채 불빛에 어린 그녀의 얼굴은 얼마나 애처로웠던가!

이처럼 그는 점차 그녀의 비판자에서 그녀의 변호자로 변해갔다. 예전엔 그녀에 관해 냉소적인 말들을 내뱉기도 했지만, 누구도 냉소적 인간으로 평생을 살 수는 없기에, 그는 이 냉소를 버렸다. 결국 그의 냉소란 각기 다른 사정을 무시하고 일반적 원칙에만 집착함으로써 빚어진 오류였던 것이다.

하지만 이 논리도 다소 진부해 보였다. 연인들과 남편들은 전에도 늘 이런 식이었기 때문이다. 클레어도 예외 없이 그녀에게 가혹했고, 이것은 의심의 여지가 없었다. 남자들은 종종 사랑하거나 사랑했던 여자들에게 가혹하게 대하는 경우가 있고, 이는 여자들도 마찬가지다. 하지만 이 가혹함이란 이걸 만들어낸 보편적 가혹함에 비하면 부드러움 그 자체라고 해야 할 것이다. 보편적 가혹함이란 지위가 기질에게, 수단이 목적에게, 오늘이 어제에게, 미래가 오늘에게 가혹하게 구는 것이다.

이미 힘을 다 소진해버렸다며 경멸했던 그녀의 가문—더버빌이라는 대단한 혈통—에 대한 역사적 관심이 이제 와서 새삼스레 그의 감정을 자극했다. 왜 그는 여기서 정치적 가치와 상상적 가치의 차이를 보지 못했을까? 후자의 관점에서 보면, 더버빌이라는 가문은 아주 중요한 하나의 실례實例인 셈이었다. 이것이 경제학적인 측면에선 가치가 없을지 몰라도 공상가들이나 흥망성쇠를 설교하려는 도덕가들에겐 상당히 유용한 자료가 될 수 있기 때문이었다. 가련한 테스의 혈통과 이름에 대한 호기심은 머지않아 잊힐 것이며, 그녀가 물려받은 혈통이라는 것도 킹즈비어에 있는 대리석 유물이나 납관 속에 들어 있는 유골들과 함께 결국 망각 속에 묻히게 될 것이다. 이렇듯 '시간'은 그가 지닌 낭만을 무자비하게 부숴버렸다. 테스의 얼굴을 되풀이해 떠올리다보니, 귀부인이었던 그녀 조상들의 우아한 품위가 한순간 그녀의 얼굴에서도 보이는 듯했고, 이런 느낌은 전에도 가진 적이 있었다. 그는 이 영기靈氣에 압도되어 멀미가 날 지경이었다.

더럽혀진 그녀의 과거에도 불구하고, 테스와 같은 여자에게는 여전히 그녀의 동료들이 가진 신선함을 능가하는 뭔가가 남아 있었다. 에브라임의 끝물 포도가 아비에셀의 맏물 포도보다 낫지 않았던가?사사기 8장 2절 인용

한편 테스는 에인절이 자신의 애원에 곧 답해줄 거라는 확신을 키워가며, 혼자 즐거운 고민에 빠져들곤 했다.

'그가 돌아오면 무엇으로 그를 기쁘게 해줄까?'

그가 하프로 연주하던 곡들은 좀더 눈여겨보거나 시골 처녀들이 부르던 민요

중에 그가 좋아하는 곡이 무엇인지 더 관심 있게 물어보지 못했던 아쉬움에 한숨까지 짓곤 했다. 그녀는 간접적으로나마, 탈보테이즈에서 이즈를 따라온 앰비 시들링에게 물어보았고 운 좋게도 앰비는 클레어가 좋아하는 것 같던 곡들을 기억해냈다. 소에서 젖이 잘 나오지 않을 때 즐겨 부르던 몇몇 곡들로, '큐피드의 동산', '사냥터도 있고 사냥개도 있네', '동틀 무렵' 등이었고, '재봉사의 바지'나 '난 이렇게 미인이 되었어요'는 좋은 곡이긴 한데, 별로 좋아하진 않은 것 같다고 했다.

이제 그녀의 절실한 소망은 이 민요들을 완벽하게 소화해내는 것이었다. 테스는 잠깐씩 짬을 내어 혼자 이 노래들을, 특히 '동틀 무렵'을 연습하곤 했다.

일어나요, 일어나요, 일어나요!
정원에 피어 있는
가장 아름다운 꽃들을 꺾어
사랑하는 이에게 꽃다발을 전하세요.
산비둘기와 작은 새들이
가지마다 둥지를 틀고 있는
이른 봄
동틀 무렵에!

이처럼 춥고 건조한 철에 다른 처녀들과 떨어져 일을 할 때마다 그녀가 부르는 이 노랫소리를 들었다면, 아마 돌덩이 같은 마음이라도 녹아내렸을 것이다. 그럼에도 불구하고 남편이 자신의 노래를 들으러 오지 않을지도 모른다는 생각이 들 때면 그녀의 뺨 위로 하염없는 눈물이 흘러내렸고, 속절없는 노랫말은 조롱하는 듯 부르는 이의 가슴을 더욱 아프게 했다.

이처럼 덧없는 꿈에 젖어 테스는 계절이 어떻게 지나가는지도 모르고 있는 것 같았다. 해가 길어지면서 수태고지일3월 25일이 가까워졌고, 이곳에서 계약이 끝나는 구력 수태고지일4월 6일이 곧 다가오리라는 것을 말이다.

하지만 수태고지일이 되기도 전, 테스는 전혀 다른 문제를 신경 써야 할 처지가 되었다. 평소와 마찬가지로 저녁때 숙소에서 그 집 식구들과 아래층에 앉아 있는데, 누군가 문을 두드리며 테스를 찾았다. 문밖을 내다보니, 키는 어른만 한데 몸매는 어린애처럼 가냘픈 한 소녀가 석양을 등지고 서 있는 게 보였다. 소녀가 "테스 언니!"라고 부르기 전까지, 테스는 저녁 어스름 속에 서 있는 소녀가 누군지 알아보지 못했다.

"아니, 리자-루 아냐?"

테스가 깜짝 놀라 물었다. 약 1년 전쯤 그녀가 집을 나설 때만 해도 어린애였던 동생이 갑자기 껑충 자라 이렇게 서 있었던 것이다. 하지만 루 자신은 아직까지 이를 실감하지 못하는 것 같았다. 전에는 길게 내려오던 겉옷이 키가 자라면서 짧아져 가느다란 다리가 보였고, 불안한 몸짓은 그녀가 아직 어리고 순진하다는 걸 보여주고 있었다.

"맞아, 하루 종일 걸어왔어."

감정 없는 지친 목소리로 루가 말했다.

"언닐 찾으려고 말이야. 언니, 나 너무 피곤해."

"집에 무슨 일 있니?"

"어머니가 몹시 편찮으셔. 의사 선생님 말로는 곧 돌아가실 거래. 아버지도 건강이 아주 안 좋으시고. 그런데 우리처럼 지체 높은 집안에선 보통 사람들처럼 막일을 나가면 안 된다고 우기셔서, 정말 어떻게 해야 할지 모르겠어."

테스는 한참 동안 멍하니 있더니 리자-루에게 안으로 들어와 앉으라고 했다. 그리고는 리자-루가 차를 마시는 동안 결심을 굳혔다. 집으로 가는 수밖에 없었다. 구력 수태고지일인 4월 6일로 예정된 계약은 아직 끝나지 않았지만, 그때까지는 얼마 남지 않았기에 입장이 좀 난처하더라도 즉시 출발하기로 마음먹었다.

이날 밤 곧바로 떠나면 열두 시간은 벌수 있을 것이다. 하지만 동생이 너무 지쳐 있어서 아침까지 그렇게 먼 길을 걸을 수가 없었다. 테스는 마리안과 이즈가 묵고 있는 곳으로 달려가 사정 이야기를 한 다음 주인한테 잘 말해달라고 부탁했다. 그러고는 돌아오자마자 루에게 저녁을 먹이고 자기 침대에 누인 다음, 버드나무 바구니에다 소지품들을 넣을 수 있는 데까지 꾸려 넣었다. 그리고 루에게 내일 아침 뒤따라 오라고 이른 뒤 숙소를 떠났다.

50

시계가 열 시를 쳤을 때, 그녀는 차가운 별빛 아래 24킬로미터의 길을 가기 위해 쌀쌀한 춘분의 어둠 속으로 들어섰다. 인적이 드문 곳에선, 소리 없이 혼자 걸어가는 사람에게 밤이란 위험이라기보다는 오히려 보호자나 다름없었다. 이를 알고 있는 테스는 가장 가까운 지름길로 가기 위해 낮이었다면 두려워했을 샛길로 접어들었다. 이 시간엔 약탈자들도 없었고, 유령에 대한 공포도 어머니를 생각하면서 쫓아버릴 수 있었다. 이렇게 오르막과 내리막을 번갈아가며 수 킬로미터를 걸어 마침내 벌배로우에 닿을 수 있었고, 자정 무렵 그녀는 벌배로우의 언덕 위에서 어둠에 싸여 있는 심연을 내려다보았다. 이 어둠 속에 계곡이 숨어 있었고, 저쪽 끝에 그녀가 태어난 고향이 있었다. 고원을 따라 이미 8킬로미터 정도를 왔으므로, 이제 16에서 17킬로미터 정도 저지대를 걸어가면 이 여정은 끝나게 되어 있었다. 계속해서 걸어나가자 희미한 별빛 아래 구불구불한 내리막길이 막 보이기 시작했고, 밟히는 흙의 감촉이나 냄새도 저 위쪽과는 대조적이라는 걸 금방 느낄 수 있었다. 이건 블랙무어 계곡의 점토질 토양이었고, 계곡 일부는 통행세를 내야 하는 큰길들이 나 있어 맘대로 들어갈 수가 없었다. 게다가 이 끈끈한 땅 위엔 미신들이 끈질기게 남아 있었다. 또 한때 삼림지대였던 까닭에 어두워지면 옛 모습을 드러내며 멀리 있는 것과 가까이 있는 것이 뒤섞이기도 하고, 온갖 나무들과 키 큰 울타리들이 제 모습을 드러내려는 듯 불쑥불쑥 나타나곤 했다. 이곳은 여전히 미신들—사냥꾼에게 죽임을 당한 수사슴, 바늘에 찔려 물에 빠졌다는 마녀들, 지나가는 사람을 향해 깔깔거린다는 초록빛 요정들……—로 가득했으며, 이 시간쯤이면 요괴들처럼 떼를 지어 몰려들곤 했다.

너즐베리에서 마을 여관을 지나갈 때, 그녀의 발소리에 화답하듯 여관 간판이 삐걱거렸지만, 그녀 자신 이외에 이 소리를 들은 사람은 아무도 없었다. 이엉을 엮은 지붕 아래, 네모난 보라색 헝겊 조각으로 만든 이불 밑에 늘어져 있는 풀어진 힘줄과 흐물흐물한 근육들을 테스는 마음의 눈으로 볼 수 있었다. 잠의 손길로 다시 기운을 돋우고 난 뒤, 다음 날 아침 햄블던 힐 위로 분홍빛 기운이 어슴푸레 비치면, 이들은 곧바로 일어나 일터로 향할 것이다.

세 시경 테스는 지금껏 지나온 미로 같은 오솔길의 마지막 모퉁이를 돌아 말로트에 들어섰다. 부녀회 들놀이 때 에인질 클레어를 처음 만났던 풀밭을 지나는 순간, 그가 자기와 춤을 추지 않았던 게 기억났다. 그 실망감은 아직도 그녀의 마음속에 남아 있었다. 어머니가 계신 집 쪽에서 불빛이 하나 보였다. 침실 창문에서 나오는 빛이었다. 그 앞에 있는 나뭇가지가 흔들리자 마치 불빛이 그녀를 향해 윙크하는 것 같았다. 그녀가 보낸 돈으로 지붕의 이엉을 새로 한 이 집의 윤곽을 확인하자마자, 지난날의 느낌들이 모두 테스의 머릿속에 떠올랐다. 이 집은 그녀의 몸과 생명의 일부처럼 느껴졌다. 경사진 천창, 박공의 꼭대기, 굴뚝 꼭대기의 갈라진 틈을 비롯한 모든 것이 그녀의 개인적 성격과 공통점을 지니고 있었다. 테스의 눈에는 이 집의 모든 특성들이 마비 상태에 빠져 있는 듯 보였고, 이건 어머니가 병으로 자리에 누워 있다는 걸 의미했다.

그녀는 아무도 깨우지 않으려고 살짝 문을 열었다. 아래층 방에는 아무도 없었지만, 어머니를 간호하느라 자지 않고 있던 이웃 사람이 층계 꼭대기에 나와서는 더비필드 부인이 좀 전에 막 잠이 들긴 했지만, 차도가 없다고 작게 소곤거렸다. 테스는 직접 아침 식사를 준비한 다음, 이웃과 교대하려고 어머니 방으로 올라갔다.

아침에 동생들을 살펴보니 모두들 이상하게 길쭉해 보였다. 집을 떠난 지 1년 남짓밖에 되지 않았지만, 동생들은 놀라울 정도로 자라 있었다. 어떻게든 이들을 뒷바라지해야겠다는 생각에 그녀 자신의 근심은 뒷전으로 밀려나고 말았다.

아버지의 건강 역시 예전과 마찬가지로 불안한 상태였고, 늘 그렇듯 의자에 앉아 지내고 있었다. 하지만 그녀가 도착한 다음 날, 그의 표정이 유난히 밝아 보였다. 생계를 꾸릴 만한 근사한 계획이 떠올랐다는 것이다. 그게 뭐냐고 테스가 물었다.

"이 지방에 있는 모든 고고학자들한테 회람을 돌릴 생각이다. 그래서 내가 생계를 꾸릴 수 있도록 기부금을 좀 내달라고 요청할 거야. 그 양반들은 이걸 낭만적이고 예술적인 일로, 또 당연한 일로 받아들일 게 분명해. 옛날 유적을 보존하거나 뼈 같은 걸 찾는 데다 엄청난 돈을 쏟아 붓는 사람들이니까. 만약 내 소식을 듣기만 하면, 살아 있는 유물이라며 훨씬 더 흥미로워할 게다. 누가 나서서 그들 주변에 나 같은 사람이 살아 있는데, 아무도 신경 쓰지 않는다고 말해주면 딱 좋을 것 같은데! 날 찾아낸 트링엄 신부가 살아 있다면 기꺼이 이렇게 해주었을 거야, 틀림없어."

테스는 자신이 송금한 돈으로도 전혀 나아진 게 없는 시급한 문제들을 해결한 다음, 이 허황된 사업에 대한 자신의 생각을 밝히기로 했다. 우선 집안의 급한 일들을 마무리한 뒤, 그녀는 바깥일로 눈을 돌렸다. 지금은 씨를 뿌리고 모종을 심는 철이었다. 마을 사람들의 채소밭이나 소작지는 벌써 봄갈이가 끝나 있었지만, 더비필드네 채소밭이나 소작지는 아직 손도 못 댄 상태였다. 이게 다 씨감자를 몽땅 먹어버렸기 때문이라는 걸 알고 나자 테스는 너무 기가 막혀 할 말이 없었다. 그야말로 대책 없는 사람들의 최악의 실수인 셈이었다. 그녀는 최대한 서둘러 구할 수 있는 씨감자를 모두 구했고, 며칠 후에는 아버지도 몸이 좋아져 테스의 끈질긴 설득에 못 이겨 채소밭을 돌보러 나올 정도였다. 한편, 그녀는 마을에서 200여 미터 정도 떨어진 곳에 밭을 빌려 소작 농사를 시작했다.

병자의 방에만 갇혀 있던 뒤라 테스는 밭일하는 게 재미있었고, 어머니의 병세도 호전되어 이젠 그녀가 없어도 될 정도였다. 격한 노동은 잡념을 덜어주었다. 소작지는 높고 건조하며 사방이 훤히 트인 곳에 있었는데, 그곳에는 이런 밭이 40~50개 정도 있었다. 소작 농사는 하루의 품팔이가 끝난 뒤라야 가장 활발히 이루어졌다. 밭갈이는 일정하진 않았지만 주로 여섯 시에 시작해 땅거미가 지거나 달빛이 비칠 때가지 계속되었다. 지금은 날씨가 건조한 철이라 불이 잘 붙었고, 많은 소작 밭에서는 마른 잡초와 쓰레기 더미가 타오르고 있었다.

맑게 갠 어느 날, 테스와 리자-루는 마지막 햇살이 밭의 경계를 표시하고 있는 흰 말뚝을 희미하게 비출 때까지 이 밭에서 이웃 사람들과 함께 일을 했다. 해가 지고 땅거미가 내리자, 개밀과 양배추 줄기를 태우는 불꽃이 소작지를 환히 밝혔고, 바람에 날리는 짙은 연기 속으로 밭의 경계가 나타났다 사라지곤 했다. 불꽃이 이글거리며 타오르면 땅바닥에 평평하게 깔린 연기 층이 불투명한 광채를 띠며 밝아져 일하는 사람들의 모습을 가리곤 했다. 낮에는 벽이 되고 밤엔 빛이 되었다는 '구름 기둥출애굽기 13장 21, 22절. 애굽을 탈출한 이스라엘 백성들이 광야를 헤매는 동안 하나님은 불 기둥과 구름 기둥으로 이들을 보호한다'의 의미가 이해될 것도 같았다.

어둠이 짙어지자 밭을 가꾸던 사람들 중 몇몇은 집으로 돌아갔지만, 상당수는 파종을 마치려고 남아 있었다. 테스도 동생을 집으로 보내고 그들과 함께 남아 있었다. 그녀가 쇠스랑을 들고 부지런히 일하는 곳은 개밀이 타고 있는 밭이었고, 번쩍거리는 쇠스랑의 네 발 끝이 돌멩이나 말라붙은 흙덩이에 부딪혀 작은 마찰음을 내곤 했다. 이따금 그녀의 모습은 자신이 지펴놓은 모닥불 연기에 완전히 휩싸였다가, 놋쇠 빛깔 같은 환한 불빛을 받아 다시 나타나곤 했다. 그날 밤 그녀의 차림은 좀 유별나서 비교적 눈에 잘 띄었다. 너무 많이 빨아 허옇게 해진 긴 겉옷 위에 검정색 짧은 윗도리를 입고 있었는데, 마치 한 사람이 결혼식 복장과 장례식 복장을 동시에 하고 있는 것 같았다. 저 멀리 뒤쪽에 있는 흰 앞치마를 두른 여자들은 이따금 불 앞에 환히 드러날 때를 빼고는 어둠 속에서 창백한 얼굴과 흰 앞치마만 보일 뿐이었다.

서쪽으로 밭의 경계를 이루는 앙상한 가시나무 울타리의 억센 가지들이 낮게 깔린 유백색 하늘을 향해 불쑥 솟아 있었다. 저 위에선 마치 활짝 핀 수선화 같은 목성이 거의 그림자를 드리울 만큼 환히 빛나고 있었다. 이름 모를 작은 별들도 여기저기서 나타나기 시작했다. 멀리서 개 짖는 소리가 들려왔고, 가끔 마른땅 위에 마차가 덜컹거리며 지나가곤 했다.

시간이 늦지 않은 터라, 쇠스랑들은 여전히 쨍그랑거리며 부지런히 움직이고 있었다. 대기는 시원하면서도 쌀쌀했지만, 일하는 사람들의 기운을 돋워주는 봄기운이 서려 있었다. 이 장소, 이 시간, 탁탁거리는 모닥불, 빛과 어둠의 환상적인 신비 등에는 테스뿐 아니라 이웃들까지도 이곳에 있다는 기쁨을 느끼게 해주는 뭔가가 있었다. 겨울 서리 속에선 마귀로 찾아오고, 여름 열기 속에선 연인으로 찾아온다는 땅거미는 3월 이즈음엔 마음을 달래주는 위로자로 찾아왔다.

아무도 옆 사람에게 눈을 돌리지 않았다. 파헤쳐진 흙이 모닥불 빛에 모습을 드러낼 때마다 사람들의 눈길은 죄다 그 흙에 쏠리곤 했다. 테스는 이렇게 흙덩이를 파헤치면서, 이젠 클레어가 들어줄 거라는 희망마저 사라져버린 부질없는 노래를 흥얼거렸고, 한참 동안 가장 가까이서 일하는 사람이 누군지조차 의식하지 못하고 있었다. 긴 작업복을 입은 남자가 같은 밭을 일구고 있었는데, 테스는 아버지가 일을 빨리 끝내라고 일꾼을 보낸 줄로만 알았다. 하지만 남자가 파헤치는 방향이 가까워짐에 따라 테스는 그의 존재를 더 의식하게 되었다. 가끔 연기가 둘 사이를 갈라놓기도 했지만, 연기가 사라지면 다른 사람들에겐 보이지 않아도 두 사람은 서로를 볼 수 있기도 했다.

테스는 이 동료에게 말을 걸지 않았고 그 역시 마찬가지였다. 그녀는 이 남자에 대해 밝은 대낮에는 여기 없었다는 것과 말로트 사람치고는 낯설게 느껴진다는 것 말고는 아무 생각도 하지 않았다. 낯설어 보이는 건 당연한 일이었다. 최근 몇 해 동안 그녀는 아주 오랜 시간, 또 자주 고향을 떠나 있었기 때문이다. 이윽고 둘이 아주 가까워졌을 때, 그의 쇠스랑에서 번쩍이는 불빛이 그녀의 쇠스랑에서 나는 것만큼 선명한 빛을 발했다. 모닥불로 다가가 불 속에 마른 풀을 던지고 있던 테스는 그가 맞은편에서 똑같이 행동하고 있는 걸 보았다. 이때 불꽃이 확 일었고, 그녀의 눈에 더버빌의 얼굴이 보였다.

전혀 예기치 못한 그의 출현, 요즘엔 극단적인 구식 노동자들이나 입고 다니는 주름 잡은 작업복 차림의 괴상망측한 그가 우스우면서도 소름이 돋았고, 그의 태도만큼이나 그녀를 오싹하게 만들었다. 더버빌은 낮고 길게 웃어 보였다.

"웃자고 한마디하자면, 이렇게 말하고 싶소. 정말이지 천국이 따로 없구나!"

그는 이런 괴상한 말을 하고는 고개를 숙여 그녀를 보았다.

"뭐라고 했죠?"

그녀가 힘없이 물었다.

"농담을 잘하는 사람이라면 여기가 꼭 천국 같다고 말했을 거요. 당신은 이브이고 난 미천한 동물을 가장하고 당신을 유혹하러 온 마귀인 셈이니까. 신학을 공부할 때 난 밀턴의 이 대목에 푹 빠져 있었소. 그중 이런 구절이 있었지…….

'여왕이시여, 길이 준비되었고, 멀지 않으니 늘어선 도금양 나무 저편, 샘 바로 옆 평지에, 몰약과 향유 냄새로 가득한 작은 숲이 있나이다. 제 인도를 수락하신다면, 곧 그곳으로 모시겠나이다.'

'그럼 안내하라.'

이브가 말했다밀턴의 『실낙원』 9권 626-631행을 인용한 것.

대충 이런 구절이오. 내 사랑, 사랑하는 테스, 내가 이런 말을 하는 건 당신이 날 너무 나쁘게만 보기 때문에, 혹시 터무니없는 상상을 하거나 그러한 말을 할까봐서일 뿐이오."

"난 당신을 사탄이라고 말한 적도 없고, 그렇게 생각하지도 않았어요. 절대로 그렇게 생각하지 않는다고요. 당신이 무례하게 굴 때만 빼면, 당신에 대한 내 생각은 아주 냉정해요. 그런데 순전히 나 때문에 이런 차림으로 여기서 땅을 파는 거예요?"

"그럼, 순전히 당신을 보기 위해서지, 그것 말곤 아무것도 없소. 이렇게 고생하며 일하는 당신을 보호하려고 온 거요."

"하지만 난 이렇게 일하는 게 좋아요…… 아버지를 위한 일이니까요."

"저쪽하고는 계약이 끝난 거요?"

"네."

"다음엔 어디로 갈 거요? 사랑하는 남편한테?"

테스는 이 모욕적인 말투를 참을 수가 없었다.

"아, 몰라요!"

그녀가 괴로워하며 말했다.

"난 남편이 없다고요!"

"아주 맞는 말이오, 당신 말뜻은 알고 있소. 하지만 당신에겐 친구인 내가 있잖소. 난 당신이 내켜하지 않아도 당신을 편하게 해줄 작정이오. 집에 내려가면 내가 뭘 보냈는지 알게 될 거요."

"오, 알렉! 나한테 아무것도 주지 말아요! 당신한테 그런 걸 받을 순 없어요! 싫어요…… 이건 옳지 않아요!"

"아니, 옳은 일이오!"

그가 단호히 말했다.

"난 당신처럼 이렇게 연약한 여자가 고생하는 걸 보면 도와주지 않을 수가 없소."

"하지만 난 생활이 넉넉해요! 단지 고생스러운 건…… 그건, 먹고사는 문제와는 전혀 상관없어요!"

그녀는 돌아서서 필사적으로 다시 밭을 갈기 시작했고, 쇠스랑 손잡이와 흙덩이 위에 눈물이 뚝뚝 떨어졌다.

"아이들 말인데…… 당신 동생들 말이오."

그가 다시 말을 꺼냈다.

"난 지금껏 죽 그 애들을 생각해왔소."

테스는 가슴이 덜덜 떨렸다. 그가 자신의 약점을 건드렸던 것이다. 그는 자신의 주된 걱정거리가 무엇인지 이미 알아채고 있었다. 사실 고향으로 돌아온 뒤, 그녀의 마음은 동생들에 대한 뜨거운 애정으로 가득 차 있었다.

"만약 어머니가 회복되지 않으면 누군가 동생들을 돌봐줘야 할 거요. 아버지도 일을 많이 하시진 못할 테니까."

"내가 도와드리면 돼요. 틀림없이 해내실 거예요!"

"또 나도 거들고."

"그건 안 돼요!"

"정말 어리석기 짝이 없군!"

더버빌이 버럭 소리를 내질렀다.

"내 참, 당신 아버지도 우리가 한집안이라고 생각하시니까, 오히려 좋아하실 거란 말이오!"

"아닐 거예요. 한집안이 아니라고 내가 말씀드렸거든요."

"그렇다면 더 어리석은 거지!"

더버빌은 화를 내며 그녀에게서 물러나 울타리 쪽으로 가더니, 자신의 모습을 위장하고 있던 긴 작업복과 빨간 손수건을 벗어 둘둘 말아 개밀 타는 불 속에 던져버리고는 휭 하니 가버렸다.

그러자 테스는 계속해서 땅을 팔 수가 없었다. 무엇보다 마음이 불안했고, 혹시 그가 아버지 집으로 간 건 아닌지도 궁금했다. 그래서 쇠스랑을 손에 들고 집으로 향했다.

집에서 약 20미터 떨어진 곳에서 그녀는 여동생들 중 한 명을 만났다.

"아, 테시 언니…… 대체 무슨 일인지 모르겠어! 리자-루 언니는 울고 있고, 집엔 사람들이 아주 많아. 엄마는 많이 좋아지셨는데 아버지가 돌아가셨대!"

동생은 큰 사건이 벌어진 건 알고 있었지만, 이게 슬픈 일이라는 건 아직 모르고 있었다. 두 눈을 동그랗게 뜨고 테스를 바라보고 있던 동생이 자신의 말에 대한 언니의 반응을 살피며 말했다.

"언니, 그럼 이제 아버지한테 말도 못 하는 거야?"

"아버진 조금밖에 아프지 않았는데!"

심란한 마음에 테스가 큰 소리로 말했다.

이때 리자-루가 다가왔다.

"좀 전에 돌아가셨어. 엄마를 살피러 오셨던 의사 선생님 말로는 심장 안쪽이 부어 있어서 가망이 없었대."

그렇다. 더비필드 부부는 서로 자리를 바꾸고 말았다. 죽어가던 사람은 위험한 고비를 넘겼는데, 오히려 가볍게 앓던 사람이 죽고 말았던 것이다. 이 소식은 단순한 죽음 이상의 의미를 지니고 있었다. 아버지의 생명은 그의 개인적인 성취와는 별개로 나름대로의 가치를 지니고 있었고, 그렇지 않았다면 그의 생명은 별 의미가 없었을 것이다. 이 집과 대지의 임대 기간은 3세대 동안이었는데, 아버지가 그 마지막 세대였던 것이다. 집주인은 정식 노동자들에게 줄 농가가 부족했기 때문에 오래전부터 이 집을 탐내왔었다. 게다가 '종신 임대자들'은 제멋대로 구는 탓에 거의 자유 토지 보유자들만큼이나 마을 사람들로부터 비난을 받았다. 그래서 임대 기간이 만료되면 결코 갱신이 되지 않았다.

이렇게 해서 한때 더버빌 가문이었던 더비필드 가족은 올림포스의 신들처럼 이 지방에서 군림하던 시절, 틀림없이 지금의 자신들처럼 땅 한 평 없는 이들에게 수도 없이 가혹하게 강요했던 운명을 이제 자신들이 받아야 할 처지가 되고 말았다. 이처럼 변화하는 인생의 밀물과 썰물이라는 리듬은 하늘 아래 있는 모든 것을 바꾸기도 하고 유지시키기도 하는 법이다.

51

마침내 구력 수태고지일 전날 밤이 되었다. 농촌 마을은 연중 이런 특별한 날에만 볼 수 있는 이동의 열기로 들떠 있었다. 이날은 계약이 이행되는 날이었다. 성촉절에서부터 시작해 다음 한 해 동안 들일을 하기로 맺은 계약이 이제 실행에 옮겨지는 것이었다. 지금까지 있던 곳에 더이상 머물기를 원치 않는 노동자들—외부에서 이 말이 들어오기 전, 태곳적부터 이들을 부르던 말은 '일꾼'이었다—은 새 농장으로 이동하고 있었다.

이곳에선 이 농장에서 저 농장으로 옮겨가는 노동자들의 숫자가 매년 증가하고 있었다. 테스의 어머니가 어렸을 때만 해도 말로트 주변의 일꾼들은 평생 한 농장에서 살았고, 이곳은 이들의 아버지와 할아버지들의 고향이기도 했다. 하지만 최근엔 일자리를 옮기려는 사람들이 급격히 늘어났다. 젊은 사람들은 어쩌면 더 좋은 곳으로 가게 될지도 모른다는 즐거운 기대에 부풀어 있었다. 어느 가족에겐 모세가 고난을 겪었던 이집트 땅이라 할지라도 멀리서 바라보는 다른 가족에겐 '약속의 땅'처럼 보였고, 정작 거기서 살아보면 다시 이집트 땅으로 변하곤 했다. 이렇게 이들은 옮기고 또 옮겨 다녔다.

하지만 농촌 생활에서 현격히 증가하는 모든 이동이 전적으로 농촌의 불안정에서 오는 것만은 아니었다. 또한 농촌인구가 지속적으로 감소하고 있었다. 이전에는 마을에 농업 노동자들과 함께 이들보다 분명 상위 계층으로 분류되는 보다 흥미롭고 유식한 계층—테스의 부모도 이 계층에 속해 있었다—이 있었는데, 여기엔 목수, 대장장이, 제화공, 행상인을 포함해 농장 노동자들과는 다른, 성격을 규정하기 힘든 일꾼들이 속해 있었다. 이들이 삶의 목적을 세우고 행동하는 데 얼마간 안정을 유지할 수 있었던 것은 테스의 아버지처럼 종신 임대권자이거나 등본 보유권자, 혹은 이따금 볼 수 있는 소규모 자유 토지 소유권자들이었기 때문이다. 하지만 장기 임대가 만료되었을 때, 비슷한 처지의 소작인들에게 임대가 다시 이루어지는 일은 거의 없었다. 주인은 자기 일꾼들에게 꼭 필요하지 않을 경우, 대개 그 집을 헐어버리곤 했다. 직접 고용되어 일하지 않는 마을 사람들은 냉대를 받았으며, 이 중 일부가 쫓겨나게 되면 이들과 밀접히 관련된 다른 생업을 하던 사람들도 따라 떠날 수밖에 없었다. 과거에 마을의 주축을 이루었던 이 가정들은 큰 도시로 나가 피난처를 찾아야만 했다. 통계학자들은 이 과정을 '농촌인구의 도시집중 현상'이라고 흥미롭게 지칭하지만, 실은 기계를 가지고 강제로 물을 위쪽으로 끌어올리는 것이나 마찬가지였다.

말로트의 농가들은 이런 식으로 헐림으로써 상당히 많이 줄어들었고, 남아 있는 집은 모두 지주가 자기 일꾼들에게 나눠줄 것들이었다. 테스의 생애에 어두운 그림자를 던진 그 사건이 일어난 후, 마을 사람들은 암묵적으로 도덕적 기강을 위해서라도 더비필드 가족—이들의 혈통은 아무도 믿지 않았다—이 임대 기간이 끝나면 이곳을 떠나야 한다고 여기고 있었다. 사실 이 집안은 지금껏 금주, 절제, 정숙 중 어느 것 하나 뚜렷한 모범을 보여준 게 없었다. 아버지는 고사하고, 심지어 어머니까지 가끔 술을 마셨고, 어린애들은 거의 교회에 나가지 않았으며, 큰딸은 남자관계가 분명치 못했다. 그래서 이곳 사람들은 어떻게든 마을을 정화해야 한다고 여겼던 것이다. 이런 사정으로 더비필드 가족이 쫓겨나는 수태고지절 첫날, 방이 널찍한 이 집엔 대식구를 거느린 짐마차꾼이 들어오기로 되어 있었다. 그래서 과부 조안과 두 딸 테스와 리자-루, 아들 에이브러햄과 그 밑의 동생들은 다른 곳으로 가야만 했다.

이들이 이사 가기 전날 저녁 가랑비가 내리면서 하늘이 흐려지더니 여느 때보다 일찍 날이 어두워졌다. 이날 밤이 태어나서 자란 이 마을에서 보내는 마지막 밤이 될 것이기 때문에, 더비필드 부인과 리자-루, 에이브러햄은 친척들에게 작별인사를 하러 나갔고, 테스는 이들이 돌아올 때까지 집을 지키고 있었다.

그녀는 유리창 앞 긴 의자 위에 무릎을 꿇은 채 얼굴을 창에 바짝 대고 있었는데, 바깥 창의 빗물이 안쪽 창을 따라 흘러내리고 있었다. 그녀의 눈길은 거미줄에 가 있었다. 거미는 오래전에 굶어 죽은 것 같았고, 파리도 날아오지 않는 구석에 잘못 쳐진 거미줄이 창틈으로 들어온 가벼운 바람에 흔들리고 있었다. 테스는 자신의 잘못이 나쁜 여파를 몰고 와 결국 이렇게 되어버린 집안의 처지를 곰곰이 생각하고 있었다. 자기만 집에 오지 않았더라면 어머니와 동생들은 매주 집세를 내는 조건으로 살 수 있었을 것이다. 하지만 그녀는 돌아오던 길에 꼬장꼬장하고 상당한 영향력을 지닌 몇몇 사람들 눈에 띄고 말았다. 이들은 허물어진 아기 무덤을 손질하느라 작은 흙손을 들고 교회묘지에서 서성거리는 그녀의 모습을 보았던 것이다. 이렇게 해서 이들은 그녀가 다시 이 마을에 살고 있다는 걸 발견했고, 이런 딸을 숨기고 있는 어머니를 나무랐다. 그러자 조안은 거칠게 대들며 즉시 떠나면 될 것 아니냐고 큰소리를 쳤다. 어머니는 내내 약속을 지키라는 요구를 받아왔고, 그 결과 이렇게 떠나게 된 것이었다.

"집에 오지 말았어야 했어."

테스가 씁쓸하게 혼잣말을 했다. 그러다 문득 이건 부당한 처사라는 반감이 일자 눈시울이 뜨거워지면서 눈물이 왈칵 솟구쳤지만 흘러내리진 않았다. 자신의 남편 에인절 클레어조차 자신에게 너무 가혹했다는 생각이 들었다. 확실히 그랬다! 맹세컨대 지금껏 살면서 잘못을 저지르려고 생각한 적은 단 한 번도 없었다. 그런데 이처럼 가혹한 심판이 내려진 것이다.

'내 죄가 무엇이건 간에, 분명 고의로 저지른 게 아니라 부주의해서 생긴 실수인데, 왜 이토록 끈질기게 처벌을 받아야 한단 말인가?'

테스는 손에 잡히는 대로 아무 종이나 거칠게 집어 든 다음 휘갈겨 써 내려가기 시작했다.

에인절, 왜 이렇게 저한테 무섭게 대하시는 거죠? 전 이런 취급을 당할 만큼 나쁘지 않아요. 이에 대해 곰곰이 생각해봤어요. 그런데 절대로, 절대로 당신을 용서할 수가 없네요! 내가 당신을 모욕하지 않았다는 건 잘 알 거예요. 그

런데 왜 날 이렇게 학대하는 거죠? 당신은 잔인한 사람이에요, 정말이지 너무 잔인해요! 이젠 당신을 잊겠어요. 내가 당신한테서 받은 거라곤 부당함뿐이니까요!

T.

그녀는 우체부가 지나갈 때까지 지켜보다 달려가 편지를 전했다. 그리고 지친 듯이 다시 창문 앞에 앉았다.

그녀는 비난 어린 생각에 너무 몰입한 나머지 흰 방수 외투를 입은 남자가 길을 따라 내려오고 있는 것을 처음엔 의식하지 못했다. 그녀의 얼굴이 유리창 가까이에 있어서 그는 재빨리 그녀를 보았고, 말을 문 앞까지 너무 가까이 모는 바람에 하마터면 담 밑 좁은 화단의 꽃들이 말발굽에 짓밟힐 뻔했다. 그가 채찍으로 창문을 두드릴 때까지도 그녀는 그를 보지 못했다. 비는 거의 그쳐 있었고, 그녀는 그의 손짓에 따라 창문을 열었다.

"날 보지 못했소?"

더버빌이 물었다.

"생각을 좀 하느라고요. 분명 소릴 듣긴 했는데, 난 말이 끄는 마차 소리인 줄 알았어요. 아마 꿈을 꿨었나봐요."

"아! 어디서 더버빌 가의 마차 얘기를 들은 모양이군. 당신도 그 얘길 알고 있소?"

"아뇨, 일전에 제…… 누군가가 말해주려다가 그만두었어요."

"당신이 진짜 더버빌의 후손이라면 나도 말하지 않는 게 좋겠소. 나야 엉터리니까 상관없지만. 좀 끔찍한 이야기요. 눈에 보이지도 않는 마차 소리가 더버빌의 혈통을 이어받은 사람에게만 들린다는 건데, 이걸 들은 사람한테는 나쁜 일이 생긴다더군. 이건 몇백 년 전 가족 중 누군가가 저지른 살인하고 관계된 거라고 했소."

"얘기를 꺼냈으니 마저 해봐요."

"좋소. 집안사람 중 누군가가 한 예쁜 여자를 납치해 마차에 태워 데려가고 있었는데, 그 여자가 마차에서 도망치려고 했다는 거요. 그래서 실랑이가 벌어졌고, 그 와중에 남자가 여자를 죽였다는 거요, 아니 여자가 남자를 죽였던가? 어느 쪽인지는 잊어버렸소. 대충 이런 이야기였지. 그나저나 물통하고 양동이를 모두 꾸려놓은 걸 보니, 어디로 가는 거요?"

"네, 내일 떠나요. 구력 수태고지일에요."

"나도 듣긴 했소만 너무 갑작스런 일이라 믿을 수가 있어야지. 대체 어떻게 된 거요?"

"아버지가 이 집에 살기로 되어 있는 마지막 세대예요. 계약 기간이 끝났으니 우린 더이상 권리가 없는 거죠. 그래도 일주일씩 세를 내며 살 수는 있었을 거예요…… 나만 아니었다면요."

"당신이 어떻다고?"

"난…… 온당한 여자가 아니잖아요."

더버빌의 얼굴이 벌게졌다.

"천박한 속물들 같으니! 도대체 부끄러운 줄을 모른다니까! 그런 더러운 놈들은 영혼을 불태워 재로 만들어야 해!"

그가 분개해서 소리를 질렀다.

"그게 여길 떠나는 이유란 말이오? 결국 쫓겨난 거로군!"

"정확히 말해 쫓겨난 건 아니에요. 하지만 빨리 나가는 게 좋겠다고 하더군요. 사람들이 모두 이동하는 지금 가야 조금이라도 더 좋은 일자리를 얻을 수 있을 테니까요."

"그래서 어디로 갈 거요?"

"킹즈비어요. 거기에 방을 얻어놓았어요. 아직도 아버지 가문에 미련을 못 버리고 어머니가 거기로 가시겠다고 해서요."

"하지만 당신네 식구로는 셋방 얻기도 만만치 않을 텐데. 더욱이 그렇게 콧구멍만 한 마을에선 말이오. 그럼 트랜트리지의 우리 아래채로 가는 건 어떻소? 어머니가 돌아가시고 난 뒤 닭은 거의 없어졌소. 하지만 당신도 알다시피 집하고 뜰은 그대로 있거든. 하루만 날 잡아 회칠을 하면 될 거요. 거기라면 당신 어머니도 아주 편히 지낼 수 있을 테고, 또 동생들도 좋은 학교에 보내주겠소. 난 당신한테 뭔가 해줘야 할 사람이잖소!"

"하지만 벌써 킹즈비어에 방을 얻어놓았다고요!"

그녀가 단언하듯 말했다.

"이것 봐요, 그동안은 내가 원수 같았겠지만, 지금은 친구나 다름없소. 당신은 믿지 않겠지만 말이오. 우리 아래채로 와요. 거기다 정식 양계장을 만들어놓으면 당신 어머니가 잘 관리하실 테고, 또 동생들도 학교에 갈 수 있을 거요."

테스는 점점 더 숨을 가쁘게 몰아쉬더니, 마침내 입을 열었다.

"당신이 그 모든 걸 해줄 거라고 어떻게 믿겠어요? 생각이 바뀔 수도 있고…… 또 그렇게 되면…… 우리는…… 우리 어머니는…… 다시 집 없는 신세가 될 텐데요."

"아, 아니, 아니오. 필요하다면 서류를 꾸며서라도 보증해주리다. 한번 잘 생각해보시오."

테스는 고개를 가로저었지만 더버빌은 아주 끈질겼다. 그녀는 그가 이렇게 단호한 태도를 보이는 걸 거의 본 적이 없었다. 그는 어떻게든 긍정적인 답을 받아낼 태세였다.

"어머니께 꼭 말씀드리시오."

그가 힘주어 말했다.

"이건 어머니가 판단하실 문제지, 당신이 판단할 일이 아니오. 내일 아침 그 집을 청소하고 회칠해서 불을 피워놓도록 하겠소. 저녁때면 다 마를 테니까 곧장 그리로 오면 되는 거요. 그럼, 내 말을 유념하고, 기다리고 있겠소."

테스는 다시 고개를 가로저었고, 이것저것 복잡한 심경에 목이 메었다. 차마 더버빌의 얼굴을 쳐다볼 수가 없었다.

"알다시피, 난 과거에 당신한테 빚진 게 있소."

그가 다시 말을 꺼냈다.

"그리고 당신은 날 치료해주었소. 그 미친 듯한 열병에서 말이오. 그래서 기꺼이……."

"차라리 그 열병을 간직했더라면 좋았을 텐데요. 그 일을 계속할 수 있게 말이에요!"

"난 적게나마 이렇게 당신한테 빚을 갚을 수 있는 기회가 온 걸 기쁘게 생각하오. 내일 당신 어머니가 짐 푸는 소리를 들을 수 있었으면 좋겠소…… 그럼 약속의 표시로 악수를 해주시오, 내 사랑, 아름다운 테스!"

그는 속삭이듯 목소리를 낮추어 마지막 말을 하고는 반쯤 열린 창문 틈으로 손을 집어넣었다. 그녀는 격분한 듯 재빨리 창문 받침대를 당겼고, 그 바람에 그의 팔이 창틀과 돌로 된 중간 문설주 사이에 끼고 말았다.

"빌어먹을…… 이건 너무하잖소!"

그가 팔을 잽싸게 낚아채며 말했다.

"아니, 아니오! 일부러 그런 게 아니라는 건 알고 있소. 아무튼 당신을 기다리고 있겠소. 아니면 최소한 어머니와 동생들만이라도."

"난 가지 않겠어요…… 돈은 충분히 있다고요!"

그녀는 소리쳤다.

"어디에?"

"시아버지한테요. 요청만 하면 돼요."

"요청만 하면 된다고? 하지만 테스, 당신은 그러지 않을걸? 난 당신을 잘 알아. 그런 청을 할 사람이 아니란 걸 말이야, 굶어 죽는 한이 있어도!"

이 말을 하고 그는 떠났다. 길모퉁이를 막 돌아섰을 때 그는 페인트 통을 든 남자와 마주쳤다. 그가 더버빌에게 형제들을 저버렸느냐고 물었다.

"저리 꺼져!"

테스는 그 자리에 한참 동안 그대로 있었다. 날이 점점 어두워지자 난로 불빛에 방 안이 밝아졌다. 큰 동생 둘은 어머니를 따라 나갔고, 세 살 반에서 열한 살까지, 아주 어린 동생들 넷이 모두 까만 옷을 입고 난롯가에 모여 앉아 자기들끼리 얘기를 재잘거리고 있었다. 테스는 촛불도 켜지 않고 이들을 지켜보다가 마침내 동생들 틈에 끼어 앉았다.

"얘들아, 오늘이 우리가 태어난 이 집에서 마지막으로 자는 밤이야."

그녀는 급히 말했다.

"이걸 잘 생각해봐야 해, 알겠지?"

다들 조용해졌다. 새집으로 이사 간다는 생각에 하루 종일 좋아했었지만, 애원이 담긴 테스의 마지막 말을 듣자 이들은 요맘때 특유의 감수성으로 금방이라도 눈물이 쏟아질 것 같았다. 테스가 얼른 화제를 돌렸다.

"얘들아, 노래 좀 불러줘."

"무슨 노래?"

"너희가 아는 걸로 아무거나 불러줘. 다 괜찮아."

잠시 침묵하더니 첫 번째 아이가 시험 삼아 작게 노래를 시작했다. 그러자 두 번째 목소리가 더해졌고, 셋째와 넷째가 한 목소리로 가락을 맞추었다. 주일학교에서 배운 노래였다.

이 땅에선 슬픔과 고통을 겪고
이 땅에선 만나면 다시 헤어지지만
천국에선 영원히 헤어지지 않는다네.

이 문제는 이미 오래전에 해결되어 잘못이 있을 리 없고, 더이상 생각할 필요조차 없다고 보는 어른들처럼 네 아이는 차분하게 노래를 불렀다. 발음을 또렷이 하려고 잔뜩 긴장한 표정으로 아이들은 줄곧 흔들리는 불꽃의 중심을 바라보았고, 노래가 끝나고 고요한 가운데 막내의 목소리만 여운처럼 이어졌다.

테스는 동생들을 남겨두고 다시 창가로 갔다. 밖은 이제 완전히 어두워져 있었다. 하지만 그녀는 마치 어둠 속을 들여다보려는 듯 유리창에 얼굴을 가져다 댔다. 실은 눈물을 감추기 위해서였다. 좀 전에 동생들이 부른 노래처럼 될 수만 있다면, 그렇게 확신할 수만 있다면, 이 세상은 얼마나 다른 모습이 되겠는가! 이들의 인생과 내세의 일을 하나님께 맡길 수만 있다면 얼마나 든든하겠는가! 하지만 그럴 수 없기에 그녀는 뭔가를 해야만 했고, 이들의 하나님이 되어주어야 했다. 왜냐하면 무수한 다른 사람들처럼 테스도 이 시인의 다음 구절을 무시무시한 풍자로 보았기 때문이다.

우리는 완전한 알몸으로 온 게 아니라
영광의 구름을 거느리고 왔도다.

윌리엄 워즈워스의 『불멸의 송가Intimation of Immortality』의 한 구절

테스나 그녀와 비슷한 사람들에게는 태어난다는 것 자체가 개인적 욕망을 좌절시키는 하나의 시련이었고, 살아가면서 살펴봐도 고작 정도만 덜할 뿐 결코 근거 없는 말은 아니었다.

어둠 속에 어머니와 큰 키의 리자-루와 에이브러햄이 젖은 길을 걸어오는 게 보였다. 더비필드 부인의 나막신 소리가 문 앞에 이르자 테스가 문을 열었다.

"창밖에 말발굽 자국이 보이더구나. 누가 왔었니?"

"아뇨."

난롯가에 있던 아이들이 이상하다는 듯 그녀를 쳐다보았고, 그중 하나가 중얼거렸다.

"테스 언니, 아까 그 신사가 말 타고 왔었잖아!"

"여기 온 게 아냐. 지나던 길에 그냥 나한테 말을 걸었던 거야."

"그 신사라니?"

"아실 필요 없어요. 어머니도 본 적이 있는 사람이에요. 저도 그렇고요."

"그래, 그 사람이 뭐라던?"

조안이 궁금한 듯 캐물었다.

"내일 킹즈비어에 있는 집에 들어간 뒤에 말씀드릴게요. 한 마디도 빠짐없이 모두 다요."

52

다음 날, 자정이 막 지난 이른 새벽 여전히 캄캄한 가운데, 큰길가의 주민들은 덜그럭거리는 소음 때문에 곤한 밤의 휴식을 방해받고 있었다. 이 소리는 간헐적으로 날이 샐 때까지 이어졌다. 4월 첫 주가 되면 들려오는 이 소음은 이달 셋째 주의 뻐꾸기 소리와 마찬가지로 매년 어김없이 반복되곤 했다. 이것은 바로 대이동의 서곡으로, 이사할 가정의 짐을 실으러 가는 빈 마차와 말들의 소리였다. 고용된 일꾼들을 목적지까지 실어 나르는 건 언제나 이들을 고용한 주인집 짐마차의 몫이었다. 이 일을 그날 중으로 마치려다보니 이렇게 자정이 갓 지난 꼭두새벽부터 요란한 소음이 일었던 것이다. 마차꾼의 목표는 여섯 시까지 이사 갈 집 앞에 도착하는 거였고, 도착하는 즉시 세간을 실을 작정이었다.

하지만 테스네 가족에겐 이렇게 마음을 써줄 만한 주인이 없었다. 모두 여자들뿐인 데다가 정식 일꾼으로 고용된 것도 아니었고, 특별히 오라는 데도 없었던 것이다. 그래서 자신들의 경비로 마차를 빌려야 했고, 거저 실어 갈 수 있는 건 아무것도 없었다.

그날 아침, 테스는 창밖을 내다보며 안도의 한숨을 내쉬었다. 바람이 불고 잔뜩 찌푸려 있긴 해도 비는 오지 않았고, 짐마차도 벌써 도착해 있었던 것이다. 비 오는 수태고지일은 이사하는 가정들에게 결코 잊을 수 없는 공포의 대상이었다. 가구와 침대는 물론 옷가지들마저 모두 젖었고, 이사 후엔 각종 질병들이 줄을 이었기 때문이다.

어머니와 리자-루, 에이브러햄은 깨어 있었지만, 어린 동생들은 더 자도록 내버려 두었다. 네 식구는 희미한 불빛 속에 아침 식사를 마쳤고, 곧 이삿짐 싣기가 시작되었다.

한두 명의 마음 좋은 이웃들이 와서 도와준 덕에 일은 다소 기분 좋게 진행되었다. 먼저 큰 가구들을 적당히 배치한 다음, 침대와 침구로 둥그런 보금자리를 만들어, 조안 더비필드와 어린 동생들이 가는 동안 앉을 수 있도록 했다. 짐을 싣는 동안 마구馬具를 풀어놓았던 터라, 짐 싣기가 끝난 뒤에도 마구를 다시 채울 때까지 한참을 더 기다려야 했다. 하지만 두 시경 마침내 전체가 움직이기 시작하면서 마차 굴대에 달아놓은 냄비가 흔들거렸다. 더비필드 부인과 가족들은 꼭대기에 올라앉아 있었는데 부인은 시계가 망가질까봐 시계 머리를 무릎에 올려놓고 있었지만, 마차가 갑작스레 흔들릴 때마다 시계는 힘없이 한 시를 치기도 하고 한 시 반을 치기도 했다. 테스와 바로 밑 여동생은 마을을 벗어날 때까지 마차 옆에서 걸었다.

이들은 이날 아침과 전날 저녁, 몇몇 이웃들을 찾아가 인사를 했고, 또 몇몇은 밖에 나와 이들을 배웅하며 행운을 빌어주기도 했지만 속으로는 이 집안에 행운이 찾아올 거라 기대하지 않았다. 더비필드 가족은 자신들에게는 몰라도 다른 사람들에게는 전혀 해를 끼치지 않았는데도 말이다. 마차는 곧 오르막길을 따라 더 높은 지대로 향하기 시작했고, 고도와 토양이 달라지면서 바람은 점점 더 매서워졌다.

이날이 4월 6일이었던 까닭에, 더비필드 가족을 실은 짐마차는 다른 가족들을 실은 짐마차와 자주 마주치게 되었는데, 마차 꼭대기엔 어김없이 가족들이 올라앉아 있었다. 벌들이 자신들만의 독특한 방법으로 육각형의 벌집을 짓듯 이것은 농촌 노동자들이 짐을 실을 때, 거의 변함없이 지키는 원칙이었다. 이들의 이삿짐에서 가장 중요한 건 찬장으로, 반짝거리는 손잡이와 손때 묻은 자국이 오랜 살림의 흔적을 드러내며, 앞쪽 수레의 끌채 위에 위엄 있게 서 있었다. 집에 있을 때와 마찬가지로 똑바로 세워둔 이 찬장은 마치 몹시 경건하게 운반해야 하는 언약궤처럼 보였다.

활기가 넘치는 가족들도 있었고, 우울해 보이는 가족들도 있었다. 또 길가 여관 앞에서 잠시 쉬고 있는 가족들도 보였다. 더비필드네 가족도 쉴 때가 되자 말에게 꼴도 먹이고 사람도 휴식을 취하려고 여관 앞에 멈춰 섰다.

쉬는 동안 테스의 눈길은 마차 꼭대기에 앉아 있는 여자들 사이에서 오르락내리락하는 3파인트짜리 파란 술병에 가 닿았다. 이 마차는 여관에서 약간 떨어진 곳에 멈춰 서 있었다. 이 가운데 술 한 병이 올라가는 대로 눈으로 쫓아가 보니, 이 병을 쥐고 있는 손의 주인은 그녀가 아주 잘 아는 사람이었다. 테스가 마차 쪽으로 다가갔다.

"마리안하고 이즈로구나!"

그녀는 두 처녀를 향해 소리쳤다. 이들은 묵고 있던 집의 주인이 이사를 하자 같이 따라 나선 터였다.

"너희들도 다른 사람들처럼 오늘 이사하는 거니?"

그들은 그렇다고 대답했다. 플린트컴-애쉬에선 일이 너무 힘들어 농장 주인 그로비가 고소를 하건 말건 알리지도 않고 떠나왔다는 것이다. 이들은 테스에게 자신들의 목적지를 알려주었고, 테스도 자기가 가는 곳을 말해주었다. 마리안이 짐 위에서 몸을 기울이더니 소리를 낮추었다.

"널 따라다니던 신사 있지? 내가 누굴 말하는진 알 거야. 그 사람이 네가 가고 난 뒤에 플린트컴-애쉬로 찾아온 거 알아? 우린 네가 그 사람을 보기 싫어하는 것 같아 어디로 갔는지 말해주지 않았어."

"아…… 그런데 만났어!"

테스가 우물거리며 대답했다.

"그 사람이 날 찾아냈거든."

"지금 네가 어디로 가는지도 다 알아?"

"그럴 거야."

"남편은 돌아왔어?"

"아니."

그녀는 친구들과 작별인사를 했고—이때 양쪽 마차의 마부가 여관에서 나왔기 때문에—두 짐마차는 서로 반대 방향으로 다시 길을 떠났다. 마리안과 이즈, 그리고 두 사람이 운명을 함께하기로 한 농부 가족이 탄 마차는 밝게 칠해져 있었고, 마구에 번쩍거리는 놋쇠장식을 한 튼튼한 말 세 필이 끌고 있는 반면, 테스네 가족이 탄 마차는 위에 실은 짐을 지탱할 수도 없을 것처럼 삐걱거리는 데다, 마차가 처음 만들어진 이후로는 한 번도 칠을 해본 적이 없는 마차였고, 고작 말 두 필만이 끌고 있었다. 바로 이런 게 번창하는 주인집으로 실려 가는 경우와 어떤 고용주도 기다리지 않는 곳으로 가는 경우의 차이점이었다.

얼마나 먼 거리인지, 그렇게 일찍 서둘렀건만 오후 늦게야 그린힐이라는 고지대의 산허리를 돌아가고 있었다. 말들이 서서 오줌을 누고 숨을 돌리는 동안 테스는 주위를 둘러보았다. 산 아래쪽 이들 바로 앞에 이 여행의 목적지인 킹즈비어가 반쯤 죽은 마을처럼 펼쳐져 있었다. 그녀의 아버지가 지겹도록 노래를 부르던 조상들이 누워 있는 바로 그곳이었다. 더버빌 가문이 500년 넘게 여기서 살았으니, 킹즈비어는 가히 더버빌 가의 고향이라고 할 만했다.

마을 어귀에서 한 남자가 다가오는 게 보이더니, 짐마차의 모양새를 보고는 더욱 걸음을 재촉했다.

"혹시 더비필드 부인이신가요?"

그가 테스의 어머니에게 물었다. 그녀는 남은 길을 걸어가려고 마차에서 내린 참이었다. 그녀가 고개를 끄덕였다.

"굳이 따지자면, 고故 존 더버빌 경의 미망인이지요. 저흰 지금 기사였던 조상님들의 영지領地로 돌아가는 중입니다."

"아, 그래요? 글쎄, 그런 건 전혀 모르겠습니다. 다만 더비필드 부인이 맞으시다면, 부인께서 원하던 방이 이미 세가 나갔다는 걸 전해드려야겠네요. 오늘 아침 편지를 받고서야 부인 가족이 온다는 사실을 알았는데, 그땐 너무 늦어버렸거든요. 그래도 틀림없이 어딘가에 방이 있긴 할 겁니다."

남자는 테스의 얼굴을 쳐다보았다. 그녀는 이 소식에 하얗게 질려 있었다. 어머니는 낙심하여 어쩔 줄 몰라 하는 표정이었다.

"테스야, 이제 어떡하면 좋으냐?"

그녀가 씁쓸하게 말했다.

"너희 조상님들이 우릴 이렇게 맞아주시는구나! 어쨌거나 더 찾아보자."

이들은 마을로 들어가 방을 찾으려고 갖은 애를 썼다. 어머니와 리자-루가 물어보고 다니는 동안 테스는 마차에 남아 어린 동생들을 돌보았다. 한 시간 뒤, 조안이 아무 소득도 없이 마침내 마차로 돌아왔을 때, 마부는 이날 밤 안으로 돌아가야 하므로 짐을 내려야겠다고 말했다.

"알았어요, 여기 내려놓아요."

조안이 상관없다는 듯 말했다.

"어딘가 들어갈 데는 있겠지."

짐마차는 사람들 눈에 잘 띄지 않는 교회 담벼락 밑에 세워졌고, 마부는 싫은 기색 없이 곧바로 낡고 초라한 가재도구들을 내려놓았다. 일이 끝나자 그는 이런 가족과 더이상 거래하지 않게 된 걸 기뻐하며 떠났다. 비가 오지 않는 밤이었기에, 이들이 큰 고생은 하지 않을 거라 생각하면서 말이다.

테스는 절망적인 심정으로 쌓아둔 가구들을 물끄러미 내려다보았다. 봄날 저녁의 차가운 햇빛이 항아리와 주전자, 바람에 떨고 있는 마른 약초 다발, 찬장의 놋쇠 손잡이, 자신을 비롯해 동생들 모두가 탔던 버들가지 요람, 닳아서 반질거리는 벽시계 등을 험악하게 비추고 있었다. 이 모든 세간들은 당연히 집 안에 있어야 할 것들로, 지붕도 없는 바깥에 내팽개쳐 둔 걸 비난하는 듯 빛을 발하고 있었다. 이들 주변으로는 옛날에 정원이었던 언덕과 경사지들이 있었고—지금은 울타리 쳐진 작은 방목장으로 나뉘어 있었다—파랗게 이끼 낀 초석들이 이곳에 한때 더버빌 가의 저택이 있었음을 보여주었으며, 저 멀리 줄곧 이 영지에 딸려 있었던 엑든 히스가 펼쳐져 있었다. 이들 아주 가까이에는 '더버빌 회랑'이라 불리는 교회 회랑이 냉정하게 사방을 응시하고 있었다.

"가족묘지라면 바로 우리 재산이나 다름없는 것 아니냐?"

교회와 주변 묘지를 둘러보고 온 테스의 어머니가 말했다.

"그럼, 당연히 그렇겠지. 얘들아, 너희 조상들이 우리한테 지붕을 마련해줄 때까지 여기서 야영을 해야겠다! 테스, 리자, 에이브러햄은 날 좀 도와주렴. 어린 것들이 쉴 곳을 마련해놓고, 한 번 더 돌아보자꾸나."

테스는 내키지 않은 듯 마지못해 거들었고, 15분쯤 지나자 짐 더미에서 네 발 달린 낡은 침대를 꺼내 교회의 남쪽 벽 아래에다 세울 수 있었다. 이곳은 더버빌 회랑이라고 알려져 있는 부분으로, 그 밑에는 아주 커다란 가족묘지가 있었다. 침대 닫집 위에는 무늬로 장식된 여러 빛깔을 띤 창문이 하나 있었다. 15세기에 만들어진 이 창문에는 '더버빌 창문'이라는 이름이 새겨져 있었고, 상단부에는 더비필드네 옛 인장과 숟가락에 새겨져 있는 것과 똑같은 문장이 보였다.

조안은 침대 둘레에 커튼을 쳐서 멋진 천막을 만든 다음, 어린애들을 안으로 들여보냈다.

"최악의 경우엔 우리도 여기서 오늘밤을 지내야 할 거야. 하지만 좀더 찾아보기로 하고, 아이들이 먹을 걸 좀 구해보자꾸나! 아, 테스! 일이 이 지경이 됐으니, 네가 지체 높은 양반하고 결혼한 게 다 무슨 소용이란 말이냐?"

어머니는 리자-루와 에이브러햄을 데리고 교회와 마을을 가르고 있는 좁은 길을 다시 올라갔다. 이들이 거리에 들어서자마자, 말을 타고 주위를 두리번거리고 있는 남자가 보였다.

"아, 부인을 찾고 있던 중이었습니다!"

그가 말을 몰고 이들 쪽으로 다가오며 말했다.

"이 유서 깊은 곳에서 이렇게 진짜 집안 사람을 만나게 되는군요!"

알렉 더버빌이었다.

"테스는 어디 있습니까?"

사실 조안은 개인적으로 알렉을 좋아하지 않았다. 그녀는 대충 교회 쪽을 가리킨 다음 가던 길을 계속해서 갔고, 더버빌은 좀 전에 이야기를 들었다면서 만약 다시 방을 구하지 못하면 자기가 다시 오겠노라고 말했다. 이들이 사라지자 더버빌은 여관으로 갔다가 곧 말을 타지 않고 나왔다.

그동안 테스는 침대에서 동생들과 이야기를 나누고 있다가 현재로선 더이상 동생들을 편히 해줄 수 있는 게 없다는 걸 알고는 교회의 묘지 주변을 거닐었다. 교회 문이 잠겨 있지 않아서 그녀는 난생 처음 묘지 안으로 들어가 보았다.

침대가 놓여 있는 창문 안쪽으로 몇 세기에 걸친 조상들의 무덤이 있었다. 닫집이 달린 제단 모양의 평범한 무덤들이었다. 조각 장식은 닳아 없어지고, 놋쇠로 만든 명패는 떨어져 있었으며, 못 구멍은 사암 절벽에 난 담비 구멍처럼 흔적만 뚜렷했다. 테스는 전에도 자기 조상들이 사회적으로 멸절되었음을 느낀 적이 있지만, 이 폐허만큼 그걸 실감나게 해주는 건 없었다.

테스는 다음 글이 새겨진 검은 돌 앞으로 다가갔다.

Ostium sepulchri antiquae familiae D'Urberville유서 깊은 더버빌 가의 묘지 입구

테스는 교회에서 쓰는 라틴어를 추기경처럼 읽진 못했지만, 이 글이 자기 조상들의 묘지 입구를 뜻하고 있으며, 이 안에 아버지가 거나하게 취해 입버릇처럼 말하던 큰 키의 기사들이 누워 있다는 건 알 수 있었다.

이런저런 생각을 하며 묘지를 나오다가 가장 오래된 제단 모양의 무덤 옆을 지나는데, 그 위에 드러누운 형체가 눈에 띄었다. 안이 어두웠기 때문에 어떤 형체가 거기 있다는 길 미처 보지 못했고, 지금도 이 형체가 움직이고 있다는 이상한 생각이 들지 않았다면 모른 채 그냥 지나쳤을 것이다. 가까이 다가서자마자, 그녀는 이 상像이 살아 있는 사람이라는 걸 금방 알아차렸다. 이 순간, 여기에 자기 혼자만 있는 게 아니라는 사실에 얼마나 놀랐는지 거의 기절할 것 같았다. 하지만 그녀는 이 형체가 알렉 더버빌이라는 걸 곧 깨달았다.

그가 석판에서 뛰어 내려와 그녀를 부축하고 나섰다.

"당신이 들어오는 걸 봤소."

그가 부드럽게 말했다.

"뭔가 깊은 생각을 하는 것 같아 방해하고 싶지 않았소. 이 밑에 누워 있는 조상들하고 꼭 집안 모임을 하는 것 같지 않소? 자, 들어봐요."

그가 발뒤꿈치로 바닥을 세차게 굴렀다. 그러자 저 아래서부터 텅 빈 메아리가 퍼져 올라왔다.

"틀림없이 누워 있던 분들이 좀 놀랐을 거요!"

그가 계속했다.

"당신은 날 여기 누워 있는 이 조상들의 석상쯤으로 알았겠지만, 절대 그렇지 않소. 낡은 질서는 바뀌게 마련이오. 당신한테는 지금 이 밑에 있는 명문가 조상들 전체보다 이 가짜 더버빌의 손가락 하나가 더 큰 힘이 될 수 있는 거요…… 자, 이제 지시만 하시오. 뭘 해드릴까요?"

"가세요!"

그녀가 중얼거리듯 말했다.

"그러지…… 당신 어머니를 찾아봐야겠군."

그가 담담히 말했다. 하지만 그녀 옆을 지나며 이렇게 속삭였다.

"잘 들으시오. 당신도 언젠가는 고분고분해질 거요!"

그가 가버리고 나자, 테스는 묘지 입구에 웅크리고 앉아 중얼거렸다.

"난 어째서 이 묘지 바깥에 살고 있는 걸까?"

한편 마리안과 이즈 휴에트는 주인 농부의 살림살이와 함께 '가나안 복지'를 향해—오늘 아침 이곳을 떠난 다른 가족들에겐 여기가 이집트였을 것이다—계속 달리고 있었다. 하지만 이 처녀들은 자신들이 가고 있는 곳에 대해 오랫동안 생각하진 않았다. 이들의 화제는 에인절 클레어와 테스, 그리고 테스를 끈질기게 쫓아다니는 남자였다. 이 남자와 테스가 예전에 어떤 관계였는지 일부는 들어서 일부는 짐작으로 알고 있었다.

"테스가 전혀 모르는 남자 같진 않았어."

마리안이 말했다.

"예전에 테스를 정복했던 남자라면 정말 큰일이야. 다시 그 앨 유혹해서 데려갈 생각이면 어쩌지? 테스가 너무 안됐어. 이즈, 클레어 씨는 이제 우리한테는 아무것도 될 수 없어. 그러니 원망할 필요도 없는데, 우리가 나서서 두 사람을 화해시키는 게 어떨까? 테스가 얼마나 고통받고 있는지, 또 누군가 옆에서 얼쩡거린다는 걸 알기만 한다면 그분도 아내를 돌보러 올 거야."

"우리가 그분께 알려줄 수 있을까?"

이들은 목적지까지 가는 동안 내내 이런 생각을 했다. 하지만 막상 새로운 곳에 도착하자, 이들의 관심은 온통 이곳에 적응하는 데만 쏠리고 말았다. 그러나 한 달 뒤, 이들이 어느 정도 자리를 잡았을 무렵, 테스에 관해서는 더이상 알 수 없었으나 클레어 씨가 돌아온다는 소식이 들려왔다. 그러자 그에 대한 애정으로 또다시 마음이 혼란스러웠지만, 테스를 생각해 마음을 접었다. 마리안은 공동으로 쓰는 싸구려 잉크병 뚜껑을 열고는 이즈와 합심해서 몇 줄의 편지를 써 내려갔다.

존경하는 클레어 선생님께,

부인께서 선생님을 사랑하는 만큼 선생님께서도 부인을 사랑하신다면 부인을 돌봐주세요. 부인께선 지금 친구로 위장한 음흉한 남자 때문에 몹시 고통받고 있답니다. 클레어 선생님, 부인 옆에는 멀리해야만 할 사람이 따라다니고 있어요. 여자란 감당할 수 없는 시험을 받아선 안 된답니다. 물방울이 끊임없이 떨어지면 제아무리 돌덩이라도, 아니 그보다 더한 다이아몬드라도 깨지게 마련이거든요.

행복을 기원하며, 두 사람 올림.

에인절 클레어 앞으로 쓴 이 편지는 이들이 클레어와 관련이 있다고 들었던 유일한 장소인 애민스터의 사제관으로 전달되었다. 그러고 나서, 이들은 스스로 장한 일을 했다는 뿌듯함에 감정이 고조되어 미친 듯 노래를 부르다가 눈물을 흘리기도 했다.

제7부 – 성취

53

애민스터 사제관은 저녁때였다. 평소와 마찬가지로, 신부의 서재엔 초록색 갓 아래 촛불 두 자루가 타고 있었지만 주인은 자리에 없었다. 그는 이따금 들어와 따스해져가는 봄날에 알맞은 작은 난롯불을 뒤적이다가 다시 나가곤 했다. 그리고 때때로 현관문에 서 있다 거실로 들어와서는 다시 현관으로 나가기도 했다.

사제관은 서향이었기 때문에, 집 안은 어둑어둑했지만 밖은 아직도 사물을 또렷이 구별할 수 있을 정도로 밝았다. 응접실에 앉아 있던 클레어 부인이 현관까지 남편을 따라 나왔다.

"아직도 시간이 많이 남았군."

신부가 말했다.

"기차가 정시에 도착한다 해도 여섯 시까지는 초크-뉴턴에 닿지 못할 거요. 그러고도 시골길을 십육 킬로미터나 와야 하고, 그중 팔 킬로미터는 크리머크록 레인을 지나야 하니까, 늙은 우리 집 말로는 빨리 달릴 수도 없을 거요."

"그렇지만 여보, 우리가 탔을 땐 한 시간 만에도 왔었잖아요."

"그거야 몇 년 전 얘기지."

두 내외는 이런 얘기를 해봤자 모두 쓸데없는 일이고, 중요한 건 오직 기다리는 것뿐이라는 사실을 잘 알고 있으면서도 이렇게 시간을 보냈다.

마침내 길에서 작은 소리가 나더니, 늙은 조랑말이 끄는 마차가 실제로 울타리 밖에 모습을 드러냈다. 이들은 거기서 알아볼 것도 같은 한 사람이 내리는 걸 보았다. 하지만 사실 특정 시간에 특정한 사람이 자신들의 마차에서 내린 것이 아니고 거리에서 그를 보았더라면, 아마 누군지도 모른 채 그냥 지나쳤을 것이다.

클레어 부인은 어두운 복도를 지나 현관까지 급히 달려갔고, 남편은 더 차분히 부인을 뒤따라갔다.

도착해서 막 집 안으로 들어오고 있는 이 사람은—부부가 마지막 햇살을 마주 보고 있었기 때문에—현관 문간에 서 있는 이들의 걱정스런 얼굴과 이들의 안경에 비친 희미한 석양빛을 볼 수 있었다. 하지만 그는 빛을 등지고 있었기에 부부는 그의 형체밖에 볼 수 없었다.

"오, 내 아들, 내 아들아…… 드디어 돌아왔구나!"

클레어 부인이 소리쳤다. 이 순간, 어머니는 아들을 이토록 멀어지게 했던 이단異端의 얼룩을 그의 옷에 붙은 먼지만큼이나 하찮은 것으로 보았다. 사실, 아무리 진리에 충실한 여자라도 자기 자식을 믿는 것만큼 하나님의 약속과 경고를 믿는 여자가 어디 있으며, 또 자식의 행복에 걸림돌이 된다면 자신의 신앙마저도 바람 속에 내던져 버리지 않을 여자가 어디 있겠는가? 촛불을 켜놓은 방안에 들어서자마자 어머니는 아들의 얼굴부터 살폈다.

"아, 이건 에인절이 아냐, 내 아들이 아냐, 집을 떠날 때의 그 에인절이 아니라고!"

그녀는 슬픔에 못 이겨 소리 지르며 고개를 돌렸다. 그의 아버지 역시 그의 모습을 보고 충격을 받았다. 클레어는 여기서 겪은 일들에 대한 혐오감으로 너무 성급히 고향을 떠났고, 그동안 험한 곳에서 마음고생을 한 탓에 너무 말라서 얼굴 윤곽마저 알아볼 수 없을 지경이었다. 그의 모습 뒤에는 해골이 보이고, 해골 뒤에는 유령이 보이는 것 같았다. 그는 꼭 크리벨리가 그린 '돌아가신그리스도' 같았다. 푹 꺼진 눈두덩엔 병색이 완연했고, 눈동자에서도 빛이 사라지고 없었다. 옛 조상들처럼 볼도 눈도 움푹 패어 뼈만 앙상히 드러난 얼굴과 주름살이 그를 이십 년은 더 늙어 보이게 했다.

"아시다시피, 거기서 병을 앓았어요. 하지만 이젠 괜찮아요."

그렇지만 이 말이 거짓임을 보여주듯 그의 다리가 후들거렸고, 그는 쓰러지지 않으려고 재빨리 의자에 앉았다. 이건 힘겨운 여행을 한 데다 도착해서 흥분한 탓에 약간의 현기증이 일었던 것일 뿐이었다.

"최근에 저한테 온 편지는 없나요?"

그가 이렇게 빨리 출발할 줄 몰랐기 때문에, 몇 주 전에 온 편지들은 모두 그에게 부쳤고, 최근엔 딱 한 통의 편지가 와 있었다.

그는 내놓은 편지를 재빨리 뜯어 보았고, 마지막으로 급히 휘갈겨 쓴 테스의 필체 속에 담긴 그녀의 심경을 읽으며 마음이 몹시 괴로웠다.

에인절, 왜 이렇게 저한테 무섭게 대하시는 거죠? 전 이런 취급을 당할 만큼 나쁘지 않아요. 이에 대해 곰곰이 생각해봤어요. 그런데 절대로, 절대로 당신을 용서할 수가 없네요! 내가 당신을 모욕하지 않았다는 건 잘 알 거예요. 그런데 왜 날 이렇게 학대하는 거죠? 당신은 잔인한 사람이에요, 정말이지 너무 잔인해요! 이젠 당신을 잊겠어요. 내가 당신한테서 받은 거라곤 부당함뿐이니까요!

T.

"당연해요!"

에인절은 편지를 읽으며 말했다.

"어쩌면 저와 절대 화해하지 않을지도 모르겠군요!"

"에인절, 흙에서 난 아이 하나 때문에 너무 마음 쓰지 말아라!"

어머니가 말했다.

"흙에서 난 아이라고요? 그럼요, 우리 모두 흙에서 난걸요. 전 그 여자가 어머니의 말뜻 그대로였으면 좋겠어요. 전에 말씀드리지 않았던 건데, 사실 그 사람 아버지는 그 옛날 노르만 가문의 직계 후손이에요. 이 근방에서 이름 없이 농사를 지으며 '흙의 자식들'이라 불리는 사람들 중엔 이처럼 명문가의 후손들이 많죠."

그는 곧 잠자리에 들었다. 그리고 다음 날 아침엔 몸이 몹시 좋지 않아, 자기 방에 남아 생각에 잠겼다. 테스를 떠나 적도 남쪽에 있을 땐 금방이라도 그녀 품에 안길 수 있을 것 같았는데, 막상 돌아와 보니 마음먹은 것처럼 쉽지가 않았다. 격한 감정으로 써 내려간 그녀의 편지를 보며, 아무 예고도 없이 불쑥 그녀의 부모가 계신 데서 그녀를 대면하는 게 과연 현명한 일인지 그는 스스로 물음을 던져보았다. 떨어져 있는 동안 그녀의 사랑이 정말 미움으로 변했다면, 갑작스레 만나봐야 서로 상처의 말만 주고받게 될지도 모르니까 말이다.

그래서 클레어는 자신의 귀국을 알리고, 영국을 떠날 때 그녀에게 일러둔 대로 아직 부모님과 함께 살고 있을 거라 믿고 있다는 내용의 편지를 띄워 테스와 가족들에게 마음의 준비를 시키는 게 좋을 거라고 생각했다. 그는 곧바로 편지를 써 보냈고, 그 주가 가기 전 더비필드 부인으로부터 짤막한 답장이 왔지만, 당혹스럽긴 마찬가지였다. 편지에 주소도 없는 데다가 놀랍게도 말로트에서 쓴 게 아니었기 때문이다.

보십시오, 간단히 몇 줄 적습니다. 우리 딸애는 지금 우리와 같이 살지도 않고, 또 언제 돌아올지도 모르겠네요. 하지만 돌아오는 대로 알려드리지요. 그 애가 지금 임시로 묵고 있는 곳이 어디인지, 맘 놓고 말할 형편이 아니라서요. 우리 가족이 말로트를 떠난 지는 한참 되었다는 걸 알려드립니다. 그럼, 이만.

조안 더비필드.

적어도 겉으로 보기엔 테스가 잘 지내고 있는 것 같아, 몹시 마음이 놓인 클레어는 어머니가 그녀의 소재를 밝히기 꺼려한 것을 별로 심각하게 받아들이지 않았다. 식구들 모두가 자신에게 화가 나 있어 그럴 거라고 생각했던 것이다. 그는 어머니로부터 테스가 돌아왔다는 소식이 올 때까지—편지엔 이것이 암시되어 있었다—기다리기로 했다. 그는 그 이상 바랄 자격이 없었다. 자신의 사랑은 '다른 사랑을 찾으면 변하는' 그런 사랑이었으니 말이다. 외국에 나가 있는 동안, 그는 몇 가지 이상한 경험을 했었다. 명목상으로는 코르넬리아현모양처의 전형으로 추앙되는 여성으로, 남편 사후에도 재혼하지 않고 자녀 교육에 헌신했다 같은 여인이 실제로는 파우스티나마르쿠스 아우렐리우스의 아내로 부정한 여인이었다인 경우를 보았고, 음탕한 여인 프리네그리스 시대의 악명 높은 창부에게서 정신적으로는 고상한 루크레티아정절의 귀감인 로마 시대 여인으로, 강간당한 후 남편에게 복수를 부탁하고 자결했다를 보았던 것이다. 그는 간음 중에 잡혀와 사람들 가운데 세워져 돌에 맞을 처지였던 여인요한복음 8장에 나오는 인물로 예수님의 용서를 받는다과 왕비가 되었던 우리야의 아내다윗 왕의 아내이자 솔로몬 왕의 어머니로, 다윗이 부하장수 우리야를 죽이고 취한 밧세바를 말한다를 생각했다. 그러고는 왜 테스를 건설적으로 보지 못하고 그녀의 내력만을 따졌던가, 왜 행위가 아닌 그녀의 의지를 보지 못했던가 하고 스스로에게 물음을 던졌다.

조안 더비필드에게서 약속했던 두 번째 편지가 오길 기다리며, 또 건강도 회복할 겸해서 아버지 집에 머무르는 동안 하루하루가 지나갔다. 건강은 많이 호전되었지만 기다리는 소식은 오지 않았다. 그래서 브라질에 있을 때 받았던 편지들을 다시 꺼냈고, 그중에 테스가 플린트컴-애쉬에서 보낸 편지를 다시 읽어

보았다. 당시엔 별로 와 닿지 않던 구절들이 새삼 그의 가슴을 치게 만들었다.

이 괴로운 처지를 호소할 데라곤 당신 말고는 아무도 없네요! …… 곧 돌아오든지, 아니면 당신이 있는 곳으로 오라고 하지 않으면 전 죽을 것만 같아요…… 제발, 제발, 너무 원칙만 따지지 말고, 설사 제가 자격이 없다 해도 조금만 다정히 대해주세요…… 당신이 돌아온다면 전 당신 팔에 안겨 죽을 수도 있어요! 그렇게 해서라도 용서가 된다면 기꺼이 그렇게 하겠어요! …… 당신이 '곧 가겠소'라고 한 줄만이라도 편지를 써주면, 참고 기다릴 수 있으니까요. 에인절…… 그럼 전 너무 기쁠 거예요! …… 한번 생각해보세요, 당신을 다시는, 두 번 다시 보지 못한다는 생각을 하면 얼마나 마음이 아플지! 아, 제가 여기서 온종일 겪는 고통을 사랑하는 당신 가슴으로 단 일 분만이라도 느낄 수 있다면, 분명 외롭고 가련한 저를 애처롭게 여길 텐데 말이에요…… 당신의 아내로 자격이 없다면, 네, 기꺼이 당신의 하녀라도 되어 당신과 함께 사는 데 만족하겠어요. 그럼 당신 가까이 있을 수 있고, 얼굴을 볼 수도 있고, 또 당신을 제 사람으로 생각할 수도 있을 테니까요…… 하늘이든 땅이든 땅속이든 제가 바라는 건 오직 하나, 당신을, 내 사랑을 다시 만나는 거랍니다. 돌아와주세요…… 제발 돌아와주세요. 그래서 절 위협하는 것들로부터 절 구해주세요!

클레어의 두 눈에 눈물이 가득 고였다. 그는 벌떡 일어나 즉시 그녀를 찾으러 가야겠다고 생각했다. 그래서 아버지에게 자신이 없는 동안 그녀가 돈을 요청한 적이 있느냐고 물었다. 아버지로부터 그런 적이 없다는 대답을 듣는 순간, 에인절은 처음으로 그녀가 자존심 때문에 말도 못하고 어려운 처지에 있을 거라는 생각이 들었다. 아들의 이야기를 들은 뒤 그의 부모님은 이들이 헤어지게 된 진짜 이유를 짐작하게 되었다. 이들은 도덕적으로 타락한 사람들을 특별히 돌봐줘야 한다는 기독교적 신앙을 가졌던 터라, 테스의 혈통이나 소박함이나 심지어 가난에 대해서조차 아무런 관심도 보이지 않았지만, 그녀의 죄에 대해선 즉시 동정심을 보였다.

떠나려고 급히 몇 가지 물건을 꾸리던 중 에인절은 역시 최근에 받은 솔직하고 애절한 편지 하나를 다시 읽어보았다. 마리안과 이즈가 보낸 편지로, 이렇게 시작하고 있었다.

'존경하는 클레어 선생님께,
부인께서 선생님을 사랑하는 만큼 선생님께서도 부인을 사랑하신다면 부인을 돌봐주세요.'

그리고 마지막에 이런 서명이 있었다.

'행복을 기원하며, 두 사람 올림.'

54

15분 뒤 클레어는 집을 나섰고, 어머니는 그가 비쩍 마른 모습으로 멀어져가는 걸 지켜보았다. 아버지의 늙은 암말을 타고 가라고 했지만, 이 말이 집에 필요하다는 걸 잘 알고 있었기에 그는 거절했다. 대신 여관으로 가서 이륜마차를 세냈고, 마구를 채우는 동안도 기다릴 수 없을 만큼 조급한 심정이었다. 몇 분도 채 되지 않아 그는 마을을 빠져나와 언덕을 오르고 있었다. 그러니까 석 달 전, 테스가 희망에 부풀어 내려왔다 쓰라린 좌절을 안고 올라갔던 바로 그 길이었다.

곧 그 앞에 벤빌 레인이 펼쳐졌고, 울타리들과 보랏빛 싹눈이 맺힌 나무들이 보였다. 하지만 길을 나아가는 데 필요한 풍경만 눈에 들어올 뿐, 그는 다른 생각에 빠져 있었다. 한 시간 반이 못 되어 킹즈 힌톡 영지의 남쪽 가장자리를 따라, 흉물스런 비석 크로스-인-핸드가 쓸쓸히 서 있는 곳으로 올라갔다. 테스가 개심한 알렉 더버빌에게 두 번 다시 그를 유혹하지 않겠다는 이상한 맹세를 강요당했었던 그 장소였다. 밭둑에는 말라붙은 쐐기풀들이 줄기만 앙상하게 남아 있었고, 그 뿌리에서 새순들이 올라오고 있었다.

여기서부터 맞은편 힌톡의 고원 지대를 따라가다 오른쪽으로 방향을 틀어 플린트컴-애쉬의 서늘한 석회질 지대로 접어들었다. 여기는 그녀가 보내온 편지들 중 하나의 주소지였고, 그녀가 있을지도 모른다고 어머니가 일러준 곳이기도 했다. 하지만 당연히 이곳엔 테스가 없었다. 게다가 마을 사람들도 농장 주인도 모두가 테스라는 이름은 잘 기억하고 있으면서, '클레어 부인'이라는 이름은 전혀 들어본 적이 없다는 말을 듣고는 더욱 낙심이 되었다. 떨어져 있는 동안 그녀는 자신의 이름을 사용하지 않은 게 분명했다. 그녀가 엄격하게 자존심을 지켰다는 것은 아버지께 돈을 부탁하지 않고 스스로 고생을 선택한 걸 보면 알 수 있었지만, 자신의 성을 사용하지 않은 걸 봐서도 충분히 알 수 있었다.

이곳 사람들은 테스 더비필드가 아무런 얘기도 없이 블랙무어 저편에 있는 부모님 댁으로 가버렸다고 말했다. 그렇다면 이제 중요한 건 더비필드 부인을 찾는 일이었다. 하지만 그녀는 지금 말로트에 살고 있지 않다고 하면서도 이상하게 현주소에 대해선 입을 열지 않았다. 결국 직접 말로트에 가서 주소를 알아보는 수밖에 없었다. 테스에게 그처럼 고약하게 굴던 농장 주인은 클레어에겐 꽤나 살갑게 굴었고, 말로트까지 타고 가라며 마차와 마부를 내주기까지 했다. 클레어가 타고 온 마차는 정해진 시간이 다 되어 애민스터로 돌려보내야 했기 때문이다.

말로트 어귀에 이르자, 클레어는 농장 주인의 마차를 타고 그 너머까지 가고 싶지 않았기에 말과 마부를 돌려보냈다. 그러고는 걸어서 사랑하는 테스가 태어난 마을로 들어갔다. 아직은 너무 이른 철이라 채소밭도 나뭇잎도 아주 파랗지는 않았다. 봄이라고는 해도 아직은 얇은 초록색 웃옷을 걸친 겨울이나 다름없었고, 테스를 찾으리라는 그의 기대도 이와 마찬가지였다.

테스가 어린 시절을 보낸 고향집은 이제 그녀를 전혀 모르는 다른 가족들이 살고 있었다. 새 거주자들은 이 집과 대지가 한때 다른 가문의 과거와 관련해 매우 중요한 곳이었고, 이에 비하면 자신들의 과거는 한낱 시시한 이야깃거리에 불과하다는 걸 전혀 모르는 듯, 채소밭에서 자기들 일에만 몰두해 있었다. 이들은 매 순간 뒤따라 다니는 희미한 유령들과 부딪히면서도 자신들의 관심사만이 가장 중요하고, 테스가 여기 살던 때보다는 지금이 훨씬 더 흥미롭다는 듯 이야기를 주고받으며 채소밭 사이로 난 좁은 길들을 걸어 다녔다. 심지어 봄날의 새들마저 떠난 사람이 전혀 그립지 않다는 듯 그의 머리 위에서 즐겁게 재잘거리고 있었다.

먼저 살던 사람들의 이름마저 잊어버리고 있는 이 고귀하고 순진한 이들의 말을 통해 알아낸 사실은 존 더비필드가 죽었다는 것과 그 미망인이 아이들을 데리고 킹즈비어로 살러 간다며 말로트를 떠났지만, 실은 그렇게 하지 않고 다른 곳으로 갔다는 것이었다. 그러자 클레어는 더이상 테스도 살지 않는 이 집이 꼴도 보기 싫었다. 그래서 뒤도 한 번 돌아보지 않고 서둘러 이곳을 빠져나왔다.

그는 들놀이에서 춤을 출 때 처음 그녀를 보았던 풀밭 옆을 지났다. 이곳도 그 집만큼이나, 아니 한층 더 보기 싫었다. 그리고 교회묘지를 통과해 지나갔다. 새로운 비석들 중에는 다른 것들보다 더 돋보이는 게 하나 있었다. 비명에는 이렇게 씌어 있었다.

한때 권세 있는 가문으로, 정복왕의 기사들 중 한 명이었던 브라이언 더버빌 경의 걸출한 혈통을 잇는 직계 후손, 존 더비필드, 정확히 말해 더버빌을 추모하며,

1800년 3월 10일 별세.

오호라 두 용사가 엎드러졌도다.

사무엘하 1장 19절

교회지기로 보이는 어떤 사람이 클레어가 거기 서 있는 걸 보고 다가왔다.

"아, 선생님, 그 양반은 여기 묻히고 싶어 하질 않았답니다요. 자기 조상들이 있다는 킹즈비어로 옮겨주길 원했죠."

"그런데 왜 소원을 들어주지 않은 거죠?"

"아…… 돈이 없었거든요. 참 딱한 일이죠. 그리고…… 이런 얘길 사방에 말하고 싶진 않지만, 이 비석도 비명은 아주 거창한데, 실은 값도 치르지 못했다니까요."

"저런, 이걸 누가 세웠나요?"

그 남자는 마을에 있는 석공 이름을 말해주었고, 클레어는 교회묘지를 나와 석공의 집을 찾아갔다. 그리고 조금 전 남자의 말이 사실임을 확인하고 값을 치른 다음, 다시 떠난 사람들을 찾아 나섰다.

걷기엔 너무 먼 길이었지만, 클레어는 혼자 있고 싶은 마음이 간절해져 마차를 빌리지 않았다. 또 기차를 타고 우회하면 목적지에 닿을 수도 있었지만, 이

렇게 하지도 않았다. 그러나 쉐스톤에선 할 수 없이 마차를 빌려야만 했다. 길이 좋지 않은 탓에 그는 저녁 일곱 시 무렵에야 조안이 산다는 마을에 닿을 수 있었다. 말로트를 떠난 이후 30킬로미터가 넘는 거리를 지나온 셈이었다.

마을은 작은 편이라 더비필드 부인이 세든 집을 찾는 데는 별 어려움이 없었다. 이 집은 큰길에서 멀리 떨어져 있었고, 마당이 담으로 둘러쳐져 있었다. 더비필드 부인은 이 마당에다 보기 흉한 가구들을 재주껏 잘 쌓아두고 있었다. 무슨 이유 때문인지는 몰라도 부인은 그가 찾아오는 걸 달가워하지 않는 게 분명했고, 클레어는 자신이 꼭 불청객 같은 느낌이 들었다. 부인이 직접 문밖으로 나오자 저녁 햇살이 그녀의 얼굴을 비추었다.

클레어가 부인과 대면한 건 이번이 처음이었다. 하지만 너무 자기 생각에 몰두한 나머지 그는 부인이 점잖은 미망인 차림에다 여전히 고운 인물이라는 것 이상은 살피지 못했다. 그는 자신이 테스의 남편이라는 것과 이곳을 찾아온 목적을 설명해야 했는데, 이것은 참으로 거북스런 일이었다.

"전 지금 당장 테스를 만나고 싶습니다."

그리고 덧붙여 말했다.

"다시 연락해주기로 하셨는데, 통 소식이 없어 이렇게 찾아왔습니다."

"그 애가 아직 집에 안 왔어요."

"잘 지내는지는 아시나요?"

"몰라요, 오히려 그쪽에서 알아야 하는 것 아닌가요?"

"맞는 말씀이에요. 지금 어디에 있죠?"

처음 봤을 때부터 조안은 한쪽 손을 계속 뺨에 댄 채 당황스러움을 감추고 있었다.

"난…… 그 애가 지금 어디 있는지 정확히는 몰라요. 전에는…… 하지만……."

“전에는 어디 있었죠?”

“글쎄, 지금은 거기 없어요.”

말을 피하려는 듯 그녀는 다시 입을 다물었다. 이때 어린아이들이 슬그머니 문간으로 나왔고, 막내가 어머니의 치맛자락을 당기며 작은 소리로 말했다.

“이분이 테스 누나와 결혼할 사람이야?”

“결혼은 벌써 했어.”

조안이 소곤거렸다.

“안으로 들어가거라.”

말을 삼가려고 애쓰는 부인을 보며 클레어가 물었다.

“테스가, 제가 찾아와 주길 바랄 거라 생각하세요? 그게 아니면, 물론…….”

“바라지 않을 거라 생각해요.”

“정말이세요?”

“확실해요.”

그는 발걸음을 돌렸다. 이때 갑자기 테스의 애정 어린 편지가 생각났다.

“아뇨, 틀림없이 바라고 있을 거예요!”

그가 거칠게 반박했다.

“어머님보단 제가 테스를 더 잘 알거든요!”

“그럴지도 모르죠. 난 그 애 속을 정말 모르겠으니까.”

“더비필드 부인, 제발 좀 주소를 알려주세요. 외롭고 비참한 사람한테 인정을 베푸신다 생각하고요!”

테스의 어머니는 다시 어쩔 줄을 몰라 하며 손바닥으로 뺨을 문지르더니, 그가 괴로워하는 걸 보고는 결국 낮은 목소리로 답을 해주었다.

“샌드본에 있어요.”

“아, 거기가 어디쯤이죠? 소문엔 샌드본이 큰 도시가 되었다고 하더군요.”

"샌드본이라는 것 말고 더 자세히는 나도 몰라요. 거길 가본 적이 없으니까."

"혹시 부족한 건 없으신가요?"

그가 부드럽게 물었다.

"없어요. 우린 그럭저럭 잘 살고 있어요."

집 안엔 들어가지도 않고 클레어는 발걸음을 돌렸다. 5킬로미터가량 떨어진 곳에 기차역이 있었다. 그는 여기까지 태워다준 마부에게 삯을 지불한 다음, 역을 향해 걸어갔다. 잠시 후 샌드본행 마지막 열차가 역을 떠났다. 클레어를 실은 채 말이다.

55

이날 밤 열한 시, 그는 도착하자마자 숙소를 정하고 아버지께 전보를 쳐 주소를 알렸다. 그러고는 샌드본 거리로 나갔다. 누구한테 부탁을 하거나 물어보기엔 너무 늦은 시각이라, 테스를 찾는 일은 아침까지 미룰 수밖에 없었다. 하지만 아직까진 이대로 들어가 잠자리에 들 수 없었다.

동부와 서부의 두 기차역, 부두, 소나무 숲, 해변 산책로, 그리고 울타리를 둘러친 공원까지 갖춘 이 최신형 해수욕장은 에인절 클레어가 보기엔 마치 요술 지팡이를 휘둘러 뚝딱 만들어낸 동화 속 나라처럼 보였다. 동화 속 나라치고는 약간 지저분하긴 했지만 말이다. 거대한 엑든 황야의 동쪽 가장자리가 이 도시와 접해 있었다. 말하자면 먼 옛날부터 있어온 저 황갈색 대지 바로 옆에 번쩍거리는 신기한 유흥 도시가 불쑥 솟아 있는 셈이었다. 도시 교외에서 1킬로미터만 나가도 온갖 모양의 지형들이 태곳적 모습 그대로였고, 길들도 모두 변함 없이 옛 브리튼 시대의 길이었다. 로마 황제들이 통치하던 시절 이후로 이곳은 잔디밭 하나도 변한 게 없었다. 하지만 예언자의 박 넝쿨요나서 4장 6절, 하나님이 갑자기 박 넝쿨을 씌워 요나를 구해주었다처럼 갑자기 색다른 것이 등장했고, 결국 테스를 여기까지 끌어들였던 것이다.

한밤의 가로등 불빛 속에서 클레어는 구세계 속에 들어앉은 이 신세계의 구불구불한 거리들을 오르내리며, 별빛 아래 가로수 사이로 이 도시를 이루고 있는 수많은 화려한 대저택들의 우뚝 솟은 지붕과 굴뚝, 전망대, 망루들을 볼 수 있었다. 저택들이 듬성듬성 떨어져 있는 이 도시는 영국해협과 접한 지중해식 휴양지였고, 지금처럼 밤에 보면 실제보다 훨씬 더 웅장해 보였다.

바다가 아주 가까이에 있었지만, 시끄러워 방해가 될 정도는 아니었다. 바다는 나지막이 중얼거리고 있었고, 그는 이게 솔바람 소리라고 생각했다. 하지만 그 소리가 정확히 똑같은 음조로 들려오자, 바닷소리일 거라는 생각이 들었다.

이처럼 부富와 유행의 한가운데서, 시골 여자인 그의 젊은 아내 테스는 대체 어디에 있단 말인가? 깊이 생각하면 할수록 더 혼란스러울 따름이었다. 여기 어디에 젖소가 있단 말인가? 당연히 농사지을 밭도 없었다. 그렇다면 이 대저택들 중 어느 집에 고용되어 일하고 있는 게 분명했다. 그는 창문에서 불빛이 하나 둘씩 꺼져가는 것을 바라보며 정처 없이 거닐었고, 대체 어느 집에 테스가 있을지 생각해보았다.

하지만 추측은 아무 소용이 없었다. 열두 시가 지나자 그는 곧바로 여관으로 돌아와 잠자리에 들었다. 불을 끄기 전, 테스의 열정적인 편지를 다시 읽어보았다. 그래도 도저히 잠을 이룰 수 없어—그녀 곁에 아주 가까이 와 있었지만, 또한 너무 멀리 떨어져 있기도 했다—덧창을 들어 올린 채 맞은편 집들의 뒷면을 바라보았다. 이 순간 그녀는 저 창문들 중 어디에 잠들어 있을까를 생각하면서.

클레어는 거의 밤을 꼬박 새우다시피 했다. 아침 일곱 시에 일어난 그는 곧바로 여관을 나와 중앙우체국 쪽으로 향했다. 우체국 문 앞에서 그는 오전 배달을 위해 편지 꾸러미를 들고 나오는 한 집배원과 마주쳤다.

"혹시 클레어 부인의 주소를 아십니까?"

배달부는 고개를 가로저었다.

이때, 테스가 처녀 적 이름을 계속 사용하고 있을지도 모른다는 생각이 들어 다시 물었다.

"그럼 더비필드 양은요?"

"더비필드라고요?"

이것도 집배원에겐 낯선 이름인 것 같았다.

"아시다시피 매일 오가는 방문객들이 많아서요. 집 주소를 모르면 찾기가 불가능해요."

이때 그의 동료 한 사람이 급히 나오기에, 그에게 다시 물어보았다.

"더비필드라는 이름은 모르겠어요. 하지만 헤론즈 여관에 더버빌이라는 사람이 있어요."

두 번째 집배원이 말했다.

"예, 맞아요!"

클레어가 기뻐 소리쳤다. 테스가 발음이 변하기 전의 원래 이름을 쓰고 있다고 생각했던 것이다.

"헤론즈 여관은 어떤 곳이죠?"

"아주 멋진 여관이지요. 여긴 온통 여관밖에 없어요."

클레어는 어떻게 하면 이 여관으로 갈 수 있는지 들은 다음 서둘러 그곳으로 갔고, 마침 우유 배달부와 함께 도착했다. 헤론즈 여관은 평범한 저택이었지만, 넓은 정원 위에 서 있었고, 겉보기엔 꼭 개인 주택 같아서 여관이라고는 생각하기 어려웠다. 그가 염려하는 것처럼 혹시 불쌍한 테스가 이곳에 하녀로 있다면, 우유 배달부를 맞으러 뒷문으로 나올지도 모르니 그쪽으로 가볼까 싶기도 했다. 하지만 아닐지도 모른다는 생각에 그는 현관으로 다가가 초인종을 눌렀다.

이른 아침이라 주인 여자가 직접 문을 열었다. 클레어는 테레사 더버빌 혹은 더비필드라는 사람이 있는지 물었다.

"더버빌 부인 말인가요?"

"네, 맞습니다."

테스가 결혼한 여성으로 행세하고 있다는 생각에, 자신의 이름을 쓰고 있지 않았음에도 그는 기분이 좋았다.

"친척이 와서 꼭 만났으면 한다고 전해주시겠어요?"

"좀 이른 시간이라서요. 그런데 성함이 어떻게 되시죠?"

"에인절이라고 합니다."

"에인절 씨라고요?"

"아뇨, 그냥 에인절입니다. 제 세례명이죠. 그렇게 말하면 알 거예요."

"가서 일어났는지 알아보겠어요."

그는 앞쪽 방, 즉 식당으로 안내되었고, 봄 커튼 사이로 작은 잔디밭과 그 위에 심어진 만병초를 비롯한 관목들을 바라보았다. 분명 그녀의 처지는 자신이 염려했던 것처럼 그렇게 나쁘진 않아 보였다. 그래서 그녀가 혹시 어떻게든 보석을 찾아와 판 것이 아닐까 하는 생각이 퍼뜩 스쳐 지나갔다. 설사 그렇다 해도 그녀를 비난하고 싶은 마음은 전혀 없었다. 곧이어 그의 예민한 귀에 계단을 내려오는 발소리가 들렸고, 가슴이 얼마나 방망이질 치는지 그는 도저히 서 있을 수가 없었다.

"이런! 그녀는 날 어떻게 생각할까, 너무도 많이 변해버렸는데!"

그는 혼자 중얼거렸다. 이때 문이 열렸다.

테스가 문간에 나타났다. 그가 기대했던 것과는 완전히 다른 모습이었다. 어리둥절할 정도로 딴판이었다. 타고난 그녀의 미모는 우아한 옷차림 때문에 제대로 빛이 났다. 그녀는 상복에 어울리는 색으로 수를 놓은 연회색 캐시미어 실내복을 느슨하게 걸치고, 같은 색 실내화를 신고 있었다. 깃털 장식 위로 그녀의 목이 드러났고, 눈에 익은 짙은 갈색 머리채의 일부는 머리 뒤로 틀어 올리고 일부는 어깨 위에 늘어져 있는 모습에서 서두른 기색이 역력했다.

그는 두 팔을 내밀었지만 도로 내리고 말았다. 그녀가 앞으로 나오지 않고 문간에 가만히 서 있었던 것이다. 단지 누런 해골이나 다름없는 지금의 자신과 그녀 사이에 뚜렷한 대조를 느끼며, 그녀가 자기 모습을 불쾌하게 여기는 거라고 그는 생각했다.

"테시!"

그가 목쉰 소리로 말했다.

"멀리 떠났던 날 용서해주겠소? 내게로…… 돌아올 수 없겠소? 어떻게…… 이렇게 살고 있는 거요?"

"너무 늦었어요."

매정한 그녀의 목소리가 방 안에 울려 퍼졌고, 두 눈이 이상하게 반짝거렸다.

"당신을 바로 보지 못했소. 참모습을 깨닫지 못했던 거요!"

그가 계속해서 애원했다.

"사랑하는 테시, 이젠 그걸 알고 있다오!"

"너무 늦었어요, 너무 늦었다고요!"

너무 고통스러운 나머지 매 순간이 한 시간처럼 느껴지는 듯 그녀가 손을 내저으며 말했다.

"가까이 오지 마세요, 에인절! 안 돼요…… 그래선 안 돼요, 저리 가세요!"

"하지만 당신은 내 사랑하는 아내요. 병으로 이렇게 초라한 몰골이 되었다고 날 사랑하지 않는단 말이오? 당신은 그렇게 변덕스런 사람이 아니오…… 실은 당신을 데리러 왔소…… 우리 부모님도 이젠 당신을 반갑게 맞아주실 거요!"

"그래요…… 아, 그렇군요! 하지만 너무, 너무 늦었어요!"

그녀는 거의 비명처럼 소리를 질렀다. 마치 꿈속에서 도망치려는 사람처럼 달아나고는 싶은데 도무지 몸이 움직여지질 않는 것 같았다.

"다 알고 오신 것 아닌가요? …… 모르세요? 모른다면 어떻게 여길 찾아오셨죠?"

"여기저기 돌아다니며 물어서 찾아온 거요."

"전 당신을 기다리고 또 기다렸어요."

갑자기 예전처럼 맑고 정이 넘치는 소리로 그녀가 계속해서 말했다.

"하지만 당신은 오지 않았어요! 그래서 편지를 썼는데, 역시 아무런 소식이 없더군요! 그 사람은 당신이 절대 돌아오지 않을 거라고 했어요. 기다리고 있는 내가 어리석은 여자라고요. 아버지가 돌아가신 이후, 그 사람은 저한테나 어머니한테, 또 온 가족들에게 정말 잘해줬어요. 그 사람이……."

"무슨 말인지 모르겠군."

"그 사람이 날 되찾아간 거예요."

클레어는 그녀를 빤히 쳐다보다, 곧 말뜻을 알아차리고는 돌림병에라도 걸린 사람처럼 맥이 탁 풀렸다. 그는 시선을 떨구었다. 한때는 장밋빛이었지만 지금은 희고 고와진 그녀의 손에 그의 시선이 멎었다.

"그 사람은 지금 위층에 있어요. 그 사람이 밉군요. 나한테 거짓말을 했으니까요. 당신이 돌아오지 않을 거라 했는데, 이렇게 오셨잖아요! 하지만…… 에인절, 제발 가주세요. 그리고 다시는 오지 말아주세요."

이들은 꼼짝하지 않고 서 있었다. 찢어질 듯한 심정을 말해주는 듯 이들의 두 눈은 애처로울 만큼 슬퍼 보였다. 두 사람은 이 현실을 피할 수 있는 뭔가를 간절히 바라고 있는 것 같았다.

"아…… 그건 내 잘못이오!"

그는 더이상 말을 이을 수가 없었다. 말이든 침묵이든 자신의 심경을 표현할 수 없긴 마찬가지였던 것이다.

잠시 후, 그는 테스가 가버리고 없다는 걸 알았다. 이 순간 정신을 가다듬고 서 있는 그의 얼굴은 더욱 차갑게 일그러져 있었다. 곧이어 그는 거리로 나와 목적지도 없이 헤매고 다녔다.

56

헤론즈 여관의 주인으로 이 모든 근사한 가구들을 소유하고 있는 브룩스 부인은 특별히 호기심이 많은 여자는 아니었다. 그녀는 오랫동안 이해득실만 따지는 산술적 악마에 붙들려 있느라 물질에 깊이 빠져버린 불쌍한 여인이었고, 숙박하려는 손님들의 주머니 사정 외에는 별다른 호기심을 보이지도 않았다. 그럼에도 불구하고 에인절 클레어가 집세 잘 내는 손님으로 여겨왔던 더버빌 부부를 방문한 사건은 예외적으로 그녀의 관심을 끌었다. 방문 시간이나 그의 태도만 놓고 봐도 집을 세놓을 때 말고는 쓸모없이 잠자고 있던 그녀의 여성적 호기심이 다시 발동하기에 충분했던 것이다.

테스는 식당으로 들어가지 않고 문간에서 남편과 이야기를 주고받았고, 브룩스 부인은 복도 뒤쪽 자신의 거실에서 문만 살짝 닫고 있던 터라, 이 불행한 두 영혼 사이에 오가는 대화—이걸 대화라고 부를 수 있다면—의 파편들을 주워들을 수 있었다. 부인은 테스가 다시 2층으로 올라가는 소리와 클레어가 떠나고 현관문 닫히는 소리를 들었다. 그런 다음 2층 방문이 닫히는 소리가 나자, 부인은 테스가 자기 방으로 다시 들어갔다는 걸 알았다. 브룩스 부인은 젊은 부인이 옷을 완전히 입고 있지 않아서 한참 동안 다시 나타나지 않으리라는 걸 알고 있었다.

그래서 조용히 계단을 올라가서 앞쪽 방의 문 앞에 섰다. 이 방은 흔히 그렇듯 접는 문을 사이에 두고 바로 뒷방인 침실과 연결되어 있는 거실이었다. 이 여관에서 가장 좋은 방을 포함하고 있는 2층 전체는 더버빌 부부가 매주 세를 내어 쓰고 있었다. 뒷방은 조용했으나 거실 쪽에서 소리가 났다.

처음에 들리는 것은 마치 신음 소리처럼 낮은 음성으로 계속 반복되는 외마디 소리였는데, 꼭 익시온그리스 신화에서 익시온은 제우스의 아내 헤라를 범하려다 불수레에 묶여 영원히 지옥을 돌고 있다고 한다의 수레바퀴에 묶인 사람이 내는 소리 같았다.

"아, 아, 아!"

그리고 침묵이 흐르다 무거운 한숨 소리가 이어지고, 또다시 그 소리가 들렸다.

"아, 아, 아!"

여주인은 열쇠구멍을 통해 안을 들여다보았다. 방의 일부밖에 보이지 않았지만, 이미 식사가 차려진 아침 식탁의 귀퉁이와 옆에 놓인 의자가 보였다. 그 의자 앞에 무릎을 꿇은 채 의자 위로 얼굴을 숙이고 있는 테스의 모습이 보였다. 그녀는 두 손으로 머리를 움켜쥐고 있었고, 실내복 자락과 수놓은 잠옷 아랫부분이 등 뒤로 바닥에 펼쳐져 있었으며, 실내화가 벗겨진 맨발이 양탄자 위로 삐져나와 있었다. 말할 수 없는 절망의 신음 소리는 바로 그녀의 입에서 흘러나온 것이었다. 이때 옆방에서 남자의 소리가 들렸다.

"무슨 일이야?"

그녀는 아무 대답도 하지 않았다. 다만, 절규라기보다는 독백 같고, 독백이라기보다는 장송곡 같은 소리를 계속 낼 뿐이었다. 브룩스 부인은 단지 일부만 알아들을 수 있었다.

"그런데…… 사랑하는, 사랑하는 내 남편이 돌아왔어요…… 난 그걸 몰랐다고요…… 당신은 잔인할 정도로 날 설득했었죠…… 멈추지 않고 계속…… 맞아요…… 멈추지 않았다고요! 어린 동생들하고 어머니에게 필요한, 그것들을 이용해 내 마음을 움직였어요…… 그러고는 남편이 돌아오지 않을 거라고, 절대로 오지 않을 거라고 했죠. 그리고 날 조롱했어요. 남편을 기다리다니, 정말 바보 얼간이라고…… 결국 난 당신 말에 넘어가고 말았죠! …… 그런데 남편은 돌아왔어요! 하지만 그인 떠났어요. 다시 떠나버렸다고요. 난 그이를 영원히 잃어버린 거예요…… 이제 그인 날 눈곱만큼도 좋아하지 않을 거예요. 아니, 미워하기만 할 거라고요! …… 아 그래요, 난 그이를 잃어버린 거예요, 또다시…… 당신 때문에!"

의자에 머리를 대고 몸부림치던 그녀가 문 쪽으로 고개를 돌렸다. 브룩스 부인은 그녀의 얼굴에서 극심한 고통을 읽을 수 있었다. 얼마나 세게 깨물었는지 입술에선 피가 흘렀고, 감은 눈 위로 긴 속눈썹이 물에 젖은 양털처럼 붙어 있었다. 그녀의 말이 이어졌다.

"그런데 그이는 죽어가고 있어요, 정말 죽어가는 사람처럼 보였어요! …… 내 죄가 날 죽이는 게 아니라 그이를 죽게 만든 거예요! …… 아, 당신은 내 인생을 갈기갈기 찢어놓고 말았어요…… 날 희생양으로, 새장에 갇힌 새로 만들어버렸다고요! …… 진실한 내 남편은 절대로, 절대로, 오 하나님, 참을 수가 없어요! 도저히!"

남자로부터 더 많은 말들이 쏟아져 나왔고, 갑자기 부스럭거리는 소리가 났다. 그녀가 벌떡 일어났던 것이다. 브룩스 부인은 테스가 문밖으로 뛰쳐나올 거라 생각하고 급히 계단을 내려왔다.

하지만 그럴 필요가 없었다. 거실 문이 열리지 않았기 때문이다. 브룩스 부인은 층계참에 서서 다시 지켜보기가 불안해서 아래층 자신의 거실로 내려갔다.

그녀는 바싹 귀를 기울였지만 위층에선 아무 소리도 들리지 않았다. 그래서 먹다가 만 아침 식사를 마치려고 부엌으로 들어갔다. 잠시 후 아래층 앞쪽 방으로 나온 그녀는 위층에서 아침 식사를 치우라는 초인종이 울리길 기다리며 바느질감을 집어 들었다. 혹시라도 무슨 일이 생겼는지 알아보고 싶어 자신이 직접 식탁을 치울 생각이었던 것이다. 자리에 앉아 있는데, 머리 위에서 누군가 서성거리는 듯 마룻바닥이 가볍게 삐걱거리는 소리가 들렸다. 곧이어 계단 난간에 옷자락 스치는 소리가 나는 바람에 그 소리의 정체가 밝혀졌다. 이어서 현관문이 열리고 닫혔고, 대문을 벗어나 거리로 나서는 테스의 모습이 보였다. 그녀는 도착할 때와 똑같이 부유한 젊은 부인의 외출복 차림이었고, 여기에 더해진 것은 검은 깃털 모자 위에 드리워진 베일뿐이었다.

브룩스 부인은 2층 문간에서 두 부부가 일시적인 작별인사든 아니든 어떤 말도 나누는 것을 듣지 못했었다. 두 사람이 다퉜거나, 아니면 더버빌 씨는 일찍 일어나는 사람이 아니므로, 아직 자고 있는지도 몰랐다.

그녀는 특별히 자신만 쓰고 있는 뒷방으로 건너가 계속 바느질을 하고 있었다. 여자 손님은 돌아오지 않았고, 남자 손님도 초인종을 울리지 않았다. 브룩스 부인은 평소와 달리 종소리가 늦어진다는 생각과 함께 아침 일찍 찾아왔던 방문객과 2층 부부가 대체 어떤 관계인지 궁금해졌다. 이런 생각을 하며 그녀는 의자 등받이에 몸을 기댔다.

이렇게 우연히 천장을 쳐다보다가 하얀 천장 한가운데 전에는 결코 보지 못했던 한 점에서 시선이 멈췄다. 처음에 동그란 과자만 했던 이 점은 빠르게 커져 손바닥만 해졌고, 이내 빨간색이라는 것도 알 수 있었다. 타원형의 하얀 천장은 한가운데 새빨간 얼룩이 생기고 보니, 꼭 거대한 하트 에이스처럼 보였다.

브룩스 부인은 이상한 불안감에 휩싸였다. 그녀는 탁자 위로 올라가 손가락으로 천장에 생긴 얼룩을 만져보았다. 축축한 것이 핏자국 같다는 생각이 들었다.

탁자에서 내려온 그녀는 거실에서 나와 이 방에 들어가 볼 작정으로 2층으로 올라갔다. 이 방은 2층 거실 뒤쪽의 침실이었다. 지금까진 침착했지만 막상 방 문 앞에 서자 그녀는 손잡이를 돌릴 엄두가 나지 않았다. 그래서 귀를 기울여보았다. 쥐 죽은 듯 고요한 가운데 뭔가가 떨어지는 규칙적인 소리만 들려왔다.

똑, 똑, 똑.

브룩스 부인은 급히 아래층으로 내려와 현관문을 열고 거리로 달려 나갔다. 마침 그녀와 안면이 있는 이웃 저택의 일꾼 중 한 명이 지나갔다. 그녀는 숙박한 손님들 중 한 사람에게 무슨 일이 일어난 게 아닌지 걱정스럽다며, 그에게 자기 집 2층에 함께 올라가 달라고 부탁했다. 일꾼이 선뜻 동의했고, 그녀를 뒤따라 계단을 올라갔다.

그녀는 거실 문을 열고, 그가 안으로 들어가도록 물러났다가 뒤따라 들어갔다. 거실은 텅 비어 있었다. 아침 식사—커피, 달걀, 식은 햄으로 이루어진 실속 있는 식사였다—는 손도 대지 않은 상태였고, 나이프가 없어진 것 말고는 그녀가 가져다놓은 그대로였다. 그녀는 일꾼에게 접문을 열고 뒤쪽 침실로 들어가 보라고 했다.

그는 문을 열고 한두 걸음 들어가더니 곧바로 하얗게 질린 얼굴로 되돌아왔다.

"큰일 났어요! 침대 위에 신사가 죽어 있어요! 칼에 찔린 것 같아요. 바닥이 온통 피범벅이에요!"

곧바로 신고가 들어갔고, 지금껏 조용하기만 하던 집 안에 요란한 발소리들이 울려 퍼졌다. 이 중엔 의사도 끼어 있었다. 상처는 작았지만 칼끝이 피해자의 심장을 찔렀다고 했다. 그는 일단 칼에 찔린 뒤 전혀 움직이지 못한 듯 창백한 얼굴로 숨진 채 누워 있었다. 15분 뒤, 이 도시에 와서 잠시 머물고 있던 한 신사가 자신의 침대에서 칼에 찔려 죽었다는 소식이 사람들로 붐비는 이 해수욕장의 모든 거리와 저택으로 퍼져나갔다.

57

한편, 에인절 클레어는 기계적으로 왔던 길을 따라 여관으로 돌아와서, 아침 식탁에 앉았지만 아무것도 눈에 들어오지 않았다. 그는 무의식적으로 계속 먹고 마시더니, 갑자기 계산서를 요구했다. 그리고 값을 치른 뒤, 자신이 가져온 유일한 짐인 세면도구 가방을 들고는 밖으로 나왔다.

여관을 떠날 때 그는 전보 한 통을 받았다. 어머니가 보낸 것으로, 그의 주소를 알게 되어 기쁘다는 말과 함께 그의 형 커스버트가 머시 찬트한테 청혼해서 승낙을 받았다는 내용이었다.

클레어는 전보를 구겨버리고, 역으로 가는 길로 들어섰다. 역에 도착했을 때, 기차를 타려면 한 시간 이상 기다려야 한다는 걸 알았다. 그는 기다릴 요량으로 자리에 앉았다. 하지만 15분쯤 지나자 더이상 기다릴 수가 없었다. 참담한 심경에 몸의 감각마저 잃어버린 그에게는 서두를 이유가 전혀 없었다. 다만 이런 끔찍한 경험을 안겨준 이 도시를 벗어나고 싶을 뿐이었다. 그래서 다음 역까지 걸어가 거기서 기차를 탈 생각으로 걷기 시작했다.

그가 따라가고 있는 큰길은 사방이 훤히 트여 있었다. 조금 더 나아가자 계곡으로 이어졌고, 계곡을 가로지르는 길이 이쪽 끝에서 저쪽 끝까지 모두 보였다.

계곡의 내리막을 거의 지나 서쪽 오르막길을 오르다가 그는 잠시 숨을 돌리려고 걸음을 멈춘 뒤 무의식적으로 뒤를 돌아보았다. 왜 그랬는지 설명할 순 없지만, 뭔가 알지 못하는 힘이 그렇게 하도록 이끈 것 같았다. 납작한 끈처럼 닦여진 도로는 뒤로 갈수록 점점 좁아졌고, 저 멀리 텅 빈 하얀 공간 속에 움직이는 점 하나가 보였다.

어떤 사람의 형체가 달려오고 있었다. 클레어는 누군가 자기를 따라오려고 한다는 막연한 생각에 걸음을 멈춘 채 기다렸다.

비탈을 내려오는 모습은 분명 여자였다. 하지만 자기 아내가 자신을 뒤따라오리라고는 꿈에도 생각지 못했던 터라, 가까이 다가왔을 때조차 완전히 다른 옷차림인 그녀를 알아보지 못하던 그는 그제야 테스를 알아보았다.

"역에 도착하기 직전에, 당신이 거기서 나오는 걸 봤어요. 그래서 줄곧 뒤따라왔던 거예요!"

그녀는 너무도 창백한 얼굴에 숨을 헐떡거리며 온몸을 덜덜 떨고 있었다. 그래서 그는 아무것도 묻지 않고, 그녀의 손을 잡아 팔에 끼고 함께 걸었다. 혹시 가는 길에 여행객을 만날지도 몰라서, 그는 큰길을 버려두고 전나무가 우거진 오솔길로 들어섰다. 바람에 시달려 신음하는 나뭇가지들 사이로 깊숙이 들어왔을 때, 그가 걸음을 멈추고 궁금해하는 표정으로 그녀를 바라보았다.

"에인절!"

마치 이 순간을 기다렸다는 듯 그녀가 말했다.

"제가 왜 당신을 쫓아왔는지 궁금할 거예요. 그 사람을 죽였다는 걸 말하려고 왔어요!"

이 말을 하는 그녀의 얼굴에 비참하고도 창백한 미소가 어렸다.

"뭐라고!"

그가 놀라 소리쳤다. 그는 그녀의 이상한 태도로 보아, 일시적인 정신착란을 일으킨 것이리라 생각했다.

"결국 일을 내고 말았어요. 어떻게 했는지는 저도 모르겠어요. 하지만 에인절, 이건 오직 당신을 위해, 또 저를 위해서였어요. 오래전, 장갑으로 그 사람 입을 후려칠 때부터 언젠가 이런 날이 올까봐 두려웠어요. 철없던 어린 시절, 내게 했던 짓과 또 나를 통해 당신에게 해를 끼친 걸 이런 식으로 갚게 될까봐서요. 그 사람은 우리 사이에 끼어들어 우리 인생을 망쳐놓았어요. 하지만 이젠 그럴 수 없을 거예요. 에인절, 난 그 사람을 조금도 사랑하지 않았어요. 내 사랑은 오직 당신뿐이었어요. 그건 당신도 알죠? 믿고 있죠? 당신은 돌아오지 않았고, 난 그 사람한테 돌아갈 수밖에 없었어요. 왜 떠났던 거죠? 내가 그토록 사랑했는데, 왜요? 이유는 알 수 없지만 당신을 탓하진 않아요. 다만 한 가지, 에인절, 이제 그 사람을 죽였으니, 내가 당신한테 저지른 죄를 용서해줄 거죠? 여기까지 달려오면서 이제 그 일을 해치웠으니 틀림없이 당신이 날 용서해줄 거라 생각했어요. 이렇게 해서라도 당신을 되찾아야겠다고 생각했어요. 이젠 당신 없이는 견딜 수 없을 것 같았거든요. 아마 당신은 모를 거예요. 당신이 날 사랑하지 않는다는 걸 내가 얼마나 견딜 수 없어하는지! 사랑하는 내 남편인 당신이 이제 날 사랑한다고 말해주세요. 그 사람을 죽였으니, 사랑한다고 말해달라고요!"

"당신을 정말 사랑하오, 테스…… 아, 사랑하오…… 모든 게 예전으로 돌아온 거요!"

그녀를 껴안은 팔에 뜨겁게 힘을 주며 그가 말했다.

"그런데 그 사람을 죽였다니, 대체 무슨 뜻이오?"

"말한 그대로예요."

마치 꿈을 꾸듯 그녀가 중얼거렸다.

"아니, 정말이오? 그 사람이 죽었다는 거요?"

"네. 내가 당신 때문에 우는 걸 듣더니 그가 날 심하게 조롱했어요. 그리고 당신한테까지 욕을 해대더군요. 그래서 죽였어요. 도저히 참을 수가 없었어요. 전에도 당신을 기다린다며 날 조롱했었거든요. 그러고는 옷을 갈아입고 당신을 찾으러 나온 거예요."

그는 그녀가 저질렀다고 자백한 이 일을 예전부터 막연하게나마 계획하고 있었다는 것을 점차 믿게 되었다. 그녀의 충동적 행위에 그는 공포심이 앞섰지만, 도덕의식마저 완전히 잃어버릴 정도로 뜨겁고 철저한 그녀의 사랑 앞에서 놀라움을 금할 수 없었다. 자신이 얼마나 중대한 죄를 저질렀는지 깨닫지도 못한 채 그녀는 드디어 만족해하는 듯했다. 그는 자신의 어깨에 기댄 채, 행복에 젖어 눈물을 흘리는 그녀를 바라보며, 대체 더버빌 가문의 피 속에 들어 있는 어떤 정체 모를 힘이 이 같은 탈선으로—이걸 탈선이라 할 수 있다면—이끄는 건지 궁금해졌다. 순간적으로, 더버빌 가 사람들에겐 이런 일들이 별로 생소하지 않기 때문에 마차의 전설이 생겨났을 거라는 생각이 그의 머릿속에 번뜩 스쳤다. 혼란스럽고 흥분된 생각들을 가능한 한 없애고 상황을 이성적으로 설명하자면, 그녀는 자신이 말한 미칠 것 같던 슬픔의 순간에 잠시 이성을 잃고 이 같은 구렁텅이로 빠져버린 것 같았다.

만약 이 모든 게 사실이라면 정말 끔찍한 일이었고, 순간적인 환각 상태였다고 해도 어이없긴 마찬가지였다. 그러나 어쨌든, 여기 있는 이 여인은 버림받았던 그의 아내요, 그를 자신의 보호자로 한 치의 의심도 없이 믿고 있는 열정적인 사랑의 여인이었다. 그렇지 않은 경우란 그녀의 마음속에 아예 들어 있지도 않다는 걸 그는 알고 있었다. 마침내 애틋한 사랑이 클레어를 완전히 사로잡고 말았다. 그는 창백한 입술로 그녀에게 끝없는 키스를 퍼부었고, 그녀의 손을 잡으며 이렇게 말했다.

"당신을 버리지 않을 거요! 사랑하는 테스, 당신이 무슨 일을 저질렀든지 간에, 내 힘이 닿는 한 모든 수단을 동원해 당신을 지켜주겠소!"

그런 다음 이들은 나무 아래로 계속해서 걸었고, 테스는 이따금 고개를 돌려 그를 바라보곤 했다. 지치고 볼품없는 얼굴이었지만, 그녀는 그의 얼굴에서 최소한의 흠도 찾아내지 못한 게 분명했다. 예전과 마찬가지로, 그녀에게 그는 외모로나 지식으로나 완벽 그 자체였던 것이다. 그는 여전히 그녀의 안티노우스로마 황제 하드리아누스가 총애하던 미모의 청년였고, 심지어 그녀의 아폴로였다. 이렇게 애정 어린 눈길로 바라보고 있는 그녀에게는 그의 병약한 얼굴마저도 그를 처음 만났던 날과 마찬가지로 찬란한 아침처럼 아름다웠다. 왜냐하면 이 세상에서 그녀를 순수하게 사랑했고, 또 그녀를 순결한 여자로 믿어준 단 하나의 얼굴이었기 때문이다.

만일의 사태를 대비해, 그는 당초 의도했던 대로 도시 너머에 있는 첫 번째 기차역으로 가지 않고, 수 킬로미터에 걸쳐 전나무가 우거진 숲 속으로 더 깊이 들어갔다. 서로 허리를 껴안은 채 누구한테도 방해받지 않고 마침내 둘이 함께 있게 되었다는 생각에 막연히 도취되어, 이들은 한 사람이 죽어 있다는 사실마저 거의 잊어버릴 정도였다. 이렇게 몇 킬로미터를 걸었을 때, 문득 정신을 차린 테스가 주위를 돌아보며 겁먹은 목소리로 물었다.

"지금 어디로 가고 있죠?"

"모르겠소. 왜 그러시오?"

"그냥이요."

"글쎄, 몇 킬로미터 더 가다가 저녁이 되면 어딘가 묵을 만한 데를 찾아봅시다. 아마 외딴 농가가 있을 거요. 테시, 걸을 수 있겠소?"

"아, 그럼요! 당신 팔에 안겨서라면 영원히라도 걸을 수 있을 거예요!"

대체로 그렇게 하는 것이 좋을 듯싶었다. 여기서부터 이들은 걸음을 재촉했고, 큰길은 피하고 으슥한 오솔길을 따라 북쪽일 거라 짐작되는 방향으로 나아갔다. 그러나 지금까지 이들의 움직임은 불분명했고 효율적이지도 못했다. 즉 둘 중 어느 쪽도 효과적인 도피 방법이나 위장이나 장기적인 은신에 대해 전혀 고려하지 않은 것 같았다. 마치 어린애들처럼 이들의 생각은 모두 즉흥적이고 계획성이 없었다.

정오 무렵, 이들은 길가의 어느 여관 근처에 이르렀고, 테스도 먹을 것을 구하러 그와 함께 주막에 들어가려고 했다. 하지만 그는 자기가 돌아올 때까지, 반은 삼림이고 반은 황무지인 이곳의 나무나 덤불숲 사이에 숨어 있으라고 했다. 그녀의 옷차림이 최신 유행인 데다가 심지어 들고 있는 상아 손잡이의 양산조차 이들이 지금 떠돌고 있는 이 후미진 곳에선 생소한 것이라 주막에 있는 사람들의 눈길을 끌 것이기 때문이었다. 그는 여섯 사람은 충분히 먹을 수 있는 음식과 포도주 두 병을 가지고 곧 되돌아왔다. 이 정도면 혹시 위급 상황이 생겨도 하루 이틀은 충분히 버틸 수 있는 분량이었다.

이들은 마른 나뭇가지 위에 앉아 함께 식사를 했다. 한 시와 두 시 사이에 이들은 남은 음식을 싸 들고 다시 걸었다.

"이제 아무리 멀리까지라도 갈 수 있을 것 같아요."

"가능한 한 북쪽으로 방향을 잡아 점차 런던에 가까워지는 게 좋을 것 같소. 거기선 떠날 마음만 있다면 배를 타고 세계 어느 곳이든 갈 수 있소. 또 영국해협 근처의 항구들보다는 눈에 띌 가능성도 더 적을 테고 말이오."

그녀는 여기에 아무 대답도 하지 않고 그를 더욱 꼭 붙들었다. 비록 계절은 '영국의 오월'이었지만 맑고 화창한 날이었고, 오후엔 꽤 따뜻하기도 했다. 이들은 오솔길을 따라 몇 킬로미터를 더 걸어, 뉴 포레스트 숲 깊숙이까지 들어왔다. 저녁 무렵 어느 길모퉁이를 돌아 나오자, 장식이 화려한 대문 뒤에 흰 페인트로 '가구 완비된 좋은 셋집 있음'이라고 씌어 있는 커다란 게시판이 보였다. 그 밑으로 상세한 내용이 죽 나와 있고, 런던의 어느 부동산 소개소로 신청하라는 안내가 있었다. 이 대문을 지나자 평범한 양식이지만 방은 넉넉해 보이는 위엄 있는 한 건물을 볼 수 있었다.

"여긴 내가 아는 집이오. 브람셔스트 영주관領主館인데, 문이 닫혀 있고 진입로에 풀이 우거져 있군."

"몇몇 창문은 열려 있네요."

"아마 환기를 시키려고 그랬을 거요."

"저 집 방들은 텅텅 비어 있을 텐데, 우린 머리를 둘 곳도 없네요!"

"테시, 피곤한가보군! 곧 쉬게 될 거요."

그는 그녀의 슬픈 입술에 키스를 하고는 다시 그녀를 이끌고 걸었다.

그도 마찬가지로 피로가 심해지고 있었다. 그도 그럴 것이 적어도 30킬로미터는 걸어왔으니 어떻게든 휴식을 취할 방도를 찾아야만 했다. 이들은 저 멀리 외딴 농가와 작은 주막들이 있는 걸 보고, 그중 한 여관으로 가려고 했다. 하지만 차마 용기가 나지 않아 방향을 바꾸고 말았다. 발걸음을 질질 끌듯 옮기던 이들은 결국 제자리에 멈춰 서고 말았다.

"나무 밑에서 잘 수 있을까요?"

그는 철이 너무 이르다고 생각했다.

"좀 전에 지나온 그 빈집을 줄곧 생각하고 있었소. 다시 거기로 되돌아갑시다."

이들은 발걸음을 돌려 왔던 길로 되돌아갔다. 하지만 30분이 지나서야 비로소 다시 그 집 대문 앞에 설 수 있었다. 그는 테스에게 제자리에 가만있으라고 하고는 안에 누가 있는지 확인하러 들어갔다.

테스는 대문 안의 관목 숲에 숨어 있었고 클레어는 건물 쪽으로 슬그머니 들어갔다. 그러고는 한참 동안 나오지 않았다. 그녀가 자신이 아닌 남편을 몹시 걱정하고 있던 차에 그가 돌아왔다. 그는 한 소년으로부터 이 집의 관리를 어느 노파가 맡고 있으며, 날씨가 좋을 때만 이웃 마을에서 건너와 창을 열고 닫는다는 것을 알아냈다. 그렇다면 그녀는 해질 무렵 창문을 닫으러 올 것이다.

"자, 아래쪽 창문으로 들어가면 쉴 수 있을 거요."

그의 부축을 받으며 그녀는 정문 현관으로 천천히 걸어갔다. 현관의 닫힌 창문들은 볼 수 없는 눈동자처럼 낯선 방문객이 올 가능성은 아예 차단하고 있었다. 위층으로 와보니, 역시 덧문들이 꼭꼭 닫혀 있었고, 적어도 이날은 현관과 2층 뒤쪽 창문을 열어두어 겨우 환기가 되고 있는 것 같았다. 클레어는 어느 큰 방의 빗장을 풀어 문을 열고 조심스레 들어가 덧문의 폭을 6, 7센티 정도 벌려 놓았다. 눈부신 햇살이 방 안으로 스며들었고, 육중한 구식 가구들과 벽에 드리운 다마스크 천들, 진홍빛 네 기둥 위에 놓인 거대한 침대가 모습을 드러내주었다. 침대 머리 쪽에는 아탈란타의 경주아탈란타는 그리스 신화에 나오는 걸음이 빠른 처녀로, 많은 남자들이 청혼하자 자신과 경주해 이기는 남자와 결혼하겠다고 공포했다로 보이는, 달리는 사람들의 형상이 새겨져 있었다.

"드디어 쉬게 되었군!"

가방과 음식 꾸러미를 내려놓으며 그가 말했다.

이들은 관리인 노파가 창을 닫으러 올 때까지 아무 소리도 내지 않고 가만히 있었다. 혹시라도 노파가 우연한 이유로 이 방문을 열게 될까봐, 아까처럼 덧문을 모두 내린 채 캄캄한 어둠 속에 남아 있었던 것이다. 여섯 시와 일곱 시 사이에 노파가 왔지만, 이들이 있는 쪽으로는 오지 않았다. 노파가 창문을 닫아 고정시키고 현관문을 잠근 뒤 떠나는 소리가 들렸다. 그러자 클레어는 다시 덧문을 살짝 열어 빛이 스며들게 했고, 두 사람은 다시 식사를 했다. 이윽고 밤의 어둠이 찾아들었지만, 이들에겐 어둠을 밝힐 촛불이 없었다.

58

밤은 이상할 정도로 엄숙하고 고요했다. 자정을 갓 지난 새벽 무렵, 테스는 그가 잠결에 그녀를 팔에 안고 둘의 목숨이 위태로울 수도 있다는 걸 모른 채 프룸 강을 건너 폐허가 된 수도원의 석관 속에 그녀를 눕혔던 이야기를 모두 들려주었다. 그는 지금껏 그 일에 대해 전혀 모르고 있었다.

"왜 다음 날 얘기하지 않았소? 그랬더라면 많은 오해와 불행을 막을 수 있었을 텐데."

"지난 일은 생각하지 말아요! 난 현재가 아닌 과거는 생각하고 싶지 않아요. 그럴 필요가 뭐 있겠어요! 내일 무슨 일이 생길지도 모르는데."

그러나 다음 날은 아무 일도 일어나지 않았다. 아침엔 비가 내리고 안개가 끼어 있었다. 클레어는 관리인이 날씨가 좋은 날에만 창문을 연다는 사실을 떠올리며, 잠자는 테스를 남겨두고 방을 나와 대담하게 집 안을 이리저리 살폈다. 건물 안에는 음식은 없었지만 물은 있었다. 그는 안개를 이용해 집을 빠져나와, 3킬로미터가량 떨어진 작은 마을의 상점에 들러 차와 빵과 버터를 샀다. 그가 다시 들어오는 소리에 그녀가 잠을 깼고, 두 사람은 그가 가져온 것으로 아침 식사를 했다.

이들은 집 밖에 나가 돌아다니고 싶지 않았다. 이렇게 낮에 이어 밤이 찾아오는 가운데, 다음 날도 그 다음 날도 지나갔다. 이윽고 외부와 완전히 단절된 채 의식하지도 못하는 사이에 닷새가 훌쩍 지나갔고, 이들의 평온한 휴식을 방해하는 사람의 모습이나 소리는 전혀 없었다. 사건이라고 해봐야 날씨의 변화가 고작이었고, 뉴 포레스트의 새들만이 이들의 유일한 벗이었다. 암묵적인 동의에 따라, 두 사람은 결혼 이후 벌어진 일들에 대해 단 한 번도 입 밖에 꺼내지 않았다. 침울했던 그 시간은 혼돈 속으로 가라앉고, 마치 아무 일도 없었던 것처럼 그 전과 그 후의 시간이 그 사이를 메워버린 듯했다. 그가 이곳을 떠나 사우

샘프턴이나 런던으로 가자고 제안할 때마다 그녀는 이상하게도 썩 내켜하지 않는 기색이었다.

"이렇게 달콤하고 멋진 시간을 여기서 끝낼 이유가 없잖아요!"

그녀가 반대하고 나섰다.

"어차피 닥칠 일은 닥치게 되어 있어요."

그러고는 덧문 틈새로 밖을 내다보다가 말했다.

"저 바깥엔 온통 괴로움밖에 없어요. 이 안은 이렇게 편안한데 말이죠."

그도 밖을 내다보았다. 그녀의 말은 사실이었다. 이 안에는 애정과 동정과 용서가 있었지만, 바깥세상은 냉혹하기만 했다.

"그런데…… 그런데……."

자신의 뺨을 그의 뺨에 대며 그녀가 말했다.

"난 당신의 지금 마음이 변할까봐 두려워요. 그 마음이 변할 때까지 살고 싶지도 않고요. 아니, 살지 않을 거예요. 당신이 날 멸시하는 때가 온다면 차라리 죽어 땅에 묻히는 게 나아요. 그럼 당신이 날 멸시했다는 걸 전혀 모를 테니까요."

"절대 그런 일은 없을 거요."

"나도 그랬으면 좋겠어요. 하지만 내 인생을 돌아보면, 어떤 남자라도 언젠가는 날 멸시하지 않을 수 없을 거예요…… 어떻게 그런 사악한 짓을 했는지! 예전엔 파리 한 마리, 벌레 하나도 못 죽이고, 새장에 갇힌 새만 봐도 눈물이 나오곤 했는데."

이들은 여기서 하루를 더 지냈다. 밤중에 찌푸려 있던 하늘이 맑게 개었고, 그 덕분에 농가에 살던 관리인 노파는 일찍 일어났다. 아침 해가 환하게 떠오르자 노파는 유난히 기분이 좋아졌다. 그녀는 이런 날 관리하는 저택의 창문을 즉시 열어 철저히 환기를 시켜야겠다고 마음먹었다. 그래서 여섯 시 전에 저택에 도착해 아래층 방문을 모두 열어둔 다음, 침실로 올라와 이들이 자고 있는 침실의 손잡이를 막 돌리려고 했다. 그 순간 방 안에서 사람의 숨소리가 들리는 것 같았다. 슬리퍼를 신은 데다 노인의 걸음이었던 터라 여기까지 소리 없이 올라왔던 것이다. 노파는 놀라 뒤로 물러났다. 하지만 혹시 잘못 들었을지도 모른다는 생각에 다시 문 앞으로 다가가 손잡이를 살며시 돌려보았다. 자물쇠는 고장나 있었지만 가구 하나를 문 안쪽에 갖다놓아 문은 4, 5센티 정도밖에 열리지 않았다. 덧문 틈새로 스며든 아침 햇살이 깊은 잠에 빠져 있는 한 쌍의 얼굴을 비추었다. 여자의 입술이 남자의 뺨 옆에 반쯤 피어난 꽃봉오리처럼 벌어져 있었다. 노파는 이들의 순진한 얼굴과 의자에 걸려 있는 테스의 우아한 옷, 그 옆의 비단 양말, 상아 손잡이가 달린 양산, 그리고 여기 올 때 입었던 그대로인 그녀의 세련된 옷차림에 너무 놀랐고 처음엔 뜨내기 일꾼들이나 방랑자들의 몰염치한 짓인 줄 알고 분개했으나, 나중엔 지체 있는 양반들의 도피 행각일 거라 생각하자 순간적으로 동정심까지 일었다. 노파는 이 괴상한 일을 이웃들과 상의해봐야겠다는 생각으로 문을 닫고는 올라올 때처럼 살며시 내려갔다.

노파가 돌아간 뒤 채 1분도 지나지 않아 테스가 잠에서 깨어났고 곧이어 클레어도 일어났다. 둘 다 딱히 꼬집어 말할 순 없지만 뭔가로부터 방해를 받았다는 느낌이 들었고, 이 때문에 점점 불안해졌다. 옷을 주섬주섬 입자마자 그는 벌려놓은 덧문 틈새로 잔디밭을 자세히 살폈다.

"곧 떠나야 할 것 같소. 날씨가 좋아서인지, 꼭 누군가 이 집 주위를 돌아다니는 것만 같소. 어쨌든 오늘은 틀림없이 그 노인이 올 거요."

그녀는 하는 수 없이 동의했다. 이들은 방을 정리하고 몇몇 소지품을 챙긴 뒤, 소리 없이 집을 나왔다. 뉴 포레스트 숲에 들어서자 그녀는 돌아서서 마지막으로 그 집을 바라보았다.

"아, 행복의 집이여…… 안녕!"

그녀가 말했다.

"내 생명은 이제 몇 주밖에 남지 않았을 거예요. 어째서 저기 더 머무를 수 없었던 거죠?"

"테스, 그런 말 하지 말아요! 이삼 주 후엔 항구에 닿게 될 거요. 하지만 어쨌거나 런던은 피하는 게 좋을 것 같소. 사우샘프턴도 그렇고, 가깝긴 해도 말이오. 그래, 브리스톨로 한번 가보는 건 어떻소?"

이렇게 불쑥 떠오른 새로운 진로를, 그는 거의 마지막으로 거명될 항구로 생각하며 목적지로 결정했다. 저택에서 오랫동안 휴식을 취했기 때문에 이들은 이제 걸을 만한 힘이 충분했다. 그리고 정오 무렵, 이들은 뾰족탑들의 도시인 맨체스터 근처에 이르렀는데, 이들이 가는 길 중간에 끼어 있었다. 클레어는 오후 동안 테스를 숲에서 쉬게 한 다음, 어두워지면 다시 떠나야겠다고 생각했다. 땅거미가 질 무렵, 그는 여느 때처럼 음식을 사왔고, 이들의 밤 행군이 시작되었다. 여덟 시경 두 사람은 북부와 중부 웨섹스 사이의 경계를 지났다.

이들의 진로는, 중간에 끼어 있는 도시 때문에 직선에서 오른쪽으로 굽어 있었다. 도로와 상관없는 시골길을 걷는다는 건 테스에겐 그리 낯선 일이 아니었으므로, 그녀는 예전처럼 날렵한 걸음걸이로 나아갔다. 큰 강을 가로지르려면 도시의 다리를 이용해야 했기 때문에, 이들은 옛 도시인 앰브레스베리를 통과할 수밖에 없었다. 새벽 두세 시경, 이들은 드문드문 가로등이 켜져 있는 인적 없는 거리를 따라 걸었다. 이들 오른쪽으로 웅장한 교회 탑이 솟아 있었고 그 너머에 이들이 찾고 있는 돌다리가 있었다. 이 다리를 건넌 뒤, 이들은 확 트인 평지를 가로질러 나 있는 유료도로를 따라 걸었다.

하늘은 짙은 구름으로 덮여 있었지만, 구름 사이로 내비치는 달빛이 지금까지는 이들에게 조금이나마 도움이 되어주었다. 하지만 이제 달도 져버렸고, 구름은 이들의 머리 위에 내려앉은 듯했으며, 밤은 마치 동굴 속처럼 캄캄해졌다.

그러나 이들은 가능한 한 발소리가 울리지 않게 하려고 풀밭을 따라 계속 걸어 나갔다. 아무런 울타리나 방책이 없었기 때문에 걷는 건 그리 어렵지 않았다. 사방이 칠흑 같은 어둠에 휩싸인 채 적막과 고독이 드리워져 있었고 그 위로 거센 바람이 불고 있었다.

이렇게 어둠 속에 더듬더듬 4, 5킬로미터를 나아갔을 때, 갑자기 클레어가 바로 앞 풀밭 위에 우뚝 솟아 있는 거대한 물체를 의식했다. 이들은 하마터면 이 물체와 부딪힐 뻔했다.

"정말 괴상한 곳이로군."

"윙윙 소리가 나요. 한번 들어봐요!"

그는 귀를 기울였다. 바람은 이 물체를 가지고 연주를 하는 듯 마치 거대한 외줄 하프 소리처럼 윙윙거리는 소리를 만들어냈다. 다른 소리는 전혀 들리지 않았다. 한쪽 손을 들고 한두 걸음씩 앞으로 나아가던 클레어의 손에 수직 벽면이 느껴졌다. 전혀 이어 붙이거나 다듬지 않은 단단한 돌인 듯했다. 손가락으로 계속 더듬어본 후, 그는 이 물체가 거대한 장방형 돌기둥이라는 것을 알았다. 왼손을 쭉 뻗어보니 옆에도 비슷한 돌기둥이 서 있었다. 머리 위로 저 멀리 검은 하늘을 더 검게 하는 어떤 것이 있었는데, 마치 돌기둥들을 수평으로 연결한 거대한 처마도리 같았다. 이들은 조심스레 기둥 사이로 들어가 보았다. 물체 표면에 옷자락이 스치며 소리가 울리긴 했지만 여전히 실외에 있는 느낌이었다. 이곳은 지붕이 없었다. 테스는 겁이 나서 숨을 죽였고, 에인절은 당황스러워하며 말했다.

"대체 이게 뭐지?"

옆쪽으로 더듬어보니 또 다른 탑 모양의 기둥이 만져졌는데, 처음 것과 마찬가지로 장방형의 위압적인 기둥이었다. 그 너머엔 또 다른 것들이 계속 이어져 있었다. 이곳은 모두 문과 기둥들로만 되어 있었고, 어떤 것들은 위에 수평으로 처마도리가 잇대어져 있었다.

"이게 바로 바람의 신전이로군!"

다음 기둥은 뚝 떨어져 있었다. 어떤 것들은 3석탑마치 대문처럼 두개의 돌을 양쪽에 세우고 그 위에 하나를 얹어놓은 선사시대 유적 모양이었고, 또 어떤 것들은 바닥에 쓰러져, 그 사이로 마차가 지나다닐 정도의 통로를 이룬 것들도 있었다. 곧이어 광활한 평원의 풀밭 위에 이런 것들이 모여 돌기둥 숲을 이루고 있다는 게 명백해졌다. 두 사람은 어둠 속에 서 있는 이 구조물 안으로 더 깊이 들어가 마침내 그 한가운데 서 있었다.

"이건 스톤헨지영국 윌트셔 주州 솔즈베리 평원에 있는 고대의 거석 기념물요!"

"이교도들의 신전이라는 거군요."

"그렇소. 수백 년도 넘은 것들이니, 더버빌 가문보다 더 오래된 거지! 그런데 테스, 이제 어떻게 할까? 좀더 가봅시다. 은신처를 찾을 수 있을 거요."

하지만 테스는 너무 피곤한 나머지 바로 옆 길쭉한 석판 위에 주저앉고 말았고, 한 기둥이 바람을 막아주었다. 낮 동안 햇빛을 흠뻑 받은 덕택에 석판은 따스하며 건조했고, 그녀의 치마와 구두를 축축이 적셔놓은 주변의 거칠고 차가운 풀밭과는 대조적으로 아주 쾌적한 느낌이었다.

"에인절, 난 더이상 가고 싶지 않아요."

그의 손을 잡으려고 손을 뻗으며 그녀가 말했다.

"그냥 여기 있으면 안 될까요?"

"안 되오. 지금은 안 보인다 해도 여긴 낮이면 몇 킬로미터 떨어진 곳에서도 훤히 다 보인단 말이오."

"지금 생각난 건데 말이에요, 외가 쪽 친척 한 분이 이 근처에서 양을 치셨대요. 탈보테이즈에 있을 때, 당신이 나보고 이교도 같다고 말한 적이 있었어요. 그러니까 이제 난 고향에 온 셈이군요."

그는 몸을 쭉 펴고 누워 있는 그녀 옆에 무릎을 꿇고 키스를 했다.

"테스, 졸린 거요? 그러고 있으니 꼭 제단 위에 누워 있는 것 같군."

"전 여기가 너무 좋아요."

그녀가 중얼거렸다.

"무척 엄숙하고도 적막한 곳이군요. 너무 큰 행복을 맛본 뒤라 그런 걸까요? 머리 위로 하늘밖에 보이지 않아요. 이 세상에 우리 둘 말고는 아무도 없는 것 같아요. 정말 그랬으면 좋겠네요. 리자-루만 빼고요."

클레어는 날이 좀더 밝아질 때까지 그녀가 여기서 쉬는 게 낫겠다고 생각했다. 그래서 외투를 벗어 덮어주고는 그녀 옆에 앉았다.

"에인절, 만약에 나한테 무슨 일이 생기면 날 봐서라도 리자-루를 돌봐주겠어요?"

둘이서 한참 동안 돌기둥 사이로 부는 바람 소리를 듣고 있는데, 그녀가 불쑥 물었다.

"그러겠소."

"그 아인 너무 착하고 소박하고 순수해요. 아, 에인절! 만약 내가 죽게 된다면, 곧 그렇게 될 테지만요, 당신이 그 애하고 결혼하면 좋겠어요. 아, 그렇게만 해준다면!"

"당신을 잃는다면 난 모든 걸 잃는 셈이오! 게다가 그녀는 내 처제잖소."

"그건 상관없어요. 말로트에선 처제하고 결혼하는 일이 아주 흔하니까요. 리자-루는 온순하고 상냥한 아이예요. 게다가 얼굴도 점점 예뻐지고 있고요. 아, 그렇게 되면 우리가 죽어 영혼이 되어도 그 애와 함께 당신을 나눠 가질 수 있을 거예요! 에인절, 그 애를 가르치고 교육시켜 당신을 위한 배필로 맞아준다면……. 그 애는 내가 가진 좋은 점은 다 가지고, 나쁜 점은 하나도 갖지 않았어요. 그 애가 당신 사람이 된다면, 결국 죽음도 우리를 갈라놓지 못한 셈이 될 거

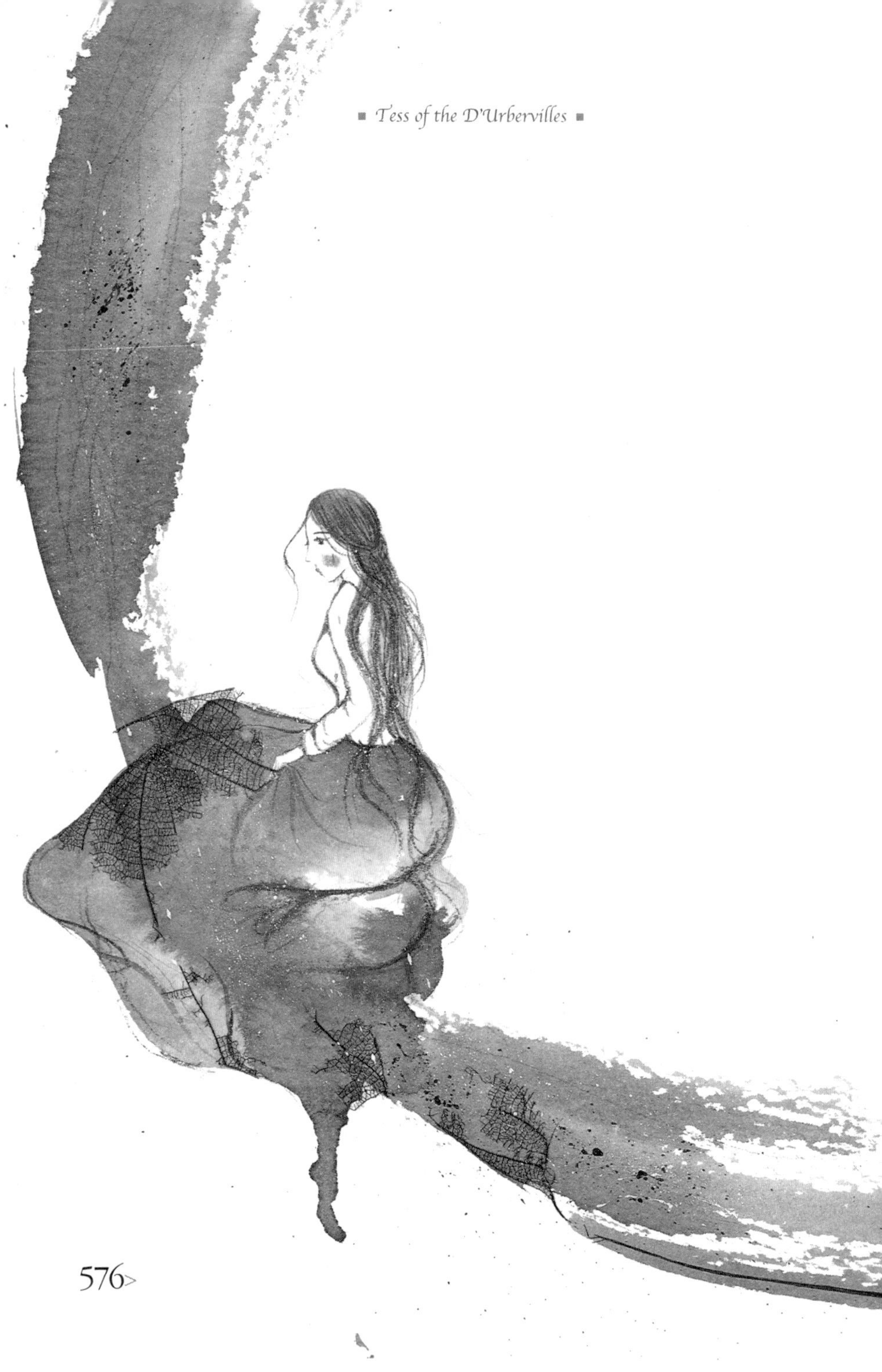

예요. 이제 다 말했어요. 다시는 이런 말 하지 않을게요."

테스가 말을 그치자 그는 생각에 잠겼다. 저 멀리 북동쪽 하늘에서 돌기둥 사이로 한 줄기 빛이 수평으로 비추기 시작했다. 하나같이 우묵하던 검은 구름이 마치 냄비 뚜껑이 벗겨지듯 송두리째 사라지더니 땅 끝에서부터 다가오는 이 빛을 맞아들였고, 이 빛을 배경으로 우뚝 솟은 일주석一株石, 하나의 돌로 된 기둥이나 비석들과 3석탑들의 검은 형체가 점점 또렷해져갔다.

"여기서 하나님께 제물을 바친 건가요?"

"아니오."

"그럼 누구한테죠?"

"태양으로 알고 있소. 저기 따로 떨어져 홀로 서 있는 높은 돌기둥이 태양을 향하고 있거든. 잠시 후 그 뒤에서 해가 솟아오를 거요."

"에인절, 이걸 보니 생각나네요, 우리가 결혼하기 전, 내가 어떤 신앙을 갖든 결코 간섭하지 않겠다고 했던 것 기억해요? 그렇지만 당신 마음을 잘 알고 있었기 때문에, 난 당신 생각에 맞추려고 했어요. 나 자신만의 어떤 이유가 있어서가 아니라, 당신이 그렇게 생각했기 때문에 그랬던 거죠. 에인절, 말해주세요. 우리가 죽은 뒤에도 다시 만날 수 있을까요? 알고 싶어요."

그는 대답을 피하려고 그녀에게 키스를 했다.

"아, 에인절…… 만날 수 없다는 말이군요!"

흐느낌을 참으며 그녀가 말했다.

"당신이 너무 보고 싶었어요. 너무도, 너무도 많이! 그런데…… 당신과 내가 이렇게 서로 사랑하는데, 왜 만날 수 없다는 거죠?"

자신보다 더 위대한 어떤 사람대제사장과 빌라도 총독의 심문에 대답하지 않고 침묵한 예수를 말함처럼 그 중요한 순간에 그토록 중대한 질문에 대답하지 않았고, 두 사람은 다시 침묵을 지켰다. 1, 2분 뒤 그녀는 고른 숨소리를 냈고, 그의 손을 잡고 있던 손이 풀어지며 잠이 들었다. 동쪽 지평선을 따라 한 줄기 은빛 여명이 밝아오자 대평원의 먼 곳까지도 거무스름하게 가까이 있는 것처럼 보였고, 이 거대한 풍경은 전체적으로 날이 새기 직전, 조심스럽고, 말이 없으며, 망설이는 듯한 인상이었다. 동쪽의 돌기둥과 처마도리들은 빛을 받으며 검게 솟아 있었고, 그 너머에 거대한 불꽃 모양의 '태양석'이 있었으며, 중간에 '희생의 바위'가 끼어 있었다. 잠시 후 밤바람이 잦아들고, 돌덩이들 위에 컵처럼 움푹 파인 웅덩이에 고여 있던 물들도 떨림을 멈추었다. 이 순간, 동쪽 비탈 가장자리에 뭔가 움직이는 게 보였는데, 그냥 점 같기도 했다. 이것은 '태양석' 너머로 움푹한 곳에서부터 이들을 향해 다가오고 있는 사람의 얼굴이었다. 클레어는 계속해서 앞으로 나아갔더라면 좋았을걸 하는 생각이 들었지만, 이미 이렇게 된 이상 조용히 있기로 마음먹었다. 이 형체는 이들이 있는 돌기둥으로 이루어진 원을 향해 똑바로 나아왔다.

그의 등 뒤에서도 뭔가 발소리 같은 게 들렸다. 고개를 돌리자, 바닥에 누워 있는 기둥 너머로 또 다른 사람이 보였다. 그가 미처 의식하기도 전에, 오른쪽 옆 3석탑 아래에도 한 사람이 와 있었고, 왼쪽에도 또 한 사람이 있었다. 서쪽에 있는 사내는 새벽빛을 정면으로 받고 있어서, 큰 키에다 훈련된 사람처럼 걷는다는 걸 알 수 있었다. 이들은 모두 뚜렷한 목적을 안고 다가오고 있었다. 결국, 그녀의 말이 사실이었단 말인가! 그녀가 한 말이 사실이었구나! 그는 벌떡 일어나 무기든 도망갈 방법이든 뭔가를 찾으려고 주위를 둘러보았다. 그러자 가장 가까이 있던 사내가 그를 붙잡으며 말했다.

"그래봐야 소용없어요. 지금 이 평원엔 우리 동료가 열여섯이나 깔려 있고, 이 고장이 발칵 뒤집혔단 말이오."

"잠이라도 마저 자게 해주시오!"

그가 모여 든 사내들에게 속삭이는 소리로 간청했다. 그때까지 테스가 누워 있는 걸 모르고 있다가 막 그녀를 발견한 이들은 주변의 돌기둥들처럼 꼼짝없이 선 채 그녀를 지켜보았다. 그는 석판으로 다가가 몸을 숙여 그녀의 작고 가련한 손을 잡았다. 그녀의 숨소리는 이제 여자의 숨소리가 아니라 더 작은 생물의 숨소리인 것처럼 작고 빨라졌다. 모두가 밝아오는 빛 속에서 기다리고 있었다. 이들의 얼굴과 손은 마치 은도금을 한 듯 빛났지만, 나머지 부분은 어두웠다. 돌기둥들은 초록빛이 어린 회색을 띠고 있었고, 평원은 여전히 거대한 어둠덩어리였다. 곧이어 빛이 강해지면서, 한 줄기 햇살이 무의식에 빠져 있는 그녀의 몸을 비추며 눈꺼풀로 파고들어 그녀를 깨웠다.

"무슨 일이죠, 에인절?"

그녀가 깜짝 놀라 몸을 일으키며 말했다.

"날 잡으러 온 건가요?"

"그렇소, 테스."

그가 말했다.

"그들이 왔소."

"당연해요."

그녀가 중얼거리듯 말했다.

"에인절, 난 오히려 기뻐요. 정말이에요, 기뻐요! 아마 이 행복은 오래가지 못했을 거예요. 너무 과분한 행복이었어요. 난 이걸로 충분해요. 이젠 당신이 날 멸시하는 걸 보지 않아도 될 테니까요!"

그녀는 자리에서 일어나 몸을 털고 앞으로 나왔지만, 사내들은 아무도 움직이지 않았다.

"준비됐어요."

그녀가 차분히 말했다.

59

7월의 어느 화창하고 따뜻한 날 아침, 한때 웨섹스의 수도였던 아름다운 옛 도시 윈튼스터는 기복이 심한 분지 한가운데 자리 잡고 있었다. 계절에 맞게 박공 달린 벽돌집, 기와집, 돌집들이 뒤집어쓰고 있던 이끼는 말라붙어 있었고, 목초지의 시냇물도 수위가 낮아져 있었다. 서문에서부터 중세 십자가상까지, 또 십자가상에서부터 다리까지, 비탈진 중심가에선 옛날식 장날이면 늘 벌어지는 대청소가 한가로이 진행되고 있었다.

윈튼스터 사람들은 모두 알고 있듯, 큰길은 앞서 말한 서문에서부터 정확히 1.6킬로미터씩 일정한 기울기로 올라가며 차츰 집들로부터 멀어지고 있었다. 두 사람이 빠른 걸음으로 도심을 빠져나와 이 길을 오르고 있었다. 이들은 오르막을 오르고 있다는 걸 의식하지 못하는 것 같았는데, 그건 낙천적인 성격 때문이라기보다 뭔가에 몰두해 있기 때문이었다. 이들은 민가나 사람들의 눈을 피하려는 기색이 역력했고, 이 길은 그렇게 하는 데 가장 빠른 길인 것 같았다. 젊은 사람들인데도 고개를 푹 숙인 채 걷고 있는 이들의 슬픈 걸음걸이를 햇빛이 애처로운 미소를 띤 채 지켜보고 있었다.

둘 중 한 사람은 에인절 클레어였고, 다른 한 사람은 큰 키에 한창 피어나 절반은 여인의 티가 확연한 테스의 정신적인 분신이요, 테스보다 더 호리호리하지만 똑같이 아름다운 눈을 가진 클레어의 처제 리자-루였다. 이들의 창백한 얼굴은 거의 반쪽이 된 것 같았다. 나란히 손을 잡고 아무 말 없이 고개를 푹 숙인 채 걸어가고 있는 이들의 모습은 꼭 조토가 그린 '두 사도使徒'를 보는 듯했다.

두 사람이 높다란 서쪽 언덕 꼭대기에 거의 이르렀을 때, 도심의 시계가 여덟 시를 쳤다. 종소리에 깜짝 놀란 두 사람은 앞으로 몇 걸음 더 나아가다, 풀밭 가장자리에 희끄무레하게 서 있는 첫 번째 이정표에 이르렀다. 그 뒤로는 줄곧 내리막이었다. 이들은 풀밭으로 들어갔고, 저항할 수 없는 어떤 힘에 이끌려 서서히 걸음을 늦추다 멈춘 다음, 뒤돌아서 이정표 옆에서 뭔가를 기다렸다.

이 꼭대기에선 바라보는 전망이 끝이 없었다. 저 아래 계곡에는 이들이 방금 떠나온 도시가 있었는데, 이곳에서 좀더 두드러진 건물들은 마치 실물 크기의 그림을 보는 듯했다. 그 가운데 노르만식 창문과 막대한 길이의 회랑과 본당을 갖춘 웅장한 대성당의 탑, 세인트 토머스 성당의 첨탑, 대학의 뾰족탑이 보였고, 오른쪽으로 더 가면 오늘날까지도 여행자들에게 빵과 맥주를 나눠주는 오래된 순례자용 숙박소의 탑과 박공들이 보였다. 도시 뒤쪽으로는 둥그런 캐서린 언덕이 펼쳐져 있었고, 더 멀리 그 너머로 풍경이 한없이 이어지다 마침내 지평선은 태양광선 속으로 자취를 감춰버렸다.

아득히 펼쳐진 이 시골 풍경을 배경으로 도시의 여러 건물들 앞쪽에 붉은 벽돌로 지은 커다란 건물이 솟아 있었다. 평평한 회색 지붕에다 감금을 나타내는 짧은 쇠창살로 막은 창문들이 늘어서 있는 이 건물은 전체적으로 딱딱하고 틀에 박힌 형태로 말미암아 고딕식 건축물들의 아취 있고 독특한 모습과는 뚜렷한 대조를 이루었다. 길에서 이 건물 앞을 지나갈 땐 주목과 상록떡갈나무에 가려져 잘 보이지 않았지만, 이렇게 높은 곳에서는 훤히 다 보였다. 이 건물 중앙에는 평평한 지붕의 흉측한 팔각탑이 동쪽 지평선을 배경으로 솟아 있었다. 이곳에서 보면 해를 등진 탑의 그늘진 쪽이 보이게 되는데, 그 모습이 꼭 아름다운 풍경 속에 하나의 오점처럼 보였다. 하지만 두 사람의 눈길이 향하고 있는 곳은 아름다운 도시 풍경이 아니라 바로 이 오점이었다.

이 탑의 꼭대기 돌출부에는 높은 깃대가 꽂혀 있었다. 이들의 시선은 바로 여기에 고정되어 있었다. 여덟 시를 알리는 시계가 친 뒤 몇 분이 지났을 때, 뭔가가 깃대 위로 서서히 올라가더니 바람에 펄럭이기 시작했다. 검은 깃발이었다.

마침내 '정의'가 행해진 것이다. 아이스킬로스그리스의 비극 시인이자 극작가의 표현대로 하자면, '신들의 제왕'이 드디어 테스에 대한 장난을 그친 것이었다. 하지만 더버빌 가문의 기사들은 아무것도 모른 채 무덤 속에 잠들어 있었다. 말없이 지켜보던 두 사람은 마치 기도를 드리듯 땅바닥에 엎드린 채 오랫동안 미동도 하지 않았다. 깃발은 소리 없이 계속 흔들리고 있었다. 잠시 후 정신을 차린 두 사람은 자리에서 일어나 다시 손을 잡고 계속해서 나아갔다.

Tess of the D'Urbervilles

토머스 하디의 생애와 작품 & 역자 후기

- 1840년 6월 2일 : 도셋Dorset 주州, 상부 복햄프턴Hier Bockhampton에서 출생. 석공인 아버지 토머스 하디부자가 동명임와 독서가 취미인 어머니 제미마 핸드Jemima Hand 사이에서 장남으로 태어남. 형제들로는 메리Mary, 헨리Henry, 캐서린Katharine, Kate이 있고, 이들과 우의가 돈독했음.
- 1848년~1856년 : 도셋에서 학교에 다님.
- 1856년 : 남편을 살해한 마사 브라운Martha Browne의 교수형을 목격함. 이것은 훗날 테스 더비필드의 죽음과 관련한 소재로 이용됨.
- 1850년대 말 : 호러스 모울Horace Moule과 깊은 교제를 나눔. 8년 연상인 호러스는 교양 있는 중산층 출신으로, 하디의 지적 조언자 겸 스승이 되어 그가 독학을 하는 데 많은 영향을 끼침.
- 1862년 : 런던의 건축가 아서 블롬필드Arthur Blomfield의 제도공으로 고용됨. 독학을 계속함.
- 1867년 : 건강이 악화되어 도셋으로 돌아온 뒤 건축설계와 교회 보수 작업에 참여함.
- 1868년 : 첫 소설 「가난한 남자와 귀부인The Poor Man and the Lady」을 완성했지만 출판사로부터 거절당함.
- 1869년 : 웨이머스의 건축가 크릭메이Crickmay를 위해 일하면서 다시 교회 복원 작업에 관계함.
- 1870년 : 작업차 콘월Cornwall의 세인트 줄리엇St. Juliot에 갔다가 첫 아내 엠마 라비니아 기포드Emma Lavinia Gifford를 만남.
- 1871년 : 『최후의 해결책Desperate Remedies』을 틴슬리 출판사에서 익명으로 출간.

- 1872년 : 『푸른 숲 아래서Under the Greenwood Tree』 출간.
- 1873년 : 『푸른 눈동자A Pair of Blue Eyes』〈틴슬리 매거진Tinsleys' Magazine〉에 연재 출간. 호러스 모울 자살.
- 1874년 : 『광란의 무리를 떠나서Far form the Madding Crowd』〈콘힐 매거진Cornhill Magazine〉에 연재 완성. 엠마와 결혼식을 올리고 런던 서비튼Surbiton에 정착함. 이들 부부 사이엔 아이가 없었고, 엠마는 하디의 가족들과 사이가 좋지 못했음.
- 1875년 : 도셋으로 돌아옴.
- 1876년 : 『에셀버타의 손The hand of Ethelberta』〈콘힐 매거진〉에 연재 출간.
- 1878년 : 『토박이의 귀향The Return of the Native』〈벨그라비아Belgravia〉에 연재 출간. 하디 부부는 런던으로 이주함. 미출간된 첫 소설의 연재본이 뉴욕 하퍼스 위클리Harper's Weekly에서 『한 상속녀의 무분별한 삶An Indiscretion in the Life of an Heiress』으로 출간되었으나, 그의 전집에는 포함되지 않았음.
- 1880년 : 『수석 트럼펫 연주자The Trumpet-Major』〈굿 워즈Good Words〉에 연재 출간. 몇 달 동안 병을 앓음.
- 1881년 : 『냉담자A Loadicean』〈하퍼스 뉴 먼슬리 매거진Harper's New Monthly Magazine〉에 연재 출간.
- 1882년 : 『탑 위의 두 사람Two on a Tower』〈아틀랜틱 먼슬리Atlantic Monthly〉에 연재 출간.
- 1885년 : 도체스터Dorchester 외곽에, 자신이 직접 설계하고 동생이 건축한 맥스게이트Max Gate로 이주함.
- 1886년 : 『캐스터브리지의 시장The Mayor of Casterbridge』〈그래픽Graphic〉에 연재 출간.
- 1887년 : 『숲 사람들The Woodlanders』〈맥밀란스 매거진Macmillan's Magazine〉에 연재 출간.
- 1888년 : 『웨섹스 이야기Wessex Tales』 출간.

- 1891년 : 『귀부인들A Group of Noble Dames』 출간. 『더버빌 가의 테스Tess of the D'Urbervilles』〈그래픽〉에 연재 출간. 이를 계기로 소설가로서 명성을 드높이기도 했지만 당시의 사회적인 통념에 어긋나는 성적인 행동을 그렸다는 이유로 신랄한 공격을 받기도 했음.
- 1892년 : 『사랑받는 사람The Well-Beloved』이라는 연재물이 『사랑받는 이에 대한 추적The Pursuit of the Well-Beloved』이라는 제목으로 출간. 부친 사망. 엠마와 사이가 점점 멀어짐.
- 1892년~1893년 : 『웨스트 폴리에서의 행적Our Exploits at West Poley』이 미국 잡지 <하우스홀드Household>에서 출간.
- 1893년 : 플로렌스 헤니커Florence Henniker를 만나, 『현실의 유령The Spectre of the Real』을 공동 작업함출간은 1894년.
- 1894년 : 『삶의 작은 아이러니들Life's Little Ironies』 출간.
- 1895년 : 『비운의 주드Jude the Obscure』 출간. <하퍼스 뉴 먼슬리 매거진>에 연재되었던 작품으로, 일부 비평가들로부터 강력한 비판을 받음. 엠마와의 관계는 더욱 악화되었고, 혹평에 대한 반발로 소설 집필을 접음.
- 1895년~1896년 : 첫 소설 전집 『웨섹스 소설집Wessex Novels』 출간16권.
- 1897년 : 『사랑받는 사람The Well-Beloved』이 개작 출간되었고, 『웨섹스 소설집』에 17권으로 첨가됨. 이 무렵 소설 집필을 그만두고, 1860년대 이후부터 시작한 시 쓰기에만 몰두함.
- 1898년 : 『웨섹스 시집Wessex Poems and Other Verses』 출간. 하디 부부는 맥스 게이트에서 계속 거주하지만 완전히 별거 상태에 들어감.

- 1901년 : 『과거와 현재의 시들Poems of the Past and the Present』 출간.
- 1902년 : 맥밀란Macmillan이 하디의 출판사로 정해짐.
- 1904년 : 『패왕The Dynasts』나폴레옹 전쟁을 다룬 장편 서사시 1부 출간. 하디의 인생에 가장 중요한 영향을 끼쳤던 모친 사망.
- 1905년 : 장래에 둘째 아내가 될 플로렌스 에밀리 덕데일Florence Emily Dugdale을 만남. 아동문학가였던 그녀는 당시 26세였고, 곧 그의 친구이자 비서가 됨.
- 1906년 : 『패왕』 2부 출간.
- 1908년 : 『패왕』 3부 출간. 기사 작위를 거절함.
- 1909년 : 『시간의 웃음거리와 다른 운문들Time's Laughingstocks and Other Verses』 출간. 영국 작가협회 회장으로 취임.
- 1910년 : 공로훈장Order of Merit 받음.
- 1912년~1913년 : 소설과 시 전집을 수정해 『웨섹스 전집The Wessex Edition』으로 출간24권. 11월 27일, 별거 중이던 아내 엠마가 사망함. 이를 계기로 하디는 콘월에서 보냈던 신혼 시절을 떠올리며, 사랑에 대한 아름다운 시편들을 쓰게 됨.
- 1913년 : 『변해버린 남자와 다른 이야기들A Changed Man and Other Tales』 출간.
- 1914년 2월 10일 : 플로렌스 덕데일과 재혼. 『상황의 풍자Satires of Circumstance』 출간. 『패왕 : 서문과 결어The Dynasts : Prologue and Epilogue』 출간.
- 1915년 : 여동생 메리 사망. 어린 사촌 프랭크Frank가 살해됨.
- 1916년 : 『시선집Selected Poems』 출간.
- 1917년 : 『비전의 순간들과 잡다한 운문들Moments of Vision and Miscellaneous Verses』 출간.

- 1919년~1920년 : 멜스톡 판으로 소설과 운문 작품이 37권으로 출간. 옥스퍼드 대학에서 명예 문학박사 학위 받음.
- 1922년 : 『후기 서정시와 초기의 운문들Late Lyrics and Earlier with Many Other Verses』 출간.
- 1923년 : 희곡 『콘월 여왕의 유명한 비극The Famous Tragedy of the Queen of Cornwall』 출간.
- 1924년 : 『테스』가 도체스터에서 연극으로 상연됨.
- 1928년 : 1월 11일 사망. 유언에 따라 그의 심장은 스틴스포드Stinsford에 있는 엠마의 무덤 옆에, 유해는 웨스트민스터 사원에 묻혔음. 사후 『겨울의 말들Winter Words』 출간. 하디의 동생 헨리 사망.
- 1928년~1930년 : 두 번째 아내의 이름으로 하디의 자서전이 출간됨.
- 1937년 : 둘째 부인 플로렌스 하디 사망.

19세기 후반 영국 문단을 대표하는 토머스 하디가 1891년 발표한 이 작품은 발표 당시 비도덕적, 반종교적이라는 이유로 엄청난 혹평을 받기도 했으나, 이를 계기로 하디는 명실 공히 대중작가로 우뚝 서게 되었다. 작품의 원제는 『더버빌가家의 테스』이며 '순결한 여성'이라는 부제가 붙어 있다. 이 작품은 19세기 후반 변화하는 영국 농촌을 배경으로, 순진한 시골 처녀 테스의 굴곡진 삶이 흥미진진한 멜로드라마처럼 펼쳐지는 가운데 당시의 사회상을 적나라하게 엿볼 수 있는 걸작이다.

가난한 소작농 집안의 장녀로 태어난 테스는 신분상승을 바라는 부모에게 떠밀려 부유한 귀족집안에 도움을 청하러 가게 된다. 그러나 망나니 같은 주인집 아들 알렉에게 순결을 빼앗기고 사생아를 낳는다. 얼마 안 가 아이마저 죽자 그녀는 새로운 삶을 찾아 일하게 된 농장에서 신부의 아들 에인절을 만나 운명적인 사랑을 나누게 된다. 그러나 결혼 초야에 과거를 고백했다가 그에게 버림받는 신세가 되고 만다. 이후 테스는 극심한 궁핍에 시달리다 개심하고 돌아온 알렉의 청을 받아들여 그와 함께 살게 된다. 그러나 외국으로 떠났던 남편 에인절이 돌아옴으로써 알렉을 죽이고 남편을 따라나서지만 곧 체포되어 사형장의 이슬로 사라지고 만다.

줄거리 자체만 보면 다분히 통속적이고 대중의 인기를 끌기에 충분한 요소들이 많이 있다. 그러나 이 작품이 단순히 통속적인 치정극에 불과하다면 결코 오랫동안 사랑받는 고전으로 남지 못했을 것이다. 『더버빌 가의 테스』는 통속극처럼 흥미진진하면서도 사회의 모순과 도덕적 편견, 위선적인 종교, 남성 이기주의를 고발하는 동시에 진정한 남성상과 여성상을 되짚어보게 하는 작품이다. 테스의 상처와 아픔이 많은 이들의 심금을 울리고 깊은 성찰을 하게 만드는 것은 바로 이런 이유 때문이다. 한마디로 『더버빌 가의 테스』는 대중성과 작품성을 겸비한 고전이라 평가할 수 있다.

이 작품에 등장하는 다양한 인간 군상들 중, 테스를 중심으로 삼각관계에 놓여 있는 대조적인 두 남자 알렉과 에인절의 모습은 우리가 특히 눈여겨볼 만하다. 하디는 알렉을 다분히 무절제한 난봉꾼으로, 에인절을 기품 있고 사려 깊은 인물로 그리고 있다. 그러나 처음엔 난봉꾼처럼 보였던 알렉은 개심한 이후 자기 때문에 테스가 고생하는 걸 보고 강한 죄책감을 느낀 나머지 오히려 그녀를 책임지려는 남자다운 적극성과 패기를 보여준다. 반면, 순수하고 올곧은 성품으로 사회적 인습과 종교적 위선에 강한 반감을 지녔던 에인절은 결혼 초야를 넘기지 못하고 치졸한 남성의 속내를 여실히 드러내고 만다. 남편과 아내가 똑같이 과거를 고백한 상황에서, 테스는 그를 용서했으나 그는 결코 그녀를 용납할 수 없었다. 급기야 그는 아내를 두고 이국으로 떠나버리는 무책임하고 비겁한 모습을 보인다. 이처럼 대조적인 두 남성의 모습을 통해 하디는 당시에 팽배했던 성 이데올로기의 단면을 보여주며, 둘 다(알렉도 에인젤도) 우리가 극복해야 할 남성상임을 역설하고 있는 것이다.

시대가 변하고 생각이 달라졌다고는 하나 지금도 우리 주변엔 이런 일들이 비일비재하다. 어쩌면 더욱 경박하고 복잡한 사조에 묻혀 우리 안에 이러한 일면이 더 교묘하고 깊게 숨어 있는지도 모른다. 이 작품을 통해 우리 안에 숨어 있는 부끄러운 일면을 되짚어볼 수 있다면 이 또한 의미 있는 일이다.

흔히 고전을 일컬어 '후대의 모범이 될 만한 가치를 지닌 문예작품'이라고 말한다. 여기에 역자 나름대로 사족을 덧붙이자면 '몇 번을 읽어도 질리지 않고 읽을수록 흥미롭고 새로운 의미가 발견되는 작품'이라고 말하고 싶다.

역자는 개인적으로 이 작품을 세 번(영화까지 포함하면 네 번) 접했다. 고등학교 시절, 대학 시절에 이어 이번이 세 번째인 셈이다. 로만 폴란스키 감독이 제작한 영화나스타샤 킨스키 주연, 1979년작도 재미있게 보았으나 원작을 바탕으로 한 영화들이 대개 그렇듯, 책이 주는 감동이나 여운에는 영 미치지 못했던 것 같다. 제한된 시간에 담아낼 수 있는 영상의 한계 때문에 많은 부분이 생략되어 있고 흥미로운 사건 위주로 이야기가 전개되어 원작의 깊이와 넓이를 담아내기엔 역부족이었다는 생각이 든다. 물론 영화를 통해서만 감상할 수 있는 고유한 즐거움(영상미와 배우들의 진지한 연기 등)도 적진 않겠지만 『더버빌 가의 테스』의 진수를 맛보고자 한다면 꼭 책으로 읽어보라고 권하고 싶다.

고등학교 시절엔 한창 감수성이 예민하던 때라 순결을 잃은 테스의 처지가 마냥 애달아 그녀의 진실한 사랑이 비극으로 끝난 걸 못내 아쉬워하며 책을 덮었고, 대학 시절엔 한 여인의 삶을 비극으로 몰아넣은 사회적인 인습과 편견—무엇보다 치졸하고 이기적인 두 남성의 모습—에 분개하며 책을 덮었던 기억이 난다. 이번엔 번역의 부담을 안고 읽긴 했으나 이전보다 훨씬 더 여유로운 시선으로 많은 것을 살필 수 있었다. 마치 멀리서 그녀의 삶 전체를 조망하는 기분이었다고나 할까? 사생아를 낳아 땅에 묻어야 했던 어미의 심정, 실질적인 가장으로서 짊어져야 했을 책임과 부담, 순결을 잃은 죄책감에 시달리면서도 다시 여자로 거듭나고 싶어 하는 욕망과 갈등, 여자친구들의 끈끈한 우정, 개심하고 돌아온 알렉에게 의탁할 수밖에 없었던 심정, 에인절을 향한 지고지순한 사랑, 이외에도 당시 사회와 다양한 인간 군상들의 모습이 마치 눈앞에 펼쳐지는 듯한 기분으로 읽어 내려갈 수 있었다. 그래서 더욱 기대가 된다. 세월이 더 흘러 초로의 나이에 읽어보는 테스는 또 어떤 모습, 어떤 의미로 다가올지.

이 작품을 번역하면서 다소 아쉬웠던 것은 하디 소설의 전형이라 할 수 있는 농촌 풍경들을 그림처럼 섬세하고 생생하게 표현하지 못한 점이다. 욕심은 있었으나 한 번도 보지 못한 낯선 이국의 풍경을 실감나게 그리기란 결코 만만치 않은 일이었다. 그나마 영화로 보았던 많은 장면들이 상상의 수고로움을 크게 덜어주었다.

아무튼 이번 기회를 통해 정신을 살찌울 수 있는 명작을 꼼꼼히 감상할 수 있었던 것을 더없이 기쁘게 생각한다. 아마도 이런 기쁨은 한 문장 한 문장을 몇 번씩 곱씹어야 하는 역자들에게만 주어지는 선물이 아닐까 싶다. 받은 선물을 생각하니 그간의 수고로움이 먼지처럼 가볍게 느껴질 뿐이다.